中国当代文学选本

Collection of Modern Chinese Literature

（第 2 辑）

王昕朋　主编

中国言实出版社

图书在版编目（CIP）数据

中国当代文学选本．第2辑 / 王昕朋主编．-- 北京：中国言实出版社，2020.6

ISBN 978-7-5171-3465-7

Ⅰ．①中… Ⅱ．①王… Ⅲ．①中国文学－当代文学－作品综合集 Ⅳ．① I217.1

中国版本图书馆 CIP 数据核字（2020）第 079848 号

出 版 人　王昕朋
责任编辑　代青霞
　　　　　李昌鹏
责任校对　张国旗
封面设计　刘　云

出版发行　中国言实出版社
地　址：北京市朝阳区北苑路 180 号加利大厦 5 号楼 105 室
邮　编：100101
编辑部：北京市海淀区北太平庄路甲 1 号
邮　编：100088
电　话：64924853（总编室）　64924716（发行部）
网　址：www.zgyscbs.cn
E-mail：zgyscbs@263.net

经　　销　新华书店
印　　刷　北京中科印刷有限公司
版　　次　2020 年 6 月第 1 版　2020 年 6 月第 1 次印刷
规　　格　710 毫米 ×1000 毫米　1/16　30 印张
字　　数　425 千字
定　　价　68.00 元　　ISBN 978-7-5171-3465-7

《中国当代文学选本》
编委会

目 录

Contents

主持人：王干

王干，文学批评家，鲁迅文学奖得主，“新写实小说”倡导者。

Wang Gan is a literary critic, winner of Lu Xun Literature Prize, and an advocate of "new realistic novel".

中篇

推荐语

石一枫作为近年来创作成就斐然的小说家，已经开始显露他自己的识别系统，也就是他小说中的时代感非常鲜明，我们很难将他的小说和前代的作家混淆起来，他小说涉及的事件和人物具有强烈的在场状态，与社会现实有很高的契合度。他写的是社会的小说，而不是自我的小说。这篇《玫瑰开满了麦子店》就是通过王亚丽的命运来折射当下社会现实的诸多层面。对于京味小说，石一枫是王朔之后难得的传承和发扬者，在这部中篇里石一枫选择了麦子店这么一个很具特色的朝阳区地名，而叙述语言的京味幽默和反讽，也地道到骨子里。石一枫中篇小说的容量和格局具有长篇的范儿，这篇也是如此。

冯骥才的《俗世奇人之三》是由一组笔记体小说构成的中篇。如果把他之前所写的同样根植天津卫的“俗世奇人”放在一起来看待，我们也可以认为冯骥才以笔记体完成了一部书写老天津卫风土人情的长篇小说。近几年，笔记体小说的崛起颇令人瞩目，先是冯骥才的《俗世奇人》热销，然后是莫言的《一斗阁笔记》被广为传颂，还有偏居中国西北一隅的作家石舒清的《十案》受到读者欢迎，中国的优秀小说家突然纷纷选择写笔记体小说而且获得读者喜爱，这不得不说是全球化时代中国文学的现象级事件。笔记体小说概述较多，民风民俗、杂录杂感，参杂其中，笔记体小说是不符合现代小说叙事美学的。笔记体小说非常中国，它是传闻随笔，是散文化的小说甚至接近小说化的散文，信手拈来，不拘一格，笔之所至信马由缰。笔记体小说的传统是诗、经、史、传，是诗文。名作家们早已学贯中西，历经时间淘洗后，他们不难发现笔记体小说这一样态在现代小说中是一枝奇葩，是有魅力有活力扎根生活的小说形式。

“恐低症”是一个虚构的词，是胡性能的有意创造。小说是时间的沉思，用有形的书写引发无形的深省，体现了作者面对社会现实的忧患意识和反思意识。胡性能用小人物姜东的梦想、拼搏以及际遇起落，刻画出当下“北漂”一族的集体人生。姜东因为落魄之时寄居地下室的惨痛经历，从此不甘再居于人下，而只选择居住在城市的顶楼，却又因一场预感中的车祸而患下了“恐低症”，仰望高楼便产生晕眩，从而被生活打回原形，不得不告别昔日的喧哗与荣耀，回归故里。这高低俯仰的人生故事，是一个缩影，也是一个隐喻，它切入时代的个体命运，烙印着一代人渴望出人头地，却又深感高处不胜寒的生活印记，更折射出经济社会中人们的利益负重和精神迷失。小说里超现实的元素，是胡性能的小说创作的一个重要追求。

周子湘的《月球异乡人》写的是2080年发生的事情，按照惯例我们应该将其称为科幻小说。大多数小说描绘的是我们现在和过去的生活，也有一部分小说描绘的是我们未来的生活，当笔者这么说，显然就是不大愿意将《月球异乡人》归入科幻小说：小说是虚构，无论虚构的是现在、过去还是未来；《月球异乡人》主要写的是人，对人性、对生命的思考。2080年，周子湘笔下的世界已荒凉，但是人类一切美好和丑陋的思想、行为并无改变。《月球异乡人》对世界怀着一股乡愁、一股哀怨、一股思念。

【作者简介】石一枫，男，1979年生于北京，毕业于北京大学，现任《当代》杂志编辑。著有长篇小说《红旗下的果儿》《恋恋北京》《心灵外史》等，小说集《世间已无陈金芳》《特别能战斗》等。曾获鲁迅文学奖、《十月》文学奖、百花文学奖、《小说选刊》中篇小说奖等奖项。

Shi Yifeng was born in Beijing in 1979 and graduated from Peking University. He is currently the editor of *Dang Dai Bimonthly* magazine. He is the author of novels *Fruits under the Red Flag*, *Love in Beijing, Extra-Heart History*, etc., and novel collections *There is no Chen Jinfang in the world* and *Special Fight*. He is the winner of Lu Xun Literature Prize, *Shi Yue* Literature Prize, Baihua Literature Prize, *Selected Novels Prize* for Outstanding Novella, etc..

玫瑰开满了麦子店

石一枫

一

麦子店的夜晚是火热的。

预制板楼体和单层玻璃窗形同虚设，车声人声、烟味油味破墙而入，充满了这间十平方米不到的一楼小北屋。每隔约莫三分钟，最多五分钟，当脚下有列地铁轰鸣而过，磨得过分光滑但又总显得污浊的水泥地面也跟着震颤起来，铸铁窗框嘎嘎作响。住在这屋里的人最好是个聋子，要不就得是神经迟钝，否则晚上能睡个囫囵觉才怪。屋里摆设简单，一桌一床一书架。书桌朝南，床头朝南，书架上寥寥两本菜谱、家庭保健手册的书脊以及一个大头娃娃存钱罐的脸也朝南。笼罩在吸顶灯制造的暗影下，那张娃娃脸便斑驳了起来，这使得它空长了一张寓意丰衣足食的喜庆面庞，表情却像个农村的留守儿童一样惶然。

王亚丽姐妹就坐在桌前那把四脚不平的靠背椅上，面朝北窗。

她在等候一场交易。在嘈杂的噪声的缝隙里，身后传来压抑的响动。厨房里好像烧着水，卫生间的水龙头也打开了，带动着走势曲折的管道像动物园里的长颈水禽一样哀鸣起来。一会儿，又传来了换拖鞋、抹桌子的动静，似乎还在翻找着什么物件。交易的另一方想必正在为交易的内容做着准备。这一系列不厌其烦的流程，固然说明交易本身的来之不易，然而过分的郑重却令王亚丽姐妹体味到了一丝滑稽。退一万步讲，就算她果然是准备履行那场交易的，充其量不也就是那么两分钟的事儿么。也许脚底深处的上一趟地铁刚过，下一趟地铁还没来，交易就可以宣告结束了。那个年岁的人，再怎么鼓足精神，恐怕也像深夜时分的地铁，绝无增运的可能，而且随时都是末班车。

出于某种含混的怜悯，王亚丽姐妹甚至想要催催对方了。赶紧的，时间来得及的话，或许还能尝到点儿甜头。但那么做不仅会令她显得很敷衍、很不“敬业”，甚而还会显得她在捣乱，存心坏了事了。坏了对方的事，这倒无所谓，坏了自己的事，后果就是她没力量承担的了。王亚丽姐妹自认为是个理智的人，她懂得权衡利害。

于是她打开人造革坤包，拿出一只塑料化妆盒，对着镜子扑起粉来。事到临头还要补妆，这个态度可以解读为童叟无欺，当然也有着保持镇定的作用。王亚丽姐妹又抬起腕子，看了看手表。她本来是不戴表的，今天特地翻出了那块价值不足两百的石英表，是因为担心进来了就不方便频繁地打量手机——那会惹人生疑。表盘上呈现着有机玻璃构成的珠光宝气，表针指向十点刚过。在这个时候，街对面的烧烤店、居酒屋和零食铺子正在招揽最后一拨生意。而交易必须要在那些闲人或忙人全都散去以后才能开始，这也是事先规划好的。王亚丽姐妹在此前所需要做的，无非是拖延时间和拿捏火候。

好在对方似乎也不着急，因此这个步骤意外的难度不大。坐得稍久，王亚丽姐妹就有点儿走神了。外面过了一队趁夜进京的大卡车，远光灯把窗前这一小块地方照得通体银白，形成了近乎璀璨的幻象。仿佛她这个人正在熠熠发亮，又仿佛这个房间并不是真的，而是追光之下的舞台布景，只等事情一完，统统可以拆除。王亚丽姐妹心里便也涌起了一点儿真真假假的感慨。她扑了最后两下粉，思索起了一个问题：

此情此景，是怎么发生的呢？

一个印在画儿上的干瘦的外国男人，拜你所赐。

二

王亚丽姐妹的念头滑到了几个月以前。那时还没人称她为“姐妹”。

同样是一个火热的、噪声隳突的夜晚，同样是在麦子店，她正坐在地铁站东头那座大厦底商的台阶上，等面包。每天晚上十点，距离打烊一个小时，这家起了法文名字挂了英文招牌的面包店就会打出歪歪扭扭的手写中文告示，宣布所有食品一律半价。王亚丽的选择通常是一根比她小臂还长的“法棍”外加一盒酸奶和一瓶橙汁，够她明天的早饭和午餐了。如果赶上发工资，或者到了那些看似所有人都在庆祝、因而她也不好意思不“意思”一下的节日，她还会犒劳自己一块镶了樱桃的芝士蛋糕，或者一份烟熏三文鱼沙拉。

“果粒橙”替她算过账：即使每天只吃“法棍”外加酸奶橙汁，即使每天都能等到半价，她在伙食上的花费也将高达三十多块，这就要比煎饼加鸡蛋灌饼或者红烧牛肉方便面加老坛酸菜方便面的组合昂贵得多。对此，“果粒橙”摇头叹气地评价：

“自以为占便宜，其实还是吃亏。自以为会过，其实还是不会过。”

有时王亚丽也叹气：“买的不如卖的精。面包都软塌了，橙汁都不是鲜榨的了，放到第二天，保证没人要。不过好歹干净，吃了不会闹肚子，对不对？”

还有时她脾气不好，口气就有点儿硬了：“反正没花你的钱，我爱吃啥就吃啥！”口气一硬，就带出了河南话的底色，铿锵如唱戏。

对于王亚丽的辩白或反驳，“果粒橙”的答复一律是：“你说你是傻呀还是贱呀？”

王亚丽就瘪瘪嘴，不说了。反正甭管顺着说还是反着说，她都说不过他。傻和贱，必须二选一。况且类似的对话通常发生在一张铁架子床的下铺，再过一会儿，室友中就可能有人破门而入，因此俩人必须还得抓紧时间折腾点儿别的。

但等说完折腾完，王亚丽再买吃食，仍会坐到面包店所在的底商台阶上去。

这似乎就与她对麦子店这个地方的认识有关了。王亚丽来到北京两年多，此前住过北六环内的回龙观，也住过南五环外的旧宫，都是在健身俱乐部教人跳操。有时是拉丁热舞操，有时是韵律拳击操，有时是动感单车操，用“果粒橙”的话说，操是一个操，换个姿势接着操。这话很不好听，但她却暗自承认说得有理：要不是有胳膊有腿就能干的活儿，自己也不至于两年多没涨过工资，还净让人把工作顶掉。再说回居住地点的问题，无论是回龙观还是旧宫，给王亚丽的感觉都不像是在北京。不就是工地、高楼外加让人眼晕的立交桥嘛，现在中国哪个城市不是这样，别处也许还多了几棵树呢。那些地方的人，王亚丽也不喜欢：他们早上像打仗一样挤车上班，晚上像逃难一样挤车回家，回了家就把灯一开把门一关，此后与外界隔绝联系。这些人仿佛从没意识到自己生活在“北京”。

而麦子店就不同。这里有二十四小时不关门的咖啡馆，有经营各种没用的小玩意儿的文创商店，有上演“不插电音乐”和“无台词话剧”的酒吧、书吧。如此种种，使得几十年前遗留下来的工厂宿舍和报废车间滋生了古怪的生机。这里的人虽然也是南腔北调、忙乱不堪的，但他们在忙乱之余，似乎又总在琢磨一些别的事儿——不在眼前的事儿、虚无缥缈的事儿。所以半夜有人抽风大笑，清晨有人痛哭流涕，不分昼夜都有人喝多了躺在马路牙子上晾肚皮。总而言之，麦子店是既陈旧又洋气、既真实可感又令人费解的，因而便让王亚丽感到既亲近又陌生。也正是这份亲近与陌生，让她觉得自己终于来到了北京。

当然，在两站地之外的“燕莎”和“凯宾斯基”，在电视新闻里才见过的天安门城楼上，似乎还有着另外的北京。但那些北京，就是王亚丽摸不着也想不到的了。

也正是在麦子店的气息的激励下，王亚丽暗自决定，要用一种全新的态度应付生活。开在东三环的那家健身房还给她取了个英文名字叫Elly，那么Elly也需要培养适合Elly的饮食习惯。但这个理由不能向“果粒橙”说明，否则他除了认为她傻和贱，还会加上一条“作”。而Elly或王亚丽的想法是，“作”就“作”吧，人生能有几年“作”。要是不“作”，她就该留在老家结婚生娃奶孩子。她有个初中同学的乳房都能甩到肩膀后面去了。

那天晚上运气不好，“限时优惠”的招牌还没挂出来，面包店里又拥进去七八个人。都是穿着西服挂着胸牌的公司职员，大概刚加完班。这种人的夜宵通常是由经理请客，因此才不必像她一样专程等候半价，并且越买亏了越解气。王亚丽只希望他们手下留情，别把她盯上的东西拿光了。然而运气的确不好，货架上所剩不多的品种几乎被一扫而空，装“法棍”的木筐里也只留下了孤零零一根格外细、格外短的，还从中间断掉了。

王亚丽不由自主地起身，站到店门前，隔着玻璃望着那根发育不良的残疾面包，又抬头瞥瞥挂在收银台后墙上的石英钟。离十点还有不到十分钟了。店里那个满脸蝴蝶斑的女收银员却仿佛猜到了她的心思，故意朝外扫了一眼，然后划开手机看起了电视剧。惨遭虐待的韩国儿媳妇哭天喊地，那声音刺激得王亚丽胃里一紧，口水也像女主人公的眼泪一样毫无节制地奔涌出来。然而她也只能继续等着。在很多个类似的夜晚，王亚丽都产生过进去央求对方把半价时间稍微提前的冲动，但随即又打消了念头。几分钟的事儿，晚点儿可以吃得理直气壮，早点儿就有了要饭的感觉了。她来北京又不是为了要饭的。

于是，就那么几分钟的工夫，那个干瘦的外国男人降临了王亚丽。

来的当然不是他本人，而是一个和王亚丽差不多岁数的女孩。这姑娘个头不高，梳个马尾辫，背着双肩书包，胸前还抱着一摞书本，乍看倒像个刚下课的学生。她从街道尽头拐过来，沿着写字楼的侧面往地铁站的方向走去。帆布鞋踏地无声，因此王亚丽起初并未察觉——她的注意力还集中在那根面包上。而眼前一晃，学生样的姑娘就不知何时跨上台阶，站在了王亚丽眼前。身边没别人，对方是冲她来的吧。

“能耽误您一点时间吗？”女孩的话也证明了这一点。南方口音很重。

王亚丽的第一反应，这大概是个推销的，要不就是乞讨的。否则陌生人，尤其是同性之间的搭讪还能有什么目的——就连问路都不大可能，现在谁的手机里都有地图。但无论是推销还是乞讨，她都找错人了。因此王亚丽对那姑娘的态度，就像蝴蝶斑女收银员对王亚丽的态度一样，故意把眼睛绕过了对方的脸，假装无动于衷——然而架势又有轻微的不同——并非彻底的视而不见，而是眼风一晃，在对方的目光里轻巧地盘桓一个瞬间，这才擦着对方的耳郭滑到了远在天边近在眼前的不知什么地方。

这种神色也是王亚丽来了北京以后才学会的，她常看到健身房里的一些女顾客对着男教练、男销售或者半熟不熟的男顾客使用它。那里面包含着轻佻的傲慢，意思大概是“我不想搭理你，但你也挺有意思的”，或者“虽然你挺有意思，但我还是不想搭理你”。很可惜，王亚丽施展这种眼风的机会不多，顶多也就是跟“果粒橙”，而那家伙的反应常常是：

“你他妈的面瘫了？”

但也许恰恰因为眼风里那点儿多余的悬念，面前的女孩并未被王亚丽打发走。她反而顿了顿脚，以更加执着也更加抱歉的口吻继续发问：“就说两句？”

王亚丽只好把眼神拉回来，反问：“你有事？”

女孩随后的话令她错乱：“这位小姐，你信主吗？”

“哪个主？”

“耶稣呀。”

“他爸是上帝那个？”

“否则还能有哪个主？”

“哦哦，那爷儿俩。”王亚丽愕然地挤了挤眼，看起来就真有点儿像面瘫了；而面对这样一个问题，她也只有实话实说：“当然不信啦！”

“这不打紧。那么你考虑过信主吗？”

“不考虑。”

“这也不打紧。了解了解总是好的。”

说着，女孩两手一伸，将抱在怀里的书本捧到了王亚丽面前。她比王亚丽矮了半个头，那副姿态就像是谦恭地奉献什么东西，同时闪烁着水汪汪的大眼睛。这样的眼睛是很让王亚丽羡慕的，她总在想，如果自己也拥有一双化妆品广告里的明眸，而不是中原人常见的细眼睛单眼皮，那么当她希望展示心里那些优雅的风情、惆怅的风情、迷惘的风情时，也就不会遭到以“果粒橙”为代表的男人们的无视乃至嘲弄了吧。她有些沮丧地低下头，看了看女孩手里的书。都是些薄薄的小册子，大小和健身房的课程介绍差不多，印刷却远不如课程介绍精美。封面上有个白袍长发的外国男人，长得干瘦干瘦的，好像从小到大没吃过饱饭，但却用慈祥的、怜悯的眼光打量着她。那男人的容颜背后，还拢着一团光圈。

人家的意思是让她拿本书吧，免费赠阅。可王亚丽实在懒得伸手。她不动，对方便继续捧着。两人僵在那里，客气、陌生而又相互有些羞怯。

“谢谢，我真不需要——”

“现在不需要，将来也许会需要。”

“我也没时间——”

“翻一翻就好，并不耽误什么的，对吧？”

对方像个过分敬业的推销员，因其热忱，所以不懂眉眼高低。那摞沉甸甸的小册子在细瘦的腕子上架着，仿佛王亚丽要是不拿一本，她就坚决不会放下似的。借着面包店玻璃门里涌出的灯光，王亚丽看到女孩按在书本边缘的手指甲都发白了，两手还微微颤抖，大概正在尽力克服紧张。时间一长，她都替女孩感到累了，而且有点儿过意不去。

类似的事情王亚丽也是干过的，每个健身房开业初期，都会把教练们“撒”出去，向超市和地铁门口的人群发放宣传彩页。姐，瑜伽舍宾。哥，游泳健身。大部分遭到推介的人们都会面无表情地经过，哪怕把彩页硬塞进他们的腋下，得到的反应也是机械地一甩胳膊匆匆离去，留下一片油光闪亮的臀肌腹肌胸大肌在汽车尾气里上下翻飞，最后瘫在地上哆哆嗦嗦。那感觉既好像在给流水线上的工业制品粘贴转眼就会脱落的标签，又好像发放彩页的人才是注定徒劳的机器。而如果偶尔有人停下来看上两眼，有心无心地向王亚丽询问两句，那么几乎会令她涌起感激之情了。不管你推销的是什么，推销者其实都相当于为了推销的内容而受着委屈。说到底，饱满的肌肉先生也好，干瘦的外国男人也好，都不容易。也正因为这点儿感慨，王亚丽便无可奈何地笑了一笑，从女孩手捧的小册子顶端取了一本，却不看，径直夹在了胳膊肘底下。

而王亚丽这么做的另一个原因，则是面包店里又有了动静。那位满脸蝴蝶斑的收银员已经从柜台后面绕了出来，将半价招牌挂在了门口。有必要结束这次推销或者传教了，如果这时突然再插进来一位顾客，把唯一的那根“法棍”抢走，那这个晚上可就真是倒霉透顶了。因此，王亚丽的下一个动作是决然转身，向着锃亮的玻璃门奔了过去。

“主会对你好的。”女孩在她身后说。

好像还说了别的什么，可她压根儿没听。

但王亚丽没想到，这个晚上还有另一个插曲在等着她。那是当她夹着胳膊端着托盘，来到收款台前的时候了。收银员低头扫码，酸奶，原价十六现价八块，橙汁，原价十五现价七块五，这都是照章办事。偏偏那根原价二十现价十块的法棍被拿起来，转眼又放下了。

收银员抬起头，告诉王亚丽：“这根有残缺，不能卖了。”

“可就剩这么一根了……”王亚丽抢白似的申辩。

收银员笑了：“您就凑合着吃吧，不收钱了。”

在那一刻，王亚丽只觉得对方脸上的蝴蝶斑扇动着，真像一只美丽的蝴蝶。看来这个晚上不只有坏运气。那么好运气又是从何而来的呢？

难道是自己那可怜巴巴地等待半价的样子在今天显得格外可怜？还是韩国电视剧的作用，贫苦出身的儿媳妇终于感动了豪门恶婆婆，使得这位收银员在一瞬间决定与人为善，大赦天下？至于王亚丽的第一反应，则是迅速把面包揣进了纸袋，像怕对方反悔似的——然后才找补一句：

“那多不好意思，要不是最后一根……”

收银员又笑：“知道您爱吃我们家法棍，明儿早点儿来。”

这就相当于不仅给了她一根免费的面包，甚而给了她一份免费的面子了。而直到王亚丽捧着食品袋离开面包店，又往前快步走了几十米，她才觉出一条胳膊绷得发酸，同时感到肋骨被什么有棱有角的东西硌得作痛。是那本小册子，刚才一直在腋下夹着，竟忘了它的存在。王亚丽一松胳膊，任由那东西像只残废的鸟，扑棱着翅膀坠到地上。她本想就这么走掉算了，反正那位执着地发放小册子的女孩已经不见踪影，反正大厦的保安和街上的治安巡逻员早就下了班，没人会为乱扔废纸而呵斥她几声，反正……

恰在这时，她觉得有人在看她。

其实也没人，而是路灯的光从头顶上方倾泻下来，穿透了她的头发，浓缩了她的影子，恰好照在小册子微微颤抖的封面上。那个干瘦的外国男人熠熠发亮，脸旁的光圈也在蓬勃地晃动。他的笑容仿佛活了，正以一种无所不知的目光凝视王亚丽。这自然是一个短暂的幻觉，究其原因，大约是光与风的交互作用。但竟令她心里一颤。

王亚丽想：没那么灵验吧？

三

翻开那本小册子，却是一个月以后的事儿了。

拖了这么久，倒也不是有意怠慢，而是任谁也不能给根面包就和画儿上的陌生男人亲近起来。但也许是心里一颤的缘故，那本小册子便终究没被王亚丽弃之不顾。她弯腰把它捡起来，掸掸尘土，夹回了腋下。

可等拿到屋里又成了累赘：她那张下铺铁架子床的床头摆着牙缸肥皂盒，床尾摞着脏的干净的衣物，床底下则塞满了惯于搬家的人必备的两三只旅行箱。属于自己的空间就这么一点儿，别说“果粒橙”来时会抱怨“折腾不开”，就连一个人睡觉都局促得喘不过气，当然也就容不下一本来路不明的书了。于是王亚丽没多想，扭脸进了厕所，把它插进了房东遗留在暖气片上的那摞《知音》《女友》和《故事会》杂志中间。这也是她们这套出租房里唯一存放读物的地方。

放在厕所也没人看。现在的人坐马桶都爱刷手机，没人翻杂志。再说一间屋里住四个人，一套三居室里住十二个，大家共用一个卫生间，只要下班回来，大号小号川流不息，谁能让你充满闲情逸致地霸占马桶？于是一扭脸，王亚丽就把受了恩赐的事儿给忘了。

再想起来，还是因为王亚丽她妈给王亚丽打了个电话。

本来母女俩是很少联系的，甚至不像亲人更像冤家。这就要说到王亚丽还不被称为王亚丽，而是叫作王鸭梨的年岁了。怀她时，她妈犯口渴，成天叫嚷着要让她爸去给买鸭梨，她爸门倒是出了，鸭梨却一只没带回来过，当时他正抓紧时间跟粮店那娘们儿鬼混。她妈为一口吃的置气，就给女儿取名叫鸭梨。还是上派出所登记的时候，人家觉得这名字像成心捣乱，这才由户籍警做主改成了亚丽。不过从小到大，哪怕上了学，认识的人仍然把王亚丽唤作王鸭梨。又是在王亚丽或王鸭梨五六岁的时候，她爸的事儿就败露了。粮店那娘们儿的丈夫来抓奸，结果在储存富强粉的大铁箱子里捉住了两个雪人，据说都躲到那儿去了，还在赤条条、白晃晃地耸动。又据说粮店卖的大饼馒头里常能吃出头发、腿毛以及不知什么地方的毛，原来是这俩雪人爱情的证明。粮店那娘们儿先离了婚，也逼着王鸭梨她爸离。她爸一算计，反正待在老家那个小县城，从老婆孩子到工作都没什么意思，索性就离，净身出户，和那娘们儿一起出门找活儿干去了。俩人目前在郑州火车站卖大饼馒头。

自此，王鸭梨跟着她妈过活。她妈看不上王鸭梨，把王鸭梨视为前夫遗留的历史负担，阻碍了她去追求新生活；王鸭梨也对她妈有敌意，因为她妈对外一心追求新生活，对内就免不了处处克扣自己。到了初中毕业，王鸭梨本来有志上高中考大学，她妈却表示供不下去了，给王鸭梨报了个职高，还是幼儿体教班，为的是体育生可以减免伙食费。又到了这几年，她妈也不管她干着什么工作、过着什么日子，就连对她沿着铁路线漂流到了哪里都没概念，少有的几次联系女儿，无一不是变着花样要钱：表弟结婚、姥爷过寿，乃至拐弯抹角不知什么亲戚的生老病死都能成为理由。她觉得王鸭梨既然“出去了”，就该能挣钱，既然能挣钱，就该替她爸补偿自己。最狠的一笔，说是老家棚户区的房子要拆迁，补偿款不够买新房的，政府要求预缴一笔钱才能排号，张口就削走了三万多，那几乎是王鸭梨辗转了几个县市又到北京打工的积蓄总和了。如果不是把钱都给了她妈，原来的王鸭梨后来的王亚丽也不至于连个单间都租不起，更不至于买个面包都要守在店门口等半价。

如上种种，使得王亚丽看见手机上跳出个河南号码时，心里便“咯噔”一声。那是个晨光稀薄的黎明，她醒得比别人早，又被室友的呼噜和磨牙声搅得再合不拢眼，正一人躲在厕所里，一边走形式地坐马桶，一边迷迷糊糊地玩儿着手机里的连连看。设成静音的电话执拗地颤抖着，而王亚丽却一直耗到游戏里那只奇形怪状的小动物宣布 gameover 之后，这才点开了通话。同时，她不得不彻底回神，考虑自己的妈为什么要这么早找自己。这才不到七点钟，有那么迫不及待，非要打个突然袭击吗？又同时，她妈那些五花八门的说辞在她的脑子里重新过了一遍，而指向的目标只有一个。王亚丽心里又“咯噔”一声。

王亚丽她妈的声音传了出来，却是洪亮而喜庆的：“鸭梨呀？”

还苹果呢，还香蕉呢。王亚丽招架道：“你找我？”

“瞧你说的，打你电话可不是要找你。你咋样？”大嗓门里竟夹杂着几分关切。

王亚丽便直言相告“不咋样”。上个月的工资倒是快发了，公司却突然说要先交三个月的宿舍租金外加押金，此外还有跳槽到城里来的介绍费、管理费……这些都要从她的收入里扣，所以别说拿不到几个子儿，不倒欠着人家一笔就算不错。她的右腿膝盖又在撕扯着疼了，是在体教班落下的旧伤，被二百多斤的男老师按着身子压腿压的，如今贴膏药已不管用，跳操的时候一高抬腿就浑身冒冷汗，到医院去拍个片子又得几百块。新来的健身房倒是离住处不远，交通费用或许可以省下一些，但城里客人多，每天五六堂课连轴转，而在试用期间，课时费又是不计入工资的。总之她累得像只牲口，穷得像只牲口，能维持的生活水平大概也并不强于一只牲口。说的都是实话，即使略有夸张，也是在事实的基础上渲染了个人感受。而这些苦处以前竟没向妈吐露过，是因为从小到大就没有和妈交心的习惯；今天之所以说这么多，则是因为王亚丽决定先发制人，提前堵住妈的嘴。

她妈听完，啧啧两声："知道你不容易……"

知道个屁，以前可没看出来你知道。王亚丽窝着火儿说："那有事儿吗？"

她妈就沉默半晌。这半晌，王亚丽先是洋溢着恶狠狠的得意，以为自己的战术奏效了。再怎么横征暴敛的养殖户，也不能踩着鸡脖子硬逼它下蛋吧。但她又不自觉地冒出几分担忧：万一真有什么事儿呢？比如她妈上班的那个小厂开不出工资了，比如她妈晚上到县城广场边上摆的烧烤摊被工商抄了，比如她妈在外面打麻将欠下了赌债，债主找上门了——以前问王亚丽要的钱，多半是被填补在了生意或者牌桌上。不过还没等王亚丽提醒自己那些担忧是傻是贱、是自作多情，王亚丽她妈就又开口了：

"再瞧你说的，找你可不是有事儿吗？"

"啥事儿你说吧。"王亚丽脖子硬硬地一梗，简直像等着挨一刀了。

"你也别这种口气，不是钱的事儿。"她妈的口气更软了，几乎可以称得上温柔；这可是王亚丽她妈给王亚丽打电话时从未有过的情况，但没等王亚丽再起疑心，谜底已经揭了出来："拆迁的事儿定下来了，政府说让办手续。"

"给了多大？"

“七十多平方米，一套两居室。”

“就一套？”

“原想着再要套小的，人家不答应。”

“手续啥时候办？”

“就今天，上午九点。”

“你咋不早说？”

“昨儿晚上才通知的，那些人贼得很。”

“就不能等等？”

“人家催呢，说再不去就算抗拒，政策又变了。”

“可我现在怎么过去，火车票都来不及买……”

“知道你忙。”说到这儿，王亚丽她妈的口气突然就从容了，轻松了，仿佛卸下了一个悬而未决的包袱，“我的意思是，我就过去签了呗，先把房拿下来再说。”

“不是签名必须得本人吗，那我的名儿……”

“形势不等人。咱们是娘儿俩，还顾得上那么多。”

说完便又沉默半晌。这半晌，王亚丽尽力想让脑子运转起来，然而却发现这很艰难。她开始一阵一阵地发蒙。而仿佛是为了打消王亚丽让脑子运转起来的努力，王亚丽她妈偏又扯起了别的。这也是她妈的习惯或云战术之一：每当表示“事儿就这么定了”时，她都会兴致勃勃地顾左右而言他。

总算没太跑题，接着说的大致也和拆迁有关。谁家亲戚在省里上班，多分了一套房；谁家给拆迁办的塞了钱，先挑了好户型；谁家敢玩儿命，政府的人一来就抱着煤气罐子上房顶，结果人家可不吃这一套，先抓进班房关俩月再说。至于她们这种没关系没钱又没胆量的，与“那帮龟孙”打交道时，就更需要技巧。什么时候该硬，什么时候该软，什么时候该憋，什么时候该放，都得拿捏得恰到好处，和做买卖以及打牌一个道理。你不算计别人，就要被别人算计了。为了不吃亏，王亚丽她妈还专门去向一位老家在邻县，已经经历过一轮拆迁的“朋友”取经，又伙着几个邻居到政府门口睡了两晚，消耗了半脸盆的鼻涕眼泪，这才争取到了今天的结果。

“还行了，”说到这里，她妈不禁骄傲了起来，“咱们家户口本上少一人，按说面积超不过六十平方米，不过最后还是给了七十多。人家也劝我别闹了，我再不软政府就该硬了，到时说理都没地方说去……”

对于这番聒噪，王亚丽听得声声入耳，但又好像一个字儿都没往脑子里去。她仍在发着蒙，以至于当她妈停下来，电话里就只剩了嘶嘶的杂音。话头讪讪悬了会儿，这才又被她妈接上。近的说完了，只好说远的，但务必要硬着头皮说下去。

接着说的就近乎一个笑话了，还是她妈那“朋友”讲给她妈的。笑话的主角是邻县一光棍儿，年纪长相都不详，唯一值得说道的，就是这人信主。再把话岔开一句，在她们老家那一带，信主的很多，替主传道的也有不少。王亚丽有个同学的妈也信过主，给她讲过摩西分开红海，讲过五饼二鱼喂饱千人，不过后来却不信了，因为信主之后反倒下了岗。而在王亚丽的印象里，主爷儿俩虽是外国人，却洋溢着她所厌弃的那股土气。再说回王亚丽她妈所讲的事儿，那光棍儿是从上个世纪就信上的，因未娶妻，就越信越虔诚，以至于家里的猪啊羊啊丢了也不去找，说主自有安排。村里人偶然碰上猪羊，好意送回来，他也不谢人家，而是跑到土坯教堂里去谢主。后来他家再丢什么东西，人家找着也不往回送了，大的到镇上卖掉，小的现宰了吃，反正卖也是替主卖的，吃也是替主吃的。而这光棍儿的老娘临咽气以前，居然掏钱给他从山里说了个瘸腿媳妇，结婚还是到土坯教堂办的，这也是光棍儿秉承主的意思。只是过不到俩月，瘸腿媳妇又跑了，嫌他家穷。跑了仍不找，说凡事听主的。

可再往下讲，笑话却变成了寓言：也就是前两年，他们那村要拆迁，别家都划归县城新区，偏是光棍儿家住得远，宅基地坐落在一条枯河对面，划归了省里立项的工业园。工业园由几家大企业承建，不缺钱，唯独工期紧，这就造成了同地不同价。别家只分得一套回迁房，光棍儿却除此外又得了一大笔钱，还有工业园区里的两处商铺。突然之间，光棍儿就抖起来了，买了辆“帝豪”汽车停在村口，也不是为了拉活儿，而是为了兜风。其他方面也有收获，人家又给介绍了个邻村的寡妇。没想才把婚事议定，那瘸腿女人又一歪一歪地回来了，声称自己才是原配，同时受到法律及主的双重保护。仨人掰扯一阵，最后达成共识，咋过不是过，索性一块儿过，换班儿倒：一天寡妇陪光棍儿去兜风，瘸腿女人就在家做饭，另一天瘸腿女人去兜风，寡妇做饭。光棍儿自此就不是光棍儿了，成了一个亚当俩夏娃，或者配有两只茶碗的茶壶。

说起这事儿，光棍儿还和原来一样，只是脸上笑眯眯的：“都是主安排。”

又劝诫其他人：“谁叫你们不信主。”

讲到这里，王亚丽她妈大笑两声，仍很洪亮，但声音从手机里传过来却是空洞的，仿佛为笑而笑。坐在马桶上的王亚丽却觉得腿发麻，同时脑袋又开始发蒙，也不知是坐久了还是被她妈的话给绕的。她便略往上提了提身子，想让自己保持清醒。谁想举着电话的那条胳膊一歪，就把暖气片上的一摞旧杂志碰了下来。从发黄发皱的一堆过气明星中间，忽然闪出一张外国男人的瘦脸，面貌慈祥，目光悲悯，脑袋后面还拢着个光圈。

王亚丽又感到那男人在看着自己，心里便没来由地怦怦跳了几下。而王亚丽她妈的话兜了一圈，从家里的房子说到别人拆迁，说到光棍儿信主，此时又说回了登记签字的事儿上：“总之就这么个情况，本来我直接去签了也行，但一想，还是得知会你一声，怕你跟我闹。”

她妈又说：“其实有啥可闹的。原来咱们是说好，拆迁款不够买新房，缺口你补上一部分，登记时把你名儿写前面——可现在不是来不及嘛。再说亲不亲，一家人，房本没你名儿，户口本也有你名儿，我是你妈，还能不叫你回家？我还怕你在外面野惯了不回家。”

最后她妈停止了说，抛出一个语气词：“啊？”

王亚丽只好答以一个语气词：“啊。”

王亚丽她妈就适时地挂了电话，听筒里传出了一串儿嘟嘟声，而那声音也显得心满意足。王亚丽却仍坐着不起身，下边发麻，上边发蒙。一边发麻和发蒙，她便对着暖气腿边上的那本小册子出起了神。她在与画儿里的外国瘦男人眼对眼地互相凝视，一边凝视，一边就想着远的近的好多事儿。想她爸不要她，和粮店那娘们儿卖大饼馒头去了；想她妈不靠谱，拿了她的钱，到底用没用在买房上都不知道；想她在河南上体教班时，二百多斤的男老师不仅按着她的身子压腿，压腿时还爱狠抓她的下体和屁股；想她喜欢过一男同学，仅限于喜欢的那种喜欢，对那人唯一的期冀，是能在毕业留言本上给她写句好听的话，也不枉喜欢一场，结果男同学写道：“王亚丽，我觉得你长得像一头驴……”

在那慈祥的目光下，王亚丽想的都是心酸的事儿。再或者，她这二十多年只有心酸。

接着，她便弯腰抄起了那本小册子，翻了开来，看了进去。在水汽腾腾的卫生间闲置了一段日子，小册子也像杂志一样发黄发皱了，好在字迹还算清晰。又好在虽是替主传道，里面的内容却并不晦涩，而是言简意赅的，每页还配有彩图。这种看图说话的形式也很适合王亚丽。那个与王亚丽无关的故事便从头讲起：话说创世之初，上帝用了七天……

啪啦啪啦纸响，王亚丽看过了亚当的肋骨做成夏娃，看过了伊甸园里的苹果和蛇，看过了大卫打败歌利亚。人一神游，轻易就能穿越洪荒，纵览千年。有些故事以前听同学信主的妈说过，模模糊糊似有印象，现在都按顺序串联在了一处。与此同时，她竟觉得心里舒坦了不少，她妈那个电话带来的猜疑和烦躁，远的近的回忆引发的心酸，统统不觉消弭。也许她想做的，正是用虚无缥缈的事儿代替实际发生的事儿，就像她妈爱打麻将，就像“果粒橙”爱幻想挣大钱，一打起来和幻想起来，屁股底下着火了都不觉得烫。只不过王亚丽恰好撞上了眼前这本小册子，所以她也有些感谢封面上的那个外国瘦男人。

正这么想，厕所门就响了。是睡她上铺那女孩：“王亚丽，你拉完没有？”

王亚丽这才意识到，在接听河南电话并神游“淌着蜜和奶的地方”

之际，她已经坐了将近一个小时。后面还有十多个人呢，她们正等待着以更加务实的态度使用马桶。于是她挣了把劲儿起身，又掩饰性地按了下水箱，回道："这就完。"

王亚丽刚说完，就觉得眼前一黑，接着又觉得两条腿都不是自己的了。也许是坐得太久起得太急，再加上从睁眼到现在水米没打牙，她竟一家伙晕了过去。晕时的形状也很丑陋：连裤子都没提，屁股朝向天花板，两腿岔开，上身伏地，好像一只倒栽葱的青蛙。外面舍友听到动静不对，又扯着嗓子喊了几声，随后干脆叫来别人，一起撞开了门。这时王亚丽倒渐渐恢复了意识，她听到舍友们大呼小叫，那阵势简直像是自己已经死了，不禁稍微有点儿好笑。但再一摸脸，手上湿乎乎的，味道还是腥的。原来一头扎到了暖气片上，有如豫剧里唱的杨令公怒撞李陵碑，把脑门儿给磕破了。

那血从上往下淌，顺着脸流到下巴，王亚丽竟没顾得上自己，反而用干净的那只手抓起身下的小册子，顺势按在怀里，如同拢着一个婴儿。

她明白自己的样子大概是很吓人的，但与此同时，她又不想让舍友看到她刚才看的东西。小册子，慈祥的外国瘦男人，在一刹那变成了一个她不愿与人分享的秘密。出于这个心思，她疼也不喊，有人推她也不动，就那么双肩紧缩，脸贴地，撅着。

直到有人要叫救护车了，王亚丽才慢慢起身，扬起一张血脸笑了。

"没事儿。"她说。

四

至于王亚丽决定拜访麦子店的"团契"，则是离那天又过去了一个月。

去也不是有意信主，而是说来惭愧。一头撞到暖气片上，她声称没事儿，但还是被室友架到医院缝了几针，此后一些日子也不能上班。等伤好点儿再去，健身房却仍让她放假，怕的是跳操跳得伤口崩裂，溅一地血再吓着谁。当然，不管是请假还是被放假，工资不言而喻是要扣发的。

因此王亚丽虽然成天躺着，心里却仍忙个不停。她得算账。算入账，算出账，算水电，算医药，算伙食。上学时做算术，她老觉得数目越大越难算，后来才知道钱的事儿正相反，大数不难小数难。听健身房的客人聊天，炒股炒房七位数的亏空，在人家嘴里就跟开玩笑一样，到了她这儿，必须精确到个位数和小数点后一位数，那些数目就怎么也掰扯不开了。

况且王亚丽还背着个负担，就是“果粒橙”。那张臭嘴也要吃她的喝她的。

俩人是在回龙观认识的，当时王亚丽在健身房教人跳操，“果粒橙”在中介公司帮人卖房租房。下班都晚，都爱到附近一家烩面馆吃烩面，不同的是王亚丽吃烩面就的是蒜，“果粒橙”吃烩面也要来瓶果粒橙。因为吃烩面，他们知道了对方都是河南新郑一带人，一来二去算认识了；也因为吃烩面，一个春夜发起燥来，“果粒橙”就把王亚丽带到客户委托的房子里，不顾蒜味儿，在沙发上将她给办了。办完之后嘿嘿笑：

“真是出门靠老乡。”把“靠”字说得格外重。

这是“果粒橙”其人的一大特点：不仅口风脏，而且每每能把脏话说出许多因地制宜的创意来。最早王亚丽还觉得好玩儿，甚至跟他学，进而又把几个室友给传上了，但时间久了，自己却先受不了了。受不了也不是因为脏，王亚丽自小也不是在耳根子干净的环境里长大的，而是因为她发现，“果粒橙”说脏话还有另一个与众不同之处。一般人随口说出的脏话，往往漫无边际，没有针对性，其效果就好像谁都骂了又谁都没骂，“果粒橙”却永远是目标明确：客户不能骂，领导不敢骂，谁跟他近谁跟他熟，他就专门拿谁开刀。这就称得上刻意和恶毒了。以前冲他妈去，过年往家打个电话都能把他妈给说哭了；后来是骂和他一起来北京的几个兄弟，终于把人家骂急了，合伙揍了他一顿，从此再不打交道；到如今，挨骂的义务就落到了王亚丽头上。她的长相、习性和工作统统被他损了个遍，说辞花样百出，意象却万变不离其宗，无外乎牲口、排泄物和交配运动。有时王亚丽幻觉，只要“果粒橙”一张嘴，她就变成了一头躺在粪坑里等待配种的驴。

逼急了王亚丽也反抗。有一次俩人正在铁架子床的下铺折腾，折腾到一半儿，“果粒橙”突然就停了，侧眼打量王亚丽，然后说：“你那同学说得真他妈对。”

王亚丽正在闭眼承受，一时反应不过来，问：“哪同学？说什么？”

“果粒橙”认真地说：“就是你跟人家发骚那同学呀，他说你长得像一头驴。从刚才的角度一看，你还真像一头驴，而且叫得也像驴。你妈逼，我是日了驴了。”

此情此景，此话就让王亚丽急了。她少有地发狠，抬起因为常年跳操而伤痕累累的腿，一脚把“果粒橙”从床上蹬了下去，而后赤条条地跃起反骂。她的脑袋在上铺磕了好几个包，声嘶力竭，嗓子都喊哑了。这番疾风骤雨持续了足有半个小时，王亚丽才瘫回床上，呼哧呼哧喘气。她发现骂人也是一项体力活儿，比在床上折腾还累。

“果粒橙”却古怪地一笑：“客观事实，你急什么？”

又指自己胯下：“驴就驴，我还不如驴。”

还说：“你怎么就不懂，骂你是把你当亲人哪！”

听他这么说，王亚丽就消停了下来，但却不是心情好转，而是陷入了索然之中。人活在世，都是爹娘生父母养，却非得如此卖力地互相贬损和自我贬损，动辄还拿牲口打比方，这让她觉得没劲透了。往近了说，二十多年白活，往远了说，生物学意义上的几百万年进化全都徒劳无功。王亚丽的索然似乎也传染了“果粒橙”，他跟着垂下头来，咂巴两声，仿佛对王亚丽像驴或自己一定要骂人的现状无可奈何。然而出其不意地，王亚丽又从这静默中察觉出了一丝温暖，那感觉好像在冷水里尝出了一滴眼泪。这就来自于“果粒橙”把她当亲人的那句话了。还有谁把王亚丽当亲人呢？而王亚丽又是多么需要一个亲人啊。为了这个，她似乎就没必要质问“果粒橙”为什么专要辱骂她这个亲人了，相反，“果粒橙”的辱骂恰恰说明了她是他的亲人。起码在口头上，起码在铁架子床的下铺上。

而一定要给“果粒橙”的骂人找个原因，那也未见得是精神上出了毛病，也许反而是精神上的正当需求。这么说吧，人的情绪都得有个出口，在工作中越是笑容可掬的人，在工作之外脾气就会越差，也就越需要找人泄愤。那么再以这个道理反推“果粒橙”，是不是也可以这样认为：那家伙对王亚丽越粗暴、越刻薄，也就越说明了他是个勤奋敬业的房产中介呢？

这也符合“果粒橙”另一个特点。事实上，王亚丽不得不承认，“果粒橙”不仅勤奋敬业，而且志向远大。“果粒橙”也爱算账，但和王亚丽又不是一种算法。王亚丽算的是手头那点儿钱够不够花，是聊以糊口的算，“果粒橙”算的却是将来挣多少钱才够花，而且还要算钱如何才能生钱，那就是体现着人生理想的算了。当俩人在铁架子床上骂完折腾完，“果粒橙”曾经不止一次对王亚丽掰扯过那笔账：他顶风冒雨骑着电动车带人看房，总算成交一单生意，业主拿五位数，老板拿四位数，他呢？七七八八也就是个三位数。这还是租，如果是买或者卖，收益的差距就更大了。凭他“果粒橙”的聪明才智，为什么要替人辛苦替人忙，凭他“果粒橙”的意志品质，为什么要人家吃肉他喝汤？

“我们店长就一傻叉，大写‘壹贰叁’都划拉不清楚。”

“找一门脸雇俩人，招牌一挂就能开张。”

“他们干得，我干不得？”

简而言之，“果粒橙”的理想是开一家中介公司。按照他的说法，到了那时，王亚丽也不必再到健身房教人跳操，而是在店里管管账，当个老板娘就行——由此不仅相当于从体力劳动者变成脑力劳动者，甚而有了挺进那个不劳而获的阶层的可能性。

对于这个理想，王亚丽起初的看法是认为他过于乐观，但随后一想，究竟应不应该乐观，又得分在哪儿看待事情。如果是区区新郑小县城，一张嘴说出的数目字儿多了俩零，那不是喝多了就是诈骗犯，可谁让他们都来了北京呢？在北京，很多切实可信的事儿变得虚无缥缈了，但也有很多虚无缥缈的事儿变得切实可信了。而也正因为那份看似切实的乐观，王亚丽便对“果粒橙”多了些许景仰，甚而还从“果粒橙”的谩骂中咂摸出了贴心贴肺的意味。啊，王亚丽似乎明白过来，俩人的关系里，原来拐了这么个弯儿。

于是王亚丽说："等你当了店长，可不会看上别人吧？"

"果粒橙"说："你脑子进屎了？不都把你当亲人了嘛。"

王亚丽说："将来要真能开店，就开在麦子店呗？"

"果粒橙"说："这地方好在哪儿？连个学区也不是，房子还老。"

王亚丽说："我就觉得麦子店好……麦子店像北京。"

"果粒橙"说："别扯了，还是脚踏实地，把店开起来再说吧。"

而一脚踏实地，却让王亚丽又生发出了一层认识：有的时候，脚踏实地的行动比虚无缥缈的幻想还要荒唐。进行完那番讨论，"果粒橙"突然宣布，他将执行一项个人财务计划，把每个月的生活费锁定在五百块钱以内，其他收入全存起来，用作将来开店的启动资金。

听到这个决定，王亚丽几乎觉得他在开玩笑。在北京，五百块钱一个月，谁信呀！对于她的质疑，"果粒橙"则恶狠狠地迸出几个"操"，但就不是骂王亚丽了，而是在给自己鼓劲儿。他进而教育她：财务管理是商业管理中最重要的一环，其诀窍就是从小处做起；现在市场竞争拼的是什么？拼的就是执行力，是把不可能变成可能。最后总结性地打鸡血：

"今天少花一块钱，明天开店早一秒。"

王亚丽也不得不佩服"果粒橙"那说干就干的气魄：话音刚落，他就退了出租房，搬到店里打地铺；再没买过一件衣裳，衬衫袖子底下破了就先夹着胳肢窝见客户；如果不是王亚丽坚决抵制，他恨不得连每次折腾时用过的避孕套都要晾干了下次接着使。原来"果粒橙"就是个节俭的人，到现在何止节俭，简直是自虐了。或许他必须用这种态度才能向王亚丽，更重要的是向自己证明，开店可不是说说就算的，而是势在必行的，不是远在天边的，而是近在咫尺的。

不过凡事并不绝对，"果粒橙"也不是在每件事上都能说到做到。

比如在那之后，他还曾经表示，以后就不能老来找王亚丽了，理由是跑一趟又费时间又费钱。可同样话音刚落，来的频率非但没变低，反而变高了。本来王亚丽在麦子店，"果粒橙"还在回龙观，俩人又都忙，不是你加班就是我加班，所以常常半个月才见一次，但这一阵，“果粒橙”就几乎是每个礼拜都露面了，有时恨不得两三天就来一趟。刚开始，这个变化还让王亚丽挺欣慰，并且情不自禁地又想起了那句“把你当亲人”，但她随即发现，“果粒橙”再来时，却不像以前那样非缠着她要折腾一把了，而是随着一种肉欲的降低，另一种肉欲陡然高涨。驴火，过去能吃俩，现在起码五个；烩面，过去一碗就够，现在得两碗，还得另点三份单切的肉片，层层叠叠盖住碗口，捂得面汤里的热气儿都冒不出来了；就连临走前再吃个鸡蛋灌饼，都得额外多夹两根火腿肠。更关键的是，过去俩人吃饭，都是“果粒橙”结账，现在不了，他就那么木然地把脸一撇，咂巴着嘴等王亚丽掏钱。

很明显，他的打算是进城狠吃王亚丽两顿，回去再硬扛着“素”几天。那么这家伙平时吃什么？干馒头就榨菜还是方便面泡烙饼？五百块钱的标准，再刨除电话费和交通费，想来也很难见到荤腥。也许他还只恨人没像牛一样长四个胃，那样的话，来一趟就更不白跑了。

这让王亚丽好气又好笑。她想起小时候，她妈带她去赴人家婚宴，去之前的两天只吃熬白菜，为的就是到了席上玩儿命塞。记得有次席都散了，她妈还逼她又吃了两个拳头大的肉丸子，撑得她直翻白眼儿，回去时坐公共汽车颠吐了，她妈心疼得用钥匙扎她嘴。而跟女朋友还要这种小心眼儿，简直就像网上的奇葩段子了。难道省下他“果粒橙”的钱算省，挥霍她王亚丽的钱就不算挥霍了？如果这样，又何来“亲人”一说？最重要的一点在于，如上种种，在以前还算不了什么，反正再穷也不至于危及温饱，可等王亚丽磕了脑门又有半个多月没上班，竟然真成了问题了。王亚丽一边算账一边决定，必须得跟“果粒橙”挑明了说说。亲人也得明算账，为了理想也不能饿肚子，何况还是为了他的理想而饿了她的肚子。

那个周六，她正刷着手机发怔，“果粒橙”果然就来了。

进门“我操”两声，又指着王亚丽说：“你怎么变成马王爷了。”

说的是王亚丽脑门上的那道疤。她自己也对着镜子照过，就在额头中央，缝了两针又凹进去一条缝，恰似老家庙里神像的第三只眼，而且也是竖着的。只不过马王爷的第三只眼是威风凛凛的，王亚丽的第三只眼却是红通通烂乎乎的，好像哭肿了。不提这个还好，一提这个她的火儿就上来了。然而恰因打定了主意，王亚丽反倒没有发作，只是沉默地穿鞋、拿钥匙。

俩人就出门吃饭。以前这顿午饭常在小区门外的面馆解决，或者是到公交车站附近的驴火店，而今天，王亚丽也不征询意见，径直拐上大街，往地铁站边上的那幢写字楼走去。她走得嗓子眼儿里吭叽作响，脖子硬邦邦地绷着，从背影就能看出正在生闷气。而身后的“果粒橙”竟没再聒噪，一声不吭地跟着。转过通身透亮的玻璃楼体，那家起了法文名字挂了英文招牌的面包店便露了出来。王亚丽几步跨上台阶，一把拉开了触觉厚重却又好似空无一物的玻璃门。隔了昼夜之间的时差，这里几乎不认识了：人多得转不开身子，音乐的音量也比晚上大了几倍。收银台后仍站着那个满脸蝴蝶斑的女店员，却不再刷手机看韩剧，而是将两手并拢在围裙上，用标准化的微笑招呼：

“您好，要点儿什么？”

对方该是忘了自己吧，或者只记得晚上那个自己。王亚丽略一恍惚，把话原样传递给了“果粒橙”：“要点儿什么？”

“吃饱就行。”“果粒橙”惶惑地回答。

“那就这个，这个，还有这个。”王亚丽端起托盘，走到一张靠窗的二人座旁，把屁股往椅子上一歪，又将东西往“果粒橙”面前一推：“吃。”

“果粒橙”就吃，一张脸噼里啪啦地蠕动。王亚丽则斜身侧眼看着对方。她做好了准备，假如“果粒橙”再敢拿这顿饭的性价比说事儿，污蔑她傻和贱，她就举起托盘，琳琅满目地扣到他脸上。越是糟践平时舍不得的东西，越有豁出去的快感，而她王亚丽今天还真打算豁出去了。有什么的呀，大不了一拍两散，没掉块肉。

“果粒橙”终于在吃的间歇开口了：“你也吃？”

王亚丽哼了一声：“没胃口。”

"果粒橙"便将托盘拽近了些："那我再使使劲儿。"

王亚丽又哼了一声："饿着了吧？"

"果粒橙"说："那可不。"

王亚丽嗓子一哽："我也快挨饿了。"

接着，她便将近日来的算账结果通报给了"果粒橙"。声音不大，但丁是丁卯是卯："六百二十块零八毛，这是交完了一笔外科急诊医药费后银行卡里剩下的数目；此外还有现钱一百一，合计七百三十块零八毛；用这些钱我需要支付上个月分摊的水电费、下个月预缴的电话费以及坐车、买香皂和卫生巾等等必要开销，关键是还有下下个月开工资之前的伙食费。能吃成什么样，你心里也有数，更关键的是，这饭就只够一人吃，不够俩人吃了。人要是能不吃饭该多好，充电也行，电费比烙饼馒头便宜。算了，不扯没用的了，反正你这样隔三岔五地过来卷一顿，我是供不起了。情况就这么个情况，我的意思你懂了吗？"

王亚丽逆着浑浊的阳光，不紧不慢地说着。"果粒橙"则不得不停止了吃，目光却还附着在托盘上。等她收声，俩人又枯坐片刻，仿佛这一个以为那一个没听懂，那一个又以为这一个没说完。头顶有只飞虫扎进了电子灭蝇器，脆响一声，如同炸了个爆竹。

"果粒橙"这才又开口："都这㞞样了，你还买这些？"

王亚丽说："我想着，咱俩要是就此断了，这顿总得吃点儿好的。"

"果粒橙"说："那还不如去吃自助，我能吃黄了他个王八蛋。"

王亚丽说："吃不吃吧？"

"果粒橙"斜了一眼王亚丽："我找你，就图个吃？"

王亚丽也斜了"果粒橙"一眼："最近也没图别的。"

"果粒橙"便慨叹一声："王亚丽，你是傻呀还是贱呀？"

而当王亚丽刚一涌起掀盘子的冲动，"果粒橙"却抹抹嘴，从身后拽过尼龙书包，拉开最外的一层拉链，又拉开里面的一层拉链，掏出一个牛皮纸口袋，放在桌上，还用手抹抹平。这架势搞得王亚丽不由一愣，而低头看那口袋，上面印着房产公司的名字，显得鼓囊囊沉甸甸的。在"果粒橙”的眼神鼓励下，她捏着纸口袋上的棉绳逆时针绕开，把它掀开一条缝，就看见里面装着几摞钱，用猴皮筋扎在一起，形成了一块暗红色的小砖头。王亚丽一时怀疑自己出现了幻觉，赶紧把纸口袋合上，但随即又掀开瞥了一眼。

“别数了，四万七。”“果粒橙”说。

“这一年只领底薪，提成都压在公司。好说歹说，今天让我取了。”“果粒橙”说。

“不够开店的，还得接着攒，不过也快了。”“果粒橙”又说。

他的话半句半句往外蹦，蹦了几段儿，才像上足了润滑油的拖拉机，突突突地顺畅起来。“果粒橙”先重申了自己执行那项财务计划的初衷：不是没钱，而是没有可以瞎花的钱，这样虐待自己，也是天将降大任于斯人的用意。接着又解释了非要到她这儿来蹭饭的原因：不是不想吃，而是不想由自己做出吃的决定，怕的是手指头一松，意志就薄弱了，借助王亚丽，则可以减轻吃的负罪感，仿佛是她要求他吃，他也就不得不吃了。随后又对只顾自己励志，却疏忽了王亚丽的经济状况做出道歉：不是没想过她缺钱，而是没想过她缺钱缺到这个份儿上。那好，自己的积蓄以后就放在她这儿了，别说蛋糕，鲍鱼也吃得起。但有一条，他希望王亚丽替他掂量掂量：这些天他正在看房子，给不久以后开的店选址，麦子店这地方别看旧，但毕竟是在城区，租金可比回龙观贵多了，随随便便一间临街房，张嘴就要一万多一个月，而且还得一次性缴足三个月的房租，再加上简单装修和购置桌椅电脑的费用，前期投入怎么也得预备个七八万；如果再雇俩人，十万都打不住。也就是说，到底能在多远的未来实现咱们——注意，是“咱们”——的理想，终究还得取决于能从手指头缝里再攒下多少钱来。他这边的情况也就是这么个情况，王亚丽，你看着办吧。

这也是“果粒橙”自从认识王亚丽以来，少有的不夹杂牲口、排泄物和交配运动的一段独白，不仅说得清洁，而且说得恳切。说时一张脸仍在噼里啪啦地蠕动，仿佛不如此，就不足以把意思表达清楚。而王亚丽听完又愣了半晌，然后问：

“你说……店要开在麦子店？”

“可不，你不是喜欢这儿嘛。当然选这儿也不全是因为你喜欢，我又权衡了一下，和别处比，麦子店的房子虽然净是老破小，可是外来住户多，老房主搬家的也多，所以甭管是卖是租，换手率都挺高。表面上看着一单生意赚不到几个钱，架不住细水长流啊，这种经营模式也适合刚起步的公司。”“果粒橙”说着，又舔舔嘴角的一抹奶油，剜了王亚丽一眼，“你呀，这么不懂我的苦心，我是白把你当亲人了。”

王亚丽半晌没话。在此期间，“果粒橙”已经低下头去，一心一意对付起了那块小脸盆一般的芝士蛋糕，亮给她一个天灵盖。在这半个月没洗、头发纠缠凌乱的脑袋里，得藏着多少弯弯绕。就是个吃饭的事儿，还较着好几股劲儿，跟别人较劲儿，跟自己较劲儿，跟王亚丽对麦子店这个地方的爱好较劲儿。比起“果粒橙”，她王亚丽的想法可真是太简单了。那么现在苦心也懂了亲人也当了，她应该感动吗，或者说，应该惭愧吗？

的确，她的鼻子一酸，差点儿就要哭出来了。林立的高楼挡住了风，城市的胳肢窝里藏着多少暖烘烘脏乎乎的东西，既让人厌烦，又让人依恋。这是麦子店特有的气息，也正是裹挟在这种气息之中，王亚丽目光迷离，心里揣着满满的一腔情义。

她没哭，却笑了：“郭立城，你个孬孙。”

“果粒橙”回应她：“王亚丽，你个傻驴。”

随后的这个下午，俩人回到铁架子床的下铺，也不管有没有被人破门而入的危险，足足折腾了一个钟头。在此期间，王亚丽一直体谅地侧着脸，为的是不让“果粒橙”看到她的第三只眼，从而感到身下压着一个马王爷。等他轱辘到一边不动了，俩人又挤着喘了会儿，王亚丽忽然问：“钱放我这儿，你不怕我跑了？”

“果粒橙”说：“你不怕我把你宰了？”

王亚丽说：“跑都跑了，你宰得着吗？”

“果粒橙”居然含糊了：“妈了个逼，你不会真跑吧？”

“你不说我是个傻驴吗，你不都把我当亲人了吗？”王亚丽搂住“果粒橙”，把马王爷的第三只眼贴在他的胳膊上，偷偷笑了；但随即，她却又突然发狠，照着他的膀子咬了一口，接着像宣誓一般说：“你放心，那钱我要花了，就不是人揍的。”

“果粒橙”欣慰地“嗷”了一声。王亚丽便披上衣服，到卫生间里去洗，洗完又在马桶上坐了一会儿。而这时，她又看到了那本小册子，具体地说是小册子的一角。上次被舍友抬到医院之前，她匆忙把它插回到暖器上的《知音》《女友》和《故事会》杂志里了。一看不打紧，心里怦然又是一动。接着，王亚丽就把小册子抽了出来。封面上的外国瘦男人依然慈祥地笑着，脑袋后面拢着个光圈，眼神仿佛洞悉一切。但她才不管究竟被对方洞悉到了什么，径自捻着纸，哗啦哗啦翻着。这次看的却不是那些古代的、有影儿没影儿的传说了，相反，她是在寻找一则关于现在的具体事项。以前就依稀见过那句话，只是没往心里去，而在现如今的情形下，那团记忆就像枯水下的鹅卵石一样硬邦邦地顶了出来。

果不其然，就是这话，位置在倒数第二页的边角上。那片字迹却不是印上去的，而是用圆珠笔后添的，旁边还有一串手写的电话号码，联系人叫作“岳小姐”。王亚丽从披着的衣服兜里掏出手机，照着号码打了过去。

“是信教的地方吗？”

“这里是团契。”

“什么是团契？”

“也就是信教的地方。”

“别说车轱辘话。缺人吗？”

“这位教友，不是主缺少你，而是你需要……”

“怎么又说车轱辘话。我想去行不行？”

“当然可以。您以前在哪个教堂？”

“以前没去过。”

“新教友一样也欢迎的。”

“远吗？”

“我们在麦子店，您在哪儿？”

“那不远。对了，你们管饭吧？”

“您说什么？”

“宣传册上写的，有项活动是聚餐。”

“哦对……那是每次讲经结束之后……”

“每次？下次什么时候？”

“我们每个周日聚会。”

“周日？不就是明天吗？那好，明天见。”

五

后来按照岳晓芬姐妹的描述，王亚丽是在一个充满阳光的下午走向了主的所在，恰如一只迷途的羔羊。对于这个说法，王亚丽只有部分同意。那个周日天气确实不错，从张家口来的风突破了楼群的壁垒，将麦子店的天洗刷得扎眼的蓝了起来。然而就算走在一方爽朗的蓝天之下，她依然无法把自己想象成一只羔羊。她可没那么纤弱、无辜、楚楚可怜。说实话，王亚丽已经习惯于被人比喻成驴了。

这头驴也不存在“迷途”一说。从哪儿来往哪儿去，此类问题不在王亚丽的考虑范围之内。如果一定要回答，那她就是从食不果腹的处境里来，朝着能免费填饱肚子的地方去。小册子里写得明明白白，只要来了都管饭，更何况那本小册子还是人家硬塞给她的，这就相当于热情地邀请她去白吃，她完全可以把这个举动理解为使用了一张快餐店的试吃券。

话虽这么讲，在根据电话的指引走向“团契”时，王亚丽还是犯起了嘀咕。她终究没法把“蹭饭”和传统意义上的“要饭”撇清干系。这就又要说到王亚丽她妈对王亚丽的启蒙教育了。在小时候，王亚丽一惹她妈生气，她妈就骂她“卖逼的”，有时加以修饰，则是“小卖逼的”或“卖小逼的”。后来她日渐大了，有次她妈吃了自己烧烤摊上的过期肉，拉稀拉得下不了床，王亚丽跑前跑后伺候了三天，给她妈熬粥，给她妈洗裤子床单，搞得她妈动了感情，拽过王亚丽的手摸了几摸，掉下两滴眼泪：

“你个卖逼的，还算有些良心，也有些用处。”

初具人格的王亚丽也哭了：“往后别说我卖逼的了，行不？”

她妈就说：“卖逼也比要饭强。”

进而讲起了她姥爷在饥荒年月逃难的事，那可真是惨绝人寰。中原一带人，很多家庭都流传着这种记忆。也就是说，在王亚丽她妈的观念里，要饭的屈辱远甚于卖逼。又可想见，如果不是出于一腔母爱，她就会管王亚丽叫“要饭的”而非“卖逼的”了。受其观念影响，后来出门找活儿干时，王亚丽也暗自立志：穷死不讨一口吃。正因为此，哪怕是每天晚上的半价面包，她也要一秒不差地等够时辰。

可现在来都来了，王亚丽也只好这么劝慰自己：蹭饭不是要饭，难道人家还能放狗咬她？与此同时，她还用理想来鼓励自己，具体地说是“果粒橙”的理想。如果理想还不够，那就再加上感情：人家把身家性命都押在自己这儿了，这不可谓不把她当亲人；既然已经是亲人，就决不能破了那笔钱，破了就辜负了。好歹先把眼下对付过去，她这边儿能省多少是多少，用省下的钱接济“果粒橙”，“果粒橙”吃饱了再去跑业务，等到有朝一日，真把店开起来了，而且果然开在麦子店，那不就皆大欢喜了吗？大不了到时再来一趟，吃了多少都还上，也就不算白吃了吧？权当向那画儿上的外国瘦男人借了个债。

心里打了几个颠倒，王亚丽便在理想、感情外加契约精神的鼓舞下，从麦子店南里穿到麦子店中里，又拐了个弯来到麦子店东里。在视觉印象上，她相当于从一片灰色矮楼出发，经过一片褐色高楼，最后钻进了一片暗红色矮楼。楼们无论高矮，一律都旧，据说原来分别属于纺织厂、水泥厂和化工厂，而现在厂子外迁，老房主搬的搬死的死，填充进来的新住户就是五花八门的了。有中国小年轻，也有外国老胖子，有娘里娘气的肌肉男，也有烟不离手的女白领，有西服革履的穷鬼，也有开着豪车的膀爷。在街边的一个网红面摊上，她还看见七八个身高接近一米八的艳丽女郎，或穿皮衣皮裙，或穿貂绒小袄，还有拖着露背晚礼服的，一律手捧海碗，辣得吸吸溜溜。也不知是等待试镜的模特，还是刚刚下班的“公主”。

“团契”所在的暗红色小楼则是所有旧楼中最旧的一幢，不仅没装防盗门，就连楼道的窗户都残缺不全了，远看好像生了疮的排骨。进了某个门洞，并未听到主的福音，扑面而来的反而是单田芳的评书。老艺术家的烟酒嗓从一楼右手边那扇斑驳的木门背后奔涌而出，一唱三叹，气势磅礴，充斥了楼道里那曲折狭小的空间。王亚丽被唬得一愣，接着便绕过一堆破纸箱和几辆自行车，沿楼梯爬上了二楼。仍是右手边，仍是一扇斑驳的木门，她一抬头便看见门上贴了张外国瘦男人的头像，脑袋后面拢着个光圈。

就这儿了。王亚丽敲门，未几门开，闪出一双灵活的大眼睛。她又想起，昨天接电话以及今天给她指路的，也正是一个温柔的南方口音，会把“四十”说成“丝丝”的那种。原来“联系人岳小姐”就是当初发传单的女孩。再见之下，王亚丽的态度就有些腼腆了，也不开口，先抿嘴一笑。

互看半晌，她才说：“咱们联系过……我叫王亚丽。”

对方的眼睛明亮地一晃，以笃定的口吻招呼：“王亚丽姐妹，欢迎你。”

岳小姐便让出门来，令王亚丽看到了屋里的情形。一套五六十平方米的老式两居室，朝北的卧室闭着门，过道空着，朝南的卧室里或坐或卧了十来个人，男女都有，平均年龄足有六十往上。其中一个坐着轮椅的老太太已经满头银发，却打理得一丝不苟，乍看好像开了一朵盛大的白色菊花。老人们中间点缀着两三个年纪小的，也与街上常见的年轻人不同，不是一边肩膀高一边肩膀低，就是手边放着一对拐，唯一一个貌似精干的小伙子还歪在了光板床上，下身盖副毯子。

岳小姐一只手指放在唇边，轻轻“嘘”了一下，又指向靠门的一个马扎，示意王亚丽坐下。接着，所有人都捧起一本厚书，大约就是《圣经》，却不发声，而是听一个油光水滑的中年胖男人讲了起来。仪式已经开始，王亚丽迟到了。

讲经其实就是念经。胖男人穿身皱巴巴的黑西服，头发打了蜡，湿漉漉地梳成了个大背头。他被众人簇拥在床头，大屁股几乎占据了半张床，这就给人一种错觉，仿佛他像山一样牢牢压住了歪在床上的那个小伙子，而后者正在奋力地试图从他的屁股底下挣脱。除了胖，这男人的另一个特点是他的嗓音：既厚且软，仿佛塞满了棉花又在温水里泡透了，听来不像男声，反倒令人想起女中音歌唱家关牧村。讲的什么呢？自然不是打起手鼓唱起歌，骑着马儿翻山坡，而是《圣经》里的一段故事。具体又是哪段故事？这就不知道了。其实王亚丽本来也想听一听，并且煞有介事地支棱起了脑袋，好像一只凝神侧耳的驴——这个姿态又有一多半是做给岳小姐看的——然而故事没头没尾，人名也既乱又绕，一时难以分清谁是谁的谁，更重要的是，王亚丽从早上到现在只喝了两碗凉水，这时肚子已经空得发慌，实在难以集中精神。没过多久，她的脑袋就耷拉了下去，变成了一只俯首垂耳的驴。

王亚丽正在难以自抑地滑入梦乡。在梦里，她仿佛又回到了小学课堂。

小学六年，没吃过一顿早饭。她妈跟粮店有仇，自从她爸和那娘们儿跑了，就没去买过大饼馒头，“怕吃出逼毛”。加之厂子时常开不了工，为解决生计，开始摆摊卖烧烤，头天熬到夜里一两点，次日起不来，干脆省一顿。大人省一顿无非睡觉，孩子省一顿就在课上没精神。熬到受不住，还是得睡觉。偏偏王亚丽的班主任也很有创意，对付睡觉的学生不用粉笔头射击，而是准备了一块磨刀石大小、共鸣能力极强的惊堂木，看见谁趴下了，先诡秘地努嘴挥手，让全班安静下来，再蹑手蹑脚来到那孩子面前，猛地把惊堂木往桌上一拍。睡觉的学生如同被罩进鼓里又狠捶一记，每每反应不一：有的像火箭一样往天上发射，有的手舞足蹈乱哆嗦，有的两腿一软出溜到桌子底下。到了王亚丽这儿，效果最具有戏剧性。她常常腾地一下站起来，在老师面前立正：

“我不敢了。”

接着就觉胯下一凉，原来已经尿了。尿了也不敢回家洗，继续在课堂上坐着，等待自然风干。自从发现这个特性，老师倒是放任她睡觉了，其他学生却有了事儿干。王亚丽一旦再睡，他们就会钻到讲台边上去找惊堂木，找不着用铅笔盒也行。他们很希望除了尿以外，把她的屎也给吓出来。可惜王亚丽肚子里没有存货，实在不能满足同学们的期望，倒是由于频繁小便失禁，把大腿内侧沤出了疹子，一睡着了就会下意识地伸手去挠。

同学便会向老师汇报：“王鸭梨又在抠腿。”

七岁看老，这个童年的习惯一直保持到了现在。于是此时，屋里就呈现出了这样一幅场景：在大胖子那舒缓醇厚的讲述之中，在众人那凝神屏气的倾听之中，唯有坐在小马扎上的王亚丽歪着脑袋，咂着嘴巴，一条涎水从嘴角滑出来又吸溜进去；与此同时，她毫不设防地岔开双腿，一手弯如鸡爪，有条不紊地游走于其间，一会儿在左边的大腿根挠挠，一会儿在右边的大腿根挠挠。她挠得相当用力，指甲在尼龙运动裤上摩擦出了咯吱咯吱的尖叫，也分不清她到底是左边痒还是右边痒，其实只有王亚丽自己知道，她挠的是多年以前早已不存在的痒。这姿态当然是很不恭敬的，不过居然一直没人对她抗议。对于那些人来说，仿佛屋里并不存在着一个王亚丽，又仿佛不管王亚丽做出怎样的举动，他们也还是他们。

——啪！

和上小学时一样，王亚丽又是被一记惊堂木给吓醒的。那声音如此清脆，如此响亮，而且近在耳边，震得她空荡荡的脑壳回声不断——再加上肚子里的饥肠辘辘和大腿根的隐隐作痛，这些似曾相识的感观印象，令她在一瞬间真以为自己穿越了回去。在众目睽睽之下，王亚丽腾地弹了起来，笔直地立正。她出了一身冷汗，扯风箱一样大喘了两口气。

随后，王亚丽才又回到了现在，回到了麦子店的旧楼房。

和上小学时不一样，此刻她的两腿之间总算没有湿漉漉地发凉。在关键时刻能憋住尿，这恐怕是她长大成人之后唯一实质性的进步。而当王亚丽既晕头转向又心有余悸地打量着油光水滑的大胖子，打量着满头银发的老太太，打量着歪在床上的小伙子时，身边又有人拍了拍她。是岳小姐。那女孩柔软地摩挲了一下她的手背，用同样柔软的声音说：

“不怕，没事。”

又说：“主和我们在一起。”

人家这么一说，王亚丽居然不再害怕，而且听话地坐了下来。主在哪儿？没看见。但她知道有个人正在柔声细语地安慰着她，仿佛自己真是一只纤弱、无辜、楚楚可怜的羔羊。而这种腔调和这种态度，又是她长了这么大从没体验过的，王亚丽甚至被弄得羞涩了起来。她很想扭过头去看一看岳小姐，但才扭到一半，又不好意思地转了回来。她只能假装发呆地盯着前面一个老男人斑秃的后脑勺，并且陷入了另一个疑惑：方才那记骇人的声响是从哪儿来的？惊堂木到底拍在了她的耳朵眼儿里还是记忆深处？

答案接踵而至。就在脚下，声浪一波一波地涌了上来，响彻四面八方。那是一个典型的烟酒嗓，苍老，遒劲，澎湃，在它的冲击之下，这栋矮楼的墙板仿佛薄如蝉翼：

“话说董卓乱长安，各路诸侯征战虎牢关——”

王亚丽记起来，在她上楼时，一楼的楼道里就飘荡着这个嗓音。单田芳还是单田芳，不过刚才说的好像还是《白眉大侠》，现在却变成了《三国演义》。又不过，《白眉大侠》的音量还没这么大，到了《三国演义》就简直震耳欲聋。不只王亚丽，满屋子的人都悚然一惊，纷纷抬起头来，好像一群被扯着线往上提溜的木偶。不过也看出来，他们对于单田芳的破墙而入是有所准备的，起码没像王亚丽那样反应强烈。大胖子舔了舔嘴唇，老太太皱着眉揉了揉太阳穴，小伙子在床板上抽搐了两下。

“要不先停停？”大胖子问。

“停停就停停。”老太太附和。

“也别天天停，”小伙子反对，“一会儿又忘了讲到哪儿了。”

讨论莫衷一是，楼下的单田芳却更加声势浩大，不仅震得地板发颤，简直就连头上的灯管儿都恨不得跟着摇晃起来了。这么一会儿工夫，关云长已经斩了华雄，策马回营，来到帐内，其酒尚温。至于王亚丽，她的耳朵里杀声震天，肚子里更是金鼓齐鸣，如果有人征询她的意见，那她只有六个字儿：先吃饭，吃饱散。反正耶稣也好，关云长也好，都不在她的关心范围之内，就算他们打起来也无所谓。

可惜事情并不如她的意。众人面面相觑一会儿，又把目光一齐转向了岳小姐。这女孩文文静静地坐在旮旯，此刻却成了这么多人的主心骨。在十几双眼睛的注视之下，岳小姐便站了起来。她的眸子还是亮晶晶的，神色却出奇的安详。

她说：“心里有主，杂声再大也不能扰乱我们。”

众人点头。就连带头叫停的大胖子也说：“岳晓芬姐妹说得对。”

王亚丽便知道了岳小姐名叫岳晓芬。岳晓芬姐妹又说：“唱支歌吧。”

接着也不征询别人的意见，径自唱了起来。她的声音不大，甚而有点儿虚弱，许多长音唱不完整，拖到一半就只剩了无声的吐气。然而也怪了，一时之间，王亚丽似乎只听到了岳晓芬姐妹的歌声，比那歌声喧嚣了无数倍的单田芳，却降格成了可有可无的背景——就像河水里落进了一片树叶，任它波浪翻滚，树叶却总也不会沉没。

跟随着岳晓芬姐妹，屋里的其他人也唱起来了：

主，你是盛开在
沙仑的玫瑰
谁不切慕喜爱将你采归
你如那膏油馨香绽放四溢
你艳丽芳香秀美
谁能不为你，倾倒跪下降服
谁能不为你迷恋陶醉

谁不为你倾心向往竭力追随
有主无怨无悔
你让我一生拥有你那芳香的玫瑰
因你在我的里面我就秀美
因你在我的里面
我就永远艳丽芳香秀美

这歌儿只有王亚丽一人不会唱，但她不得不张着嘴，也跟着哼哼了几声。这是因为岳晓芬姐妹一边唱，还一边拉住了她的手。在岳晓芬姐妹的示意下，王亚丽只得伸出手去，又拉住了边上另一个人的手。屋里的人你拉着我，我拉着你，结成了一个极不规则的环形，在这环形之内，正如岳晓芬姐妹所言，杂音再大也是不能扰乱他们的。一曲终了，屋里仿佛静谧了下来，就连空气和光都凝固了。

然后大胖子拿起了厚书，照本宣科地朗读了起来。

然后屋里的人纷纷坐正，恢复了肃穆听讲的姿态。

然后王亚丽又瞥了一眼岳晓芬姐妹，却发现对方亮晶晶的眼睛变得更亮了，再一细看，居然泛着泪光。但也很惭愧，王亚丽大概是岳晓芬姐妹感染范围之内唯一的死角。她的意识里只剩了一个念头，这个念头如此强烈、执拗而又纯粹，那就是："团契"号称管饭，到底是真是假？

等到悬念终于揭晓，就是天将将擦黑的时候了。窗外的艳阳变成了落日，饱满而缓慢地往麦子店的楼群深处坠去。王亚丽已经在半睡和半醒之间切换了几个来回，突然之间，她闻到了食物的味道。王亚丽啪地睁开眼睛，脑子也像通了电一般复苏，看到岳晓芬姐妹从外屋走了进来。那女孩手里捧着一只硕大的瓷盘，盘子里堆满了黑乎乎、硬邦邦的东西。

"李琴姐妹带给大家的。"岳晓芬姐妹说。

"面包熏肉，吃嘛也没什么好吃的，图个方便。"满头银发的老太太从轮椅上欠了欠身，那朵盛大的菊花微微一颤。看来她就是李琴姐妹。

"李琴姐妹以前去过外国。"大胖子又解释道。

“阿尔巴尼亚。”李琴姐妹补充。

王亚丽是距离瓷盘最近的人，她既庆幸于这个位置上的优势，又庆幸于屋里即将发生的人数变化——并不是所有人都在等待这顿简易的晚饭。几个老年人站了起来，对李琴姐妹道了谢，又对岳晓芬姐妹点点头，就无声无息地走了出去。他们离开的理由是去买菜，或者是去接孩子，而他们看起来的确也与菜市场里、学校门口常见的老年人没什么两样。

王亚丽则不等岳晓芬姐妹示意，就已经把手伸进了瓷盘。但她出手如风，目标明确，先抓起来的却不是最宽最厚的那块面包夹肉，而是一块相形之下瘦得多的“面包屁股”。

这个选择就是基于另一种算计了，还是王亚丽她妈教给她的。在人家婚宴上吃丸子，王亚丽她妈会把最小的一个先夹给她，并热情地招呼桌上的其他孩子“捡大的塞”。王亚丽一旦抗议，她妈就会在底下狠拧她的大腿根，又拽着她耳朵问：

“你个傻孬，数数碗里还有几个？”

王亚丽一数，剩余的丸子，果然不够每人再分一个的。这样一来，能否吃到第二个丸子，就取决于第一个能否速战速决，先夹了小丸子的反而占了便宜。原来她妈强调的不是谦让精神，而是吃饭的战术。后来王亚丽果然吃了俩丸子，可惜又在车上颠吐了。时至今日，这个战术依然有效，当岳晓芬姐妹正小口咬着第一块时，王亚丽已经抓向了第二块，就连大胖子的第二块都没有消灭掉时，王亚丽已经在对付第三块了。按照这个局面，如果持续不停地吃下去，她将势必比别人多吃一块面包夹肉。正式开吃之前，岳晓芬姐妹还带着大家又进行了一次祷告：“感谢主，赐我食。”但王亚丽实际上要感谢的却是她妈。

然而这顿饭行将结束时，王亚丽才发现自己的算计白费了。当时她已经成功地塞下了第三块面包夹肉，往盘里一瞥，还剩着七八块之多。与她一起吃饭的人是如此缺乏竞争力，别说满头银发的老太太了，就连大胖子都吃到两块就打着饱嗝停了下来。饭量最小的是岳晓芬姐妹，她那块只掰了一半慢慢啃完，剩下的半块放进了一个塑料饭盒里。这要是“果粒橙”来了，还不吓死他们。这样想着，王亚丽不由自主地懈怠了下来，同时涌起了胜之不武的惭愧。她暂时打消了再接再厉的念头，出门走到厨房，对着“撅尾巴管”咕咚咕咚灌下几口凉水。而等她喝完水再回来，便又看见岳晓芬姐妹正在打开一只干净的塑料袋，将盘中剩余的面包夹肉仔细地摞好，放了进去。

“吃好了吗？”岳晓芬姐妹抬眼看向王亚丽。

王亚丽脸上一紧。对方的话里是否有别的意思，是嫌她吃得太多还是吃相不好看？而当她含含糊糊地“嗯”了一声，岳晓芬姐妹的手就递了过来。是那个装满面包夹肉的塑料袋。与此同时，岳晓芬姐妹朝李琴姐妹投去询问的目光，李琴姐妹也没说话，只是点了点头，盛大的白色菊花又微微一颤。

塑料袋就留在了王亚丽手里，没人多看一眼，好像方才的赠予行为从未发生。

王亚丽当时也没想到，这不经意间的一交一接，从此就成了她与岳晓芬姐妹之间的固定动作。后来每当“团契”结束，岳晓芬姐妹都会把聚餐剩下的食物打好包，递给她。

空了手的岳晓芬姐妹又收拾起桌椅板凳来，还从厨房拿了支扫把，将房间的地面扫了一遍。王亚丽却一直怔着，看岳晓芬姐妹干活儿。身边的人依次与岳晓芬姐妹告别。李琴姐妹是被大胖子推着轮椅出门，又叮当作响地扛下一楼的；就连歪在床上的小伙子也吭吭唧唧地爬起来了，原来他断了腰，走路必须扶墙。直到屋里几乎空了，岳晓芬姐妹才抹了把额上的汗，又转向了王亚丽：“王亚丽姐妹，再见。”

“再见。”

王亚丽挤出一个尴尬的笑，转身，出门，下楼。来到一楼门洞，她的步子才不得不黏滞下来，这是因为面包正在凉水的浸泡下膨胀，撑得她胃里隐隐作痛。与此同时，她还觉得耳朵空落落的，仿佛少了点儿什么。为此，王亚丽专门凝神倾听了一会儿，随即反应过来，原来是单田芳的评书也消失了。耶稣基督，关羽曹操，一切中国的、外国的源远流长的传说皆尽归于虚无，单留下一个既拥挤又空洞的人间，恰如此刻王亚丽的胃和耳朵。

六

以上是王亚丽第一次参加“团契”的经历，从此就成了常客。

每周一趟，连吃带拿，就连后面两天的伙食也捎带着解决了，省下的饭钱正好支援“果粒橙”。不夸张地说，“团契”帮助王亚丽熬过了一个多月的饥荒。

其实对于找主蹭饭这事儿，本来的打算是三天打鱼两天晒网——也别老去，最好有个间断——这是因为王亚丽观察出来，“团契”的聚餐有个松散的制度，即大伙儿轮流请客：这次老太太拿了面包熏肉，下次大胖子就会预备打卤面条，再下次岳晓芬姐妹还会专程出门去买现烤的桃酥。这样一来，要是哪天轮到了王亚丽，她该怎么办？舍得请吗，请得起吗？厚着脸皮不请的话，就算主没意见，追随主的人能没意见？

同样的道理，单田芳也是讲过的——王亚丽也观察出来，每当讲经讲到一半，一楼的评书声总会轰鸣而至，这几乎成了雷打不动的节目。如今《三国演义》已经从虎牢关说到了徐州城，对于吕布这个一心多吃多占的白眼儿狼，人家刘备没往心里去，张飞可先不干了，哇呀呀要斩了三姓家奴。作为一个蹭饭的人，王亚丽听了深受教诲。她反复告诫自己要懂得看人眉眼高低，可别哪天就被下了逐客令。

但定下的打算却没执行，原因又有两个方面。

其一当然是王亚丽的钱包。账已经算得很清楚了，几百块钱要应付一个多月的开销，她也只能去蹭别人的，坚持不懈地蹭，细水长流地蹭，正如“果粒橙”要来蹭她。至于另一方面，就涉及“团契”对她的态度了——那些人到底是真大方还是假大方？是真客气还是假客气？是真不嫌弃她还是假不嫌弃她？带着这样的问题，王亚丽又进行了反复而细致的观察，得出的结论是：也许她遇上了好人，也许她遇上了蠢货。

尤其是岳晓芬姐妹。不管是面包夹肉、打卤面还是桃酥，王亚丽永远是吃得最多的那一个，而岳晓芬姐妹则永远会笑眯眯地把食物递到她手里，最后再把剩下的替她打包。又不管王亚丽在讲经的时间里流口水、打呼噜还是被噩梦吓得直哼哼，岳晓芬姐妹总会柔软地握住她的手。岳晓芬姐妹的手很凉，很轻，几乎感觉不到力气，却令王亚丽蓦地一暖。但当她忍不住抬头去看岳晓芬姐妹的脸时，却发现对方那双亮晶晶的眼睛正盯着别处——不知看向哪里，仿佛正看着眼前这片空间背后的某个所在。

王亚丽在乎的事儿，人家压根儿不在乎。人家在乎的另有其事。

而在参加“团契”的经历里，假如说岳晓芬姐妹也曾对王亚丽流露过不满，就是在最近的那一次了。那也是个明媚的晴天，斗室里光影斑驳，挤满了迷途的羔羊和一头饥肠辘辘的驴。大胖子照常念经，其他人照常倾听，岳晓芬姐妹照常两眼发亮，王亚丽照常岔着腿打瞌睡。时光流走到某个点上，照常有啪的一声惊堂木响，吓得屋里的人纷纷一耸。但也许是早上喝多了水，也许是前段日子没上班，在家睡得太饱，这次王亚丽一耸之后却再也睡不着。于是她站起来，轻轻走了出去，先到厕所尿了一泡，尿完却没回屋，而是在这套小小的两居室里转悠起来。

转也没什么好转的，统共巴掌大的地方，还有一间小屋关着门。王亚丽已经知道那是岳晓芬姐妹的房间，她就住那儿。租了一套房子却把大屋留给别人用，这钱可花得真够值的。王亚丽一边可惜，一边就在既做过道也做门厅的那方空地上下了下腰，活动一番坐麻了的两条腿。右膝盖里还扯着筋疼，前些天回健身房上班，跳操时差点儿一屁股坐到地上。新伤只留下了脑门上浅浅的一道疤痕，旧伤倒似乎越来越严重了。等手头宽裕了，还是得去拍个片子。这么盘算着，她又斜眼瞥见了小方桌上的一个布口袋。

今天轮到大胖子预备饭食。每逢负担这个责任，他都会拎着这么一个口袋出现，口袋上印着“公交集团第 × 公司”。王亚丽也听说，大胖子是公共汽车总站的调度员。车队吃饭像打仗，最常吃的就是面，因此当王亚丽打开布口袋，露出来的还是面，面上摞着一些西红柿和鸡蛋。

看到这些东西，王亚丽的心里转了转，一时动了个念头。

她将布口袋拎到小厨房，不紧不慢地操作起来。家伙什儿都是现成的，她把面抖落利索，再抓把淀粉撒进去，务必要使它们根根分开；西红柿洗好切块，鸡蛋依次磕进碗里搅匀。做完这些，恰好听见隔壁一阵歌声升腾起来，冲破了单田芳的铺陈夸张，缓慢而悠扬地在房顶盘旋。按照以往的经验，每当众人一起唱歌，讲经也就接近尾声了。王亚丽赶紧把大铝锅烧上水，又往小铁锅里倒进油去。刺啦一声，鸡蛋膨化成了一张金黄的大饼。

当王亚丽回到大卧室时，大胖子果然已经收声，合上了厚书。屋里木然半晌，这才有人闻到了香味儿，愣愣转过头来。他们看见门半开着，门口站着一个王亚丽，两手端着一口大锅。热气氤氲上来，笼罩了她那张既羞涩又热忱，但终归有点儿发怯的笑脸。

楼下的单田芳还没停，说的是："当日曹操犒赏三军，大宴群臣。"

而王亚丽说的是："大伙儿都饿了吧？"

说罢将锅往茶几上一蹾，锅里红黄分明。又折回去拿筷子拿碗，还拍了下岳晓芬姐妹的肩膀："来搭把手儿呀。"在潜意识里，王亚丽很想为这顿晚饭营造出一团和气的气氛，她甚至将众人凑头呼噜呼噜吃面的景象想象成了团圆的场面——谁又说生人在一起就不叫团圆？而此后的情形，也在一定程度上如了她的愿。大胖子先端碗，给李琴姐妹捞上，岳晓芬姐妹也依次给另几位活动不便的人士发放餐具。众人便凑头吃，呼噜呼噜直响。吃的间歇，还有人评论王亚丽的面做得比大胖子好，筋道，有嚼劲儿，卤也咸淡适中。又有人问王亚丽哪儿的人，怎么这么会做面。

王亚丽说："河南人，没吃过好的，就是面上不能含糊。"

人家便哦一声，又问她是做什么工作的。

"跳操。"王亚丽说，"操是一个操，换个姿势接着操。"

说这话时正吃得忘形，顺口引用了"果粒橙"的名言。等她反应过来说错了话，就发现李琴姐妹已经停了筷子，愕然地看着她，盛大的白色菊花又是一颤。于是王亚丽的脸微微涨红，咧嘴笑了。她放下碗站起来，煞有介事地蹦跶了两下：

一，二，跟我来呀，
二，二，加把劲呀，
后面的朋友要加油——

众人哄堂而笑。不仅李琴姐妹和大胖子，就连歪在床上的小伙子都欠起了半个身子，好像一只充满好奇心的海豹。刚才沉静安详的一群人，笑起来却没心没肺的。王亚丽也支棱着两条胳膊，对他们报以同样没心没肺的笑。笑完又说："你们要是愿意，以后讲完经，我领大家跳操。都坐一下午了，动弹动弹身上也舒服。"

没人响应她的提议。王亚丽这才反应过来，别说屋里跳不开了，就是跳得开，眼前这些人坐轮椅的坐轮椅，歪床上的歪床上，也没几个能像她一样蹦跶。于是她再次为说错了话而感到不安，同时更加滋生出了一种冲动，就是为这一屋子老弱病残做点儿什么。毕竟吃了人家的喝了人家的，不能白吃白喝吧。又毕竟，她几乎从未被人和颜悦色地对待过，因此有人给个笑模样，她就觉得欠了人家的。

所以王亚丽又提议："要不这样也行，以后做饭的事儿我包了。谁再把东西带来，直接往外屋桌上一搁，你们该讲经讲经，我一人出去拾掇。等经讲完了，咱们正好趁热吃，两不耽误。除了面条，别的我也会做，从小在家就干活儿……"

相比于跳操，她的这番主动请缨就激发了众人的兴趣。事实上，王亚丽早看出"团契"的聚餐其实都是瞎对付了，甭管什么原料，凑凑合合弄热了就行，甚至连热都懒得热，比如赶上李琴姐妹带面包熏肉和岳晓芬姐妹去买桃酥的时候。当然这也怪不得别人，和不能跳操一个道理，那些人里又有几个是手脚麻利能干活儿的？算作"生活基本自理"都属于放宽条件了。听到她这么说，立刻有几个人眼睛一亮。

大胖子说："那敢情好。"

李琴姐妹说："不过还是不好意思。"

歪在床上的小伙子说："要不下次我买点儿丸子白菜，咱们先来一砂锅？"

而当讨论的议题正要从"谁做饭"进入到"吃什么"时，就有一个人站了起来。是岳晓芬姐妹。她也不吭声，默默地将众人面前的碗筷一摞，颤颤巍巍捧进厨房。片刻回来，手里多了一副扫把，又开始清扫地上的浮土了。岳晓芬姐妹的目光仍是明亮的，但脸色却有了那么一丝冷意，无声无息地渗入空气里。她一摆脸子，其他人便都知趣地住了口，互相帮携着离开，走前还不忘说声"再见"。岳晓芬姐妹也一如既往地对他们说"再见"。

这就单把王亚丽晾了出来。她讪讪地站在大卧室的正中央，挂着尴尬的笑，不知所措地看岳晓芬姐妹干活儿。然而混了一个多月，终归是熟了，王亚丽随即晃过神来，立刻抄起一块抹布，跟在岳晓芬姐妹后面打扫起来。人家没拿正眼看她，不过倒也没阻拦她，这让王亚丽稍安了安心，同时她又思忖：岳晓芬姐妹对自己有什么不满呢？是嫌自己搅乱了"团契"那肃穆的气氛，还是嫌自己当众邀功卖好，抢了她的风头？

"等会儿我再擦擦窗户，咱们索性来个大扫除。这么多灰呛不呛？你看你都咳嗽了，要不回屋歇着，外面有我一人就行。"一边忙活着，王亚丽一边碎碎叨叨，最后仿佛不经意地抛出一句，"……不生我气了吧？"

岳晓芬姐妹却问："你来这儿，是想做什么？"

这个问题不仅突兀，而且直接戳中了王亚丽的心窝子。这就让她连假笑也笑不出来了，半晌才挤出一句："多大个事儿呀，大伙儿高兴不就得了嘛……"

潜台词是没必要那么认真。只不过世界上怕就怕认真二字，而有些人在有些事上最讲认真，岳晓芬姐妹跨前两步，抬起眼睛直盯着王亚丽的眼睛。岳晓芬姐妹的双眸仍是亮晶晶的，此时不仅具有光亮，而且具有温度，仿佛眼底烧着一团炽热的火；她的南方口音仍是平静清脆的，但仔细一听又微微有些发颤，仿佛因为郑重而耗费了过多的气力。

岳晓芬姐妹对王亚丽说：“你的心意是好的，但是你这么做，并不能让大家高兴。就算脸上高兴，心里也不高兴；就算暂时高兴，长久也不高兴。为什么这样说？因为我们都是为主而来，在主的面前人人平等，否则那句‘兄弟姐妹’也就白叫了。既然人人平等，那就不该由一些人劳动而另一些人坐享其成，更不该由一些人去伺候和讨好另一些人。不管大家在外面是谁，只要进到这里来，都是主的仆人。那么再说到你，王亚丽姐妹，我能猜到你为什么想给大家做饭，但恰恰是你的想法让我不赞成。如果我们这些人为了自己的方便而剥夺了你听讲的机会，那我们也没资格宣称自己心里有主……”

王亚丽听得目瞪口呆。她首先惊讶的不是别的，而是小小一个做饭的事儿，岳晓芬姐妹都能滔滔不绝地扯出这么一大通，就像对于小小一个吃饭的事儿，“果粒橙”也能绕上好几个弯儿。但和“果粒橙”那番阐释的效果相反，岳晓芬姐妹话里的意思，王亚丽愣是一时没琢磨明白。因为不明白，对方的郑重其事就令她产生了一种近乎被冤枉的感觉。

于是王亚丽辩解道：“也没什么剥夺不剥夺的，反正我也净打瞌睡。”

岳晓芬姐妹却粲然一笑：“那倒不妨事。你愿意离主近些，这就够了。和主在一起，才是我们最大的喜悦，对吧？”

说完扭身去厨房洗了把手，又拎着一个沉甸甸的塑料袋出来，交到王亚丽手里。是没下锅的面条和几枚鸡蛋、西红柿。居然还有这样的道理，连知恩图报都不允许。但没办法，王亚丽也只得遵从对方的意见。谁让这地方人家说了算呢。

她讷讷地对岳晓芬姐妹说：“那好……再见。”

岳晓芬姐妹也说：“再见。”说完又是粲然一笑。

那天的这番谈话再次印证了王亚丽对于岳晓芬姐妹的认识：也许她遇到了好人，也许她遇到了蠢货。她还明确地认识到，对方和自己的想法果然不在一条道儿上。用北京人的话讲，你说前门楼子我说胯骨轴子。这么一想，她又觉得岳晓芬姐妹直射过来的目光其实并不是在看着自己了。那目光好像正看着空间背后的某个所在。

那么，岳晓芬姐妹到底在看向哪儿呢？

人眼所见的空间背后，又藏着些什么呢？

也不知怎么了，自打这天起，王亚丽的脑袋里频频会闪过上述问题。那些问题就像麦子店的风，因为楼宇和街道而弯折扭曲，不知会从哪个角落里钻出来，裹挟着她飘忽一阵又去向无踪。与之相伴，岳晓芬姐妹的那一番话也会频频从王亚丽的记忆里钻出来，也不管她懂不懂，只是在她的念头里萦绕不休。兄弟姐妹，人人平等，最大的喜悦……别扯淡了，哪儿来的这么好的事儿？然而王亚丽明明把那些词赶了出去，甚至还报以哼哼两声冷笑，但她仍然觉得心里有了事儿。不在眼前的事儿，虚无缥缈的事儿。

为此，王亚丽有些困惑，她觉得自己似乎不是自己了。

七

困惑就得找人说说，而那人也只能是“果粒橙”。

时间是两天以后的中午，地点就在出租屋的厨房里。

自打把钱放在她这儿，“果粒橙”就从回龙观往城里跑得更密了，也不知是想充分利用“亲人”的特权，还是担心她这个“亲人”卷款潜逃，所以有必要频繁进行抽查。对于“果粒橙”的造访，王亚丽的态度倒是泰然自若：反正人也在，钱也在，吃的也在。

那天吃的还是面，原料则是从“团契”缴获的战利品。王亚丽站在煤气灶前烧水打鸡蛋，又在不易被人察觉的前提下搜刮了些许室友的香油。“果粒橙”正斜靠着门框，有一搭没一搭地跟她说话。说黄色段子，说财务计划，说远大理想。俩人相处，只要不是在铁架子床上折腾和跳脚对骂，一般都是她听他说。通常来讲，王亚丽对这种关系也挺知足：左耳朵进右耳朵出，竟有了天长地久的幻觉。

且说且听，面就熟了，王亚丽捞给“果粒橙”一碗。“果粒橙”就那么站着，一阵浩瀚的呼噜呼噜，片刻抬头，将空碗往前一递。王亚丽赶紧给他再捞一碗。如此反复，三大海碗下去，“果粒橙”这才把脸拔出来，打了个近乎叹息的长嗝儿。

“面不错，手擀的？”“果粒橙”问。

“想吃还有。”王亚丽说。

“你当你喂猪呢？”“果粒橙”摇头，把碗往灶上一撂。

王亚丽扑哧一笑。在潜意识里，她还在等待着“果粒橙”的进一步动作。如果说“果粒橙”还有一个过人之处，那就是将一种能量转化为另一种能量的速度非常之快——每每刚把自己塞饱，立刻就拽着王亚丽奔向卧室的铁架子床。当然，这也是客观条件造成的，出租屋里只有白天没别人在，而健身房每天上下午的课程之间又只隔了两个钟头，再刨去王亚丽赶回来的时间，“果粒橙”要利用这点儿空当满足多种欲望，不火急火燎还真来不及。所以王亚丽连笑都不敢多笑，她也呼噜呼噜扒了两口面，同时就开始回忆上次用剩下的那盒避孕套藏在哪儿了——是床头的牙缸后面还是床尾的秋裤底下？

然而这天却有些怪。“果粒橙”吃完竟没动窝儿，而是从兜里掏出一盒烟来，点上一根兀自抽着。不是说要省钱吗，怎么又抽上烟了？王亚丽便有些诧异地斜了“果粒橙”一眼，随即发现这人的眼神也和往常不同。平日里那双浑浊、执拗而又饱含怨气的三角眼变得忧郁了，迷离了，就好像既盯着厨房里的灶台、锅以及王亚丽，同时又将目光发散到了眼前这块方寸之地以外的什么地方。一时间，王亚丽还觉得“果粒橙”的神情似曾相识……居然和岳晓芬姐妹有些相像。像就像在他们仿佛都不在乎近在眼前的事儿，他们在乎的另有其事。

但谁又不是呢？在那个瞬间，王亚丽自己的心思也在恍惚。被岳晓芬姐妹引发的那些似有似无、似远似近的问题又升腾了出来，像麦子店的风一样在她的脑子里萦绕着。因此她并不想询问“果粒橙”在琢磨什么，她反而难得地涌起了倾诉的愿望。

王亚丽是这么开头的：“面条没花钱，白来的。”

接着就说起了这段日子的经历：从面包店的“法棍”到底商门口的小册子，从依稀记得有个聚餐的章程到一咬牙登门造访，从二楼那间旧卧室里的老弱病残到一楼轰鸣而至的单田芳，从面包夹肉、打卤面和桃酥到来自岳晓芬姐妹的特殊优待……在此前，也说不清是因为没机会还是因为没心情，关于那些事儿，她一直都没对“果粒橙”讲过，今天就一股脑抖搂了出来。而听到王亚丽的讲述，“果粒橙”的眼神便从忧郁和迷离之中抽了回来，改换成了闪动着饶有兴致的光芒。他也认为这是个有意思的故事吗？

可惜不是，他只对王亚丽那“有便宜不占王八蛋”的精神表示了嘉许。“果粒橙”啪地一拍巴掌：“王亚丽啊王亚丽，原说你傻，其实你也不傻。”

又说：“有这好事儿，干吗不叫上我？”

这就让王亚丽略有落空之感。现在轮到她说前门楼子，人家说胯骨轴子了。与此同时，她还有点儿后悔把那些事儿说给“果粒橙”听。她的感觉却像和一个错误的人分享了错误的秘密。她转身将碗筷放进水槽，哗啦哗啦洗刷起来，边洗边嘟囔：“哪儿有蹭饭还领着男人的，你不嫌丢人我还嫌呢……再说以后也不用去了，我这不又上班了嘛，休假以前的工资过些天也能发下来，省着点儿花够吃饭了……”

略作停顿，又找补一句：“麦子店这地方，尽能碰上些怪人。”

这话相当于王亚丽对此前一段经历的总结。说完把碗往橱柜上一摞，转手投出抹布去擦灶台。她想结束这个话题了。但却由不得她，这时“果粒橙”倒像是还了魂，又像是在强逼着自己集中精力、提起兴致，总之开始没话找话说了。

他挥动着夹烟的手，先从“房屋租赁”这项业务的角度对王亚丽的奇遇进行了阐释：说怪也不怪，北京大了，什么莫名其妙的人没有？他们干中介的，也常碰到那种租用民房从事集体活动的客户，其中大多数是做教育培训和商业宣讲的，当然也有凑在一块儿信主或拜佛或灵修的。而对于这种生意，不光“有关部门”向来不予鼓励，就连中介公司也保持着谨慎的态度——治安方面的考虑姑且不论，试想每天一屋子人踩脚乱跳鬼哭狼嚎，谁听了不心烦呀？真闹起来，光是邻里纠纷就够人喝一壶的了；估计楼下那户人家也是被吵得受不了，索性决定以毒攻毒，这才请出了单田芳……

听到这儿，本来已经闭了嘴的王亚丽不禁争辩：“可我们没吵，我们安静得很，除非楼底下响动太大了才唱个歌儿……”

“果粒橙”眉毛一扬，仿佛是对王亚丽的激愤、对她口称的那个“我们”颇感意外。他又嘿嘿一笑，越发拿出了见多识广的腔调，继续推测道：“那就是另一种情况了——我估计楼底下那家，很可能是业主本人。”

王亚丽继续掰扯：“业主又有什么了不起的？在他们家房子里就能想杀猪杀猪，想唱戏唱戏？那明摆着就是冲着我们楼上来的，那不是欺负人嘛……”

“你没听明白，”“果粒橙”又打断她，“我的意思是说，人家不光是一楼的业主，八成也是二楼的业主。你们那套房，就是从人家手里租的。”

王亚丽就瞪大了眼：“难不成……他们家楼上楼下两套房？”

“这也不稀奇，尤其是麦子店这种老破小，不是公家分的就是单位集资盖的，总有些路子野的人能弄上不止一套，一套自住，剩下的出租。北京人讲话，这就叫吃瓦片儿。”“果粒橙”舔舔嘴，口气越发笃定，“如果房东是厚道人，租到这种房子也是好事儿，电灯憋了下水道堵了都有人帮着修。可要是赶上一个恶房东，那可倒血霉了，人家会变着花样找麻烦，让你进得了屋却吃不了饭睡不了觉，为的是在租约到期之前把租户挤对走，到时候押金和预交的房租都不退，转手把房子租给下一家，就能白落一笔钱。而租户因为是自己主动搬的家，到头来也只能吃哑巴亏，连说理的地方都没有。像这种制造噪音的还算客气的呢，就连在墙上凿个洞，正对着厕所看人拉屎撒尿的我都见过……”

不愧是专业人士，听他这么一说，王亚丽就醒过味儿来了。她早就奇怪，一楼的单田芳虽然平时也不断线儿，但却每每会在二楼的讲经渐入佳境之时突然变得震耳欲聋，每每又在二楼的聚会结束之后销声匿迹，原来不是赶巧儿，而是处心积虑，是有的放矢。如此说来，“团契”的活动也一直都处在人家的监视之下。那么对于所谓的“恶房东”，怎么从没见“团契”的人下去抗议呢？这倒也不难理解：就那一屋子老弱病残外加面慈心软的主儿，把谁派出去能跟人干上一架啊。尤其是岳晓芬姐妹，王亚丽实在难以想象她会和谁急扯白脸地争吵起来。可以说，岳晓芬姐妹带领大家实践了耶稣的教导，“若有人打你的左脸，那就把右脸也伸过去”，但却不是因为脸痒痒，而是因为没能耐。

“这种人就欠收拾，要是我非……”王亚丽气呼呼地说。

而这时，她却看到“果粒橙”把烟头往地上一扔，伸出脚去踱了，随后抬头“哎”了一声。这家伙今天真是有点儿怪，不仅话多，而且那丝稍纵即逝的忧郁和迷离又从他的眼底浮现了出来。王亚丽便也“哎”了一声。

“果粒橙”叹口气，接着就把背包拽到了身前。还是那个尼龙单肩包，中介公司发的，刚才就连吃面都舍不得摘，夹在他的屁股和门框之间。他拉开书包外面的一道拉锁，又拉开里面的一道拉锁，掏出一个长得有点儿像档案袋的牛皮纸大信封。信封上印着中介公司的名称，看起来鼓囊囊沉甸甸的。他把它递到她手里。王亚丽顺时针绕开棉绳，将信封捏开一个小口，便在里面看到了一块暗红色的砖头。和上次一样，都是钱。她心里“咯噔”一声，害怕似的赶紧把信封合上，但又忍不住溜着缝儿往里偷看了一眼。

“别数了，上次四万七，这次五万九。”“果粒橙”说，“这五万九千块钱里，包括最近两笔大单的提成，有三万多，按规定年底才发，我跟店长把嘴皮子都快磨破了，硬说老家盖房，总算让我提前取了；还有两万多，就是从工资里攒下的了，一个月只花五百，这些日子也算没白熬……两回的钱加一块儿，总共就是……”

王亚丽抢答：“九万六……”

“果粒橙”白她一眼：“多少？”

王亚丽更正：“哦不，十万六。”

“差点儿让你弄没了一万。”“果粒橙”又叹口气，“差不多够了。”

“什么够了？”

“废话。”

王亚丽便想起在面包店里，“果粒橙”给她算过账：开店的前期投入得十万出头。现在他们就有了十万出头。但她又颇有些奇怪地望了望对面的“果粒橙”——钱不都攒够了吗？宣布这个消息时，难道不应该是振奋的、豪迈的吗？然而对面那人就那么靠门站着，好像腰都塌了，脸上没有表情。那是故作平淡，还是被劳累与饥饿折磨得麻木了？

王亚丽又问：“那你说话算数吧？”

“果粒橙”问：“什么话？”

王亚丽说：“开店就开在麦子店呀。”

“果粒橙”却两眼一垂：“现在哪儿想得到这个。”

“你什么意思？”王亚丽眉毛一横，“你个孬孙该不会……”

“你傻呀。”“果粒橙”又点上了一支烟，对着王亚丽说教起来，“我在原来的公司挣够了钱还预支了提成，扭过脸来就自己开店，这在人家看来叫什么？这叫偷师，还叫戗行。摆明了跟他们对着干，他们能不给我下绊儿？所以必须得缓一段时间，等我跟那边撇清关系，最好等他们把我忘了才行——懂不懂？”

原来是心急吃不了热豆腐，王亚丽就懂了。她又举举大信封：“那这钱……”

“过去放你这儿的先不动，今天放你这儿的也赶紧存上。别瞎花，别让人知道。”

王亚丽点头保证：“记着了。”

“果粒橙”这才把书包往屁股后面一撂，一双三角眼重新变得浑浊、执拗并且饱含怨气，这也是常年吃苦而又欲望勃勃的人惯有的眼神。这天他吃了三碗面，留下一摞钱，也没到铁架子床上折腾，就像条没根的影子似的飘了出去。出门前，他突然伸出手来，在王亚丽的头上使劲胡噜了一把，把她的头发弄得稀乱，接着又拿手掌托住她的侧脸，用大拇指搓了搓她脑门上的伤疤。搓得王亚丽身子发麻，仿佛经过这一搓，马王爷的第三只眼才算彻底瞑目。而王亚丽看着“果粒橙”的背影离开，竟没体察出他的那番举动有什么特殊含义。

后来一想，她也真是太迟钝了。而发觉事情不对劲，就是又过了半个月以后了。

这半个月，“果粒橙”就没再露面，但在王亚丽看来也很正常。她认为对于“果粒橙”而言，现如今的主要任务是一边掩人耳目，一边筹备开店——忙嘛，自然就没工夫找她。况且开店的钱不也攒够了吗？伴随着那项财务计划的终止，“果粒橙”就没必要非得到她这儿混个肚儿圆了。又况且，钱在谁的卡上？既然是她王亚丽，那她还怕什么。因此俩人的交流只剩下了打电话。

比如那天，王亚丽问：“咋这半天才接？”

“果粒橙”说：“带客户呢。”

王亚丽说：“还带啥带？又不差那俩钱——”

“果粒橙”说：“你小点声成不成？”

王亚丽说：“瞧你那胆儿，反正早晚得辞职。你到底啥时辞？”

“果粒橙”说：“快了快了。仗要一个一个打，饭要一口一口吃。”

王亚丽说：“那你吃点儿好的，我挂了。”

挂了电话，王亚丽便起身，走进写字楼底商的面包店。每天晚上十点，那家起了法文名字挂了英文招牌的面包店都会一如既往地挂出歪歪扭扭的手写中文告示，宣布所有商品一律半价。而王亚丽通常是在这一刻到来之前给“果粒橙”打个电话。“团契”是再没去过了，她等待半价“法棍”的习惯也恢复了起来。现在想起岳晓芬姐妹，想起围坐在卧室里的那一群人，甚至想起一楼轰鸣的单田芳，王亚丽都感觉像是做了一个没头没尾的梦。因其没头没尾，也就不具有什么寓意，只不过会突然有些惆怅。

当王亚丽端着托盘来到收银台时，心里就有那么一丝惆怅。

“您的消费是……”伴随着手机里韩国电视剧的声响，满脸蝴蝶斑的女店员说。

掏钱时，王亚丽一低头：巧了，托盘里的那根法棍又从中间裂了条缝。

女店员也立刻发现了这个状况。她咧嘴一笑，脸上的蝴蝶斑变成了一只振翅欲飞的蝴蝶："要不这样，这根给您免费得了……"

王亚丽却打断她："也不碍着吃。"

说着把钱硬往桌上一搁，拿了东西转身出门。这个举动令王亚丽觉得畅快，那感觉不仅冲散了片刻之前的惆怅，也令她走在马路上的脚步都轻巧了许多。街巷满是行人，有按照美国作息赶往公司的职员，也有按照日本规矩从一家酒馆"续摊"到另一家的醉鬼，王亚丽穿过那条越晚越堵车的林荫道，从地铁站附近的一片灯海钻进了几栋黑乎乎的旧楼之间。大排档和烤串店的声响裹挟而来，使她并没察觉到身后如影随形地跟着几个人。

她是在刚刚跨进一道铁栅栏门时被人抓住了胳膊。

周边的空间骤然缩小，两个男人一左一右地把她夹在中间。对方的人数、身板和力气都具有压倒性的优势，再加上事情发生得毫无预兆，因此她的嗓子里吭了一声就再也吐不出气，只是像个木偶似的被对方裹挟着，连推带搡地往小区深处走去。这一路不远，匆匆拐进最近的两栋旧楼之间的那条消防通道便停下了。通道窄小，没有路灯，借着头顶两扇窗户的光亮，她才看清夹着自己的俩男人，一个剃着大光头，一个挂条金链子；而不管是大光头还是金链子，他们裸露在外的胳膊上都盘绕着密实而浓重的文身。

"别出声儿。"不知哪个男人命令她，反正是东北口音。

"……没出声儿。"王亚丽相当配合地说，又相当配合地把手机往前一递。她自认为表现得很理智：无论是电视里的法制节目还是舍友们口口相传的生活经验，都告诫过她如果碰上抢劫，最好别反抗也别瞎嚷嚷。被抢无非是几个钱的事儿，如果把对方惹急了，临逃跑之前再扎自己两刀，那就太不值当了。

而对方看了一眼王亚丽的那部"红米"，竟没接。他们一左一右，分头往别处打量起来。王亚丽正在心里打战，就见大光头和金链子身后闪出一个人来，穿身白衬衫和黑西裤，留着个挺精干的小寸头。

小寸头和和气气地对王亚丽开了口，也是东北口音：“老妹儿，你瞧不起人。”

王亚丽哆嗦：“真就这点儿东西，包里也没钱。要不还有个面包你拿走。”

小寸头的声音越发和蔼：“这事儿整得，让我老妹儿误解了。大老远的过来找你，是想打听个事儿。你叫王亚丽？”

王亚丽又哆嗦：“是。”

小寸头说：“郭立城是你对象？”

王亚丽还哆嗦：“是。”

小寸头说：“知道他在哪儿不？”

王亚丽继续哆嗦：“知道。”

小寸头说：“知道就说。”

王亚丽略一迟疑，就感到一左一右两根硬物顶住了她的两肋。这让她连哆嗦都哆嗦不起来了。她说：“他在公司……离这儿远着呢。”

小寸头却盯着王亚丽，一字一顿：“老妹儿，你咋不能实在点儿呢？”

王亚丽几乎拖出了哭腔：“我哪儿不实在了？”

“要在公司我们能来问你？我们就是从公司来的。”

伴随这话，左右两根硬物又是一顶。王亚丽腿一软，甚而觉得自己要像上小学时一样尿了。但也正是惊恐到了无以复加的地步，反而让她把心一横：“你们扎我两刀也没用，我这些天就没见着他。要不我这就给他打电话，他在哪儿你自己问。”

小寸头却按住了王亚丽拿电话的手：“谁知道你是不是给他报信？”

“你又不信我，那让我咋办？”

“我问你，你是不是就住这片儿？是不是拐弯那楼？”

王亚丽先摇头后点头，同时诧异于对方怎么知道得那么清楚：“你想干吗？”

小寸头又问：“你是不是把他给藏屋里了？”

听了对方的话，王亚丽索性又一梗脖子：“那这样得了，干脆你们跟我走，人在不在我这儿，进屋一看就知道。”

说完迈步，往消防通道外面走去。也是怪了，心一横脖子一梗，她竟不再哆嗦。而小寸头、大光头和金链子也挺配合，齐刷刷地跟了上来。一行人便沿着两栋旧楼的边缘，朝不远不近的另一栋旧楼走去。他们看上去与其说是挟持者与被挟持者，倒不如说是共同前去执行一项任务。王亚丽的出租房就在前面了，室友都已下班，朝南两间卧室以及阳台的窗户全亮着灯。身旁也有和她一样夜归的人擦肩而过，手里拎着公文包或者装着夜宵的塑料袋。但王亚丽却没有呼救的企图，她走到楼道的铁门前，面对着宣传画上的一个正在承诺“百姓事无小事”的卡通警察，哗啦抖出钥匙就要开门。

一边开门一边又说：“屋里有别人，进去小声点儿。”

这时小寸头却从身后拍了拍她的肩：“老妹儿，算了。”

王亚丽回头看他，既不奇怪也不释然。

“看你也是个痛快人，要再信不过你，就显得我们怪没劲的了。再说天儿也挺晚的了，惊扰了人家也不好。”小寸头的口气仍是那么和蔼，还夹杂了两分无奈，“不过你也体谅体谅我们，哥儿几个在小区门口蹲了一天了，找郭立城是真有急事儿。如今他这一跑，电话也不接，我们跟上面没法交代。在北京，估计只有你能联系上他，那就受累帮我们带个话，就说他只要能回来，把事儿说清楚，我们也不为难他。谁都不想做得太绝，对吧？”

话音未落，两旁的大光头和金链子同时掏兜，似乎要把揣在裤兜里的硬物再掏出来展示一番。而小寸头一侧脸，呵斥他们“行了行了”，再转向王亚丽时，话音里竟多了一丝自嘲：“这年头还得来这套，我都臊得慌。”

说完顿了顿脚，锃亮的皮鞋脆声一响，转身就走。大光头和金链子也不再看王亚丽，跟了上去。仨人的背影消失在暗夜里，王亚丽这才张嘴大喘一阵，同时冒出一身冷汗。她又举起手机来，吃力地辨认着屏幕上的数字按键，拨了“果粒橙”的号码。

也许正如小寸头所说，现在王亚丽是唯一能联系上他的人，电话响了两声就被接通。“果粒橙”的声音传了出来：“你个傻驴，不刚打完电话吗？”

“你在哪儿？”王亚丽沉声问。

“带客户……”

“带你妈！”王亚丽破口就骂，“你他妈的可真不白把我当亲人，为你个孬孙，我差点儿让人两肋插了刀……”

八

王亚丽身处在开往河南的高铁上。车上尽是拎着大包小包的老乡，还有不少领着俩仨孩子的，人群把本不宽敞的二等车厢挤得满满当当。除了广播报站是普通话以外，过往旅客个个儿说话铿锵如唱戏，搅得她的脑仁儿一阵一阵发紧。放眼四周，似乎只有她一人空着手，看起来既不像出差也不像探亲。而因走时匆忙，没买到坐票，她此刻也只能半蜷着身子靠在过道，一边拿手揉着膝盖，一边如痴如呆地盯着窗外。

三百公里的时速如同刀锋，将从未丰饶但却广袤的平原划开一道口子。路过某些依稀记得的地名，王亚丽这才为一个常识而惊讶：以高铁的速度衡量从老家到北京的距离，也就两个多钟头的工夫。然而就那么两个多钟头，她当初却顺着铁路线漂流了几年。几年过去，她才头一次回家，并且这还是和“果粒橙”商量的结果。

昨晚“果粒橙”接到电话，当听说有人为了找他而堵了王亚丽，先是倒吸一口凉气，随后陷入了长久的沉默。他不说话，王亚丽就更心慌，连骂带吼地指责“孬孙”骗了自己，还说：“我就该喊，我就该跑，我就该豁出去挨两刀，再告诉警察是你连累我……”

“别光叫唤，使使脑子。”“果粒橙”总算冷静了下来，反问王亚丽，“你说我骗你，骗你什么了？骗色图你这模样的？骗财还把钱都放你那儿？”

色不色的姑且不论，到底是真金白银有说服力。他这么一问，王亚丽就愣了，甚而有了自觉理亏的歉意。另一方面，她对那几个不速之客的来路以及整件事情的脉络还是一头雾水，偏偏事儿又找上了自己，所以很需要有人为她梳理清楚。于是王亚丽说：

“我脑子不够使，那你说说，到底咋回事儿。”

“果粒橙”就清清嗓子，开始替她梳理。他首先声明，自己没偷没抢没犯法，对于这一点，王亚丽应该保持充分的信任。否则哪儿犯得着动用“道儿”上的人找他？直接报警不更方便嘛。他又不是隐姓埋名的逃犯，不是来无影去无踪的飞贼，警察一逮一个准儿。从对方下三烂的手段也可以看出，他们才是做贼心虚。那么对方究竟所为何来？以“果粒橙”的推断，还是跟他供职的中介公司脱不开关系。也怪他前一阵子疏忽，攒够了钱就得意忘形，不光跟俩处得好的同事说要开店，而且还许以更高的提成，鼓动对方跳槽过来一起干；顺道又揭了他们店长好多短儿，主要事迹是不会大写“壹贰叁”。谁想知人知面不知心，有个家伙转脸就把这事儿捅给了店长，于是店长打电话约“果粒橙”聊聊。“果粒橙”哪里敢去？当天就打了铺盖卷儿，找地儿躲起来了。而店长也不是吃素的，人家早年就是干“黑中介”起的家，坐过三年大牢，他在店里发了内部通缉征集线索，还说找不着“果粒橙”找着和他相关的人也行。接下来就分析到了王亚丽这条池鱼是如何受到的殃及。“果粒橙”问，你记不记得，我曾经带着一个原先的老乡后来的同事进城找过你，仨人吃的是烩面，那个装逼犯却非要在一个什么西餐馆门口合影留念？你的住处和长相，估计就是那孙子供出去的。妈了个逼，“果粒橙”又骂，早就看出那孙子不仗义，没想到还真不仗义。

“果粒橙”语速很快，夹叙夹议，王亚丽颇费了些力气才跟上他的思路。又是双面间谍又是追杀令，听得她一阵发瘆：“这样的话……要不还是报警吧？”

“千万别经官——报警管用我早报了。”“果粒橙”立刻封死了这条道儿，“怕就怕警察还没收拾他们，他们倒先把咱们给收拾了。为铲除黑恶势力当烈士，你愿意吗？”

和讨论理想的时候一样，他口口声声“咱们、咱们”的，又把他自己的事儿变成了俩人的事儿。对于自己被囊括进了“咱们”的待遇，王亚丽不禁暗暗叫亏。同时，关于仍不明白的地方，她又问：“那你就去跟他们聊聊不得了？把话说开了，从此井水不犯河水。难道连离职的自由都没有吗？街上那么多中介公司，人家开得，怎么你就开不得……”

“果粒橙”说：“你还是不了解这个行当。那些连锁店都是大资本，当然想开就开，但要换成小买卖，里面的水就深了去了。我在公司里干了这些年，既攒了钱又积累了客户资源，等到自己单干，他们当然会认为我吃里爬外……况且放走我一人还是小事，他们怕的是其他人也学我，用葛优的话说，人心散了，队伍就不好带了。找他们聊？我都能想到会是什么结果，无非是弄几个社会人咋咋呼呼，打不死你也吓死你。所以说，眼下这段日子是黎明之前的黑暗，甭管怎么难，也得熬过去。我也筹划好了，他们能追我一时，不能追我一世吧？等到他们顾不过来，咱们再把店一开，到时候看谁怕谁。他们再横，还能光天化日之下砸了咱们的门面？那还是北京吗？那是老家小县城。”

说罢话锋一转，开始感叹奋斗之不易，创业之多艰，然后又扯到了光明而远大的理想。他一会儿沉郁，一会儿昂扬，听得王亚丽好像在坐过山车。忽上忽下，王亚丽也晕了，半晌才想起还有一件事情要问：“对了，那你现在在哪儿？”

“还在北京。”“果粒橙”说。

“北京哪儿？”

“这个你就别问了，问了也是给自己找麻烦。”“果粒橙”顿了顿，反问王亚丽，“你呢，你在哪儿？”

王亚丽哼了一声：“我能在哪儿？还不是在宿舍，否则他们也找不到我。”

“果粒橙”便果决地说：“那地方你不能待了。把你暴露在敌人的视线之内，我也放心不下。这么着吧，你立刻走，回老家躲一阵，等风头过了再回来。”

王亚丽说："可我还得上班呢，本来就刚回健身房没两天……"

"果粒橙"说："辞了算了，反正也快当老板娘了。"

两个穷人，却纷纷鼓动对方辞职，假如这都是因为理想，那么理想的副作用也够大的。而对于那个美妙的前景，此时的王亚丽却含糊了："就算辞，也得等你真把店开起来……你忘了你连饭都舍不得吃的时候了？现在你都不上班了，咱们总得有份收入。"

"亲人哪，还是你想得周全。""果粒橙"热忱地赞了一声，接着却又提出了另一个让王亚丽大为意外的方案，"你不走也成，但那笔钱，你得先放别处搁一阵子……要不这样，干脆跟你妈打个招呼，暂且转到她户头上得了。"

王亚丽被吓了一跳："这又是为啥？"

"还不是替你考虑。店长给我发过短信，说有两笔提成是我向公司提前支取的，严格来说算财务违规，必须收回。倘若你不走，他们又来找你咋办？找你除了问我在哪儿以外，还查你拿没拿着我的钱咋办？查着了硬逼你把钱交出去又咋办？别小看这些王八蛋，他们真有那个手段，我的户头已经被他们查过了，幸亏事先给了你……为了十来万，这些王八蛋也什么事儿都干得出来，我怕你熬不住……你就想吧，钱要落到他们手里还能再拿回来？"这时"果粒橙"就好像一边说话，一边思索了；思索半晌，豁然开朗，"幸亏你还有个妈，把钱放你妈那儿，那帮王八蛋绝想不到。"

王亚丽又问："你也有妈，干吗不放你妈那儿？"

"你傻呀，他们连你都找着了，还能找不着我妈？""果粒橙"一拍巴掌，恢复了惯常的轻蔑口吻，又说，"我这也是没有办法的办法。"

而面对这个办法，王亚丽静默半晌才说："那我还是回老家吧。"

一边这么说，她的心里一边暗自冷笑：把钱给我妈？也亏"果粒橙"想得出来。他老说她"傻"和"贱"，自己也没好到哪儿去。当然，这也怪不得他，要怪还得怪王亚丽从未对他讲起过她妈这人。在王亚丽那历经多年的遍体鳞伤之中，假如还有一块不愿示人的疮疤，就是自己的妈。

于是俩人商量的结果，还是王亚丽先走，回老家避避风头。做了这个打算，王亚丽又想：正好，家里拆迁的事儿还得跟她妈掰扯掰扯。既然是拿了她的钱去交差额款，凭什么登记时又没她的名儿？说什么事出突然，这借口也太拙劣了。而当王亚丽硬着头皮给健身房打电话请了假，很快又收到了“果粒橙”用微信转过来的路费，余额里的数目字儿久旱逢甘霖一般充盈了起来。她看着手机，心里嘀咕：孬孙，这时候倒挺大方。

然后买了次日一早的车票出发，但车到郑州她就下了。这是因为老家没通高铁，还得去车站广场换乘长途车。走出无论恢宏程度还是设计不合理的程度都不亚于北京南站的郑州东站，王亚丽却突然站住，像人流之中微小的孤岛，木然发了会儿愣。她还想起她爸跟粮店那娘们儿跑了以后，就在郑州的火车站卖大饼馒头。然而只听老乡这么说过，如今却不知她爸到底人在哪个车站。作为一座交通枢纽城市，郑州光高铁站就有三座，其中包括最早的郑州站，此外还有新建的东站和西站。听说三座都不够用，另有一座郑州南站正在修建。

如此说来，想看一眼她爸也不是顺便的事儿了，而是成了一项繁复浩大的工程。

那就算了。这么一想，王亚丽心里也就释然了，她这座微小的孤岛重新随着人流漂浮了起来。又历经了两个多钟头，她漂上台阶又漂下台阶，漂进广场又漂出广场，漂上汽车又漂下汽车，漂过高楼林立但却空空荡荡的县城新区，漂进到处写着“拆”字但却人满为患的老棚户区，最后漂到以前的小学侧面，被沥青厂熏黑了后窗的一排平房门前。

比起北京乃至郑州，这里都仿佛是另一个世界的景象了：肮脏、荒芜、破败，对于如今的王亚丽而言，看上一眼就让她心窝子堵得慌。前些天大概下过雨，因此柏油路被大卡车轧出的坑洼里积满了污水，水里也有一些饮料瓶、香烟盒正在兴致勃勃地漂着。前些天大概还死过人，因此平房里有扇门上挂着白对联，门前还搭了个黑毡大棚，棚外一口炉灶正在炒菜，棚里几张桌子正在打牌。而王亚丽就此站定，逆着劈头盖脸的阳光，看向大棚门帘底下的一张方桌。桌旁坐了个身穿绛紫色化纤西服的黑脸女人，就是她的妈了。

打牌的人都讲究个耳听四路眼观八方，所以王亚丽她妈也看见了王亚丽。她捏了张牌，一边用拇指搓着牌上的花纹，一边吆喝：“鸭梨呀，回来啦？”

然后将牌往桌上一拍：“幺鸡。”

听她妈那口气，就好像王亚丽从未出过远门，昨天还在家里一般。王亚丽也不答话，凑过去坐在她妈屁股底下那条长凳的边角上，一边从桌上抓了把瓜子嗑着，一边四下张望，看死的是什么人。原来是住在街口一老头儿，过去在粮店看门，警惕性很高，酷爱盯梢。当初王亚丽她爸和粮店那娘们儿的事儿，就是他捅出去的，后来在储存富强粉的大铁箱子里抓住俩雪人。老头儿今年也有八十多了吧？算喜丧。因而他家后人一派喜气洋洋，假如不是戴着黑箍，说是办红事也有人信。亲戚朋友互相寒暄时，念叨得最多的一个词也是“功德圆满”，这是在表彰死者生前的丰功伟绩——听说要是早俩月咽气，户口本上少一人，拆迁的三居室就变成两居室了。又听说在老头儿将死未死的那俩月里，拆迁办的人天天上门探访，甚至还牵着狼狗来闻味儿，而每当这种时候，老头儿总能回光返照，颤颤巍巍走出门口，先与来人亲切握手，再扔给狼狗两块碎肉，然后满脸堆笑地摸着狗头说：

“让组织费心了。”

除去象征性的凭吊与慰问，席间人们说得最多的话题也是拆迁。谁家占了便宜谁家吃了亏，谁家没门道谁家路子野，谁家错过了机会谁家以后可抖起来了。小地方的房子和北京的房子不是一个概念，但这并不妨碍他们集体兴致高涨。一片嘈杂之中，唯有俩人对这事儿避而不谈，就是王亚丽和她妈。母女俩一个心无旁骛地摸牌打牌，一个无所事事地东张西望，她们都感觉对方有话要说，又都在等着对方先开口。

王亚丽清晨坐上的火车，这时就耗到了日头当空。牌桌就地变成饭桌，大碗小碗从棚外端了进来。众人埋头开吃，还有几个男人不合时宜地闹起酒来。而这时，王亚丽又看到了奇异的一景。那是位于大棚紧里头的一张桌子，桌边坐了七八个男女，有老有少，穿着长相都和常人并无不同，有所区别的是吃饭前的架势。只见他们纷纷拉起手来，围拢成一个不规则的圈，接着一起低头闭眼，口中念念有词。

"感谢主，赐我食……"一个男人领诵。

"求祝福，赐我力……"一群人呼应。

他们进而唱起歌来，那首歌居然是王亚丽听过的：

主，你是盛开在
沙仑的玫瑰
谁不切慕喜爱将你采归
你如那膏油馨香绽放四溢
你艳丽芳香秀美
……

和音稀稀拉拉，腔调高低错落，听得王亚丽一时恍惚。不觉之间，她的嘴巴也跟着慢慢嚅动了起来，在什么地方听熟了的词句从舌尖上跳脱而出，从无声到有声，从间断到连贯。听到最后一段，她干脆是在喃喃地附和着伴唱了：

有主无怨无悔
你让我一生拥有你那芳香的玫瑰
因你在我的里面我就秀美
因你在我的里面
我就永远艳丽芳香秀美

这时她妈的声音却传过来，打断了王亚丽的伴唱和神游："这是唱诗班，乡下土坯教堂里出来的，碰上喜事丧事都给唱，也不收钱，纯图一乐。舍不得请和尚道士吹鼓手的人家，办事儿也爱找他们。这都唱了一上午了，看来还没过瘾呢。”

看王亚丽不搭腔，她妈又补充：“就是唱得不咋样，歌儿的内容也不讲究，经常在丧事上唱喜事的歌儿，在喜事上唱丧事的歌儿，为这个还挨过打。”

她妈还说：“领头那男的更不靠谱，娶了俩老婆。”

王亚丽本来心虚似的低头闭口，生怕别人发觉自己出声儿，而听她妈这么一说，便循声又往那边桌旁望去，看向方才带领众人祷告的男人。在那人的左右两侧，果然各站了一个女人，其中一个估摸还是瘸腿，因其基座不稳，导致一边的肩膀夸张地往斜上方四十五度翘了起来。王亚丽恍然大悟：原来在某天早上，她妈给她讲过的信主光棍儿确有其人。也怪不得大棚外边还停了辆宝蓝色的“帝豪”汽车，在她妈讲的那个笑话或者寓言里，光棍儿发了财以后买的就是一辆“帝豪”，今天带寡妇出去兜风，瘸腿女人就在家做饭，明天带瘸腿女人出去兜风，寡妇就在家做饭；人歇车不歇，换人不换车，如同一个亚当俩夏娃，或者配了两只茶碗的茶壶。然而看今天的情形，却是两个女人一同出动，可见传闻也不准确。另外听她妈刚才的口气，倒像头一次说起光棍儿其人，看来是当初讲完之后自己倒先忘了。而像是发生了某种感应一般，那光棍儿似乎察觉到了王亚丽投向自己的目光，突然绽开一抹笑容，对她若有若无地点了点头。不光是他，就连他身边的寡妇和瘸腿女人也不易察觉地颔首微笑。他们的神色也让王亚丽感到似曾相识，她想起在什么时候，什么地方，也有过什么人这样对自己笑过。王亚丽忽然觉得紧张，心怦怦跳，又低下了头。

她妈恰好又把一个丸子夹到她碗里：“鸭梨，吃。”

接着扬声招呼别人：“你们也吃，捡大的塞。”

王亚丽重新抬头，瞥了瞥桌上，只见一个新端上来的深口盘子里滚着若干丸子，都是小孩儿拳头大小，周身裹满浓油赤酱。如果不出意外，她妈夹给她的又是丸子中个头儿最小的那一个。这套陈旧但却有效的经验令王亚丽心里浮出一丝冷笑，随之而来的却是难以遏制的厌恶。如同条件反射一般，她腾地起身，拔腿就走，像头倔驴似的钻出大棚，差点儿撞翻炉灶，打了个踉跄拐上街头。身后似乎有人喊她，可她没理。她一阵风地沿着坑坑洼洼的柏油路往家走去——假如那里仍然可以被称为她的“家”的话。

地方很近，就在那排平房的紧东头，门口立着根水龙头又砌了个水池子。王亚丽掏钥匙开门，门上挂的居然还是旧时那把锈锁。呼啦门开，屋里却气象一新。原来是里外一间半，里面是她妈的卧房，外面半间横张单人床给王亚丽睡觉；而现在里外间都打通了，小床早已不知去向，腾出的空间支了张麻将桌。桌上还展示着上次打剩下的牌局，不知是谁和了把条子“混一色”。不仅如此，电器也换了新的，电视还是“拼多多”上新推出的29英寸“嗦妮”液晶；更扎眼的是一床被褥都罩上了大红人造缎面，被套上绣了两条金丝鲤鱼。

王亚丽扫了眼窗台上的牙缸，里面两把牙刷，一粉一黑。

她又用脚扫了扫床底，踢出一双男人的尖头猪皮鞋。

认清形势以后，王亚丽却并未感到真相大白的愤恨，甚至也没有出其不意的惊愕。相反，她屏息凝气地又在屋里逡巡了一圈儿，这才绕回到麻将桌旁，拽了把椅子坐下来。此后她就没再动弹，镇定得近乎呆滞，只是里外一齐发冷，觉得自己像个冰人儿似的直冒寒光。窗帘敞着，已经偏斜了的太阳把光线投射进屋，假如不是地上还有一团影子，王亚丽几乎感到自己被照透了。

不知何时，房门一响。她妈的声音追进来：“也不开灯。”

王亚丽霍然而起，这才发觉屋里黑了大半。这一下午过得飞快。她妈大大咧咧地踱进屋来，身后果然跟着个男人，四十多岁，干瘦身材，穿件随风乱晃的青绿西服，西服布料带有荧光效果，使他活像个塑料绳编织的蚂蚱。王亚丽突然记起，这只蚂蚱她也是见过的，就在中午的大棚外，当时他正守着灶台炒菜。只不过炒菜时穿的是条油脂麻花的脏围裙，这时不光换了衣裳，就连头脸也收拾得一丝不苟。如此注重仪表的厨子也不多见。而那只蚂蚱也挺知趣，瞟了王亚丽一眼就蹦跶进了隔壁的小厨房。

王亚丽也不说话，斜眼看她妈脱了绛紫色化纤西服，露出墨绿色化纤衬衣，噼啪静电一响，又从裤兜里掏出一把散钱。将钱捻平再揣好，她妈一拍脑袋走到门口，对着厨房窗户吆喝：“晚上下面少放盐，中午丸子就咸。”

厨房里轻柔且漫长地应了一声，听来就像戏里旦角的一唱三叹。

王亚丽她妈这才又转向王亚丽：“你看你，回来也不打个招呼。”

王亚丽决定开门见山：“说说吧？”

她妈一僵，明知故问：“说什么？”

王亚丽拿眼在屋里扫了一圈儿：“谁也不傻。”

“瞧你这话。”她妈一笑，“那就说说。”

然后母女俩弯腰脱鞋，盘腿上床，相对而坐。这副姿态远看如同参禅，又有点儿像电视里的古代日本人，还让王亚丽想起健身房瑜伽课里的“腹式呼吸训练”。在她的记忆中，每当涉及家里的重要事宜，包括“卖逼的”强于姥爷要饭、她爸是如何与粮店那娘们儿跑了的、别上高中了上个幼儿体教班算了，等等，她妈都是以这种形式向她说起的。可以说，这是母女之间罕见的具有仪式感的时刻，也是王亚丽少有的感觉受到了她妈重视的时刻。于是她觉得时间正在凝滞，心里不光忐忑，竟然还有一丝怀旧似的暖意。

但与王亚丽相反，她妈的口气却是挥洒自如的，甚而有些故作轻松。也许是心知没什么好瞒的了，也许是早就打过不知多少遍腹稿，话从她妈嘴里流淌出来，就像从口袋里往外漏米一样流畅、连贯、密集。她妈先说，隔壁屋里那厨子姓吴，按辈分王亚丽该叫他声叔，不过不叫也行，反正不熟；吴厨子离过婚，是从邻县过来的，白天给人家的红白喜事掌勺，晚上就在县城广场摆摊卖砂锅；砂锅挨着烧烤，一来二去就和她妈混熟了，处了一段觉得还行，俩人一致决定往前“走一步”。她妈又说，吴厨子这人别看女里女气的，但其实很有思想，会背不少名人名言，问他为何跑出来，他就说“既然选择了远方，我们注定风雨兼程”；吴厨子甚而还很有理想，离婚也是因为想开饭馆但老婆不让，索性一跺脚抛家舍业。她妈还说，自打结识了吴厨子以后，她本人的层次也有了提高，认识到了以前沉迷打牌是虚度时光，所以现在轻易不上桌，上桌也坚决不玩儿大的；她决定和吴厨子携手奋进，俩人共创一番事业；而理想不能空谈，还要付诸行动，为了把饭馆开起来，她打算投入的数目是……

“等等，”听到这里，王亚丽不得不打断她妈，“你还要给他开饭馆？”

她妈更正王亚丽：“是一块儿开。炒菜也卖，砂锅也卖，烧烤也卖。”

“卖什么我不管，但你哪儿来的钱？拆迁换房的钱不还让我掏了……”

“没钱也可以想办法。”她妈坦率地看着王亚丽，又一笑，“我是这么合计的，拆迁不是给套两居室嘛，我先拿去做抵押，有公司能给贷出款来。一套两居本来值三十来万，房产证一时办不下来，就得打个折扣，不过二十万怎么也有了。用这钱先把以前牌桌上的账清了，剩下的勉强能够盘个店面，地方还不错，就在广场对面……”

王亚丽盯着她妈：“那房子呢，不要了？”

她妈说：“我问过公司的人，抵押的房子一样能住，只要按月把利息还上就行。”

王亚丽的眼珠子逐渐放大：“还不上呢？就归人家了？”

她妈默然两秒，“呸呸”几声：“别说这么不吉利的话行不行，我挣钱还不是给你留着？”

“你要亏钱呢，是不是也得我还？”王亚丽也默然两秒，然后咬着牙根儿低声问，“你是不是已经跟人家把合同签了？”

王亚丽她妈就没了话，也不看王亚丽，骗腿下床，踩了双拖鞋，将散落在麻将桌上的断壁残垣归拢到一只鞋盒子里去。她的动作不紧不慢，修砌得严丝合缝。桌上的牌面被藏了起来，然而底牌又是不言而喻的。也可见她妈与厨子早就把日子过出了默契，这边桌子刚清干净，那边面就端进来了。厨子折返两趟，把三只大碗依次摆在桌上，碗口腾腾冒着热气。然后他仍不说话，点了支烟先抽起来。而王亚丽也骗腿下床，蹬上鞋往外就走。

她妈问：“你哪儿去？”

王亚丽说：“回北京。”

她妈又问：“怎么刚来就走？要不先住……”

王亚丽站住，凛然往床上扫了一眼：“你让我睡哪儿？”

九

晚上只有过路的绿皮车了。火车缓缓出站，王亚丽的脑子才随着脚下的轮轴恢复了转动。

对于这短短一天的返乡之旅，她尝试着进行总结。她知道她妈又找了男人，是个厨子，并且俩人准备“往前走一步”；她还知道老家的旧房的确将要换成新房，但新房很快又要被换成饭馆；她更知道因为拆迁手续上没写自己的名儿，所以对于上述一系列从房到钱、从钱到饭馆的转换过程，她似乎也就没有任何发言权了。那都是她妈提前计算好的吗？或者还是厨子背后撺掇的结果？看来恐怕都像。而归根结底一句话：王亚丽算是没家了。或者说，自从她出门找活儿干，自从她爸和粮店那娘们儿跑了，甚至于自从她妈给她取名叫作王鸭梨的那一刻起，“家”这个概念对她而言就已经渐行渐远，直至烟消云散。

她过去只是一直不愿承认，而她现在必须承认。

电话响了，是她妈。路上她妈打来好多电话，可王亚丽都没接。然而这次出乎王亚丽的意料，她盯着屏幕上的河南号码愣了片刻，随后一动手指便按了接听。地动山摇的悲怆已经淡去，取而代之的只是心酸，那么一点儿并不难以忍受的心酸。就连对她妈，王亚丽也没那么怨更没那么怕了。

她妈的声音似在打战：“鸭梨呀？”

王亚丽道：“你说。”

她妈说：“临走你也没吃碗面。”

王亚丽道：“我就想看看你，看着了就够了。”

她妈说："知道你恨我。你恨我吧？"

王亚丽道："说哪儿的话。"

她妈说："恨就恨吧。再不往前走一步，我就真走不动了。"

王亚丽道："妈，我不恨。"

她妈说："你个小卖逼的，心眼儿倒是好。"

然后母女俩平静地挂了电话。打电话时，王亚丽仍蜷缩在车厢之间的过道，当火车驶过某个小站，站台上白晃晃的灯圈从她头顶滑过，当小站被抛在身后，黑夜便重新在她头顶上的窗外凝结。此后的一夜，她也不知自己是睡着还是醒着，说睡仿佛还在想事，说醒又仿佛一片混沌。半梦半醒之间，北京到了。

与高铁相比，绿皮车的速度慢了几倍，因此站台上已经是晨曦初现的黎明。王亚丽眯着两条眼缝儿，换上刚开始运营的地铁，回到了麦子店。顺着台阶钻出来，她看到麦子店还是麦子店，甚而更加向王亚丽袒露了它的本相：这里就像北京的大多地方一样，都是钢筋水泥集合而成的积木似的建筑。但这里只要填满了人迹，就成了王亚丽眼里的奇幻所在。

作为麦子店的诸多人迹中的一员，王亚丽正准备用自己去填充它。

她离开地铁站，一边往小区的方向走着，一边还在想着要不要给"果粒橙"打个电话。但跟他说些什么呢？说自己在老家打了个照面就跑回来了？对于焦头烂额的"果粒橙"而言，这些事情恐怕也没有再说的必要。况且历经了一天一夜的折腾，王亚丽已经困得睁不开眼了，一脑门子金星乱冒，她只想赶紧补上一觉。

经过写字楼又横穿林荫道，出租屋所在的旧楼便从晨雾中露了出来。楼的外立面好像被泼了一层水，远望上去湿漉漉的。楼下的铁栅栏外，停了两辆早餐车，轻微的油烟味儿在这样的早晨更加富有刺激性，王亚丽一边打着哈欠，一边又被滋生的口水呛得咳嗽了两声。然后她陡然站住，一阵哆嗦。

在一辆早餐车前，她认出了几条人影。

对于那些人，她当初其实也没看清楚过，不过她的胳膊仍对几只大手的力道记忆犹新，她的皮肉更是被唤醒了一左一右两根硬物顶住所产生的尖锐感和紧迫感。是他们吗？很可能是。在那几个无所事事地啃食鸡蛋灌饼的男人身上，王亚丽辨认出了确凿的外在证据：一个小寸头，一个大光头，一条金链子，四根粗壮而布满文身的胳膊，一双锃亮的黑皮鞋……这些人距离王亚丽也就十几二十米，他们那“咋的，咋的，你咋的”的东北口音声声入耳。假如这些人又是奔她来的，那么就冲他们那不舍昼夜的精神，中介公司也应该给他们发面“尽忠职守”的锦旗。这个念头让王亚丽感到一丝好笑，但她当然是笑不出来的，因为“果粒橙”曾经深表担忧的事情马上又被她重温了一遍。直到这时，她才意识到了“果粒橙”的警告不是耸人听闻，同时承认自己返回麦子店的决定太冲动也太草率了。

迎着从楼上某扇玻璃窗里反射下来的阳光，王亚丽好不容易止住哆嗦，直愣愣地瞪着男人们的头颅与后脖颈子。她似乎在心甘情愿地等待对方转过头来，那么她的自投罗网就算彻底坐实。然而当照在她脸上的光亮随着楼上窗户的晃动飞快地一偏，王亚丽也登时醒过了神儿。恰好有辆早班公共汽车靠站，从通州甚至燕郊披星戴月地赶来的上班族蜂拥而下。她迈开步子，一头扎进了那团相互碰撞、各自奔忙的人群之中。

王亚丽又在逃跑了。她从北京逃回河南，从河南逃回北京，此时逃跑在麦子店那薄雾散尽、阳光灿烂的街头。如果说此前的逃跑来自于不知真假的恐吓，那么眼下的这场逃跑就是实在的，迫切的，简直如同火燎屁股吱吱冒油了。她充耳不闻别的声音，只听见胸膛里的怦怦乱跳；她压根儿不敢回头张望，只在顺着街道拐弯时才会飞快地向身后扫一眼。更加令她魂飞魄散的是，每当余光瞥过刚刚走过的路面，她都能看见那几个男人的身影正在后面不紧不慢地移动，与她保持着一致的速率，她快他们也快，她慢他们也慢。

毫无疑问，当她发现了对方，对方也发现了她。那么这次他们打算怎么对付她？想来不会只是“跟老妹儿唠两句嗑儿”那么简单了吧。听说“道儿”上都讲究个先礼后兵，假如上回也就是试探试探，这次怕是要动真格的了。为了问出“果粒橙”的下落，他们会像抗日神剧里一样拔她的指甲烧她的头发吗？为了查出那笔钱的去向，他们会像商战大片里一样黑进她的账户破译她的密码吗？尽管慌乱得像只没头苍蝇，王亚丽的联想能力反倒变得格外活跃了。而过了许久，她才又发现自己的运动轨迹和一只没头苍蝇有所不同——正在走的这条路对于她来说，熟悉得近乎条件反射。就算眼睛不认路脚也认路，就算脚不认路鞋也认路。王亚丽从麦子店南里穿到麦子店中里，又拐了个弯来到麦子店东里。在视觉印象上，她相当于从一片灰色矮楼出发，经过一片褐色高楼，最后钻进了一片暗红色矮楼。

既像注定也像巧合，王亚丽反应过来，她走上了当初通往“团契”的那条路。

她还意识到了一个突如其来的有利形势。她发现，随着自己在各种颜色、各种形状的旧楼之间穿梭，身后那些男人的脚步不仅慢了下来，而且还显得有些拖沓。不光如此，在王亚丽拐弯他们也拐弯、王亚丽停顿他们也停顿的时候，那些男人东张西望的姿态也似乎露出了迟疑。这就对了：虽然清晨人烟稀少，但毕竟是在光天化日之下，谅他们也不敢径直扑上来将她按倒在地；并且他们就算事先到王亚丽居住的那个小区“踩过点儿”，但对于麦子店其他街巷的地形，想必也还是不甚熟悉的。可以这样理解，在这关键时刻，麦子店帮助了王亚丽，掩护了王亚丽，这地方没有辜负她的一往情深。

也正是在麦子店的鼓励之下，王亚丽做出了一个冒险的决定。

当她从侧面绕行经过那栋格外破旧、也格外熟悉的暗红色小楼时，陡然就甩开双腿跑了起来。她的这个举动打了身后的“尾巴”们一个措手不及，当她贴着墙根拐向了楼的正面时，他们才发一声喊，急匆匆地追了上来。而这时，王亚丽已经不见了，展示在男人们面前的只有一条空空荡荡的水泥路，以及路边那栋楼房没遮没掩的几个门洞。

王亚丽钻进了其中一个门洞，沿着楼梯往二楼跑去。钻进来她才发现，这扇门洞同样无比熟悉：窄小曲折的楼梯，一堆破纸箱和几辆自行车……不唯如此，更关键的还有从一楼右手边那个房间里奔涌而出的声浪。那是一个老年烟酒嗓，沧桑、洪亮而又抑扬顿挫，说的仍是《三国演义》，但却不是书接上回。故事的转换恰恰度量了王亚丽有多长一段日子没来过了：记得上次从这儿离开，听到的还是赤壁鏖兵，现如今就跳到了关云长走麦城。正当单田芳说到赤兔马中了绊马索，她也感到脚下一软；正当单田芳说到关云长摔下了赤兔马，她也一轱辘，从一楼通向二楼的楼梯上滚了下来。这是逃跑路上的一个小插曲，王亚丽为她的着急忙慌付出了代价。直到晕头转向四仰八叉地坐在地上，她才抬头看清，楼梯靠墙的一侧比原先多了两捆旧报纸。这年头，只有真正的“老范儿”人才保留着看报纸和卖废纸的习惯，也正是“老范儿”人那把公共地方当作自家地方的习惯给她下了绊儿。王亚丽却顾不得胳膊、后背和脖颈子上弥漫着的疼，她只想着赶紧爬起来再跑上二楼去。还有人追她呢，那些人可不傻，他们发现王亚丽不见了，就一定会在这栋楼前挨着门洞往里窥探。

也就在这时，发生了逃跑路上的另一个小插曲。

在王亚丽的身旁，一楼右手边那扇木门吱扭开了。

“吗呢？”一个沧桑的烟酒嗓问她，令王亚丽恍惚觉得说话的正是单田芳本人。门里那人该是听见了她摔下来的声响吧，也许她的膝盖或者脑袋磕到了人家的房门。

王亚丽既没力气也没胆量答话，她只是抬手指了指楼梯上的旧报纸。

那人便从王亚丽身上跨过去，上了两级台阶，弯腰拎起横在楼梯上被她踢歪了的报纸。仰着脖子的王亚丽从下往上看，只见那是个五六十岁的老大爷，一副矮胖身材，天已经不热了还穿着松松垮垮的大裤衩子和跨栏背心，背心撩上去半截，勉强搭盖着形状好像漏了气的轮胎的肚皮。他直起腰走下台阶，居高临下地瞥了眼王亚丽，那张剃着花白板寸、长了个酒糟鼻子的脸上，展现出一览无余的烦躁与嫌弃。原来一楼的住户就长这模样。

“上楼不看着点儿，你奔丧呢你。”呜呜囔囔的北京话，天生自带着目空一切。那口气的潜台词，分明是毫不在意王亚丽摔坏了没有，但却心疼他那两摞旧报纸。

“起开点儿，别挡道儿。”对方又说。

王亚丽便爬了起来，和老大爷错了个身子，继续往楼上走去。她的脚步比刚才轻了许多，这是因为楼道门外似乎还传来了高一声低一声的东北腔，如果那些男人恰好往里看上一眼，那她就再也逃无可逃了。然而只要从一楼跑到二楼，情势又会不同了吧，王亚丽这么盘算着，期冀着。二楼有个接纳她的所在，她对那里抱有孤注一掷的信任。

但这最后一段路程却行进得如此艰难。刚跨上两级台阶，她就感到右膝盖又在疼了，并且那疼不同于以往，不是隐隐作痛也不是撕扯着疼，而是仿佛一把钝刀插进了她的骨头缝儿里，又血淋淋地连着筋搅动。她大汗淋漓，下半截身子沉重地往下坠着，赶紧用两手紧紧抓住锈迹斑斑的铸铁栏杆，这才避免了再次仰头摔下去。千不巧万不巧，在这一刻，旧伤来了个总爆发，刚才那个跟头又在原有的基础上火上浇油。王亚丽不得不大幅度地弓着腰，屁股高高撅起，咬牙不作声，手脚并用地往上攀爬。她明白，这种时刻意志品质就是一切，绝不能放弃，否则这天早上所有的运气和勇气都将化为泡影。

而她略一回头，却发现一楼的住户站在自家门前，正直勾勾地看着她。

那个老大爷，他提着两摞旧报纸，支棱着膀子，歪着脑袋，把目光顺着倾斜的楼梯投射上来。目光落在什么地方呢？两点之间直线最短，它就那么毫不拐弯儿地杵向了王亚丽高高撅起的屁股。这天王亚丽穿的是条紧身运动裤，下半身绷得曲线毕露，并且由于只敢左腿用力，重心不稳，她的屁股还在随着步伐夸张地、摇曳不休地扭动。于是这一瞬间就形成了这样的局面：痛彻心扉的王亚丽在为一楼的住户表演着扭屁股。

老大爷看得不仅眼睛，就连酒糟鼻子都在闪闪发亮。

他的脸也鼓胀起来，仿佛涂了一层红油。

这副表情把王亚丽惊得目瞪口呆，但她不仅无法叫出声来，更不敢就此停住。迫于形势，她也只能摇曳不休地扭下去。观赏与被观赏的过程仿佛被无限拉长，变成了电影里摇曳的慢镜头，直到王亚丽终于攀登完了第一段台阶，又艰难地拐弯儿爬上第二段台阶才宣告结束。斜下方传来“砰”的一声门响，好像是一楼的住户正在为意犹未尽而抱怨。王亚丽提心吊胆地舒了口气，右腿的疼痛却因为紧张和耻辱而更加来势汹汹了。她再没力气扒住栏杆，干脆两手撑着台阶，以兽类而非人类的姿势完成了后半程的攀爬。终于来到二楼右手边的门前，王亚丽才又直起身子，把身子倚在门上，急促但并不响亮地拍门。这时她也意识到了另一个问题：凭什么认定岳晓芬姐妹一定在家呢？今天又不是周末，不是“团契”活动的日子。

而门竟开了，倚门而立的王亚丽随即朝着那条缝隙里扎了进去。缝隙越来越大，她的身体也越扎越低——也就是说，因为重心不稳，王亚丽重新扑倒，像段树干似的一头栽进了门里。岳晓芬姐妹发出了轻声惊叫，幸亏没被她砸着，但也被她吓得脸色惨白。

王亚丽仰起头来，像被掐住嗓子一般断断续续吐气：“让我待两天，行不？”

岳晓芬姐妹还没开口，王亚丽又歪头看向了侧面那扇敞开的门上，一个干瘦的男人的画像。男人面目慈祥，仿佛洞悉一切，脸后还拢着个光圈。因为眼神一晃，王亚丽的第二句话就不仅是对岳晓芬姐妹，同时也是对画上的那男人说出来的了：

“求求你们了。”

十

说是求人收留两天，王亚丽却先住进了医院。

她一摔进屋里就挪动不得。岳晓芬姐妹绕到她身后，俯身把两条胳膊插进她的肋下，想将她搀扶起来。然而费了半天力气，仍是徒劳。岳晓芬姐妹劲儿太小，王亚丽的身体又沉得像个水泥口袋。王亚丽也纳闷儿，自己的力气怎么就被抽干了，一滴不剩。她挣扎许久，总算在岳晓芬姐妹的帮助下先靠墙坐好，接着又想说点儿什么，但话到嘴边却再也吐不出口。她只是呼哧喘气，又捂着膝盖呜呜了两声。

岳晓芬姐妹则一直没有停止忙活，这时她又拿手背搭了搭王亚丽的脑门。王亚丽感到对方的手背冰凉，随即反应过来，那是因为自己的身体滚烫。她听见岳晓芬姐妹“哎哟”一声，更加明白浑身的疼痛不仅是因为滚下了楼梯，还因为一场轰轰烈烈的高烧。至于发烧的原因，她猜想，可能是昨天一夜窝在火车过道里受了凉，或者干脆就是早上被那几个追踪者给吓的。而不久以后，便有医生对她的病情做出诊断：她患上了急性肺炎。

医生就是李琴姐妹，那个头上开着一朵盛大的白色菊花的老太太。

李琴姐妹又是被油光水滑的大胖子抬着轮椅运送上楼的。这时王亚丽才知道，她曾经是一家工厂的厂医，只不过现在厂子外迁，她也退休了。在向“团契”的伙伴求援之前，岳晓芬姐妹终于把王亚丽扛进大卧室，扶上了大胖子每次讲经时正襟端坐的那张木板床。她还从自己的房间里搬出被褥，把王亚丽裹成了一只蚕蛹，蚕蛹上画着几只可爱的喜羊羊、美羊羊和懒羊羊。做完这些事，王亚丽似乎踏实了一些，岳晓芬姐妹却被冷汗浸透，喘得比刚才的王亚丽还要凶猛，以至于随后赶到的李琴姐妹还以为生病的是她本人，诊断完王亚丽，又专门给岳晓芬姐妹连听带叩地探查了一番前胸后背。

“你得留神，她这病传染。”李琴姐妹提醒岳晓芬姐妹。

岳晓芬姐妹笑笑没说话，仿佛要证明“我不嫌弃”似的，又拿自己的杯子给王亚丽倒了点儿水，托着她的头喂下去。

李琴姐妹又敲打：“虽说凡事主安排，人也不能太大意。”

在李琴姐妹的建议下，岳晓芬姐妹便没独自把王亚丽再扛到医院，而是叫了救护车。被人抬下楼时，王亚丽的心又开始怦怦乱跳，她担心那几个男人仍在附近徘徊，等候着她，监视着她。于是她扯着担架上的白被单盖住了脸，这使她看上去形同一具尸体，吓得两个在楼道口狭路相逢的中年妇女嗷嗷乱叫。又多亏了李琴姐妹的面子，麦子店附近那家原先的工厂附属医院才给王亚丽腾出了一张病床。此后的处置就是按部就班了：化验，拍片子，输液……李琴姐妹的诊断完全正确。为了治疗肺部感染，医院给王亚丽注射了大剂量的头孢。骨科也来会诊，万幸没骨折，但因为韧带撕裂，她的右膝盖也被打了固定。

病床上的王亚丽是这么一副模样：脸色苍白，满嘴大泡，头发像抹布一样打绺儿，一条带壳儿的右腿高高挂起。她成天也不言语，哪怕是骨科大夫对她进行那些疼痛在所难免的检查，都没让她吭出声来。管床护士是一北京大姐，每每岔开两根手指在她眼前晃悠，问她这是儿。王亚丽继续愣着，等对方都快走了，才出其不意地蹦出一个“二”。

护士就说：“你也知道你‘二’呀。”

又说：“你要傻了，我们这儿可治不了，得转‘安定’。”

王亚丽仍不开口，但她却想：真傻了倒好了。因为没傻，所以还得算账。算存款，算花费，算医药，算伙食。住院的开销她心里是有数的，兜儿里那仨瓜俩枣根本不够。而医院之所以没发过催款通知，还给她尽心治疗，想必是仗着来时交了一笔不菲的押金。押金又是谁出的？王亚丽清晰地记得，当她躺在铁架子床上被推向病房时，岳晓芬姐妹正攥着一沓单据跑前跑后。她们萍水相逢，也就是硬塞了本小册子、见过几面和拉着手唱个歌儿的交情，可如今，王亚丽不光蹭了人家的饭，还花了人家的钱。

算账的结果是事不宜迟，得赶紧通知“果粒橙”。王亚丽身上的、心里的病都是怎么坐下的？归根结底还不是跟那个孬孙有关。况且既然是“亲人”，她王亚丽现今有难，“果粒橙”也责无旁贷。于是趁着医生查房护士查体的间隙，王亚丽掏出手机，持续不断地拨着“果粒橙”的号码。但却拨不通。刚开始是“不在服务区”，后来就变成了“已关机”。听筒里反复传出一个电子娘们儿无动于衷的口气，让王亚丽的心情从失落变成焦躁，又从焦躁转为茫然。她白天打夜里也打，直打了三天，才确认了一个事实：“果粒橙”失联了。

那么他在哪儿？如今又在干吗？他怎么既躲着仇家也躲着“亲人”了？

除去算账以外，王亚丽还得琢磨这些。住院三天，连通血管的输液瓶和绑在腿上的塑料板渐渐起效，王亚丽身上和膝盖里的痛楚正在减轻，但她又开始脑仁儿疼了。她甚至还突如其来地冒出了这样一个疑惑：他怎么就成了她的“亲人”？就因为他在出租房的沙发上把她给办了？就因为他把污辱和谩骂集中倾泻到了她身上？就因为他让她代为保管那笔烫手的山芋一般的钱？当然，如上种种说明了他对她的欲望勃勃、情有独钟和绝对信任，但反过来想——王亚丽惊异于自打认识“果粒橙”以来，自己居然从未“反过来”想过一次——她愿意接受他这个“亲人”吗？他是王亚丽所需要的那种“亲人”吗？

还是她太缺乏“亲人”了，以至于饥不择食？

那么他把她当作“亲人”，是否同样也是不加选择的结果？

或者这世上的“亲人”都是被动的、强加的，就像她不能决定谁是她的妈？

这些推论吓得王亚丽浑身一颤，她刺啦刺啦地挠着头皮，好像用力洗刷着自己的脑子。类似那些复杂的、终极的问题，向来不是她所能承受得了的，她得避免给自己平添痛苦。而王亚丽必须回过神儿来的另一个原因，则是岳晓芬姐妹恰好从病房门外走了进来。

此时正是下午，刚到医院准许探视病人的时间。在王亚丽住院期间，每天这个点儿，岳晓芬姐妹都会过来，来时手里拎着几个水果或一只盛了粥的保温桶。她不用上班吗？王亚丽问过岳晓芬姐妹。岳晓芬姐妹回答，自己在麦子店的一家花店当售货员，下午顾客少，老板管得也不严。那也不用替她操心，反正一时半会儿死不了，又反正是死是活天注定，王亚丽自暴自弃地推辞。同时她也奇怪，她的自暴自弃里，为何还含着点儿撒娇的态度。

岳晓芬姐妹便看着王亚丽，沉吟片刻，轻声说：“主不会丢弃任何一只羔羊。”

这就让王亚丽无法发问也无法作答了。她只能像现在这样，沉默地望着岳晓芬姐妹。门外的阳光喷涌而入，将岳晓芬姐妹照得金光灿烂并且面目模糊。在王亚丽眼里，岳晓芬姐妹是庞大而又瘦弱的，清凉而又炙热的，她的脸后还拢着一团光圈。

这天岳晓芬姐妹来得更有必要。医院通知过王亚丽，由于床位紧张，像她这种病情基本得到控制的病号只能回家休养。岳晓芬姐妹是来接她出院的。出院回哪儿去？王亚丽一边愣愣地换衣裳穿鞋，一边又在琢磨。而岳晓芬姐妹早办妥了一系列手续，就连药都取了，她挽着王亚丽的胳膊就往外走。王亚丽身子发飘，右腿不能弯曲，傍着岳晓芬姐妹，一斜一斜地穿过走廊，走出住院楼，钻进等候在门口的出租车。这时如果岳晓芬姐妹问一句“你住哪儿”，王亚丽也许会心里一凉，但却一定不会觉得突兀。然而人家竟没开口。出租车早已说好了目的地，三拐两拐，开进了麦子店诸多老旧小区中的一个。

不必朝窗外张望，只凭声响，王亚丽就判断出了身在何处：楼道如同一条沧桑而浑厚的声带，从那里面喷薄着滔滔不绝的铺陈与吟诵。《三国演义》仍在继续，这一大，单田芳恰好说到了曹操杀华佗。因为没处理好医患关系，一代奸雄命丧黄泉。相形之下，王亚丽的运气就要好得多，当岳晓芬姐妹扶着她下了车，她觉得身上的力气又回来了几分。嘴上仍不言语，她的心里却含着一腔暖意，又像搂着一蓬待开的花。

更让王亚丽感动的还在后面。俩人亦步亦趋上楼，开门，走进“团契”讲经的那间卧室，就见屋里全变了样。原本摆了满地的椅子马扎都被贴墙码放，腾出了供人走动的空间；窗台上多了两只水杯和一只塑料暖壶；木板床上铺着被褥，淡黄的被套一看就是簇新的。王亚丽便怔住了，呆站在门口，而岳晓芬姐妹则先走进屋里，有条不紊地张罗了起来。她一边将从医院带回来的杂物分门别类放置妥当，一边提醒王亚丽各种事项：卫生间有新买的毛巾香皂，洗发水倒可以两人合用；喷头底下放了把塑料椅子，想的是王亚丽腿伤未愈，洗澡的时候最好坐浴，别摔着；此后几天还要回门诊去输液，在家服药的剂量和次数也写在病历本上……岳晓芬姐妹的南方口音清澈而细碎，但却带有不容置疑的沉静气质。王亚丽这时又想起，关于自己怎么就求到了人家头上、赖在人家这儿还要住多久，这些细节其实都没跟岳晓芬姐妹解释过、商量过。而在岳晓芬姐妹那儿，事情却仿佛早就定了下来，压根儿没有解释和商量的必要。

岳晓芬姐妹招呼一声，王亚丽才像得到了许可，小心翼翼挪进门来。

岳晓芬姐妹又招呼一声，她便乖乖靠上床头，侧对着朝南的一扇玻璃窗。

然后王亚丽闭上了眼。她很想打破这温情脉脉却略显僵涩的沉默，但她又感到实在没什么可说给对方听的。无论是感谢还是自责，那都太假也太多余。况且她明白，岳晓芬姐妹也并不需要她的感谢和自责。于是她又想把自己彻底清空，再不去算计什么、琢磨什么，以和岳晓芬姐妹同等的沉静去面对岳晓芬姐妹。

但很遗憾，这也不能如愿。似乎是她的脑袋搭错了线，又似乎是她的一切反应都比现实需要慢半拍，直到这时，一丝凄然才从心底蔓延了上来，转而扩大得漫无边际，充斥了她、包裹了她。当王亚丽重新睁眼时，却发现岳晓芬姐妹已经将东西拾掇利索，正坐在床尾，无声地看着她。她也不知道自己究竟和岳晓芬姐妹默然相对了多久，她只感到时间变成了透明的胶状物，把她像标本一样固定在了岳晓芬姐妹的目光之中。并且不只岳晓芬姐妹，似乎还有别的目光也在静静地凝视着她，从高处，从远处，从不存在的所在。

而王亚丽不得不睁开眼睛，则是因为她已经满眼是泪。泪水顺着她的脸上流过，就像河水流过山川，暴露在那浩瀚的阳光一般的目光之下。

“人活着真难，对吧？”王亚丽突然开了口。

岳晓芬姐妹的答复还是那句话：“主不会丢弃任何一只羔羊。”

“你对我这么好，是想让我跟你一块儿信主吧？”王亚丽又问，有点儿挑衅似的。她很期待着岳晓芬姐妹能点点头，那样的话，她也算是知道了对方到底图点儿什么。

“那倒无所谓。”岳晓芬姐妹说，“我对你好，是因为主让我对你好。”

这话又让王亚丽无法发问也无法作答。后来她想，也许恰恰因为听了岳晓芬姐妹这么说，她才会如此坦然、如此心安理得地把自己交给了对方。

姑且再来回忆一下俩人同居一室的日子吧——直到有朝一日，底牌全部揭开，王亚丽却还忍不住会把那段时间单拎出来，掐头去尾地咂摸一番。不怪她傻也不怪她贱，怪只怪她从未设想过人还能这么对待人，更搞不懂人凭什么要这么对待人。因为岳晓芬姐妹的照料，王亚丽时常幻觉自己变成了一个婴儿。一日三餐喝水吃药自不必说，就连开窗通风和清洁打扫也都替她想到了。如果不是她涨红着脸极力反对，岳晓芬姐妹甚至连她换下来的贴身衣物都要亲手搓洗一番。不仅如此，岳晓芬姐妹隔三岔五还会从花店带回几朵鲜花，插进矿泉水瓶里摆在床头。那些花有时是雏菊，有时是康乃馨，虽然都是卖不掉的库存货、便宜货，但屋里多了一抹会呼吸的亮色，果然令王亚丽的眼睛和心一同鲜活了起来。

关于岳晓芬姐妹其人，王亚丽也获得了来自诸多侧面、愈发细密也愈发生动的认识。

她首先观察到，岳晓芬姐妹有着极其严谨的作息规律：每天清晨六点钟准时起床，吃过早饭又收拾停当就去上班；中午十二点准时回来进餐、午休，两点钟再准时出门；下午六点半准时回家之后，就此闭门不出，直到晚上九点准时洗漱睡觉。这姑娘的每一天都像是由若干个精准的时间刻度组成，仿佛任何一个刻度发生了偏移，都会让她的生活轰然崩塌。除此之外，虽然王亚丽一向也在受穷，但岳晓芬姐妹的日常开销却节省到了连她都觉得抠门儿的地步。岳晓芬姐妹的牛仔裤和帆布鞋都磨得起毛边儿了，头绳就是一条橡皮筋；卫生间里完全见不着女孩儿必备的眼霜面霜洗面奶，洗脸就用几块钱一块的香皂；吃上更简单，一锅米饭一把青菜再加几个鸡蛋就能对付三天，而给王亚丽补充营养的食品却要单买。怪不得这么瘦，养猫还见个荤腥呢。真该让她跟“果粒橙”交流交流，看谁能把裤腰带勒得更紧。王亚丽带着几分心疼，暗自数落着岳晓芬姐妹，同时又觉得脸上发烧。

当然，拆了东墙也是为了补西墙，节省并非没有原因。王亚丽猜测，岳晓芬姐妹之所以节衣缩食，多半是由于她租下了这套老式两居室的缘故。估量一下花店售货员的工资和北京的房租行情，这套房子可能耗尽了她的全部收入，其他方面不省也不行。但租房也不是为了自己住，而是为了给每个周日的聚会、讲经和唱歌提供场所。这便又涉及了岳晓芬姐妹更让王亚丽惊讶的一个特质：她不光没有男朋友，似乎就连熟人都没有，她的外界交往仅限于“团契”的那些伙伴。可以这么认为，岳晓芬姐妹的所有日子其实都是为了一项内容而活的，那就是所谓的“团契”。

总而言之，岳晓芬姐妹是一个多么刻板、节俭而又寂寞的人啊。在麦子店这地方，见惯了没日没夜的拼搏、没日没夜的折腾和没日没夜的消耗，而岳晓芬姐妹隐居在麦子店，却顽固地维持着与麦子店毫不兼容的存在方式。岳晓芬姐妹可以说是麦子店的另类，她的奇特程度远远超过了那些破衣烂衫的长发男人、夹着香烟的短裙女人和满嘴粗话的国际友人。但王亚丽又想，难道不正是由于另类的存在，才证明了麦子店的多面性吗？这么说来，麦子店虽然没有丰富岳晓芬姐妹，倒是岳晓芬姐妹丰富了麦子店。

看着岳晓芬姐妹，王亚丽再次涌起了冲动：得为人家做点儿什么。

她还给自己的冲动补充理由：虽然人家不求报答，可她也不能太没心肝儿。

这么想时，王亚丽正像刚住进来那天一样，正歪靠在床上，斜对着卧室朝南的玻璃窗。岳晓芬姐妹则坐在床尾，给她削着一只硕大的鸭梨。她妈怀她时吃不上的东西，她在人家这儿倒是管够。必须补充足量维生素，这也是岳晓芬姐妹给王亚丽制订的康复计划之一，因此每天的水果就像吃药一样必不可少。楼下难得没有传来动静，就连单田芳都暂时偃旗息鼓了。时间缓慢，日光明艳，树影斑驳，令王亚丽的脑子一阵恍惚。

也忘了怎么开的头，从哪儿开的头，她便信马由缰地絮叨了起来。

所说的事儿并不新鲜，也就是时常盘旋在心里的那些经历。从小时候被称作王鸭梨到现在名叫Elly，从她爸跟粮店那娘们儿跑了到她妈把家里房子给抵押了，从上小学时没吃过早饭到净在课堂上尿裤子……通过这些讲述，王亚丽很想营造一种氛围，就是她正在推心置腹地和岳晓芬姐妹分享一些什么东西。可惜她能够拿出来分享的，恐怕也只有记忆里的那点儿心酸。

而岳晓芬姐妹呢？她居然听得入了神，就连手里的梨皮剥落到了床上都没察觉。在对方那无声的鼓励下，王亚丽便迫切地想要再多掏出一点儿东西来。于是她把心一横，说到了酝酿已久的那个部分——她又把话头拽回了俩人初次见面之后的日子，讲到自己在暖气片上怒撞李陵碑，讲到变成马王爷半个多月不能上班，讲到“果粒橙”那近乎自虐的财务计划，最后讲到她为了“不辜负亲人”而坚决想要省下几个饭钱。说到这里，话头却像受了潮的炮仗捻儿，烧着烧着就接续不下去了。王亚丽停顿半晌，努力地组织措辞：

“也是鬼使神差，我记起小册子上有那么一句话……”

岳晓芬姐妹叫了她一声：“王亚丽姐妹。”

王亚丽继续说：“你不也告诉过我，聚会之后还有个聚餐嘛……”

岳晓芬姐妹又叫了她一声：“王亚丽姐妹。”

这次声音更大，让王亚丽打了个激灵，舌头也被悬在了嘴中央。她有些迷茫地看着对方。岳晓芬姐妹却将削好了的鸭梨递了过来，她那双眼睛又在闪闪发亮了。

岳晓芬姐妹说：“要不你也听我说说？”

这摆明了是心照不宣。对方的体贴和苦心，又让王亚丽眼眶一热。而岳晓芬姐妹却舔了舔嘴唇，径自把话接了过去。和王亚丽一样，她讲的也是她自己。于是王亚丽知道了岳晓芬姐妹是江苏人，不是什么大地方，无锡下面一小镇，因为毗邻着太湖而水汽弥漫，尤其到了梅雨季节，衣裳越晾越湿；她又知道了岳晓芬姐妹家是开面馆的，店里除了阳春面和葱油拌面，还会制作一种名叫“青团”的食物，把糯米面用艾草汁液上色，裹了猪油白糖拌的馅儿，等到十五的夜晚蒸出一屉抬上码头，卖给城里过来赏月的人，连湖里瑟瑟的满月都映得晶莹碧绿；她还知道了岳晓芬姐妹从小也是妈带大的，她爸到外面干装修，江苏师傅有名气，不过一去就没再回家，等她后来懂点事儿，才知道父母早离婚了……

王亚丽终于找到了自己和岳晓芬姐妹的共同之处。哦，她们都相当于有妈没爹。当然妈跟妈又不一样，看岳晓芬姐妹的脾性，她妈应该对她不错，起码不会叫她“卖逼的”，也不会为了俩丸子用钥匙扎她的嘴。而除此之外，王亚丽还关心起了另一件事：那么，岳晓芬姐妹是如何“信上主”的呢？画儿上的那个干瘦的男人，他是在什么时间、通过什么契机降临了岳晓芬姐妹？但对于这些问题，岳晓芬姐妹却并未触及。随着悬念在王亚丽的脑子里延续，岳晓芬姐妹反而又说到了她来到北京以后的生活。

王亚丽也是这才知道，岳晓芬姐妹其实上过大学，念的还是热门的财会专业。直到半年以前，她还是一名外贸公司的职员，上班的地方恰好就在麦子店地铁站附近的那栋写字楼里。可以推想，在许多个夜晚，当王亚丽坐在面包店门口等候半价，岳晓芬姐妹却正在她头顶上方近百米的高空熬夜加班呢。那怎么好好儿的办公室就不坐了，非要跑去站柜台？

仿佛为了解答王亚丽的疑惑，岳晓芬姐妹说：“以前不知道生活的意义，现在才知道。”

后面的话就算岳晓芬姐妹不说，王亚丽自己也能脑补了：人生苦短，岁月如梭，正如羔羊找到了牧者方能脱离迷途，信主的人与其把生命浪费在尘世间的那些奔忙之上，不如过得尽可能的简单，多去倾听主的召唤和旨意，这样才能获得内心的宁静……说实在的，这话如果不是出自岳晓芬姐妹之口，王亚丽八成是会嗤之以鼻——就像健身房也有几个女顾客，动不动就要跑到泰国去灵修辟谷“找自己”，而她虽然嘴上附和“姐，您太有追求啦”，心里的评价却一律是装，是饱汉子不知饿汉子饥。但岳晓芬姐妹过着什么日子，王亚丽又分明是亲眼看见的，这就让她不得不信服了起来，同时抱有几分肃然。

不过话说回来，此时她所相信的，仅仅是岳晓芬姐妹“正在相信”这个事实而已。至于画儿上那个瘦男人，王亚丽仍不认为他与自己有什么干系。这是没办法的事，就连王亚丽本人的意志也不能决定。而她又是多么为此感到惭愧啊。她到底要做点儿什么，才算对得起岳晓芬姐妹呢？伴随着心里涌起的冲动，王亚丽把目光投向了窗外。

在一墙之隔的阳台上，放着一些东西，同样也令她心生困惑。

当初她就看见这间卧室外面还有个阳台，而这也是这种老式房子惯常的格局——阳台约莫一米见宽，两米多长，封了塑钢窗，既起到了防盗的作用，又相当于多了半间房。但直到住进来又昏昏沉沉地躺了几天以后，王亚丽才有了精力去探究阳台上的陈列品：那上面并未晾晒衣裳，也没养着花卉，反倒在靠墙处横了一副造型怪异的金属框架。那玩意儿笼罩在墙和窗的暗影之中，乍看如同什么动物嶙峋的骨骼，再一细看，原来是辆尚未拼装完成的自行车——但却不是一般的“永久”“凤凰”，更不是满大街的共享单车，而是一辆弯把细座的“公路赛”。它还是亮红色的，因而显得血迹斑斑。换个角度往阳台的纵深处望去，又能看见一个三合板架子，从上到下码放着各式各样的机械零件：链条、齿轮、弯的直的棍状物和管状物……还有挡泥板、车轮和一个长方形塑料工具箱。阳台俨然是个小车间。

对于那种类型的自行车，王亚丽也是有印象的。她们健身房楼下就有那么一家自行车俱乐部，所有零件都是进口货，可以按照客人的需求组合出各种性能，价钱当然也不便宜。只不过王亚丽实在无法想象，岳晓芬姐妹还有这样一个爱好——就她那副弱不禁风的模样，还不蹬上车就把自己放了风筝？

这些疑虑以前也没提过，这时等到岳晓芬姐妹把话一顿，仿佛也说累了，说乏了，王亚丽便将目光收回，眼神随之一晃：“对了，那半拉自行车是怎么回事儿？”

相较于此前俩人聊的内容，她的提问显得驴唇不对马嘴。岳晓芬姐妹愣了愣才说：“外面的东西是房东的，原来说搬走，但我住进来时，才又说要存在这儿。”

“房东就是……”王亚丽一手朝下，指指地面。

岳晓芬姐妹点头，又愣了愣：“你怎么知道的？”

这还不得归功于“果粒橙”的一番分析。王亚丽却没回答，她又问：

“他老开着个电喇叭，弄出那么大动静，街坊邻居就没意见？”

岳晓芬姐妹垂了垂眼帘：“这楼是厂子里的宿舍房，住的都是老同事，可能别人都习惯了吧。再说平时也还好，就是周日下午的声音会大上一会儿。”

“干吗非挑周日下午？那不摆明了就是冲着你来的吗？”

“可能是吧，他不喜欢屋里来人。”

“你交了房租，他不喜欢有什么用？你就没下去理论理论？”

“最早说过，不过没用。”

“他怎么答复的？”

“他说房子是他的，他爱怎么着就怎么着，你们受不了可以搬走……不过租金和押金不退。李琴姐妹他们气不过，说要找居委会，但我想想还是算了。像我们这种聚会，说出去人家也未见得支持，多一事不如少一事。碰上这么个人，姑且就算主对我们的考验吧。好在也就考验三个月，再过一段时间房子也快到期了，到时再换个安静的地方好了。”

果然和“果粒橙”的推论如出一辙，那家伙在自己的专业领域可真是料事如神。而说起这些事时，岳晓芬的语气仍是沉静的，安之若素的，就好像一旦坦然接受，那些倒霉事儿就不是发生在自己身上了。听到对方这么说，王亚丽就“哦”了一声，一时没再搭腔。接着又简直是莫名其妙，她的心思忽然沉入了一段遐想，或云胡思乱想。伴随着关于“一楼住户”的话题，她情不自禁地勾勒出了这样一幅画面：

一北京大爷，花白板寸，酒糟鼻子，半撩上去的大背心勉强覆盖着漏气轮胎一般的肚皮；他正骑着一辆周身通红的“公路赛”，风驰电掣地穿行在麦子店的大街小巷；车座很高，车把弯如羊角，这导致了他必须躬身撅臀，也导致了他的两条短腿几乎够不着车镫子；还像许多煞有介事的骑行者一样，这位北京大爷的耳朵上也扣了副硕大的耳机，耳机里回荡着澎湃的立体声，但却不是摇滚也不是说唱，而是单田芳版本的《三国演义》……那么这样的北京大爷骑着这样的“公路赛”正在做些什么呢？王亚丽继续丰富着自己的想象：他在追逐，他在跟踪，他在锲而不舍地想要离什么东西近点儿，再近点儿。于是她脑海中的画面在扩展，镜头在前移，她又看到飞驰的一楼住户的前方，还有一个人也在飞驰，而那竟然就是她自己。她也蹬着同样一辆“公路赛”，俯身撅臀，夸张地、充满韵律感地扭动着屁股。恰如同夸父逐日，但一楼住户逐的不是太阳，而是她的屁股；也正如同若干天前她爬上楼梯时的那一幕，在王亚丽的想象中，她又在不辞劳苦地向人家展示屁股了。

王亚丽哼地笑出了声。很奇怪，局限在想象中的看与被看，反倒令她感受到了某种喜剧效果，不过随之而来的还是厌恶乃至恶心。岳晓芬姐妹则瞪着一双闪亮的圆眼，呆看着王亚丽。这时轮到她面露疑惑了。王亚丽却一伸手，从岳晓芬姐妹手里接过鸭梨，吭叽吭叽，啃得汁水四溢。一边啃，那个时常涌起的冲动就变成了具体的念头。

嗯，得为人家做点儿什么。而她现在好像知道应该怎么做了。

王亚丽进而坐起身来，大刀阔斧地转动着腰肢，浑身关节嘎嘎作响。她感到精力蓬勃，还感到斗志昂扬，她正迫不及待地想要实施一个壮举。

十一

但在实施壮举之前，王亚丽还做出了一项决定。

这就又要说到急性肺炎的治疗流程了：虽然被安排回家休养，但除了大盒小盒的口服药以外，医院还给她开了若干次门诊输液，此外叮嘱必须按时复查。最初的两次输液复查都是岳晓芬姐妹和她一起去的，后来王亚丽就拒绝了对方的陪同。

“我又不是没长腿。”她拍了拍仍在作痛但已经拆了绷带的右膝。

“你要再客气，我可不敢住这儿了。”她还半真半假地威胁。

岳晓芬姐妹就笑笑，算是默许了。而王亚丽之所以坚决要求，也有两个原因。其一自然是心里抱愧。明摆着，人家已经为她耗费了那么多的时间和精力，如果再耽误上班而被扣了工资，那她的人情债可就越欠越多了。至于另一个原因，则是有了岳晓芬姐妹的前两次陪伴，王亚丽的胆子也渐渐壮了起来。最初她走在街上，就像一只白天钻出洞来的老鼠，还要反复估算着周边环境的安全系数。很幸运，经过观察，她并未发现有人跟踪。

这是否说明，中介公司的人已经放弃了对“果粒橙”的追查，不得不同意他另起炉灶了？按说还不至于，王亚丽随即否定了这种可能性。理由也很简单：如果那样的话，“果粒橙”就应该欢天喜地出现在她面前，哪怕不是为了看看她，而是为了看看那笔钱。但或许可以这样推测，“道儿上”那些家伙压根儿就没猜到钱在王亚丽这儿，所以认为再找她的麻烦是毫无意义的？又或许，尽管此前他们的蹲守和追踪不可谓不尽职尽责，但因为王亚丽在岳晓芬姐妹那儿藏匿得无影无踪，也就让他们束手无策，只好作罢了？不管怎么样，此时的王亚丽认为，警报暂时解除，而她应该利用这个机会把和岳晓芬姐妹的账清一清。

于是这天上午从医院出来，王亚丽拐弯儿去了趟银行。

地方不远，下了公共汽车，顺着一条小街往东穿行几百米，在“超市发”的对面就看见了。门脸也不大，如果不是玻璃门一侧摆了两台自动柜员机，几乎不会有人注意到这儿还存在着一个金融机构。而她之所以没去坐落在麦子店的另一家气派堂皇、人满为患的大型支行，专门选择了这个客流稀少的社区储蓄点，也是为了节省时间。

回去还有事儿呢。今天是周日，又到了“团契”聚会的日子。上次大伙儿来时，王亚丽还没好利索，下不来床，为了不打搅她，人家愣是挤在门外的过道里念了一下午的经。这让她很不好意思，寻思着下回聚会之前，无论如何也得将大卧室恢复原样，再把房间腾出来。而要做到这一点，又得趁着岳晓芬姐妹午休悄没声地行动才行。否则对方要是执意“勒令”她继续霸占那间屋子，那可又麻烦了，指不定还得再费上多少口舌呢。

和岳晓芬姐妹打交道，只有这么一点不好——她太周到也太客气，还有那么一点儿不解人情的执拗，这反而会造成不必要的负担，既拘束了自己又拘束了别人。王亚丽甜蜜地暗自抱怨着。而等进了银行，就见人果然不多，并不宽敞的营业厅里只坐了稀稀拉拉几个顾客，还尽是老头儿老太太。这种人的业务无非是买水买电买煤气，快倒是很快，只不过由于耳朵背，跟别人一句话就能说清楚的事儿，跟他们得嚷嚷半天，因此几个柜台的扩音器里此起彼伏着营业员敬业的吼叫声。

王亚丽拿了个号，坐到不锈钢长椅上。一边估算着叫号的速度，她一边掏出手机，给岳晓芬姐妹发了个微信：把你账号给我。

岳晓芬姐妹一时没回，她便追了一条过去，又带着半真半假的威胁：亲人也得明算账，要不我可搬走了。后面还缀了几个瞪眼鼓气的表情符号。

过了会儿，岳晓芬姐妹就把账号发了过来，此外也有一行文字：拿你没办法。与之相配的表情符号则是一个“害羞”和几枝玫瑰。王亚丽便抿嘴一笑。接着，她脑子里有根弦仿佛被谁随手一拨，发出了清脆的振动。她意识到，自己相当于管岳晓芬姐妹叫了声“亲人”。如果不是在微信里，不是话赶话，这称谓还真叫不出口。在这方面，她可没有“果粒橙”那么热烈和坦诚。而既然对方也应了，俩人的关系算不算是迈过了一道坎儿？岳晓芬姐妹是否也会像自己一样，盯着手机蓦然一愣，然后鼻子突如其来地一酸？

人家做何感想，她也无从知道。反正王亚丽是抬起手来，捂住半张脸，响亮地吸溜了几声。她什么时候变得这么多愁善感了？还是她本身就有着多愁善感的潜质，随便抓住个机会就能“煽”上自己一把？随后，王亚丽又在和岳晓芬姐妹的对话框里打了三个字：“亲人哪”，但立刻飞快地删掉了它们。不远处，叫号机叮咚一响，身旁有个老太太站起身来，慢吞吞地走了过去。她也欠了欠屁股，往柜台的方向挪了两个座位。

这时她听见有人叫自己，其称谓也是亲密的、热忱的：“老妹儿呀？”

王亚丽起初并未反应过来，直到略一回头，才感到一股寒意席卷了全身。她还想要跳起身来，但却发现腿像石膏捏的，不仅没劲儿，而且一碰就会碎裂。在她身后的那排不锈钢长凳上，正坐着一个小寸头。那人仍穿着一身黑西裤和白衬衫，踩着一双亮闪闪的新皮鞋，就连表情也还是笑眯眯的自来熟，好像果真和她沾亲带故似的。

在这种状况下狭路相逢，就让王亚丽喉头发紧，一时出不了声。小寸头却和蔼而又兴致勃勃地问她：“你也办事儿？啥业务？存哪还是取呀？”

连运了两口气，王亚丽才吭叽出一句：“不存也不取。”

小寸头便又挤挤眼：“那就是汇款？给郭立城？”

听到“果粒橙”的名字，王亚丽像过电一样，又开始打哆嗦了。但她一边哆嗦，一边却又有点儿纳闷：眼前这小寸头的口气，和上次遇到时似乎有点儿不一样。上次他也把话说得风轻云淡，但一听就知道是在使诈，是话里有话，而这次就变成了彻底的放松，真好像在街上碰见了个熟人又顺嘴拉起了家常。这么一纳闷，王亚丽便试探着反问一句：

“你们还找他呢？”

小寸头回答：“那可不，否则也太便宜他了。”

王亚丽又说：“等找着了也告诉我一声呗？我也不知道他哪儿去了。”

这话有点儿像装傻，还像故意撇清，但其实也是客观情况。小寸头却耸了耸肩，嘿嘿一笑：“老妹儿呀，这我可就帮不上忙了——事儿不归我管了。”

王亚丽不由一愣，对方却滔滔不绝地说了下去：随着营业规模逐步扩大，他们那家中介公司也在谋求“转型升级”，其中有项措施，就是“把专业的事交给专业的人”；具体说来，像“果粒橙”那种败类，自有“债务经理”持续对其进行追踪——“你也见过，就是上次那俩货”，小寸头补充道——至于他本人，由于能力突出，已经另有重用，被委派成了麦子店地区的分店经理。这么说着，小寸头颇为得意地一扭脖子，对门外扬了扬下巴。王亚丽将目光跟了过去，果然在街角看见了一块簇新的招牌，上面的字样和“果粒橙”曾经交给她的那两个信口袋一模一样。而小寸头接下来的话，就带着点儿唏嘘的意味了：

“说起来，我还沾了郭立城的光呢。他号称自己开店，不就要开在麦子店吗？公司也做了调研，市场果然还没饱和，很适合开分店，就把我给派过来了。”

他又问王亚丽："你这么想找他，该不会是他也拿了你的钱吧？"

和你猜的正好相反。王亚丽心说。但她的表情却是呆滞而又愕然的。

小寸头便宽慰她："放心吧，指定能找着。现在都什么年头了，电子定位大数据啥的可劲儿往上招呼，四条腿儿的狗能丢，两条腿儿的人可丢不了。"

正说到这儿，叫号机又是叮咚一响，但叫的不是先来的王亚丽，而是后到的小寸头。人家是公司账号，大客户优先。他拍拍屁股奔向柜台，留下一个王亚丽继续愣在当地，若干个想法在她的脑子里纷至沓来又四散而去。

她先想，怎么就那么巧，北京大了去了，那家中介公司却偏偏把分店开在了麦子店，这可真叫不是冤家不聚头；又想说巧也不巧，对方的选择恰恰证明了英雄所见略同，证明了"果粒橙"的理想确有其可行性，只可惜这个理想被人家捷足先登，对于他们却变得无比渺茫了；还想不管巧与不巧，今天的偶遇都几乎称得上幸运——如果发现自己的不是相对和气的小寸头，而是所谓"债务经理"，是仍然锲而不舍地追查"果粒橙"的大光头和金链子，那又会是什么后果呢？天知道那些家伙会对她采取什么"专业手段"。

但再接着往下想，王亚丽那颗刚落回去的心又猛然提了起来。她是不是跟岳晓芬姐妹在一起待久了，也被传染得容易轻信于人了？那小寸头真有那么好心，真想高抬贵手放她一马？要知道，这家伙从刚一露面就是个笑面虎，阴着呢。即使他没当场动粗，难道不是因为忌惮着银行保安以及充满正义感的大爷大妈吗？即使他嘴里声称"不管了"，难道就不会在第一时间通知大光头和大金链子吗？毕竟，只要中介公司还没放过"果粒橙"，那就绝不会轻易饶过王亚丽，否则前些天一大早儿追得她满街乱窜的又是谁呢？

越是这么想，小寸头那坐在柜台前的背影就越显得可疑。偏偏王亚丽还看到这家伙一边和银行营业员插科打诨，一边掏出手机点点戳戳。这不是在通风报信又是在干吗？而他办完业务往外走时，甚至还给了她一个油滑的笑脸，这就更让王亚丽坚定了自己的猜测。那么她该怎么办？是像落入虎口的黔之驴一样绝望地鸣叫，还是像迷途的羔羊一样找寻牧者？王亚丽只感到口干舌燥，身子僵硬，但她仍然强迫自己的脑子保持转动。

就在这时，叫号器又响了一声。轮到她了。

王亚丽费力地驱动双腿，走向柜台。营业员按部就班地举了举手，这是银行为了“强化服务规范”而订立的新规矩。不等对方开口，她就掏出自己的银行卡递了过去：

“定期改活期，两笔一共……十万六。”

当初存了定期，为的正是不瞎花钱，花了就辜负了“亲人”。现在可就顾不了那么多了。

而营业员自然体会不到王亚丽那莫大的决心，只问了句：“利息不要了？”

“有急用。”王亚丽说着划开手机，又把岳晓芬姐妹发来的账号展示给对方，“再往这人卡里转六千。”

那数目刚好覆盖了住院押金、救护车车费，以及此后追加的几笔医药费。今天早上，王亚丽专门去医院的收费处核对过了账目，并且还为其中几项明细和人家掰扯了半天。当然掰扯也是白搭，医院的工作人员向她解释，膝盖的积液处理和进口抗生素都是征得“家属”同意之后才开的，再说钱都交了，哪儿有事后再退的道理。而玻璃窗后的营业员仍是一副公事公办的面孔，只不过问了句：“您确定认识对方？”

王亚丽便点头，又接过从窗户里递出来的“防诈骗注意事项”签了名。等对方啪啪盖完章，她才深吸一口气，又用余光扫了扫四周，先确定小寸头已经离开了银行营业厅，然后才悄声说：“再转一笔，也进这个账户……把剩下的钱都打过去。”

这就让营业员有些狐疑：“十万？”

王亚丽确认：“十万。”

营业员问：“刚才干吗不一块儿转？”

王亚丽说：“刚才忘了。”

营业员重复起了那套说辞：“您确定认识对方吗……”

王亚丽的答复如同宣誓一般笃定：“太认识了。”

十二

这天回去的路上，就接到了岳晓芬姐妹好几条微信。刚开始是文字，后来又变成了语音，无一例外是关于钱的。看来岳晓芬姐妹的银行卡也开通了即时通知业务。

这些微信王亚丽一概没回。此刻她正溜着墙根小步快捣，同时又在战战兢兢地担心自己被人跟踪了。要知道，既然那家中介公司的人已经常驻麦子店，那么她就相当于在人家的鼻子底下游走出没。好在晌晴薄日之下，似乎没有想象中的危机向她逼来。当她来到那栋暗红色的矮楼下面，心里才算停止了扑腾，同时又冒出了隐隐的恶作剧心态：岳晓芬姐妹该是被手机里的数目字儿吓了一跳吧？对不起，让你受惊了。

等她上楼进屋，岳晓芬姐妹果然劈头就问：“怎么回事？”

王亚丽装傻充愣：“什么怎么回事？”

岳晓芬姐妹说：“钱呀，干吗给我那么多？”

王亚丽却含笑走进大卧室，一边将床上的被褥卷了起来，一边又半真半假地威胁对方：“你得帮我收拾收拾屋子，我才告诉你。”

但在此时，这招儿却失效了。看来岳晓芬姐妹是真急了，她几步追过来，横到王亚丽跟前，夺过被褥就往床上一摔。“噗”的一声，阳光里升腾起了无数浮尘，像被狂风卷起的雪。在对方的逼视之下，王亚丽也只好停止卖关子，不紧不慢地解释了起来：钱分两笔，第一笔六千，算是还债，至于该还多少，想来岳晓芬姐妹心里也有数；按说还应该添上这些天的房租和伙食费，但又想着那样就生分了，不像“亲人”了，权且也就宜粗不宜细；至于第二笔十万，其实是她先斩后奏，想请岳晓芬姐妹帮个忙；而这又要从她那个男朋友讲起，话说那孬孙名叫“果粒橙”……

也没什么好隐瞒的，关于那笔钱的来龙去脉，王亚丽尽可能详细地对岳晓芬姐妹复述了下去。不说不要紧，一说就发现线头还挺复杂，她颠三倒四地捋了好几遍，才把逻辑梳理清楚。这其中包括“果粒橙”是如何计划单干，如何一边攒钱一边预支了提成，如何把钱存在王亚丽这儿又跟公司闹掰了，如何被“道儿”上的人满城追捕从此再不敢露面；也包括王亚丽是如何替他保管着这笔钱坚决不花，如何被“果粒橙”建议把钱转移个户头但幸亏没给她妈，如何被屡次三番的跟踪吓破了胆……最后就说到了在今天早上、在银行里、在小寸头的刺激下做出的那个决定。既是灵机一动，也是走投无路，她就想：为什么不干脆把钱放在岳晓芬姐妹那儿呢？假如中介公司抓住“果粒橙”是迟早的事儿，发现钱在她王亚丽手里也是迟早的事儿，那么要想捍卫这点儿积蓄，就必须得另找一人替她代为保管那笔钱。而眼下看来，岳晓芬姐妹不仅是唯一人选，同时也是最佳人选了。

“帮人帮到底，钱你先收着，等到风头过去再给我，行不行？”说到这儿，王亚丽又拿出了和当初栽进门里时如出一辙的哀求口气。

听完王亚丽的话，岳晓芬姐妹沉默半晌，然后问道：“这钱真是你男朋友的？”

“你放心，他也没能耐去偷去抢，为了攒点儿钱，宁可饿着自己。”王亚丽迅速做出了保证，又补充道，“再说他们公司压根儿不知道有你这么个人，肯定不会找到你头上……我也会赶紧联系‘果粒橙’，让他去跟公司认个错儿……毕竟那钱是他该拿的，无非是拿早了点儿，人家非跟他较这个劲，纯粹是因为他不会做人……”

她嘴上嘟囔着，就见岳晓芬姐妹重新拽过那团被褥拍了拍，眼神似在发怔。看这模样，就是有眉目了？王亚丽不禁又回顾了一下她和岳晓芬姐妹的交往历程：从头到尾，自己简直是“吃定”了人家，不仅毫无反省，而且变本加厉。同时她也意识到，在她对岳晓芬姐妹提出的那些不情之请中，这一次或许是最让对方感到为难的。

果不其然，王亚丽发现岳晓芬姐妹的目光正在躲避着她。当她弯腰继续收拾床铺时，岳晓芬姐妹便转身去了厨房；等她又拎着暖壶以及插着康乃馨的矿泉水瓶也往卧室门外走去，岳晓芬姐妹恰好拎着扫把折了回来。这时两人的眼神交会了一个瞬间。

王亚丽抓住机会，重新开口："对了，房间腾出来以后，我就不住这儿了。不是跟你客气，是怕我进进出出的再让人盯上，连累了你。"

岳晓芬姐妹问："那你去哪儿？"

王亚丽说："我宿舍的那张床不还空着嘛。"

岳晓芬姐妹又问："他们要是再找你怎么办？"

王亚丽说："钱在你这儿，我还怕他们找？"

说完慨然一笑，复又抬眼盯了盯岳晓芬姐妹。岳晓芬姐妹便也"嗯"了一声，没再说话。而此后的这个下午便有了离别的味道。当她们有条不紊地将那间大卧室恢复成王亚丽住进来之前的模样，又简单扒拉了两口饭，就迎来了陆续到来的"团契"伙伴。

先进门的又是油光水滑的大胖子和头顶着一朵盛大菊花的李琴姐妹。李琴姐妹瞧了瞧王亚丽的气色，颇为欣慰地说："好多了。"

王亚丽说："谢谢您，谢谢岳晓芬姐妹。"

岳晓芬姐妹不语，李琴姐妹又说："还得感谢主的庇护。"

王亚丽就往半掩的门上斜了一眼，那个干瘦的外国男人仍旧安静地贴在那里，目光慈祥而又洞悉一切。顺着李琴姐妹的意思，对那男人也道一声谢，这也是岳晓芬姐妹希望她做出的反应吧？然而王亚丽偏就说不出口。在受人恩惠这件事上，她的原则从来是账目分明。

等人到齐，大胖子翻开厚书，"团契"再度开始。仍是肃穆的氛围，仍是棉花泡了温水一般柔软的嗓音，在这间斗室里，人与事一如既往。唯一不同的是王亚丽——她没再打瞌睡，更没叉着腿挠痒痒，而是笔直地端坐着，两眼灼灼发亮。书上那些拗口的人名和晦涩的言语声声入耳，但却依然进不了脑子，她正在做的，是把目光投向岳晓芬姐妹。

这是一段长久、执着、近乎深情的凝望。这天岳晓芬姐妹故意挑了个与王亚丽相隔很远的角落坐下，但恰因如此，便将一副完整的轮廓呈献给了她。越过满屋子层层叠叠的头颅，王亚丽眼中的岳晓芬姐妹有如一尊白金女体塑像，纤细而又坚硬，闪亮而又光洁；她还看到岳晓芬姐妹的头发被阳光照得金黄，似在脑后拢了个光圈。而岳晓芬姐妹虽然低头沉默，却也分明感受到了王亚丽那锥子般的目光——她的睫毛微微颤动，她的呼吸渐渐急促，她的脸上并未泛红反而越发苍白，皮肤薄得像一层纸。

毫无疑问，在这对看与被看的关系中，王亚丽正在扮演着一个侵犯者的角色。但似乎只有如此，她才能向岳晓芬姐妹展示足够的真挚与忠诚。

岳晓芬姐妹抬头看了王亚丽一眼，但又像被烫着了似的，倏然将目光挪走。

结束这段凝望的，则是一记出其不意的猛击——“啪”的一声，惊堂木的力道从脚下顶了上来。紧跟其后的，自然又是单田芳那无比恢宏无比壮阔的嗓音，它笼罩四周，将楼板震得嗡嗡直颤。王亚丽打了个激灵，但却立刻稳住阵脚，总算没像当初一样蹦起来立正。她仿佛看到了一楼正在发生的景象：在和二楼同样狭窄、比二楼更加昏暗的房间里，一个矮胖、肥腻、满脸横肉的老大爷竖起耳朵，捕捉着头顶的动静，甚至还在掐着表计算时间；当他认为时候到了，便以同归于尽的气势将音响的旋钮调到最大，随着爆裂炸响的噪音洞穿了墙壁也洞穿了他的心脏，他那张油光闪闪的脸上终于绽开了舒坦的笑容……

不出所料，该来的果然来了。而王亚丽等的就是这个。

当满屋子的人们纷纷一耸，像提线木偶一般提溜直了腰杆，她也凛然站了起来，大踏步走出卧室。临出门，她还向着油光水滑的大胖子、头顶着一朵盛大菊花的李琴姐妹以及歪在床上的小伙子扫了一眼，尤其又格外用力地盯了盯岳晓芬姐妹。她像个即将出征的壮士，正在进行悲壮的誓师。然而那些人们却只是众目睽睽地呆望着她，似乎仍在噪音之中惊魂未定，因此并没有意识到王亚丽打算做些什么。哼，他们还真像一群羔羊。既是羔羊，那就需要有人代表他们挺身而出。她近乎快意地冷笑了一声。

王亚丽噔噔噔地跑下楼梯，砰砰砰地擂响了一楼那道木门。

得为人家做点儿什么，她的脑袋里回荡着这个念头。

她还尖厉地喊叫了起来："出来！没死就出来！"

过了足有两分钟，门才开了。一闪而出的当然还是那张留着花白板寸、长着酒糟鼻子的老脸，只不过脸上居然堆了一团笑——或者说，那张脸本来是僵着的，硬着的，冷着的，可一看见王亚丽就化开了，就像板结的冻土迎来了春风。

"干吗呀，这姑娘？"一楼住户瓮声瓮气地问她。

王亚丽不由得愣了，与一楼住户一里一外地对视着。她有点儿恍不过神来：上次见面，这人不还是粗声恶气的吗，怎么突然就变得和风细雨了？都说有的人脸变得比狗脸还快，难不成她就碰上了一个？而门里的那副嘴脸不仅令王亚丽一时诧异，也给她的讨伐行动带来了意想不到的障碍：她感到胸中的怒火陡然降温，还感到眼里的寒光无的放矢。她好像一只皮球正在漏气。

为了维持气势，王亚丽硬梗着嗓子说："你说我干吗？"

一楼住户说："你不说我怎么知道你干吗？"

王亚丽这才刹住车轱辘话："你吵着我们了，扰民了，懂吗？"

一楼住户说："你也是上面那屋的？"

王亚丽说："我朋友租的房。"

一楼住户说："哟，我看你不像呀。"

王亚丽说："不像什么？"

一楼住户说："不像他们那条道儿上的……你还挺正常的。"

这也能看出来？王亚丽不由得又是一愣。紧接着，她却发现一楼住户一边大大咧咧地盯着自己，一边又从眼底荡漾出了一圈儿一圈儿的笑意，笑得温暖而又呆滞，慈祥而又迷幻。这样的笑和这样的目光，又是她从来没有遇到过的。怎么说呢？这就让王亚丽觉得他才有点儿"不正常"了。于是她下意识地认为，有必要速战速决，尽快结束这次对话。

而考量到她与一楼住户之间的关系，现在既失去了针锋相对的情绪，但也没建立起“有话好好说”的共识，因此她只好拿出一副陈述性的口吻，重申了自己的核心诉求：

“甭管怎么说，你小点儿声行吗？”

一楼住户就咧了咧嘴：“不是我，是他——不过他听我的。”

说着竖起大拇哥，往脑后那片幽暗混沌的空间里一戳，就好像那里果真站着一个眉飞色舞的单田芳。然后他把手插进大裤衩的屁兜抓挠片刻，转瞬从里面掏出一个黑色的塑料盒子，原来是个袖珍遥控器。他在遥控器上按了两下，身后那个单田芳的声音就飞快地衰弱了下去，从气冲霄汉变成了窃窃私语，直至彻底消失。

整个儿楼道都安静了。不仅安静，而且空洞，不仅空洞，而且尴尬。王亚丽就那么安静、空洞而又尴尬地面对着一楼住户，更加不知如何是好了。

“多大点儿事儿呀，下回我戴上个耳机子也行。”一楼住户的神色却越来越热络了，“不过也就是你，要换别人来，我才懒得搭理丫的呢。”

“那……我回去了？”

一楼住户略一弯腰，手掌往外一滑：“慢走。”

而当王亚丽顺着对方做出的那个“请”的手势，呆头呆脑地转身、迈步、往楼梯上走去时，她仍然还没醒过味儿来。具体地说，是事态的发展令她措手不及：就这么结束了？她可以宣告胜利了？可这胜利也来得太简单、太顺利、太轻易了吧。再用《三国演义》打个比方，假如司马懿面对“坐在城头观山景”的诸葛亮没有仓皇逃窜，而是一咬牙一闭眼，舍生忘死地杀进了那座空城，那么他的心情恐怕也会和此刻的王亚丽如出一辙。

战斗还没打响，敌人已经投降。“为人家做点儿什么”的计划成功了也落空了。

究其原因，是因为对方外强中干，还是因为自己声势夺人？不不不，都不可能。就算王亚丽还在晕头转向，她也无法接受如此乐观的判断。她见识过对方的蛮横，也掂量得出自己的斤两。而一边往楼上走着，一边思考着这些问题，王亚丽突然就感到了如芒在背——不仅如芒在背，而且如芒在腿、在脖子、在屁股——不需要回头，她像有特异功能似的察觉到，一道目光戳向了自己的背面，扫荡、抚摸、舔舐着她。她瞬间领悟到了一个事实：一楼住户自从上次看见过她的背影之后，就改换了对她的态度。

王亚丽嗓子眼儿发紧，似乎想要干呕两声。

而对方紧接着抛给了她一句话：“姑娘，跟你商量个事儿？”

王亚丽居然接上了话茬：“什么事儿？”

一楼住户说：“哪天……到我们家来一趟吧。”

王亚丽说：“你什么意思？”

一楼住户说：“现在不好说，来了你就明白了。”

王亚丽说：“你到底什么意思？”

一楼住户说：“不白来，给你钱。”

王亚丽说：“呸！”

伴随着这个拟声词，王亚丽往地上狠狠地啐了口唾沫，一溜烟儿地逃上了楼。上楼梯拐弯儿时，她的胯骨撞在了铁栏杆上，差点儿又摔了一跤。而这次没等一楼传来关门的声音，她就用尽全力摔上了二楼的房门，然后把背顶在门板上喘起了粗气。王亚丽可真被结结实实地吓着了，刚才那番惊吓简直比来自“道儿上”的跟踪和挟持更加令她魂飞魄散。而当她重新把腰杆儿直起来，当她的瞳孔重新聚焦，便见眼前的过道里站满了人。

那是“团契”的伙伴们。不仅坐着轮椅的李琴姐妹被大胖子推了出来，就连断了腰的小伙子也从床上下来，单手扶墙走出了那间大卧室。在以前，震耳欲聋的单田芳都没使他们受到干扰，可现在四下一片寂静，他们却破天荒地停止讲经，簇拥在了王亚丽身旁。他们默默地看着王亚丽，眼神也与平日里看她的目光大不相同：不是漠然也不是沉静，而是满怀着一腔难以言明的温情与敬意，就像他们看着岳晓芬姐妹时那样。

通过楼下那戛然而止的评书，他们已经猜到王亚丽刚才做了什么吧。

也许事先没人猜到王亚丽竟能把这事儿干成，而这才是让他们不得不对她另眼相看的原因。当然，恐怕也没人会猜到挺身而出的王亚丽在楼下究竟经历了什么。

站得最近的正是岳晓芬姐妹，但也只有她没看向王亚丽。她垂着眼帘，让目光黏滞在脚下的方寸之地，而王亚丽则继续将源源不断的凝视投向对方。王亚丽暗怀着几分忐忑，对自己的行为做出了画蛇添足的解释："我就下去跟那人说了说……让他小点儿声。"

岳晓芬姐妹仍未抬眼，她的身后却响起了稀稀落落的掌声。那是李琴姐妹和大胖子他们正在为她庆功呢。李琴姐妹还问："你是怎么说的？"

"那人横着呢，"大胖子也道，"以前我们也去过，可压根儿不顶用。"

"讲理呗。"王亚丽装作漫不经心地说，"有理走遍天下……"

而这时，岳晓芬姐妹忽然说："王亚丽姐妹，谢谢你。"

说着将手一伸，握住王亚丽的腕子摇了摇。岳晓芬姐妹的手柔软而冰凉，就像在冷水里浸泡了许久，但却令王亚丽心头一热。这热度并非来自于岳晓芬姐妹，而是来自于她自己。

于是王亚丽说："既然是姐妹，那就别见外。"

后来想想，这也是王亚丽第一次打心眼儿里认可了对方叫她"姐妹"。

十三

当天的"团契"结束后，王亚丽径自搬回了出租房的铁架子床下铺。伤病基本痊愈，"果粒橙"的钱也放置妥当，她确实没有了再在人家那儿赖下去的理由。况且正如王亚丽自己所说，既然中介公司的人还可能找上门来，那么她就得避免连累岳晓芬姐妹。

走时一切如常。其他人纷纷对岳晓芬姐妹道声"再见"，鱼贯而出。轮到王亚丽，她也只说了句"再见"，随后从岳晓芬姐妹手里接过了一只装满食物的塑料袋。就连这个交接仪式也和原先如出一辙，而这天吃的恰好又是面包夹肉，李琴姐妹带的。这时岳晓芬姐妹眼里流光一闪，仿佛想要说点儿什么似的，倒是王亚丽大大咧咧一笑，转身出了门。

反正都要走，那就没必要走得那么磨叽，又反正已经是“姐妹”，那就山高水长。这是那一刻王亚丽的想法。当她来到楼道里，正要走下楼梯时，这才扭头回看了一眼。门半掩着，露出岳晓芬姐妹的一张脸，苍白而消瘦，在阴影中面目模糊，只有两眼微微闪烁。楼道窗外的阳光打在门板上，反倒将那张画儿里的外国瘦男人的脸映照得纤毫毕现，不仅焕发出绚丽的色彩，而且似乎拥有了此刻的岳晓芬姐妹所不具备的立体感。两相对比，便让王亚丽产生了错觉：假作真来真亦假，难道画儿上的才是真人，门里的倒是幻象？

岳晓芬姐妹那张晦暗、单薄的脸，此后长久地印在了王亚丽心里。

顺便说一句，除了岳晓芬姐妹，还有一团人影也会时不常地跳出来，在王亚丽的眼前萦绕一番。那就是一楼的那位住户了。而在时过境迁的状态卜想起那人，王亚丽的感觉却不是厌恶和作呕，也不是滑稽的喜剧效果，取而代之的反而是震惊：怎么会有这样的人，竟然能直截了当地提出“那种要求”而毫不避讳。她才跟对方见过两面而已，她连对方姓什么、多大岁数都不知道，她还在跟对方掰扯着噪音扰民的问题，但对方却张嘴就是一句“不白来，给你钱”。在一楼住户的眼里，她王亚丽就是一“鸡”吗？还是他跟别人也这样，逮着个年轻女孩就把人家当“鸡”？难道他还骚扰过岳晓芬姐妹吗？

不过还真别说，有一路北京大爷就是这么奔放。王亚丽想起了距离麦子店只有几站地的三里屯太古里，她在那地方见过一幕奇观：一群六十开外的男性摄影爱好者，身穿多兜马甲，手持长枪短炮，隐蔽在树下、柱子下或者干脆光明正大地蹲在商场门口，只要附近经过一个衣着暴露的长腿“大蜜”，他们就会齐声高呼“回头回头”，然后噼里啪啦一阵乱拍。如果只看那些老脸上亢奋而又迷乱的表情，你会以为他们朝着那些女孩高高挺起的不是镜头而是阳具。据说这还不算玩儿得野的，还有更夸张的呢，比如老哥儿几个凑钱雇一裸模上郊区“群拍”人体写真，遭到抓捕时还对警察理直气壮地声辩“你能限制我，但不能限制艺术”。

而再想想开在小区角落、街巷深处的小发廊和洗头房，光顾那些地方的不也尽是弯腰驼背的老家伙吗？北京人还真讲究个老有所乐，当大妈们用劲舞占领了广场，大爷们却反其道而行之，在城市的各个角落孜孜不倦地追寻着隐秘的乐趣。恰恰因为年纪的缘故，他们在人生的最后阶段抛下了人生中的最后一点儿体面，重返青春，放飞自我。

这么想来，那道从背后投向王亚丽的目光也就来得恰如其分了。只有那种黄土埋到多半截儿的老流氓，才会把看人屁股这种事儿干得如此猥琐而又如此坦荡，同时也才会对他们所“看”的对象毫不挑肥拣瘦。但随后，王亚丽却又突然意识到：活了二十多年，这还是她第一次从男人那儿收获到足斤足两的兴致勃勃的目光呢——上学的时候，别说是指出她“长得像头驴”的男同学了，就连趁着按腿狠抓过她屁股和下体的男老师，每每也是一副浮皮潦草的态度，并且抓完之后反而按得更狠了；再想想她的亲人“果粒橙”，那家伙哪怕是在跟她最热乎的那个阶段，完事儿之后每每也会露出一副聊胜于无的懊恼神情。

这又是一个多么荒唐的事实啊，不仅荒唐，而且可悲。王亚丽一边恨恨地感慨，一边又在暗暗痛斥自己的“傻”和“贱”。但同时，她却站在了出租房的门厅里，背对着一面裂了缝的穿衣镜，费力地扭头观摩自己。她试图再现一楼住户的视角，忽略了自己的脸，单纯地评价着自己的背面：肩膀不薄不厚，腰际不长不短，虽然没有健身房宣传手册里那种夸张的“蜜桃臀”，但屁股和腿的比例相当合适，不像有些女顾客，跳操的时候都得准备一双内增高跑步鞋；当然最关键的还是瘦，整个儿身材硬朗而又紧绷，这就是常年高强度运动带来的结果了。总而言之，还行嘛，该有的都有。于是王亚丽做出了一个近乎欣慰的判断：自己的背面要比正面具有吸引力。

由此还可以判断，一楼住户并没有瞎了他的狗眼，虽然王亚丽很希望他瞎了狗眼。

这样想完，王亚丽立马又“呸”了一声，比那时在楼道里“呸”得更加响亮。

而在随后的几天里，王亚丽仍和岳晓芬姐妹保持着联系，但都发生在晚上。

白天想联系也没时间。流年不利，短短两个月已经请了两次病假，再不回去表现表现，这个饭碗眼瞅着就要保不住了。于是王亚丽主动申请，排了一个星期的晚班。右膝盖当然还在疼，好在已经抽过积液又打了绷带，一时半会儿倒出不了大毛病。而等每天的最后一堂跳操课结束之后，当她几近虚脱地走过地铁站，迈上写字楼的底商台阶，站在面包店门口时，才会把手机掏出来，先给“果粒橙”拨个电话，再给岳晓芬姐妹发个微信。

和男朋友与和“姐妹”的联系方式不同，这也体现了两种关系带给王亚丽的不同感受。男人嘛，按照健身房里有些女顾客的话说，他们属于另一个物种，因此得亲闻其声、亲见其面乃至亲做其爱才能确定对方的存在；但“姐妹”之间就不同了，一旦建立默契，根本不需要那么赤裸直接、劳心费力。果不其然，在拨完电话发完微信之后，从两种关系里得到的反馈也是大相径庭——“果粒橙”那边仍旧关机，将失联的纪录又延续了一天；而岳晓芬姐妹如果收到王亚丽“在做什么呢”或者“今天怎么样”之类的问候，则会立刻回过来一句“没什么”或者“挺好的”，然后再加上一句“王亚丽姐妹，你好吗？”

也就这么几个字儿，再无其他言语，但却让王亚丽相当知足。她甚而体验到了某种富足：别看来北京混得买面包依然要等待半价，也别看她在老家已经算是没有了妈也没有了家，更别看她的男朋友至今踪迹全无，但在麦子店，在此时此刻，她拥有了一个“姐妹”。并且这个“姐妹”的身后还有着一屋子的“兄弟”和“姐妹”，一屋子的“兄弟”和“姐妹”背后又有着数不胜数的“兄弟姐妹”……啊，四海之内皆“兄弟”，普天之下皆“姐妹”。经由这条隐秘的通道，她似乎和所有人建立了联系，似乎和广阔的世界沆瀣一气，已经不复是当初那个漂流在火车站里的孤岛了。

这么想时，王亚丽心里充满了壮阔而博大的感动。

但如此一来，另一个问题也就冒了出来，并且变得越来越无法回避了：

她该怎么看待那个印在画儿上的外国瘦男人？回头再来梳理一下她和那男人的关系，人家赐予她的可不仅仅是一根免费的“法棍”了，此外还有在她饥肠辘辘时持续供应的饱饭、在她走投无路时毫无怨言的收留、在她病卧在床时没日没夜的照料——那当然都是岳晓芬姐妹所为，但岳晓芬姐妹却又曾经坚称，她不过是秉承了画儿上那男人的旨意：

“主让我对你好。”

换句话说，如果没有画儿上的外国瘦男人，岳晓芬姐妹会成为她王亚丽的“姐妹”吗？时至今日，她和岳晓芬姐妹对于“姐妹”这个称呼的理解也有着本质的区别，那就是：成为“姐妹”，究竟需不需要变成同一条路上的羔羊？究竟需不需要神明见证？

如果需要，她该如何是好？人家的神明也该成为她的神明吗？

王亚丽被迫思考起了那些复杂的、终极的问题，而这一向不是她所擅长的。虽然她那些纷繁缭绕、旁逸斜出的念头时常就像脑袋里嗡嗡乱响的蚊子叫，可一旦涉及这个领域，蚊子却像一刹那被凝进了琥珀，变成了悬置几百万年的永恒的谜题。这些问题也比算账、比琢磨人和人之间谁亏欠了谁更让王亚丽疲惫，直想得她的太阳穴一跳一跳地疼了起来。

而思考的结果无疑让她感到惭愧。她发现，那不是“该不该”和“愿意不愿意”的问题，而是“能不能”的问题。事实上，王亚丽并不具备像岳晓芬姐妹那样去“相信”什么的能力。她只觉得钱是真的、饭是真的、腿上的伤是真的、窗外那个喧嚣的麦子店是真的，就连河南老家那套还没盖好并且已经没了她的份儿的房子也是真的，但那本薄薄的小册子里斩钉截铁地向她宣讲的东西，却仍然远在天边，虚无缥缈。

得出这个结论，又是在一个晨雾稀薄的黎明，当时王亚丽正坐在出租房的卫生间里。室友还在酣睡，女孩们的磨牙声和梦话声吵得她再也不能入眠，于是她只好跑出来象征性地坐马桶。但这一次，她并没有用手机里的“连连看”消磨时间，而是径直在膝盖上摊开了岳晓芬姐妹赠予她的那本小册子。由于长期存放在卫生间受到潮气侵蚀，小册子不仅颜色泛黄，就连纸张都严重地膨胀打卷儿了，于是封面上的瘦男人好像肿了一圈儿。王亚丽满怀歉意地凝视着他，心里念叨：实在不好意思，我其实也是很想为您做点儿什么的。

她果然将这个想法付诸了行动。把小册子又插回那摞《知音》《女友》《故事会》杂志当中，王亚丽草草抹了一把脸，就拎着个尼龙口袋出了门。

她想起这天又是周日，到了“团契”聚会的日子口儿。而她又想起，就在麦子店的公共汽车站附近，离前些天去过的那家银行不远，有个每逢周末便伴着晨光出现也伴着晨雾消散的早市，那里卖什么的都有，肉和蔬菜都比菜市场的便宜。刚搬过来时，王亚丽曾经去过几趟，后来睡得越来越晚，周末全在补觉，就断了这个住在半旧的“城里”才有的乐趣。现在，她又走在了一个沾满了露水的塑料大棚底下，在杂乱无章但却琳琅满目的摊位之间穿梭、翻拣，操着一嘴河南话和她那些昼伏夜出的老乡们讨价还价。

穿过大棚边缘高高卷起的塑料帘子，她又看见了那家中介公司新开在麦子店的分店招牌，不过王亚丽却不再感到惊惶——反正躲不掉的就没必要躲，又反正钱一转移她也踏实了。她考虑的是一些眼巴前的具体事项：也该轮到她在“团契”里请回客了，只要有来有往，那以往白吃的就不算占人便宜；请也请不起什么好的，那就还吃面，毕竟她的手艺大家也都认可；出租屋里条件有限，没法儿和面现擀，只能买些机器面凑合，不过打卤的原料得保证新鲜……王亚丽一边这么盘算着，一边半仰着脸迎着朝阳，窄而短小的脑门儿被照得发亮。在稀稀落落、神色木然的本地居民眼中，她就像个对待遇相当满意的小保姆。

从早市回来又踏踏实实睡了个回笼觉，王亚丽也没吃午饭，直接去了岳晓芬姐妹那儿，去时手上拎着沉甸甸的一口袋切面、西红柿和鸡蛋。走进那栋暗红色矮楼的门洞，她还特地在一楼右手边的门前站了一会儿，确定门里果然没传出什么动静，这才往楼上迈去。别看那是个老流氓，但说话倒也算数。王亚丽甚至对一楼住户的表现颇为满意。

而她也是直到这天，才发现岳晓芬姐妹消失了。

走上通往二楼的第二段台阶时，王亚丽就发现有什么地方不对劲。除了单田芳的铺陈夸张，这楼道里好像还少了一样东西。但到底少了什么，她竟一时没反应过来，直到站在二楼右手边的门前，这才发现原先贴在门上的那张外国瘦男人的画像不见了。斑驳的门板变得空洞而略显凄凉，只留下几道残存的不干胶印记。难不成是被谁家手欠的孩子扯了下去？要不就是街道又准备迎接什么庆典活动，所以要求各家各户门前一律整齐划一？王亚丽回头往对门看了一眼，却见别人家门上，斗大的“福”依然醒目地倒挂着。

小小地惶惑了一下，她伸出手去，敲响了岳晓芬姐妹的房门。门没开，里面也没动静。停了片刻再敲，依然无人应答。那就是出门去了？可按说不会啊。对于岳晓芬姐妹来说，此时此刻还有什么事情比待在家里等待“团契”伙伴们的到来更重要的？这么想着，王亚丽便又拿出手机来，也没发微信，直接给岳晓芬姐妹打了个电话。

《蓝色多瑙河》的旋律从头到尾响了两遍，随后就变成了一个电子娘们儿的声音，多此一举地宣告电话“无人接听”。这腔调王亚丽已经听得熟了，和给“果粒橙”打电话是一个情形。而到这时，她就不由得担心了起来，担心岳晓芬姐妹会不会出了什么意外——比如说病了，比如说屋里漏煤气了，比如说……呸呸呸。王亚丽不禁露出紧张的神色，脑门儿也微微冒汗，她还沿着这条陈旧而又逼仄的楼道逡巡了两圈儿，进而一屁股坐在楼梯上。

一楼和二楼之间的那扇窗户不知何时开了，风裹挟着尘土味儿和汽油味儿席卷进来，呛得王亚丽打了两个喷嚏。她还看见一个捏瘪了的矿泉水瓶像长了腿似的跌跌撞撞，顺着楼梯拾级而下。呼应着那噼里啪啦的翻滚声，楼下也有了人的响动。

是参加“团契”的其他人。今天的阵容倒是齐整，油光水滑的大胖子、头上顶着一朵盛大的白色菊花的李琴姐妹和断了腰的小伙子一同出现，此外还有其他几位老人。看来是来时的路上遇见了。这些老弱病残们相互帮扶缓慢上楼的模样，简直让人联想起一支奇形怪状的马戏团。而当他们看到呆坐在楼梯上的王亚丽，立刻露出了亲热的、佩服的表情。轮椅上的李琴姐妹还伸出手来指指楼下，紧接着又对王亚丽竖了个大拇哥。这是在赞扬王亚丽此前的那番壮举。他们一定认为，今天将会迎来一场安详的、宁静的聚会。而直到王亚丽起身，帮着大胖子把李琴姐妹抬上二楼，人们才对她独自坐在门口表示不解。

有人说：“怎么不进去？”

王亚丽说岳晓芬姐妹不在家。

有人说：“她不会是没听见你敲门吧？”

王亚丽说敲了半天了确实不在家。

又有人说：“那给她打个电话呀。”

王亚丽说电话打了也没人接。

还有人说：“别是出什么事儿了吧……呸呸呸。”

众人的思路和刚才的王亚丽如出一辙，而把那些猜测用语言的形式加以再现，一个人的惶惑就变成了一群人的惶惑。都是那么大年岁的人了，对于眼前的状况，他们却显得比王亚丽更加沉不住气、更加束手无策，除了进行鸡一嘴鸭一嘴的无效讨论，就剩下了搓着手在楼梯上跺脚、转圈儿，嘟囔着“这可怎么办呀”。给王亚丽的感觉，这些人不仅缺乏生活上的自理能力，甚而缺乏心理上的自理能力，所以才会遇到点儿事就像孩子一样六神无主。而他们就那么长时间地呆滞着、迷惘着，在楼道里水泄不通地盘踞着。这场面假如发生在什么政府机关的门口，给人的感觉一定是又发生什么冤案了。

就这些人，指望不上他们拿主意，而再这么耗下去也不是个事儿。王亚丽心里嘀咕着，看着窗外远方大团的云朵在日光中飞速地飘动。确实起风了，风势还不小。与此同时，她的那点儿惶惑也像风中的流云一般变形、重组，最终演化成了如临深渊、岌岌可危的焦虑。

也正是这时，楼下传来了唱戏一般的吆喝，一波三折，有板有眼：“嘛呢，你们？”

聒噪不休、挤满了楼道的人们竟立刻沉默，仿佛在为一个状况而惭愧：原来抱怨人家吵着了自己，现在却因为自己吵着人家而被提出抗议了。伴随着众人的面面相觑，便听见楼下的那道木门“咣当”一声，接着又有塑料拖鞋啪嗒啪嗒踢打台阶的声音，一个人影慢慢悠悠、起伏不定地踱了上来。原先是只闻其声不见其人，除了王亚丽，在场的人们也许都还没见过一楼住户；而这很可能也是一楼住户首次主动造访了楼上的客人、“团契”的伙伴们——他不怒自威，只在上楼梯时横了横眼睛，周边的人们便像泥鳅一样往墙上贴去，转瞬之间腾出了一条人缝儿。

坐在台阶上的王亚丽不得不仰起脖子，和一楼住户对了个眼神。王亚丽也立刻从一楼住户的眼神中察觉到了只有她才能体会得到的意味：惊喜、痴迷，甚而还有趣味盎然的鉴赏态度。王亚丽立刻又感到了恶心，紧接着却有一丝若有若无的自得，而那丝自得又使她暗自在心里呸呸呸了几声。但和眼巴前儿的迫切的焦虑相比，所有那些隐秘的情绪又都不值一提了，因此王亚丽不由自主地站了起来，鼓着两眼愣愣地盯着一楼住户。

一楼住户对她笑了，面容和蔼：“姑娘，我还以为你不来了呢。”

王亚丽说：“她人呢？”

一楼住户说：“你说谁？”

王亚丽说：“租你房子的女孩。”

一楼住户说：“你说姓岳那丫头？”

王亚丽说：“对，她叫岳晓芬。”

一楼住户说：“哦，她退租了，我上来收拾收拾。”

王亚丽说：“退租？什么时候退的？”

一楼住户说：“就前天，哦不，大前天——我也忘了。”

说着把手插进大裤衩的屁兜连抓带挠，这次掏出来的就不是一部遥控器了，而是一串拴在棉绳上叮当作响的钥匙。伴随着他穿过人墙，绕过王亚丽，“咔啦”一声拧开了门锁，楼梯上的人们便像浪潮一样往门口聚拢过去——然而又一转眼，这股人浪却被硬生生地切断了，阻隔了。一楼住户陡然转过身来，横着膀子把着门儿，冷冷地打量着人们：

“这是你们家吗？忒他妈不把自个儿当外人了吧？”

面对这夹枪带棒的揶揄，门外的人们连回嘴的胆量都没有，旋即开始了新一轮的面面相觑。李琴姐妹、油光水滑的大胖子和断了腰的小伙子互相茫然地对视片刻，最后又一致把目光投到王亚丽身上。这就是推举她去和对方进行交涉了。对于那个令人望而生畏的恶房东，王亚丽不仅有着交涉的经验，而且确实曾经取得过辉煌的战果，因此他们信任着她，仰仗着她。而王亚丽一边对战友们感到失望，一边只得再次挺身而出。

她迈前一步，质问道：“我们的朋友住这儿，让我们进去看看怎么啦？”

一楼的住户反问：“朋友？是朋友连搬走也不告诉你一声？”

这话竟噎得王亚丽哑口无言，她虽然尽力保持着坚强不屈的气势，但却不得不承认对方的话说得有理。而一楼住户捕捉到了王亚丽眼中那一闪而过的虚弱，竟像变脸一样又笑了起来，不仅那副蛮横的表情一扫而光，简直是意识到自己说错了话又不得不加倍地赔着小心的态度了：“当然啦，看看也可以，不过别进去那么多人了，你当个代表吧。”

说完这话，还隔着门对王亚丽招了招手。这俨然是公开把王亚丽区别对待，又热切地期望她能领了自己的情了。王亚丽便又陷入了恶心、得意和更加恶心的情绪循环之中，同时拿眼扫了扫身边的“团契”伙伴们。众人则一如既往地瞩目于她，沉默无言地信任着她、仰仗着她。没有办法，当一楼住户转身往屋里走去，王亚丽只好独自跟了进去。

在此后的几分钟里，伴随着王亚丽那深一脚浅一脚的步伐和东一眼西一眼的目光，她的感觉也不是如临深渊了，而是变成了站在深渊的边沿上又无所用心地往前迈了一步。耳边没有风声，眼前也没有天旋地转，但她却确凿地、清晰地感到自己正在坠落，坠落，乃至于每一个细胞都在失重。那套五六十平方米的老式两居室里虽说不是空空荡荡，但已经几乎没了人迹：原来晾挂在卫生间里的毛巾浴巾洗发水香皂盒全都不见了，总插在客厅餐桌上的两枝雏菊或康乃馨也早就干枯凋谢，厨房里的锅碗瓢盆倒还留着几个，但却刷洗干净码放整齐又盖了张报纸，一看就是归还给房东的。岳晓芬姐妹搬走了，却没告诉她一声。岳晓芬姐妹不仅搬走了，而且也和“果粒橙”一样失联了。岳晓芬姐妹在搬走之前以及之后的那几天里，居然每天晚上还会若无其事地和她发个微信，问候一声：“王亚丽姐妹，你好吗？”

情况就是这么个情况。更加严峻的情况则是：岳晓芬姐妹拿着她的钱。不不，不是她的钱而是“果粒橙”的钱。不管是谁的钱吧，总共十万。

对上述情况进行梳理乃至反省之时，王亚丽正站在岳晓芬姐妹的房间里。在她的记忆中，那间小卧室总是紧闭着门，她不仅从没进来过，而且就连扒着门缝往里看上一眼的举动都没有过。对于自己的“私密空间”，岳晓芬姐妹似乎颇为在意，而王亚丽也相当体谅地照顾着对方的这种在意。当然，越是体谅越是照顾，她也曾经越是感到过好奇：岳晓芬姐妹的房间是什么样的呢？是整洁的还是杂乱的，是温馨的还是素净的？抑或作为一个满心思扑在那些不在眼前的、虚无缥缈的事儿上的人，岳晓芬姐妹的房间里也会贴满了那个干瘦的外国男人的画像，就像有些女孩床头琳琅耀眼的“流量鲜肉”？

现在谜底揭晓：岳晓芬姐妹的房间四白落地，仅有一床，除此之外空空如也。就连桌椅、被褥和窗帘也没有，充斥屋里的只有坦荡横行的日光。如果不是和岳晓芬姐妹在一个屋檐下居住过，王亚丽几乎不敢相信这样的房间里曾经存在着一个有名有姓会喘气儿的活人。但房间的空空如也恰恰提醒了王亚丽一个事实：对她来说，岳晓芬姐妹也就是个有名有姓会喘气儿的活人而已，除此之外，关于此人的一切背景一切信息全都含糊不清，就连太湖边上的老家、离了婚的爸妈、写字楼里和花店里的工作都未见得是真的。说到底，她们也就是蹭饭和被蹭饭的交情。基于这种交情，王亚丽却交给了岳晓芬姐妹十万。

想到这里，王亚丽就开始了哆嗦。不仅哆嗦，她都快要站不住了，必须得单手扶墙才不至于一屁股坐到水泥地上。巨大而真切的恐怖钻透了她的脊髓，比她以往体验到的任何一次恐怖都要深邃，以至于一楼住户从对门大卧室的阳台里走出来，又扯着那条烟酒嗓叫了她好几声，她的耳膜才重新感受到了声波振动。

“这姑娘……你没事儿吧？”

一楼住户眯缝着一双肿泡眼，眨了又眨，表情之中居然充满关切。而王亚丽低了低头，却看见他肩上扛着那半辆自行车的骨架。原以为那玩意儿很轻，但从近处打量才发现并非如此：还没装上车座的钢管内沿闪着乌光，坠得那个矮胖敦实的老头儿的脖子都往一侧歪了过去，龇牙咧嘴的好像落枕了。

王亚丽半跳着往后退了一步，先和对方拉开距离，然后才问：“那个岳晓芬……她为什么要搬走你知道吗？”

“她走她的，为什么走跟我说得着吗？”一楼住户嘟囔着回答，接下来的那番补充倒颇为坦诚，“反正不是因为我，我倒盼着她早点儿走呢，最好刚住进来立刻就走。可她——还有你们——也挺能坚持的，一直耗了几个月。租金押金我没退她，可也没多挣俩钱。”

王亚丽又问：“在走之前，她说没说要去哪儿？”

“那就更没有了。”一楼住户相当谦虚地说，“我算哪根儿葱呀。”

王亚丽便又多此一举：“那她给你留过身份证吗？真名就叫岳晓芬？”

一楼住户总算点了点头：“这倒不假，我这儿还有复印件……”

王亚丽却转向了下一个话题：“大爷，我能请您帮个忙吗？”

人称代词的变化让一楼住户愣了一愣，随即眉开眼笑：“好说好说。”

“您给她打个电话，用您的手机打。”

一楼住户便瞥了王亚丽一眼，目光中闪烁的不知是狐疑还是受宠若惊，随后掏出手机上下划拉着。岳晓芬姐妹的号码也被他存进了通信录里。片刻电话拨出，对方还颇为体谅地点开了扩音器，《蓝色多瑙河》回荡在这套老旧两居室里。而伴随着那段再次响起的旋律，王亚丽强迫自己葆有的那点儿希望却在不断滑落、稀释、破灭。最终，那个潜伏在每个人手机里的电子娘们儿又冒了出来：对不起，您所拨打的电话无人接听。

岳晓芬姐妹不仅不接她的电话，谁的电话都不接了。这个事实也让王亚丽越发承认了那个“最坏的可能”。一楼住户仿佛也从她的面前消失了，眼中只剩下了对面大卧室阳台里扑面而进的阳光。她逆着光，像个盲人一样小心翼翼地张开双手，一边小步挪动一边摸索着空气。然而来到两间卧室之间的门厅时，她的胯骨还是撞到了什么东西，餐桌餐椅发出连锁反应的声响。也是这时，她才又听到一楼住户对自己说：

“姑娘，你也帮我个忙呗？”

王亚丽回头，保持着方才的和善口气，礼貌而耐心地说：“大爷，有事儿您说？”

“我给你点儿钱，多少咱们可以商量，你哪天到我那儿去一趟？”

“您还挺执着。”王亚丽又感到一楼住户的目光正在沿着她的后背、腰杆、屁股和腿上下游走了，她便惨然笑了，“您就不怕我告诉警察吗？”

十四

此后一些日子，王亚丽便开始了漫无边际的寻找。

和她共同行动的，还有“团契”里的几位老弱病残。总算不是一个人在战斗，这让王亚丽稍许有些欣慰，但从“兄弟姐妹”们口中得到的信息又让她更加后悔不迭，连抽自己几个大嘴巴：满满一屋子的人，除她以外谁都没跟岳晓芬姐妹发生过财物上的往来。也就是说，假如岳晓芬姐妹真的就此消失，那么遭受经济损失的将只有她一个。基于这个前提，他们虽然都在寻找，但寻找这个行为却具有截然不同的意味——对于人家而言，寻找是单纯的、质朴的，就像一群羔羊寻找另一只走失的羔羊，而对于王亚丽来说，却像是哑巴被迫重温黄连的滋味，像是挨了一拳的人在借着路灯收集满地的碎牙了。

她就这样袒露着脸颊上横一道竖一道的红印，在伙伴们的跟随下跑遍了岳晓芬姐妹可能出现或曾经出现过的地方——其范围以麦子店的那栋暗红色矮楼为中心，辐射半径大约一两公里，包括商店、小卖部、露天水果摊、某个小区门口的某个小花店以及地铁站附近那栋写字楼里的外贸公司。花店的地址是李琴姐妹提供的，她曾经在那儿见过岳晓芬姐妹替人包装花束。找上门去，老板是个艳丽的少妇，披头散发戴一胳膊银镯子，人倒挺和气，只说岳晓芬姐妹发了个微信就不来了，店里还欠着她半个月的工资也不来领。写字楼里的那家外贸公司可就没那么好打交道了，足足把王亚丽等人晾在前台等了一下午，后来有个领导觉得门口横着个轮椅实在不好看，这才打发人出来过问了一下。人事部门给他们的答复是，确有一个名叫岳晓芬的应届毕业生曾经在这儿上过班，做的也的确是会计，只不过来也匆匆去也匆匆，还没转正就突然离职了。那个警惕意识很强的人事经理还说：

“她没打着公司的名义和你们做什么业务吧？如果有，我们概不负责。”

王亚丽还去了麦子店的派出所，但警察告诉她，这种情况不能算是“人口失踪”，依照条例不能立案。哪怕是岳晓芬姐妹拿了她的十万块钱，也还不能算作诈骗或者盗窃——“要怪只能怪你，你的钱干吗放在别人那儿呀？”警察还这么问她。至于其他无关紧要的场所，人家或者没印象，或者有印象也说没打过交道。归根结底，这番寻找等于浪费时间，而这其实也和王亚丽潜意识中的预期差不多：假如没有什么特殊的手段和门路，在北京要想找到一个自己不愿意露面的人，那可真比在大海里捞针还要困难。

而直到这时，王亚丽也照旧会在每天晚上给“果粒橙”打个电话，只不过打电话时的心情又和以往不同——她也不知道自己希不希望“果粒橙”重新露面。假如电话通了，她敢把那笔钱的事儿告诉他吗？对方的反应会是什么，想想都令她心惊胆战。但假如电话永远不通，她就只能像飞进了微波炉的苍蝇一样，独自承受这份儿煎熬了。王亚丽已经有好几天睡不了囫囵觉，每每在夜深人静的时候突然抽筋、翻着白眼儿惊醒，此后瞪着铁架子床的上铺瑟瑟发抖，那副模样就和以前她妈拉稀拉得虚脱了一样。岳晓芬姐妹，你可把我害苦了；岳晓芬姐妹，你是死是活给个信儿行吗；岳晓芬姐妹，你说你到底是个骗子还是我的“亲人”呢？王亚丽在心里翻来覆去地念叨着——奇怪的是，直到这时，她仍然不知道应该如何去“定义”岳晓芬姐妹。

王亚丽的犹疑不定，也和她去了一趟教堂有关。

那地方是李琴姐妹带她去的。路上李琴姐妹还说，他们不打算再找下去了。

也是直到这时，王亚丽才弄清了每个周日聚集在一间卧室里的“团契”是怎么形成的——那其实是个临时性的组织。麦子店这地方原先有一基督教会，规模不大不小，可供附近社区的信徒前去做礼拜，赶上大日子口儿还有分发面包和葡萄酒的仪式，并声称那就是血和肉，来自画儿上的干瘦男人。岳晓芬姐妹和李琴姐妹等人就是在教会认识的，老人和残障人士行动不便，多亏了一些年轻教友的扶助，才能风雨无阻地前去听讲经、做祷告。而也就在大约半年以前，教会所在的那栋建筑更换了物业公司，新公司要重新进行内部装修，活动就不能正常开展了，信徒们想做礼拜，必须得去其他教会。那些地方都远，对于李琴姐妹这类人便成了难题——跑是跑不动了，虽说心里有主就是最大的幸福，可长年累月不能见主一面，心里难免还是发空。大家一合计，说能不能在家门口组建一个“团契”，先帮去不了远处的教友撑过这段非常时期？这活儿便被岳晓芬姐妹应承了下来，她独自出面租了房子、通知教友，还从原先的教会领取了宣传手册，用以招募其他愿意信教的人也来参加。

“真难为这小姑娘了，”李琴姐妹在路上说，“以前她就老照顾我们，这次办‘团契’，她又出力又贴钱，房租原来说好大家均摊，可她不声不响就全交了，我们再给她，她也不要。大家实在不好意思，才又提出轮流带点儿东西聚餐……”

在她身后，推着轮椅的大胖子也补充道：“岳晓芬姐妹信教的日子并不长，刚开始去做礼拜，每到唱歌时眼里都闪着泪花。别人问她为什么，她就说那歌声太美了，像在心里种满了沙仑的玫瑰。教会的牧师解释说，岳晓芬姐妹体会到了信仰的幸福……让我在‘团契’讲经，也是岳晓芬姐妹的提议，她知道我参加过车队的朗诵比赛。”

随后他们又说起了各自的一些事儿。王亚丽这才知道李琴姐妹不仅做过工厂的厂医，并且还真像人家所说的那样“去过外国”——她跟着厂里援建过阿尔巴尼亚，还在那边受了伤，脊椎里打了几根钢钉。因为落下了残疾，就一辈子没结婚。王亚丽又听说，在公交公司上班的大胖子原先也不是个娘娘腔，“哥们儿开大车的时候猛着呢，车上要有小偷，我敢抡着扳手跟他们干，再一脚油门把车开到派出所去”。而造成他性格逆转的是有一次学校包车，队里派他拉着两个班的小学生去郊游，结果在半山腰被一辆刹车失灵的大卡车迎面撞上，死了俩孩子。这次事故让大胖子患上了应激综合征，从此再也摸不了方向盘，只好转岗做了调度，进而待人接物也“越来越像个娘们儿”了，连他自己都怀疑“蹲着撒尿是不是更适合我”。总之谁都不容易。但在讲述这些事儿时，无论是李琴姐妹还是大胖子，口气又一律都是平和的、沉静的，就像当初的岳晓芬姐妹和他们说话时一样。

他们也一致宣称：“多亏经人引路信了主，也不觉得活着有多难了。”

李琴姐妹又试图做出补充：“当然啦，一块儿信主的人也帮了不少忙。”

大胖子则订正她：“还是因为主，人都是秉承了……”

这样说时，他们便像排成了一支路队的小学生，沿着麦子店那熙攘喧闹、尾气漫天的街道，穿越破旧的住宅楼和簇新的写字楼，向着和地铁站相反的那个方向走去。这支路队刚开始由七八个人组成，半途又加进来几个，就把“团契”的伙伴差不多凑齐了。行进在最前面的是轮椅上的李琴姐妹、推着轮椅的大胖子和王亚丽，后面是其他那些老头老太太，路队的外侧还游弋着那个断了腰的小伙子；他不时停下脚步，手扶着一棵树或者一根电线杆喘息片刻，而后再埋头猛冲一阵赶上来，就像一颗断断续续地追赶着彗星的流星。而他们的目的地坐落在一条相当宽敞的公路旁边，是栋方方正正的五层小楼，表面呈乳白色，一看就是最近才刷的涂料。小楼一侧悬挂着一溜儿花花绿绿的招牌，大约不是什么公司就是课外培训学校，此外还有饭馆咖啡馆的广告；而在小楼正门外的两棵冬青树旁，插着个箭头形状的木板，上面写着“福音”“基督”等几个词，还深深地刻了个十字。

来时路上，李琴姐妹已经告诉过王亚丽，经过政府部门的出面协调，这个教会不仅得以保有原来的地址，并且就连分摊的装修费用也得到了减免；也是在前两天才听到的消息，装修进度比预计快了许多，教会已经重新开门，于是“团契”的伙伴们也就可以回来了。至于岳晓芬姐妹，他们相信她得知这个消息也会回来。岳晓芬姐妹舍不得那地方。

“所以你也别太担心，也许今天就见着她了。”李琴姐妹安慰王亚丽说。

“看得出来，你是个重感情的人……我们也挺感动的。”李琴姐妹还说。

时至今日，王亚丽仍未把将钱给了岳晓芬姐妹的事儿告诉别人，这是因为经过一番变故，她已经信不过任何人了，尤其是“团契”里的所谓“兄弟姐妹”。而听到李琴姐妹这样说，又看着盛大的白色菊花下面那张真挚的面孔，王亚丽不禁又燃起了一丝希望——也许事情真会像对方所说的那样峰回路转呢？不管岳晓芬姐妹为什么会突然消失，只要她能在教会里重新出现，那就说明自己的运气还没坏到家。这样想着，王亚丽在走上台阶穿过玻璃门时，呼吸也不可遏止地急促了起来。她还听到自己的耳鼓震动得砰砰作响。

教会的确切地址是在小楼的地下室。众人相互帮携着下楼，又推开一扇厚重的深色木门，就见那是个宽敞的大厅，虽然无窗，但充足的节能灯光将整个儿空间照耀得豁亮而洁净。也和位于王府井、东交民巷的那些已经变成景点的教堂不同，这间大厅里并无各种塑像和彩绘玻璃，不过是四白落地、摆放着几排木制长椅而已。如果不是前方讲台上也挂了个十字，给人的整体印象就和一个朴素的会议室差不多。长椅上已经坐了些人，全都静默无声，听着讲台上一个穿着黑西装、戴着金边眼镜的小老头儿说话。这小老头儿可真是一张好嘴，不光嗓门儿要比大胖子清脆，口齿也干净利索，噼里啪啦地往外蹦词儿；至于讲话内容，王亚丽没听几句就明白了，因为人家说的全是一些朴素的事实：

“两股麻线绞成的绳索不易断裂，俩人睡觉的被窝才更暖和……”

接着话锋一转，论述起了婚姻生活的重要性；接着话锋又一转，号召大家为教友祝福。这时便有一对青年男女站了起来，满脸红扑扑地向众人鞠了个躬。原来俩人刚结婚，还没来得及回老家办喜事，先到教会寻求一个见证。这番简陋的仪式也和电影里的教堂婚礼大不相同，就连交换戒指和“I do”都给免了，无非是在场的人们轮番上前和新人握手，再说一句祝愿的话而已。而在一片喜悦的气氛中，只有王亚丽一个人的心情不可遏止地滑落了下去——她已经沿着长椅打量了几个来回，并没看见岳晓芬姐妹的踪影。于是在这空旷明亮的大厅里，她便有些待不下去了。周围的人们越是满脸笑容，她就越是满心凄惶，还觉得自己在他们之间是多余的。于是王亚丽从后排的长椅上站起来，转身往外走去。

她刚推开那道厚重的木门，就听见背后有人叫：“这位姐妹。”

王亚丽回头，便看见刚才那个小老头儿追了上来。俩人面对面地站定。门里是白晃晃的节能灯，门外是橘黄色的四十瓦灯泡，因此他们的脸半边白半边黄，而投到地上的影子都是黑色的。小老头儿的身材比王亚丽还矮了半头，但影子却比王亚丽的长。

小老头儿说：“我姓林，是牧师。”

王亚丽说：“林牧师，您好。”

小老头儿说：“你好。听李琴姐妹说，你是来找人的？”

王亚丽说：“我找岳晓芬。”

小老头儿说：“你们是朋友？”

王亚丽说：“也说不上。”

小老头儿说：“那就是找她有事儿？”

王亚丽说：“有点儿东西在她那儿，我想要回来。”

小老头儿说：“有这事儿？李琴姐妹倒没跟我说。”

王亚丽说：“我骗你干吗？”

小老头儿说：“你别急。我来找你，也是想劝你不要急……”

王亚丽便冷笑了一声：“你是想跟我说，凡事都有主安排吧？”

小老头儿却也笑了：“我倒没想那么远，我想说的是，以我对岳晓芬姐妹的了解，她绝不会做什么坑人的事儿……她太单纯，还尽被人家骗呢。有段时间网上老流传着‘穷传教’‘苦传教’之类的信息，说的都是乡下地方的教会缺衣少食还在坚持信主，还要兴建教堂。可细心想一想，要是实在困难政府也会管呀，政府的措施可比主的‘五饼二鱼’来得直接，再说都吃不上饭了还要花钱盖教堂，这也不可能是主的意愿——其实都是骗人的，让给骗子捐款。我们为这事儿没少提醒教友们，可偏偏还是有人上当，其中就包括岳晓芬姐妹。她自己也不富裕，看得出来吃穿用度都省着呢，但还是一百二百地给那些人转钱，我说你这又是何苦，她就说，万一要是真的呢……”

听着小老头儿的话，王亚丽眼前竟有一些恍惚。那个手捧着一叠小册子，对她殷勤而执拗地笑着的岳晓芬姐妹又晃了出来，但随即又像涟漪一般破碎。王亚丽打断了小老头儿：“他们说岳晓芬舍不得这儿，只要教会开张，她肯定回来。你觉得呢？”

小老头儿说：“我也这么想。不过这又得说远点儿了，她回来也不是舍不得教会，而是想要和主在一起。另外，教会毕竟不是做生意，不能说是开张……”

王亚丽便再次打断他：“那好，我还会再来找她。”

说完转身就走。小老头儿又在她身后道：“不吃点儿东西？我们还有茶点……”

王亚丽略微一站，回头说：“我又不信主，就不占这个便宜了。”

而恰在这时，从厚重的深色木门背后，传出了一阵歌声。那是大厅里的人们正在合唱，声音并不响亮，但却唱得出人意料的整齐，并且曲调悠扬：

主，你是盛开在
沙仑的玫瑰
谁不切慕喜爱将你采归
你如那膏油馨香绽放四溢
你艳丽芳香秀美
谁能不为你，倾倒跪下降服

谁能不为你迷恋陶醉

……

王亚丽便又恍惚了片刻，眼前一阵迷乱。她刻意提醒着自己，强行管束着自己的舌头和嘴唇，这才没有随着那些男女老少一同唱出声来。然后，王亚丽迈步往楼梯走去。在从地下室通往一楼的路上，她的身影似乎也因为暗淡的灯光而变轻了，变薄了，她像个空有躯壳但却不具备重量的轮廓，是被身后那飘荡而来的歌声托上了地面。

十五

去过一次教会，王亚丽便结束了她那漫无边际的寻找，由此转入了守株待兔的等候。每逢健身房中午休息，或者赶上黄昏时分的跳操课程结束得早——总之是一有空暇时间，她就会沿着往地铁站的反方向行进，穿过麦子店那些新旧交织土洋结合的楼宇，前往那间地下一层的大厅里看上一眼。而甭管什么时候去，人家倒也都开着门，或多或少总有一些人在。作为专门场所，这里就和开设在居民楼里的“团契”不同，不只周末才活动。

刚开始，她进门也不打招呼，只从大厅后面扫上一眼，顶多再到屋里转上一圈儿，细细看清了那些高低错落的头颅之中并不包括岳晓芬姐妹，随后掉头就走。大厅里，有时是小老头儿正在清脆响亮地讲经，有时是“兄弟姐妹”们一齐唱歌或者祷告，但这些似乎都与王亚丽无关。没见过的人还会抬头看她一眼，心里也许诧异这人是干吗来的，而李琴姐妹和大胖子等人却都习以为常，只在眼神偶尔交汇时对她关切地一笑。

还有那么两次，碰上小老头儿一人坐在屋里。甭管人家是在看书还是闭目养神，都会立刻站起身来，对她招招手：“来了？”

王亚丽就说：“来了。”说完又要关门离去。

小老头儿却说：“回见。”

王亚丽便只好说："回见。"

小老头儿又说："慢走。"

语气相当随意，听来倒有常来常往的意思，又好像王亚丽的破门而入是天经地义、理所当然的，好像她不是一个不速之客，而是和人家相当熟稔的老朋友了。一来二去，王亚丽就果然和那个小老头儿熟稔了起来，进而又觉得在这种处境之下，只有小老头儿能够稍稍理解自己的心情——尽管对于一些事情，她仍然向对方守口如瓶。而人哪，秉性上是改不了的，过去"果粒橙"说她"傻"和"贱"，她这时还真有点儿"傻"和"贱"了——随着破门而入的次数越来越多，王亚丽自己反倒先有点儿过意不去了。

那常常发生在小老头儿打扫卫生或修葺桌椅的时候。赶上外面下雨，人们会在地上留下斑驳杂乱的泥点子、黑脚印，被明晃晃的节能灯一照，就显得格外触目；另外房子虽然是新装修的，但讲台和长椅却都是以前用旧了的，所以总会不是这儿歪了腿就是那儿剥了皮。每当这时，小老头儿也顾不上和王亚丽寒暄了，只是拿了墩布或者改锥钳子，东跑西颠地忙碌着。他的身影被空旷的大厅衬得格外小，几乎缩成了一个黑点儿。而王亚丽看着那个黑点儿劳作不休，心里一不落忍，手里也就痒痒了。她便走上前去，从墙角找出工具，跟在小老头儿身后忙活起来。小老头儿也只回头对她一笑，此外不再说些什么。在人家眼里，似乎王亚丽的一切行为都是天经地义、理所当然的，这反而让她觉得舒坦。当他们把地面刷洗得清洁锃亮，把歪了斜了的椅子腿重新固定，王亚丽和小老头儿一同直起腰来，看着收拾一新的大厅，便又滋生出了一种淡淡的成就感——虽不恢宏，但却安宁。

趁着这时，王亚丽也会问那小老头儿："岳晓芬确实没来过？"

小老头儿说："没来就是没来，我骗你干吗？"

王亚丽扭脸不响。还有一次，小老头儿也问她："你真没想过信主？"

对于这个问题，王亚丽的回答是："不信就是不信，我骗你干吗？"

俩人就相视一笑。但等笑完，小老头儿又说："信也罢，不信也罢，你在这儿时，我倒觉得岳晓芬姐妹又回来了……”

王亚丽插嘴问：“你这话什么意思？”

小老头儿说：“这些活儿，以前都是她帮我干的。现在她走了，你来了。”

王亚丽木然半晌，说：“我跟她可不一样。”

嘴上这么说，但那天上午干完活儿，王亚丽却默不作声地留了下来。那又是一个周日，她刚好得到了一次歇班的机会，不必再去健身房。整洁的大厅里陆续迎来了许多人，其中也包括以前“团契”里的那些“兄弟姐妹”。李琴姐妹和大胖子他们还专门过来和王亚丽打了个招呼，但却谁也没提岳晓芬姐妹。这想必是看出她心思重，不想给她火上浇油吧，王亚丽这样理解。而等人们坐定，小老头儿走上讲台，便开始了这个星期的讲经。这也是王亚丽第一次在自己打扫的大厅里参加类似仪式——但很可惜，尽管小老头儿的那张好嘴说得绘声绘色，尽管她早上刚吃过饭，肚子并不饿，然而她却仍然一个字儿也没听进去。她只是孤零零地坐在长椅的最后一排，像火柴燃烧木杆儿一样，被自己的念头侵蚀着。

她在想的是：当初岳晓芬姐妹坐在这里，究竟怀着什么心境？岳晓芬姐妹会像她自己所宣称的那样喜悦和幸福吗？还是在喜悦和幸福底下也藏着不为人知的悲戚？抑或像她那种人就无所谓悲喜，只有毫无感情的沉静才会令她感到妥帖？此外，现在的岳晓芬姐妹又在想些什么？拿了人家的钱是觉得烫手还是心安理得？就算不会想到王亚丽，她难道就不会怀念画儿上那个干瘦的外国男人吗……此时王亚丽也不琢磨岳晓芬姐妹到底是“亲人”还是“骗子”了，相反，她在某种程度上认为自己替代了岳晓芬姐妹。就像小老头儿所说的，“她走了，你来了”，于是她和岳晓芬姐妹重叠在了一起，就像一条影子融进了另一条影子。而倘若如此，王亚丽是否也能抛开那些焦虑、忧愁以及绝望——正如曾经的岳晓芬姐妹一样？

这么想时，大厅里就有歌声飘荡了起来。歌声一首接着一首，在高高的天花板附近盘旋。和“团契”不同，这里唱歌不仅有一支唱诗班领头，而且每唱一首之前都会报个歌名：《心愿》《唱一首天上的歌》《沙仑的玫瑰》……哦，这时王亚丽才知道，原来她听惯了的那首歌就叫《沙仑的玫瑰》。而当初每次专挑这首来唱，是因为岳晓芬姐妹格外钟爱于它吗？王亚丽便也站起身来，放开嗓门，和众人一起唱了起来。她是如此投入，旁若无人，仿佛独自站立在空旷的原野上放声歌唱。事实上，她也像岳晓芬姐妹一样偏爱着这首歌。

一曲终了，余音似乎还在回荡，王亚丽却起身离开了大厅。

她把自己封闭在了这样一种幻觉之中：她像当初的岳晓芬姐妹一样，把那间大厅里的仪式当作了生活中唯一有价值的内容；歌声一起，歌声又落，心便满了，像南方湖水里的月亮一样充盈。于是再没什么能扰乱她的了吧，如此心情的王亚丽走在街上，脚下不紧不慢，脸上无波无澜。她顺着往地铁站的方向行进，穿过麦子店那些新旧交织土洋结合的建筑，往自己住的小区里走去。没一会儿，出租房所在的那个门洞就在前面了。

掏钥匙开门时，王亚丽并未察觉到身后有人。而等那条包抄而上的男人身影裹挟了她，拽着她的胳膊往楼道里扎进去，她才像某种殊死反抗的小动物一样吱吱叫了两声。对于这种情形，王亚丽倒已经颇有经验了，她扭动着挣扎着，同时又往地上蹲了下去。

"我不知道他在哪儿，真不知道——"她还这样喊叫。

她身后那男人却说："你个傻驴，认清了人再叫唤。"

王亚丽一怔，蹲了一半儿的身体重新直起来，借着门洞外涌入的阳光，扭头打量那人。然而她的确是有点儿认不出他了——当然这也不怪她，因为现在就连那人的亲妈恐怕也认不出他了——那是一张肿胀、残破、伤痕累累的脸，鼻子歪了，下嘴唇好像半根香肠，牙缺了两颗，眉骨上斜开着一条口子。最显眼的印记镶嵌在脑门的正当中，是一道虽不漫长但却相当深邃的伤口，此时还在流着汤儿渗着血；究其成因，大约是以头抢地时磕到了什么尖锐的东西。对着那张脸看了足有半分钟，王亚丽这才叫道：

"'果粒橙'，你怎么也变成马王爷了？"

"果粒橙"却不答话，拉扯着王亚丽进了屋，关门之前还朝外打量了儿眼，那副神情好像正在惊魂未定地逃避着什么。幸好出租屋的室友们都不在，不是逛街就是上公园去了，所以他的这副尊容并没再吓着谁，王亚丽也得以从容不迫地替他包扎伤口。她翻箱倒柜找出红药水和棉球，酒精没了就用炒菜的白酒代替，像画画儿一样在那张脸上勾勒着，涂抹着。同时她还奇怪这人的脑子是不是也被打傻了，怎么连疼都不知道了？他就那么仰着花瓜似的脑袋，面无表情地呆坐着，哪怕药水渗进眼角也不动弹一下。

当一切收拾停当，王亚丽便也摊开两手，呆若木鸡地面对着“果粒橙”。他们都沉默着，屋里却不安宁，这是因为窗外街边有家美容院正在组织员工做操，伴随着神曲《野狼 disco》，一群大姑娘小伙子对着过往车辆大喊：“我是最棒的！”那声响将俩人的沉默衬托得愈发漫长，而一时间，王亚丽却仿佛仍然无法确定坐在自己对面、铁架子床下铺上的那人就是“果粒橙”。她从未见过一个如此寡言少语的“果粒橙”。

也就是这时，“果粒橙”突然搂住了王亚丽。他还用胳膊紧紧箍住她的腰，同时把一张五彩斑斓的脸深深地埋进了她的肚皮。他进而开始哆嗦，一边哆嗦一边说：“亲人哪。”

在此时刻，王亚丽似乎也是应该反抱住“果粒橙”的。如他所言，他们是“亲人”嘛。但她犹豫了片刻，却只是拍了拍他的肩膀，轻声道：“有事儿说事儿。”

“果粒橙”便把脸从王亚丽的肚皮上拔了出来：“我算砸了锅了。”

紧跟着这个结论，“果粒橙”终于恢复了一部分语言能力，将他在这些日子的经历讲了一遍。此番陈述不仅断断续续，而且颠三倒四，王亚丽费了好大力气才听明白。这也使她不得不感慨：在很多情况下，真话可比假话难懂多了。当然这也不稀奇，人说真话都是无心的或者被迫的，而在说假话之前却往往早就打好了腹稿，操练纯熟了——就像“果粒橙”曾经告诉过她的那些，比如中介公司的人为什么要追查他的下落，比如他为什么要把那笔钱放在王亚丽这儿又劝她转存别处……原来统统都是编的，编得却比真的还真。

王亚丽还感慨：原来假话有时也是从真话变过来的，只不过在某个地方出了差错，从此就像铁轨分岔儿，火车也会开向截然不同的方向。再把“果粒橙”对她说过的话往前追溯，他想开一家门店的理想，以及为了理想而实行的自虐式的财务计划其实都是真的，可再说到他放在她这儿的那笔钱的来路，却成了真假参半：其中有一部分自然是他攒的、挣的，但还有另一部分，而且是比例相当大的一部分，来自他挪用的客户佣金。

无论租房还是买房，在交易款项之外都会附加一笔“服务费”，这钱常常由出款方支付给中介公司，再由公司分出一定额度——通常并不很多——奖励给经办的业务员。这就是房屋租售的利益链条，也是中介这门生意的行规。而“果粒橙”就是在这个流程里做了手脚。他号称能给打折，忽悠客户把佣金直接打进了自己账户，然后又私下带着客户完成了交易，对公司则只说人家变卦了，买卖黄了。两头儿一骗，现金入袋，这种套路的行话又叫“飞单”，据说同事中胆儿大的人都在“飞”。只不过“果粒橙”深感理想不等人，“飞”得更高，以至于账目里的数字就像狂风一样舞蹈。但也正因为此，一来二去露了马脚，引起了公司的怀疑。而他也一不做二不休，在公司发难之前先把户头里的现金都取了出来，分两次藏在了王亚丽这儿。之所以分两次，则是因为心思里又有个弯弯绕：他开始也没那么信得过王亚丽，还担心王亚丽拿到钱后会给他来个“卷包会”，所以哪怕情急之下，也只敢给她一半；但后来见王亚丽不仅尽忠职守，而且为了不辜负他宁可出去蹭饭，这才心里一热，对她倾囊而出。也就是说，虽然“亲人”“亲人”地叫得欢，但也是直到把第二笔五万多块钱全都交给王亚丽时，“果粒橙”才算彻头彻尾地把她当作了“亲人”。

听到这里，王亚丽问：“那他们满世界找你，就是因为这事儿？”

“果粒橙”点了点头：“也是为了杀一儆百，我要跑了，公司的面子上不好看。”

王亚丽问：“脸弄成这样，也是他们打的？”

"果粒橙"又点了点头，评价道："一个金链子，一个大光头，手艺还行……折腾了我半宿，也就落下点儿皮外伤。这帮人现在也懂法了，下手有分寸。"

王亚丽问："你不一直藏得挺严实吗，怎么让人逮着了？"

"果粒橙""嗐"了一声："本来躲在一个开大卡车的初中同学那儿，他们货运站在通州，租的潮白河边一个村里的平房。可前阵儿不是清除低端人口吗，村里也往外轰人，他就想搬到回龙观去，还让我帮忙找地方住。我想着过了那么久，公司那帮孙子也该放松警惕了，就回去晃了一圈……结果好死不死，昨天刚一露面就让人给按了。"

王亚丽问："那你又是怎么逃出来的？"

"果粒橙"说："没逃，店长把我给放了，不过走前扣了我的证件和手机。店长还说，只要我把'飞单'的钱还上，此外再交点儿罚款，那这事儿就算了——毕竟家丑外扬的话，公司的面子上同样不好看。但店长又说了，要是不交钱，就只能找警察了。"

王亚丽问："找警察……会把你怎么样？"

"果粒橙"的眼光躲向别处，声音也低了："按他们的说法，职务侵占，起码三年。"

俩人再次陷入沉默。这时窗外街边那家美容院的员工仍在做操，不过伴舞音乐就变成了《沙漠骆驼》，他们对着过往行人呼喊的口号也变成了："你是最棒的！"忽而风动，树叶作响，还有一只白色的塑料袋正在向着对面的楼顶雄心勃勃地攀升。

又过了半晌，王亚丽才问："你一共'飞'了多少钱？"

"一笔卖房的佣金，还有几笔租房的中介费……大概七万多吧。""果粒橙"舔了舔嘴唇回答，"本来还说要罚我五万，我说实在没这么多，打死我也没有，店长就给减到了三万。加在一块儿，总共要给他们十万出头，期限是三天以后……"

这事儿居然还能讨价还价，王亚丽脸上差点儿滑出一丝冷笑。而伴随着那道简单的加减法应用题，"果粒橙"不禁低垂下了乌青的眼睑，咂巴着浮肿的嘴角，又轻轻摇了摇那颗斑斓的脑袋。他也许还在哀叹着理想的破灭吧——在他看来，老板和老板娘，五位六位七位数的收入，在北京买套房子，这些光明而美好的前景都像肥皂泡一样爆裂开来，转眼就连一点儿汁水也没留下。而一边痛惜扼腕，“果粒橙”还一边瞥了眼王亚丽，神色之中似乎有点儿诧异。也许他仍然把他那破灭的理想当成“他们的”理想，因此认为王亚丽也应该陪着自己感伤一番。这么想着，王亚丽便真的从鼻腔里“哼”了一声，让刚才那丝未完成的冷笑飘进了空气。对于未来，她所能做出的展望可比“果粒橙”要惨烈得多，但很奇怪，她在此时却只想发出一声冷笑，也不知是在笑自己还是在笑“果粒橙”。

在王亚丽的冷笑之下，“果粒橙”的身板又矮了一截，头颅几乎扎到了膝盖中间。

王亚丽则转身往外走去，甩下一句：“昨儿到现在没吃饭呢吧？”

说着她就进了厨房，刷锅烧水下面条。面还是好些天以前从早市上买的，扔在橱柜上一直没碰，此时已被风干成了一兜排叉儿。和面搁在一起的西红柿则早就干瘪发霉。王亚丽把干面条下锅，煮成了一碗几乎不能成形的糊状物，临了又磕了几个鸡蛋，端回去递给“果粒橙”。“果粒橙”埋头就吃，稀里呼噜作响，响了片刻才又抬头：

“一会儿先把钱取了？”

王亚丽说：“你等着。”

说完先到卫生间洗了把脸，还揩了点儿室友的搽脸油给自己抹了，又拿梳子仔细拢了拢头发，这才出门，走到街上，迎面就看见了那些热火喧天的美容院员工，他们已经不再跟着音乐做操，而是开始举着横幅跑步，横幅上又写着一行话：“要做就做最棒的！”王亚丽便驻足观望，仿佛对这句宣誓深表认同。也是过了很久以后，她才感到惊讶：人处在疯狂的临界点上，怎么还能表现得如此慢条斯理，从容不迫？这简直让她怀疑自己在那一刻其实并不打算发疯，而是预谋着把“果粒橙”扔在屋里一走了之。

但她走得了吗？有地儿去吗？她可不是“果粒橙”，在北京还能找着什么开大卡车的初中同学，她也不是岳晓芬姐妹，一旦消失就没人知道她的下落。再说“果粒橙”不是她的“亲人”吗？事到如今她不也只有这么一个“亲人”了吗？但也很遗憾，这个“亲人”恰恰因为她的一个决定而眼瞅着就要坐牢了。十万多，全没影儿了。她无法想象“果粒橙”知道这个实情之后的反应，也无法想象应该怎样把实情告诉他。既然如此，她也只有发疯了。犹如做出了一个令人释然的决定，王亚丽的脑子里“叮”的一响，仿佛什么弹拨乐器的银弦应声而断。接着，她还迈开双脚，跟在那支呼号不休的队伍后面跑了起来。

王亚丽的耳边呼呼生风，膝盖随着双脚的起落又在隐隐作痛。她奔跑着，从麦子店南里穿到麦子店中里，又拐了个弯来到麦子店东里。在视觉印象上，她相当于从一片灰色矮楼出发，经过一片褐色高楼，最后钻进了一片暗红色矮楼。路上不时有人看向他们这支队伍，队伍里的其他人也纷纷回头，像看一个怪人似的看着王亚丽。但王亚丽却满不在乎，她仿佛有生以来第一次因为受人瞩目而倍感自豪。在某一个街角，她突然加快速度一跃而上，不仅从队尾超越到了队伍前方，并且把身后的追随者们越甩越远。王亚丽的身材矫健，背影瘦削，步履充满弹性，假如麦子店是一首乐曲，那么在这一刻，她就是乐曲里最有力度的一个音符。她的奏响几乎令人目瞪口呆，人们看着她拐向了那些暗红色矮楼中的一栋。

王亚丽钻进门洞，弹跳着跑上楼梯，气喘吁吁地站在那扇白板一块的木门跟前。楼道里回荡着一个老年烟酒嗓的声线，沧桑、遒劲、气势磅礴。这是多么熟悉的场景啊，只可惜那声音所讲述的内容提醒着她，此地早已物是人非——《三国演义》说完了，现在换成了《三侠五义》。然而王亚丽根本顾不了那么多了，她抬起脚来在门上狠命踹着，踹得楼道里充满了擂鼓一般的回声；她还用手挠门，用头撞门，仿佛那门本身就和她有着天大的冤仇。她也知道她的举动毫无用处，但她就是迫不及待、忍无可忍地想要宣泄，想要表现得忘乎所以，想要让自己的力气有地方可去。她已经发疯了嘛。

“出来，出来！没死就出来！”作为一个发疯的人，王亚丽当然还要大喊大叫。

而门真就开了。紧接着，门里的人和门外的人都被吓了一跳。王亚丽看见一个神情呆滞的小黄毛，穿了一身嘻哈风格的灯笼裤和肥大帽衫；小黄毛则看见一个涕泗横流的王亚丽，不仅脸上和嘴角旁，就连脑门上和脖子里都流淌着黏糊糊的液体。

对视许久，小黄毛才先开口：“你找谁？”

“反正不找你。”王亚丽安静下来，低了低头又问，“现在你住这儿？”

“我刚搬过来。”小黄毛说。

王亚丽便应了一声“哦”，也不解释，转身下楼。她似乎有些清醒了，也觉得发疯发够了。而接下来，却轮到小黄毛陷入了狂怒，他“操”，“操”地号叫了两嗓子，回身冲进屋里，抄了一根擀面杖追了出来。王亚丽一回头，恰好看见他昂然挺立在楼梯上方，高高举起了那根棍棒，姿态有如自由女神擎着她的火炬。小黄毛还对王亚丽吼道：

“你是一楼那老丫的派来的吧？告诉他，我不怕他！不就是放评书嘛，不就是让人砸门嘛，还有什么本事尽管使，反正要想让我搬家就得退租金——惹急了我还跟他拼了！”

听完小黄毛的控诉，王亚丽咯咯一笑，像只燕子飞下了楼梯。此刻，她觉得有趣极了，甚至还为找不到人分享她的趣味而感到遗憾。而刚走到距离地面只有几级台阶的地方，她却发现一楼右手边的那道木门也打开了，门缝里闪出一张剃着花白板寸、长着酒糟鼻子的老脸，下面鼓着半个漏了气的轮胎形状的白肚皮。面对着一楼住户那灼灼闪亮的目光，王亚丽便又咯咯一笑。她还看到一楼住户朝楼上指了指，对自己做了个既得意又自嘲的鬼脸。在那一瞬间，他们倒像成了同伙，仿佛刚刚串通着完成了一个机智而又无伤大雅的恶作剧。

“姑娘……”一楼住户进而对她开了口。

王亚丽却没理他，掏出手机看了一眼，随即转过身去。

“上次跟你说那事儿……”一楼住户继续道。

王亚丽抬手往后一撩，如同截断了一缕不绝于耳的气流。

一楼住户便很有眼力见儿地闭上了嘴，可却仍把目光从下往上投向她的背面，在她的脖颈、腰背和屁股上游走着，扫描着。但也无所谓了，看就看吧。别说是看了，他就是一把抓上来，王亚丽恐怕也不会顾及——在老流氓的鉴赏的目光下，在涛声依旧的单田芳的评书里，在手机屏幕耀眼夺目的闪烁中，她死死地盯着来电显示的那个人名，仿佛不认识“岳晓芬”这三个字儿了似的。她瞪得眼珠子发疼，喉咙也随之抽搐起来，又仿佛整个儿人间都被清空，只留下她握着手机，准备接收来自于另一个世界的声音。直过了好一会儿，王亚丽这才伸出颤颤巍巍的手指，按下了通话键。

岳晓芬姐妹的声音传了出来。

岳晓芬姐妹唤了她一声：“王亚丽姐妹。”

十六

麦子店的夜晚是火热的。

预制板楼体和单层玻璃窗形同虚设，车声人声、烟味油味破墙而入，充满了这间十平方米不到的一楼小北屋。王亚丽就坐在桌前，面朝北窗。她侧耳听着背后以及窗外的动静。不知何时起，从脚下传来的间歇性震颤消失了，就像半死不活的火山终于熄灭，这说明那条贯穿城市东西的地铁已经停止了运营；而身后的水管鸣叫以及桌椅碰撞、柜门开关的声响却越发紧促，这是否又意味着交易的另一方已经急不可耐，交易本身也箭在弦上了？这让王亚丽寒毛倒竖，同时却又产生了某种莫名的兴奋。是死是活，就看这一把了。

她横了横心，突然起身，来到房门口，溜着半掩的门缝往充当客厅的过道里扫了两眼。过道没人，交易的对象一定前往了这套老旧两居室的另一间卧室，为交易的内容进行着最后的预备项目。他是要往胳肢窝底下喷点儿清洁剂，还是要口服一枚小药片？王亚丽喉头一紧，赶紧压抑住了呕吐的冲动。王亚丽还明白，在这个她看不见对方，对方也看不见她的节骨眼儿上，也正是她本人开展行动的绝佳契机了。于是她快步走回桌前，将对面那扇小北窗底下的插销轻轻拔了出来，又将窗户推开条缝儿，而后一把扯上了窗帘。

这时她才发现，那窗帘还是深蓝色的，上面印了许多暗红的花朵，仔细一看原来是玫瑰。窗帘横悬在昏暗的屋里，被窗外明灭不休的灯光钻破了几个小洞，便又很像是闪烁着繁星的天幕了。星光闪耀的夜空里飘满了玫瑰。但也恰因多了这道屏障，麦子店的喧闹之声仿佛就被隔绝了一大部分，这间小北屋忽然静谧了下来。并且光线一变，就连侧面书架上那个大头娃娃存钱罐的脸也摆脱了暗影，褪去了一脸惶然，重新变得甜美丰润了。

王亚丽心里一颤，坐回桌前。她像抓紧时间似的，又让自己陷入了回忆。

关于岳晓芬姐妹最后的记忆，也和一个晴朗透彻的夜晚有关。那天，风把天空洗刷得如同琉璃，到了晚上还向人们展露着无穷高远的内里。但王亚丽头上顶着星斗，心里却是透不出一点儿光亮来的。她已经在一家医院大楼外的长凳上枯坐了几个小时。

当天中午，岳晓芬姐妹一个电话把她叫到那家医院，只说自己要做手术，此后就没了音信，再打电话也打不通了。按照电话里所说的地址，王亚丽总算找到了“心脏中心”的门牌，而后逢人就打听。白大褂们忙忙碌碌，也没人理她，过了很久才有一个值班医生告诉她，确有一位名叫岳晓芬的病人在此手术，不过手术后的排异反应很严重，发生了严重的心律失调，还伴有心脏停搏，目前已经转入 ICU 进行监护。

这串儿医学术语让王亚丽如坠云雾，她不禁问：“那是什么地方？”

“重症监护室，随时准备抢救。”医生白了她一眼，接着又甩了一句话，就不是例行公事的介绍，而是明显带着情绪了：“现在才知道着急，早干吗去了？”

平白挨了一通数落，王亚丽只好再去重症监护室，路上边走边打战。这家医院要比她曾经住过的那家原工厂附属医院大得多，光是门诊、病房和手术室就分成了好几幢大楼，来往在大楼之间的人们也尽是带着火急火燎或者忧心忡忡的神色。别人的表情传染了王亚丽，当她穿过一条长长的、人满为患的走廊，终于站在重症监护室门口的时候，几乎就连“岳晓芬”这三个字都报不出来了，嗫嚅了半天才把话说明白。

接待她的护士口气更冲：“你们这些家属怎么回事，这么大个手术也不来个人？我明告诉你说，看见这屋里没有？她进得去却有可能出不来。万一真有什么三长两短，你们就后悔去吧——对了，你是岳晓芬什么人？有紧急情况能签字吗？”

王亚丽这才说：“什么人也不是，我也签不了字。”

护士就一愣：“那你来干吗？”

王亚丽说：“她叫我来的……我们认识。”

护士重新打量王亚丽一眼，叹了口气，紧接着眼圈儿却红了：“她刚二十二。”

然后就让王亚丽留了个电话，还叮嘱她别走远，随时等消息。王亚丽两腿灌铅，挪到楼外，本打算穿过花坛去小卖部买瓶水喝，但才走了一半就突然坐下，化作了一尊雕像。此后的一个下午，她几乎一动不动，脑子都是空的，只觉得耳边嗡嗡鸣叫，也不知道是不是风在响。坐得再久些，她还觉得天边的云起云落、脚下的草木生长都有了动静，所有声音一齐入耳，但却不复吵闹，而是代表着万事万物在她心里清晰地映现。

仿佛直到这时，王亚丽才意识到岳晓芬姐妹可能会死。不知从何时开始，手边的电话每隔一会儿就会急迫地响上一轮，但她却都没接，这是因为她瞥见屏幕上跳出来的是“果粒橙”的号码。也该轮到他着会儿急了，让手机里的那个电子娘们儿去应付他吧，王亚丽甚而有些快意地想。但与此同时，她又觉得脚下发空，仿佛自己也在追随着岳晓芬姐妹，往一个深不见底的黑暗的地方坠下去，坠下去。

把她从幻觉里拉出来的，也是一个电话。那是护士站打来的，只叫唤了一嗓子“赶紧过来”，就啪地摔上了听筒。王亚丽仍旧两腿灌铅，慢慢地向大楼内部挪过去。

这时天已黑了许久。当她走到那条人满为患的走廊入口，差点儿又被一阵惊天动地的哀号吓得瘫坐在地上——幸亏脑子还没糊涂到家，她意识到这哭的并不是岳晓芬姐妹。岳晓芬姐妹就是死了，想必也是没人哭她的。果不其然，还是那个护士迎了上来，递给王亚丽一副鞋套、发套和口罩，只说了一句“醒了”，就引着她往一扇门里走去。

王亚丽还在迟疑，护士又催：“她非要见你，我们只好破例。”

跟在护士身后，王亚丽又穿过一条更加阴暗的走廊，随即豁然开朗。一个明晃晃的大厅里，依次排开了几十张病床。几乎每张床上都躺着个人，但大都一动不动，由各式各样的机器代替他们呼吸、循环以及发出嘀嘀作响的生命指征。护士又在王亚丽身旁指了指，她就经过那些静默的人形躯壳，朝着紧靠里头的一张床边走去。在那儿，岳晓芬姐妹的身体也连接着这样那样的仪器和管子，只从惨白的被单底下露出一张惨白的脸。

而当王亚丽愈发接近，便发现岳晓芬姐妹的一双眼睛也不再黑亮，并且眼神在她的目光里稍作停留，立刻就飘散开来，躲避到远在天边近在眼前的不知什么地方去了。这便让王亚丽又回忆起了她们的第一次见面，只不过当初是岳晓芬姐妹盯着她看，现在是她盯着岳晓芬姐妹看了。王亚丽也不言语，执着而执拗地拿眼睛锁住了对方。她认为自己的眼神应该是热的，但却热不起来，她又认为自己的眼神应该是冷的，但也冷不下去。她能做的仅仅是看，盯着岳晓芬姐妹仔细地、郑重地看。

岳晓芬姐妹的嘴唇便动了一动，王亚丽竟没听清。她站在床边，回头望了一眼护士，得到默许之后才俯下身子，把脸凑到床头。

随即，她听到了这么一句话：“我对不起主。”

直到这时，对方心心念念的，还是画儿上的那个干瘦的外国男人。这让王亚丽心里一空，怨念也滋生了出来。她的眼神便冷了：“别扯人家，说咱俩的事儿。”

岳晓芬姐妹接着说：“我也对不起你。”

这话却更让王亚丽心里一凉，她又想到了那笔钱。而岳晓芬姐妹却是从头说起的口气，先讲到了自己的病——其实早有症状，从小就时常喘不上气，还会两眼一黑晕倒在地，但家人也没多想，只说她身子弱，或许还是贫血。直到来北京上了几年大学，老师看她实在情形不对，建议去做个检查，这才查出了一种相当罕见的先天性心脏病。医生说要立刻做手术，否则会有生命危险——事实上，在从国外引进此类手术的技术之前，像她这种病人的寿命常常不超过三十岁。然而得到诊断后，岳晓芬姐妹却一声不吭地走了，此后也没告诉任何人。原因很简单，没钱。一台手术做下来得花十几万，用的还是进口器材，不在报销范围之内，这笔费用就不是孤儿寡母的家庭所能承受得起的了。为了给女儿上大学筹钱，她妈都已经把太湖边上的小吃店抵给村里人了。

打这以后，岳晓芬姐妹就把自己当成了一个随时会死的人。最初还存了一点儿希望，想着工作以后或许能挣出钱来，把手术做了。然而得了这病反而影响找工作，待遇好的单位都进不去；并且工资高的地方无一例外需要加班熬夜，“九九六”，一个病人的身体也扛不下来。渐渐地，这个念头也就绝了。她勉强拿了毕业证离开学校，刚开始还找了个会计的工作干着，后来连这也感到吃力，就去了花店站柜台。

也正是在这期间，她遇见了画儿里那个干瘦的外国男人。

岳晓芬姐妹对王亚丽说：“我也是在街上碰到有人发小册子，去过一次就信上了。刚开始是‘团契’，后来又入了教会，越信越深，完全离不开了。听说教会要装修，人就跟丢了魂儿似的，宁可掏出仅剩的一点儿钱去租房再办个‘团契’……那股劲头，简直让我自己都害怕。而现在想想，之所以变成这样，恰恰是因为我知道自己快死了吧。信上一样东西就是有这点儿好处，死呀活呀，好像都成了无所谓的事儿，反正到了天上还会有人等我。小时候老看书上写着‘视死如归’，以为那都是英雄事迹，这时却觉得其实也没那么难……不过说到底，我还是想错了，错在没料到人也会变。人在什么时候不怕死？必死无疑的时候不怕死。人在什么时候最怕死？看见条活路的时候最怕死。”

上面这段话，也可以解释岳晓芬姐妹此后的行为了。王亚丽刚来“团契”时，不仅岳晓芬姐妹，就连其他人也看出她就是为了蹭口吃。王亚丽那狼吞虎咽的吃相暴露了她的动机。当然这也没什么，吃就吃吧，乐善好施是美德，也是主所赞许的。及至后来，王亚丽一身伤病地上门投靠，岳晓芬姐妹还对她生出了几分同病相怜的情愫。但随着俩人交往愈发深入，岳晓芬姐妹的心思就变了——王亚丽存在她账上的那笔钱，让她看见了一条活路。只朝那条路上望了一眼，视死如归的岳晓芬姐妹就开始怕死，怕得要命。

也就无须赘言岳晓芬姐妹经历了怎样一番激烈的、百转千回的思想斗争了，总之她带走了那笔钱。她退了房子，来到医院，挂号，住院，预约手术，交费。十万，再加上手头的零碎，还有个医生帮着申请了一个减免部分费用的项目，竟也够了。说到这里，岳晓芬姐妹才终于看向了王亚丽，但仍像聚不拢焦似的，黑眼球里氤氲着黛色的烟雾。她是正在等着迎接王亚丽的怒火吗？也许她认为，无论受到王亚丽怎样的对待都是应得的——或者说是值得的？反正手术已经做了，就算把岳晓芬姐妹的胸膛扒开，把她那颗修补过的心脏掏出来，也没法儿找医院退回那十万了。王亚丽血淋淋地想着。

这时在王亚丽眼里，岳晓芬姐妹突然有了无赖的味道。她在此前对王亚丽的那些好，也都相当于放长线钓大鱼了。哼，还说是什么“主的旨意”。想到这里，王亚丽便冷笑了一声。她现在真是越来越爱冷笑了。而岳晓芬姐妹的脸上竟红了一红，随即又归于惨白。

接着，王亚丽问：“钱你都拿了，还把我叫过来干吗？”

岳晓芬姐妹又将眼神挪开，似乎这才感到了羞愧：“不说了。”

王亚丽道：“来都来了，还是说吧，藏着掖着也难受。”

岳晓芬姐妹复又将眼神移了回来，迎着王亚丽：“我之所以叫你来，还是因为我害怕。到现在，我都不知道自己将会是死是活……医生说这手术就是赌博，不光在手术台上有可能醒不过来，刚做完手术的这几天也随时会出意外，心脏一旦停跳，也就是那么半分钟的事……他们还问我怎么一个人来了，就没人陪着了吗？我明白这话的意思，其实是让我提前跟亲人道个别，能见的再见一面。可我真不知道该见谁了。想见我妈，可我不能见，别说做手术了，得病的事当初就没告诉她；也想见我爸，可都忘了他长什么样了，见了等于白见。数来数去，我也就剩下想见见你了……好歹咱们当过几天亲人，对吧？”

王亚丽又冷笑：“谁把你当亲人了？”

岳晓芬姐妹的眼神愈发黯淡，却像不甘心似的，探了探插着红的白的塑料管的胳膊，用手抓起床边的手机，朝着王亚丽晃了晃。她又说：“是你在微信里的话，也许我想多了吧。但你的确说过，亲人也得明算账……所以我还准备了这个——”

说着，她又将手机翻转过来，拿手去抠手机壳。这个动作对于现在的岳晓芬姐妹却很困难，因此王亚丽不得不伸手帮了她一把。接过岳晓芬姐妹的手机，就看见手机壳的背面也印着那个干瘦的外国男人，目光慈祥，脑后拢着个光圈。再将手机壳取下来，取出了折叠着压在里面的一张纸，展开一看，居然是张欠条，写着欠款十万，债权人王亚丽。总之是亲人也得明算账。还得上还不上另说，但岳晓芬姐妹认账。

看着这张字条，王亚丽又想冷笑一声，但却发现脸硬得像木板，再笑已经笑不出来。她又低头看着岳晓芬姐妹，只觉得对方的眼睛重新有了亮度，闪起了光。

岳晓芬姐妹说：“我要能撑过去，以后上班挣了钱还你。”

岳晓芬姐妹又说：“你要还不满意，我就去自首，出来以后也会挣钱还你。”

岳晓芬姐妹还说：“王亚丽姐妹，我后悔了，我只希望你能原谅我。”

王亚丽却站起了身，朝向病房门外。在走之前，她很想给岳晓芬姐妹留下一句话，于是就那么站着，思虑了很久才说：“我也不是什么好人，让你的主去原谅你吧。”

回忆就是在这里中断的。王亚丽记得，她和岳晓芬姐妹之间的对话不止于此，她们分明还说了些什么，但却一时想不起来了。现在，王亚丽仍然坐在一楼小北屋的窗前，等待着她所策划的那场交易。窗外的嘈杂之声渐渐散去，麦子店那火热的夜晚似乎冷却了下来。在关键时刻即将到来之际，一切条件正在变得对她有利。终于，仿佛序幕拉开，一双塑料拖鞋噼里啪啦地从她背后接近了。也正是这声响打断了王亚丽的回忆。

她蓦然扭头，看见了一张剃着花白板寸、长着酒糟鼻子的老脸。一楼住户站在小北屋的门口，像个老干部一样背着手，但仍然穿着大背心和大裤衩，背心撩起来半截，搭在形状很像漏了气的轮胎的白肚皮上——收拾了半天，也没见他变副模样嘛。

王亚丽便挤出一个笑来，同时尽量让自己显得傻一点儿、贱一点儿。这天早些时候，当一楼的那扇木门被她敲开，王亚丽也是这么笑的。面对门里那张老脸，她本来还想拿出一副健身房的女顾客们常用的媚态，以使自己的表情和她身上的吊带背心、丝袜短裙相搭配——但再想起描眉画眼时浮现在镜子里的那张脸，以及体教班的男同学、她的亲人“果粒橙”对那张脸所做出的各种评价，王亚丽就打消了这个念头。还是老实一点儿好，别再吓着老家伙，尽管她是应他之邀上门洽谈交易的。如果不是不合常理，她甚至有心直接把背面亮给对方算了——她也清楚那才是她的优势所在。

“姑娘，嘛呀？”当时，一楼住户略显诧异，上下扫了一眼。

可见不仅王亚丽本人，就连对方也对她的这身新装扮很不适应。但这不正说明了她的诚意吗？而她也只能既傻又贱地笑着，开门见山：“不是你说让我来的吗？”

“哟，我是没想到你真会来……”一楼住户恍了恍神，立刻露出了和蔼的笑，手忙脚乱地给她让着道，“别在外面站着呀，有话屋里说。”

“还是外面说吧。”王亚丽反而把脸一冷，“你不还说给我钱吗？”

“对、对——也不能白麻烦你是不是？”

“这得先说好了——多少？”

“要不你说？”

“三千？”

“行。”

三言两语，交易就谈成了。对于她咬牙切齿地开出的报价，人家竟然二话没说，一进门就给“点了T”。上了年纪的人不习惯手机转账，所以是从五斗橱的抽屉里取出一摞半新不旧的票子，交给了她。直到这时，王亚丽也才第一次看清了一楼这套老旧两居室里的摆设：也和二楼差不多，甚至比二楼更加杂乱，家具上布满灰尘，餐桌上摆放着也不知几天没洗的盘子碗筷，溅在桌面上的油渍都结壳儿了。唯一与环境不相称的，就是摆放在客厅里的一套音响了，那玩意儿足足占了半面墙，低音炮几乎有半人多高。如果不是这么一副威风凛凛的装备，恐怕也发不出那震耳欲聋的噪音吧，而这也很符合一个北京老炮儿的特征——别处都能凑合，在爱好上却绝不能将就，哪怕听的不是交响乐而是单田芳呢。

可当王亚丽煞有介事地数着钱时，她却又为自己的漫天要价而稍微脸红了——在来之前，她专门在手机上查询过类似交易的价钱，最后决定按照所谓“外围女”的行情先报着，对方嫌贵的话也有个砍价的空间。当然，砍不砍价又在其次，关键还是得显得专业。另外，从付钱的痛快劲儿也能大致推测一楼住户的殷实程度——到底是两套房子的人哪。那么这个晚上一定不会白来，王亚丽暗暗鼓励自己。

“你等会儿，我收拾收拾去。”一楼住户对王亚丽说。

王亚丽便坐在客厅的椅子上。

一楼住户却又指了指那间小北屋：“要不你先进屋？”

王亚丽便起身走进了屋里，在桌前坐下。

一楼住户居然在她背后赞了一声：“对喽！”

他仿佛是对王亚丽的举动相当满意，然后却又转身不见了。他在准备，而她也需要准备。于是王亚丽就这么面朝北窗，一边等待，一边回忆，一边盘算，一边还拿出手机按了一阵。迄今为止，她的表现还行吧？当双方准备停当，一楼住户终于走进了这间小北屋，王亚丽居然还有心思自我欣赏：的确还行，想不到她还有点儿表演天赋。最起码那老家伙没有生疑，他正背着个手，眯眼打量着王亚丽的背面，从脖子到肩膀，从腰到屁股。他那双皱巴巴的眼睛里除了期盼，还藏着几分感慨。妈呀，他得多长时间没见过女的了？

王亚丽站了起来，咽了口唾沫，尽量坦然地和一楼住户对视。俩人之间是心照不宣的吧，就像所有类似交易的参与者一样。然后，她还扫了一眼那幅深蓝色的、画满了玫瑰的窗帘。拔出插销的窗户略有些漏风，吹得那扇窗帘微微鼓动，又像是开满了花的海面了。

一楼住户却从背后拿出样东西，往屋里那张单人床上一撂："先换上。"

这就让王亚丽始料未及。但她又相当专业地说："您还玩儿制服呢？这可得加钱。"

再往床上看一眼，却并不是什么护士、空姐、女警察的衣裳，更不是传说中的皮裙皮靴外加皮鞭子，而是一身鲜红色的运动服，袖子上和腿侧带着两条白道子的那种。记得过去上幼儿体教班时，学校发的训练服也是这种样式，男蓝女红，只不过眼前这套质量看着更好些，估计是南锣鼓巷那种地方卖的复古"国潮"。这种口味倒真奇怪。

随即，王亚丽又听到一楼住户说："姑娘，三千不少了。"

对方的口气竟有些不好意思似的。但又一晃眼，王亚丽就彻底愣了：一楼住户又从背后掏出了一台黑乎乎的"微单"相机，挂在脖子上，对着她调试起了镜头。这就不仅奇怪，而且诡异了。王亚丽突然紧张起来，梗着嗓子问："你要干吗？"

"不干吗。"一楼住户说，"就想给你照个相。"

"你到底要干吗？"王亚丽又问，声音也随之放大，几乎是破口喊了出来。她的确有点儿害怕了，隐隐积蓄了一晚上的不安突然爆裂，形成了一股直贯头顶的冲击波。这几乎让她在一瞬间失去了控制，整个儿晚上的表演也随之白费。在此之前，她设想过各种各样的情形，其中包括对方会直接按倒她、企图强奸她，甚至还有遭到反抗时凶恶地殴打她，但却从未料到一楼住户居然会提出这种要求：让她换衣服还要给她拍照。她的脑子里闪过了在网上、在电影里看过的变态案例，而伴随着那些变态作案者出现的，似乎都有一台照相机。越想越瘆人，越想越恐怖，王亚丽便再次往身后的窗帘看了一眼。她还看向了侧面书架上的大头娃娃存钱罐，想着如果情急之下，这玩意儿能否帮她抵挡一阵。

看到王亚丽的神色，一楼住户不由得放下相机："你别怕呀。"

能不怕吗？王亚丽心里反问。她的下一句话却说得很像是个这种交易中的专业人士了，甚至充满了职业操守："要睡就睡，拍照可不行。"

一楼住户却仿佛吃了一惊，此外还有一丝委屈："姑娘，你把我当什么人了？"

"你说你是什么人？"

"你觉得我是想——"

"否则你还想干吗？老流氓，变态狂。"

面对着这个凛然的、警惕的王亚丽，一楼住户呆若木鸡。他愣了会儿，间或眨巴两下眼睛，面部肌肉又扭曲了一阵，表情说不清是想哭还是想笑。又过了会儿，王亚丽才从对方的脸上辨认出了尴尬的神色，而那强烈的尴尬也让她同样尴尬了起来——难不成是会错意了？她忽然想起，在和一楼住户的交往过程中，人家确实只是邀请她"晚上到家来一趟"，但却没说过来了到底要干吗。可话又说回来，这样的邀约还能是什么内容呢？况且她不也拿了对方的钱吗？更重要的是，一楼住户突然唱了这么一出，那桩一直进展顺利的交易也就滑到了泡汤的边缘，而交易泡汤倒还在其次，更重要的还有交易背后的计划……

王亚丽的脑子就乱了。一边乱着，她又问了一遍："你到底要干吗？"

"不都说了嘛，就想拍张照片。而且你不用露脸，背面就行。"

"甭管正面背面，你拍照片又是要干吗？"

"我有用，你甭管了。"

"你不说清楚就别想拍。"

"那我说了你就让我拍？"

说完这话，一楼住户便猛地喘了口气，前行两步，来王亚丽侧面的书架前。当他的手伸进书架又抽出来，王亚丽这才发现在那些菜谱和家庭保健手册之间，还插着一个花里胡哨的小相框。一楼住户把它递给王亚丽，说了声："我闺女。"

王亚丽低头，便看见了一个女孩。相框里夹着不止一张照片，前面一堆小的挡住了后面一张大的。小些的照片都看上去有些年头了，色泽已不那么鲜明，里面呈现的是那女孩十几岁、七八岁乃至五六岁的模样，有的穿着中学校服，有的坐在公园的树下，还有一张是骑着照相馆里的塑料鸭子。将小照片抽开，就露出了底下那张大的，上面的女孩已有二十多岁，正穿了身鲜红的运动服跨在一辆鲜红的"公路赛"自行车上。她生了一张类似于欧美人的棱角分明的脸，脸上挂着桀骜的表情，仿佛天生和谁置着气；而她的身材瘦削、颀长，腰背绷得像一张弓，可见是常年进行高强度运动的成果。

"她是去年走的，要活着的话，跟你岁数差不多……从小就淘，登高爬低的，上中学以前人家经常分不出她是男孩儿女孩儿。"也不等王亚丽再开口，一楼住户就急迫地解释了起来，蹦几个字儿还会舔舔嘴角，所以反而把话说得断断续续："我跟她妈早离了，她妈是个能人儿，过去倒过盘条卖过呼机，九几年又移民去了加拿大，留下孩子跟我过。孩子恨她妈，发誓一辈子不见面，后来我倒还跟她妈通个信儿。一来岁数也都大了，这辈子毕竟做过几年亲人，二来离婚也不是一个人的错儿，我年轻时好喝酒，跟人打架进去过几回。她妈在那边挺孤单的，身体也不行了，就想看看孩子，所以让我每年拍张照片给她寄过去，哪怕有个背面或者侧影也行，她也能知道孩子长多大了。到今年孩子走了，想拍也拍不着了，正好遇见了你。你的背影跟我闺女长得太像了，简直是一个模子里刻出来的……所以就想出了这么个主意，觉着好歹也能对付过去。"

王亚丽问："你女儿怎么死的？"

一楼住户说："她不是爱骑车吗，跟着俱乐部进山野营，碰上泥石流了。"

王亚丽又问："你找我干这事儿，干吗当初不直说？"

一楼住户的眼睛就垂了下去，顺势往单人床上一坐："以前我也找过别人，成天在公园里跑步的人中间晃悠，看见身量差不多的女孩儿就往上凑合，硬着头皮求人家。可我倒是说了，谁信呀？现在的女孩儿都太精，动不动就觉得我有别的图谋，还有把我当变态的——你刚才不也这样吗？所以我就决定先不告诉你，把你诓进来给了钱再说。我也看出你挺缺钱的，跟原先租我房子那丫头一样……说起来，那丫头倒是脾气好，她也就是跟我闺女长得不像，个儿太矮，否则我就直接找她帮忙了……她租那房还是我预备着给闺女结婚用的呢，所以不管后来租给谁，我心里都不痛快，就跟他们占了我闺女的房似的，老想着把人家轰走……这其实是我不对，把人家轰走了我闺女也回不来了呀……可我就是忍不住。”

那声音越来越低沉，越来越缓慢，到后来就成了自顾自的唠叨。而王亚丽打量着这个嘟嘟囔囔的老头儿，只觉得他活了一把年纪，到头来却变成了一个胆小而又孤单的孩子。这忽然让她觉得心酸，但那心酸又和她以前二十多年的心酸都不太一样。她进而又看了看手上的照片，仿佛和那个身穿红色运动服的女孩对视了一眼，随即竟又想起了岳晓芬姐妹。本来是不相干的人，却在这个时间、这个地点有了关系，但具体是什么关系，王亚丽也弄不明白了。只不过，就像灵魂里的一激灵，她突然做出了一个决定。

于是王亚丽转身，从单人床上捡起运动服，对一楼住户说：“出去。”

一楼住户惶然地看了王亚丽一眼，然后乖乖地走出小北屋，还关上了门。

片刻，王亚丽又在屋里说：“进来。”

一楼住户推门，就见王亚丽仍旧坐在桌前，面朝北窗，只不过此时已经穿着那身红色的运动服。她还用一根皮筋把头发扎了个辫子，更加清晰地露出了她和照片上的女孩同样瘦削、硬朗的脖颈。谁也不再需要什么准备工作了，一楼住户在王亚丽身后按下了快门。而在那一瞬间，王亚丽又拿余光瞥了瞥刚才随手放在床头的照片，竟发现那上面的人像变了——一会儿变成了她自己，一会儿又变成了岳晓芬姐妹。照片上的女孩、岳晓芬姐妹和王亚丽在错觉之中重合，又在错觉之中分开，从三个人变成了一个，又从一个人分成了三个。现在一个死了，一个只剩了半条命，只有王亚丽是唯一的幸存者。作为幸存者，王亚丽沉浸在一种难以遏止的冲动之中，就是为人家做点儿什么。而她果然做了。

然后，王亚丽又一次站起身来，把手伸进运动服的裤兜，从里面掏出了刚才放进去的一沓钞票。是那三千块钱的交易费用。她把钱轻轻抖了抖，扔到床上。

一楼住户便怔了一怔，而后上前捡起那钱，重新往她手里塞去："姑娘，别介呀——"

"我不要，说不要就不要。"

"这是你该拿的，要不我心里不踏实。"

"我拿了才不踏实，我也得跟你道个歉……"

俩人嘴上一来一往，手也交缠在一起，像练什么武功似的撕扯了片刻。但正在僵持不下，王亚丽却突然撤回了胳膊，任由那钱翻飞着撒落了一地。她像是想起了什么，撇下一楼住户又奔回窗前，撩开窗帘，找到窗户底下的插销，费力地试图把它插回去。

但却晚了。这一次，王亚丽的准备工作不够充分。当她刚把窗户缝儿合上，整扇窗户却力大无穷地往外敞开，风也浩荡地灌了进来。从一楼住户的角度，一定还可以看见那幅深蓝色的窗帘也骇人地鼓了起来，但却不是风的效果，而是有一团人形正从窗帘背后破壳而出。说来可笑，这其实也正是王亚丽策划许久、等待许久的一幕了："果粒橙"踩着窗台跳了进来，满脸新鲜的伤痕在灯光之下闪闪发亮。

"别动，我叫警察啦！"

喊完这一嗓子，"果粒橙"就进到屋里来，站在了书桌上。然而当他居高临下地打量着这间小北屋时，脸上的表情与其说是威风凛凛，倒不如说是一头雾水：王亚丽穿着红色的运动服，老头子的脖子上挂着一台照相机，俩人脚下的地面上还撒着一地杂乱的钞票。难道他们不应该是光着的、哪怕是衣衫凌乱的吗？难道老头子不应该正对王亚丽上下其手，或者干脆压在她身上的吗？难道王亚丽不应该是声嘶力竭地大喊

“强奸”“救命”吗？那才是一场完美的“仙人跳”高潮阶段的场面，为了那个场面，王亚丽还曾经和“果粒橙”一起详细地推演过，甚至彩排过，其中包括她怎样进门，怎样拿捏时间，怎样偷偷留条窗户缝儿，也包括他怎样蹲守，怎样准时准点儿从天而降，怎样威逼对方掏钱“私了”……并且，这个计划还是王亚丽主动提出的，那天她从医院回到出租房，先主动坦白了钱的去向，随后又说了她还有一个弄钱的办法。别说是十万了，再多点儿也许都有戏，她信誓旦旦地保证。

王亚丽还曾经对“果粒橙”说：“我算是要为你卖逼了。”

“果粒橙”却耿耿于怀地回答：“你还把我钱弄丢了呢。”

王亚丽又引用了一句她妈的话：“卖逼也比要饭强。”

“果粒橙”更正她：“何止要饭呀，我他妈都快坐牢了。”

可现在呢，戏是演砸了还是压根儿就没开演？不要说“果粒橙”了，就连王亚丽也缺乏对眼下的情形做出解释的能力。但她也是这屋里所有人中唯一能够做出行动的那一个——另外两位就那么一高一低，大眼瞪小眼地互相观摩着，仿佛在辨认对方是不是自己的熟人。

王亚丽往屋子当中横了一步，抬头对“果粒橙”说：“算了吧。”

“果粒橙”像没听懂似的问：“什么意思？”

“算了吧——我说。”王亚丽重复道，接着又转过身去，面向一楼住户，她深深地喘了口气，拿出自己所能做出的最郑重的口吻说：“大爷，对不起。”

然后她就转向床边，拎起那个人造革坤包，又把换下来的衣服揣进包里。她就像个拿错了剧本的演员，准备提前谢幕离场了。只是身上这套临时换上的戏服无法处理，但也只好这样了，改天再送回来吧，假如她还有“改天”的话。眼下的当务之急是让她和“果粒橙”全身而退，对于这一点，王亚丽倒还有几分信心——好歹也算帮了一楼住户一个忙，看在那张照片的面子上，人家应该也能放他们一马吧？

也就是这时，王亚丽看见一条黑影从自己头顶呼啸而过。随着一声闷响和几声怪叫，下一个场面就是“果粒橙”把一楼住户按在了地上。

接着又是一番剧烈的、男人之间的搏斗，但也旋即分出了高下——在“果粒橙”的身下，一楼住户就像一只被老鹰擒住的兔子，轻易丧失了反抗的斗志。“果粒橙”耸着肩膀，用两手掐着对方的脖子，那双眼睛也不再是浑浊、执拗、饱含怨气的了，而是露出了狂野而专注的目光。

“钱呢？拿来！”他对一楼住户这么喊道。

“这不是钱吗？”一楼住户连连咳嗽着，拍打着手边地上的散钱。

“不够，我要我的钱，十万！”

王亚丽叫了一声，上前拉扯着“果粒橙”，但她也立刻体会到了一个疯了的男人有多大力气——她只觉得身子一飘，就被甩飞了出去，头磕在床头的尖角上，而后脑袋一蒙，便没了知觉。当她再醒来，也不知是过了多久，又感到一股又湿又黏的汁液顺着脑门儿涌了下来。这次的伤处比马王爷的第三只眼略高，在额角靠上，疼得钻心。而再往身旁瞥了一眼，就看见一楼住户已经换了个位置，从屋里转移到了门口，但仍仰面躺在地上，并且手脚摊开；“果粒橙”却依然骑在他身上，手里还多了一样东西，是那个大头娃娃存钱罐。他用存钱罐有条不紊地击打着一楼住户的脑袋，伴随着哗啦哗啦的钢镚儿响，那张喜庆的、寓意丰衣足食的娃娃脸也在上下翻飞，脸上沾满了血痕，大概就像王亚丽此时的脸一样。一边进行着持续不断的机械动作，“果粒橙”还在发问，口气却多了几分沉稳：

“卡搁哪儿了？存折搁哪儿了？密码是多少？”

一楼住户已经没声儿了，就连横在王亚丽近前的一条腿都不再抽搐。王亚丽的头又蒙了一会儿，也才终于弄清事情发展到了怎样的地步：“仙人跳”先是演变成了抢劫，随后又在演变成入室杀人。钱对于“果粒橙”已经不那么重要了，他现在想做的，仅仅是干出一件足够疯狂、足够残忍的事，似乎只有这样才能宣泄他对整个儿世界的一腔悲愤。王亚丽是在疯狂的边缘上打过转儿的人，她知道疯狂的人的想法。

她也知道怎样才能制止这种疯狂。王亚丽艰难地侧了侧头，在这一楼小北屋的地面上寻觅着。终于，她在单人床下看见了一样东西，是那副鲜红的、动物骸骨般的金属架子。也正是因为看到了它，王亚丽才确定这个房间以前属于那个身穿红色运动服、酷爱骑行的女孩。那姑娘果然是个假小子，屋里竟未留下任何女孩的印记。至于那副框架为什么以前会放在二楼的阳台而现在又来到了这里，大概是做父亲的原先不忍心看见，后来才又搬回来留个念想吧。王亚丽用她那天旋地转的脑袋揣测着，欠身把框架拽了出来。然后她站起身，缓缓举起了那东西，掂了掂分量，朝着“果粒橙”的背影挪了两步。分量确实不轻，保持着举重的姿势没一会儿，她就两臂发酸了，而“果粒橙”还在专注地挥舞着那个大头娃娃，竟没看见身后多了个人。王亚丽深呼吸了一口，用框架上还没安装车座的钢管对准了“果粒橙”的后脑勺，弯腰低头凿了下去。一下不够那就两下，两下不够那就三下。

一，二，跟我来呀，
二，二，加把劲，
后面的朋友要加油！

她看见“果粒橙”的脖子在重压之下歪斜，似乎还听到“果粒橙”的脑袋发出了咯吱咯吱的碎裂之声。而五颜六色的汁液却是如假包换的，简直是喷涌着泼洒了出来。那具躯体登时垮了下去，软塌塌地伏到了地上。王亚丽呆立了会儿，这才“咣当”一声，将自行车框架扔到了地上。她弯下腰去，推了推仍旧仰面朝天的一楼住户。

“大爷，大爷。”她说。

一楼住户并不动弹，半晌才从嗓子眼儿里“哼”了一声。

王亚丽心里竟一阵释然。她没敢再看地上的两具躯体，忙不迭地出了屋子。她也没走正门，而是从桌前的那扇北窗翻了出去，落地时膝盖又是一阵隐隐作痛。

王亚丽走在麦子店的夜晚里了。出了小区，街道已经空旷，只有风声畅通无阻，稀稀拉拉的行人正忙着回家，而街道的一个治安岗亭仍在亮着灯。王亚丽便朝那儿走了过去，刚开始快，步子也是乱的，后来就越来越慢了，不时还歪着脑袋，往天上的什么地方看一看。但她却不是在迟疑，而是又在回忆着什么事情。

那是她正要从岳晓芬姐妹的病房里出来的时候了。她站着，看着岳晓芬姐妹的脸说："我也不是什么好人，让你的主去原谅你吧。"

岳晓芬姐妹说："王亚丽，能再帮我个忙吗？"

王亚丽说："你说。"

岳晓芬姐妹说："我以后不去教会了，你帮我告诉那些人一声，也别让他们惦记。"

王亚丽说："为什么？"

岳晓芬姐妹说："犯了错，没脸去了。"

王亚丽却笑了："这又何必？你也可以这么想，那钱是你的主给你的，不过经了我的手。"

岳晓芬姐妹就不说话了。

王亚丽又说："该去还是去吧，人家等着你呢。"

岳晓芬姐妹仍不说话，脸上却多了两行眼泪。

王亚丽又愣了愣，突然道："岳晓芬姐妹，我给你唱首歌吧。"

于是，她的歌声不仅飘荡在病房里，而且飘荡在麦子店那不再火热的街头。王亚丽仰着头，踽踽而行，却又站住。她从来就没有信过什么，以后也不会再去信什么，但在此时，她却忽然看见，从那深不见底的茫茫夜空里，似乎有什么东西正在辉煌地降临。伴随着头上的痛和脸上的湿，她的眼前也红了一片。那红色笼罩天地，王亚丽觉得，那是她所从未见过的沙仑的玫瑰，开满了麦子店。

（原载《十月》2020年第1期）

【作者简介】冯骥才，1942 年生于天津，“伤痕文学”代表作家，1985 年后以“文化反思小说”对文坛产生深远影响，代表作《高女人和她的矮丈夫》《神鞭》《三寸金莲》《珍珠鸟》等。作品被译成英、法、德、意、日、俄、荷、韩、越等十余种文字，在海外出版各种译本四十余种。

Feng Jicai was born in Tianjin in 1942. He is the representative of "Scar Literature". After 1985, he exerted a profound influence on the literary world with "cultural reflective novels". His representative works are *Tall Woman and Her Short Husband, The Magic Braid, Three Inch Lotus, Pearl Bird, etc.*. These works have been translated into English, French, German, Italian, Japanese, Russian, Dutch, Korean, Vietnamese, etc., and over forty translations have been published overseas.

俗世奇人之三

冯骥才

奇人辈出书前短语

小说《俗世奇人》已经写了两本，缘何又写？因为这两本书为吾乡之奇人搭了一个台。再有奇人冒出，自然一个个蹦上来。都想在台上演一演自己得意的故事。这些人物个个标新立异，又执意太强，叫我不好谢绝。只好上来一个写一个，不觉间又是十八篇，于是有了这本《俗世奇人之三》。

天津这地方自有特别之处，寻常百姓，茶余饭后，津津乐道者，往往就是乡土异士和市井奇人。他们不崇尚精英，偏爱活在身边的那些非凡的凡人。这些人物的身上也就融入此地百姓集体的好恶，地域性格因之深藏其中。地域性格乃最深刻的地域文化，我对将它挖掘和呈现出来十分着迷。这是我续写本书的另一个缘故。

一准会有人问我还会再写下去吗？写作人都是性情中人，最靠不住的是写作人的计划。写作人最好的状态是信马由缰。马，自己的性情与不期而至的灵感；缰，笔也。篇首歌：

一本又一本，
一群复一群；
民间奇人涌，
我笔何以禁？

张王李赵刘，
众生非蚁民，
定睛从中看，
人人一尊神。

大关丁

天津是北方头号的水陆码头，什么好吃的都打这儿过，什么好玩的都扎到这儿来。这就把当地的阔少爷们惯坏了。这些少爷个个能吃能玩，会吃会玩，讲吃讲玩，还各有一绝，比方北大关丁家的大少爷丁伯钰。

丁家原本是浙江绍兴的一个望族，燕王扫北来到天津，祖上在北城外南运河边弄到一个肥差——钞关的主事。这差事就是守在河边一坐，南来北往的船只全要向他交钱纳税。不用干活，坐地收钱，眼瞅着金山银山往上长，铜子儿扔着花也花不完。

丁家掌管这钞关在城北，人称北大关；丁家这差事世袭，上辈传下辈，只传家人，不传外人，故人叫他家为“大关丁”。

大关丁虽然有钱有势，可是他家的大少爷丁伯钰却非比常人，绝不是酒囊饭袋。他玩有玩的绝门，吃有吃的格色。

先说玩，他不玩牌不玩鸟不玩狗不玩酒令不玩小脚女人，他瞧不上这些玩烂了的东西。他脑瓜后边还耷拉一根辫子时，就骑着洋人的自行车，城里城外跑，叫全城的人全都傻了眼。

据说李鸿章早就听说，海外洋人全都骑这种东西，在大街上往来如梭。后来李鸿章访美，亲眼瞧见了，大呼神奇，还把自行车称作洋人的“木牛流马”。美国人送他一辆，他不敢一试。他不试，谁还敢试？拿回来一直扔在库房里。丁伯钰听到了，心里好奇，就找租界的朋友，花大价钱由西洋进口一辆，拿回来就骑，开始时不免摔得人仰车翻，但不出半个月，居然在估衣街上晃悠悠地亮了相。这一亮相，满城皆知。半年后，天津卫城里城外，河东水西，大街小道，全见过这位高大壮实的丁大少爷，骑一辆前后两个轱辘的洋车，宛转自如，轻如小燕，飞驰街头。他是头一位骑自行车的天津人，一时成了津门一景。

这种玩法，除去丁大少，谁还能做到——想到，想到——做到？

再说吃。他不爱吃登瀛楼的锅塌里脊不爱吃全聚楼的高丽银鱼不爱吃天丰园的银沙紫蟹不爱吃德升楼的炒鲤鱼须子，不爱吃广东馆宁波馆京饭庄和紫竹林洋菜馆所有的名菜。在天津这码头上，天下各种口味一概全有，好吃的东西五花八门。酸的、甜的、咸的、咸甜的、酸甜的、辣的、麻的、怪味的、又臭又香的；黏的、酥的、脆的、软的、松的、滑的、面的、焦的、外焦里嫩的、有咬劲的、愈嚼愈带劲的……这些东西，不光吃不过来，看都看不过来。可是丁大少爷口味个别，他顶爱吃一样，这东西吃不腻吃不够，却并不金贵，也不稀罕，街头巷尾到处见，就是——糖堆。

一串蘸糖的山里红，有嘛吃头？穷人解馋吃的，哄孩子吃的，丫头片子吃的，城中顶尖的阔少爷干吗偏吃这个？

人笑他“富人穷嘴”，他不在乎。坐着胶皮车穿过估衣街时，只要看到街口有小贩卖糖堆，立时叫停了车，打发车夫去买一根，坐在车上，大口大口嚼起来。这模样城北的人全都见过，别笑人家丁大少阔没阔相，他说过，糖堆就是一两金子一串，他照吃。由此叫人知道，有钱人就是想干吗就干吗。丁大少拥着金山银山，偏拿着这街头小吃当命了。谁能？

一次，一位打京城来的阔少爷来拜访他。京津两地虽近在咫尺，脾气秉性，吃法活法，连说话说什么都不同；天津人好说八大家，京城的人张口就是老佛爷。天津这里有钱的王八大二辈，京城那里官大一级压死人。今儿一提糖堆，京城阔少问丁大少："这糖堆在我们京城叫作糖葫芦。老佛爷也爱吃糖葫芦，你可知道？"

丁大少摇头。京城阔少神气起来，笑道："老佛爷吃的糖葫芦是仙品，与你们这儿街头货色可是一天一地了。"随后他顺口又说了一句，"现在京城鼓楼前九龙斋饭庄掌勺的王老五，在御膳房里干过，据说就给老佛爷蘸过糖葫芦。"

京城阔少见自己把津门阔少压住了，心里高兴，不再说糖堆的事，换了话题。其实他也就知道这么一点。

可是等京城阔少一走，丁大少马上派两个能人，带许多银子，跑到京城，在鼓楼跟前找到九龙斋，接着找到王老五，跟着把这退了役却正缺钱的御膳房的厨师请到了天津。向来京城里必须托大官来办的事，在天津卫用银子全能办成办好。

这王老五人矮，微胖，小手，小脚，小鼻子，小耳朵，其貌不扬，也不好说话，可是身上透着一点威严。若不是出身名门，抑或身怀绝技，身上绝没有这般神气。待他到丁家院子当中，先支起火炉，架上铁锅，铺好石板和案板，随后把从京城带来的两个大包袱打开，将各种见所未见的干活的家伙，还有花花绿绿、奇香异味的食材，一样一样、有章有法地铺开摆开。这阵势，叫四周围观的男仆女婢全都看傻了眼。丁大少咧开笑嘴，他家当院成了御膳房！

他眼瞅着王老五，一步一步把一串串糖堆做好。他头次见糖堆还能做得这么晶亮悦眼，五彩斑斓，玲珑剔透，好似一串串小花灯。他叫人把蘸好的糖堆送到家中各房，自己挑了新奇俏皮的一串，张口一咬，立时觉得自己已经是老佛爷了。原来做皇上这么有口福。可是皇上能吃到的，他使银子不也照样吃到吗？从此，他只要想吃老佛爷的糖葫芦，就用车把王老五从京城拉来。有一次他还在家摆上一桌糖堆宴，把城中一些吃过见过的大人物全请来。一席过后，便将明里暗里笑话他吃糖堆的臭嘴们全堵了。要说天津卫会吃加上会玩的，大关丁的丁大少顶了天。

渐渐，人们把他家这个有钱有势的称号"大关丁"给了他，称他"大关丁"了。

天底下无论坏事好事不会总在一个人身上，这叫物极必反。庚子年间，天降大祸，朝廷内乱，拳民举事，中外恶斗，跟着是聚在紫竹林里的八国联军血洗了天津老城。大关丁家富得惹眼，便被联军抄得精光，此后他家的摇钱树——钞关也不叫干了。一下子，他从天上掉在了地上。这世上的事很奇怪，活在天上的人掉下来好像绝了路，一直在地上的小老百姓反倒没这感觉，该吃就吃，该睡就睡，该干活就干活。

联军屠城后不久，天就凉下来。大关丁只剩几间没烧毁的破屋子，他一家好几口，饥肠饿肚，睡觉没被，没东西可卖。人劝他借贷他不肯，他不肯背债，他明白背上债就像扛上墓碑，一直到见了阎王爷，才卸下身来。

一天，他在估衣街上看见一个卖山里红的老乡。他吃了半辈子糖堆，见了山里红哪能不动心。但这次不是心里一动，而是脑筋一动。他口袋只有几个铜子儿，便买了三五十个山里红，又去杂货店买了一小包糖，回家后切果、剔核、熬糖稀，然后从堆在墙角的苇帘中抽出几根苇秆，剥去干皮，露出白秆，截断削尖，穿果蘸糖，拿到街上一卖，都说好吃，顷刻卖光。他攥着钱又去买山里红、买糖、做糖堆，这么来来去去，跑来跑去，快断绝了的一口气就这么一点点缓过来了。

两个月后，大关丁居然有模有样站在估衣街江西会馆对面一条胡同口卖糖堆了。看样子他有几个钱了。天气凉，他居然穿上了一件二大棉袄，头戴无檐毡帽，脚下蹬兔皮里子的一双毡靴。一根裹着厚厚一圈稻草的木杆上，插满红通通的糖堆。估衣街上平日总有几个卖糖堆的，可人嘴挑好的，很快都认大关丁的了。大关丁的糖堆果大，足实透亮，糖裹得又厚又匀，松脆不粘牙；吃他一串，赛别人两串。

快到年底，丁大少手头阔绰些，开始在糖堆上玩起花活，夹豆馅的，裹黑白芝麻的，镶上各种干鲜杂果的，愈做愈好愈奇愈精，天津人吃了多少年的糖堆，还没吃过大关丁这些花样翻新的糖堆。这就奇了，他不过一个玩玩闹闹的少爷，哪来的这种能耐?

连大关丁家里的人也不知道大少爷的能耐哪儿来的。谁也没想到，不过是当年御厨王老五在他家当院做糖堆时，他在一边拿眼看到的。怎么选果、除核、做馅、熬糖、夹花、配料、削签、穿果、蘸糖等，他全看在眼里。他那时候并无心偷艺，王老五对这好吃的阔少爷也全无戒心。大少爷好奇便问，王老五有问必答。能人对自己的能耐向来守口如瓶，所以王老五在京城没有知音。到了天津卫大少爷这儿，百无禁忌，便开了河。王老五愈说愈得意，可就把一生的诀窍全说给了大少爷。大少爷拿糖堆当命，这些话听了自然全都记住。谁想到王老五当年每句话，今天在大关丁手里全成了真刀真枪。

大关丁过去是吃糖堆，今天是做糖堆。吃糖堆用嘴，做糖堆用心。一旦用心，能耐加倍。他还将山里红改用北边蓟县的，黄枣改用漳州的，苇杆改用白洋淀的。天津是码头，要什么有什么。大关丁亲口吃过老佛爷的糖葫芦，只有知道那个味儿才能做出那个味儿来。天津又有租界，有洋货，他能知道洋人哪样东西好。他把白糖改为荷兰的冰花糖，不单又甜又香，还分外透亮，看上去每个红果外边都像罩个玻璃泡儿。这些法子，一般小贩哪里知道？过年的时候，大关丁做一种特大糖堆，顶上边的一个果儿特别大；他别出心裁，拿橘子瓣、瓜子仁儿、青红丝做成一个虎头，一对葡萄当眼珠子，凶猛又喜人。他给这糖堆取名“花里虎”。虎性阳刚，过年辟邪，过年买东西不怕贵，这一下他的糖堆名扬津门。开始时花里虎限购三支，后来一支也买不上。

这一来，大关丁又站了起来。

他在钞关长大，懂得做事要讲规矩。他每天必走一条路线，起自针市街，东穿估衣街和锅店街，西至大胡同止。天天下午，按时准到。只是刮风、下雨、三伏天不出来。北门里的富人多，想叫他到那儿去卖，被他婉拒。他说他每天做的东西有限，只够估衣街那边的老主顾。他的糖堆是在估衣街上卖出名来的，心里总装着这里的老主顾们。

于是，估衣街上天天能见到他。他富裕起来后，衣装也更像样。小瓜皮帽是用俄国的材料定做的，褂子裤子干干净净。他面有红晕，眸子发光。自己不再担糖堆挑了，专门雇一个人替他担。他大腹便便走在前边，右手不离一根长柄的花鸡毛的掸子。每到一个小胡同口，必朝胡同里边喊一声：“堆儿——”

天津人卖糖堆，从来不吆喝“糖堆”两个字，只一个“堆儿——”。

他人高腹圆，嗓门粗，中气足。一声可以直贯胡同深处。如果是死胡同，这个“堆儿”的声音撞到墙还会返回来。

他身上总还有点当年人关丁的派头。

天津再没人贬他，反而佩服这人。人要阔得起，也得穷得起。阔不糟钱，穷就挣钱。能阔也能穷，世间自称雄。

跟　会

今儿，天刚麻糊亮，木头就把两块玉米饼子揣在怀里，急急忙忙赶往东城外的娘娘宫去。其实他整整一夜没合眼，躺在炕上，等着天亮，愈等天亮得愈慢。他今年十八，爹终于答应他去看皇会。过去不敢，怕他出事。皇会年年挤伤挤死人。为这个，官府多次禁会。禁了又开，开了又禁。禁是怕出事，开是不开不行，没皇会像没过年。

天津临海，使船的人多，分外拿这位海神娘娘当回事。娘娘可以保佑出海的人平安无事。海上黑风白浪，弄不好船就翻个儿，一船的人全喂了鱼。故此，天津人吃鱼，吃完上面，把鱼翻过来吃下面时，决不说“翻过来”，忌讳这个“翻”字，必定要说“划过来”。这个划字，就是划船的划。老百姓有老百姓的讲究。

年年三月二十三日娘娘生日，天津人必办娘娘会，一连几日给娘娘烧香叩头，还要把娘娘的雕像从庙里抬出来，满城巡游，散福万家。城里城外上百道花会，全要上街一展才艺，各逞其能，亮出绝活，死卖力气，以示庆贺。一时，商家歇市，万人空巷，争相观赏，举城欢庆。

所谓皇会，是因为乾隆皇帝下江南，路过天津，正赶上娘娘庙出会，看得高兴，赐给各道老会黄马褂、金项圈和两面龙旗。小百姓哪受过皇上的赏赐，一受宠就来了劲儿，从此把花会改称为“皇会”。出会之举也就折腾得一年比一年盛大。倘若家住天津，没看过皇会，那就是白活了。

木头的爹是位行医的大夫，做人做事也如同给病人下药，谨小慎微。在当爹的眼里儿子永远长不大，更何况木头天性木讷，哪敢叫他去看皇会。今年还是别人提醒他，儿子十八了，别总拿绳拴着了，这才放行。

可是木头一出东门，就挤进了人群，待他挤到了娘娘宫前的广场上时，天已大亮。这时候围在广场周围一圈的住房和店面，全让了出来，给各道老会化妆打扮，等候出会。各会的用具和仪仗都整整齐齐摆在门外，这些个家伙件件都是上百年的老东西，旗幡伞盖，各样器物，非常好看。木头在人群中挤来挤去，真开了眼。

忽然一个踩跷的人从他前边走来。这人踩在高高的跷上，却如走平地。他抬头看，踩跷这人是个女子，白衣青花，彩带飘垂；头上一圈粉白月季花，把一张俏皮的小脸儿鲜红娇嫩地烘托出来，清眉秀眼，樱桃小嘴，极是俊美。忽然她好像踩到地上的什么，绊了一下，身子一歪，似要跌倒。木头赶紧一托她的胳膊，扶住了她。她直起身子时，扭头朝木头一笑。这一笑算谢了他，神气却仿佛带些娇羞。木头没见过世面，竟然面皮发热低了头，待抬起头来，只见远近各处都站着一些高高的踩跷的人，但不知哪个是刚才那个踩跷女子了。

大太阳升起，鼓号齐鸣，气氛庄严，出会了。广场上的人潮水一般往娘娘宫那边涌去。木头如在大浪里，自己不使劲，别人也帮他用劲。可是离庙还远着呢，他就被卡在人中间动弹不得。他个子不高，人瘦没劲，只能听到前边人呼人叫和鼓乐之声，从攒动的人头上边可以看到一些旗头、吊灯、轿顶、塔尖、花杆从眼前走过；顶稀奇的是给许多人举着的几口铁锅，乌黑奇大，百姓纷纷往锅里扔铜钱，这钱是功德钱；钱落锅中，“唰唰”如雨。后来他才知道，这是娘娘起驾。各道护驾的老会要走在前头。

每年出会的路线不同，木头不懂，只有跟着人流，叫人推着后背，往前边挤边走。有一阵子，挤来挤去竟把他挤到前边。忽然一些人，穿黄坎肩，扎黄包头，用一根挺粗黄绳子把他拦住。一个黄衣黑脸的大汉朝他厉声喝叫：“挤嘛！后退！”这人手里还拿着一面三角形的小黄旗朝他“刷”地一晃，旗面上绣着三个黑字：黄龙会。原来这也是一道会。专管出会时道路通畅。此时黄龙会好像有极大的权力，人人都得听他们的。

跟着，他看到一道道见所未见的老会，又演又耍、又唱又跳、各逞其能地从眼前走过。每换一道会，换一番风景。旗幡不同，装扮不同，演艺不同，曲调不同，除了皇会哪儿还能见到这样的场面？出会的人强，看会的人也强，很快一些硬胳膊硬膀子的人把他挤到后边，任嘛也看不到了。

今天出会，出了庙门，先往宫北。木头一直被挤到华锦成灯笼铺前，他已经没有劲挤到前边去，正心急的时候，一个声音对他说：“你想不想到上边去看？那儿正好有个空地方。”

他定睛一瞧，跟他说话的是个中年男子，虽然穿着夹袄，仍显得身强骨壮。这人龇着一口白牙朝他笑。天津这里的水碱大，牙白的人不多。这人手指的地方是一堵矮墙，墙头上边站着四五个看会的人，靠边正好有一小块空地。墙虽不高，可木头上不去。那人说，你踩着我，我送你上去。

木头不肯，但那人豪爽，一条腿蹲下，两手中指交叉起来，手掌朝上，合成一个托儿，放在腿上，他执意叫木头踩在他手掌上。木头拗不过他，刚踩上去，身体离地而起，竟如升天一般，并把他一直举上墙头。

叫木头惊奇的是，宫前一条大街出会的全景，都在眼边子下边。待他忽然想到要谢谢这慨然相助的汉子，汉子却不见了。

若非居高临下，哪里能看清这般出会的阵势。由宫南到宫北，在这窄仄而弯曲的长街上，出会的队伍在黑压压的人群中，五彩缤纷地穿过，有如一条巨大蠕动的长龙。站得高，看得全，连每一道旗幡上写着的老会的名目都看得一清二楚。刘园法鼓的飞钹，百忍老会的陀头和茶催子，同善大乐会吹奏的河洛大乐，西池八仙会唱的鹤龄曲和长寿歌，都叫木头恨不得再多长一双眼一对耳朵，可是没看清楚就走过去了。芥园花音鼓鲜花老会过来时，八抬轿子一般大的鲜花座，装满了五色鲜花，木头看着奇怪，现在这季节哪来的菊花杜鹃百合牡丹？这花是假花还是鲜花？只听他身边一个人说："别光看，拿鼻子闻。"说话的声音苍哑厚重。

不等他吸气，浓浓的花香扑面而来。

这时他才看到身边是一位胖胖的老爷子，七十开外，对襟小袄，头扣护耳帽；不是站着，而是坐在墙头上。他这么大岁数，是怎么上到墙上来的？只听这老爷子说："我每年就等这道会。这个节候，养好这些花，到这时候还叫它们都把花开开，可不是凡人能干的。你细听，里边还放着好多虫儿叫唤呢。"然后对木头说，"行了，我看完这道老会，该回去了。你能扶我下去吗？"

木头是老实人，没想到自己跳下墙之后，怎么再上来。他朝老爷子点了点头，跳下了墙，然后抱着老爷子下来，他也没想到这胖老头比口缸重，往他身上一压，差点把他压趴下，多亏他脚下一用力，老爷子落了地。老爷子谢了他，过后问他：

"看几次会了？"

"头回。"

老爷子笑了笑说："我是玩会的。"然后哑着嗓音说，"我告你怎么看会。咱天津会多，一二百道，谁也看不全。你要看哪道会好，就跟着它。它在里边走，你在外边走。”老爷子往人群中一指，接着说，“咱天津看会有规矩，人再多，也不能把道全堵死，挨着墙根总留一条窄道儿。你顺着走就是了。好，我该回家吃东西了，快晌午了。”

这么快就晌午了？

木头谢过老爷子指点，沿着墙边往前走。忽然横向一条胡同拥出一群人，不知何人何事，这群人来势很猛，一下把他冲进街心，一屁股蹲坐在地上，他摔这一跤，有点发蒙。待定神一看，周围全是连蹦带跳的高跷腿子。惊慌中，一个耍高跷的猫腰伸过手，一下把他拉起来。他再一看竟然是出会前在宫前广场上，那个险些滑倒、被他扶了一下的白衣女子。

这么巧，刚才他扶过她一下，现在她拉他一把。

这时白衣女子也认出他来，竟朝他娇嗔地一努嘴，含羞掩面地跑走。木头有点犯傻，直直地立在一圈踩着高跷腿扭来扭去的各样角色中间。一位围观的人朝他喊：“快出来吧，人家是许仙的人，没你的事！”大家一阵哄笑。木头这才明白过来，跑下去，扎到人群里，又钻进巷子里，许久才出来。

等他回到街上，皇会还在一道道接着演。那道高跷会早已经演过去了。不知为什么，此时他心里想看的却只有那道高跷了。他不知这会的会名，只知道演的是《白蛇传》。他想起刚才那胖老爷子说的“跟会”，他打定主意，今儿就跟这道会了。那道会已经走远，只有快步追上。可是快到了北大街出口的地方，混混打架，把路堵死。他蜗在人群里干着急，急也没用。渐渐日头偏西，他一早从家里出来，已经快一天了。

木头这才感觉到自己肚空腿软，忙把怀里的玉米饼子掏出来吃了。有尿憋着，找个茅厕撒掉。再找个石头台阶上坐一坐，渐渐觉得身子舒服，人精神了，刚好路开，他就来到了大胡同。这一带路宽地阔，是演会的好地方。在重重叠叠的人群中，他一眼看到一处踩高跷的，正是白娘子那道会。他跑过去，却挤不到跟前。幸好高跷高，起码能看见上边一半。远远见白娘子踩着锣鼓点儿，如同云中小燕，随风飘舞，上下翻飞，引来阵阵叫好。这女子竟有这样好的身手！

再往前的行会路线，就是由大胡同，经锅店街，穿估衣街，到针市街了。这一条道两边全是大字号的商铺。大买卖家事先早派人去到一些有名气的老会会所里，拜会头，下帖子，使钱，表示出会那天，一定要截会看会。依照规矩，逢到有人截会，出会的队伍就得停下来；人家截哪道会，哪道会就得给人家好好演一场。这便使木头把白娘子看够。

从围观者议论中，不仅知道了这道会来自葛沽，他们的高跷归属“海下”一派；还懂得了这演白蛇的女子的一招一式是嘛名目，跪叉盘叉摔叉跳叉回头叉趴地虎，招招惊险、超绝、奇盈、飘逸。尤其那身段扭起来，又强劲又妩媚，叫他惊奇与钦佩。木头愈看愈看不够，这就一直跟到针市街口。

此刻天已近暮，各会的兴致犹然未尽。本地的各会还要随同娘娘的鸾驾入城、出城、回宫，外县献演来的各会走到这里，大都在这里散了。葛沽的高跷自然也撤出了出会的队伍。

木头一直跟在这道高跷会后边，再往西，渐渐僻静。不远的地方是个小院。皇会出会时，周边乡镇的会，在城里没有“会窝子”，都是在城边租一个小院放家伙，再租几间房住人。

木头看他们进一个小院，坐在高凳上解下腿子。再从高凳下来，坐到矮凳上。踩了一天的跷，解下腿子后一时都走不了路，坐在那里喝茶抽烟，歇歇腿脚缓缓劲儿。院里有几个随会而来的本乡妇女侍候他们，把他们脱下来的汗湿的衣服晾在院中的绳子上，大口“噗噗”地喷了酒，好去汗味儿。

木头不敢进院，一直躲在外边一棵老柳树下，等候那白衣女子出来。他只想看一看这个上了妆无比艳美、妩媚、英武、奇绝的人，落了妆怎样俊秀非凡。

他等着院里的人一个个走出来，却一直没等到她出来。他有点心急。

直到院静人空。一个守门的老人出来关大门时，木头上去问，刚刚那个演白娘子的人呢，怎么没见她出来。

守门人说："最后出来的一个就是呀。"

木头很诧异，说："那是个瘦高结实的汉子，穿青布袄。"

守门人说："正是。"

木头更诧异，说："怎么是个男的？我说的是白娘子——女的！"

守门人一听一怔，随后笑道："我们高跷会从来不准女人入会。演女的，全是男扮女装。"

木头还有点不甘心，问道："他是做什么的？"

守门人说："使船的，若不是整天站在船板上晃来晃去，哪有那么好的腿脚。"

老人说完扭头进门，把门关上。木头站了好一会儿，满脑袋花花绿绿，还在发蒙。

告县官

城南葛沽菜市东住着一个半废的人，人称何老三，模样丑怪到头了。大脑袋，邦子头，猩猩一般塌鼻子，老鼠似的小眼珠，下边一张蛤蟆嘴。根本瞧不出年纪，是四十还是五十？脑袋下边却长一个小孩身子。小手小脚，短身短腿，站在桌子后边，谁也看不到他。这小身子支不住那个大脑袋，走起来便一摇三晃。说话的声音没法听，老娘们腔儿。瞧瞧，老天爷怎么叫他长成这副模样。

人说武大郎长得就这样。可是人家武大郎有个花容月貌的潘金莲，他四十大几还讨不到老婆。人家武大郎能靠做炊饼养家，何老三却只能到街上找点零碎活干，糊糊口。镇上的人把零活给他，并非他能干，而是瞧他可怜。他早没了爹娘，一个人活着，至于他为嘛叫"老三"，老三上边还应该有老大老二，可是谁也没见过。反正爹妈活着时候，爹妈养他；爹妈走了，没人管他。

不过，何老三人性不错，菜市东那一带的人也善待他，他挺知情。他住在一间破屋里。没活干的时候，常会拿扫帚扫扫街，照看一下街头玩耍的孩子，或帮助邻家把跑出门来的鸡轰回家去。何老三虽丑，日子一久，人们看惯了，再加上他人好，这一带人便会把一些剩下来的吃的，旧了的穿的，拿给他。每在这时候，人们都是把东西放下就走，不敢看他感激的笑。那咧嘴一笑，好似装鬼吓人。

一天，几个邻人晚饭过后，在街头老柳树下边说闲话。何老三站在一边听。

人们说来说去，就说到一件叫人挠头的事：

葛沽镇的人多，住家的房子全挤在一起，难免磕磕碰碰，人们各有性情，日久总有摩擦。这些摩擦，既非仇，也非恨，却疙疙瘩瘩，别别扭扭。怎么办？

有人说，这种事非偷非抢，也不是谁专横跋扈，欺凌乡里，不好告官。有人说，要是真有一种官，专门调解百姓这种事就好了。可是当官的自己的麻烦都摆不平，谁管他们的事？有人半开玩笑半出主意说，就在每年春天的娘娘会上设一道会，立一假官，谁家有别扭事，谁家对谁家憋着气，就找这假官告状，由这个假官出面，把事解了。可是这假官怎么来了事呢？大伙七嘴八舌，妙计不绝。开始说的是笑话，笑话愈说愈真。依这些法子，还真能把平日老百姓之间种种怨结，全都顺顺当当解开。但只有一件事没办法——谁当这个假县官？

说到谁当官，大伙就推来推去，没人肯干了。有的说自己不会当官，有的怕人笑话，有的不敢当官，有的怕招人骂。这么一来，反倒愈说愈没办法。大好的事情卡了壳。这当儿，站在一边听闲话的何老三忽然开口说："我来当。"

大伙循声望去，一瞧一怔，随后一阵大笑：这丑东西也想当官？

可是这时前街的万老爷子一席话，叫大家服了。他说："本来咱这法子就是正事歪办，歪打正着，愈不正经，愈不当真，反倒愈能成事。

我看何老三当这官最合适！”

这话不单在理，还点破了其中的奥妙。大伙就当作一件正事合计起来。一边把刚才七嘴八舌的话顺了下来，各种妙计也定了下来；一边凑衣料，请这一带针线活最棒的洪裁缝，给何老三量体裁衣，制做官服。何老三身材五短，节省材料，他一身衣服，还用不到别人半身的材料。这官服并不是真官服，是一种戏装，怎么好玩怎么做。亮缎黑袍，当胸是五彩补子，补子上挖镶一个彩色的王八；粉底靴子乌纱帽，帽子两边用螺旋铜丝挑起的帽翅上边，各画一个老钱，一动一颤悠。何老三往身上一穿，笑翻了天，有人笑得在地上打滚，有人还尿了裤子。

打这天开始，菜市东这帮人就以何老三为主角，开始编排演练这道会来。天天后晌，只要人凑齐了，就把何老三叫来，折腾得兴致勃勃。自打大明永乐年间，葛沽许多地方都有一道拿手的花会，唯独菜市东没有，故而都说菜市东没能人，这回菜市东要露一手，赚回面子，光照葛沽。

转年三月二十三，何老三上了娘娘会。这道会的会名叫作：“告县官”。上街出会时，给安排在清平竹马会和长乐高跷会的中间。各道会全要边走边演，从头演到尾；唯独何老三的“告县官”只露一面。当各会又跳又唱一路下来，到了中街的街口，前边的清平竹马会接着往前走，长乐高跷会停下来，中间空出一块空地。跟着锣鼓一响，一个瘦巴巴、秃脑袋、身穿蓝袍的会头走上来，先叫一声“菜市东老会‘告县官’”，跟着扯着脖子喊道：“有冤的叫冤，有屈的叫屈，县老爷来了！”

人们一听，奇了。历年从来没有这么一道会，怎么叫老会，又叫“告县官”，哪来的县官，谁？

在拥满街口人群的目光里，照见一个奇头怪脸、只有半人高的家伙，摇头晃脑走了出来！这矬，这怪，这丑，这荒唐；是官又不是官，官装是戏装，是谁？跟着有人眼尖，认出是何老三！于是大叫一声“何老三”，立即轰天大笑。其实认出何老三并不难，他除去身上的戏装，只在眉心抹一块戏里丑角脸上白色的豆腐块，完全用不着再化妆，原模原样就足够了！他扮的这是哪出戏哪个官？

更叫人们惊奇的是何老三这个怪家伙，居然还会演戏，是谁传艺给他，还是戏神附体？瞧他一步三晃，头摇，腰摆，胯扭，左一蹦右一跳。两手端着腰圈，上下舞动，脑袋上的老钱帽翅一颠一颠，仿佛随着锣声鼓点。瞧他一举手一投足，一招一式，全都有姿有态。这就把站了满街的人全看傻眼了。

下边便是何老三用他那老娘们腔儿，一字一句，好似戏里的道白，说道：

“今儿，本官来到葛沽，专为百姓消解宿怨，摆平不平之事。谁心里不痛快，叫谁惹得不痛快，快快前来告诉本官，本官立马就办。”

这话音刚落，就有一人跑上来，给何老三跪下，说他邻居屠夫马大刀的儿子霸道，那天强亲了他闺女一口。他去找马大刀告状，马大刀非但不揍他儿子，反说：“我儿子才十二岁，你闺女九岁，亲一口算嘛。”他不敢惹马大刀，但这事像一口气，憋在他心里一年多，一直咽不下去。

何老三立即传令叫人把马大刀带上来，讯明属实，便说：“孩子虽小，不管就是纵容，大了不就去欺侮民女？”然后提高嗓门说，“养不教，父之过。押下去，关起来，罚他半天不准出屋！”

马大刀还想争辩，何老三扭过头不理他。马大刀身子有劲，四个上来押他的汉子更有劲，一起动手把他押走。

人居然就这么押走了，据说还真的关进镇里一间小屋，关了足足半天，谁也没见马大刀露面，马大刀还不闹翻了天。何老三真的这么厉害？难道何老三这县官，不是假的是真的？

可是谁知道，人家马大刀关在屋里，比在外边还舒服、还好玩、还快活。屋里有鱼有虾有肉有酒，那几个带他来的人，都是这道“告县官”会里的人，进了屋就给马大刀点烟斟茶，好话哄他，陪他打牌，让他赢钱。只是想尽法子不叫他出去，他也不会出去，有吃有喝有玩多美多乐。完事马大刀到处说：“要关老子半个月，老子准长十斤肉。”

马大刀高兴这种假被关，那个告状人却高兴告赢了状。从此怨结全消，相安无事。人们看出这道会的厉害，开着玩笑，热热闹闹，真真假假，就把结在人间的疙瘩解开，官府也没这种本事。从此，菜市东叫人高看一眼，“告县官”名扬葛沽。年年三月二十三娘娘会，“告县官”都必有彩。

更出彩的是何老三。虽然告县官每年只露一面，告状的人不同，告状的事不同，他全能化解了结，说话不偏不倚，合情合理。在葛沽人眼里何老三不单是一位好官，为民做主，疏解小百姓的种种不和；还是一个地地道道的丑角，叫人生爱。他丑，却丑中见美。

可是后来，事情意外生了变化。一位外来到任天津的县官，久闻葛沽娘娘盛会来观看，当看到“告县官”这道会，脸色沉下来说道：“我是县官，告县官是告我吗？”

镇里的官员忙说：“不是告您，是向您告状，求大人为民做主。”

这一解释等于说这新来的县官无知。县大人更不高兴，歪个词儿说：“一县之长能这么丑怪吗？补子上还画个王八！”

说完抬起屁股，出门上轿，起驾回城。

就这么几句话，从此葛沽的娘娘会上，再见不到这道“告县官”。连何老三的影儿也瞧不见了。

大裤裆

一个住在大水沟的小子，姓侯，没大名，外号猴子。猴子还真像猴子，尖脸鼓眼，瘪嘴嘬腮，人瘦人精，又鬼又灵，平日游手好闲，最喜欢做的事是叫人出丑。那一阵子，他跟三岔河口集市上几个变戏法的人较上了劲，想尽损法，使尽邪招，叫几个由外地来没能耐、混吃混喝、连蒙带唬的，泄了底，穿了帮，砸了锅，卷包走人。

可是，自来三岔河口那块地界嘛人都有，江湖卖艺，有真有假；假的瞒天过海，真的藏龙卧虎。于是在变戏法的艺人中间，有三位叫他费了劲，怎么也破不了人家的阵法。人说他是变戏法的克星，可在这三位面前，魔高一尺道高一丈，就说不好谁能把谁克死了。

这三位中，第一位是快手刘。他只玩一样——小碗扣球。两个白瓷小碗，五个透明的玻璃球。只要他把这几个玻璃球扣在小碗下边，便谁也弄不清这两个小碗各扣着几个球。谁猜也猜不对，怎么猜都猜错；人家快手刘说是几个就几个。明明白白球儿们在这个小碗下边，快手刘那张肥嘟嘟的胖脸一甩，就全跑到另一个小碗底下了。

三岔河口的变戏法全都“撂地”。撂地不易，他在空地中间变，四周站一圈人，前后左右全是眼睛，一个小闪失，叫人逮个正着。手再快，不如眼快。只有快手刘的手比眼快。

但再快也没有猴子的脑子快。

一天，快手刘正变戏法，猴子打人群中走出来，一直到场子中心，双腿一盘坐在地上。他叫快手刘把那两个小碗，放在他身子左右一丈远的地方。再叫快手刘在他左边的小碗下边扣三个球，右边小碗下边扣两个球。快手刘全照他的意思做了。完事，他对快手刘说：

“你有没有能耐把这左右两边碗下的球，换一个儿；左边变成两个，右边变成三个？”

说完他嘻嘻笑，等着看快手刘没辙，认栽，当众现丑。

周围众人心想，猴子这一招挺绝，他坐在那里，挡在两个小碗中央，任你呼风唤雨，小球也没法过去。

谁料快手刘笑道：“你把球儿都放在你兜里了，叫我咋变？”

这话叫众人懵了，也叫猴子懵了。他用手一掏兜，往外一拿，五个球竟然都在衣兜里。他纳闷了，自己一直与快手刘相隔三尺远，球儿怎么会跑到自己的兜里？这又是在成心地奚落自己！

众人笑了起来。猴子丢尽脸面，赶紧起身跑了，从此再没有在快手刘这边露面。

第二位是仙绳李。这位玩得更简单，只一根红色的细绳子，三尺长短，但在仙绳李的手上，好像在神仙手上。说来就来，说去就去，千变万化，出神入化。他把这绳往上一抛，竟然没再落下来，跑哪儿去了？他说是给“七仙女拿走了”；可是他在场子里走来走去，口中不断数落七仙女拿他的东西，忽然低头看到地上有一个绳头，他猫下腰用手捏住绳头，一下拉了出来，竟然就是他的红绳；他说这是“七仙女叫土行孙给我送回来了”。

这本事不佩服不行，全是大太阳下边，众人亲眼所见。

一天，猴子拿一把亮闪闪的剪子走上去，伸手将仙绳李手里的绳子抓过来，使剪子剪成碎段，然后塞进自己嘴里，再一口口吞进肚里，这回看你仙绳李怎么办？仙绳李站在旁边，嘛也没说，突然用手指伸进猴子左边的耳朵眼里一抠，再往外一抻，居然一点点把那根红绳完完整整抻了出来，叫猴子当场栽了，从这天起，他也没再敢到仙绳李这边来。

至于第三位，名字可不大好听——大裤裆。

大裤裆没名没姓，就这一个绰号。他长脸平头大个子，夏天一条单袍，冬天一条棉袍，上边齐脖，下边蹭地，两个袖口压在手腕上。他说话山东腔，一听就是外来谋生的。人住在北大关，无亲无友，家里家外一个人。人说他无亲，是因为靠变戏法赚那点钱，只够喂自己的脑袋，没法养家；无友是因为戏法就靠一点诀窍，不能叫旁人知道。他出门去变戏法，嘛也不带，只一件长袍大褂，可是别小看这袍子，里边要嘛有嘛。饿了凭空变出一套煎饼果子，或一大碗浇卤的捞面，渴了变一壶热茶。下雨还能变出一把油纸伞，撑起来回家。

袍子下边怎么能变出来这些东西？这些东西搁在哪儿，裤裆里边吗？大裤裆的名字就是这么来的。

一天，大裤裆变着戏法，忽听那边有人叫喊卖鱼卖鱼，应声说了一句：“鱼是好东西，咱们也来一条，还得是活的！”说着弯身一撩棉袍，居然双手捧出一个又大又圆又亮的玻璃缸，盛满清水，里边一条大红金鱼游来游去！这一下，惊了三岔河口。打这天起，他一撂地，总是里三层外三层围一圈人；每天收摊之前，必得从袍子下边变出这缸清水大活鱼，人们才肯散。

这一来，叫猴子盯上了。猴子想了七天七夜，终于想出一个奇招，也是坏招。他抓一只独眼野猫，在家里饿三天，直饿得眼睛发蓝，然后抱到三岔河口。见大裤裆正变戏法，悄悄溜到大裤裆身后，趁他不留意，掀开他的大棉袍，把那只独眼饿猫塞进去。跟着就见大裤裆的棉袍翻腾起来，像七八只兔子在里边乱跳乱撞。不知怎么回事，猴子暗暗心喜，心想这野猫饿急了，还不大餐活鱼？

可这时只听大裤裆对着自己的裤裆下边说道："我是想给诸位看客烧盆炭火暖暖身子，你来闹嘛？"说着，一提棉袍，下边竟然钻出一只猫，浑身冒着浓烟，嗷嗷地叫，狂奔而去。

大裤裆哈哈一笑，紧接着弯腰从棉袍下边捧出一样东西，但这次不是清水活鱼，而是蹿着火苗的大炭盆！大裤裆说："天太冷，大家给我面子，站在这儿挨冻受凉，快快过来烤烤火。"

炭盆烧得旺，火苗一尺长。这东西怎么能在袍子里边？大裤裆笑呵呵，回过头找猴子，想给他送上一句损话，猴子早溜号了。

这一手，引得老城里的一位秀才吟出一首诗来：

火盆鱼缸善掩藏，
能拘五鬼话荒唐，
偷桃摘豆真灵妙，
第一功夫在裤裆。

大裤裆原是他的外号，从此成了响当当的艺名。

可是，这一次猴子认栽不认头，人家快手刘和仙绳李，东西简单能耐大。你不就一个大袍子大裤裆吗？谁不知道变戏法变出来的东西都在自己身上？他恨不得当众把大裤裆的袍子拽下来，揭开老底，叫他一头扎进白河。他想了许久，忽有妙法，就是爬上房，揭开瓦，一眼把他的老底看穿，叫天下大白，于是他趁大裤裆还在三岔河口变戏法时，就跑到北大关，悄悄爬到大裤裆的房子上，在屋顶正中，揭开瓦片，扒开一个洞口。等到天擦黑时，大裤裆一如往日，穿着袍子回到家，先坐下来歇着，可是一歇歇了半天。猴子在屋顶已经趴了两个时辰，屋瓦不平，他肉少骨多，硌得难受，正想放弃，忽见大裤裆站起身子，动手解衣宽衣。

猴子大喜，以为马上就要看破玄机，谁料大裤裆把袍子上下扣子解开，落帆一般脱下来，竟然清清爽爽，里边是简简单单的粗布衣裤，别的任嘛没有。猴子以为自己花了眼，花了眼才应该看见大裤裆浑身挂满了东西呢！

这一下，差点叫猴子从房顶滚下来，顾不得脚下响动，带着一堆碎瓦跳下来跑掉，生怕叫大裤裆逮着。

多年后，事情早都过去，人家大裤裆早不干了，回山东老家了。猴子与一位住在街北见多识广的老者聊天时，说出一直搁在心里的这事，他困惑不解。没想到这老者微微一笑，对他道破这里边真正的天机。老者说：

“其实，人家大裤裆那天在屋里仍是在变戏法，他知道你在房顶上边偷看。那是人家给你一人变的，你该谢谢人家才是。”

粒　儿

粒儿是刘磕巴的闺女。

刘磕巴叫刘八。刘八磕巴。人们当面叫他刘八，背地称他刘磕巴。

刘磕巴老婆没了，和闺女粒儿相依为命。他在三岔河口开个小吃铺，只卖一种吃的——嘎巴菜。人们背地又称他的嘎巴菜为磕巴菜。

刘八磕巴得厉害，铺子里待人接客的事就全归到粒儿身上了。

粒儿打小眼睛刚看见桌面时，就帮她爹端碗扫地，搬凳挪桌，张罗客人，一直忙到了十九，还在忙。现在忙还为了一件事，为了自己的嫁妆。邻家一位教私塾的郭先生，看粒儿这姑娘好，能干、乖巧又实在，要给儿子娶过来当媳妇。郭先生知道刘八的家境差，不叫刘八花钱，可嫁闺女哪能没有陪嫁？这就得拼力气干活，多赚点钱。

刘八的小铺子在河边两条小街的交叉口，人来人往，是开店的好地方。他只一间屋住人，屋外支一个棚子，支锅架案，再摆上几套桌子凳子，就是小铺了。夏天里，是个食摊；冬天外边一围席子，把冷风挡在外边，就是小吃店。

嘎巴菜不过是把煎饼切碎煮了，上边放些佐料，可天津人做小吃很用脑子，东西不贵却好吃解馋。刘八这小吃店虽然连个名号也没有，整天人来人去很少闲着。河边都是船工脚夫，饿了就来要一碗，热热乎乎，连嚼带喝，有滋有味，吃饱便走。

一天，来了两个穿长衫的人，这种小摊小铺很少来这种打扮的客人，衣衫讲究，细皮嫩肉，举手投足都斯文，斯文是学不来的，尤其那略高略瘦的一位，眉清目朗，脸上带笑，还向四边看个不停，看什么都新鲜好奇。说是做买卖的？不像，做买卖的人都装阔，牛气十足。说是念书人，倒沾边儿，尤其瘦高这位，手里拿着一把折扇，时而打开，时而合上，檀木扇骨，丝线穗子，一面题诗，一面有画，挺讲究。

两人进了店铺择了靠外的一张桌，粒儿立刻像只小鸟飞至桌前。问他们吃什么吃多少。执扇这人抬眼一看粒儿，眼睛一亮。粒儿是人见人喜欢的姑娘，别看不是大家闺秀，不是金枝玉叶，不擦胭脂抹粉，没有千娇百媚和花容月貌，却清纯得如小花小树，小兔小鸟。天天干活，不瘦不弱；风吹日晒，脸蛋通红。长在老爹身边，总是乖女；迎客待客，周到和气。看这姑娘的长相，应是地道天津的闺女，唯有弯弯眼角，鼻儿微翘，下巴略尖，透出一点江南模样。人说粒儿她娘是扬州人。

粒儿粗衣布带，褪了色的一条红布带子扎在腰上，黑黑发辫盘在头顶，别头发的“簪子”是一段带花的桃枝，可这股子真纯和天然的劲儿，能把这世上金的银的全压在下边。

两位客人刚点了吃的，粒儿即刻把嘎巴菜送来。执扇那人问她：

“姑娘，我看你这儿人来人去，每人要的东西不同，你都记得一清二楚，不会乱吗？”

“我爹说，用心就乱不了。”粒儿说。

执扇人点头说：“这话说得好。”顺口一吃，便说，“你家这嘎巴菜味道特殊，比我上次在城里吃的好得多。”

“是我爹做得细心。米浆要熬得稀稠合度，煎饼要烤得只焦不煳，葱花、菜叶、辣椒，都是我爹精选的，你们要吃着哪点不对口，我去跟我爹说。”粒儿说。

“难怪你爹，这点小吃还这么用心用力。”

“我爹说，东西不贵，口味就更不能差。差了就等于骗人家钱。”

粒儿说完，一笑便去，却叫这执扇人十分感叹。真正的好人原来都在民间。

一会儿两人吃完，执扇人叫同来的人掏出二十个铜子儿码在桌上。粒儿来收碗敛钱，一看这么多钱，是两碗嘎巴菜的十倍，慌忙摇着两只又厚又红的小手，连说不能要。执扇人执意要给，转身就要走了。粒儿只好把爹叫来。

谁料刘八来了也是摇手不要。他是磕巴，愈急愈想说，就愈说不出话来。执扇人忽问刘八：“我听你叫这闺女粒儿，她大名叫什么？”

刘八听了，只摇头。

逢到刘八说不出话来时，都是粒儿代说。粒儿说：

“我没大名，就叫粒儿。”

“粒儿这名字特别，为什么叫粒儿呢？”

粒儿眉头皱起来，似有难言之隐，但对方诚心问，她还是说了出来。原来她娘生她时是难产，肚子没食，身子没劲，眼看要憋死在她娘肚子里。多亏她爹从锅底抠下一些饭粒，塞在她娘嘴里，才把她生出来。完事她娘力尽气绝。她爹感谢那些救她一命的饭粒，便给她取名粒儿。

粒儿说到这儿，已哽咽无声，流下眼泪。

执扇人动了性情，便对刘八说："我喜欢这孩子，收她做干闺女了。我知道今儿这些钱你们决不会要，我收起来就是了。以后你们碰到什么难处，自管来找我。我住在京城。"

粒儿说："京城那么大，到哪儿去找？"

执扇人想了想，笑道："你们就去找台阶最高的房子，找到台阶最高的房子就找到我。门口的要是不让你进去，你拿这把扇子给他们看——"他把手中那把金贵的扇子递给了粒儿说，"他们自然会叫你见我。"

说完话，两人告辞而去。

这事听了像笑话，手中的扇子却非虚妄。细看扇骨，精雕细镂，还镶牙填玉，非同寻常。这两人是谁呢，看样子富贵得很，可是这样的人怎么会到这小吃摊上吃嘎巴菜，又怎么肯认粒儿这个穷丫头当干闺女？这事没处去问。爷俩不识字，扇面上的字全不认得。他们也不敢把这没头没脑的事告诉旁人，连对那位"亲家"——教私塾的郭先生也不敢提起，只把这扇子好好地藏起来，有事再说。

一年后，粒儿没嫁，还没凑上嫁妆。爷俩再三合计后便去了京城，寻找粒儿那位不知姓名的干爹。心里的目标清清楚楚，就是去找台阶最高的房子。可是爷俩到了京城，转了三天，转得头晕眼花，京城到处高台阶怎么找？粒儿聪明，她说："爹啊，咱得数台阶呀，不数怎么知道哪个房子台阶最高？"于是两人就在京城数台阶，数到第七天，终于数到一座台阶最高的深宅大院。门口站着不少执枪挎刀的兵弁。刘八望着这房子，倒吸一口气说：

"妈呀，这别是皇上住的地方吧。"

粒儿不怕，找干爹有嘛可怕？她走过去对兵弁说，她要见她干爹。她说的事听起来，好似有鼻子有眼儿，又似没头没脑。人家听不明白，可她拿出来的折扇却是实实在在。守门的官兵收了折扇，问清她在京城的住处，叫她回去听信。

爷俩在小客栈等到第三天晌午，还是没信儿，出门吃饭回来，客栈老板却迎上来问他们在京城惹了吗事。再一说，原来刚刚来了四个官差寻他们，吗事没说，可样子挺凶。

爷俩从没惹过官，一听不好，浑身发凉。本来去年那个认干闺女的事就来得蹊跷，别出什么祸事。爷俩一合计，赶紧退房回津。

京城离天津二百多里，爷俩不敢搭车，不走大道走小路，走了三天多才回到家。到家听邻居说，头一天县衙门也来人找他们，还说不论谁见到他们，都要赶紧告官。刘八觉得好像官府在通缉他们。邻居问他们犯了吗事，他们说不明白，不单刘磕巴吓得说不出话来，粒儿也说不明白。反正沾了官，祸无边。眼下情形吓人，还是三十六计走为上。

刘八说，一个人好躲，两个人难藏。粒儿姑姑家有个表姐出家在西城外一个小尼姑庵里，四边是水，很是清静，便把粒儿送到那里躲一躲，自己藏身到芦台镇一个远亲家中。

事情并没这样就消停下来。据说一天忽然来一帮官家的人，打鼓敲锣，来到西城外小尼姑庵，在门前竖起梯子给小庙挂匾，木匾青底金字：皇姑庵。字写得端庄稳重。嘛叫皇姑，皇上的姐妹吧。这帮人还抬来一个轿子，一位官差嚷着说当今皇上要接粒儿进京。

谁也不知这是吗事。

庙门“吱呀”一开，打里边走出一个剃度过的姑子，四十多岁，穿一件素色袈裟，并非粒儿。她说小庙里只她一人。那个叫粒儿的姑娘在这里借宿几天，便被她爹接走。去了哪里，只有天知地知。

从此这小尼姑庵倒有了“皇姑庵”一名，皇上挂了匾，谁也不能摘。但为嘛叫皇姑，渐渐更没人能说清楚。

崔家炮

要说烟花火炮，上栗、萍乡、浏阳、醴陵造的都好。天津卫是南来北往的码头，这些地方的花炮全都见过，但是天津人不玩外地的花炮，只玩自己造的。天津造的烟花，叫你看花眼；天津人造的炮仗，赛过洋人的炸弹。造炮是凶烈的事，不能在人多聚众的老城内，只能在荒郊野外的村子里。其中造炮最好的村子，人人都知道是静海县沿庄镇的崔家庄。

崔家庄全姓崔，是个老村子，可是人很少，一半人造炮时炸死了。活下来的人全是虎性豹胆，拿死当玩，个个草莽英雄；这因为炮仗厉害，造炮的人就得比炮仗还厉害，才压得住。

崔家庄造炮，头一号是崔黑头。他家老祖宗，就知道把荒地里地皮上结成的白花花的火硝抠下来，加些硫黄木炭就是火药。他家造的炮仗能开山炸石。人称崔家炮。

崔黑头有三个儿子，老二十六岁那年，躺在当院一堆麻雷子上睡晌午觉，突然这堆麻雷子无缘无故地炸了，把老二炸散了，没留下整尸首。

崔黑头剩下这两个儿子，老大和老三。老大三十，一直光棍，没人肯嫁到他家来，怕炸死。他家连地上的黄土里都混着火药面子，空气里飘着硝，谁能不怕？他这黑头黑脸，就是给火药炸出来的。他家老三小，只有十三岁，身上有残。小时候，崔黑子修屋顶，一不小心斧头掉了下来，砸到地上石头，迸出火花，引爆了墙根的半袋硫黄，炸去了半间屋子，还炸掉老三右边的耳朵，伤了一条腿；给老三留下两样残，一是一边耳聋，一是一走一瘸一拐。

造炮的人只两件事：一是造炮，一是卖炮。卖炮更要紧。这因为，只有自己才知道自己的炮好在哪儿，自己卖才能卖好。崔黑子年岁大了，造炮的事他盯着，卖炮的事全归了两个儿子。每到腊月，小儿子崔老三到村口的集市上去卖，大儿子崔老大到天津娘娘宫的福神街去卖。

要知道崔家炮多厉害，人多厉害，还得看他们哥俩怎么卖炮。论模样，这哥俩儿不像一个娘生的。老大像条虎，老三像只猫，可是卖起炮来就难说谁更厉害。

静海这边一进腊月，三天一集。赶集这天，崔家庄的人都把造好的鞭炮从家里搬出来，装满一车，上面盖一床辟邪的大红棉被。把车赶到庄子外边的青龙河边，停在高高的岸上，一排老柳树的下边。青龙河通着子牙河，一到秋后水就干了，冻得硬邦邦的河床便是炮市。各家的人拿着自家的鞭炮，从河堤跑下来，到河床上大放特放，相互比试，彼此较劲；买炮的人站在河堤上，去看去选去买。各地的鞭炮贩子也挤在人群里，好像看大戏。

静海造炮名气最大的是沿庄镇，造炮的村子至少二三十个，每年一到这时候，全赶着大车到青龙河这边来比炮卖炮。真要比起炮来，谁服谁？那些小子们，把单个的大炮别在腰带上，手执一根杆子，上头拴一挂长长的大红雷子鞭，一丈长短，点着药信子，从河堤奔下来；一边叫喊，一边挥杆，把拴在杆子上的长鞭挥舞得像火轮，雷子炸，硝烟冒，纸屑飞；跑到河床中央时，仍不停地挥杆舞鞭，吼叫震天，一个比一个英武。他们这么挥杆舞炮，不单是耍威，更是要显示自家编鞭用的麻精子多结实。鞭炮编得牢，才能不断火。

每在这时候，只要崔家老三一出场，人全静下来。等着他亮绝活，还不觉都把耳朵眼里的棉花塞紧一点，崔家炮震得耳朵疼。来青龙河炮市的人，连拉车的牲口，耳朵眼里全得塞着大团的棉花。

崔家老三不像英雄好汉，不足五尺，又瘦又小，身上套一条长棉袍，松松软软，像只猫，而且是病猫；灰灰小脸，眼小无神，头上扣顶毡帽，两耳戴着耳套。耳套皮里，龇出长毛。他出场与别人不同，不喊不叫，只是慢慢腾腾走到河床中央，放一挂鞭或几个炮，完事就走，跟着他家运来的几车鞭炮，顷刻被争抢一空。而只要老三把炮放完，别人家的鞭炮就像老牛放屁了。

去年，老三从河堤上走下来时，手提一挂鞭，奇小无比，看上去像一串豆芽菜。这么小的鞭能有多大的劲儿？可一点着，如同洋枪的炸子儿，声音刚劲清烈，往耳朵里钻。这才是真正的“钢鞭”！

可就在这时，一个结结实实的胖小子，穿一件藏青短袄，光着脑袋，站在他对面，手握一根又长又粗的榆木杆子，挑着一串雷子鞭。没人见过那么大的雷子鞭，像一串黄瓜。胖小子二话没说，点着药引子，这一挂鞭响完，浓烟散去，老三不见了。有人说老三回村了，有人说老三给炸飞了。

事后，这胖小子的事就传说得愈来愈多，愈来愈神。人说这小子是河北大城那边的人，姓蔡，人称蔡胖儿。世家造炮，运销关外，连老毛子过年都放他家的炮，其实人家老毛子过年根本不放炮。还有人说，他家军队里有人，火药都是做炮弹用的，他家的炮装上铁皮就是炮弹，愈说愈神，快把崔家炮说没了。

今年青龙河的炮市，没见崔家老三。蔡家胖小子却神气十足地来了，当场放一挂鞭，更大更响，正威风时，只见崔老三从河堤上慢慢腾腾走下来，神气悠闲，好赛散步遛弯儿。他左边耳朵聋，不怕响，所以左手提一挂鞭。这鞭特别，一挂只有二尺多，总共才十一头，头儿不算大，好似胡萝卜。嘿嘿，一串胡萝卜！人家崔老三有备而来，这串胡萝卜肯定非比寻常。

崔老三刚刚下了河堤，一上河床，就把手里的这挂鞭点着，第一声好比炸弹，声如巨雷，惊动了河堤上拉车的牲口，有的牲口拉着车冲下河堤。崔老三人小，手中的鞭离地面近，随着剧烈的爆炸激起一阵黄土。这鞭响得慢，他每走一步，炸一头鞭，发一声巨响，扬一阵黄土；他像从地雷阵里一步步走来。他走了十一步，一直走到蔡家胖小子身前，最后一响炸在蔡胖子跟前，把蔡家胖小子吓得一蹦。大家定神再看，老三身后十一个坑，每个坑里都能蹲一个人。人们都看傻看呆。

忽然蔡胖子两手捂着耳朵大叫起来，他耳朵听不见了。

以后青龙河这边再没见过蔡胖子。崔老三这挂鞭出了名，叫“十一响”。天津水师营乃至大沽炮台过年时，都买这挂鞭。

天津老城这边的炮市在城外宫前大街。

每到过年，城里人家用的香烛、绒花、衣帽、摆饰、神像、供品、年糕、瓜果、盆花、水仙、糕点、零食、美酒、年画、灯笼、对联、耍货、大小福字等等摆满了这条街所有店铺的店里店外。唯有鞭炮，单放在宫北杨家大院旁边一条横街——福神街上。这缘故，一是天津卫买卖人多，买卖人特别在乎辟邪求吉用的鞭炮，用量极大，必须专辟市场；二是炮市怕火，易生意外，单放在一处为宜。

福神街太窄，炮市就极特别，只能一边靠墙摆炮摊，一边走人。说是炮摊，其实就是炮堆。下边是整捆的大炮、两响、烟花盒子等等，码起来，像一座座小山；炮山上边是大大小小各种各样花花绿绿的烟花炮仗。江西和湖南的鞭炮贩子也来抢生意，看上去这炮市就像花炮业的一个擂台。炮仗多用大红，一条街全是大红色。可是街口一块最惹眼、最抢先、最宽绰的地界，打乾隆年间就叫崔黑子家占了。依照宫前大街的规矩，一入腊月，老崔家就在这街口的墙上贴一块红纸，写上“年年在此”四个字，还落了“沿儿庄崔”的款儿，谁也不敢再占这块地界。

崔家只卖两样，一鞭一炮，炮是两响，鞭是雷子鞭。他家炮摊两边各立一根胳膊粗的竹竿，竹竿上端拴一挂大雷子鞭，两丈多长，把竹竿压成弓，下边一半垂在地上，中间挂一个大红木条，墨笔写着“足数万头”。天津人都知道鞭炮是静海崔家的最好。筒儿圆，火药足，引子挺，声音浑厚清亮，从没有一个“哑巴”和臭子儿。

当年崔黑子在这儿摆摊卖炮时，炮市不准放炮。哪怕一个火星子落进炮市，就是山崩地裂，起火死人。道光那年一位阔老爷在炮市里来了兴致，非要当场放一个“黄烟带炮”，老爷有钱，财大气粗，结果引着了炮摊，十多个水会死命来救，还是烧毁了半条街；官司打下来，叫这阔老爷赔得倾家荡产，成了穷光蛋。从那时起，没人再敢在福神街上放炮。可是炮不放怎么知道炮好坏？

直到崔黑子岁数大了，崔老大接过他爹的事，他在福神街口上一站，偏要放炮不可。他敢，他也能。他当众给人演了一手放两响的绝活——

两响一个纸筒，上下两截，一截一响。药引子在下边一截。一般人放两响，先捏着上半截，点着药引子后，下半截先炸，这是一响。上半截借力飞上去，在很高的空中炸开，又一响。放两响必得用手拿着放，要点胆儿。可是，没人敢在福神街上放，下半截飞出手后，万一飞偏，落进了炮摊，不全毁了？

崔老大的绝招是把两响全攥在手里放。

他先用左手握住上半截，点着药引子，叫下半截在左手上炸掉；再把炸开了花的下半截倒给右手，紧紧握住，露出上半截。两响里边上下两截有药引子连着。倒手之间，药引子正好烧到上半截，这上半截就在右手上炸开。这样一来，左右两手，一手一响，全都响在手上。决不会飞到任何地方。

谁见过这样放两响？崔老大凭这一招，叫城里人看到了货真价实的崔家炮，也服了崔家炮。

可是人有能耐，就有人忌恨；有人叫好，就有人使坏。崔老大向来把用来演示给人看的两响，放在身后的小桌上，没想到叫人悄悄用针锥扎透了膛，上下两截变成一截，两响变成一响。崔老大哪会知道，待他随手从身后小桌上拿起一个两响，手里握紧上半截，用香头一点药引子，上下立时一块炸了。崔家炮凶，两响一块炸更凶，这一下手掌炸烂，大拇指飞上屋顶。

不久，福神街却传出一句话：

“这沿儿庄的两响不能买，两响里边火药连着，弄不好要人命！”

脊梁要是这么给压断，就不叫脊梁。

转年冬天，福神街街口的墙上，竟然又贴出沿儿庄老崔家“年年在此”的帖子。腊月十五那天，崔老大依然笑呵呵摆上了炮摊，两边支起那两根挑着“足数万头”雷子鞭的大竹竿。崔老大嘴巴鼓鼓，印堂发亮，红光满面，倒像是胖了。只是左手少了拇指，演放两响的事怎么干？他居然换了一个谁也想不到的招式！

只见他原先左右两手干的事，现在换成一只手。左手没了大拇指，用它点火。右手还是先握住两响的下半截，点着炸了之后，松手向上一颠，炮儿翻了个儿，手一抓，正好握住炸开的这头，再叫另一头在同一只手上炸开。

他变了一招。变得更险、更奇、更绝，却同样稳稳当当，万无一失，这就叫人更服了崔家炮。

可是他怎样的熊心豹胆，冒多大险，才换上了这一招？

白四爷说小说

上海人好看言情小说，天津人好看武侠小说，所以写武林雄奇的高手大多扎在天津。挂头牌的是三位：还珠楼主、郑证因和宫白羽。还有一人，活着的时候名气更大；但此人隔路，别人都是写小说，他说小说。

他大名白云飞，家里贩盐，赚过银钱，现在还没花光。他在家排行老四，人称白四爷。白四爷长得怪，属于异类。大身子，四肢短，肚子圆，屁股低，脑袋大如斗；但脑子比脑袋还怪，不单过目不忘，而且出奇的好使，思路快得离谱。他书看得不多，写得反比看得多。最初也是用笔写，可是笔杆跟不上脑子，就放下笔，改用嘴说。

那时天津卫时兴办刊办报，五花八门的报刊往外冒。报刊为了吸引人，就请名家在报刊上连载武侠小说，刊物每期一段，报纸每天一段。小说名家成了热饽饽，天天给报刊编辑逼着趴在桌上从早写到晚，第二天再接着干。唯有白云飞活得舒服，不写只说，只用嘴巴不费力，要说他活得舒服，还不止如此呢——

白四爷好泡澡。他说，一天不泡，浑身是土，两天不泡，浑身长毛。他在劝业场隔壁的大澡堂子华清池有个单间——甲排四号。他要的这个四号是为了跟自己“四爷”正对上数，图个吉利，也好记。他一年四季，除了大年三十和八月十五，天天在此，每天整一下午。

他先在热水池子里泡透泡足，然后光着身子，腰上裹一条大白毛巾，一掀甲排四号的门帘，进去往小床上一躺。澡堂子里的单间都是左右两张小床，中间一个小方柜子。他躺在一张床上，另一张床给来找他的人当椅子坐。他躺下来后，小伙计便过来，先搓泥，后修脚，一通忙。待收拾完了，人像脱了一层废皮，好似金蝉脱壳，轻快光鲜；从头到脚全都滑溜溜，屁股像个大白搪瓷盆。

跟着，伙计端上来几个小碟，各摆一样小吃；酱油瓜子、话梅、琥珀花生、大丰巷赵家皮糖和切成片儿水灵灵的青萝卜，还有一壶又酽又烫的茉莉花茶。这些吃喝，有热有凉有甜有咸有脆有黏有硬有软；这种活法，就是市井里的神仙。

这时候，门帘一撩进来一人，穿长袍、戴眼镜、手里提个小兜，一看就知道是报馆的编辑。他往白四爷对面的小床上一坐，一边拿笔拿纸，一边对他说："白四爷，明儿咱可没稿子登了，您今儿得给我们说上一段，两段更好。"说完对着白四爷眯眯笑。

"你是哪个报？"

"《庸报》啊。我天天来，您怎么不记得？"

"天天七八个报馆杂志找我，没前没后叫我说哪段我就说哪段，哪能都记得？我没把你们的故事说混了，就算不错。"

"四爷，您是嘛脑子，同时说七八部小说。不仅天津没第二人，天下也找不出第二人！"

白四爷听了高兴，来了神儿，便说：

"我在贵报连载是哪一部？哎，你把前边一段念给我听听，我就接上了。"

这戴眼镜的编辑笑道："四爷，您在我们报上连载的是《武当争雄记》。我给您带来今天的报了，刚印出来，这就给您念，您听着，这段是——"他从袋子里掏出一张报纸，捧在手中念道，"谢虎悄悄叫廖含英从怀里掏出帕子，浸了水，绕头缠住鼻孔。吹灭了桌上的灯，和衣躺下装睡，刀就搁在身边。不一会儿，给大月亮照得雪亮的窗纸上就出现了一条人影。跟着窗上的人影忽然变大，原来这人摸到窗前，伸出舌头一舔窗纸，悄无声息地把窗纸舔了个洞，一根细竹管子便伸了进来。这人用嘴一吹竹管外边那头，里边这头就冒出一缕青烟，徐徐上升，在月光里发着蓝光，清晰异常，这就是要人命的迷魂药——'鸡鸣五更返魂香'！"戴眼镜的编辑念到这里停住，说道，"您上一段就停在这里。"

“好，咱说来就来了！我说，你记——”白四爷像抽一口大烟，来了精神，原先半躺着，现在坐了起来，光着膀子，一身白肉，两眼闪闪发亮。他一张嘴就把前边的故事接上，“窗外那人把迷魂香吹进屋内，半天没见动静。他凑上耳朵听，屋里只有鼾声，这便抽出腰刀轻轻撬开窗户，飞身落入屋中。”四爷说到这儿，眼睛四处溜溜地看了两眼，似乎在找下边的词儿。他一望到现在房内的两张床，再往上一看，马上把故事接下来说，“这人手下极是利索，身子一翻，左右两刀，分别砍在左右两张床上，发出‘啪啪’清脆的两声，他忽觉声音不对，定睛一看，床上没人。人呢？他心想不好，未及再看，两条人影忽然由天而降——原来谢虎和廖含英早就伏身在房梁之上。不容这贼人反应过来，他俩已飞落下来，同时四只手如鹰缚兔，把这贼人死死擒住，三下两下用绳子捆了，点灯一瞧，不禁大吃一惊，同声惊呼：‘怎么是你？’”

四爷停住了。这戴眼镜编辑说：“我还没听够呢，四爷，您接着往下说呀！”

“行了，够五百字了。扣子也留下来了，不是说好每天五百字吗？”白四爷笑着说道，“欲知后事如何，且听下回分解。你看，人家《369画报》的老秦已经站在这儿等半天了。”

《庸报》戴眼镜的编辑这才发现《369画报》的编辑老秦已经站在门口。他们都常来，不时打头碰面，彼此认得，互不干扰，赶忙撤走。老秦进来坐在床上，白四爷喝了几口浓茶，未等老秦开口，便笑道：“我在你们那里连载的是《花面侠》吧。我记得上次好像说到，花面侠正在山间野店要了一大盘子红烧豹肉，对吗？”

老秦说：“四爷好记性！您兵分八路，竟然一路不乱，您是奇人！您上次最后一句是‘她用筷子从盘子里夹起一块大块的豹肉，刚要放嘴里，忽见一个闪闪发光的亮点，银星一般，带着一股寒风，朝她的面门疾驰飞来。想躲是躲不过了……’”

此时白四爷一边听一边已在寻思，他右手食指和拇指正捏着一片碧绿的萝卜往自己嘴里送。他眼盯着这两根手指中的萝卜片，嘴里已将今天一段的开头说了出来："忽然她手一抖，咔嚓一声，只见两根筷子中间不是那块豹肉，而是一柄六七寸、银光耀眼、两面开口的飞刀！"

"好！"老秦大叫，"今儿这开头太漂亮了！神来之笔！四爷说来就来，满脑袋奇思妙想啊！"

老秦是报业老江湖，懂得怎么给写东西的人煽风点火，撩动兴致。他这一捧，白四爷上了劲，立时神采飞扬，大江决堤般说了下来，不知不觉之间，老秦身边并排又坐了一高一矮两位，也都是来要稿的编辑。这些编辑全都是长衫大褂，只是有的不戴眼镜，有的戴眼镜，有的戴茶镜；有的用铅笔，有的时髦使钢笔，有的老派用毛笔墨盒，毛笔头套着铜笔帽。虽然这些编辑都是写手，可是要想笔录白四爷口授的小说，谈何容易？最难的是，白四爷说小说，声情并茂，出口成章，往往叫听者入了迷，停下了笔。

真叫人不明白，他这些小说哪儿来的？没见过他像旁人那样苦思冥想，咬着笔杆，愁眉苦脸，也从不把自己关在书斋硬憋自己。泡澡、搓背、喝茶、嗑着瓜子，指天画地一通乱侃，不动笔杆，就把活儿全干出来。而且是几个不同故事的长篇同时干。他口才好，记下来便是文章，完全用不着编辑加工润色。编辑们你来我往或我来你往，你前我后或我前你后，你要哪段他说哪段。他脑袋里这些故事就像天津的电车，红黄蓝绿白花紫七个牌七条线，各走各的，绝不撞车，也没人上错车。

他如瓢的大脑袋里，这些人物、故事、出彩的地方，都是临时冒出来的吗？鬼才知道！一个给他修脚的师傅说，他那本《天成镖局》里尤老爷的大老婆和四个姨太太就是他的左脚的五个脚指头。一天他给白四爷修脚，白四爷忽然指着小脚趾感慨地说："你看我这小姨太太多可怜，又瘦又小，天天给挤到犄角旮旯，不敢出声。"又说，"我得给她点功夫！"这话说了没几天，他这几个脚指头就变成《天成镖局》中尤家的几个女人。这个小脚趾变成的五太太武功奇绝，后来独霸镖局。

还有一个事儿。澡堂子一进门有个大屏风，正面画一条吐水的赤龙。屏风用来挡风。屏风背面是一块大水银镜子，专门给客人出门时整装用的。白四爷每天洗过澡，说完小说，穿好衣服出来时，都要面对着这大镜子整一整衣领。这镜框一边有个钉子，系一根长绳，挂一个油烘烘的梳子，白四爷每天出门照镜子时，都会抓起这梳子理两下头发。可是这梳子不知怎么变成他《鹰潭三杰》中湖上飞手中一件奇绝的利刃——铜梳。人们说他书里一切都从澡堂子里泡出来的。可是那次他湖北老家几位远亲来天津，向他家借钱，闹得不快，第二天也进了小说。真事入了小说，自然不是原样，有的成龙化凤，有的变狗变猪。全在他脑袋里化腐朽为神奇。一句笑话会引出一桩命案，男盗女娼反成了小说中绝配的侠侣。谁也不明白白四爷的脑袋里藏着什么天机。

行内的事行内明白，不过作家圈里谁也不肯认同这是白四爷天生的本事，只骂他“述而不作”，自己不会写，借人家的笔杆子弄钱出名。说这话的人还是位名家。于是有人为他愤愤不平骂那名家，你躺在澡堂子里说几段看看。人家白四爷不单脑袋瓜阔，还出口成章，记下来就是文章，不用编辑改一个字儿。你拿嘴说的话到了纸上，还不乱了套？

白四爷名噪一时，红了三十年。所有连载的书都由有正书局印行，发行量津门第一，北边卖到黑龙江，南边远到香港。直到1947年华清池热水池屋顶给常年蒸气熏糟了，掉一块砸在白四爷脖子上，砸坏颈椎，天天犯晕，便停了各报刊上的连载，一年之后便去了湖北老家养伤养老。

于是，原先又一种说法重新冒了出来：他一离开澡堂子小说就没了，白四爷的小说全是光屁股说出来的。可是不管闲话怎么说，只要打开他的小说一看，还得服人家。

腻 歪

锅店街上靠近瑞蚨祥不远的地方住着一个男的，光头，光棍，四十多岁，名叫腻歪。腻歪当然不是大名，是外号。这外号“腻歪”两字真绝，不仅把这人的性情叫了出来，连模样也叫出来了。一个人，无缘无故整天皱着眉头，满脸不高兴，无论吗事也招不起他的兴致。多好吃、多好看、多好玩、多稀罕的事，他都不多看一眼。反过来多凶、多坏、多惨的事，他也不瞅一下。好赛他心里只有自己那个解不开、撂不下、摆不平的事，是吗事？没人知道。

没人知道的事，人人想知道。瞧瞧他——

整天眉心总像个馄饨那样揪着，脸盘总像块瓦片那样板着，眼珠子像死鱼眼，哪儿也不看，这眼神儿可是学都学不来的。

他到底为嘛腻歪真费猜。就像一根绳子上的死结，谁都想解，没人能解开。

有人说是因为他死了爹妈，光棍一个，闷得慌。有人说是娶不上媳妇，愁得慌。其实都不是。他爹是打江西来的大瓷器商，专卖上品青花瓷，把景德镇成色最好的青花瓷，用车用船弄到天津，再往紫竹林租界里送，还在锅店街上开了一个挺阔气的瓷器店。他家靠瓷器发家发财，一家子人只穿绫罗绸缎，从不穿布衣裳，虽然爹妈一去，家里没主心骨了，瓷器买卖没人做了，店铺也关了门，但现在他还住着一套带前后院的瓦房呢，只要他招亲，谁家有闺女不笑着脸往他家送？他为嘛腻歪？有人说他打小就腻腻歪歪，没高兴过，腻歪这外号打小就有。如果天生腻歪，这就没治了。

天津卫人比人厉害，没有没治的事。

要是没碰上陈六，说不定他这一辈子就这么腻腻歪歪，一直腻歪到死。可是他碰上了陈六，陈六就给他改了。陈六这人够明白，也够狠够绝。

陈六原本不是锅店街人，他在西头卖糖炒栗子，栗子炒得又甜又香又鼓又亮又好剥皮又好吃，可是西头的人穷，口袋里只有铜子，锅店街这边的人阔，口袋里全是银子。人跟着钱跑，他就跑到这边摆摊赚钱。谁想到锅店街寸土寸金，划地称王的混混儿多，能在这边插腿立足的全不是一般人。比方陈六，打他在锅店街上露面那天，就没人跟他找过茬，他看上去并不横，为嘛没人敢招惹他？这里边的缘故都在后边的故事里。

一天有几个土棍儿跟他说闲话，说到了腻歪。人们说腻歪，总绕不出这个题目：他腻歪个嘛？

谁料陈六说了一句："哪天把他那个狗窝烧了，他就不腻歪了。"

那几个土棍儿笑道：“那不就更腻歪了，说不定一头扎进南运河。”

笑话说完就过去，可是一个月后，锅店街忽然着火，冒黑烟，大火苗子蹿上天。紧跟着远近水会敲着大锣，嗯喇喇全赶来。人们瞪眼一瞧，竟是腻歪家。只见腻歪光着膀子，穿一条睡裤，从家跑出来，浑身黑烟子，像从烟筒眼儿里钻出来的野猫，连蹦带跳，连喊带叫，腻歪很少说话，他是嘛嗓音，谁也没听过。这回听到了，有人说像谦祥益扯布的声音，有人说像夜猫子叫。

这场火是“绝后火”，把他家烧得精光，只剩下一个空壳。屋子里的东西全成了灰儿，只有后院堆着一些瓷缸瓷罐，混在一堆烧焦的废墟里。瓷器不怕火烧，拿火烧成的东西都不怕再烧。

据说大火刚起来时，一些小混混趁火打劫，钻进屋里火里，一边喊救火，一边偷东西，珍稀细软准都叫混混儿们掏去了。腻歪从头到尾一直像只黑猴子在他家门口又蹿又跳又喊又叫。可是转天，没一点动静，烧焦的房子冒着缕缕蓝烟儿，却不见腻歪的影子。他在世上孤单一人，无亲无故，能去哪儿？有人说，这一场大火叫腻歪活到头了，准扎河了。

有人把这话说给卖糖炒栗子的陈六。陈六却说：“又不是三九天，河里没盖盖儿，谁想跳谁跳。他要是想活就死不了，说不定这场火救了他呢。”

陈六的话没头没脑，没人当事，只有一个小混混儿听出点东西。究竟这场火来得蹊跷，前几天说闲话时，陈六刚提过把腻歪的“狗窝”烧了，就真烧了。烧这把火能是谁呢？为嘛烧他家？想趁火打劫？

半年后，有人说看见腻歪在租界那边的码头上扛活。这话没人信，他平常连买俩西瓜都雇人抱回家，肩膀子哪放得上东西？

自从这个谎信过去，再没腻歪的消息。

四年后，瑞蚨祥斜对面那个药店叫洋药顶得干不下去了，关门歇业，铺面挂牌转租。没几天，一个干净利索的中年人把这店面接了。这次开的是瓷器店，专门营销景德镇的青花瓷。这店一开张就像模像样，青花瓷青花瓶青花罐青花缸青花碟子青花碗，从里边货架一直排到当街。一对一人高、画满刀马人儿的青花大瓶，像门神似的，一左一右守在大门两边。这铺子只三个人，一个掌柜两伙计。掌柜的姓杨，名光正。人说是江西人，口音却带点天津的腔调。他一身短打，更像个伙计的领头。人勤手勤，和伙计一起里里外外，很快就把买卖干得热乎起来，连紫竹林的洋人也跑来买货。这叫人们想起当年腻歪他爹那个瓷器店。

有个脑筋转得快的人忽然说："腻歪他爹姓杨，他也姓杨，他爹不是江西人吗？这人是不是前几年一把大火烧跑了的腻歪？"

他叫杨光正，可是这里的人们只知道腻歪那个外号，谁也不知腻歪的大名。

再说猜归猜，看模样却半点看不出来他是腻歪。瞧他眉清目朗，哪有腻歪眉头上揪着的那个大疙瘩？再看他这张脸多活泛，整天挂着笑，腻歪那脸——总像别人欠他五吊八吊钱。

怎么看，他都不是腻歪；可怎么想，他都和腻歪连着一点什么。

于是小混混们想出一些坏招，打算探个究竟。陈六知道了，就把炒糖栗子的炉子搬到杨家瓷器店的对面。还放出话来："谁敢欺侮人家老实人，叫我看看。"

这一来便相安无事了。

一天，一个小混混与陈六扯闲话时说道：

"我不管这人到底是不是腻歪。只想知道有的人为嘛好好的总腻歪呢？"

陈六明白这小混混套他的话，他笑道：

"那你这就不明白了，人的腻歪都是不愁日子不愁钱——闲出来的。穷了犯愁，富了才会腻歪。"

十三不靠

文人圈子，有个人既在圈内又在圈外，这人叫汪无奇。人长得周正，不流俗，平时喜欢穿一件天青色的长衫，净袜皂鞋，带点文人气，可不是文人。

说他在文人圈内，只是说文人们都知道有一个造笔的人，造的笔讲究好使，还能写写画画，居然都挺好；说他在圈外，是很少有文人见过他，更很少有人见过他的书画。说白了，他只是有些飘飘忽忽的小名声在文人圈内偶尔传一传而已。

他爹原在安徽徽州造笔。徽州笔好，那时，天津的笔庄笔店都从南边进货，他却看好天津这个四通八达的码头，举家搬到天津，就地造笔，开店卖笔，店名起得好，叫作一枝春。地点在针市街，临街四五间屋，后边一个小院，前店后厂，吃饱干活，日子过得不错。汪无奇自小跟着爹学手艺，长大随着爹干活。他天生好书画，人有悟性，无师自通。但他不在文人圈里，是好是坏，谁也不知；说好说坏，他也不在意。他有个性，自己随爹造笔卖笔，活得开心，并不求在书画上出人头地。他父亲过世之后，照旧这样干活养家，书画自娱。他挺喜欢这么活着，轻松又自我。

汪无奇造的笔是徽州笔，羊毫、狼毫、兼毫三种。自己写字作画用的却是自制的鸡毫笔。鸡毛是从家里养的公鸡屁股上拔下来的。他画画走石涛八大一路，写字偏爱南北朝的游僧安道一的隶书。人不受拘束，画也随心所欲。

可是他没想到，外边虽然没几个人见过他的字和画，却不少人说他的字和画好，渐渐竟还有奇才怪才鬼才之说。偶然听到了，一笑而已，只当人家拿他打趣。

可是他不明白，那些人念叨他干吗？自己不过一个造笔的，画好画坏跟谁也没关系，他也不想跟谁有关系。写写画画，只是为了自己一乐，只要自己高兴就得了。

一天，锅店街上的于三找他。于三迷字画，喜欢用一枝春的笔。这人在书画圈里到处乱串，三教九流全认得。今儿他一来就嚷着说，城里一位书画圈里的大名人盛登云要见见他。还说：

“人家的画不卖银子，只卖金子。想得到他的画今年缴了钱还不行，后年才能取到画。可人家点名要见你，叫我领你去。”

汪无奇很好奇，他说：

“我卖笔，又不卖画，见他干吗？”

“不是你要见人家，是人家要见你，才叫我来找你，见见面总是好事，说不定人家是看上了你家的笔呢。”

汪无奇没见过大名人，怕见大名人。一听说人家可能看上一枝春的笔，便随着于三去了。他走进盛登云的大门就懵了，这房子、门楼、客厅、排场、摆饰，还有盛登云那股子牛劲，叫他发怵，只想走掉。他发现盛登云眼珠是白的，这人怎么没黑眼珠，好像城隍庙鬼会的白无常。后来盛登云瞥他一眼，才见这人有黑眼珠，不过眼睛一直朝上，不屑看他而已。既然瞧不上他，为嘛还要请他来？

而且，盛登云没有请他坐，自己却坐在那里，旁若无人，一个劲儿夸赞自己。他还没见过人这么夸赞自己的。盛登云说秦祖永《桐阴论画》中把画分作“逸、神、妙、能”四品，他说自己早在十年前就把“逸”字踩在脚底下了。于三好奇，问他：

“那么您是哪一品呢？”

“自然是极品了！”盛登云说完，仰面大笑，直露出了嗓子眼儿。

汪无奇不再听他说，而是侧目去看他挂在墙上的他的画。不看则已，一看差点笑出声来，心想：“这样的屁画也算名家？”于是他不想在这里受罪，告辞出来。

走出盛家，汪无奇问于三：“这位姓盛的在咱天津排第几位？”

“自然是头一号，至少也是头一流。我能拉你去见二三流吗？你说你还想见谁，我都能带你去见。马家桐？张和庵？赵芷僊？见谁都行，我都认得。但你见他们时，可不能提这位盛先生，他们之间谁也瞧不起谁，互相骂。”于三说。

“行了行了，我谁也甭见了，还是关上门自己玩吧。我不费这劲。”汪无奇说。

汪无奇以为关上门，就与世隔绝了。其实不然，他卖笔，就离不开写字画画的人。再说，他还有几个爱好书画的熟人，虽然都没什么名气，画也没人要，却使劲往这里边扎。这几个人都佩服他，说他有才，恨不得他出名，于是到处夸他。这样，书画圈里就把他愈说愈神。人们只是嘴上说，并没有看到过他的画。看不到也好，没法挑刺，要说只能说好。

如是这样，倒也相安无事。

可是一天，一个老爷坐着轿子上门来找他。这人穿戴讲究，气概不凡，身后跟着两个青衣仆从，进门就要看字看画。汪无奇见这人身带官气，他更怵当官的，不敢靠前也不想靠前，便说自己是造笔的，没念过书，哪里会画画。说话时，脑筋一转，又说："我想您可能找错人了。听说城里边有一个与我同名的人，能写善画，来买过笔。听说他也叫汪无奇，是汪无奇还是王无奇，我就不清楚了。人家是名人，不会与我多说话。"

这位老爷听了，沉着脸转身走了。

这事叫于三知道了，埋怨他说："你干吗不拿出画来给他看？天津能写能画的人多了，凭嘛找上你家，就是耳闻你大名了。天津八大家，有一家瞧上你，你就不白活这一辈子了。"

谁想汪无奇听了，笑了笑，并不当事。

事后，市面上就有流言出来，尤其在文人圈子里传得厉害。这传言听起来吓人，说那天去拜访汪无奇的是知县大人刘孟扬。刘孟扬是有学问和好书画的人，字写得好，可是汪无奇没拿画给他看，叫知县大人碰了一鼻子灰！

传这段话的人，嘛心思都有。有的是说他是一位奇人，性情狷介古怪，连知县大人跑来微服私访也不买账；有的说他不过一个小手艺人，没见过世面，狗屁不懂，硬把津门父母官得罪了，祸到临头了；有的则猜不透汪无奇到底是傻、是痴、是愚，还是真怪，有钱不赚，有官不靠，摸不透他到底哪一号人？

这事过后，文人圈子开始真的把他当回事了。

有一个小文人叫孟解元，喜欢徽笔，常来一枝春。半年后的一个晚上，领着一位中年人来串门。汪无奇不喜欢和生人交往，因与孟解元熟识，不好谢绝，让进屋来。这位来客是位中年人，说话京腔，文雅和善，不叫人讨厌。孟解元说，这位来客是京城人，会画画，尤精泼墨山水。这人今天在孟解元家画了一下午，孟解元忽想应该请他到这儿来，给汪无奇画一幅，他想叫汪无奇见识一下京城的画艺。孟解元说：

“反正他是京城人，天津这边只认得我，再没熟人。明天一早人家就回去了。”

这句话叫汪无奇放下了素常的戒心，领他们去到后院的书斋，铺纸研墨。京都来客一挽袖子，抓一支羊毫大笔，连水带墨挥上去，很快就浓浓淡淡，山重水复，满纸云烟。画得虽不算好，却勾起汪无奇的画兴。画画的人来了画兴，刀枪拦不住。

他待来客画完，把画撤去，为自己铺上一张白宣。他用自造的鸡毫笔来画，鸡毛特别，有细有粗，有软有硬，毛上有油，水墨一抹，异趣横生，处处都有意外，时时闪出灵光。京城来客惊呼：

“好一片墨荷，当世的石涛八大！我头一次见用鸡毛扎笔作画，胜过凤羽啊！”

从没人见过汪无奇作画，孟解元也是头一次看，又惊奇又兴奋，连连叫好，像是看戏；汪无奇被鼓动得画兴只增不减，浑身发热，脑袋冒汗。他脱掉长衫，一身单裤单褂，信手又画了一幅风竹。京城来客就势说：“用这鸡毫写字如何？怕不如画画好使吧。”汪无奇听了，二话没说，又铺一张纸，换一支两尺多长的粗杆鸡毫大笔蘸了浓墨，写了八个大字：“风生水起，逸兴真情。”

京城来客说：

“这几个字——尤其这个‘真’字，放在今天这儿再好没有了！”

汪无奇听了高兴至极，以为遇到知己。谁知这时京城来客忽从怀中摸出一包死重的东西，递给汪无奇。汪无奇不知是嘛意思，京城来客解释说：

“这是三根金条，我买下您这两幅画一幅字了。您给我盖上印章吧。”

汪无奇更觉奇怪，心想你没问我卖不卖，怎么就叫我盖图章？他说：“我是卖笔的，从来不卖字画。再说，你干吗给我这么多钱？”

京城来客说：“你的字画明天会更值钱！老实跟您说，我是在京城琉璃厂开画店的，久闻大名，特意来拜访。今儿看到您作画，比听的厉害。我来帮您卖画吧！您要信得过我，咱们六四分成，您六我四。但是有言在先，咱们成交之后，您的画和字只能叫我卖，一幅不能再给旁人，送人字画也得叫我点头才行。我知道您不和天津这里的人交往，我们和这里的人也没来往。等您的画价在京城卖起来，我保您在天津称王！”京城来客说到这里，满脸堆笑，再没有刚才那种文雅的劲了。

孟解元在一旁说：“等您功成名就，我给您研墨！”

谁料汪无奇听了，立时变了一个人。他非但没接过金条，反而像被人羞辱似的，一脸怒气。他扭身把自己刚刚画的画、写的字抓起来，“唰唰”撕成碎片；又将京城来客那幅泼墨山水塞给孟解元，不再说话，送客出门。那两人出去之后走了半天，仍然一脸惊愕与不解。

从此，汪无奇再不与任何人交往。于三来过两趟，都叫他倔走。孟解元不敢再露一面，但人人不明白，天津卫是个赚钱的地方，为嘛有钱不赚？卖笔不也是为了赚钱，可那是赚小钱。这不是推走财神爷，扭身去讨饭吗？

孟解元把他经过的这怪事到处去说，无人能解。有人骂汪无奇傻蛋，有人骂他天生穷命，到头穷死。

汪无奇的街坊却说，他一如往常，忙时造笔卖笔，闲时耍耍笔墨。个人的快乐，只有自己明白。一次，汪无奇的老婆在邻家打牌，他去找老婆。人问他会不会打牌。他说：“小时候会打，但只打一种牌——十三不靠。一四七、二五八、三六九，还有东西南北中发白，哪张也不靠着哪张，我只会这一种，也只喜欢这一种，别的都不会。”他还说，“这种牌难打，不靠旁人，全要自摸，这才好玩！”说到这里，他眼睛一亮，似有所得，回家便用鸡毫笔写了“十三不靠”的横幅，挂在书斋迎面墙上，成了他的斋号。

曾有人问他的不靠是哪十三个？他指指横幅左边，有一行指甲大小的字写的边款：

吾所不靠乃权贵名人大户混混家产亲戚朋友女人小恩小惠坑人骗人送字送画卖字卖画以及拼命是也。

对于他，最要紧还是最后三样。不靠送字送画，是不拿自己之所爱换取好处；不靠卖文卖画，是不败坏自己的雅兴；不靠拼命，就是劳逸有度，知足常乐。

这人活到民国十一年才死掉，死前七天，似乎已知自己大限将至，把书斋中所有字画，还有他用了一辈子的鸡毫笔一把火烧掉。

弹弓杨

杨匡汉是一条中年大汉，身高八尺，长胳膊长腿，腰粗如树，人称大杨。他有蛮力，好吃生肉，一身上下全是肉疙瘩，冒着热气，立秋后还光膀子，不穿褂子，顶多一个布坎肩。北门外侯家后“三不管”那块地上的重刀石锁，他当小玩意玩。不过他本人不弄刀枪，只玩一把弹弓子，平时掖在后腰带上，撂地演艺时，才拿出来亮一亮真本事。

这位大杨是河北沧州人，沧州人个个武艺高强，可是到天津就不一样了。就像外省的能人去做京官，京城官场深不可测，能站住脚跟就算有能耐了。天津这地方与京都不同，另有它的厉害。比如三不管这地界，看上去挺好玩，演武卖艺、打鼓唱戏、算卦卖药、剃头打辫全聚在这儿，各种能人高人超人也都混在中间。可这里绝非乐土，所谓三不管，一是乱葬乱埋没人管，二是坑蒙拐骗没人管，三是打架斗殴没人管，还有混星子们野狗一般窜来窜去，一个比一个恶。要想到这儿找口饭吃，不问南北，不懂江湖，就叫人抓起两条腿扔进白河里。

大杨初到天津码头，就觉出这地方格外格色。普通人厚道，恶人凶狠；一如羊，一如虎。可是，虎不吃羊，虎只咬虎。大杨人高马大，站那儿就压人一头。他当时在南运河边租了一间小屋，一天晚上回家，忽觉脚脖子给什么东西一拦，练武的人身子机敏，马上知道有人给他下了绊马索。他弯腰抓住绳子，猛一扯，把埋伏在街两边手里攥着绳子的两个小混混，都扯到自己脚前，还硬撞在一起，撞得满脸花。

他以为从此没人再敢惹他。三天后回屋躺下后，浑身奇痒，点灯一看，臭虫乱爬。哪来这么多臭虫？原来是那些混混趁他不在屋时，把挺大一罐活臭虫倒在他床上。

这沧州大汉火了。头一天在三不管撂地卖艺时，上身光着膀子，斜挎一个黄布袋，里边是半袋子葡萄大小的弹丸。这弹丸是黑胶泥团的，不知掺了嘛东西，乌黑梆硬像铁蛋儿。他手里的弹弓更是少见，一尺半大柳树杈子，拴着两根双股二尺长的粗牛筋。这弹弓子射出这铁蛋儿，还不和洋枪子一样？当大杨把弹丸捏在牛筋中间的皮兜里，好比枪弹上了膛，周围看热闹的人都怕他“擦枪走火”，一个弹丸过来，脑袋瓜不开了瓢。

大杨坐如钟，立如松，一根桩子似的立在场子中央，瓮声瓮气地说：“诸位放心，我的泥弹只往天上射！”说着举弓向上，一扯牛筋，把弹丸射上天。这一下射到哪儿去了，云彩上去了？

只见大杨把胳膊一伸，手一张，手心向上，一忽儿“嗒”的一声，射出的弹丸落下来，不偏不斜，正好落在手心中央。多准的劲，多高的功夫，一手见神功。

不等众人叫好，大杨又从挎袋里拿出弹丸，这次是两个。他先是脑袋向后一仰，眼望天空，来个“犀牛望月”，一弹射上去。跟着飞速转身，一回头，又来个“回头望月”，一弹又射上去。看得出来，后边一下比前边一下劲大，弹丸飞得更疾更快。跟着，只听天空极高极远之处，传来清脆的“啪”的一声，原来后边的弹丸追上前边的弹丸，击中击碎，众人应声叫好。天津人头次看到这功夫——天津就服有本事的人。

这时人群走出一人，黑衣黑裤黑鞋黑脸，一脸恶气，横着身子走上来。这人三不管无人不知，出名的大混星子一身皂。

一身皂二话没说，叫一旁摆茶摊的老汉把一张桌子搬上来，中间放一把青花茶壶。然后他打衣兜里拿出一个玻璃球，稳稳搁在壶嘴上，扭头对大杨说："你看好了，这把壶是乾隆青花，值一根金条。你有本事把壶嘴上这玻璃球给我打下来，但不能伤了壶嘴。你要是打碎了这把乾隆青花，你赔！你要是认头没这能耐，给老子趴下磕三个头，哪儿来的滚回哪儿去！"这话句句都是朝人抡棒子。

这茶壶只是茶摊上的壶，值个屁钱，凭嘛说是乾隆青花。可是三不管这地界一身皂说嘛是嘛。

大杨听他说话时，像听蝉叫，全没当事。他从挎袋里摸出一个弹丸，对着茶桌后边的人说了一声："请诸位闪开！"众人应声躲开。大杨一张双臂，一手举着弹弓在前，一手捏着皮兜里的弹丸在后，使劲一扯，中间的牛筋拉出三尺长，嗡嗡出声。他扭身塌腰，这一招应是"霸王倒拔弓"。忽将捏皮兜的双指一松，皮筋翻飞，同时那茶壶上"叭"地巨响，众人以为茶壶碎了，再一看茶壶没事儿，壶嘴也没事儿，只有壶嘴上的玻璃球粉碎，地上全是亮闪闪的玻璃碴。

众人全看呆了。一身皂没了神气。

大杨说："我只五个弹丸。刚才打了三个，现在打了一个，还留一个专打恶人。谁欺负我，谁欺负人，过了头，我给他'换眼珠'，只换左眼！"说着，他又把一个弹丸捏在皮兜里。现在这弹丸已是无人不怕。

这一下，大杨在三不管立了足，有大杨在，素静多了。他的弹弓比洋枪厉害，出手比洋枪还快，准头连洋枪也甘拜下风。他一弓子，眼眶子里换成泥球，谁能不怕？从此大杨有了一个威风十足的称呼，叫"弹弓杨"。

七年后，庚子事变时，天津城北这边叫洋人糟蹋得厉害；放火杀人，掳掠店铺，天津人不服，拼得很凶。据说一个洋人的军官被杀，不是刀砍，而是枪击。有人看见这洋人，左眼一个黑窟窿，呼呼往外冒血，死得挺惨。

那时守天津的武卫军全有洋枪，多半中了武卫军的枪子儿了。可有人说这洋人遭的不是枪击，而是大杨的弹弓子，因为他伤的是左眼。据说这个洋人极恶，杀人如麻，准是叫大杨给换了眼珠子。

这话真假无人知道，反正庚子之后没人再见到过大杨，三不管也毁成了平地，二十年后挪到南门外的南市那边去了。

焦　七

谁都知道，天津卫这地方最不好惹的是混星子，混星子也叫混混儿。可混星子并不一样，各有各的厉害，有的狠，有的凶，有的横，有的诈，最厉害的是阴。

比阴更厉害的是毒。人毒有多毒？这儿有个人，有件事，说完就明白。

这混星子叫焦七，看模样像半个残废。秃头光脸，臂长腿短，唇黑眼灰，走多了就气喘，干活没力气，手上没能耐，从来也不干活，就这德行却有吃有喝，有肉有酒，在梁家嘴住一个有屋有院的房子，周围还有一帮小混星给他跑腿。没见过他打打杀杀，也不到处撒野耍横，天津出名的混星子中却有他一号。混混分文武两种，他属于“文混混”，不靠逞凶斗狠，另有邪魔歪道。好人的本事看得见，歹人的本事看不见。要想弄明白他的本事，还得说他那件事。

焦七最爱吃的东西是肉肠子。他别的事全交别人干，只有做肉肠子的事自己干。他只吃自己做的肉肠子；自己买肉、切肉、剁肉、拌肉、灌肠，他有自己的一套；用多少黄酒、胡椒、酱油、葱姜、红糖，肉要几成肥几成瘦，不信别人只信自己。他做的肠子也全归自己独吃，别人别想吃到，连他老婆也难吃一口。毒的人凡事必独。

他刚搬到梁家嘴来后，发现院里的一棵老榆树又大又高，杈子多，树荫浓；有风又不晒，正好晾肉肠。他就把灌好的肉肠一串串挂在树杈上，晾好的肠子干湿合度，真好吃。可是这样做了几次之后，忽然发现挂在树上的肉肠子少了。奇了！鸟叼去了还是猫儿偷走了？他下一次再做肉肠，用了心计，先数好多少串，挂在树杈上之后天天盯着。一天，他忽看到邻居家隔墙伸过一根竹竿来；竿头绑个铁钩，过来一勾一挑，生生把一串肉肠子摘过墙去。妈的！原来是叫人偷去的！

“敢动我的肠子！”焦七立时火了。可焦七这人阴，有火不发，憋在心里想招。想来想去，想出天底下最厉害的一招，叫隔壁偷吃肉肠的馋嘴去见阎王。

转天他出门买了一块肉，一包肠衣，一些大葱生姜，路上拐个弯儿，到药铺买一小包砒霜。到家就在院里剁肉拌料，掺上砒霜，灌进肠衣，做成了十五串毒肠子，全挂在树上。然后天天坐在当院一张椅子上，抽烟喝茶，两眼一直没离开从树杈一串串垂下来的毒肠子，像是蹲在河边钓大鱼。几天过后，终于看到那绑着铁钩的竿子又伸过墙来，前后两次，挑了两串毒肠子过去。他心里暗暗一笑，一直憋在心里的火立马熄了。

跟着，他把树上余下的毒肠子全摘下来，塞进一个袋子里，天黑后从家提到河边，扔进河里。

当天晚上只听邻院叫喊声忽起，又是“救命”，又是“死人”，人哭狗吠，动静很大，闹了整整一晚。第二天一早，一个小混星来说，隔壁邻家那个倒腾木料的胡老大叫人下了药，毒死了。官府来了几位捕快正在问案。焦七听了赛没听，好像大车砸死一条野狗。

到了晌后，有人“哐哐”拍门，焦七开了门，只见几个黑衣捕快站在门口。不等他开口，用纸托着三根肉肠给他看，问他：

“这是你的肠子？”

捕快猜他准说不是。谁想他苍白的脸上阴冷一笑，竟然反问捕快：“我家的肠子怎么在你手里？”

捕快一怔，跟着问：“好，我问你，你家的肉肠为嘛放砒霜？”这话问到关节上。

焦七答得更快：

“我这肠子不是吃的，是药黄鼠狼的。不放砒霜放嘛？放白糖？”

焦七这话叫捕快没想到，全怔住，下边的话就没劲了：“你可知道你的肠子毒死了邻家的胡老大？”

焦七装傻，说道：“这不会吧！我药黄鼠狼的肠子挂在我家院子，他怎么吃的？偷去吃的？”他忽然笑出来说，“那就不干我事了。他要是翻墙到我家来，用我家菜刀抹了脖子，也是我的事吗？”

捕快们再没话可说，闷住了口。

焦七的话句句占理。他并不否认这肠子是他家的，砒霜是他放的，可他为了药黄鼠狼，他并没错。胡老大偷吃毒肠，自然怪不得人家。这事无论从哪头讲，都和焦七沾不上边。后来连胡家的人都说，这事只能怪胡老大自己，他要不去偷吃哪会致死？最后，官府结案，胡老大贪嘴致死，与焦七不相干。

可是，这事再往深处一寻思，就费解了。谁会用肉肠子药黄鼠狼？焦家又没养鸡，也没闹过黄鼠狼，他毒黄鼠狼干吗？黄鼠狼是大仙，没事谁会去招惹大仙？是不是胡老大以前就偷吃过焦七的肉肠子，惹了他，才使了这毒计，下了这毒手？

慢慢谁都明白这是怎么回事，但谁也没办法。不单官府没法儿，老天爷都没辙。焦七这人还有人敢招惹吗？

最倒霉还是胡老大，活了这么大岁数，最后竟然死在了贪嘴上，连家里人也抬不起头，后来悄悄搬出了梁家嘴。

毛贾二人

这事确实没假，可是什么年头的事，没人能说清楚。

南运河南岸单街上有个茅厕。白天有亮，夜里没灯，晚上就没人敢进去了。摸黑进去，弄不好一脚踩进茅坑里。

这天深夜，偏偏走进去一个人，瘦得像个饿鬼，抱个空筐。他走到茅厕中央，把筐倒扣过来，底儿朝上，一脚踩上去，跟着解开腰带，想把腰带拴在房梁——上吊。

可是他抬头一看，房梁上竟然有个拴好的绳套，这是谁拴的？他用手拉一拉，绳套拴得还挺结实。他心想就用这个了，刚要把脑袋伸进去，只听到黑乎乎的下边有人说话："你别用这个，这是我的。"

瘦子吓了一跳，以为撞见鬼，心里一慌，赶紧跳下筐，这才看见一个人影坐在一张凳子上。

"你是谁？"瘦子问。

"我是谁跟你没关系。反正咱们都想死，各死各的，问什么。"

"既然咱们撞在一块，马上全死了，问问怕嘛。"

"那好，你先说。你为嘛寻死？"坐在凳上的人说。这时黑屋的情景渐渐清楚。他虽看不清坐在凳上的人是嘛模样，却看出对方人影挺宽，是个胖子。瘦子便对胖子说：

"好。我是干小生意卖杂货的，赔了。借贷还不上，愈滚愈多。我把各种办法琢磨到头了，还是熬不过去，只有一死了事。你呢？"

胖子没答，接着问他：

"你欠下多少钱？"

"四十两。这么多钱拿什么还？只有一死。"

谁料对方说："才这么点钱，就搭上一条命，弄不好还是一家人的命呢。"他沉了沉说，"我这儿有个元宝，五十两，给你拿去还账去吧。别死了！"

瘦子一听，叫道："你死到临头还要我！你有这么多钱还要死？你不是为钱才寻死的吧？"

"也为了钱。我是做钱庄的——叫一帮临汾的人骗了。房子没了，老婆也跑了。我没脸见任何人了，只有去见阎王。"胖子再不多说，说也没用，只对瘦子说，"这元宝你拿去，足够你还债了。它救得了你，救不了我。"

瘦子不肯收，说："你要死了，我还拿你钱。哪能呢？"

胖子说："我去阴间还能带着它？你快拿着它走吧，叫我一个人好好坐一会儿。我一吊上去就再回不来了。"

瘦子万没想到，黄泉边上，竟被人拉一把。阎王居然不要他，这元宝是从天上掉下来的！他趴在地上给眼前这救命恩人叩了三个头，捧着元宝跑回家。

他跑到家，见了老婆，一五一十说了。老婆先是哭了，责怪他只想自己一死解脱，狠心甩下他们孤儿寡母。看到了银元宝又喜出望外，一下子就把债全还了，真是起死回生了。忽然，她说："人家救了你，你就这么叫人走了？"

"我能干吗？他倾家荡产，山倒了，谁扶得住？"

"你好歹拉他到咱家吃顿饺子，送行饺子迎客面，咱得叫他吃了饺子再走。我马上和面，剁菜。深更半夜没地方买肉了，你到隔壁张家借几个鸡蛋去。"瘦子老婆说。

瘦子赶忙去借鸡蛋，老婆忙着切菜、和面、擀皮，这一忙，擀面杖掉在地上。擀面杖是圆棍，地不平，轱辘到墙角。奇怪的是，擀面杖横着轱辘，到了墙角，竟然鬼使神差地"咕噔"一下竖着掉进老鼠洞里，她赶忙伸手到洞里去掏，待抓住了忙往外一抻，怎么比铁还重？拉出来一看，竟然不是擀面杖，变成一根亮晃晃的大金条！今天这是怎么啦，财神爷到家来了？刚才银元宝，现在是金条！她当是在做梦，分明又不是做梦。

不一会儿，瘦子攥着鸡蛋回来，一看也懵了。两人赶忙清理了屋角的杂物，用锄头铲子一通刨，竟然刨出两坛子金条，足有百十根。

瘦子傻了，老婆却清醒，叫他赶紧跑去茅厕，叫那胖子别再寻死了，有钱了。

瘦子这才清醒过来，说："说的是，人家拿元宝救了咱们，咱们也得救人家。"

他老婆说："你快去呀，说不定他已经吊在房梁上了。"

瘦子飞似的跑到茅厕，一看还好，胖子还坐在那里呜呜地哭呢。他上去一把将胖子拉出茅厕，并一直拉到自己家。当胖子看到这满满两坛金条，无法明白这是怎么回事。

瘦子对胖子笑嘻嘻说："有这些金条，你也不用寻死了。"

胖子使劲摇着手，说这可不行。

瘦子说："嘛叫行不行，你拿银元宝救了我一家，凭嘛不让我拿它救你一命？"

瘦子老婆说："没有你那银元宝，哪会招出来这两坛子金条？这是老天爷心疼你们俩，才演出来这一幕又一幕。这事编在戏里，也是好戏。"

于是二人把金条分了，各一半，一人一坛金条。事后二人都还是做买卖，各开一店。瘦子在北门里开一家广货店，店里专销由南边水运来的板鸭、熏肉、风鸡、腊肠和家什杂物；胖子在宫前小洋货街开了一个洋货店，卖的全是从紫竹林弄来的时髦洋货。买卖都旺，旺得呼呼冒小火苗，还都赚了钱。有钱不忘朋友，二人彼此经常走动。一天，他俩酒后聊起往事，唏嘘不已，决定在城北单街那边合盖一片房子，两家人都搬去住，后代也好联系。大难不死，必有大福，二人在那地方因祸得福，起死回生，否极泰来，认准那地方是他们的福地。他们看好单街右边的一块空地，一起买下来。再请来营造厂造了两排房子，每排八幢，门对门。中间留一条巷子，两家合用，这样两家人出来进去，打头碰面，相互照应，好比一家。

这巷子得有个名字。瘦子姓毛，胖子姓贾，就叫毛贾夥巷。但不知这名字是他们自己起的，还是给人们叫出来的。

如果是他们二人合起的，那是为了彼此要好，并长此以往地下去。如果是人们叫出来的，则是称赞这毛贾二人有情有义，有难同当，有福同享。

棒槌壶

人脸六种色：黄脸、黑脸、红脸、白脸、灰脸、青脸。可是侯家后的倪家三少爷都不是，他是肉脸。嘛叫肉脸？谁不是肉脸？他的脸没颜色？

当然有色。只是没准色。饿时脸黄，再饿脸白，饿久了脸灰，饿病了脸青，饿急了脸黑，吃点东西脸就有红色，再喝点酒就是红脸了。

人家不是三少爷吗，还能饿着？他是少爷，他不愁吃喝是因为他爹有钱。如今爹死了，家败了，他没能耐，坐吃山空，把院里树上的枣都吃光了还能不饿？可是人家倪三少“人不死架子不倒”，家里的东西连祖宗像都卖了，可还有些东西一直攥在手里不卖，只要活着就不能卖。这就是一身出门穿的行头——当然是富家子弟的鞋帽衣装，还有那时候富人挂在身上的零碎：眼镜、胡梳、耳挖、发梳、折扇、鼻烟壶、掌珠等。这些东西除去香囊，全有个软袋硬套儿；缎子面儿，上边绣着各种吉祥花样，颜色配得好看极了。每个套儿上边还有一根精致的彩色丝绳，系在腰间，围着身子垂了一圈，一走就在肚子下边晃悠，招人眼看。本来这些东西就是天津的阔佬阔少向人显摆的玩意儿。

别看倪三少家里边东西快卖光当光，空箱子里边只剩下耗子屎，这身上的行头却不能拿出去卖掉。穿戴这一身走在街上，谁能不拿你当回事，自己的肚子空不空有谁知道？有时这一身打扮走进租界，还叫好奇的洋人客客气气拦住，端起那种照相盒子“照”一下。据说当年慈禧太后也给这么“照”一下。照它干吗用就不管它了。有时洋人“照”他，还叫他戴上小圆茶镜，一手执扇子，一手捏着耳挖子摆出掏耳屎的样子来呢。

那天，早晨起来穿戴好，觉得肚子有点空，家里没什么吃的，就把碗里的剩茶根连带茶叶子倒进肚里，定了定神，出门上街。他打老桥过去，从宫北一直走到宫南，路上只要遇上熟人，就站在街上说一会儿闲话，为的是给走来走去的人，看他这身阔气的门面。等到他走到老城的东门，饿得发慌，脸发白了，手心脑门子全是冷汗。路边正好有个小饭铺，名叫“福兴”，他常来，这便一掀门帘扎进去。店小二对他一清二楚，也不问他叫什么饭菜，很快就端上一盘素茄子，两馒头，一碗酱油汤，汤里连香菜都没放。这种饭菜最多两三个铜子儿，纯粹是给饿汉填肚子的。

倪三少吃得慢条斯理，不能叫人看出来他是饿鬼。喝酱油汤时就更慢了，喝得有滋有味，好像在喝一碗海参汤；时不时停下来，从腰间拿出梳子来拢拢头发，再解下烟壶套，将里边的烟壶掏出来，立在饭桌上，也不闻烟，只是显摆。

过去倪三少家的好烟壶多着呢，可他爹死后，他娘有病，全卖光了。这个壶儿之所以剩下来，是因为缺个盖儿，东西又一般，直上直下，没个样儿，俗称棒槌壶。白瓷，釉子粗，上面还有麻眼儿，只在中间画一个金毛狮子狗，画工也糙，而且单一条狗，没有配景，算不上好东西。他几次拿到古玩行去卖，没人要，便留给自己玩。他另有个做工不错的烟壶套，没烟壶，就和这棒槌壶配上了。可是这烟壶缺盖，没钱去配，翻箱倒柜找不到一件东西能当壶盖使，怎么办？一天上街低头瞧见地上一小截骨头，动了心思，拾回家，把骨头插进壶口，粗细刚好合适，骨头一端鼓起来的地方，又圆又亮，刚好像个壶盖，这便截齐磨亮，看似原装原套。

他刚要拿起烟壶取点鼻烟时，忽然发现对面坐着一个老头，他也不知这老头什么时候坐在对面的。这老头黑瘦，细鼻，小胡子，光脑门，眼睛有神；身穿一件天青色的袍子，看不出身份。老头的眼睛并不看倪三少，只盯着桌上的棒槌壶看。他不明白这人干吗这么个起劲地看自己的破烟壶。才要问，这人却先问他：

“这壶你卖吗？”

这突如其来的话把他问懵了。

可是，人穷戒心多，倪三少是在市面混日子的，虽然一时弄不明白对方的想法，却知道自己该怎么说话。他打着岔说：“您想拿多少银子，叫我把祖宗传了几百年的东西卖了？”他用这话探一探对方的究竟，反正他不信有人会出钱买自己手里这破玩意儿。

没想到这老头并无戏言，竟然举手来一张五指，给出了价钱：“五两银子。”

这下子叫倪三少惊了。五两银子？还不叫这穷少爷连鱼带肉吃三个月？可是人愈缺钱，愈不缺心眼儿。倪三少忽想，他爹留下的这个棒槌壶是不是个宝？过去没人瞧得出来，今天碰上一个真懂眼的了？想到这儿，他便笑道："你就拿这些小钱叫我把祖宗卖了吗？"

这老头听了站起来，说一句："那你就善待它吧。"说完便起身去了。这事奇怪了，既然他想买，怎么没再和倪三少讨价还价？

倪三少眼巴巴看着这识货的老家伙走了，他能拦他吗？当然不能。他不知道这棒槌壶究竟是件嘛东西，倘若拦住这老家伙是卖还是不卖，多少钱卖？若是他爹留下的金娃娃呢。

自打这儿起，他忽觉得这东西叫他身价百倍。可是壶口没盖儿，只塞一块骨头不成，好马需配好鞍，他便把家里最后剩下的一张硬木八仙桌卖了，使钱在珠宝行给这棒槌壶配了一个红玛瑙盖儿，盖子下边还镶一个鎏金的铜托，做工可讲究了。珠宝行的马老板说：

"说实话，你这烟壶太一般。这么捯饬像是身穿二大棉袄，头戴貂皮帽了。"

倪三少神秘一笑，说：

"您要懂眼就干古玩行了。"

配好壶盖，他就再不敢把烟壶挂在腰间，怕一不留神叫人偷去，他把烟壶掖在怀里，碰上要显富摆阔的时候，才打怀里掏出来，叫人们开开眼，也叫自己牛气一下。

日子一长，新鲜劲儿过去，问题就来了。他不能把宝贝总揣在怀里，拿它陪着一个咕咕叫的空肚子。人这五尺身子，没什么都可以，就是没吃的不行。一天三顿，差哪一顿都过不去。他悄悄把这宝贝拿到华萃斋问问价，谁知人家说，盖儿上的这点红玛瑙值点小钱，下边这个破瓷壶干脆扔了罢。

倪三少气得没说话，掉头就走。可是他拿着这件宝贝从马家口到估衣街，连跑了七八家大小古玩店，人家一瞅这壶，全翻白眼。这就叫他心里没底了。于是又想起在东门口福兴饭店遇到的那个光脑门、留小胡子的黑瘦老头，他跑到福兴饭店一连吃了好几天素茄子，也没等到那老头来，他问店小二，店小二说："又不是常客，我哪记得那人是谁？"

没有伯乐，谁识良驹？倪三少连做梦都是那个黑瘦的老家伙，后悔上次让他走了。

伏天过去，秋凉了。他那天走过北大关时有点饿了，买了两个新烤好的喷香烫手的芝麻烧饼，钻进路边一个茶铺，要一碗热茶，边吃边喝。一扭头，看见那老头竟然坐在窗边一张桌上喝茶。他就像跑丢了的孩子忽然见到娘，马上跑过去，二话没说，打怀里掏出那个没人看好的棒槌壶，一伸胳膊放在老头眼前。那神气像是说：看吧，这壶——这盖儿，怎么样？

没料到，这老头非但没有惊奇呼好，竟也像古玩店的老板们瞥了一眼，再也不瞧，好像这次看的和上次看的不是一件东西。倪三少以为对方想要自己的宝贝，成心压自己的心气。他对老头说："加上这个玛瑙顶子，宝上加宝，您更看得眼馋吧。"

谁料老头淡淡地说："你自己留着玩吧。"

倪三少笑着说："您不想着它了？您上次不是还要花五两银子买我这个壶吗？"

老头板着脸说："今儿这个壶已经不是上次那个壶，你把它毁了。"神气有点懊丧。

倪三少一怔，说："毁了？您耍我吧。不就是加了个盖儿吗，还是红玛瑙的。"

老头连连摇头却不说话，倪三少有点发急，天底下肯出钱买这棒槌壶的只有这老头了，他不要就没人肯要了。倪三少说："您不要它没关系，可您得说个明白，我怎么毁了它？"

老头看着倪三少那张着急上火的脸，沉了一下，开了口："你这壶上边画的是条小狗吧？"

倪三少："是呵。狮子狗，还是地道的京巴。"

老头接着问："狗吃什么？"

倪三少："当然吃骨头吃肉啦，还能吃树叶？"

老头还是接着问："上次你那壶盖是什么的？是块骨头的吧？"

倪三少："是呵。当时这壶没盖，我自己弄上去的。"

老头说：“这就对了！你听我说——你那骨头对壶上的小狗可是好东西。狗不能缺骨头缺肉，就像人不能缺粮食。可是现在你把它换上这个了。它没东西吃了，早晚必死。还不是你把它给毁了。”

倪三少一急，说话的嗓门都大了，他又像说又像叫：“我说你要我吧。这狮子狗是画上去的，它能吃骨头？您是要那种骨头，我马上给您到街上拾一块不就得了。”

老头看了看他，似笑非笑，那神气谁也看不明白，他对倪三少说：“看意思你还是不明白。你都穷到了这份儿上，这一点道理你还是悟不出来？好，就这么着吧。”说完就走，头也不回，叫也叫不住。

倪三少站在那儿，傻瞪着眼。他给老头这几句不着边儿的话绕在里边出不来了。

事后有人对倪三少说：“别听他唬，他是看上你这壶了，拿话蒙你。反正半年里，谁找你买，你也别卖。要是有人找你买壶，准是那糟老头子派来的。”

倪三少信这话。可是一直没人找他来买，不单半年，一年都过去了也没见人来。反过来他找人卖，却怎么也卖不出手。到了后来，他不在乎这壶值不值钱了，却还是没从那老头的几句话里走出来。这件事传开了，一人给一个说法，其说不一。有人说这老头根本没想买这壶，是拿倪三少找乐子；有人说这老家伙头一次手里有点钱，第二次没钱买了；还有人说这是倪三少自己编出来的，想炒他那个破壶。

有一个住在西北城角念书的人，说法与众不同，他说那老头是位有学问的高人，他说倪三少就是壶上那条狗，只能配块烂骨头，不能配金银玛瑙。这话却叫人更不明白。

孟大鼻子

孟大鼻子是孟家二少爷的外号。这外号一听就知道怎么来的——他长了一个特大号的鼻子。

孟大鼻子个子并不大，站在人群里毫不出众，细脖溜肩，有点驼背，只有一个地方十分出奇——鼻子太大，膨脝肥实，油光光像个剥了皮的肉粽子。鼻子长在脸的正中央最显眼的地方，只要见到他，一准是先看见了他的大鼻子。

他讨厌自己天天走到哪儿都顶着一个大鼻子，叫人看了生笑。

不过，老天爷心好。他给你一个苦果，里边准还藏着一个糖心儿。孟二少爷这大鼻子，绝不单单是一块赘肉，更不是脸上一个败笔。它有着灵异出奇的禀赋，是个神器。

别看这肉鼻子表面平淡无奇，肥大平庸，鼻孔黑乎乎，直对着人时，还龇出一些鼻毛，像枯井伸出的草，可是这鼻孔里边有嘛神道，凡人就不知道了。

世上所有的东西不仅全有模样，还都有气味儿。有的你能闻到，有的你闻不到，人家孟大鼻子就全能闻到。

世上各种的气味还全混在一起，你分不出来，人家孟大鼻子却能分出来。这是木头的气味，这是铁的气味，这是菜叶子的气味，这是旧棉袄的气味，那是脚丫子的气味……这大鼻子好比一对明察秋毫的大眼睛，大千世界，一目了然；万千气味，无所不知。

人说，蚊子要是咬了他，他准能找到这蚊子，然后脱下鞋来，用鞋底子拍死它——难道他能闻到蚊子的味儿？

这说法是不是太离奇？别以为这是以讹传讹，再说一件事——

一次他在估衣街的天香楼喝多了，伙计们把他扶到一张太师椅上睡一睡。一个小子趁他酒醉不知，打他怀里摸走了三块银圆。事过半个月，他在山西会馆门前撞见这小子，上去便说：“你把那天从我身上拿走的三个银圆还给我，咱就没事了。你要是不认账，我就送你进衙门。”这小子想要赖，问他：“你凭嘛说是我？你看到我了？”孟大鼻子说：“我不用看你。你身上的味儿带在你身上，跑到哪里我也能认出来。”这小子听了这非同寻常的话，再一瞧他脸上那个奇大的鼻子，忽然想起关于“孟大鼻子”的种种传闻，不敢再抵赖，把银圆掏出来还给了他。

再一件事。他请一群朋友在北大关的慧罗春饭庄吃饭。跑堂的伙计送上一盘罾蹦鲤鱼，嘴里一边说："这是本店师傅拿手的名菜，鱼是刚打上来的，活宰活烹，您就吃这一口鲜吧。"

孟二少爷说："人在天津，吃鱼就吃活的，不是活的不吃。"说着大鼻子对着这盘鱼吸一吸气，笑容立时没了。他正色对这跑堂的伙计说："把你们掌柜的请来。"

小伙计不明白怎么回事，请来这饭庄掌柜的，姓乔。可是不等乔掌柜说话，孟大鼻子就说："你这条鲤鱼昨天就死了。"

乔掌柜一听，怔住。可天津是个码头，在码头上做买卖的人全都脑子活，随机应变，不和人较真，而且嘴巴会说。他马上满脸堆笑地说："您别着急，我跟您赔不是。这盘鱼我端下去，我亲自去挑一条活鲤鱼，瞅着师傅给您做，只请您稍候一候。"

事摆平了，可是乔掌柜心里却不明白这位吃主凭嘛能耐知道这条鱼下锅之前是死是活？靠的真是他那个奇大的鼻子？

这两件事都有人在场看见。从此，孟大鼻子没人敢惹。不敢惹的不是他，是他的大鼻子。不知他脸上这怪玩意到底还有多厉害。

再厉害的东西总有一天碰上克星。这是大道理。

孟大鼻子是个好交朋友、喜欢热闹的人，家里有钱，花钱随便，自然有一群狐朋狗友前呼后拥，叫他活得舒舒服服。他整天在外边东跑西颠，吃吃喝喝，惹惹各种闲事。他家住粮店街一座宽敞的宅院，没有孩子，只把一个鲜亮娇嫩的老婆闲在家。

闲久了就闲出事来。有人说他老婆叫人睡了，这流言开始只是秘闻，日子一久便流散开来，变成绯闻。绯闻全有翅膀，因为绯闻最有说头，人人全都爱听爱说。这些糟蹋孟大鼻子的话，便在他家房前屋后传来传去，随后就在彼此相识的人群中间不胫而走。可是，奇怪的是，似乎只有孟大鼻子本人没有耳闻，没一点风吹草动，一切如常。还有一件更奇怪的事，就是谁睡了孟大鼻子的老婆，没人知道。市井向来有各种高人，你私密再深，他们也能掘地三尺，从中抻出一条狐狸的尾巴；但是这个叫孟大鼻子丧尽门风的人，却一直连个影子也没人见到。

人们开始疑惑孟大鼻子的鼻子了。虽说他整天在外，晚上回家和老婆睡在一起，能闻不出生人的味儿来？一个连走身边一闪而过的小偷和咬他一口的蚊子的气味都能闻出来的人，竟然闻不出和他老婆厮缠一起的野汉子身上的气味来？这是嘛鼻子？可是如果他闻出来了，绝不会天天还这么说说笑笑，全跟没事一样。

转年，事情才叫人慢慢明白。那个叫孟大鼻子当王八的，有名有姓地浮出了水面，原来是在直隶总署当差的武官，姓廖，名正操，人很厉害，手段狠毒，连侯家后的混混儿都不敢惹他。这个人一说出来，人们便明白了，孟大鼻子肯定早就把他闻出来了，他只是佯装不知罢了。佯装不知的滋味可不好受，一年来孟大鼻子的憋屈可想而知。有人说那个武官身上的狐臭味很大，孟大鼻子天天回到家，准在鼻子眼里塞上棉花。

事情一明，孟大鼻子隐了，老婆根本不再出头露面。他活法也变了，不再请客花钱，自然没人再肯跟着他，那帮狐朋狗友也就一哄而散，一个也没剩下。他偶尔也出来办事情买东西，人的变化挺大，身子像叫谁捏了一把，小了一圈；最稀奇的是他脸中间那个威风十足的大鼻子，好像忽然变小了，肉粽子干了，抽抽了，原先身上带着的那股子神异劲儿和厉害劲儿，好似一下子全没了。

鼻子不行了，天津也就没他这一号了。

飞　熊

民国二十三年，城中有位奇人，名叫飞熊。顾名思义，此人是一只会飞的熊？对也不对。

此人非熊，只是姓熊，长得却像一只熊。肌沉肉重一张脸，胖大身子，胸口后背大腿胳膊直到手背上全是毛。肉眼皮下边一双乌黑眼珠子。没人比他长得更像熊了。

他全身的毛又长又密，据说蚊子都不咬他，钻不进去。他要是站你身边，张开大嘴一笑，真会把你吓着。可这种人有他的麻烦，人太笨重，走道快不起来，跑就喘。谁要是惹了他，撒开腿一跑，他就没辙了。

然而，自从他这姓——“熊”字前边加一个“飞”，就真的不再是凡人了。这飞字不是他自己加上去的，是人们对他的称呼，来由有根有据——

他在南运河边干脚行，和侯家后一帮混混儿有过节，宿怨很久。那帮混混儿怵他身大力不亏，心里边却一直想把他狠狠揍一顿，把他打服打怕打㞞打趴下。

后来，混混们想到了一个好法子。他贪酒，常醉在酒楼酒店里，趁醉对他下手最好不过。一天，他在东门的“三杯少”酒楼的楼上喝得半醉，这帮混混儿把他堵上了。混混们人手一根白蜡棍，个个都是不要命的死千。他酒喝得不少，可酒劲再大也不敢去拼，人家人多势众，全是凶神恶煞，硬拼就是找死。

酒楼上虽然宽敞，楼梯口却被混混们堵住，逃路只有一个，就是南边一面大窗，窗子开着，窗外一棵大树，但大树离着窗子至少八尺远，就是霍元甲也跳不到那棵树上去；跳不上去，就得掉下去摔死。若是不跳，只有挨揍；可是他又笨又重，二百多斤，像块死肉，怎么能跳上去？

来不及想了！只见他刷地蹿起来，转身直朝那窗口跑去，混混儿们更快，“啷、啷”几棍子已经落在他后背上了。这几下打出他浑身的酒劲加上脾气、火气和疯狂。他像从火堆里蹿出来的一头野熊疯牛，一直冲到窗口，想都没想，竟然纵身蹿出窗子。混混们奔到窗前，看到的景象叫他们大惊——他已经远远在那棵树上，双手抱着树干，正回头望着他们。那样子真像一只大熊抱在树上。他那么硕大沉重的身子怎么可能蹿得那么高、那么远？飞出去的吗？

谁也没看到他怎么从那树上下来的。混混儿们全吓跑了。

酒楼上还有不少人看到这场面，眼见为实，从此他落下一个极漂亮的绰号叫作“飞熊”，没人再敢惹他。他成了天津卫一位实实在在的奇人、名人。

飞熊有了这个威名，很得意。他不在意这个威，更在乎这个名。他觉得这名很受用，无论到哪儿，人都敬着他，捧着他，供着他，还请他吃饭喝酒。市政府的警卫队来人请他去教授一下轻功，叫他推了。他说学来的功夫能教，天生的功夫不能教。天生就是天才，没人能学；这话叫人更钦佩他。

日租界有位汤公子，家里有钱，整天闲着，喜欢吃吃喝喝，干一些好玩的事。一次，汤公子聚了几个朋友吃饭时说闲话，说到了飞熊。汤公子说：

“我就不信那笨东西能飞。”

那几个朋友说这件事不少人看见，看见的人全都有名有姓，错不了。汤公子灵机一动，说：

“哪天咱们请他上三杯少酒楼喝酒？叫他再跳一次，也叫咱开开眼怎么样？”

大家全说这主意好。可是一人说：

“人家现在可是名人了，能听咱们的吗？”

汤公子笑道：

“咱拿酒灌他，酒劲上来再拿话激他，他就跳了。”

大家说这事带劲，比看余叔岩、程砚秋还强。

不多日子，汤公子这帮朋友把飞熊约到了三杯少酒楼，还在当初飞熊喝酒那个位置上摆了一桌，桌上摆满上好的酒菜，吃了多半，酒也上头，这帮人就提起飞熊当初在这里“过五关斩六将”的事。飞熊最爱听人们谈论这件事，一时兴致大发。可是汤公子却不冷不热地问他：

“窗外边那棵树您真的飞得过去吗？你比燕子李三还强？”

飞熊说：

“天津人谁不知道，真事还能有假？”

汤公子依旧不冷不热，说：

“报纸上白纸黑字还净是假的，口口相传更不能说句句是真。”

飞熊喘着粗气，本来已经喝过头了，酒兴一起，满脸涨得通红，他站起来问汤公子：

“那你信谁的？”

汤公子居然一笑，说：

“我信我看见的。”

这时，汤公子那帮朋友有的打托，有的起哄，有的激火，闹着叫飞熊再飞一把，再展雄风。

飞熊真的起了劲，就像当初挨了混混们那儿棍子那样，转身一直冲到窗口，跳上窗台。可是当他往窗台上一站，突然一切全变了。那棵树离他好像变得两丈远，下面的地面好比深渊，让他心里打战。当初是怎么飞到树上去的？他自己也不知道。不用说汤公子不信，自己也不信。

他怎么会知道，人有时候身上一股特别的劲儿，只能是一次，过后不会再来。

他站在窗台好一会儿。汤公子那帮人谁也不敢出声，怕把他吓得掉下去。

那帮人见他两腿瑟瑟直抖，忙把他扶下窗台。他下窗台时两腿一软，身子一歪，愣把两个人压在地上，一个折了胳膊。

这事给飞熊换了一个不受听的称号，叫作狗熊。

蹬　车

老天津卫人骑自行车不叫骑车，叫蹬车。骑车讲究个模样儿，蹬车不管什么样子，得劲就行，于是举膝撅臀，张嘴喝风，为了快，玩命蹬。那时候人不大懂得交通的规矩，也不喜欢循规蹈矩；想往哪儿去，就往哪儿蹬，于是这些蹬车的人就把一种人当成了自己对手——交通警。

天津人好戏谑，从来和对手不真玩命，只当作玩，斗斗嘴，较较劲，完事一乐。

最能治交通警的是蹬车的大爷。大爷就是大老爷们儿，人老到精熟，又嘎又损，嘴皮子好使，话茬接得快，句句占上风；而且个个好身手，能把车像马戏团那样玩出彩来，连老警察也怵他们一头。只有那些刚上岗的小警察不知深浅，想捉弄一下这些大爷，一准叫自己弄得没面子。

那年，天津卫的交通设施更新换代，交警们由街心站岗挪到路边一个玻璃亭子里，还在街口立了灯杆，装上红绿灯。交警坐在圆圆的岗亭里，隔着玻璃眼观六路，顺手扳扳红绿灯的开关，还躲风避雨，更不怕晒，舒服多了。这天，四面钟岗亭里来了位新交警小陈，白净小脸，晶亮小眼，新衣新帽新岗位，挺神气。只见远远一位大爷蹬着车打东边来了。那天天气凉，可这大爷车技好，时不时撒开车把，两手揉擦揉擦冻得发紧的脸皮。小陈知道这大爷是在故意“玩帅”，想演一演车技，逞一逞能耐。小陈只装没看见，待车子蹬到路口，小陈忽地一扳开关，绿灯变成禁行的红灯。那时候红绿灯的开关都用手扳。叫你走扳绿灯，不叫你走扳红灯。

大爷一见灯变，马上捏闸，车停了。一般人这么猛一捏闸，车子都得歪在一边，人就得下车。可这大爷厉害，车停住，人不下车，屁股坐在鞍子上，两只脚还踩在蹬子上，那车居然立在那里，不歪不斜，纹丝不动，这手活儿叫定车。小陈见他定车，心想你就定在那儿吧，反正定车的时候不会长，我不变灯，看你怎么办？你能总定在那儿吗？等时候一长，车一歪，人下来，丢人现眼吧。

大爷是老江湖，当然明白这小警察的心思。他定着车非但不动，伸手打衣兜里掏出烟来，划火柴点着，然后把两条胳膊交盘胸前，慢悠悠地抽着烟，等着变灯，就赛坐在家里凳子上那么悠闲。灯愈是不变，他反倒坐得愈稳。车子赛钉子一样钉在街心。

这一来，两人算较上劲儿了，一些路人就停下来看热闹。看这两位——一位守着华容道的小关公和一位市井里的老江湖——究竟谁最终得胜。

红灯不变，谁也不能走，时候一长，事情就变了。停在街上的不止大爷一个，还有愈来愈多的车都停下来走不了，有的急了按铃铛按喇叭，有的嚷起来:“警察睡着了？”只有大爷稳稳当当定在那里,好赛没他的事。

面对这局面，到头撑不住的还是小陈，只好扳开关，给绿灯。大爷抬头一瞧灯变绿色，烟卷一扔，双手撂在把上，蹬起车子。车过岗亭时，扭头瞥了这还嫌太嫩的小警察一眼。小陈两眼盯在前边，不敢看他，却能觉出这老家伙得意又嘲弄的目光一扫而过，脸皮火辣辣烧了半天。

再一位栽在大爷手里的，是黄家花园道口岗亭的交警，也是初来乍到的一位小警察，姓尤。这小尤比前边那小陈强多了。小尤是河西谦德庄人，自小在市井里长大，嘴能耐，人不吃亏，到任的两月里碰上过几桩刁难的事，都摆布得漂漂亮亮，人也愈发神气起来。

隆冬一天下晌，他岗亭侧面的道边，一位大爷正在上自行车。车子的后衣架上绑着一捆木头，挺宽，大爷腿短，又穿着厚棉裤，腿跨不过去;连跨几次，没跨上车。眼下这时候正是下班，街上人多车乱，小尤怕大爷碰着，想叫大爷去到人少的地方上车。小尤心意虽好，可是天津人喜欢正话反说，连逗带损，把话说得俏皮好玩，有哏有乐。他拉开岗亭的玻璃窗，笑嘻嘻对这大爷说：

“大爷，您要想练车，就找个背静的地方去练。”

小尤这话给周边的人听到，真哏，全乐了。

天津卫的大爷向例不会栽在嘴上。嘴上栽了，面子就栽了。这大爷扭头朝小尤说：

“甭瞎操心，没你的事，你自管在你的罐里待着吧。”

罐是指圆圆的岗亭像个罐子。天津人有句俗话“罐里养王八，愈养愈抽抽”，这话谁都知道。

这话更哏，众人又笑，当然也笑这小子不懂深浅，敢去招惹市井的老江湖。这下傻了，张着嘴没话说。

大爷乘兴一跨腿，这下上了车，再一努劲，蹬车走了，头也没回。

齐老太太

齐老太太有滋有味住在西城一个小院里。老头死了后，就一个念想——家别散了。

她有三个孩子，两个儿子一个闺女。闺女老三没出嫁，两儿子老大老二虽然都成了家，还全住在家里，守着老娘。两儿子各住在东西两边的厢房。正房三间，右边一间住着闺女，左边一间老太太自己用。堂屋空着，这里是一家人共用的地方。

老娘心里一幅幅画。一家人在这院子里春天栽花种草，夏天纳凉说话，秋天举竿打枣，冬天扫雪堆人。平时全家围着摆在堂屋正中一张方桌，一日三餐，虽无山珍海味，却有荤有素，有饭同吃，有福同享。闲时老太太叫来老三和两房儿媳妇陪她打打牌，孙男娣女们在院里玩耍。齐家人全都本分平和，彼此没斗过气、拌过嘴、红过脸，老太太说自己活在天堂里。可等到将来哪一天自己上了西天，想这个家，怎么办呢？说到这儿就掉眼泪了。

打牌是老太太平生一大好。可是她七十岁后，打多了便要歇一会儿。儿个孩子便在堂屋一角，给她支了一张软榻，她累了，就倚在榻上伸伸胳膊腿儿，有了精神招呼闺女媳妇接着再来。反正全家人对老太太一呼百应，只顺不呛，每天最后一把牌都要叫老太太胡。

齐老太太的两房媳妇人都不错。平时，丈夫出去干活，都在家中料理杂事，哄孩子玩，一人一天轮流做全家的饭菜，还一起伺候婆婆，陪着玩牌。玩牌对谁都是乐事，一边玩，一边说闲话、吃零嘴、喝茶；玩牌不玩钱没劲，可这家人的钱都不多，赢输也不过三五个铜子儿，大半都“输”给了老太太。玩牌时，老太太爱在身边放一把痒痒挠子，她只要等牌胡，后背就痒痒；闺女老三有个小圆镜，时不时照一下自己；大儿媳爱放一盒洋烟，烟瘾上来憋急了，抽几口；二儿媳特别，总把手上一个金戒箍摘下来，放在一块手帕上，她怕洗牌时总磨这戒指。她是穷人家的闺女，这金戒指是她当年最金贵的陪嫁，虽然只是一个圆箍，没做工，但够粗，颜色很正。

天天打牌，这戒指天天放在她右手一边，可是一天，她抽空去灌暖瓶回来时，忽然“哟”一声，戒指没了。她找，别人帮她找，桌上地下找，一遍遍找，居然就找不着了。老太太说：

“甭急，自己家还会丢东西，细找找。”

二儿媳就这一件宝贝，丢了自然心急，还有火，忍不住冒出一句：

“就出去灌水这一眨眼的工夫，光天化日的怎么会没，除非闹鬼了。”

丢东西的事一出来，本来就叫在场的人心里发毛。大儿媳有点沉不住气，说：

“哎哟二妹，我挨着你，你说闹鬼，可别是说我拿的。”

二儿媳说：“你干吗往你身上揽，我能说谁，只能怪我不该把这么值钱的东西搿在桌上。”其实这都是些着急的话，可现在你一句我一句，就都是往火上浇油了。

话再说下去，就会呛起来。

齐家从来没过这种事，最坐不住的是老太太。她脸色像张纸，忽然双手把桌子一推，这么大年纪，居然推出半尺远。她大声说：

“现在谁也别出屋，你们给我翻箱倒柜地找，相互别客气，搜身！我不信找不出来。我不信我齐家——关着大门会丢东西！”

老太太头一遭发火！

大伙乖乖地按照老太太的话做。把屋里从明面到暗处，再到犄角旮旯，每一寸地界全都细细找过，连老太太歇身的软榻也拉出来，翻一个儿。姑嫂相互之间，头一次上上下下里里外外搜身。那一瞬，齐老太太把双眼闭上，好像死了一样；她心里觉得这个家该是好到头了，要毁了。无论这戒指在谁身上，一翻出来，全是给这家捅上一刀。可是奇怪的是，戒指还是没影儿。连条案上的花瓶全扣过来，还能跑到哪去？真还是应了二儿媳那句话——除非闹鬼了！

闹不闹鬼不知道，反正一股阴气从此罩住了齐家。先前那股子劲没了，人人各有心事，相互之间没话；若是说话，也是没话找话，若是笑笑，全是作假。谁知谁怎么想的？虽然吃饭还是同桌，像在大车店里各吃各的。老太太的牌局还摆，却打不起劲儿来。一天老太太忽然“哗啦”一声把牌全推倒了，阴沉着脸说：“我气力不济了，打不下去了。”就此停了牌局。牌局一停，齐家冷清了一大半。

老太太心里那些画儿，也就一幅幅扯下来。

谁也不知该怎么把这局面掰回来，反正那金戒指找不回来，事情就过不去。一天，老三对她大哥说：“二嫂那金戒指会不会叫猫叼去了？”

老大说：“你倒真能琢磨，还没听说猫叼金子呢，又不能吃。再说，叼到哪儿你知道吗，找得回来吗？”

这事肯定死在这儿了，永远没人知道。

可是一天晚饭后，老太太趁着全家都没离开饭桌，忽然对大家说：

“我要跟你们说一件事。你们听好了！二媳妇那戒指的事你们别再瞎猜，戒指是我拿的！我有急用。你们也甭问我拿去干什么用了。回头我会想办法把这事圆上。”

老太太这话像晴天打雷，全家脸对脸看着，不敢相信。可是，老太太一辈子没说过半句谎，她的话从来不会掺一点假。不论她说什么，大家全信。再说老太太的话也有道理，丢戒指那天，人人都搜了身，没搜身的只有老太太本人。当时谁也不会去搜她呀。如果不是她拿的，好好一个金戒指跑哪儿去了？如果是她拿了，怎么拿的？拿去干吗用了？

老太太不说，没人敢问，也没人敢议论。可是从此，不知不觉对老太太的感觉就变了，她怎么能偷自己儿媳妇的东西呢？想都不敢想。素来对老太太的敬意，自然少了几分。这一切，老太太嘴里不说，心里有数。虽然她把事情的真相撩开，彼此的猜疑和别扭没了，可是从此她在这家里老老少少眼中，脸上没光，说话差劲，身子矮了半截。人就一下了老下去许多。往后很少出屋了，吃饭都是叫老三把饭菜端到里屋，不愿别人看到她。她是不是没脸见人?

一年多后，老太太过世。

齐家办过丧事，整理正房。当拆掉堂屋一角的软榻清扫地面时，老三忽然发现地砖缝里有个东西亮闪闪，她有点奇怪，蹲下来，从头上拔下簪子把这东西拨出来一看，大声叫喊兄嫂，大家过来一瞧，全都大吃一惊！原来就是那只丢失的金戒指，原来它一直好好地待在这儿！

在丢戒指那天，这地方也都找过，只是因为那时是下晌，屋里没有阳光，自然看不到。现在是晌午，一道阳光射进来，正好照在这砖缝之间，金戒指便灿然夺目地重回齐家。

这才是真的真相大白。

老三流着泪对着这戒指说："你干吗躲在这儿了，你要了我娘的命啊！"

这家人想到这位大仁大义的老太太，为了全家人的和和气气，抱团不散，有难独当，忍辱负重，郁闷至死，不知不觉全都淌下泪来。

旗杆子

过去，天津人把个头高的人，叫大个儿；把个头极高的人，称呼旗杆子，这因为那时天津卫最高的东西是娘娘庙前的一对大旗杆。据说这旗杆原先是一艘海船的桅杆，高十丈。嘛时候移到这儿来的，其说不一。反正站在它下边使劲往上仰头，直仰到脑袋晕乎，还是瞧不清旗杆子的尖儿伸到哪儿去了。

可是，真正称得上旗杆子的，还得是家住锦衣卫桥边的一个人。他有多高？至少比一般人高四个脑袋！鸟儿飞低了都会撞上他。他过城门时必得走在正中间，城门洞是拱形的，中间最高，靠边走就得撞上。东门上沿的左边缺半块砖，据说就是他的脑袋撞的。人都这么说，信不信随你。

他很小的时候就被人叫旗杆子了。十二岁已经高人一头，十四岁高人两头，十八岁高人三头，二十岁高人四头。人高，胃就大，饭量如虎。别人一顿饭顶多吃三个馒头，他吃八个，还得喝四碗粥。

男人向来靠干活吃饭，可是能叫他干的活只有三样：盖房子时往高处递砖头瓦片，擦洗店铺门上边的招牌，天黑时点路灯。别人用梯子的事他全不用，可是这种活并不常有，这就得叫他饿肚子了。然而，他饿肚子，并不全是活儿少，还因为他怕见人。他走在大街上，孩子们总拿他当作怪物，笑他、骂他、用石头砸他。他怕人们见到他时，露出的那种吃惊和嘲笑的神气。他从不招惹任何人，人人却可以招惹他。这也怪不得别人，他确确实实高得吓人。一天夜里他一手提个油罐，一手举着一个小火把点街灯时，迎面过来两个人，黑乎乎撞见了他——一个巨大的比房檐还高的黑黑的人影，吓得这两个人大声尖叫，手里的东西掉在地上也不要了，失魂落魄地掉头就跑，好像撞见了鬼。

他平时躲在屋里，很少出门，甚至不到院中。别人在院里，如同羊在圈中，墙外边看不到；他在院里，好像马在栏里，上半身高出墙头，外边全看得见，十分滑稽，谁见谁笑。逢到这时候，他赶忙猫腰钻进屋，常常还会“哐”地一头撞在门框上。

这么大的人，天天蜗在家中。在屋里没法站直，长胳膊大腿没处放，他也没有劲动弹，肚子和饭锅全是空的。锅空了没声，肚子空了咕咕叫。饿极了只有硬着头皮出去找活干。河边有装船卸货的活，他干得了吗？别人扛到肩上的活儿，他要扛起来，得像举到房顶上；肚子里没东西身上哪来的劲儿？

他怕人，从不和人说话，好像天生不会说话，只有房前屋后几家邻居碰见时，点个头。没人到他家串门。好像他一个人就把屋子填满了，谁还挤得进去？因此，谁也不知道这个大怪物怎么活着？也没人关心他的肚子，最多是闲聊时说说他会娶老婆吗？谁会嫁他？他要是有老婆只能跪着亲嘴；干那事时——中间找齐。

清明后的一天，他上街找活干，像没头的苍蝇那样到处乱撞，忽有两个穿戴像模像样的中年人笑嘻嘻迎面走来，仰着脸问他：

“我们给你一个活儿，一天三顿饭管饱，外加五个铜子儿，你干吗？”

旗杆子一怔，他不信有这种好事，多半拿他找乐。他问：

“嘛活儿？”

这两人说，他们是西头公园的，给他的活儿是站在公园门口收门票。游客在售票房买了票，来到门口把票交到他手里，他收了票放人进去，就这么简简单单一件事，别的嘛也不干。真有这种好事，还管三顿饭吃？是不是天上掉馅饼了？他天天最苦的事是挨饿，有吃的还有什么不行，当即答应了。

没想到他一答应，那两人就笑了，其中一个留八字胡的人说：“我们早听说你的大名，已经找了你二十多天，今天运气，把你撞上了，明天一早你就来上工吧。”

旗杆子还是猜不透这到底是嘛差事。

转天他到了西头公园，他的差事确实如那两个人说的，再简单不过。只站在大门口收门票，别的任嘛不干，还有三顿饱饭吃。他每顿吃十个馒头居然也没人管。这样，天天吃得肚子像个石鼓，梆梆硬，睡觉前得喝半壶凉水，化开肚子里的东西，身子才能放平躺下。他愈想愈不明白，这种事谁不能干，为什么偏找他这个大饭桶？游人个子矬一点，还得踮起脚，才能把票撂在他手里。

可是，渐渐这件事的缘故就清楚起来。

自从他站在公园门口那天开始，来公园的游人就一天比一天多起来，一传十十传百，半个多月后，游人居然翻了两三番。那天把他请来的留八字胡须的中年人姓郝，是公园的园长，说他衣服太破，还有补丁，像个超大乞丐，站在那儿不好看。就请来裁缝给他缝一件干干净净的蓝布长衫，用的布比公园客厅的窗帘还长。头发剪成平头，还给他特制了一顶皮帽檐的制服帽，大小能给酒坛子当盖儿。这么一装扮，稀奇又好玩。

郝园长来了兴致，锦上再添花，用彩带给他缝个胸花，别在当胸。这样，他在公园的大门前一站，即刻成了一景，全城各处的人都跑来看。更好玩的是买张票，举起来，撂在他蒲扇般的大手的手心时，他会发出公牛般粗重的“哼”的一声，表示你可以进去了。来到西头公园的人，不只站在公园外边看他，都要买张门票递到他手里，好跟这大怪物打个交道，尝一尝这世上难得的神奇。公园就赚大钱了。

旗杆子成了一宝。这不能不佩服郝园长的好点子，好主意，好脑子。为了叫旗杆子变得更高大，更神乎，更有光彩，就得叫他胖起来壮起来。郝园长叫厨子给他菜里加些肉骨头和鱼脑袋，旗杆子从小也没这么吃过，顿顿如吃山珍海味，天天吃得周身冒火。腰身很快宽了一倍，原先像棵木杆，现在成了大树。这一壮，更威风。

可是，这就叫公园里其他人心生嫉恨。暗地骂他这个没人要的怪东西，居然跑到这儿吃鱼吃肉，成了人上人。人要是遭了嫉，麻烦跟着就会来。

天津卫有钱的人多，有的人见到这个天下罕见的巨人，兴奋惊奇，便会给一点赏钱。旗杆子收下后，知道这钱不该归自己，不管多少，尽数给了郝园长。可是这事到了别人嘴里就变成另一样，说他私藏了不少赏钱。这些坏话三天两头地传到郝园长的耳朵里。一次不信，两次不信，不会总不起疑。

郝园长说：

“你们总把人往坏处想。他藏钱你们看见了？”

没想到有人等到一天公园下班旗杆子走后，把郝园长带到大门口的门柱边，支上梯子，叫郝园长爬上去看。这墙柱顶端有一个铜球，铜球底座下边竟然掖着一些钱，有铜子儿、银圆，还有一张洋人的纸币。旗杆子比墙高，铜球在他身边，只有他才能把这些钱藏在这里。

郝园长火了，第二天仍旧怒火难抑，把旗杆子叫来劈头盖脸一通骂。骂他忘恩负义，骂他大个子不傻心奸，骂他小人。旗杆子站在那里，嘛话没说，也不分辩，表情发木，只是脸不是色儿，最后他把长衫脱了，帽子摘了，扔在郝园长屋里转身走了。

从此，西头公园再没他的身影。却有两段关于他的传闻，被人们说来说去。一是说他偷东西，被郝园长当场抓获，送进局子。一是说他人高是假，长衫里踩着高跷。第二段传闻没人信，谁会做这种假，有嘛好处？第一段传闻也很快叫郝园长辟了谣。

郝园长是有脑子的人。等事情闹过去，他便琢磨，那钱真是旗杆子藏的吗？如果是，为什么不拿回家，干吗掖在墙头上边？他暗想，是不是有人做手脚，成心给这个吃鱼吃肉、出了风头的傻大个子搅局。可是，旗杆子离开他这儿之后，哪里还能找到一天三顿的饱饭吃？

这事对郝园长也是一样。旗杆子一走，他的公园好像荒了，不要门票也很少有人来了。前些日子旗杆子往公园门口一站，那是什么光景，像天天办庙会。他不能没有旗杆子！这就又跑到老城内外去找旗杆子，就像头年撞见旗杆子之前那样四处找他。一连找了十天，虽然没有找到旗杆子，却在锦衣卫桥那边找到了旗杆子的破房子。一扇门死死锁着，敲了半天没动静。郝园长找人打开门一看，叫他惊呼出声来。只见旗杆子仰面朝天躺在床上，上去一摸身体冰凉，已经断了气儿，不知嘛时候叫阎王爷接走的。郝园长发现他身子板平，肚子的地方凹了下去，肯定是饿死的，他动了良心，后悔那天一气之下辞退了这个被冤屈的大个子。辞了他，实际上是断了他的活路。

郝园长打听房前屋后的邻居，没人知道旗杆子的身世，只听说过他的一点零碎。诸如他家是山东鲁西南的沂蒙山人，从南运河来到天津，父亲给人扛活，父母早已死去，没有手足，也无亲友，孤单一人。那么谁来葬他？郝园长心里有愧于旗杆子，出钱给他打了一口松木棺材。大木板子钉的，没上漆。他身高八尺，棺材八尺半。棺材铺老板抱怨从来没打过这么大的棺材。

可是，棺材打出来后，旗杆子却放不进去，量一量尺寸没有错，为什么放不进棺材，难道死了的旗杆子居然长了一块，比棺材还长？棺材铺老板惊奇地说，这事从没见过，也没听说过。人死了本该抽抽，怎么反倒长了一截？这傻大个子真有点奇了？

人间容不得高人，只有死后再去长了。

于是，郝园长又加点钱，把棺材加长一尺，才装了进去。旗杆子无亲无故，入殓时没人，郝园长也不愿意看，只是雇人草草埋在南门外乱葬岗子里完事。

从此，此地再无高人，亦无奇人。

（原载《收获》2020 年第 1 期）

【作者简介】胡性能，1965 年生，云南昭通人，现为云南省作协副主席。中短篇小说集《在温暖中入眠》入选 21 世纪文学之星丛书，中篇小说集《有人回故乡》收入中国作家前沿文丛，中篇小说集《下野石手记》收入云南文学精品丛书，另出版有短篇小说集《孤证》等。曾获《十月》文学奖、云南文学奖等。

Hu Xingneng was born in 1965 in Zhaotong, Yunnan. Now he is the vice chairman of the Yunnan Writers Association. His anthology of medium-length novels and short stories *Sleeping in the Warmth* was selected as the 21st Century Literature Star Series; the novella collection *Someone Going Back to Hometown* was included in the Chinese writers' frontier literary series, and the novella collection *Xia Ye Shi Shou Ji* was included in the Yunnan Literary Series. He also published a short story collection *Solitary Evidence*, etc.. He has won *Shi Yue* Literature Prize, Yunnan Literature Award and other awards.

恐低症

胡性能

一

大雨过后的成都成了一个泽国。小福建营巷、半边桥街、席草田、老马路……数以十计的积水地点有如路障，切断了我归家的路。好在没有什么急事，我可以静候渚积的雨水消退。这时一个陌生的电话打了进来。

竟然是姜东，令人有些意外，他用了个内蒙古乌海市的号码。

我们有两年没见面了，也没有联系。偶尔，能听到一些他的传闻。

有说他患绝症的，也有说他破产的。可就姜东的性格，若真是患了绝症，估计除了医生和他本人外，不会有旁人知道。绝症，让所有的安慰听上去都像是临终的告别，所以我从来没打电话给姜东进行确认。倒是说他破产的消息有几分可信，但我没有想到事情会如此的严重。

整整一个小时的电话，几乎是姜东说，我很少插话。一切都来得太突然，这个在北京创造传奇的人，因为几笔不理智的担保，加之股票雪崩，现在成为一个债务缠身的人。他在望京的公司我去过，他位于东四环的逸翠园的住房我也去过，听说现在每天都有债主二十四小时蹲守在那里。

“原先那个电话还用，”姜东说，“但白天都关着，只有上午夜过后，才会开几分钟机，看看有没有什么重要的电话打进来。”

除了被无数债主整天追捕，更让姜东痛苦的是他的晕眩。“不是贫血，也不是美尼尔氏综合征，是恐低！这种病估计你连听都没听说过。”

“让人痛不欲生，”姜东的声音低哑，“只要一发作，整个世界就成了一锅粥，飞快地旋转和搅拌。”

挂上电话，我感到内心沉重。我隐约觉得，姜东患上的所谓“恐低症”，与他的破产有关。焦虑、后悔、自责、绝望，这些不良的情绪在他的胸中蓄积、发酵，什么样的怪病都可能被诱发出来。

“要是前年收手就太好了！”一个小时的通话，这句话他至少说过不下十次，语气中充满遗憾。用姜东的话说，如果他那时见好就收，他这一生就凭吃利息，也能够过上体面的生活。

前年？我想了想，记起了那年夏天姜东回成都，有人为他接风，他还特意把我约了去。那次晚餐我记忆深刻，聚会的人有好几个是成都商界的翘楚，每个人都意气风发，包括姜东，人生满帆前行时，谁可能会想到收手？

但是我现在相信，如果能够回到过去，姜东一定愿意他人生的钟摆停留在四十五岁那年。至少，它应该晃动得慢一些，让他像舞台上的指挥，在观众如潮般的掌声中，来一次热烈的谢幕。仅只是短短的几个月，他从身家上亿变得一无所有，还背上了一身的债。驾车回家的时候，我总觉得姜东就像一个蹦极的人，从高高的铁桥上往下一纵，一切便身不由己。短暂的惊恐、失忆、刮擦脸颊的冷风、迎面扑来的河谷、砸进大脑里的河水的喧响，等他清醒过来，他已经置身于河谷的底部，而身后悬垂的那条安全带，怎么看都像是一条吊索。

除了没及时收手之外，姜东最遗憾的事情，就是没有移民加拿大。妻子和儿子五六年前就办出去了，国内就留下姜东。一度，他在北京的商界游刃有余，源源不断的财富累积让他觉得未来的世界会更宽阔。但他没有想到人生还会如此突转，等他想一走了之，他已经被限制离境，走不了了。

所以姜东电话里对我说，北京他是待不下去了。

二

我与姜东一度过从甚密。我们的友情，可以追溯到二十多年前刚参加工作那会儿。20 世纪 90 年代初，我与他同一年分配到成都的一所职教学校，那是七月上旬的一天，我从上海的一所大学毕业，拿着毕业证和报到证，日夜兼程地赶往成都。我要赶在那所学校放暑假前去报到，从而可以领到整月的工资。

学校分给我的宿舍在马路对面，与校本部隔着几十米的距离，原本是男生宿舍，但因为不好管理，只好把住在校本部的单身职工置换出来。从读中学开始我就住校，一住十来年，就像那些在山野里用自己的尿液标记过领地的动物，一进楼道，我就能闻到那股熟悉的男生宿舍的味道。那是夹杂着烂草席、尿臊和馊饭的味道。尽管在我入住之前，学校已经请人把宿舍的墙体用石灰粉刷过，裙脚还用绿色油漆涂抹过，可我还是能在带着些许刺激味的屋子里，闻到过去那些男生留下的气味。那样的气味让我觉得自己好像还是个学生，没有毕业，只是从一所学校转移到了另一所学校就读。

屋子不大，只有十五六个平方米，墙边相对着放了两张床，床中间是两张并在一起的三抽桌，桌面肮脏，有点点滴滴掉落的灰浆，上面的一个玻璃罐头瓶里，插有根须发达却蓬头垢面的兰草。床脚靠墙的地方，各自还放着一个木制书架，粗糙、结实，刷上了乳黄色的油漆。令我印象深刻的是，其中的一个书架侧面，有人用蓝色记号笔写的一副对联：横眉冷对秋波，俯首甘为光棍。床是学生宿舍常见的那种钢管制作的上下床，漆成草绿色，上面放着两片竹篾笆。入住之前，我还以为这是我一个人的房间，有些兴奋，没想到里面多了一张铁床。显然，还有一个人会住进来。

报到之后我就回老家高县了。以往的假期，我总是要在临近开学前才会离开，但那次我在家里待得心神不定，因为新生活即将开始，离开学还有十来天，我就回到了成都。宿舍里的那张床仍然空着，直到开学快半个月后的一天晚上，才有人住进来。舍友就是姜东，他来的时候是半夜，鬼知道他是如何从宿管科那位不好打交道的科长手里拿到钥匙的。当时我正在做梦，梦境纷繁混乱，让人沉溺。听见门响，我还没来得及从梦中醒来，突然的亮光直刺我的双眼。原来姜东拉亮了电灯。我几乎是条件反射一样从床上弹起来，发现明亮如昼的屋子里站着一个年轻的男子，个头不高，脸上轮廓分明，穿着一件白色的圆领T恤，背着一个巨大的军用迷彩帆布包，一脸歉意地望着我。

平心而论，刚认识姜东的时候，我并不喜欢他。他行踪诡秘，极不合群，早晨起来上完课后，你就再难见到他的影子。还有，吝啬。这是当时我们一群年轻老师对他的一致看法。再后来，我发现每到发工资的时候，他必去邮局寄汇款。等我们处成朋友后，我才知道他每月要寄两百元回家，一百元给他的父母，一百元给他妹妹。姜东的老家在川西南的凉山州，当年，母亲把小他两岁的妹妹嫁给了金沙江边一个村长的儿子，用彩礼钱供养姜东上了大学。妹夫是个脑瘫患者，生活难以自理，可姜东大四时，妹妹却生了孩子。暑假，姜东去江边探亲，发现妹妹根本没有为人母应有的高兴，她沉默，心事重重。后来，姜东听到村子里的风言风语，大意是村长为了延续后代，替儿子圆了房。这事让姜东心里一直有一块阴影，总觉得欠了妹妹一生一世的债。

所以在成都工作的那几年，任何能挣钱的机会姜东都不愿意放过。给酒厂的厂长写全国劳模材料，为电视台写解说词，给上小学的孩子做家教，甚至给一家机械厂翻译过机床说明书……只要能挣钱。姜东想寄更多的钱回去，缓解他内心的压力，而姜东自己，能省则省。曾经，他那双黑色皮鞋的鞋尖踢破了一个口子，无法修补，也无余钱购买新的，于是，在长达半年的时间里，每逢雨天，碰到路上有积水，他走路的时候总是脚后跟着地，看上去姿势怪异。

童年的贫困，让姜东馋肉。学校里聚餐，他可以一个人吃掉两大盘千张肉，还嫌肉蒸得太粑，吃上去不过瘾。姜东说，以前在家的时候，每年也吃不上几顿肉，肉不能煮得太熟，否则肚子饱了，嘴还饿着。肉得有嚼劲，这样的话，肉吃够了，嘴里的牙帮也嚼酸了，心里才会满足。

三

回家的路上，我想起最近一次见到姜东已是前年，他当时来成都洽谈生意，有朋友给他接风，地点安排在翡翠城的一家私人会所，在一幢二十八层住宅楼的顶楼，跃层，每一层都有两百多平方米，宽敞、豪华。

“晚上喝点酒，莫开车喽，我喊人去接你！”姜东嘱咐我说。

对我来说，那是一次莫名其妙的聚会，满屋子十多个人，除了姜东外，我一个都不认识。那些人不是这个董事长，就是那个总经理，当然，还有一位留着三羊胡子的神秘人物，姜东叫他郑老师，听身边的人悄声耳语说是位国学大师，尤其对易经有研究。那天晚上我已经很努力了，可还是记不住在座的谁是王总谁又是张总，弄得我在敬酒的时候，在称呼上总是舌头拌蒜，难以理直气壮。但我发现，他们彼此都熟络，要么乱开玩笑，插科打诨，要么俩俩在一边私语，让我坐立不安，觉得自己是个局外人。好在买单的人约了几位美女来，那种聚会，她们是作料，负责调节晚餐的气氛。

我还记得，那天晚上吃了熊掌和娃娃鱼，由于内心隐隐的拒绝，我甚至都没有吃出那两种保护动物的味道。酒喝高了的姜东有些反常，一再跟他生意场上的朋友说，我是他最好的哥们儿。他端着酒杯走到我身旁，红着脸，空下的那只手搂着我的脖子，要那几个美女好好照顾我。

姜东当时的状态看上去很好，他个头虽然不高，却不显矮，也没有奔五男人常见的臃肿。我还记得当天晚上他穿着浅蓝色的短袖衬衫和一条铁灰色的休闲裤，身上洒上某种若隐若现的男士香水，让人觉得有难以言说的神秘。开餐之前，一个迟到的美女进到会所，见到姜东时，她夸张地叫了声姜总，一脸惊诧的表情。随即，她便赞叹起姜东挺括的身材，主动上前去，要求抱抱。我记得以前姜东是有肚腩的，但被美女这么一提示，倒真发现他的肚腩没了。

两箱茅台被打开，十二瓶酒被提了出来，整齐地放在餐厅墙边的褐色橱柜上，那阵式，感觉是这一屋的人都豁出去了。我印象深的是，喝了酒的郑老师开始活跃，他的两只小眼睛里晃动着能看穿人内心的光亮。有一会儿，他用一种很古怪的眼神看着我，弄得我很不自在。我与郑老师素昧平生，可郑老师却指出我的腹部有一条十厘米左右的疤痕，他满满倒了一杯酒，说如果没说准的话，他便一口干掉。参加宴会的人无论男女一齐起哄，要我脱光衣服验证。

不用验证了。我承认自己的腹部有一条疤痕，那是七八年前阑尾发炎做手术留下的。事后我一直好奇，我腹部的那条伤疤姜东都未必知道，郑老师怎么如此笃定他的判断？就像是我曾脱光衣服给他看过一样。

酒喝到半酣时，大家的话都多了起来，他们谈生意，谈国外的投资，谈移民，谈与某个影星共进午餐，谈金融和领导。可我始终融入不到那样的气氛中去，越喝越清醒。趁着他们起哄让姜东与一美女喝交杯酒时，我借上厕所的机会离开餐桌。我没有惊动姜东，悄悄打开了房门，当我走进电梯间时，还听到身后有觥筹交错的声音传来。

感觉有小小的不爽。我像是从一群有钱人中间逃了出来，美女是他们的，高谈阔论是他们的，世界也是他们的，这样的聚会总是让人有挫败感。回想当年姜东刚分配到成都时的拮据，以及他北漂头两年的落魄，不由让人感慨沧海桑田。但从楼上下来，走出小区，闻到大街上熟悉的那种气味时，我很快就心平气和了。那是初夏的一个夜晚，天气转暖，大街上的树叶已经返青，月光从天空中倾泻下来，乳黄色的柔光笼罩着繁忙而静寂的人行道。也许是喝了酒的缘故，我总是觉得置身的这个世界格外安静。抬头往身后的小区望过去，一幢幢高楼颜色深沉，像一些规整的几何块，镶嵌在灰白色的天幕上，楼顶有红灯闪烁，而房间里透出的灯光，则让那些高楼看上去斑驳而陆离。

四

很难想象债务缠身之后的那段日子，姜东是怎样挺过来的。担保失误他还心存一些念想，股票上的盲从则完全不可原谅。就是那次在成都的聚会，姜东认识了郑老师。此后，当姜东担保出问题之后，他竟然打电话求教于他，姜东相信一个能够看透他人身上疤痕的人，一定也能拨开迷雾看清隐藏在纷繁世相背后的商业秘密，于是他的劫数开始了。

郑老师在电话里向姜东轻描淡写推荐了一只股票，说买了它铁定大涨。郑老师的判断不是来自他诡异的本领，而是有领导向他透露了内部消息。郑老师告诉虚心求教的姜东说，他治好了老首长痛不欲生的失眠症，为了感激，老首长向他透露的这个内部消息。

姜东本希望郑老师能够指点迷津，没想到对方推荐他购买股票，失望之情溢于言表，好在相隔北京成都两地，郑老师看不见姜东不屑一顾的表情。不过，姜东还是顺手在自己的台历上，记下了郑老师推荐的股票代码：000819。挂上电话，姜东凝视着台历上的那六个数字，似乎看出了某种玄妙意味。最后三个数字是“819”，如果用广东话说，那就是发要久，倒过来是久要发！

再次想起这只股票是第二天下班的时候了。之前，姜东坐在他办公室用望远镜眺望了一会儿街景，在把望远镜收回抽屉的时候，他看到了台历上的那串数字，怀抱着某种好奇心理，他掏出手机，下载了“太平洋证券·太极”手机操股系统，当他输入000819的代码时，姜东发现这支名为岳阳兴长的股票，上涨了4.88%。姜东迅速盘算了一下自己的流动资金，他发现如果昨天全部买入这只股票的话，一夜之间，他就挣了一百万。嘆嘆！姜东伸出舌头舔了舔自己的门牙，第一次，姜东体验到了股市的刺激。

毕竟在商海滚打了多年，热血上涌的姜东立即冷静下来。可是一连几天，岳阳兴长股票都在涨，这就意味着姜东每天都与大笔的钱擦肩而过。“没有几个人抵挡得住那种诱惑！”姜东后来对我说。

抱着赌一把就走的心理，姜东把自己的余钱全压在股票上。其实也真怪不得郑老师，连续几天股票飘红，姜东融资加杠杆再次加仓，可是短暂的飘红之后，岳阳兴长接下来一连6天跌停，短短的一个星期，60多元的岳阳兴长股，掉到不足20元，姜东也被券商强制平仓。虽说之后这只股票又涨了起来，但是已与姜东无关了。

数千万的资金几天内消失得无影无踪，那么多的钱，足够塞满两个大的保险箱，即便是身强力壮的窃贼来，一个人也很难带走，可它竟然就不见了，灰飞烟灭了，这件事发生以后，姜东一直觉得不真实，像是在梦中。

五

与姜东通话之前，我没有想到他会动回成都的念头。在我认识的朋友中，但凡去了北京的，还没有一个回来。哪怕他们中的一些人在那座城市混得并不好，住在狭小的蜗居里，为了还房贷，节衣缩食，斤斤计较，每天疲于奔命，把大好年华都消耗在上下班的路上，他们也不愿意回来。因为回来就意味着失败，也意味着当初义无反顾的离去是一个错误，甚至是一个笑话。所以，当我亲耳听见姜东在电话里疲惫地说他想回成都时，我还是有一些意外。

这两年与姜东联系渐少，没有再见面，电话也打得很少，甚至连中秋和春节时的问候也免了。偶尔回忆起他来，我总是会想起一个三等小站的外面，安静的午后，远方传来隐约的笛声，反射着阳光的铁轨经过月台，出站以后立即有了岔道，两条铁道分道扬镳，互不干涉，像张大的剪刀口，渐行渐远。

但是现在姜东说他要回成都，回到二十年前他义无反顾离开的城市。而且，他要我帮他找一个地方，租也成，买也成，前提是周边不能有高楼。

“这怎么可能？”我说，“除非到乡下。”

“乡下也行，要僻静，”他说，“要尽快！”

电话中，姜东要我替他保密。他不想让任何人知道他回成都，尤其是不能让他过去商界的朋友知道。我不想多问原因，但我猜想与他想躲债有关。

也许，对姜东来说，他的人生注定要经过这种起伏。一个不甘寂寞的人，最终一定是被寂寞笼罩。还记得当年，我们俩同住的时候，他带回来的那些书里，几近有一小半是名人传记。更离奇的是，他告诉我说，那些名人传记，差不多都是他从就读大学的图书馆里偷来的。读书人，窃书不算偷。他借进书库选书的机会，打开百叶窗，利用下水管道和墙体之间寸余宽的缝隙，把书顺了下来。分配回成都，他还去图书馆办过一份借阅卡，所借的书，十有八九也是名人传记：《约翰逊传》《富兰克林自传》《罗素自传》《拿破仑传》《卓别林自传》《华盛顿全传》……也许那个时候，姜东梦想着有一天，会有一本《姜东传》问世。

我们俩工作的地方是一所职业学校，每个星期的课不多，学校的管理也宽松，白天我们有大把的时间睡懒觉，踢足球，喝茶聊天。晚上无事的时候，我们便各自靠在床头读书。我杂七杂八什么都读，姜东则闷着头从他那些名人传记里探索成功的路径。那是我至今都怀疑的一段日子，每隔几天，朋友们就会相约去几公里外的春熙路夜市，在那儿喝啤酒，吃“三哥”田螺和麻辣烤脑花，我原以为那样休闲的日子会持续很多年。

一天夜里，在我们俩从春熙路夜市回学校的路上，姜东与我谈起了学校的岳老师。据说，岳老师是大宋名将岳飞的后人。我与姜东分配到学校的那一年，岳老师刚好到知天命的年纪，可从背后看上去，你说他有七十岁也没有人怀疑。因为他不仅身子佝偻，而且走路奇慢，常常将两只手背在身后，仿佛年轻时被人捆绑过，从此就没有改掉这个习惯。记得姜东当时对我说："你不会希望二十年后，成为另一位岳老师吧？"

"你是什么意思？"我问。

"你想一想，"姜东进一步启发我说，"只要一直待在这所学校，那么每一天我们都是向现在的岳老师走近一步，我们的未来，清清楚楚看得见！"

我才知道姜东已经决定"下海"闯荡。除了不想三十年后成为身子佝偻的岳老师，姜东下海还有一个重要原因：学校医务室的小杜医生。小杜医生是成都姑娘，身上隐约散发出一股芙蓉花的香味，这个味道撩拨得姜东有整整三天没有睡着觉。第四天一早，当我还在睡梦中的时候，感觉到眼前有光影在轻微晃动，睁开眼睛，看见姜东圆睁着眼睛，下眼皮还挂着一对儿黑眼圈，说他要去找杜彬谈谈，再这样下去，他很可能会疯掉。

但我知道，小杜医生对姜东没有感觉。但姜东还想做最后的努力，他相信精诚所至，金石为开。于是在夏天的一个周末，我陪姜东去到了城南桐梓林北路，杜彬的父母在那条街上开了一家鞋店。不知是事先决定，还是临时起意，姜东在见到杜彬的时候说，他要去北京了，仿佛去北京就代表着有伟大的理想，前途不可限量，可以让杜彬对他刮目相看，从而接受他的爱情。但当时杜彬坐在柜台后面看《千与千寻》，也许是被书上的情节吸引了，也许另有原因，她并没有在意姜东黑着眼眶对她的深情表达，只是用冰冷的眼神看了姜东一眼，鼻子哼了一声，便又低下头去。

之前姜东向小杜医生表白的时候，现实的小杜医生问姜东用什么来娶她，房子？车子？这令姜东备受打击，他让小杜医生等他两年，他一定回成都娶她，好像"下海"就是去捡钱。离开杜彬家的商店，姜东双眼发直，紧咬的牙齿让腮帮一下又一下鼓出，仿佛在艰难地咀嚼着什么。我陪着他走了一条又一条街，从高攀路走到新九眼桥，最后进了望江楼公园。我担心他出事，还用手在他眼前晃了晃，怕他患上癔症，姜东却对着身旁的锦江大叫了一声："杜彬，老子这辈子一定要挣上一大笔钱回成都，到时把你家孩店（鞋店）的孩子（鞋子）全部买下来，丢到该（街）上让人随便捡！"

那是20世纪90年代中期的事。之前，我身边的许多朋友都“下海”了，但他们大多往南走，去了深圳和广东，而姜东却选择去了北京。

六

很显然，姜东低估了“下海”的残酷。一开始，他还比较乐观，曾经给我写过一封长信，谈了对帝都的感受，文字里壮怀激烈，八千里路云和月。但在他连续几个月没有找到合适的工作后，便没了消息，直到他应聘到一家报社当编辑，又才用报社的纸笺给我写来一封短信。我有一些意外。他一个工科生，去当编辑，有点不务正业，但姜东在信中说，先立足，再做打算。

姜东去北京之后，有很长一段时间没有回成都。第二年也没回。他对小杜医生的誓言，一定早已消失在北京寒冷的风里。第二年的寒假，我突发奇想，决定北上看望他。当时正有一股寒流袭来，北京的气温骤降了十多度，我期待在北京看一场大雪，更期待在那样的环境里，与姜东一道，吃上一顿热气腾腾的火锅。可那次我乘坐的Z50次列车严重晚点，抵达北京西时，已经下午五点了。姜东在信中告诉我坐102路公交车，到定慧寺东下车，然后在公交车站那儿等他。

冬天的北京黑得早，我坐上公交车时，西天已暗淡下来，城市的灯光铺陈开去，远远近近的万家灯火，让人既新奇又不安。我当时对姜东还是挺佩服的，一个人要投身到这种无边而陌生的城市，的确需要过人的勇气。到了约定的地点，却不见姜东，心里便很空。我发现即便是首都，在偏僻地带，人行道上的路灯也不是很亮，往来的汽车无声驶过，非机动车道上，骑着单车的人们正在往家里赶，白色的热气从他们鼻孔里被不断呼出来。

怀揣着轻微的忐忑，我眺望着远处的街口，一个又一个的人从那边骑着车过来，又渐渐远去。公交车每隔几分钟就有一班停靠过来，刹车，车门叽咕打开，车上下来的人裹着厚厚的冬衣，很快就消失在夜幕中。

人行道上人来人往，有几个远处看上去像是姜东，走近一看又不是，不安与失落像决堤的河水向我袭来，我担心他出了什么意外，如果他不出现，不知道我抵达北京的这个夜晚，将如何度过。等得有些绝望时，才听见有人在身后叫了我一声。

谢天谢地来了。姜东穿着一件深蓝色的羽绒服，袖口和衣襟在路灯的照耀下，隐隐地发着亮光，让人觉得有些落魄。我估计这件羽绒服他穿上就没脱下来洗过。“走，我们先去吃饭！”他说着便伸手过来，想接过我背在背上的牛仔包，被我谢绝后，他就把两只手揣在羽绒服的口袋里，收紧腹部。我走在他身旁，有一点点失落，我先前以为他见到我会很兴奋，没想到他不冷不热，好像不是两年前离开成都时的那个姜东。

盲目地跟着他往前走，行道树不知道是何种树，掉光叶片的树枝间，能看见许多闪烁着霓虹灯的门脸。很显然，姜东已经选定了餐馆，我们一直走到一条偏僻的窄街，周边建筑低矮，看上去像是一座县城的城郊，全然没有我想象中首都的气派。在一家四川餐馆外面，姜东停下来，他掀起餐馆门口垂落的防寒塑料帘说：“今天请你吃水煮肉片！”

那个时候的姜东还没发达，他经济拮据，人穷志短，马瘦毛长。他在那家报社工作，每个月只挣千把块钱，还得出房租，手里很紧张。那一次，他在四川餐馆点了一盆水煮肉片、两个炒素菜、两碗饭，后来又加了一碟油炸花生米和两个小二。令我意外的是，吃完那盆水煮肉片后，剩下的汤汁他居然舍不得扔，用了一个塑料袋打包带回去，放在一张桌子下面的一只铝锅里。我是后来才知道，当我离开北京之后，有两天，他就着那点汤汁，在里面煮几片豆腐和白菜打发自己。

事隔多年，我还记得当时姜东在那家四川餐馆点菜时的犹豫。所谓的小二，就是北京每个餐馆里都能够见到的小瓶二锅头。我们每人一小瓶，我的酒量很差，还不如个女人，一瓶喝下去，世界就开始模糊。看街上的行人都像是笼罩着一团光晕。其实姜东带我进那家川菜馆时，我就已经感觉到了他的窘境，曾经想把单结了算了，但又怕伤他的自尊。那餐饭吃得不热烈，拘谨又盘算，就算是小二倒进了胃里，我们似乎也没有找回在成都时那种亲密无间的状态。饭后，跟着姜东步行回到他冰冷的住房，我私下里想，如果换了我，肯定坚持不下去了。在成都生活得好好的，来北京干什么？纯粹是无事找事。

的确有些失落。当天晚上我们俩挤在他的床上，有一句无一句地聊天，似乎一直找不到让我们共同兴奋的话题。两年前他离开成都前可不是这个样子，那个时候我们关了灯，在黑暗中常常聊天至深夜，什么话题都能聊，政治、女人、读书、旅游、音乐、踢球……有时聊兴奋了，我们还会起来，半夜里把学校左侧老郝家的小卖店敲开，买瓶泸州老窖特曲，喝高兴了，在酒精的鼓舞下，我们会把宿舍密布烟头的地打扫干净，然后用粉笔在地上写诗和画画。姜东去北京以后，那间屋子再没人搬进来，有好长一段时间，我都保持着房间的原样。有朋友为我照过一张相：宿舍里，我靠墙蹲着，双手杵着下巴，眼皮低垂，仿佛在想心事。在我身后漆着绿色油漆的墙体上，白色的粉笔画了一幅抽象画，旁边写着：比预计的多活一秒，我们将看到这个世界完满的结局。

姜东刚去北京的时候，曾鼓励我去与他一起闯荡。但我到北京看他的那个夜晚，姜东只字不提让我来北京的事，仿佛这是一个我们俩都要共同回避的话题。我们甚至也没有谈论小杜医生，也许在姜东看来，一个落魄之人是不配拥有爱情的。那天晚上，我们只聊了半个多钟头，姜东回应的时间间隔得越来越长，后来干脆不说话了。我怎么也睡不着，心里老是替他的未来担心，甚至建议他重回成都，他没有说话，坐在床上，低下头摇了摇。那天夜里，我能从姜东的呼吸里，听到他一直没有睡着。我也是到了后半夜，才迷迷糊糊睡过去的，夜里，我梦见自己掉进了一个冰窖，浑身被水打湿，而我完全是靠体温，才把衣服烘干。

七

北京是我见到过的醒得最早的城市，夜里四点，外面就有了动静，睡梦中感觉有一辆车缓慢地从远处驶了过来，碾过静寂的街道，也碾过无数人的睡梦。车轮上粘着几片昨夜的落叶。车身上安有一个小喇叭，正循环播放着《好人一生平安》的音乐，新的一天好像就这样开启了。姜东去上班的地方很远，昨晚我就知道他得一早出门，半梦半醒间，我能感觉到他轻轻起了床，穿好衣服后，从桌下拿了暖水瓶，小声出了门。昨晚吃完晚饭回来时，我曾在小巷里看到有人烧水卖，城市大了，真是干什么的人都有。

姜东租住的平房没有暖气，夜里我们睡下去的时候，把衣服和裤子都压在了被子上，但还是觉得冷。直到姜东起床后，我的身子好像才暖和过来。在成都，我每天睡得很晚，起得很迟，生物钟被人为地调慢了几个小时。等我再次醒过来的时候，姜东已不知去向。屋子里很安静，我的头有点痛，不知道是受了凉，还是昨晚喝下的二锅头后劲还没过。阳光从窗玻璃透射进来，窗子是毛玻璃，没有窗帘，感觉没有一点隐私。我猜想来北京这半年，姜东是不会有什么性生活的。他租住的那间屋子，如果不是内心强大，很难把女人带来。除非他无耻到没有一点尊严。醒来之后我也没急着起床，而是蜷缩在被子里想了很多事。空气实在太凉了，每吸一口气，鼻子都感到酸痛。

看到姜东的处境，我觉得待在北京实在没有意思，千里迢迢来到这里就为躺在冰冷的被窝里？我就想要不要当天就返回成都去。脑子里很乱，决定不了。有一会儿，我被墙上贴着的报纸吸引住了，那是新贴上去的老报纸，当时我还没戴眼镜，视力好得像是远视眼，有二点〇，墙壁上的报纸，再小的字我都看得清清楚楚。靠近我头边的那张报纸是参考消息，1978 年 6 月 15 号，星期四，头版消息是卡特同印总理德什么的会谈。我之所以记得那么清楚，一是因为 6 月 15 号恰巧是我的生日，二是因为印度总理名字里有个字我根本不认识，上面是宝盖头，下面是一个西字。笔画如此简单的一个字我怎么会不认识，一点印象都没有。看来之前一天的酒的确喝多了。

我盯着那个陌生的字足足看了好一会儿，直看得满心羞愧。我大学读的是中文，连一个笔画简单的常用字都不认识，足以见到我当年读书时有多么不认真，三天打鱼两天晒网，让一个本该认识的字，像一条漏网的鱼，在多年以后给我带来了耻辱。但我后来灵光一闪，才意识到那应该是个简体字。我想起来了，粉碎“四人帮”以后，曾经短暂地用过一批简体字，我不认识的那个字，应该是“赛”字的简体字。真不知道“德赛”与“卡特”会谈，与我有什么关系，倒是报纸的右下角有一则社论与我有着间接的关系，那是《美国巴尔的摩太阳报》发表的一则社论，题为《同北京建立正式关系》。

我在姜东的床上一直睡到中午才起来。他的桌子脚下有一个暖水瓶，但从里面倒出来的水竟然是冷的。我用那冷水给自己洗了一把脸，感觉就像是用砂纸在摩擦自己的脸。北京的冬天气温实在太低，片刻之后，我的脸烧了起来，并决定当天就返回成都，哪怕我五十岁不到就老成岳老师的模样，我也不在乎了。我承认我有些短视，安于现状，但我的确无法在北京寒冷的冬天，住在一个像姜东所租住的破房里。

几个小时之后，我按照头一天晚上来的路线，在定慧寺东上了同一趟公交车，去到了北京西站。我在那儿买了下午四点多回成都的火车，等姜东回到他的出租屋，我已经在火车上了。本来，我是决定再住上一夜，然后晚上请姜东去全聚德吃一次烤鸭，但坐在他那间寒舍里，我改变了主意。我知道，姜东其实是不愿意我看到他过得如此窘迫的。临走时，我把五百块钱悄悄塞在他的枕头下，给他留了一张纸条，编了一个理由，然后越狱一样从北京城逃回了成都。

八

刚到北京的时候，姜东的确过了一段噩梦般的生活。每天早晨，他在自己的保温怀里灌满开水，带着两个馒头跑人才市场。有时他跑中关村海淀南路，坐 386 路公交车，为了五毛钱他得计算在什么地方下车比较合算，剩下的路则步行去。有时他去雍和宫，有时则去安定门，但一直没有被人录用。站在人来人往的大街边，眺望着远方隐没在灰色中的建筑，他不知道这个世界为他开的门到底在哪儿。幸好，山穷水尽之时，一家报社接纳了他。

收入很低，姜东只能租住便宜的房子，那是朝阳区农展馆附近的一个老小区的地下室，还是地下二层，只有五六平方大，里面放了一张床，一张桌子和一把椅子，就没剩什么空间了。由于房子是用三合板隔开的，隔音效果很差，旁边屋子里的人夜晚翻个身，床发出的咯吱声都清晰可闻。白天，大家外出工作，还相对安静，当然，也有白天一整天蜗居在地下室的人，他们有可能是赶夜场的小姐，也有可能是背水一战，到北京来考研的穷学生。

刚到北京不久，姜东水土不服，患了重感冒，他像死人一样，在租住的地下室里躺了两天，没吃任何东西，只喝了一壶开水。住在姜东右隔壁的是一个四十多岁的女人，在和平医院的食堂干活，丈夫在海淀区的一家科技公司做保安，俩人上班的时间总是错开。姜东生病的那天，俩人竟然白天回到了出租屋。进了屋之后，他们一定是仔细听了听周边有没有什么声音，可能是觉得租客都不在了，便放心大胆地过起了夫妻生活。姜东的脑子烧得有些迷糊，但他还是能听见男人沉重的呼吸以及女人压抑着的呻吟。尽管俩人后来的动静有些大了，可姜东的身体仍旧没有什么反应。他一动不动，把呼吸放缓，力争不弄出响声，可内心里的悲伤却像潮水一样阵阵涌来，他慌忙把头缩进被子里，泪水从眼眶里流了出来。

姜东租住的地下室，租金比隔壁的都要便宜一些。北京本来是一座缺水的城市，干燥，但如果住在地下室里，就会是另外一种体验，那里的空气永远是潮湿的，墙壁也永远是潮湿的，甚至夜晚盖在身上的被子也是潮湿的。仿佛居住的地方，是水汽弥漫的江南城市。姜东租住屋子，头顶就是纵横交错的排水管道，很多时候，他可以通过管道里的声音，来判断地面上是晴天还是雨天。床铺的顶上是一根粗壮的灰色管道，有时夜里醒来，听见管道里哗哗地响，姜东就知道外面下雨了。但这都不是让他最难接受的，最让他受不了的，是墙角有一根白色的管道，就在他头顶的上方，姜东猜测是楼上卫生间的排泄管道，有的时候，那条白色的管道会传来“吧嗒吧嗒”的声音。

那是有人在姜东的头顶上拉大便，而他却无处躲闪，姜东只好把海绵耳塞死死地塞进耳朵里，但没有用，只要那声音微弱地传来，姜东就觉得那大便仿佛直接拉在了他的头上，他只有把枕头挪到靠门的那一头，但还是难以入眠，他郁闷得要发疯。好在他经常加班。夏天的时候，加班晚了，他干脆不回住地了。有时候回来得不早不晚，姜东到了租住的地下室附近，想到那吧嗒吧嗒的声音，就不想进去。他会买一瓶燕京啤酒，爬上人行天桥，坐在梯子与通道的转角处，在那儿喝着啤酒，看下面的车来车往，看提着食品袋回家的主妇，看远处夜幕中的楼群，看高楼上一扇扇亮着灯光的窗子，想象自己什么时候才能像他们一样，在北京这座陌生的城市，过上有尊严的生活。

其实，姜东在地下室住的时间并不长，等他手里稍微宽裕一点，他立即从地下室搬到了八里庄那个破败的院子里。就是我曾经去过的那个院子，虽然破败，但毕竟在地上，姜东说感觉完全不一样，再也没人在他头顶拉屎了。

世纪之交的那一年，姜东在北京买了一套住房。在和平里一幢住宅楼的顶楼。办完手续拿到钥匙的那天，姜东请他去了北京后认识的朋友吃饭，那天他们喝的是白酒，牛栏山二锅头。抬起酒杯来与朋友们碰杯的时候，想起刚到北京时住过的地下室，姜东的眼泪一下子就流了出来。“高兴的！”姜东用纸巾揩干净眼泪说，“莫斯科不相信眼泪，北京也不相信！”

九

那年冬天我从北京回来，与姜东有一段时间没有联系。但我会时常想起他租住的那间破旧的平房，想起那个寒冷的冬夜姜东的沉默。我不主动与姜东联系，是不想触及他内心的伤痛，在我看来，生活在成都这样安逸的城市，就用不着北漂了，虽然说杜彬不接受你的表白，但在美女如云的锦官城里，还有李彬赵彬孙彬，此花不开那花开，不愁找不到一个你心仪同时也欣赏你的女人。

大约在收回香港后的那年，姜东突然打了电话过来。那时候正值学校房改，我作为一名年轻的老教师，分到了一套两居室。尽管面积不大，但麻雀虽小，五脏俱全，厨房、卫生间、阳台应有尽有。为了庆祝乔迁新居，我花了两个月的工资安装了一台程控电话。一天晚上，姜东把电话打到了我的座机上，我不知道他怎么会有我的电话号码，但能够听得出来，姜东已经摆脱了我去北京看他时的艰难处境，电话中，他的声音洪亮、乐观，舌头大，一听就知道是喝高了。

姜东打电话是想告诉我，他已经从过去的那家报社离开，现在干出版。“要挣点钱哈，哥子！”姜东语重心长地说，“商品社会，缺钱会寸步难行！”

“我当然也想挣钱，但问题是哪个都想挣钱，钱就真不好挣了！”

姜东说，他可以从北京图书批发市场三折拿到一批工具书，问我有没有兴趣做推销。我对自己很清楚，一个去北京只待了一夜就仓皇逃回成都的人，即便是有兴趣，也不可能去冒风险。但姜东说，他发来的这些书，利润很大，其他省区的代理，许多都因此发了财，挣的钱买了房还买了车。听了之后，我又觉得前景很让人向往，那就试试看。

书是通过火车托运过来的。之前，他用挂号寄过来了一个图书清单，我打开一看就傻了：《合理避税手册》《最新票据法实务全书》《最新司法文书大全》《最新党务实务手册》……我不知道谁会买这些书。等书运到成都火车站，我才发现托运过来的书，体量大大超出了我的估计，我不得不雇个搬运工，花了一上午，才把上千套图书从火车站搬到我的房间。足足一屋子的书。等我拆开包，发现里面每一本都比砖块还要厚，关键是价格定得离谱，每本都高达几百元。而且那些书是如此的枯燥，只要一翻开，你的阅读兴趣全无，睡意立马上来，效果比安眠药还好。

记得把书搬回来的那天晚上，我差不多一夜未眠，忧心忡忡。面对堆在屋子里价值几十万的书，我不知道该怎么办。我怀疑那些每本定价两三百甚至三四百元的书，一本也卖不掉，那样的话，即使只是三折拿来的，眼前这批书也会把我坑死掉，把姜东也坑死掉。我当时的心情既沉重又恶劣，怪自己受不了利益诱惑，轻易就答应姜东帮他销书。这种恶劣的心情一直持续到半夜，直到我拆开《计划生育务实全书》后才稍有改善。

香港回归的那年，教育还没有被当作一项产业来抓，我所在的学校也还没有像后来那样无节制地扩招，我每周只有几节课，所以有大量的课余时间出去卖书。为此，我专门到荷花批发市场，买了一个型号最大的牛仔包，一次可以塞进 20 本厚厚的工具书。我背着那些书往成都的各个单位跑，也心存幻想，没准就有单位需要这些书。有时候，我甚至感觉自己背的不是书，而是人民币。

但残酷的现实给了我当头一棒。人家一听我是来推销书的，也不管我卖的书对他们有用没用，通通用一副厌恶的表情拒绝了我。我至今还记得卖书的第一天，我背着重达十来公斤的书，在成都城里跑了一天，贴进去七八元公交车钱、五六瓶矿泉水，却赚来了满脑子的懊悔。一本都没有卖出去。傍晚的时候我回到家楼下，身子疲惫不堪，几乎爬不上楼。汗从我的发根里渗出来，从我身体的每一个毛孔里渗出来，身上的衣服湿了干，干了又湿。我第一次如此真切地闻到自己身上令人厌恶的汗酸味。等我到了家，冲了澡，才发现身上换下来的那件天蓝色 T 恤上，汗渍已经形成了几道歪歪扭扭的等高线。

我想象着姜东在北京，与我一样背着一大包书到处推销，到处遭人白眼，被人呵斥，心里就难受。晚上，我给姜东打了电话，告诉他我跑了整整一天，推开过数十个单位的办公室门，可一本书都没有卖掉。姜东在电话里问我怎么卖的，我老老实实交代了卖书的过程，我甚至希望他觉得我无能，天生不是干这一行的，从而发善心，把他托运过来的书再托运回去。没想到姜东听了我卖书的情况后，告诉我这是正常的，这样卖书，肯定是卖不掉的。“你想想，莫名其妙去推销书，一本书定价几百块，人家又不是哈儿！”姜东说。

十

姜东托运来的那批工具书，看似没有时效，但有一个黄金销售期，时间大约半年，过了半年，就不好卖了。姜东也着急，他为此专门坐火车来成都，亲自推销书，跟着他，我掌握了一些业内人才知道的技巧。

姜东推销书很有一套，他先是跑到新华书店，买了四川各地的电话黄页，然后便坐在我客厅的沙发上，一遍遍翻看那本黄页，不时还用手中的黑色碳素笔在黄页上做一些记号。此后，姜东就按照图书的内容，有选择性地给一些单位打电话，说普通话的姜东，让人感到格外陌生，仿佛是一个我从未认识的人。每一天，我去上课的时候，就见姜东歪坐在我客厅的沙发上，用肩膀和耳朵夹着话筒，一边与人打电话一边记录。一般来说，黄页上所留的电话，都是办公室的。接通电话后，姜东就告诉接电话的人，说是领导订了书，现在要送过来。我发现，几年不见，姜东说谎话的技术大有提升，我问他领导什么时候给他订的书，他说：“不打上领导的招牌，谁会接你的电话？”

我注意到，姜东在挂电话之前，总是能把接电话的人姓什么搞清楚。挂上电话后，他语重心长地对我说：“要在电话中与对方联系上之后，你才能够上路，这叫打有准备之仗。”去到人家单位，姜东会直接去办公室，找接过他电话的小张、小王或者小李，如果接电话的是主任或者副主任，见面都会称人家的职务，正的当然好，副的姜东也会把“副”字去掉。“反正少说一个副字你也不会死。”他启发我说。书送出去之后，姜东决不逗留，带着我迅速离开，他告诫我言多必失，得保持必要的神秘，让对方摸不清我们的来路。过了几天，姜东就会再打个电话去问书有没有送给领导，领导看了满不满意，送还是没有送，他都告诉对方说要过去把账结了。这个时候，我们送过去的书已经在他们手里躺了几天，他们翻了翻，发现还真有些用，反正用的是单位的公款买，书再贵，自己也没有什么损失。

在那之前，我没有想到这一生还会客串做一回书商。那时的姜东，已经一扫那年冬天我在北京看到他时的一脸窘态，显得自信满满。有时候碰到对方质疑，姜东也能从容应对。比如说我们在成都市中级人民法院办公室送书的时候，碰到一个进来办事的法官，见姜东手里拿的是《新刑法解释全书》，接过书去翻了翻，眉头就皱了起来，让人胆战心惊。随即，他用怀疑的目光审视我们说："昨晚新刑法才颁布，你们今天就把书送来了，假的吧？"当时我们刚爬完六楼，七月，成都热得够呛，我们俩人一头一脸的汗，法官的话让我的心一凉，连汗都变成了冷汗，心里说要糟，脸上随即露出惊慌之色。身边的姜东却镇定自若，他竟然对法官说："你先让我们喝杯水再给你讲。"后来才知道，法官之所以皱眉头，是他想不通，刚颁布的新刑法，怎么会有人一夜之间就把解释的书给印了出来，而且还从两千公里以外的北京运到了成都。

"编书的全是内部的专家，"姜东脸不红心不跳地说，"新刑法就是他们拟定的。"他说的也是实情。

"还真是新刑法的内容，"法官翻开版权页，一脸疑惑地说，"日怪咯，今天才七月五号，怎么你送来的书会印着九月出版？"

"干我们这一行，"姜东不做具体解释，只是神秘地对法官说，"一贯是走在时间前面咧！"

"这一招跟月饼厂家学的吧？"法官揶揄姜东说，"六月份产的月饼，打上的生产日期是八月份，你是不是经常吃明天或者一个星期后才生产的月饼？"

"我们的这个是无公害月饼，全都是第一手资料，内部人编的，"姜东嬉皮笑脸地说，"你是内行，一看就晓得我没有说假话，这个书用得着，好用！"

从法院出来，我对姜东佩服得要命。他要是以现在的临危不乱去对付当年的杜彬，估计剧情最后会反转。没想到姜东宽厚地一笑说，当年为一个女人北漂，实在是幼稚，只要你挣了大钱，什么样的好女人都会主动找上门来。“不过我还是很感谢小杜医生咧，”姜东眯着眼睛望着蓝色的天空说，“莫得她当年的拒绝，我还不会如此决绝地去北京。”

那是世纪之交的头一年，一切都像是在结束，一切都像是准备开始。来成都帮我推销书之前，姜东像一颗大风中的种子，终于在北方那座快节奏的城市扎下了根，他在那儿买了房，还奇迹般地在那儿落了户，从此成了北京人。

十一

我再次去北京看望姜东，是把他托运来的那些工具书卖光之后。客串书商，让我挣了点钱，趁暑假去北京找姜东。那个时候的姜东已活得风生水起，偶尔打他的电话，能够感觉到他的忙碌，电话里常常传来其他电话的铃声以及员工谈业务的声音。几乎每一次通电话，姜东都会动员我去北京，与他一同干一番事业。“你再来看看，会动心的。”姜东说。

再次去北京，我坐的是飞机，姜东亲自开车到机场接我。他开办了一家文化公司，办公地点在芍药居附近，一幢七层楼的住宅楼，从一单元上去，姜东把顶上的两套房子全买了。那天在小区里把车停好后，姜东拖着我的拉杆箱来到了那幢住宅楼前，当我俩走到单元门口时，我看到左右两侧的墙上，挂着至少五六块铜皮做的公司招牌。全是一些耗儿公司，有做出版的，有做文化的，有做软件开发的，有做家政服务的，还有做起重设备的……他指着那块写有“芙蓉文化公司”的铜皮招牌对我说，那就是他的公司。

顶楼面东的那一套是公司的办公地点，面西的一套是他的住处。两室一厅的房子，有会客室也有书房，我去以后就住在他的书房，每天早晨起来，都有人打扫干净，像住宾馆一样。

至于对面那套房子，风格与姜东住的这一边就完全不一样。门厅里一片狼藉，四张办公桌拼成的大案板上，堆满了各种各样的信封，墙角还有两个绿色的大麻袋，不明就里的人，还以为这里是邮电局的信件分拣中心。

坐在姜东的书房里，可以望见楼下车水马龙的街道，还能看见远处一片低矮的建筑工地。姜东告诉我那是新建的中国现代文学馆。再次见到姜东，感觉他比一年前去成都推销书时更有激情了，自从见面开始，他一直向我描绘未来美好的前景，说话时，手势特别多，也特别有力。是他先提及我第一次到北京看望他的事。姜东说，他当时正值人生最困顿的时期，所以我来北京，他也没有好好招待我。谈及当年在北京的艰难，姜东对那天晚上带回去的水煮肉汤汁记忆犹新。作为补偿，我到北京的那天，他请我到离他办公地点不远的一家餐厅吃饭，就只我们两个人，姜东却点了足够十个人吃的东西，还喝酒，五粮液。

再次相见北京，姜东兴致极高，喝完一瓶五粮液还不够，又要了一瓶。在酒精的作用下，姜东动了感情，他回忆起了当年到北京时经历的种种艰难，回忆人才市场里的绝望，也回忆起住在地下室里的不堪经历。

“所以后来我只住顶楼！”他说。

“还有，你塞在枕头下的那五百块钱，真的是救了我的急！”姜东仰头喝了一大杯酒说，“我从那时就把你当亲的兄弟了哈。”

我这才知道，姜东刚到北京时住的是地下室。那座城市有数以万计的地下出租屋，那些出租屋人多不足十平方米，为了省钱，往往住的还不是一个人，再加上住在地井、人防工事、地下澡堂、地下车库里的人，至少有一百万人生活在北京不见天日的地下。曾经，姜东是他们中的一员。

我在北京的那几天，姜东忙得不可开交，本来说我们俩去慕田峪爬长城，可直到我离开北京都没成行。那时的姜东正在编撰《中国名师大典》，据说只要被此书收录，就是中国教育界的翘楚。办公室客厅里的案板上堆着的那些信件，以及墙角两个绿色麻袋里装的信件，都是全国各地的教育工作者寄来的，很显然，他们都希望自己平凡的人生因为入选这本名师大典而变得不平凡。姜东说，他出这本书，旨在彰显教育界那些“蜡烛”燃烧自己照亮别人的精神，不收钱的。但是对于入选者，每人都得买一至两本留作纪念。我心里算了一下，如果如他所说的每个人买一两本，这套书的码洋不会下五百万。

我父亲后来也被选入这本《中国名师大典》，几十年来，他一直在川南高县一所乡村小学当老师，出于友情，姜东让我把我父亲的简历寄一份给他："让老人家高兴高兴！"那个年头，看见自己的名字变成铅字，进入什么大典、名录或者全书，还的确会让入选者兴奋一阵。

这算是姜东的第二桶金。此后，他又陆续推出了《中国名校录》《中国名人大典》等系列书，那些书在北京编辑印刷后，被物流运送到了四面八方。

我再次到北京时，姜东已经立下了足，我如果投奔他，可以避免去住地下室的苦日子，可我在那儿待了一个暑假后，还是决定要回成都。我发现自己已经不习惯那座城市快节奏的生活，也不习惯那儿的饮食。我不知道姜东什么时候开始喜欢上吃西餐，只要一有空，他就带我进西餐厅，好像不这样就不足以表达他对我的热情。可我对西餐一点都不感冒，我觉得没有什么餐具比刀叉更难操作了，是该左手拿刀，右手拿叉，还是反过来，我到今天也没有弄清楚。再者，我每一次吃到比萨，都觉得是生的，没有烤熟，可又不敢问，以为这就是西餐的风格。每当服务员，对不起，这儿也许应该叫侍者，过来问牛排几成熟的时候，姜东就老到地说七分熟，或者五分熟。有一次，我分明看见他在咀嚼时，嘴角渗出了未烤熟牛排的血迹，暗红色，像一条蚯蚓一样从张合不定的嘴唇里探了出来。此外，我更不喜欢吃生菜，不喜欢咖啡，也不喜欢胸前像个儿童那样放一块餐布，好几次，我面对一桌子不喜欢吃的西餐，差点就站起来对着他呐喊："英特纳雄奈尔，一定要实现！"

北京的夏夜闷热，难以入眠，可我从白天就盼望着夜晚的到来。我已经想定了，不留在北京吃西餐，而要回到成都去吃火锅。见我决意要回去，姜东有些失望，但离开的前夜，他还是开车带我到簋街，那儿有着北京最为红火的夜市，可以随性要煮花生、毛豆、小龙虾和其他烤肉，再喝上几瓶啤酒，就能把我中午和下午吃在胃里的西餐味道给淡掉。

“人的一生，不能只想着吃火锅，在北京，你要是吃着火锅与别人谈合作，十有八九是谈不成的。”

我注意到，即使是在簋街这种休闲的地方，姜东也是西装革履，他说自从他开公司后，就再没穿过牛仔服。他语重心长地对我说，每个人都应该追求成功，坐在西餐厅，将餐巾往桌上一铺，握住镀金或镀铬的刀叉，有情调，高尚，斯文，当你用刀切割着带血丝的牛排时，就会觉得特有成就感!

十二

从北京回到成都后，我与姜东的联系少了。他迷恋北京高歌猛进的生活，而我则贪图成都的悠闲与安逸。此后他偶尔回来成都，但大多数时候是来谈生意，有时与我联系，有时他从成都返回北京我都不知道。

但随着生意做大，姜东也渐渐成为朋友们口中的一个传奇。从和平里开始，不对，应该是从八里庄那个破旧的平房开始，此后姜东在北京搬了六七个地方，每一次，无论是住宅，还是他公司的办公室，姜东都只住顶层。十多年里，他的公司从芍药居搬到高碑店、亦庄、亚运村……姜东不喜欢店啊庄啊村啊，怎么听都像是乡下，他最后选择了望京，楼层也从七层，搬到十二层、二十六层、三十八层，到他打电话给我说要回成都的时候，他的公司已经搬到了四十八层，在一幢大厦的顶层，面积也是逐渐扩大。记得姜东对我回忆当年住地下室时，他说那个时候只要一抬起头来，就觉得头顶的空中悬垂着无数裸露的屁股，而一条条的大便正从上面垂落下来，这就是他为何住处和办公地点都选择顶楼的原因。

姜东的这种顶楼情结，甚至在他外出旅游时，也不曾改变。我知道，他到任何一座城市，都会去那座城市的第一高楼看看，在上海，他一定会去环球国际金融中心；在台北，他会去 101 大厦。有一年，为了感受一下在世界最高楼俯瞰芸芸众生的滋味，他甚至专门去了阿联酋的迪拜塔。也就是在他打电话说要回成都的前几年，暑假，我曾经陪同他去过一次昆明。我们是从成都开车过去的，出发时，姜东特地吩咐他在北京的助手，说到昆明之后，要住昆明城里最高的万达双塔顶楼，但他的助理联系后得知昆明万达双塔的顶部还没装修完，暂时还不对外开放，不得已，只能选择入住昆明次高的索菲特酒店，那是幢50层的大厦，顶层是圆形的旋转餐厅，坐在落地大玻璃窗旁的餐椅上，随着餐厅的旋转，可以全方位眺望昆明，看到阳光下泛着白光的蛇山，看到远处像光带一样的滇池。

那时的姜东，业务早已突破了出版，听他在电话里与人交谈，说的都是什么出口贸易、基建投资、工程分包、电影拍摄……好像能赚钱的生意他通通都做，看着他脑袋上稀疏的头发，我知道眼前的这个姜东，与当年同我挤在一间宿舍的姜东早已不是一个人了。

先前还偶尔通通电话。但姜东不是在纽约，就可能是在伦敦，如果他在国内，也时常在一线城市飞来飞去。我倒也不羡慕，每个人有每个人的活法，相对于北京，我更喜欢成都这座城市快速中的舒缓，急迫中的从容，忙碌中的休闲。很多时候，当姜东乘坐飞机在天上一日千里时，我也许正坐在草堂的茶馆里看闲书，如果碰到提着棋盘和棋子在茶馆里寻对手的老先生，我也会请求手谈一盘，听云子落在木棋盘上清脆的响声，看日影西斜，茶客走散。碰到周末，或者第二天上午无课，还可以放心地睡懒觉，或者临近傍晚约朋友去夜市。无论是半边街夜市，还是在香香巷，酒酣之际，我们都会流连到天明，只是不再有姜东。熟悉的烟火一条街，尾随在人们身后，看到街边的夜摊上泛着红光的外婆耗儿鱼、张飞牛肉、哑吧兔、老妈砂锅串串，沉睡的胃就会苏醒，此时，再听到有人在远处叫上一声：“老板儿，来碗凉粉儿，多放点辣子哈！”我就感到自己身处人间天堂。

忙碌的姜东似乎是停不下来了。他每次回成都，如果与我通话，都说要去泡泡茶馆，逛逛夜市。但都只是说说而已。他身不由己，常常是，他到成都之前，日程已经被人安排。有时候，听他在电话里抱怨，我就会想起多年前的夜晚，我们俩逛完夜市回学校，夜已深，俩人高一脚浅一脚行走在已经冷清下来的街巷里，月光从高天照射下来，把我们的影子清晰地投射到地上，看着它们在街面上缓缓移动，有些甜蜜，也有些落寞。

想一想，已经是二十年前的事了。

十三

姜东发生车祸，是他的股票被平仓之后。那是两年前夏天的星期五，昼长夜短，姜东的公司本是五点半下班，然而才四点钟，公司里的人都走光了。车祸之前，他的公司已经不景气，员工收入下降，早一点下班，可以缓解他们不满的情绪。也不知道是什么时候养成的习惯，姜东喜欢下班后独处一会儿，安静地想想心事，然后居高临下地眺望一会儿街景。

车祸发生前的一个小时，姜东像往常那样，下班以后坐在办公室的落地玻璃窗旁，俯瞰着楼下车水马龙的五环。他那张巨大的震旦牌办公桌下面，在最底层的抽屉里，有一个牛皮纸档案袋，里面藏着一架Discoverer探索者双筒屋脊式望远镜，带高清夜视功能。当一个穿灰色职业套装的女人闯入镜头后，姜东一直盯着她的背影。人行道上行走的女人对他的窥视一无所知，她背对着姜东的办公楼，走在亭亭玉立与风情万种之间。姜东发现，那个女人的臀部在望远镜中是那样的好看，丰腴、圆润、充满难以言说的动感，让人想入非非。这些年来，姜东经历过各种各样的女人，按他的话说，每个都是女人中的极品，但从来没有哪一个的臀部让他如此着迷，那一天，他一直用望远镜，目送着女人最后消失在大街的拐角。

几年以后，在成都三岔湖边，姜东对我说，他那天下午观看街景时，想起了李安拍摄的电影《色戒》，里面有三段性爱镜头。当初，姜东不明白易先生为何那样的暴力，粗鲁得像个野蛮人，但那天下午，姜东算是突然懂了易先生。

“他的粗暴中有发泄，更有绝望，”姜东说，“背着汉奸的骂名，整天都有人惦记着暗杀它，易先生的压力可想而知。”

还是暂时回到姜东出车祸的那天下午。透过落地玻璃窗，姜东面对着东北方，从那儿，他能够看到五环上大约两公里长的一截路面，在昆泰酒店和昆泰嘉城中心两幢大楼之间。由于是目测，距离也许会更长一些。姜东曾想要用车上的里程表测量一下，但不知道为什么，这个很容易就做到的事情，一直没有实现。楼下车来车往的五环，除了在外地出差，姜东每天都会在这条路上跑个来回。

看着五环上密密麻麻的汽车，姜东突然有些焦躁，甚至，他能感到皮肤上面密布着鸡皮疙瘩。他发现用肉眼观看，五环上的那些汽车比宾馆房间提供的那种火柴大不了多少。是的，除了宾馆里，这个世界似乎再也找不到火柴的踪迹。也就是在这个时候，姜东看到发生在五环上的车祸。

事发突然，当姜东把望远镜对准车祸现场时，五环已经乱成一团。镜头中，他看见有一辆绿色的公交车撞击在前面那辆洒水车的尾部，力量巨大，隔着好几百米距离，姜东甚至听见巨大的撞击声传来。镜头里，洒水车的水箱被撞得变了形，突然增大的压力把水箱上的罐盖弹飞起来，圆形的罐盖在空中旋转着，砸到了旁边一辆白色轿车的顶部，在那儿弹了一下，轿车顶部突然下陷，像瘪掉的气球，而力量卸去不少的罐盖越过了五环上的护栏，从高桥上飞了下去，消失在望远镜的视觉盲区里。

“你不知道那个画面有多清晰，”姜东后来对我说，“清晰得就像是与生俱来的一样。”

车祸发生后，五环上挤满了车辆。姜东足足在办公室里看了一刻钟，直到交警开着清障车闪着警灯过来，才把拥堵的五环疏通。车祸发生的那天下午，姜东六点才离开办公楼，他后来回想起来，总觉得有一些事情匪夷所思。当时正值下班时间，往常大家都急着挤电梯，每一层楼都有许多人守在电梯口。可那天下午，他从四十八楼下到地下二层停车场，他乘坐的电梯中途竟然没有停过，就像后来发生的一切，有人专门导演的一样。

当时，姜东根本不知道一刻钟以后，会有一个灾难在等着他。从公司所在的四十八楼下到地下二层的停车场，他没有碰到一个人，仿佛那幢能容纳上千人的写字楼里，就只有他一个人。地下停车场里，弥漫着令人窒息的烟尘味，姜东来到泊车的地方，坐上了他那辆大排量的切诺基。

从地下停车场出来，得绕一个弯，穿过数幢高楼之间的马路，才能上五环。此时如果从空中俯瞰北京城，一定会觉得深藏在地下的甲壳虫正在暴动，每一条马路、每一个路口都是车。大约十分钟后，姜东驾驶着他的大切诺基转上了五环，从西往东，汇入了拥挤的车流。就在他重新回到公司附近的五环时，他开始出现了幻觉。那时太阳已严重西斜，下班的高峰期，阳光从身后的高楼上空照射过来，从汽车前挡风玻璃看出去，行驶着的汽车似乎都没有动。五环，像一条出了故障的巨大传送带，停了下来。

可是，当姜东拐上五环时，原本凝滞的血管突然通畅。密集行驶的汽车逐渐提速，视野的尽头，延伸过去的五环上，那些大小不一的汽车从远处看上去像逃向自由的甲虫，灰色的、黑色的、白色的、蓝色的、紫色的……僵硬、丰肥，脊背上反射着亮光。

晕眩就是这个时候发作了。姜东原本是看着前方行驶的汽车，可他突然想起要用汽车的里程表测一下往常两幢高楼间五环的距离，他偏头看了看马路一侧，想看看他公司所在的高楼，然后定位，寻找他坐在办公室里用望远镜看到的那棵紧靠昆泰酒店的电杆。高大的楼群里，很难一下子就捕捉到自己公司所在的位置，那些大楼看上去像是一座座能量从上到下锐减的高塔，顶部明亮，下部却深埋在暗影之中。突然，姜东感到头皮一阵发麻，继而是头晕、恶心和暂时的失聪。他在慌忙中按下左侧车门的玻璃，头刚伸出车窗，中午在金鼎轩吃的东西从喉咙里一下窜了出来，直接喷在了一旁紧靠着的一辆红色雪佛兰轿车上。失忆前，姜东恍恍惚惚看到一个年轻女人扭曲的脸，她脸上的墨镜，蛤蟆、眼睛凸突的蜻蜓、熊猫、满天翻飞的蝴蝶……

十四

两个月后，姜东在亚运村交警大队播放的监控视频中，看到他那辆身型魁梧的大切诺基在车流里横冲直撞。右脚的某根神经在痒，藏得挺深，用手触摸不到，脚掌和大脚拇趾结合处一下一下地跳，刹车和油门靠得那么近，眩晕的时候根本分不出彼此，一定是压触到油门了。画面上，五环上巨大的车流井然有序，似乎是以一种均匀的速度向前，宛然，姜东驾驶的汽车猛地加速，重重地撞在前面一张白色的现代牌轿车的尾部，车身一侧，以更快的速度扑向前面一张黑色丰田越野车，却不可思议地被那辆丰田车巧妙躲过了，姜东深紫色的大切诺基扑了个空，车速却更快，毫无节制，往更前方一辆红色的雪佛兰轿车扑了过去。

记忆彻底黑屏之前，姜东在一片汽车的撞击声中，看到有什么东西飞扑过来，是前面洒水车的水箱盖子，旋转着，像是突然闯入记忆中的飞碟。姜东看到它重重地砸在身边的汽车顶上，仿佛是有意的一个停顿，水箱盖飞过五环的护栏，片刻之后，姜东感到那个大家伙砸在地上的撞击声传了上来，随即，好像有一个五毛的铜币，死死镶嵌在了他后脑的头骨上。

姜东告诉我，当他在亚运村交警支队的监控录像中看到车祸的监控视频时，他的大脑“嗡”的一声，冷汗顺着他的背脊流了下来。原来，他在监控视频中看到的，与他之前在办公室从望远镜中看到的一模一样。场景一样，事故的过程一样，细节也一样。也就是说，在车祸发生前的半个小时，他已经亲眼看见了那场后来让他断了两根肋骨的车祸。这事有点玄，听上去像是杜撰的，但姜东的声音诚恳，听上去又不像是在说假话。

当姜东向我描述车祸过程时，我记起了某个电视画面，斗牛场窄道前面的栅栏突然打开，脾气火爆的褐色公牛冲了出来，在车流里跳跃、旋转和大幅度扭动，牛背上的骑手，像是风中的旗帜，又像是一块被人随意舞动的破抹布，甩来甩去，最后被卷到了牛蹄下面，我清晰地听见了肋骨断裂的咔嚓声。

其实，我一直不相信姜东对车祸事件的描述，但也找不到他虚构这件事的理由。我更愿意相信，那是他在车祸发生后，大脑受伤而留下的臆想或者幻觉。自证很多时候是困难的。为了让我相信，姜东发了重咒，说如果他之前没有在望远镜中看到后来的车祸，他愿意此生每出一次门，都遭遇不幸。

我仍旧半信半疑。但我后来查阅过相关资料，发现愈发的不能排除有人具备这种“先知”能力。姜东这种视觉前置的现象，医学上叫作错视现象，认为是大脑皮层的瞬间放电导致的结果。这种视觉记忆的混乱，通常是发生在非常熟悉的环境中，而现代物理学也从它们的角度解释过，认为是四维空间发生混乱后的特殊感觉。当然，是否真的提前看到之后的车祸，对于姜东来说也许并不重要了。比车祸更严重的，是此后他随时不期而至的晕眩。天空像是无边的大海倾倒过来，海水涌入口腔和鼻腔，令他难以呼吸，严重的窒息感让他的胃部剧烈地痉挛，就像是要把里面彻底清空，才能接纳涌入的海水……此后他就彻底丧失了知觉，黑屏，记忆断档，当他苏醒过来后，他发现自己的人生就此被彻底改变——他再也不能抬头看高处了，楼梯、大树、高楼、飞鸟、天空……一切比他高的东西，都成为他发病的诱因，会让他晕眩。他只能盯着地下，看低处的东西，才会感到安全。姜东说，发病以后，他觉得，上帝把他的天空给没收了。

丨五

一个生活在北京的人提出居住的周边不能有高楼，这很搞笑。要知道，除非是在荒野，否则，即便是在现在的成都，上千平方公里的城区，无论你住在哪里，抬起头来，也全是摩肩接踵的大厦。蓝色的玻璃幕墙成为一块块矗立在城市中央的巨大镜面，映照着附近的高楼，也映照着天空、白云和飞鸟。我知道姜东素有住顶层的习惯，就对他说住在城里也不怕，租个顶层不就行了？姜东说除非租在国际金融中心，因为那是成都最高的楼，但也许搬进去不久，又得把家搬到正在建设中的蜀峰大厦。“不过这都不是最要命的，”姜东接着解释说，“从下面坐电梯上楼，感觉就像是从地狱往外爬，却永远也爬不出来。”

这年头，城里的高楼鳞次栉比，这楼望着那楼高，要不，干脆跑远一点，到郊外去，到人迹罕至的地方去，唯一的担心是热闹惯了的姜东受不受得了那份冷清。与姜东通过电话后，确定他是想找个地方过一阵子隐逸遁世的生活，我就开着车到处乱逛，专门往偏僻的地方和狭窄的土路开，终于在三岔湖边的一个无名半岛，找见一处破旧的院子。

砖砌的围墙，墙体用石灰打理过，年深月久，墙体发黄，上面用蓝色的涂料刷了一条标语：水利是农业的命脉。标语的旁边是院门，锈迹斑斑的铁门，走近一看，原本应该上过褐红色的漆，铁锈从油漆的破损处渗了出来。铁门上，曾经有人用树枝画了几条斜线，细看，上面还有一段话，字迹歪歪扭扭，有些模糊，但认真辨认，还是依稀能够看出来：刘发贵是个强奸犯！

这个院子看上去有些奇怪。不像是平常人家的住房，但也不像是单位的建房，可以肯定的一点是，这个院子已经有一段时间没人居住了。墙顶上，有的地方还长着几株狗尾草，我走近把脸贴在门缝上往里看，发现院子里，除了那幢简陋的平房外，还有一块杂草丛生的空地。另外，平房的一侧，搭有一个偏屋，瓦顶上面长着几株随风摇曳的茅草，感觉应该是厨房。而在院子的一角，有两棵杨树，估计树龄不会下二十年，如果仔细看，叶片浓密的树梢，搭建的有一个鸟巢，一只乌鸦停歇在旁边的树枝上，看上去像是神情严肃的盖世太保。

我第一次去的时候是个晴天，阳光斜照，树影拉长贴在地上，院子周边的田野里，庄稼已经收割，空下来的田地显得无私而坦荡，也弥漫着几分萧瑟与落寞。我承认，那个院子的安静给我留下了深刻的印象，但我要是当时就知道那个院子是个凶宅，肯定不会把它租下来。

如果不是因为离城太远，这个地方倒是完全符合姜东的要求，周边不但看不见高楼，甚至看不见村庄。但我担心太偏僻了，以姜东以前的性格，十有八九不会接受。我站在院子外面拍了一段视频，怕他看不清楚，又从不同角度拍了几十张照片发给他。我在微信上告诉姜东，这地方离城远了些，有好几十公里，生活不是很方便。

没想到姜东看到我发过去的视频和照片后非常满意。“路远不是问题，”他在电话里说，“反正也不准备进城去。”姜东只是担心房子太旧，说要打一笔款过来，让我尽快帮他把房子租了，装修一下。

“买也行，”姜东说，“如果他们不租的话。”

那个院子在三岔湖边的桂花村。村子里也的确有几棵比较大的桂花树。我问了当时在田地里劳作的人，才知道我看到的那个院子，是以前村子里的水管站。我问他们具体谁负责出租，他们交头接耳，神神秘秘，说只有阚村长才知道。离开他们的时候，我突然想起门上的那句话：刘发贵是个强奸犯。

村公所在离这个院子三公里远的地方，半个钟头后，我在村公所的办公室里找到了村民们所说的阚村长。那是个五十岁左右的中年男人，脸上寡瘦，穿着一件七成新的黑色夹克，说话的时候会露出一口大黄牙。这个男人精明、机警，小眼睛里闪着狡黠的光。得知我打听废弃的水管站，他当即表扬我很有眼力，说那座房子随便处理一下用来住，安逸惨了。他还说，里面的那间平房，修的时候还浇了水泥框架，八级地震来了都不得垮，汶川那么大的地震，它连一条缝都没得，质量那是没的说。关键是安静，院子的门一关，就是在里面嫖妓，都没得人知道。“还有就是菜地，免费，现在你们城里人吃的蔬菜，哪一种不是农药喷的？也是你们命大，吃多了有抗药性，你要是住过来，那块地种的菜你根本吃不完，如果需要的话，我还可以让王拐子的老婆来帮你种，工钱嘛，意思一下就行。”他阴险地笑了笑。

那天下午，我与村长还没交涉完，姜东的电话就打了过来。我不想让村长听到我们俩人的谈话，就借机走出村委会的办公室。电话中，姜东有些急迫，问情况怎么样。我问他租多长时间，他说十年二十年都可以，听那口气，就像是一个等米下锅的人。

最终，我与村长达成协议，以每年五千块钱的价格，租了二十年。

十六

车祸发生后，姜东就再也没开过车了。不是不想开，是不能开。他甚至都不能够坐在汽车的前排，因为那样就免不了要看远方的天空，看道路尽头的高楼，他就会立即晕眩。

医生诊断说，姜东应该是患上了严重的恐低症，不能看高处，也不能上楼梯。但姜东的症状与一般恐低症症状又不太一致，恐低症通常表现在看高处时精神紧张，但他除了紧张外，还伴随着严重的晕眩，乾坤颠倒，天空与大地混为一谈，方位感丧失。在中日友好医院住院的时候，医生给他做过一整套检查，核磁共振、同位素扫描、CT、脑电图、头颅磁共振、颈椎多普勒，可仍然找不到晕眩的原因。为了治疗抬头看高处便会眩晕的毛病，姜东甚至去过美国的约翰霍普金斯医院、梅奥诊所、麻省总医院，还去过日本医科大学附属医院和东京医科大学医院，所有的治疗都没什么效果。医生们甚至对他所患的究竟是什么病都存在很大分歧，有的大夫认为姜东的恐低其实是一种心理疾病，催眠治疗对缓解症状没有太大的效果，但却让大夫坚信姜东的病与他的现实处境有关；有的大夫倾向姜东的恐低是种特殊的美尼尔氏综合征，这种病症因看高处而发作，让人晕眩。立体式的晕眩，东西南北混为一体，那是因为人脑中的平衡系统被打破了。

通常，一般的美尼尔氏综合征并不那么让人绝望，当病情得到缓解后，只要躺着不左右转动，让脑垂体中的那颗看不见的水银准确移动到大脑中间，原本晃荡的世界就会变得四平八稳。但姜东不行，他的临床表现非常特殊，他不能望高处，当然也就不能仰躺，尤其是不能睁着眼睛看上方的天花板，否则，房间的顶部立即会变成迅速转动的万花筒。

姜东说，自出车祸后，他睡觉的时候，都得戴着密实的眼罩。因为当他仰卧的时候，就会陷入无法排解的忧伤和恐惧之中，哪怕是戴着眼罩，这种感觉也难以自控，他会忍不住想起当年北漂时住的地下室，想起那根传来“吧嗒吧嗒”声响的白色管道，想起成千上万裸露着的飘浮在空中正在拉大便的臀部，每当想起这些，他就会脸色潮红，眼角难以自控地渗出泪水，用不了多长时间，戴在头上的眼罩就会被泪水打湿，极不舒服，就像是有一块黏性十足的胶布贴在脸上，让呼吸都变得有一些困难。

好在后来，姜东发现俯睡能够带来完全相反的感受，他会有隐隐的喜悦、乐观、包容甚至心旷神怡，这才让姜东觉得对这个世界还残存着一点点留恋。

把脸贴在床单上俯睡，姜东不会晕眩，内心还会渗透出喜悦来。他会感到没来由的高兴、快乐和满足。闭上眼睛，还能够闻到清洗后的床单在晾晒时阳光在上头留下的暖热的芳香，感觉就像是行走在晚秋的稻田边，灌浆的谷粒日渐饱满，散发出令人愉悦的清香。唯一的缺陷是时间久了，脸部紧贴在床单上，压迫着鼻孔，呼吸不畅。

在来成都之前的那段时间里，很多个夜晚，姜东都是在北京颐宫泊圣洗浴中心度过的。姜东喜欢把脸埋在按摩床上的孔洞里，让那个精干的扬州师傅把他的背部当人皮鼓来敲。按摩床下，是 40×40 的防滑瓷砖。土黄色的瓷砖，上面有类似蚯蚓爬过的纹路。姜东发现，从按摩床的孔洞中凝视地面片刻，会产生一种从高空俯瞰广袤大地的错觉。微观的世界被放大，有限的瓷砖地面被看成是辽阔的原野，空调的声音从屋角传来，像是大风吹拂，气流从林间穿过，远处似乎有大江在激荡。扬州师傅将两个手掌拱起，挥舞双臂，轻轻重重地敲打在姜东的背部，极有节奏感，听上去像是两军交战前擂响的战鼓。

那的确是一个经验老到的敲背师傅，即使姜东的身子躺着一动不动，扬州师傅的手上也有感觉，他能够在短促的接触中，敏锐感知到客人是清醒还是渐入困顿，从而调整手上的力度，让自己的敲打，变成有效的催眠。

“租下屋子后，麻烦再帮我买张按摩床。”姜东特意吩咐。

十七

我为姜东租下的地方原来是桂花村的水管站，建在三岔湖边的一个半岛上。三岔湖其实只是一个面积较大的水库，四十年前建成时，有人围着湖边步行丈量过一次，得走一个星期。水库蓄上水，地势低一点的一座古镇——三岔镇被淹没了，周边出现了上百个岛屿和更多的半岛，原来的地貌被改变，许多世代居住的农民不得不迁往他乡。

租房之前，我也曾多次来过三岔湖。每一年初冬，北方越冬的鸟儿飞得精疲力竭，就会在此歇息。迁徙途上的中转站，有的鸟儿继续飞走，有的则停歇在此繁衍生息。如今三岔湖周边的树林里，还能够见到白鹭、大雁以及许多叫不出名字的鸟儿。替姜东租下水管站后，每一次，当我经过桂花村，都能从车旁的树林里听到鸟的叫声。当我的汽车在村尾的毛路拐过最后一个弯后，前方视野里便是姜东租住的小院，而后视镜里，身后的那条土路变得越来越窄，感觉像是我正在与身后的世界告别。眼前的世界，迅速缩小到一片湖水、一座长着稀稀拉拉树木的半岛和一幢被白色围墙围住的低矮平房。

这是一个隐居的好地方。离成都不算远，却非常僻静，周边看不到现代文明的痕迹，不用着意装饰，就是在这儿拍摄古装剧的镜头，也不会穿帮。院子里的那片空地，在装修房子的时候，我就请当地人把上面的荒草铲除了。之前就是菜地，恢复起来很快，我把它划成了许多垄，付了工钱，请桂花村的农民帮忙种了小白菜、辣椒、茄子什么的，虽然时令不太对，但重要的是，屋子外面的菜地恢复了，院子就会显得有人气、有生机。我还想，即便是姜东以后不住在这儿了，我还可以承租过来，有空就过来住上几天。

院子里的那间平房面积并不大，只有四十来个平方米，我用姜东打在卡上的钱，把屋子修葺一新，改造了厨房，配置了冰箱、碗柜、灶台和全套的炊具，我还在房间后门那儿修建了一个宽敞的卫生间，安装了日本产的全自动一体式除臭烘干坐便器、九牧浴缸和网购的整套卫浴用具，完工以后，昔日破旧的平房焕然一新，空间开阔，光线明亮，感觉像是五星级宾馆里品质尚佳的客房。

余下的钱，我替姜东配了一套全实木的家具，包括五门柜、沙发、茶几、书桌、电视柜、椅子……还有整套家用电器。他要的按摩床没有，只能单独定做，在八益家具店接单的姑娘开完票后还在怀疑。“确定床头要有个碗大的洞？”她问，“是不是身上有什么病，要经常请人来按摩？”

“是的，”我说，“不按摩就睡不着觉。”

可姑娘还是不理解，她说：“您订的是大床，按摩师不好按摩啊！”

“主要是踩背！”我敷衍姑娘。不过，最让我难堪的还不是订制床铺，而是安装电视。从苏宁电器商店买来的两台液晶电视，60 英寸的那台安装在沙发对面的墙上，另外一台 26 英寸的，则安装在床底，便于姜东俯卧在床上时，可以从床上那个孔洞中观看。

十八

姜东回成都的那天，吩咐我不要告诉任何人，所以我只能独自开车去双流机场接他。他是国航的白金卡会员，在任何一个机场，都能进航空公司特设的贵宾厅休息。我卡着时间去的，只在贵宾厅里等了不到一刻钟，服务生就把他送了进来。之前，贵宾厅里已有两个人，一男一女，三十多岁的年纪，看样子也是来接人的。姜东走进贵宾厅时，我没有认出他来。他当时戴一顶帽舌很大的棒球帽，把脸遮了大半，又戴了一副墨镜，手中还提着一根文明棍，看上去像是一个盲人。他显然看见我了，径直走到我面前，伸手过来。我这才发现过来的是姜东，只是没有想到他会是这番古怪的打扮。

白天的贵宾厅里灯火明亮，看上去脸色苍白的姜东僵硬而古板，与我上一次见到的判若两人。姜东个子不高，一米六五不到，我比他整整高出十厘米。那天我就觉得很奇怪，他在与我握手招呼时，几乎不抬起头来看我，这让我有些不适应。姜东说很抱歉，他不能仰头，一抬头就会晕眩。看上去不像是装的。而之前，我一直怀疑他在电话中所说的恐低症是夸大其词。

过了一会儿，服务生把姜东的行李推了进来，巨大的银灰色行李箱，里面藏一个人都没有问题。也不知道他在箱子里都装了些什么，姜东的行李箱死沉，我推着它到停车场，差不多把腰给整断才把它搬到后备厢里。直到坐上了车，姜东才把鸭舌帽从头上取了下来。“恐低症让人苦不堪言哪！”他说。

“以前从没听说过这种病。”我说。

“症状与恐高症恰好相反，不能仰头看高处，什么天空、高山、高楼统统都不行，”姜东说着又把鸭舌帽戴上，“连从车窗前面平看出去也不行，得用帽檐挡着，所以现在我只能整天低着头。”

“你这个病日怪。”我说。

“恐低症比恐高症可怕多了，”姜东叹了口气，“所有高于你的东西都不能看，这种感觉，比他妈关在监狱里还难受。”

后来，我专门为此上网去查过，还真有恐低症，不是姜东的虚构。我还发现这个世界患各种恐惧症的人都有，有人患恐水症，五十多年没有洗过澡，只要一见到水就会四肢瘫软，日常饮水都只能使用带有吸管的不透明杯子；还有患深海恐惧症、灰尘恐惧症、重力恐惧症、镜子恐惧症，甚至患笑声恐惧症的……而姜东所患的恐低症还不是一般的恐低症，他的症状特殊，仿佛高空一直悬挂着一把达摩克利斯剑，只要一抬头，就会立即掉落下来让人身首异处，不是当事人，的确不知道他的痛苦。

那天从双流机场接了姜东后，我直接把他送去了桂花村。在之前的通话中，我提出约朋友为他接风、逛夜市、泡茶馆，均被他一一否决。就像是地下党秘密接头一样，接到姜东后，我从绕城高速下到国道 321，感觉身后那座越来越大的城市、那些高高耸立的水泥建筑，幻化成了一些史前的巨兽，正向我们追来，而我们，正奔逃于一幢幢移动的建筑中。直到我驾驶的汽车过了三岔镇，驶向通往桂花村的公路时，我们才摆脱了追捕。

从车窗望出去，乡村公路的两侧，玉米正在拔节，绿色的叶片在微风中轻摇。“阵阵晚风吹动着松涛，吹动这风铃声如天籁……”我打开车载 CD，许巍的歌声立即传了出来。摇下车窗，郊外清新的空气灌了进来，我突然觉得当下的生活格外美好。靠近三岔湖桂花村的那段简易公路，每隔几十米就能看到一簇簇盛开的芙蓉花，它们像是节日里花枝招展的少女，大胆、热烈、饱满，散发着自由与青春的芬芳。车身下，传来汽车轮胎辗压过泥青路面的沙沙声。透过车前的挡风玻璃，我还能看到空阔的远方：辅陈到远天的田野，点缀其间的村庄，出现然后消失的乡间土路，流淌的河流以及视野尽头绵延的远山。

一路上，姜东的话不多。很多时候，他闭着眼睛，紧皱的眉头似乎在告诉我他正在顽强地与晕眩搏斗。之前，车子驶到三岔湖镇时，他就请求我停下来，换到后排坐。否则，他总是会时不时仰起头来看车窗外的远天，导致一阵阵的晕眩。后排好，视野受到限制，哪怕不小心抬起头来，看到的也只是前面的椅背。

姜东换到后排，我们之间很快陷入沉默。自从租下了桂花村的水管站之后，我在这条道上跑了不下十次。我喜欢听汽车轮胎辗过乡间土路发出的沙沙声。从桂花村通往姜东租住的水管站没有水泥路，只有一条两三米宽的狭窄的土路。看得出来，除了我之外，平时几乎没有人开车过来，以至于土路曾经的车辙上面，都已经零星长了将军草。

十九

姜东住到桂花村后，我几乎每个星期都会开车过来。我喜欢与他一边聊天，一边穿过水管站连接湖边的那条窄窄的土埂，去湖边静静地坐上半天。离院子不远的三岔湖边，有块几米见方的青石，坚硬、光滑，旁边是稀稀疏疏的树林。那是半岛的端头，坐在那儿能看见宽阔的水面，以及蜿蜒的湖岸。

如果不是去湖边，姜东就会蹲在屋外的菜地里忙活，他种葱、姜、蒜、芫荽、韭菜，也种四季豆、南瓜、向日葵，为此，他专门让我帮他在城里买了几顶草帽，土黄色的草帽，麦秸编织而成，上面印有一个红色的五角星。面朝黑土，姜东像一个归隐山林的农民。

我曾经在湖边问过姜东，如果有来生，他是否愿意按照此生的轨迹，再走一次。姜东凝视着湖水，缓慢地摇了摇头。自从住到桂花村的水管站后，姜东重新找到了快乐。他对我说，离开北京的时候他没有想到，来到三岔湖边后，上帝会把没收了的天空，又还给了他，为此他心怀感激。原来，姜东发现清澈的三岔湖有如一个巨大的镜面，低着头，就能够从里面看见久违的天空，看远山的倒影。因此白天的绝大多数时间，他都是在湖边度过的。

湖水的颜色其实就是天空的颜色，当天气晴朗，碧空如洗，巨大的湖面也如蓝色的水晶一般。如果有云，湖水相应的地方就会色泽深沉。但要是天气阴沉，湖面也会阴沉，灰色的水面，远处的湖山缺乏层次，水天似乎就连在了一起。

姜东住到桂花村几个月后，冬天便来了。从三岔湖的倒影里，能看到远飞的候鸟排成队列，从高蓝的天空飞过。姜东有极好的耐心，他可以看见候鸟出现在远天，细碎的身影在他的等待中渐渐放大、靠近，鸟鸣声由远及近从上空传来，然后姜东再看着它们从水底的天空远去。他租住的地方，离成都双流机场不远，即使是在屋子里，他也能够听见飞机的轰鸣声。于是姜东就时不时坐在湖边，从水中凝视那些在三岔湖上空攀升的飞机，它们看上去像一尾尾安静的鱼，缓慢地在水底划过。如果没有飞机和飞鸟，他就看飘浮的白云，看它们的聚散与离合。那是姜东一个人的世界，空灵、静寂又甜蜜。

到后来，姜东不仅在白天去湖边看天空，他甚至会在晴朗的夜晚来到湖边，从湖水里看明亮的朗月，看静寂的星空。斑斑点点的星河，在湖水里安静而永恒，仿佛上帝的珠帘撒落在了这里。

一天，我们两个坐在湖边，姜东凝视着湖水告诉我说：“你仔细看看，水下面有什么？”

“有一米多的能见度，仔细观看，里面有杂草，还有腐烂的落叶。”

“你看不见的，”姜东把头埋在两个膝盖里望着湖水说，“三岔湖的水下，还有一个世界。”

“你说的有点玄。”

“不玄，”姜东说，“四十年前，修三岔河水库的时候，淹没过一个村庄！”

“这没什么奇怪的，”我说，“修三峡电站，还淹没了好几个县城。”

“你没有明白我的意思。”姜东说。

每一年夏天，城里都会有不少人来三岔湖游泳，平时矜持的红男绿女，只有在三岔湖边，才会如此心安理得地当着彼此的面，褪去身上的衣裤，进入水中。但每一年，都会有几个人消失在湖里，他们从一个世界进入另外一个世界，湖水被身体破开又再度合上，看不到任何痕迹。

不知道姜东从哪儿打听来的消息，抑或是他虚构出来的。他对我说，那些溺亡在三岔湖里的人再也不会浮出水面，他们消失在湖水的深处，湖水很深，根本打捞不到，可总有逝者的家属心怀侥幸，出高价请潜水员下到湖底寻找，直到有潜水员也不再上来，这才慢慢打消了他们继续寻找溺亡者的念头。

我突然想起姜东老家的那个水塘，想起他年幼时看到过的那个溺亡者。姜东认为，对于那些溺亡者来说，黑暗的湖底是最好的居所。曾经，他安静地望着平静的湖面，缓慢然而笃定地告诉我，他能够透过湖水看见那些溺水者。

“你的幻觉？”

“不是幻觉，”姜东说，“我看见他们正在重建那个被湖水淹没的村庄。”

“你应该去写小说。”我说。

“你看不见他们，而我能看见，”姜东说，“在那些溺水者中，有建筑师、医生、工匠、学生、农夫……他们正在水下修建自己的世外桃源。”

二十

我猜想，也许是姜东知道我替他租下的水管站是个凶宅，才产生幻觉的。

水管站曾是一起凶杀案的现场。我租的时候并不知道，是后来装修好之后，才听桂花村的人说起那桩凶杀案。难怪当初我过来租房时，附近农田里劳作的人会有那种奇怪的眼神。我找阚村长了解过，他告诉我，水管站的确出过命案。两年前，差不多是姜东在北京出车祸的时候，水管站职工刘某，就是铁门上写着是强奸犯的刘发贵，从城里找了个妹儿过来，晚上搞那事，动静太大，那妹儿传来的声音，像杀猪叫。最后价钱谈崩了，吵了起来，不知道怎么就弄出了命案，刘发贵失手把那个妹儿杀了，用编织袋装了藏在床下，准备找机会抛尸。没想那个妹儿来做这单生意时早有了准备，给住在一起的姐妹讲，只要她第二天不回来，就报警。那妹儿还是有心计，从手机上发了个定位给她的姐妹，结果刘发贵拖着编织袋外出抛尸时，正巧碰到接到报警赶来的警察，被当场捉了个现形。

凶案发生后，没有人愿意来水管站值班，村里只好选址另建，原来的水管站就废弃了。房屋一旦没人住，就会透出一种冷清，再加上院子里杂草疯长，村子里的人都觉得水管站阴森恐怖。如果不是因为水管站周边有他们的土地，村民们都不愿意过来。但是姜东没有看见过水管站原先的萧瑟，经过一番装修后，从外面看上去，水管站像是一幢有品质的别墅。墙体保持原有的红砖，屋子里的门窗全换成了实木，厚实的木头古朴又奢华，原本令人畏惧的水管站变得祥和典雅起来，甚至有村民愿意靠近，他们与姜东交往，送他一些新产的蔬菜和水果，同时也接受姜东给他们的馈赠。

我不知道桂花村的人出于什么样的心理，会把水管站里的凶杀案告诉姜东，但姜东根本不在乎，他说这个世界给人带来灾难的，永远是活人而不是死人。但村民的传说毕竟在姜东心里留下印象。在他失联前的某一天，我去看望他时，姜东兴致勃勃给我讲了他在水管站的一次艳遇。

他告诉我，就在前几天夜里，他在半梦半醒之间，看到了不远处的三岔湖。姜东说，月光下的湖泊十分宁静，铺陈开去的水面反射着亮光，他看见有一个女人从湖水里冒了出来，女人并不是赤裸着身子出来的，她穿着一袭长裙，乳白色，是月光的颜色。

谈及女人，每个男人都是诗人。姜东说，尽管他也知道自己在睡梦的边缘，却不愿意彻底清醒过来。即便是在梦中，他也感到有些奇怪，女人从水里出来，可她的长裙并不潮湿，否则，裙子会紧紧贴在身体上，让身体的轮廓凸现出来。可并没有，女人的衣裙在夜晚的微风下轻轻摆动，她从那条窄窄的路埂上走过来，姿态万千。但姜东看不见她的脸，她侧着头，似乎是在凝视自己快速移动的右脚，就像古代的仕女那样。

好像就是一瞬间的事，土路上长满了红色、黄色和白色的碎花，月光下的女人身轻如燕，土埂上那些柔软的花朵，似乎足以支撑起女人的体重。问题是，大门紧锁，女人是如何进入院子的？姜东觉得大脑有些缺氧，他还没想明白，女人就已经进房间来了。

当姜东向我描述那晚的经历时，我觉得与他就像是生活在两个世界。我的世界具体、可触，而他的世界灵动、缥缈。但对于姜东来说，那同样是一个真实的世界，我从他的言语中，听不到有任何虚构的迹象。

原本是俯卧着身子睡觉的姜东，看见女人进来，慌忙转过身来，这时候应该不是在睡梦中了，因为他能感觉到身体翻转时，手掌和膝盖加诸在床垫上的力量。床单下午才换过，姜东能清晰地触摸到纺织品的纹路。由于没有戴眼罩，翻过身后，他不敢睁开眼睛，害怕看到旋转的天花板。虽然是闭着眼睛，姜东还是觉得自己能看见女人爬上床来。她侧着身子，先将左脚提上来，用膝盖跪在床垫上，再提起另外一只脚。她的双手，提着裙衣，好像是怕上床后，把伸展的裙衣弄皱。

姜东告诉我说，他万万没有想到，看似轻盈的女人骑在他身上时，竟会如此沉重，像是除了女人之外，还有一块巨大的磨盘，也压在了他的胸口上。姜东呼吸急促，身体无法动弹，凭借以往的经验，他明白自己是梦魇了。

难以呼吸，四肢被神秘的力量控制，但姜东并没有感到恐惧，他甚至有闲暇观看女人的双手。小巧的手掌，手指洁白、圆润，像清水里正在生长的细藕，指甲晶莹，甲背散发着微光。而且，姜东还能够感到女人的手掌轻拂过他的脸部，带有一丝留恋，从额头到眼帘，再到鼻翼、嘴唇，在嘴唇那个地方，女人的手踌躇了片刻，她的手上散发出微弱的凉意，继而，女人的手慢慢往下抚摸，当它们游走到姜东脖子上时，才好像终于找寻对了地方。女人的双手停了下来，从姜东脖子的两侧，向中间合围过来。

如果不是呼吸不畅，姜东其实是愿意接受女人坐在他身上的。他甚至在那艰难的瞬间，用自己的身体去感受女人富有弹性的身体。就像是黑暗的天空中，有一块陨石落在寂静的水面，姜东清晰地感到石块逐渐下落的重量。是的，女人的双手握住姜东的脖子后，开始用力，好像是巨蟒缠住了猎物，只要呼出一点空气，女人的手就会收紧一分。渐渐地，姜东感觉到他的脸烧了起来，就像是有人倒了一碗酒精在他的脸上，又用火柴给点燃了一样。

自始至终见不到女人的脸。姜东能看见女人的脖子、脖子下面微微隆起的胸部，以及裙衣里紧凑而带有弧形的腰。但女人的头是转向后面的，转得彻底、决绝，姜东甚至见到的不是女人的侧面，而是后面。黑色的长发垂落下来，中间长，两侧逐渐往上收短，像一只放大了的黑色令牌。呼吸愈发困难了，姜东的心脏正在一点点缩小，小到仿佛只有芝麻大的那么一点。这个时候，恐惧袭来了，他挣扎，意念在身体里跑来跑去，可就是无法再支配他的肢体。

姜东告诉我，那天夜里，正当他快要绝望的时候，他突然渴望把自己的身子翻过去，而且那个愿望是如此强烈。他想象自己的头，伸进了床头上的那个孔洞，想象从那个孔洞中，看见了床脚的木地板。姜东真的就在这样的想象中，看到了地下褐黄色的实木地板，在窗外月光的照耀下，渐渐放大，朝四周无限延伸开去，有如春天复苏的广阔原野。

也就是感觉自己仿佛从高空俯瞰地上芸芸众生的那一瞬间，姜东四肢突然血脉畅通，奔涌起来的血液瞬间让他的身体充满了力量。是那种蓄积已久的力量。姜东伸出手来，握住了女人的细腰，他几乎感觉不到女人衣裙的存在，他的手掌，触摸到了女人光滑的肌肤。终于，姜东身子一扭，这一次，他不再是想象中俯卧在床上，而是真正翻身过来，他的身下，那个女人的身体是那样的具体，甚至，他都能够感觉到女人带有凉意的气息弥散在他的耳边。尽管还是看不见女人的脸，但从姜东心脏泵出的血液，还是欢天喜地地奔涌到了他身体的每一个角落，姜东的四肢、手指和脚趾的端头，绽放出了缤纷的花朵。

那天夜里，姜东这个患恐低症的男人，翻过身来后，硬是把原本的噩梦，做成了一个春梦。

二十一

我发现，姜东住到桂花村来以后，就没有离开的迹象。除了我之外，再没人来看过他。他远在加拿大的妻子没来过，他的儿子也没来过，他像是决心过与世隔绝的生活，原来的那个号码没再续费，乌海的号码也弃用。我发现在信息时代，一个人的消失，其实是他的通信的消失。

感觉上，姜东自从来到三岔湖边的桂花村以后，他好像彻底断了再回城的念头。曾经，他对我透露，股票连续跌停的那段日子，严重的神经衰弱折磨得他痛不欲生。无比地困顿，却又无法进入梦乡。灵魂变得比肉身还沉重。每天早晨，能够看到天光是怎样一点点明亮起来，打开的手机，一直停在股票操作的界面，姜东还曾期待奇迹发生，希望有朝一日能够在上面看到跌停的股票涨停。但一路下滑，只要开盘，绿色的数字每分钟都在缩小，寒气从脚后弥漫上来，像病毒一样一路上侵，让他的后脑勺那儿，针刺般地疼痛。

初夏的一天，我去看望姜东。从我住的小区出来，我的车立即汇入了滚滚的汽车洪流中，让我怀疑这座城市有一半的人此时正待在移动的汽车里。车载广播说，因为热带低气压的作用，成都最近两天还有暴雨。我点开CD，许巍低沉而慵懒的声音弥漫出来："生活不止眼前的苟且，还有诗和远方的田野……"

我有水管站房子的钥匙。去的时候，姜东院子的大门紧闭着，打开天蓝色的防盗门之后，站在院门口就能够看见姜东赭红色的房门，走进院子，我没有觉得有任何异常。院内很安静，两天前的那场雨下得及时，浇透了道路两侧的土地，院子里种着的植物看上去生机勃勃，土地散发出一股热烘烘的气味。有两只蜻蜓在苞谷巨大的绿色叶片间追逐，一只红色的，一只黄色的，有时它们一动不动悬浮在空中，如果不是仔细观察，几乎看不到蜻蜓的肩膀在扇动。

姜东没有在屋子里。收拾得井井有条的屋子，靠窗边的茶桌上，是一个泡普洱茶的飘逸杯，盖子放在一侧，杯里的茶叶已发黑，上面长着细细的霉菌。离茶桌两米远的地方，是姜东的床，被子被掀开了一个角，一本打开的《子不语》摊在枕头一旁，感觉是几天前，姜东中午睡了个午觉，起床泡了杯普洱茶，还没喝完就离开了他的房间。我环顾了一下四周，的确没发现什么异样，走过去打开实木衣橱看了看，发现他带来的衣服原封未动地挂在里面，只有屋门旁的帽架上，长舌棒球帽少了一顶，赤橙黄绿青蓝紫颜色的都在，唯有黑色的不见了。

我注意到，自从姜东悄悄潜回成都之后，他再没看过那些名人自传。他爱好上读闲书，《子不语》《聊斋志异》《阅微草堂笔记》《酉阳杂俎》《夜航船》……我怀疑他噩梦变春梦的幻觉，就是那些鬼怪志异的书读多了。

据我所知，去年秋天，姜东在住到三岔湖边的桂花村后，将近一年的时间里，他从来没有走出过那个巴掌大的半岛。他住的房子，离三岔湖只有一两百米，自从发现可以从湖水里眺望天空后，每一天，在打理完他的菜园，他不是在湖边，就是在去湖边的路上。我原以为，那种寂寞的隐居生活，过上两个月就会让人崩溃，但直到失联前，我去姜东那儿，发现他越住越安宁。他与我聊他种植的蔬菜，聊三岔湖的美景，也聊他看过的鬼怪故事，兴致勃勃，好像是准备在那个人迹罕见的半岛上度过余生。

突然间就失去联系。好像是姜东突然心血来潮，云游去了，像一个古人，浪迹天涯。此后回想起姜东的失踪，我总是会幻想这样一个画面：成都的早高峰期，姜东从锦城广场挤进了地铁一号线那令人窒息的车厢，就像是一个逐渐下沉在沼泽地里的人，他的身体消失在蠕动着的人群中。但当地铁驶过孵化园、金融城、高新、火车南站、桐梓林，一直到升仙湖终点站，都没有看见他从其中的任何一个地铁口出来，也没有在逐渐空掉的地铁里看到他的踪影。他蒸发掉了，像一滴水一样，消失在成都短暂而忙碌的阳光中，只留下许多似是而非的传闻。

二十二

每个星期，我都会去水管站住上一两天，打扫屋子，也料理菜园，期待着姜东有一天会突然出现，就像我期待着与过去的某段生活重逢一样。又一年的夏天到来了，一天晚上，我在屋子里听见远方传来的雷声，像是皇陵里的兵马俑复活，驱赶着巨大的战车滚动而来，这让我又想起了姜东。恍惚中，我似乎看到了当年姜东北漂时，住过的那间地下室，狭小的屋子，黑暗中，雨水从头顶巨大的管道里流了下来，传来“哗哗哗”的响声。我还想起了我们共同住过的那间宿舍，想起他在北京租住的床头贴着报纸的平房，想起了那天早晨，他像一只猫那样，轻轻起床，简单地洗漱之后去上班。就像是乡村电影放映前，银幕上闪过的杂乱的画面，二十来年的时光，只留下一些斑驳的记忆。

某一瞬间，我似乎觉得看见了姜东的下落。他离开的那个下午，午睡过后，他掀开被子起床，把午睡前看的《子不语》放在枕头边。那个时候，也正有雷声响起，大雨即将来临，姜东穿好衣服，在门边取下那顶黑色的棒球帽，走出了水管站的院子。通往湖边的小路见不到人影，有风吹拂过来，道路两边的树上，树叶沙沙作响，而前面的湖面，光线暗淡，远处一片迷离。

曾经，姜东告诉过我，他在三岔湖里看见过蔚蓝的天空，看见过飘浮的白云，也看见过星河和飞鸟，但就是没有看到过雨是怎样从湖底的天空落上来的。此外，在他长久的凝视中，被淹没在湖底的那个村庄，是否在他的想象中越来越具体？春天桃花灿烂，菜地返青，沿着铺着石板的窄路，能看见青色的瓦顶、泥红色的土墙、暮归老牛背上的牧童……

我想象着在三岔湖边，姜东坐在那块青石上，等待着即将到来的大雨。灰暗的天空，不时被闪电照亮，姜东俯瞰暗淡的湖面，乌黑的浓云在水底的深处涌动，汇集，碰撞，感觉就像是埋在湖底的电缆突然漏电，闪电切开云层，像速成的珊瑚一样，瞬间从水底生长上来。姜东低着头，一动不动地凝视着水面，期待着从天而降的大雨。他的头顶上空，传来巨雷令人恐惧的声响。

豆大的雨点终于砸了下来，越来越密集，落在湖边的树林、田野和蹲在水边的姜东身上。那掉落在湖面的雨水，破坏了原来的镜面，姜东在湖边什么也看不清楚，他想用手扒开被雨水砸得坑坑洼洼的水面，想看清雨水如何降落，这时他似乎看见了清水下那个被淹没的村庄，它晃动、模糊、稀薄得像是幻觉。姜东想看得更真切一些，他慢慢将头探进分开的水里……很快，湖水合拢过来，像一块细腻的丝巾，将眼前这个大湖唯一的伤口掩盖了。

冥冥中，我仿佛看到铺陈到远方的湖面突然剥离开水体，拔地而起，如同一面巨大的玻璃幕墙，光滑，反射着蓝光和周边的楼群。姜东就像蜘蛛人那样，从下开始往上攀爬，膝上的吸盘固定在墙面上，一步又一步，沉重且吃力。那样的攀爬耗尽了他所有的体力和心力，在快接近顶端的时候，吸盘却失去了吸附力。姜东身不由己，迅速从玻璃幕墙上滑落下来，不断坠落，坠落，直至消失在深不可触的湖底。

（原载《花城》2020年第2期）

【作者简介】周子湘，女，满族，“80后”。鲁迅文学院第三十四届中青年作家高研班学员，陕西省文学院签约作家，入选陕西省政府“百名优秀中青年作家艺术家资助计划”作家类。作品散见于《人民文学》《民族文学》《小说选刊》《中华文学选刊》等杂志。曾获“陕西青年文学奖·小说奖”。

Zhou Zixiang (female), Manchu, was born in 1980s. She is a participant of the 34th Senior Research Class of Young and Middle-aged Writers of Lu Xun College of Literature, and a contracted writer of Shanxi Provincial College of Literature. She was once selected on the writer list of Shanxi Provincial Government's "100 Excellent Young Writers and Artists Funding Program". Her works are scattered in magazines such as *Path Light, National Literature, Selected Novels, Florilegium: Chinese Literature Today,* etc.. She has won the "Shanxi Youth Literature Prize -Novel Prize".

月球异乡人

周子湘

一

从香港中环轮渡码头出来，唐娜来到湾仔轩尼诗道十七号，爱德华八世社会服务大厦，香港善导会的干事接待了她。唐娜瞄一眼这里——香港警察和社区福利人员组成的关怀辅导矫治中心。她撇了一下嘴，不就是内地的社会治安管理办！

墙上贴着介绍：“协助违法和刑满释放人员重新回归社会，该机构从20世纪的1959年建立起，对香港刑满释放人员、涉嫌触犯法纪人士和违法青少年给予关爱，做出了卓有成效的工作，使他们增强生活信心，成为遵纪守法的公民。”

唐娜抬眼望了望她来的方向，港岛最南端，它有一个响亮的名字：赤柱。据说名字来源于一株巨大的木棉树。当年还是小渔村时，岛上巨大的木棉树每逢花开，木棉花朵朵，红云般团艳枝头，远看如一根赤红的木柱，赤柱因此得名。

如今的赤柱已成远近闻名的海滨度假地。可谁知道，那座岛上还有一座戒备森严的监狱。

白砖砌成的古堡式建筑，隐藏在树丛中，唐娜第一眼看到，还以为是什么官邸，直到看到墙上醒目的四个大字：香港监狱，她才揉揉疲惫的腿，果真到了。

旁边那扇小铁门开了，狱警仔细检查了唐娜的所有证件，那个威严的智能机器人警察让她把身上所有的物品交出来，手机、口红、化妆镜……给杰克带的几件换洗衣服也被送进另一个房间，在智能检测机里检测化学成分。她伸开双手，像拥抱谁又像投降似的，站在一个金属平台上，让机器人警察检查她身上是否带有违禁品。

机器人的手臂是一只扫描仪，发出的红光在唐娜身上闪过，只一瞬，报警器嘟嘟响起来。

什么东西都掏光了，怎么还叫？狱警如临大敌般问唐娜：“还有什么东西？”报警器刺目的红光闪在唐娜脸上，忽然有种羞辱感惹恼了她：“什么东西都掏出来了，内衣内裤要不要检查！”

狱警脸上，一副见惯撒泼打滚波澜不惊的平静状：“裤子口袋还有东西，掏出来。”

唐娜生气地猛一拉裤子口袋，里面的衬布被翻了出来。

“吧嗒”，一枚亮闪闪的铜扣子滚到地上。狱警面带笑容捡起铜扣，他把这枚从唐娜衣服上掉落、沉在口袋底的铜扣放在桌上，报警器不响了。四周顿时安静。狱警依然平静：“这是进入监狱的例行检查，即使香港特区政府的首席长官来视察，也不能免检。”

“无异常记录。”机器人向狱警说道。狱警随即在电子屏上输入一道指令，第二道铁门在唐娜面前打开。她理了理乱糟糟的头发，大步迈进去。断不能让这些香港警察小瞧自己。其实心里烦躁极了，愈发恨起杰克来：“要不是为了看你，我能来这种地方？”

唐娜看到杰克摇摇欲倒的身体走过来时，开始还有点同情，但只一瞬，同情很快被淹没了。杰克那张胡子拉碴的脸，满是未加修饰的颓废样。唐娜脸上显出轻微的恶心和过度的失望。

监狱里不让刮胡子吗？一年没见怎么成这个样子了？以前帅得像男明星，这人也真是奇怪，说变就变了。杰克却什么都没察觉，隔着探监的透明玻璃扑了过来，娜娜、娜娜地喊。唐娜的目光没有对准杰克的喊声，越过他的肩头，她看了看两旁的犯人和狱警，看他们有没有朝自己这边望。

杰克不知在说些什么，说着说着自己哭起来。唐娜心动了一下，但顿时，那股淡淡的厌恶感又漫上来，这么大一个男人，哭起来总是吓人和丢丑的。

“娜娜，你看什么呢？”杰克问道。

“哦……没看什么。”唐娜赶紧也哭了一下，想止住杰克唠唠叨叨的问话。她看到杰克哭得鼻涕都下来了，自己再不哭实在不像话。

只剩五分钟了。

探监时间苛刻得像有只手卡着脖子，分分秒秒都在计算。能够探监已是万幸。若不是梁伽泽在香港的关系，唐娜根本不知道杰克关在哪里，更无法探监。

梁伽泽说：“去吧，去看一眼，做个了断，你心里就净了。”

还是梁伽泽说得对，眼前再看杰克，唐娜心里原本残留的一丝牵挂，一阵风似的吹灭了。且不说杰克的落魄，单说男人身上的气魄，十个杰克也比不过梁伽泽。

唐娜心里定下来：“杰克，我给你买了几身新衣服，够穿好长时间，还给你买了日常用品。你在里面，好好保重自己，安心改造。”顿了一下，她说：“梁伽泽已经给我买好移民船票，下星期就走。现在移民太空的船票越来越紧俏，你出来后，抓紧时间移民，如果有缘，咱们在那边再见。”

唐娜虽是笑吟吟的，但嘴里发干，上嘴唇黏在牙齿上，放不下来。

杰克的脸上顿时呆住：“娜娜你说什么？你不要我了？真的要和那个香港男人走？”

唐娜道：“杰克，其实你早就知道的，只不过你不肯面对。希望你再遇见一个更好的女孩。”

“刘红亮，探监时间到了！”狱警对杰克喊了一声。

杰克慌了，隔着玻璃抓不到唐娜的手，可他还是徒劳地抓着，想将玻璃一把抓在手里：“娜娜，没有人来看我，奶奶年纪大了来不了，我爸我妈都不来，你不要走，不要走啊！”

杰克被狱警带走了，唐娜迅速擦干眼泪。杰克，何必骗自己呢？走出监狱大门，海风像一群白鸽子，钻进她的头发里、裙子里，哪里都是，飘飘，拍着翅膀。唐娜理了理头发，转身走了。

二

一辆汽车开过，在唐娜脸上掀起一阵烟雾。还好她戴着最新款的电子滤毒器，可仍有一丝刺鼻气味钻进来，她轻叹一口气，污染真的越来越严重了。手机立刻报警，测出的二氧化氮浓度超标。

灰色雾霾厚厚笼罩着天空，全球气温不断升高，各国人出行，脸上都带着雾霾口罩或电子滤毒器，仿佛“二战”时期的防毒面具。往日那么多名胜度假地，如今没有一棵树，河水泛着白沫，成了高高的垃圾堆。大量动、植物已经灭绝。

现在是 2080 年，地球资源已经用尽。自从几年前欧洲太空宇航局宣布，他们从宇航员带回的月球岩石化学指纹中，检测出含有水和氧气，太空总署随即宣布，将在月球建设月球村，利用月球岩石当建材，5D 打印居住舱，喝陨石坑融化冰层里的水，吃月球土壤种出的蔬菜。

该署负责人在欧洲行星科学会议的新闻里说：“我希望在月球建立

的移民区，将是开放给全人类使用的基地。我们已探明，在月球极区的陨石坑内有冰层，冰层中储存着足够一部分地球人生活的水资源，月球岩石中含有金属，可以建造房屋和制作生活用具。当然，只是一部分地球人。”

唐娜被呛得咳嗽了一下，她想起那位负责人说的话，只是一部分地球人。这是一个只有富人才有资格争抢的资源。国内很多富人正在变卖房产，抛售股票，只为了买一张价格高昂的移民太空船票——船票里附带一个月球居住舱位。

新闻里天天播报着科学家的预测，一颗宽度为九百六十六公里的小行星克斯，可以从华盛顿延伸到芝加哥，它的体积几乎占据整个小行星带体积的三分之一。小行星克斯运行得离地球越来越近，如果它一旦撞击地球，造成的影响将会是留下希克苏鲁伯陨石坑那次撞击的一百倍。那次撞击曾造成地球百分之七十的生物灭绝，其中包括恐龙。撞击还会导致地球各地喷发出熔岩物质，撞击到海洋时，会引发海啸，大量海水流进地壳、地核，高温岩浆会变成巨大水蒸气，引发地核爆炸。

世界各地，越来越多的人惊恐地想早日逃离地球。

唐娜原想着，从内地到香港，暂时躲避一下，至少环境会好些，谁知道这里也被污染得严重。成千上万辆汽车的尾气，让不少人患上肺炎。头痛，胸闷，整日咳嗽。香港空气污染来源主要是汽车，西部海域有货柜码头，又有远洋船航线，船在航行时排放的废气废物，加剧了香港的空气和海洋污染。空气中铅的含量在快速增长，这些肉眼看不见的东西，混在空气中，呼吸进人体，人体的血铅含量越来越高。

冬季时，珠江三角洲一带的发电厂和施工建筑污染物，被季风吹到香港西面，空气中弥漫着烟尘的气味。新闻里每天在播报，海洋污染物超标，江河携带入海的石油烃、砷、重金属和其他污染物成千上万吨。专家在新闻里大声呼喊，重金属集中在海洋生物的肾、肝脏、性腺、鳃中，在市民经常食用的生蚝里，铜元素和镉元素分别超标七百四十倍和九十倍！

香港这座人口密度极大的城市，每平方公里生活着近万人，格子间里人挤人，马路上、轮渡上，人潮如海，任何疾病的传播速度都如飓风般迅猛。

还是梁伽泽说得对，要赶快离开这个随时可能被撞击、污染严重的地球。

临走前，唐娜想再最后看一看她待了两年的地方。

繁华的香港九龙尖沙咀，弥敦道是各路品牌必争之地，光怪陆离的巨大广告牌左右蹿出，在头顶织成大网，遮住路人视线。重庆大厦是一座安于浮世的孤岛，本地人默契避开，只有背包客趋之若鹜。更多是来自印度、巴基斯坦、南亚裔的人群在这座大厦里开店铺、饭馆、外币兑换店、旅店或者避难。

唐娜走到重庆大厦下面，停了下来。她想起杰克经常请她来这里吃饭。因为这里的饭便宜。

这里是一个“联合国”，走进来谁都是外国人，却又是“本地人”。大厦里灯火通明，甚至明亮得有些刻意，空气中混合着浓郁的咖喱味和特殊的香水味。她和杰克穿梭在印度歌曲、最新款的当地服饰、手机、小电器和染发剂中，走到他们常去的那家印度餐厅，点了咖喱烩羊肉和蒜蓉烤饼。

杰克把一块羊肉塞进嘴里说：“你知道我为什么喜欢来重庆大厦？”唐娜摇头。“上个世纪，这里是很好的公寓，很多明星住在这里，香港最好的夜总会就在地库。但后来它变成鱼龙混杂的地方，有很多赌档和商贩，臭名远扬。我爸告诉我，绝不能来这里，可他越阻拦，我越想来。”

“你可真够拧巴。”唐娜说道。

“也不是，还有一点，因为一部老电影。20世纪90年代，有一部王家卫的电影《重庆森林》，看过吗？我在电影博物馆里，有一次无意看见它，惊讶极了，这也叫电影？瞬间把我迷住了。电影里那个神秘的金发女郎，是一个叫林青霞的女演员演的，你可能不知道她，但她在当时很红。电影里，她高傲、来去匆匆，永远在奔走，而金城武演的警察223永远在不停地追逐。金发女郎走累了，在重庆大厦睡着了，警察223守护了她一夜，在清晨离开。”

“你不应该取名杰克，应该叫‘警察223’，那么老的电影我可没看过。”唐娜笑杰克沉浸在自己世界里的那副表情。

他说道：“电影里，警察223过生日那天，收到了金发女郎的祝福：‘你会在我过生日时祝福我吗？’”

唐娜咬着一口烤饼差点噎住，这种问题，她还从没想过。

“你看城市里生活的这些人，像玻璃缸里的鱼，每天擦肩而过，但每个人都在心里垒一堵墙，拒人千里之外。本来一句话、一个眼神就能打破这堵墙，但没人这么做。就像电影里演的，人和人擦肩而过，你却对他们一无所知。不像我们乡下，谁和谁都是认识的。”

杰克眼睛里的光，在餐厅的灯光里闪烁了一下。像水波里倒映着一盏街灯，车辆行过，哗啦哗啦溅起白色的浪花，浪花一层层晕开，车子走远了，浪花还在星点抖颤。

唐娜看着他的眼睛，仿佛有了恍惚感。但仅仅一瞬间，恍惚感消失了。她不喜欢杰克的想象和不切实际。

从餐厅回来，她打了水在宿舍泡脚，用香港客人梁伽泽给她的香精油和玫瑰干花，满满泡了一盆。地板上漫了一摊水，踮着脚走路。灯下的水盆里，露出长长一截葱白似的腿，她弯腰把水淋洒在腿上，花瓣也敷在腿上，低头闻到似有似无的一缕花香。她把一只脚轻搁在盆沿上，用毛巾擦干每一个脚趾，忽然疼惜起自己来。她看着自己的身体，不像是自己在看，倒像是另一个人在看，深深叹息着，觉得白白可惜了自己。

“今天那个香港客人给我香精油时说，我这么细白的手脚，在咖啡吧里干活可惜了。”唐娜说道。

“那应该干什么？”杰克问。

“还没想好，终究不能在这里端咖啡一辈子。”

“等我赚够钱咱们结婚。”

唐娜没回答，连杰克热烘烘的眼神，也没看一下。

把名字改一百遍，也改不掉那一身土味。唐娜在心里撇了一下嘴。

从刘红亮到杰克，改个英文名人就变洋气了？每次看见刘红亮穿着那件从陕西老家带来的灰塌塌的衬衣，唐娜就想把衣服从他身上扒下来扔了，香港满大街，谁穿这种衣服？

她想起刘红亮常把他奶奶的话挂在嘴边：

“我奶奶说，香港好啊，女孩都漂亮。”

“我奶奶还说，香港好，不用种地。”

“香港不吃肉夹馍，吃汉堡。”

“你奶奶怎么知道这些？”唐娜问杰克。

“我奶奶说电视里演的。”杰克振振有词。

唐娜没见过杰克的奶奶，但对那个在大山里待了一辈子，最远只去过县城的山民老太太来说，香港真是一个能引起她无限美好想象的地方。

杰克的父母早已离婚，母亲再嫁，有了新家。剩下一个父亲，怎么也拦不住老太太对孙子的疼爱，杰克奶奶把存着养老钱的秦农银行卡塞到杰克手里：“去交中介费，去香港，村里年轻小子都出去了，那地方好啊，奶奶一辈子没去过，你去吧！”

奶奶浑浊的眼睛里闪着奇异的光，一件宝贝从怀里掏出来：“这是你祖奶奶给我的陪嫁玉镯，大清朝传下来的蓝田玉，是块好玉，又润又透亮。”杰克摸摸玉镯，像一只温润沁凉的石环，却比石头光洁细腻。

奶奶说：“把这个给我孙媳妇，你妈我都没给她，奶奶的心在你身上。”

杰克到了香港，很快适应起来。别人出来打工都闹情绪想回去，杰克不想，他是带着奶奶眼巴巴的期盼出来的。

他做向导，拉着唐娜四处走，走到一处，手一指：维多利亚海港。再一处，再一指：铜锣湾。每到一处，用手机拍一张照片。

“你怎么比女人还爱照相？”唐娜问。

“不是我，是发给我奶奶。”杰克边拍，边对着手机语音：“奶奶，铜锣湾什么都有卖的，我给你买了条香港老太太围的天后围巾，用 4D 打印机发给你，你在村口接收站取。”

杰克事无巨细地向奶奶汇报香港的情况：

“香港一年四季都是夏天。”

“我工作的酒店很大，有四百多米高，楼顶还有停直升机的停机坪。”

“我现在天天吃奶酪汉堡，已经不想吃了，想吃肉夹馍。”

在维多利亚港呼啸的海风中，杰克对唐娜讲解香港，便有奶奶之风了：

“海边多好，房子多漂亮！”

“芬妮主管人真好，哪里像个主管，像个淑女，到底是英国留学回来的。”

“那她回来干吗，英国不是更好？”唐娜反驳道。

“因为香港发展好啊。”

“发展好怎么还有那么多人移民？”

“移民是移民，发展自己是另一回事。”

“不都是为了多赚钱！”

“不是的。”

“怎么不是？你不也是为了多赚钱？”

杰克被问得麻烦，摆摆手：“和你说了你也不懂。”

唐娜一点也不服气，杰克这段极具感情的叙述，在她的表述中，却是这样的：

“那天我正在咖啡吧上班，一个香港客人给了我一盒香精油和玫瑰干花，杰克一看见就发疯了，他死活要把东西还给那人，还说我们不收小费。搞得那个客人一头雾水，说东西不是给他的，也不是小费，是给我的心意。神经病杰克一听火气更大了，把客人的餐盘直接收走，要把客人往外撵。客人立刻向主管芬妮投诉，害得我被芬妮骂！长个心多好，可他偏偏不长心。昨天那个客人又来了，神经病杰克一看见客人，就把我往操作间拉，掏了半天，掏出一只破镯子，非要说是清代的玉镯，那么灰扑扑的，样子又差，谁知道是不是哪个地摊上淘来的？庙街上这种东西多得很，都不值钱。他看一计不成，又生一计，说是他奶奶给他的，要给未来的孙媳妇，笑话，我什么时候说过要和他结婚？我早就觉出不对头：他看见客人给我东西就发疯，每次都要抢过去，他是在眼红我！他为了和我套近乎，说我像那个什么电影……《重庆森林》里的金发女郎，那个电影我在网上查了，那个女人是个逃犯，他把我当成什么，当女贼？把我当傻瓜吗？”

三

酒吧里东一丛，西一丛，锦绣热闹，早已坐满衣着光鲜的客人。厅堂宽大，长长回廊里，一路摆着各国名酒，轩尼诗XO梨形的水晶瓶在酒柜里闪闪发光。杰克正从酒柜里取出一瓶洋酒，他沮丧地低着头，漫无目的地擦拭瓶身。

左手边一排软垫沙发，右边是驻唱歌手在轻轻唱着一首法语歌。沙发下的地毯，黑绒底子洒满了醉红的海棠花叶，落地一只海洋蓝琉璃花瓶，瓶里冒着一捧雏菊。桌子上摆着一杯加冰白兰地，两旁的灯光从头顶斜射下来，照在酒杯里，金光闪烁。一位中年客人向杰克招招手：“杰克，再来一杯。”

他的身体在沙发里往前倾了倾，身材魁梧，动作却优雅。甚至把手插进口袋，也显出一种风度。光洁的额头和修饰整齐的鬓角带出自信，又有尊重、体谅人的印象。他把喝不完的酒寄存在吧台几次后，就一定从杰克这里买一瓶酒带走，有时是人头马，有时是法国红酒，说是带给家人或请朋友喝。杰克从不在他面前推销酒，每次他买酒，杰克都有些不好意思，真心劝道：“黎先生，这里的酒很贵的，划不来。”

黎先生却微微一笑：“这很正常。来酒吧就是消费的，否则你的提成从哪里来？从内地来打工，仅凭薪水，你在香港是生活不下去的。赚钱多了，你回家乡脸上也光彩。”

杰克感激地点点头，对于这位认识两年的老顾客，这份体谅比朋友更体贴。杰克灰霾的心情一扫而空，只要看到黎先生，他的心情就好起来。黎先生不是那种有钱的土佬，他浑身上下散发着绅士的优雅和修养，杰克想，不知道黎先生从事什么工作，他心里对黎先生渐渐钦佩，甚至崇拜起来。

一次，杰克禁不住好奇，问黎先生究竟是干什么工作，黎先生手指一指窗外的月亮："在月球上。"

"月球上？"

"月球宇宙空间站。"

"在空间站干什么？"

"研究生物基因。"

"生物……基因？"

"如果将一种生物DNA中的某个遗传密码，连接到另一种生物的DNA链上，将DNA重组，就能按照人类的愿望，设计出新的遗传物质，并创造出新的生物类型。"

杰克听得一头雾水，愣愣发呆。

黎先生笑笑："简单来说，我就是用新的基因组合，为人类移民月球后，创造出新的生物。"

杰克惊醒一般："原来你是在月球工作的科学家！"

黎先生斟满自己的酒，又给杰克倒了一杯："我在月球等着你。"

杰克欣喜又茫然地碰了酒杯，一口火辣的白兰地落肚，他心里叹了声：鬼知道我哪里有钱买移民月球的船票啊，唉，再干一杯！

从酒吧出来，黎耀辉走在霓虹灯的夜路上。十二月的香港，天已寒冷，码头的电子钟敲响了十下。为了躲避寒冷的海风，他缩紧脖子，快步走进宝莱酒店的玻璃大门，不过动作仍不够迅速，一股寒风跟着他刮进了门。

大厅里一阵煮咖啡的味道。可此时，借着咖啡的热气，胃里的酒气被一烘，他恶心得险些吐出来。大厅里新悬挂的宣传画正对着他，画上用硕大的字体印着："移民月球"。画中间是一张男人的脸，留着浓密的灰白胡子，面部线条粗犷而威严，一双鹰眼，透过画面，紧盯着他面前的每一个人。

黎耀辉走进电梯，闭上眼睛，他按下三十八层。来来回回坐了多少次，不用看按钮，他也知道它在哪里。他只想闭上眼睛，享受片刻宁静。

他今年四十岁，在月球空间站已工作十三年，一直勤勤恳恳，可就像这部电梯，走得很慢，每上一层楼，电梯都会发出嗡嗡声，他不知，什么时候才能到达他的楼层。

过了很久，“叮咚”一声，三十八层到了，黎耀辉睁开眼睛，电梯门上那幅宣传画正凝视着他。无论走到哪里，画面中的目光总是跟着他——月球宇宙空间站站长、核心工程师、黎耀辉的上司霍振刚。

回到房间，空间处理接收器里，传来新建月球五号居住舱生物检测任务，黎耀辉迅速在键盘上敲击演算，输入一大串测试程式和数据，大脑高速运转。直到把最后一个测试数据敲完，发出报告后，他揉揉发痛的眼睛，已经深夜两点。

他走进浴室洗脸，镜子里那个胡子拉碴的男人让他吓了一跳，仿佛一瞬间长出的胡子。皮肤在香皂和剃须刀片间摩擦，像此时的冬天，冰冷而粗糙。

窗外起风了，海风把尘土和夜晚的流浪汉吹到高楼角落里，流浪汉一动不动，蜷缩着。街上也贴着宣传画，一角撕破了，海风吹着，一下翘起，一下贴在墙上，在流浪汉的头顶来回拍打，露出“移民月球”几个大字。

房间里，接收器忽然嘀嘀响起来，又有喋喋不休的指令发过来，黎耀辉烦透了，走过去“啪”地关了接收器。他不想听到任何声音，只要嘀嘀声响起，就仿佛自己的一言一行都受人监视。

他更不想听到霍振刚的声音——在那枚接收器之外，只有他的声音最刺耳：“黎耀辉，做科学研究，你的资历还太浅。”空间站的几个科学家都在暗中较量，争夺站长的位置，霍振刚的话对他打击不小。

黎耀辉从酒柜里取出一瓶在酒吧买的烈酒，没有加冰，倒在杯子里，烧灼的味道火辣辣地划过喉咙，他头皮一麻，又狠狠灌了一口。

他的脸上立刻绯红起来，眼角流出泪水。这酒像硝酸，喝下去时，好像后脑勺挨了一闷棍。他又看到站长霍振刚那浓密的灰白胡子，鹰一样的眼睛正目不转睛地看着他。他手里一松，酒杯掉落在地毯上，昏沉沉地睡了过去。

四

黎耀辉再次从月球空间站返回地球时，已是半年之后。他只有在休假时才回香港。杰克从酒吧吧台里看见他时，手里正在调一杯鸡尾酒，喷火林宝坚尼，蓝色火焰冒出很高的火花，杰克用火花热情地和黎先生打了一个招呼。

杰克正准备给黎耀辉倒吧台里存的酒，黎耀辉摆摆手："不，这次点杯新鲜的，给我也来一杯喷火林宝坚尼。"

杰克给黎耀辉做了一杯喷火林宝坚尼。他点燃一杯白兰地，再将两种酒倒入鸡尾酒杯，杯子高高举起，一条蓝色火焰从空中流下，瞬间光芒四溢，像蓝色的银河流淌。

黎耀辉在火焰中鼓起掌来，炫目的流光引得邻桌客人也纷纷叫好，杰克脸上很有面子。

"杰克，你真是调得一手好酒，这么好的手艺，家里人知道吗？"黎耀辉问。

杰克腼腆一笑："这有什么好说的，我奶奶不知道。"

"奶奶？你家里还有奶奶？老人一定高寿，你回家看过她吗？"

"没有。唉，已经两年没回去了，也不知道奶奶怎么样了。"黎耀辉的话问到杰克的伤心处，他调酒的手抖了一下。

这一抖落到了黎耀辉的眼睛里。

黎耀辉安慰道："出来打工确实不容易，离家这么久，奶奶会想你的，该回家看看。"

"奶奶说，她在家做农家乐挺好，逛完兵马俑的游客都去我家吃饭。奶奶说她也想出来逛逛，说等我攒够钱，让我带她来香港逛逛。"

"挺好，是该带奶奶来趟香港。农家乐，你们家离兵马俑很近吗？就是那个世界第八大奇迹，秦始皇的墓。"

"不远，我家在山里，到兵马俑走不了多远，很多背包客进山都住我家。那不是秦始皇的墓，是陪葬俑坑，秦始皇的陵墓还没有开挖。”

“太可惜了，那就进不去了。”黎耀辉皱皱眉头。

“也不是，”杰克望望四周，小声说道，“外人当然进不去，只有我们村里人知道怎么进去。”

“怎样进去？”

“是我们村里的一条小路，有一个秘密通口。”

“你也进去过吧？”

杰克不置可否地笑笑，不再回答。黎耀辉喝干了杯里的酒，站起身走了。

第二天，黎先生又来了，他从西服口袋里掏出一张银行卡，递给杰克。

杰克一愣：“这是什么，黎先生？”

黎耀辉没有答杰克的话，而是说出了银行卡密码：“里面是五十万元，带你奶奶来香港逛逛。”

杰克急忙推回银行卡：“不，不，这怎么行，钱我不能要。”

黎耀辉看着杰克的眼睛说：“钱你尽管拿去，还要拿得心安理得。因为，我想让你帮我办件事。”

“什么事？”

“带一些秦始皇陵墓的土壤，再拍些影像回来。”

黎耀辉的话让杰克倒吸一口冷气：“这是犯法的！”

黎耀辉用一根手指放在嘴唇上，示意杰克小声点：“这不是犯法，仅仅是进去走一圈，就像你平时在村里玩耍一样，带一点陵墓里的土，这不是倒卖文物，土遍地都是，又不是宝藏，不值钱，没人会发现。”

杰克把银行卡塞回黎耀辉手里：“不行，不是倒卖文物也不行，那个墓我很少进去，其实也根本进不去，我只是在以前留下的盗墓洞口往里看过而已。”

“那就更没事了，以前就被盗过，与你无关，你只是路过，捡点土罢了。我绝不会让你白帮我的忙。”黎耀辉把银行卡放回杰克面前，“这些钱只是让你带奶奶来香港游玩的钱，东西拿来后，我会给你两张移民月球的船票，这不仅仅是船票，每张船票都带有一个月球居住舱位，你到月球后，就有地方住了。现在多少人想买都买不到。”

一听到“移民月球”几个字，杰克心里猛然一震。现在有能耐的人，都在卖房子、卖资产，想尽办法买一张移民月球的船票。杰克抬头望望窗外铁灰色的天空，不知道自己会不会一天天困死在这个资源乏尽的地球。杰克不敢想自己的未来，这是一个富人和上层社会人群才有资格争抢的资源。

黎耀辉推了杰克一把：“你不是一直想移民月球吗？带你最重要的人——奶奶一起去吧。”

杰克心动了一下：“黎先生，你要那些土和影像有什么用？”

黎耀辉在地毯上慢慢走着，他手中端着的白兰地酒杯在灯光下闪烁发光。他身材魁梧，动作依然优雅。甚至把手插进口袋，也显出一种风度。他结实的肩膀，棱角分明的脸庞，近在眼前，却又如此遥远。

他的谋略和儒雅，让他觉得自己是不会被打败的：“杰克，你有没有想过，人类移民月球后，那些埋藏地下千年的陵墓怎么办，它们怎么移民。秦始皇陵迟迟不开挖，那是科学技术还达不到。可那些陵墓里将留下多少遗憾！如果把它们的基因带到月球，通过生物重组技术，在月球上重建一座秦始皇陵不好吗？陵墓中含有的DNA也许可以克隆出几千年前的秦朝人。”

对这些问题，杰克觉得惊奇，却又觉得似乎有些道理：“那么，秦始皇陵就能保存下来了？”

黎耀辉转头对他举起了酒杯：“这就要看你了。”

“我？”

“我会在你的体内植入一片芯片，放心，这是一种对身体完全无害的电子芯片，只用像打针一样把指甲盖大小的芯片插入手掌就行。欧美国家现在已有许多人植入了电子芯片，他们出门都不用带身份证、钥匙。坐飞机、开车，只用把手靠近电子感应器就行。芯片里自带摄像机，红外线感应器，你进入陵墓后，芯片会自动记录陵墓的影像和信息，你只用四处走走就行。这种最新研发的芯片，还有自带的屏蔽功能，你坐飞机过安检时，只要开启屏蔽功能，就不会被感应到。记住，那些珍贵的土壤不能用打印机打印，必须亲自带回来。”

黎耀辉喝了一口酒继续说道：“六十多年前，有一个去世的科学家霍金，在挪威的斯塔尔慕斯科学节上曾预言，2050年人类将开始移民月球，不是观光，而是永久居住。霍金说，如果人类不向宇宙空间移民，气候变化、资源用尽和人口过剩会使人类灭亡，这只是个时间问题。另外，巨大的小行星随时可能和地球发生碰撞，毁灭地球上的生命。这不是科幻小说，而是霍金用物理学和科学数据做出的判定。现在已经是2080年，霍金的预言一一实现。地球生存环境越来越恶劣，已有不少人移民月球。你要留在地球上等死吗？带你的奶奶一起移民月球吧。”

黎耀辉把银行卡插进杰克的上衣口袋，对杰克点头一笑，离开了酒吧。杰克头脑发木，久久回不过神来，他看见黎先生的身影走出酒吧，像一只海鳗消失在大海。

五

黎耀辉走在昏暗的街上，他将大衣裹紧。出了酒吧，冷风和脏空气扑面而来。刚喝下去的酒，此刻在身体里反上劲来，嘴里冲出一个酒嗝，这东西一口比一口难喝了。但这也正是他沉溺于它的原因。

这是他的生命，他的死亡，他的复活。他靠白兰地才能睡去。每天早晨醒来，眼皮都张不开，口渴得像着了火，头痛欲裂。如果不是每晚的这杯酒，他无法止住内心的挣扎。空间处理接收器只要一响，他就像听到警笛一般，跳到它面前，接收任务。

他机械而厌烦地应对那些任务、报告、煞有介事的记录、起草条陈，长得没完没了。对于那些要讨论的问题究竟是什么，谁也没有真正弄明白过，只是引起越来越复杂、纠缠的争论。所谓的科学学术讨论，在定义上吹毛求疵，漫无边际扯到题外，常常一场会下来，根本问题依然无解，随即却是几个人用看不懂的结论写出论文，争着发表再向上级报告。还有那个刺耳的声音——空间站长霍振刚对他的否定，像一记重拳，狠狠击在他的心上。

他必须做出新的成绩，开发一项属于自己的研发项目，才能从众人中脱颖而出，击败那些竞争对手。重建秦始皇陵，是他构想多年的计划，只有用这个从没有人做出的计划，才能接近他心中站长的位置。

被他们压了这么多年，这口气终究要出来。先用杰克带回的土壤做实验，自己的专业技术没问题，只差一个机会。

黎耀辉的眼前出现了一幅浩瀚的图景，一座巨大的秦始皇陵在月球上耸立，皇陵之下，千军万马如同复活，无数身披铠甲的骑兵俑、跪射俑、将军俑在月球的地宫中整齐排列，手持弓弩，足蹬短靴，战马双耳竖立，闻风则动，仿佛随时在等待他的召唤。

杰克回到员工宿舍，窗外下起了雨，打在窗玻璃上。雨水从玻璃上倾下，屋里太黑，他却不想开灯。自己十岁的时候，也是这样坐在黑屋子里等家人回来。母亲是再也回不来了，嫁人时她把所有的衣服被子都带走了。父亲整日喝酒，喝醉了就去村口赌钱，赌输了，回来摔盘子砸碗，他吓得大哭。父亲上来就是两巴掌："哭，哭！再哭把你扔到街上！"他又惊又吓，顿时止住哭声，蜷缩在角落里祈祷奶奶赶快回来。奶奶一进屋，就抱住了他，不准父亲再打他。杰克紧紧搂住奶奶，世界上只有这个怀抱是安全的、温暖的。

小时候没有玩具，奶奶刚卖完一车火晶柿子说："红亮别闹，奶奶给你买个好玩的。"奶奶脸上的汗也没擦，走到商店，买回一个会动的变形金刚。他高兴地等着，看见奶奶进门就抢了过去，变形金刚变成汽车、变成坦克，他笑着叫唤着，一下午的快乐抵得上一生。

杰克忽然哭起来，在遥远的香港，这间狭小灰暗的员工宿舍里，他想起千里之外乡下的奶奶，整整两年没见到她了。每天下班回来，劳累和痛苦都无人诉说，他想立刻见到奶奶，带她和唐娜离开这里，移民月球。一想到唐娜，杰克皱紧了眉头，丧气地跌回现实。她会和自己走吗?

唐娜此刻正在咖啡吧，今天又是一个下雨天！她被风刮得心烦。一下雨，就不能出去玩，关在屋子里干吗呢？一个人傻呆呆坐着，等时间过去吗？她对着咖啡机上的不锈钢反光板看自己，这么漂亮的脸庞，再这么傻等就等老了。

她听到一阵特有的急促皮鞋声从走廊那端传来，她抓住女同事的手说："小琳，说我不在，说我今天没来上班啊！"随即躲进操作间。她听到小琳在外面敷衍了杰克，能想象杰克叹息的样子，可她实在不愿看杰克那双透着傻气的眼睛，连他的急切也令人反感："娜娜，娜娜！"那样叫着，像一个穷疯了的人抱住一根稻草，稻草也会窒息。

小琳在外面招手："打发走了，出来吧。"唐娜的心落地，长舒一口气，从窒息中透出一口舒畅。她眼睛望着窗外，等梁伽泽的车来接她。梁伽泽走路总是不紧不慢，他还会跳舞，跳起华尔兹最好看。他带她去舞会，去西餐厅，洁白整齐的圆桌旁，站着穿礼服的侍者，华尔兹的旋律和英式牛排的香气环绕着他们，梁伽泽说："你是我最美丽的舞伴。"唐娜的心就跳跃起来。

杰克懊恼地往回走，他想着冰冷的唐娜，血液仿佛冻僵一般。可他必须跨出新的一步，因为他还活着，他还有奶奶，剩下的路还要走。但他不知道怎样跨出新的一步。眼前的路就像一条灰白色的长蛇，蜿蜒向他奔来，他等着，等着，眼看临近，却忽然消失在黑暗里。

雨夜，还是那么长。长久的枯坐中，他摸到上衣口袋里那张银行卡，黎先生给他的。他握住了这张卡，无望中握住了一缕希望一样。他决定试一试。

六

杰克跟随黎先生来到月球空间站，让他把电子芯片植入自己的手掌。

宇宙中天黑得很早，其实天一直是黑的。从茫茫太空遥望地球，如同在地球上遥望月亮——地球是那么渺小，像一个蓝底白花的青花瓷盘挂在空中。

杰克乘坐的太空船降落了，走出舱门，他才发现太空船仅凭一束光线驱动飞行。造型小巧的船身闪着银色的金属光，穿过一片光感区，船身上反射出色彩斑斓的虹影。

一条舷梯展现在杰克和黎先生脚下，俩人走下来，却看见船舱里的机器人从高高的太空船上直接落地。杰克惊讶地望着，黎先生淡然地说："他们用不着舷梯。每个机器人，在最初设计时，已经安装了引力调节器，他们可以根据高度、远近任意调节重力，从高处落下，落地时速度会变成零。只要他们愿意，甚至可以从太空漫步到地球。"

杰克简直不敢相信自己的耳朵。

"杰克先生，请您不必担心，我们自身携带的引力调节器，可以帮助我们应对任何特殊情况。"机器人转过身对他说。

"你怎么知道我在想什么？我没有和你说话啊！"仿佛心里的秘密被人看穿一样，杰克不安地问机器人。

"您惊讶的表情已经通过生物电波传输给我，我的体内安装有人脸识别和表情研判系统，通过研判，将您的生物电波送入我的存储器分析，系统会反馈结果。"机器人说。

"请问您对我的回答是否满意？"机器人又执着地问了一句。

"满意，满意。"杰克赶紧跟上黎先生，离开了这个既智能又可怕的机器人。

杰克走进空间站，一阵海浪向他袭来。他下意识伸手阻挡，却空无一物，只有一面巨大的电子显示屏横在眼前。太真切了，仿佛就要扑来，却实际相隔数万公里。电子屏前聚集了一群人，因为彼此穿着太空服，杰克看不清他们的身份，头盔里透出各种肤色的脸。

黎先生把杰克带到一间休息室，让他在里面等候，随即关上门出去了。杰克偷偷打开一条门缝，看见黎先生走到一位花白胡子的男人跟前，向他汇报着什么。这个男人很面熟，像在哪里见过。杰克猛然想起来，这个人就是移民月球宣传画上的那个人，大街小巷贴的都是他。

男人好像没什么耐心听完，快速示意，指示黎先生参加会议。通过翻译器，杰克听到一个外国专家模样的人说：“月球移民基地会比纽约现代得多。纽约只是一个二维平面城市，而移民基地是一座宏伟的多层立体城市。每一层都分布精确设计的街道，有多个人工智能社区和商业中心，整座城市的地上、地下系统和居住舱即将建设完成。城市有着复杂的社会结构，严格的行业分工，整个城市是一座巨大的精密机器，协调高效地运转。”

专家随即转向电子屏幕，脸上的神色难看起来，眉头紧蹙：“海啸越来越严重了。日本大地震引发的巨大海啸导致南极冰架崩塌，海啸波穿过太平洋，抵达南极洲。崩塌的浮冰面积相当于两个纽约曼哈顿岛。南极大陆海岸线在急剧变化，整个大陆像一块热煎锅上的牛油，不断缩小面积。地球海水在引力拉动下涌向南极，地球顶端那块雪白的大陆，正被滔天巨浪吞没。地球各地的裂缝越来越多，最初出现的几道在不断扩展，颜色也由黑色变成透着火光的暗红色，像几千公里的地狱之门。”

电子屏显出另一幅场景，到处是惊天动地的轰鸣声，挖掘机遮住了天空，一只只钢铁巨掌凌空劈下，城市在巨掌中被碾得粉碎，无数大人和孩子在哭喊奔走。

“我们将有计划地逐步毁灭一些城市，以保存越来越稀少的资源。”专家说道，“也许地球将再一次回归它最初形成时的寂静。这次将比上一次更长。不要从道德角度谈论这个问题，在宇宙中，那东西没意义。”

黎先生忽然从门外走进来，杰克呆呆立在那里，心里惊恐又难受，完全没有注意到走进来的黎先生，他的一只手还无力地搭在门上。

“你都听到了？这只是局部地区的情况，有的地方比这更糟。”黎先生说道。

“地球……真的会消失吗？”杰克问。

“这个问题，我无法回答。地球已经是一位老人了，人类没有好好爱惜他。”黎先生手腕上的传感器灯亮了，他按灭了灯说，“走吧，植入芯片的时间到了。”

门突然打开了，那个花白胡子的男人霍振刚走进来。刚才黎耀辉已经把自己的方案向霍振刚汇报，他并不觉得黎耀辉能做成功，或者做出什么新实验。在几位科学家里，黎耀辉的资历最浅，他折腾的这些事情，在自己看来就是小儿科。他甚至连黎耀辉的报告都没有听完。他进来看到一脸傻气的杰克，更加失望，这就是黎耀辉吹嘘的秦始皇陵探寻者，让他们瞎折腾去吧。他摇摇头走了。

杰克看到霍振刚的眼神，他手足无措地看了看黎先生。霍振刚的不信任全都落在了黎耀辉眼里，可他越不相信自己，自己越要做出些成绩。黎耀辉的倔强和工作多年的委屈瞬间涌了上来，他拍拍杰克的肩膀，安慰着杰克，也安慰着自己："好好完成这次任务，抓紧时间移民月球，我们会成功的。"

智能机器人医生接待了杰克。她的蓝色瞳孔，闪烁着光亮，里面是两架自动摄像机。她拥有迷人的上半身，金色长发，身材姣好，微笑的洁白牙齿和红润嘴唇有种天然的亲切感。黎先生说，她的设计原型来源于一位法国电影明星。

杰克放松下来，伸出手掌，让凉丝丝的消毒液在手背上游走，他看到女医生把一针麻醉剂注入自己体内，她微笑的样子真好看，杰克对未来的恐惧已消失大半。麻醉剂一丝一丝流进血液，杰克全身软绵绵舒适起来，竟发出一声轻哼，他有些难为情，想让身体坐起来，却半分力气也没有。恍惚中，闻到一股咖啡香，是黎先生还是女医生冲的咖啡，他已分不清，视线模糊，只有浓郁的咖啡香气飘荡。是谁端着咖啡杯在轻轻走动，他仿佛看见那柔和的、雨水般的咖啡光泽。

杰克在恍惚中看到了自己的家。青翠大山里，一条蜿蜒小路，小路尽头，是一座农家小院。院子里是孩子们嬉闹的叫喊声，夕阳淡黄色的光芒里，奶奶坐在院子中间，电炉上水壶的水烧得正欢。

杰克看到了自己的母亲。他想，母亲离开他时他大概十岁，或许十一岁。

母亲是一个体格高大健美的女人，她很少说话，有一头浓密的黑色长发。至于父亲，记忆已经很淡薄，只记得他是一个瘦瘦黑黑的人，终日坐在门墩上抽闷烟，生气时会冲他吼几声。

母亲坐在离他很远的地方，怀里抱着别人家的小孩。他问："妈妈，你抱的是谁？"

母亲说："我抱的是我儿子。"

"你儿子？那我是谁？"杰克问。

母亲没说话，过了一会儿，母亲低头亲亲怀里的小孩说："他是我现在的儿子。"

杰克看着这个陌生的小孩，那双陌生的眼睛和母亲离他越来越远，他伸手去抓，却什么也没有抓住，他大喊一声，惊醒过来。

手背上一阵疼痛，一支注射器正插入手中，一枚电子芯片被植入他的左手。一股鲜血流出，杰克疼得满头是汗。不知是疼痛还是刚才的梦境，杰克的心沉沉往下坠。

他回头看见女医生抽出针管，把注射器扔进垃圾桶。她转动的不是双腿，而是一只在医疗台移动的轮子。她不是美女，是一个设计精良、节约材料、人工智能的机器人。

走出医疗室，杰克的脑袋蒙蒙的，他努力让自己清醒，寻找黎先生。黎先生正坐在大厅里，听一个戴眼镜的男人做讲座。杰克走到后排，找了一个空位坐下来。

台上的男人很斯文，透过太空服也能看到他的头发纹丝不乱，气色和精神都很好，语音带着绵软的港台腔。与温文尔雅气质相对的，是他在谈到人工智能时的犀利："现在实体世界的数字化，已创造出无限商机。无人驾驶技术已在地球广泛使用多年，未来，无人驾驶不再仅仅局限于驾驶汽车、飞机，而会被各种智能飞行器、潜艇、空天母舰使用。未来几年，失业率上升是无法避免的。在未来五到十年，百分之四十的人会失去工作。地球上有一本杂志《纽约客》，论述每一种工作的失业率，最先失业的工作，包括服务人员、销售、流水线工人。"

杰克头皮一麻，服务人员，自己不就是服务人员？现在酒吧里引进了大量自动机器，清洗酒具由机器完成，采购世界各地的名酒在网上直购，厨房工人和采购人员早已解聘。前几天，驻唱歌手也不需要了，5D 全息投影技术可以真实显现任何歌星，客人只需点单，就可以和世界各国歌星互动演唱。只剩他和几个调酒师，零零落落，夜晚下班后像无家的孤魂野鬼。

演讲者的声音又传来：“未来的人类将分为两种：优质进化人和非进化人。优质进化人的体内会植入最新的科技信息和特效药，改变一部分基因，成为新一代的人类，他们的后代也将具有新的基因。”

演讲结束，台下发出一阵掌声。杰克有些冷，他有些听不懂，茫然地走到太空舱前，看着窗外苍茫的宇宙，轻轻叹出一口气，该走了。

七

返回地球后，杰克请了假，坐飞机回陕西老家先看了奶奶。他把银行卡交给奶奶：“奶奶，卡收好，里面的钱你想买啥就买啥。”

奶奶一把拉住孙子的手，老泪纵横：“奶奶啥也不要，就要我娃好！”

杰克抹去满脸的汗和泪，狠下一口气：“奶奶你等着，等我办成事来接你！”说着头也不回地走出大门。

“你干啥去？”奶奶伸着脖子喊。

“去办要紧的事——”杰克已经走远了。

七十二岁的奶奶把拐杖在地上乱戳。

杰克急匆匆赶往墓地，他要尽快拿到土壤。黎先生要得急，只有拿到影像资料和土壤，才会把价格越来越高昂的移民船票给他。

杰克走到山林葱郁的骊山脚下，还是这座熟悉的山峰，从小到大，多少次攀爬玩耍，山林里穿梭。此时看见，心里却多出一份沉重和不安，那未知的前途和生活，像这座大山，压在眼前。

秦始皇陵苍翠地横卧在峰峦叠嶂中，与骊山融为一体。骊山像一匹奔腾的黑马，骊，古意为黑色骏马。北边是弯曲流转的渭水河，似一条银蛇闪闪发光。杰克沿着密林中一条隐蔽的小路，走进一个盗洞口，洞口遮掩着树木，与整个山林融为一体，外人根本无法找到。

杰克顺着狭窄的洞口往里走，手电照着黑洞洞的坑墙，黎先生给的氧气探测器亮着绿灯，表明可以继续前行。盗墓贼挖的坑道很难走，低矮望不见头，有重重的压迫感。每走一段，就有一块突起的石头、土块拦路，坑道变得更黑更窄，头和肩膀撞在墙上，像被撞歪的皮球，迅速弹回来。脸贴着墙走路，人像被禁锢着，任何人进去都无法逃脱，无数的秘密和陪葬品也被禁锢在这座地下宫殿。

猛然听见一阵水声，循着水声，杰克看见另一条坑道。以前进来那一次，他从未走过这么深，眼前是一条新路，他试探着摸索进去。水声越来越响，却不见水源。水声将他引到一座圆石旁，他趴下身子听听，声音就是从圆石下发出。地下仿佛有一个出水口，水从出口流出，顺着坑道流淌，杰克也跟着走，水声渐渐起了变化，好像一个出口被打开，变得宽缓，河水流向看不见的远方。

这条地下暗河是一张隐形的引导图，水流时隐时现，坑道时断时连，神秘却又似有迹可寻，一明一暗，仿佛生死轮回。

杰克想起小时候课本里学的《史记》描写的秦始皇陵，骊山边住的小孩都会背："穿三泉，下铜而致椁。以水银为百川江河大海，机相灌输。上具天文，下具地理，以人鱼膏为烛，度不灭者久之。"

杰克抬起胳膊，把手掌里的电子芯片对准了前方。这座地下宫殿展现在他眼前。

残损的陶俑和散落的碎片，不知是在诉说这里曾被人偷盗的败落，还是依然顽强地警告着擅入者。它像一座古战场，蔓延着硝烟过后的荒凉和零落。一堆废墟里，杰克忽然发现一块灰白的陶俑从土里露出来。他小心翼翼扒开土层，取出陶俑，发现原来是一只陶俑的断手。秦陵中遍布陪葬陶俑，这只断手一定是盗墓贼盗走陶俑时，走得太匆忙，不小心摔坏留下的。又或许是他们盗了更重要的宝物，顾不上这只陶俑了。断手保留了俑人的袖子和手部，手呈空心握拳状，想必当初烧制时，手里是握着金属或木质的兵器。杰克擦了擦陶俑上的土，将电子芯片对准它，记录下它的形态，并拍下一张照片。照片里，是一只残手和它身后千年的历史。

在村子里，很早就流传着关于这座巨大的地下宫殿的传说，据说当年丞相李斯向秦始皇汇报，七十二万人修筑秦陵，已经挖得很深了，好像到了地底一般。秦始皇听完，下令“再旁行三百丈乃至”。

如此浩大的地宫，杰克不知道自己站的地方是哪里，他觉得自己像一棵草芥，站在巨大陵墓中一个小小的偏角。望着长长的坑道和未知的前方，杰克心如荒草，震撼而迷茫。

他想起村里还传说，骊山与秦陵之间有一条暗道，每逢阴天下雨，暗道里就过“阴兵”，人欢马闹，声如滚雷。他越想越害怕，赶忙捡了一些土，又在坑道和周围走了一圈，让电子芯片记录影像、温度、湿度等相关信息后，沿原路返回，匆匆跑出了陵墓。

八

杰克坐在香港机场海关拘留室的长椅上，他的手搁在膝头，看着工作人员忙碌地走来走去，几个荷枪实弹的警察站在门口。工作人员让他在一大摞材料上签字，并扣留了他的通行证、身份证、工作证。他看到让他签字的年轻小伙子整洁的脸庞，想起自己已经两天没刮胡子。

他此时很想在下巴上涂满泡沫，即使像平生第一次刮胡子时，他试着把上唇淡黑的茸毛刮掉却不慎割破皮肤，粉刺流出血来，到最后也没刮成个样子，也没关系。他此刻只想洗个热水澡，洗掉全身的土末、汗臭和疲惫。这番渴望终未实现，他依然孤零零地坐着。他觉得自己从这时起便开始老了。

其实他很早就觉得自己老了，从那个海关安检员用检测仪器在他身上扫射，让他脱掉衣服和鞋子时，他觉得自己像一头待宰的老羊，无力挣扎，顺从地在他们面前一件一件脱掉衣服。安检员面无表情地喝道：

还有鞋子。鞋也脱掉了，他的双脚站在冰凉的地板上，一阵战栗。皮肤上的汗毛倒竖，像猛然碰到冰冷的水。

很小的时候，他就惧怕黑暗和陌生的环境、人群。他总是天黑时睁着眼睛，床上空空的，他整晚不敢睡去，害怕漫长的黑夜，更害怕家里人不要他或随时走进一个陌生的人。矛盾和惊恐的情绪像滚烫的虫子焦灼着他的心。

此刻，这种情绪再次从心底升起。安检员戴着手套的大手，重重拍打在他身上。杰克努力调整姿势让自己平稳，但这具身体像一截枯木，空虚、无力地承受每一下拍打而有点微微摇晃。肩膀、胳膊、腋下、腰腹、双腿，安检员细细搜查着，俩人不对视，都装作不知道对方已知情，一个在急于找到证据，另一个急于解脱这种搜查罪犯般的尴尬。

尊严像阳光下的一条咸鱼，晒干了水分，紧紧收缩着。听着安检员的命令：转过身，站到那台检测机上，双手举高。杰克精疲力竭，举着双手站着，直到听到安检员用对讲机一连串讲着粤语，随即两名高大的警察赶来。他们迅速将杰克控制住，带往安检办公室。身后排队的人群骚动起来，旅客七嘴八舌地议论："抓住了一个毒贩！""是冰毒吗？""看着不像，可能是一个走私犯！"

在两个高大的警察面前，杰克这一次脱得更干净了。他的贴身内衣里，搜出一小袋裹得紧紧的土壤。

杰克也担心过，怕被安检搜到。电视里，倒卖文物的贩子把文物装进旅行箱，过安检时箱子打开露了馅。杰克长了心，他在秦陵只捡了一小撮土，包成小金橘般一小袋，藏在内裤里。没有人会翻开内裤检查，他的计划让自己心里很踏实。临过安检前，杰克开启了芯片的屏蔽功能，这样会万无一失。

当杰克被戴上手铐，由几名警察押送，往警车上走时，他始终不明白，站上那台检测机，自己的秘密为什么会被发现。高大警察看着杰克急坏了的样子，轻松一笑："你知道超导射线吗？"

杰克摇摇头。

“这种射线类似以前的X光。但它是一种透视极强的新型光波粒子射线，能透视所有物体，”警察慢悠悠说道，“你开启芯片的屏蔽功能根本没有用，超导射线一扫，就看清了它在你体内的位置。其实你连衣服也不用脱，我们已经知道你藏的那一小袋土。脱衣检查，只是例行手续，拿到实证。”

杰克的眼睛里，升起一阵雾气。他注视着机场大厅外浓密而布满灰尘的天空，灰尘像一道不可逾越的屏障。暗色的云，从头顶压下来。他想把尘土满面而又发涨的脑袋浸入海水，让海水清洗、冷却自己，但大海离自己那么遥远。他再次隐没在尘土之中。走过人群时，他从人们议论、闪躲的眼神里看到自己，那是一张陌生的脸，陌生得他险些捂住脸夺路而逃。手铐将他拉了回来，他意识到自己已经走得太远，走向一个完全陌生的世界。

警车沉重的轰鸣声戛然而止，车轮摩擦地面时发出令人烦躁的啪啪声也停了下来。沿途几个小时的车程，都是不认识的路线，直到杰克走进一道大铁门，看到一排穿着囚服的人整齐地在操场上走路，他们按教导员的指令，笔直走出一条直线。一排人看到新囚犯，有的偷瞄，有的吹出一声响亮的口哨，被教导员严厉喝住了。

一个个子不高的犯人死死盯着杰克，带刀疤的光头上闪着寒光，一双深黑的眼仁豹子般凶悍，杰克被这一眼盯得浑身一抖。此刻，他才真的意识到，自己已经到监狱，成为一名囚犯了。

杰克觉得处罚太重，自己只带了一小袋土，竟被关进监狱。交罚金不就行了？自己多加几次班，钱总能凑齐。审查他的警官说：“这可不是交罚金的事。最重要的是你手掌里的电子芯片，存储的所有秦始皇陵影像和信息都将被清除，以防止你偷偷发往月球——你的罪名可不轻。并且，这些信息将作为你的罪证，在上庭审判时用。”

很快，警车将杰克押往一座生物研究所，让专业工程师取出他的芯片信息。路上经过一片白房子，树木掩映，一座座临海的私家花园安静雅致，这是香港有名的别墅区，各个门牌上写着主人的姓氏。杰克刚到香港时就听说过这里，早想来看看，没想到今天竟是在警车上看到。他把身子往前探了探，又缩回来。手铐硌痛了他。他猛然想起，自己已是一个上无片瓦遮身的人了。

九

走进研究所，接待杰克的是一个智能机器人，他把杰克引向一间实验室，押送杰克的两名警察紧紧跟随。一排实验室里，立方体的透明玻璃间里坐着不同的犯人，他们正接受机器人的审问。

研究所的机器人智能化程度很高，总有犯人想糊弄他们，但都被追问了回来，不得不像面对人类时那样老实回答。他们在监控器下录音对话，或做测谎测试，采集血样。谈话画面和结果传送到总控室，一位姓欧阳的博士通过目标辨识、DNA 检测和综合研判做出结论。

杰克跟随机器人走进一间实验室，机器人像忠实的管家一样，逐一询问杰克的信息、工作经历以及在秦陵里的情况。当杰克说到秦陵的壮观和历史时，机器人自言自语道："希望下辈子我能去看看这个地方。"杰克仿佛听到一声叹息，但又想，怎么可能呢，机器人怎么会有这种感受。

问完问题，杰克被机器人带到欧阳博士的实验室。抬眼一看，面前是一位穿着白色大褂的中年人。平稳和老练，在欧阳博士那张看不出喜怒的脸上展开。那件白色大褂，像一片无边无际的沼泽，沼泽里发出一阵阵化学药水的气味，杰克有些头昏。

杰克的审问报告刚从电脑里传过来，刚才为杰克做审问的机器人敲门进来了，他平静地站在门口，双手垂立，杰克看到他十个苍白而修长的机器手指。

"欧阳博士，你们好，我来向你们告别，我马上要进入重生了。"机器人说道。欧阳博士点点头，伸出手握了一下机器人光滑无痕的手指。

机器人转身出去了，杰克忍不住问："重生是什么？"

“就是销毁自己。”欧阳博士平静地说。

“他要去销毁自己，要去死亡？”杰克心里一惊，他猛然想起机器人说的那句“下辈子”和那声轻轻的叹息。

“是的。他会被切断电源，在几分钟内被化为原子，回到机器人制造的开端，重新作为DNA的原料，这就是他说的重生。”

“他还那么年轻，为什么要这样对待他？”虽然只是一个机器人，杰克心里仍忍不住痛了一下。

“那只是你看他年轻。超过十年的机器人就过了强壮期，会自动选择死亡，从不贪恋生命，这是在他们设计之初就被写入的程序。”

杰克通过监视器看到机器人走进一间屋子，他脸上的表情很平静，伸出右手，对着监视器挥了挥那只苍白的机械手臂。杰克看到了那只光滑无痕的手。

一扇厚重的铁门缓缓关闭了。

欧阳博士在电脑上输入指令，并按下一个红色按钮。铁门里发出嗡嗡的响声，门上一串指示灯连续闪了几次，最终变为绿色。

杰克感到一种恐惧蔓延在他的呼吸里，在他皮肤的汗液里。短短几分钟，他像活了一个世纪般漫长。

“把你的手掌伸出来。”欧阳博士说道。没等杰克反应过来，欧阳博士已经把芯片读取器插进了他的手里。手上一阵剧痛，从手背蔓延至手臂。芯片里的各种数据像潮水一样涌向欧阳博士的电脑，影像、资料、照片……杰克能看清楚自己来时走的每一步、每一个细节。他从电脑屏幕里，看到了自己的身影，单薄、无力，永远像在找寻着什么，却永远找寻不到。

他心中那个痛苦的黑洞迸裂了，有种巨大的力量把他往下撕扯，直到他的身体倾空，跌入无尽的黑暗之中。

他想起刚刚消亡的那个机器人，自己和他又有什么区别？

“博士，你把我也当成一个机器人了吗？”杰克痛苦地问。他手上的手铐一直没打开，此时正深深陷入皮肉里。

“不，你是人类。人类被创造出来，是地球上最先进的物种，已经抵达其他物种的金字塔塔顶了。但这种高级物种发展到最后，是分等级的。总有一些具有高智商和优质资源的人，成为金字塔塔尖的人。”博士说道。

“那么我是什么？”

“你比机器人强一些。人工智能机器人与人类最大的区别是，他们不具备情感。但如果有一天研发出拥有情感的智能机器人，也许有很大一群人类会被替代。”

欧阳博士拔出了芯片读取器，杰克的手臂无力地垂下来。他觉得整个人的魂魄都被吸走了。

十

他疲惫到了极点，把自己这双手交付给警察。手铐咔咔作响，跟随手的摆动被扭曲成一个奇怪的形状。杰克被两名警察拉扯着，塞进警车，像一袋面粉或罐头，被摆布、挤来翻去。警笛声轰然响起，刺耳的鸣叫和警灯闪光划破街道和天空。在令人窒息的黑暗中，他不再需要双手，不再闻到人的味道，只有车里固定犯人的铁栏杆发出的铁腥味。

栏杆上沾满汗气，一定有无数犯人的手、脸和身体蹭在上面，无数陌生的气味里，杰克辨认不出自己的气味。他试图回想起自己的脸庞，却怎么也想不起，脑海中却浮现出黎先生的面容，黎先生拿着两张船票，问他：“杰克，东西拿到了吗，快移民月球啊！”他恍惚意识到自己正在做一件很紧急的事，他要带着奶奶一起离开。奶奶一把拉住他的手，紧紧攥着，她正喊着红亮、红亮，把拐杖在地上乱戳。唐娜的脸浮现在杰克眼前，她对他嫣然一笑，杰克伸手去抓唐娜的手，却被唐娜一把推开了：“杰克，我要走了。”

杰克觉得从头到脚，全身像一块冰，在慢慢凝固。他再也无法忍受胸腔里冰冷的嚓嚓声和全身血液在冲破血管时的撞击，他渴望逃走，逃出这恼人的冰冷和孤独。警车开到了监狱，他被警察押下车，跌跌撞撞走着，每一步都像捶打在坟墓上。他铁了心，把自己的心脏紧紧压住，不让它在胸中翻腾。他的眼中没有掉一滴泪。

但当他跨入监狱大门的那一刻，铁门里训练的犯人像一排排枯木站着，他觉得自己仿佛跌入一个深黑的大坑，眼前一片黑暗，看不见一丝光明。那是腐朽的让人窒息的昏厥。一阵惊恐，他猛然拔腿往外跑，用力冲撞警察，甩开警察的手，手铐哗哗响着，更深地箍进手腕里，皮肤紫胀，几乎要箍出血来。就在要靠近大门时，他被一名警察一脚绊倒在地，脸和牙齿重重磕在地上，一把枪顶在了他的头上。

警察大声警告着，可他依然在用那双青紫的赤脚狠狠拍打着地面，鞋子飞出几米远，只有赤脚挥舞着，仿佛在抵抗着自己的命运，又好像是为了能再多活一阵而做最后的挣扎。

他回忆起这双脚，去年在他工作的酒吧里跳舞，几个打工仔，在客人走光后，他们打开音响和灯光，整夜地跳舞，打发自己的孤寂。他给自己调了一杯鸡尾酒，边喝边跳，直跳到全身的骨头散了架也不觉得累。此刻，这双脚正惶恐地在地面拍打着，再不复从前的充沛精力。

更多的警察围上来，将杰克全身扑倒在地。鲜血和磕碎的牙齿掉落地上，为了不引起其他犯人的暴动，警笛声拉响，训练的犯人被紧急集合到一处，由十几名警察严密看守。杰克被四五个身材高大的警察从地上拖起来。犯人们并不知道，是什么人跌倒了，又像麻袋一样被拖走了。

杰克被关进隔离室，他被戴上脚镣，扔在墙角。铁门“咣”地锁上了，他的两只脚在脚镣里张开，像瘫了一样。嘴里的血和伤口刚被处理过，纱布一圈圈缠在脸上。他把纱布拉下一个小口，让自己呼吸进一口气。一束头顶的光线照在他的脸上，他抬头望望，光是从高墙上的一扇小窗里射进来的。他对着这束光，跪了下去。就像对着小时候家里供奉的神像。

杰克安静地跪着，来自心灵深处一颗巨大的泪水滚落下来，打湿了他的手。他没有发觉，依然默默跪着，仿佛在祈祷，那心里的声音大得吓人。

他努力站了起来。踮起脚尖，用力扒住窗户，抬起头，往窗外看。天空灰蒙蒙的，铅灰色的云像一面墙，向人身上压下来。他注视着尘土，像一道厚厚的山影，弥漫在空中。他呼吸着被污染的空气。远处是一片大海，一只海鸟将裹满油污的身体浸入海水，可怎么能洗净呢？海面上漂浮着一层油和垃圾。它再也飞不起来了。不停拍打着翅膀，翅膀依然粘连在一起。它在岸边缓慢走着，身后拖着一条长长的油污的尾巴。

顺着海岸线，杰克看到了那片白房子。别墅区里的一男一女戴着电子滤毒口罩，拉着行李箱往外走。他们卖掉了别墅。男人正在和一个房产商人签合同，那人递给男人两张移民船票。杰克认识那张淡蓝色的船票，他在黎先生的手里见过。

白房子里人去楼空。只有阳台上一株秋海棠留下了，叶片在风里扑棱棱飞着。风越来越大，海浪翻滚，海上下起了雨。杰克在墙角坐下，他靠在墙上，把戴着脚镣的双脚展开，让自己休息一会儿。

整个下午，他都在休息，站起，他在观看落在秋海棠上的雨水。他不知道等待自己的究竟是什么。

（原载《小说月报·原创版》2020年第5期）

主持人：**梁鸿鹰**

梁鸿鹰，文学批评家，《文艺报》总编辑。

Liang Hongying, literary critic and editor-in-chief of *Journal of Literature and Art*.

短篇

推荐语

刘庆邦的《踏雪之访》写的是主人公文丰与女友在“文革”时期一段美丽的情感，这段因时代的特殊性而备受挫折的经历，使得两个年轻的生命变得格外坚定与果决，作品文本看似对久别重逢爱人和往昔岁月的回访，表达的更是难忘的爱情、责任、坚守与人性的美好。

邓刚以雄劲的笔力再次把读者带入辽东半岛连绵的海湾，《老疯头》通过对两个靠海生存而并不强壮的人倔强性格的刻画，老疯头矢志不渝坚持监管海湾的坚守跃然纸上，人格的力量，愈挫愈勇的顽强，闪现着浮沉于时代的人心之善之刚，全篇富于诗意和力量之美。

储福金的《洗尘》主要讲述了主人公为曾经的女友接风的故事，展现出几个人物不同的人生选择和命运轨迹。作品素朴柔韧，但又富于穿透力，以棋会友，以棋悟人生，人生理念与文学之思有机融合，直击生活之内核，富于中国风格，中国气派。

围绕耳背的稚童四儿受到同龄伙伴的排挤和欺负，只有“大个子”承接他对世界的好奇与感知，宁肯的《探照灯》以一种流动的、富于生命质感的语言，把两种孤独与一段特殊的友谊写得感人至深。探照灯作为一个意象，让烟尘扑面、寂苦凄清的往事流淌而出，令京城胡同深处生命的鲜活、顽强与旷达产生了巨大的力量。

【作者简介】刘庆邦，男，1951 年 12 月生于河南省沈丘县，著有长篇小说《红煤》《断层》《黑白男女》等，中短篇小说集《走窑汉》《梅妞放羊》《响器》等。短篇小说《鞋》获 1997 至 2000 年度第二届鲁迅文学奖。中篇小说《神木》获第二届老舍文学奖。

Liu Qingbang (male) was born in Shenqiu County, Henan Province in December 1951. He is the author of novels *Red Coal, Faults, Black and White Men and Women*, etc.. His anthology of medium-length novels and short stories are including *Zou Yao Han, Girl Mei Grazes Sheep*, *Sounders*, etc.. His short story *Shoes* won the second Lu Xun Literature Prize from 1997 to 2000. His novella *Shen Mu* won the second Lao She Literature Prize.

踏雪之访

刘庆邦

窗外有些发白，文丰以为天亮了。似睡似醒之际，他的眼睛还迷糊着，还不是被擦亮的状态。擦亮他眼睛的不是别的东西，是他的眼皮。他把眼皮眨了两眨，等于把闲置一夜的眼珠子擦了两擦，眼睛才明亮一些。这时再往窗外看，他不禁有些惊喜，不光他的眼睛亮了，他的心仿佛也亮了起来。下雪了，外面像是下雪了，映进窗内的不是天光，像是雪光。因玻璃窗上结有一些冰花，看去像隔了一层雾，他吃不准到底下雪了没有。窗户一侧对着他的床头，他从被窝里坐起来，光着上身，头抵着窗玻璃往外看。这一次他看清楚了，确认了，老天爷真的下雪了。他看见外面的窗台上已砌了一层雪，砌起来的雪，已拥到了窗框的下沿。没有刮风，雪下一朵，存一朵，看样子还会越砌越高。往上看，窗户上方雪光莹莹波动，一波未落一波涌，一波更比一波兴。蜂舞蝶阵乱纷纷，这不是下雪又是什么！

冬季漫长，晴天的时候总是多，下雪的时候总是少。入冬以来，这个冬天一直是干冬，人们一直盼望着能下一场雪，这场雪总算从天而降。这里是矿区，文丰所在的工厂是煤矿支架厂。矿区的主色调是黑，是从里到外的黑，彻头彻尾的黑。黑得连田里的麦苗都成了黑色，有麻雀从矿区飞过，似乎也会变成乌雀。有什么办法可以把矿区的色调改变一下呢，可以把黑色变成白色呢？人的眼珠有黑也有白，日子有黑夜，也有白天，矿区的面貌总不能一黑到底吧！那么，用水洗行不行呢？恐怕不行。好比煤的本质就是黑色，你越洗它就越黑。在地上撒些石灰行不行呢？恐怕也不行。你可以在某个场地撒一些石灰，使场地在小面积范围内由黑变白，可是，还有房顶呢，树木呢，天空呢，你总不能指望用石灰来个全覆盖吧，那得抛撒多少石灰呀！好啦好啦，别发愁了，雪来了！在人们还睡得昏天黑地的时候，雪悄悄地来了，一下子就下了个铺天盖地。改天也好，换地也好，要把黑世界变成白世界，还得靠雪呀，还只能靠雪啊！

下雪是一个喜讯，文丰得到了喜讯，想对住在同一间宿舍的工友们报告一下。他相信，工友们听到喜讯，也会很欣喜。他回过头在宿舍里看了一下，见两个上夜班的工友尚未下班，他们的床铺还空着，只有一个工友在蒙着头睡觉。他的嘴张了张，没有报出声来。他的心比嘴快，想到把熟睡的工友叫醒不太好。窗外的雪在那里明摆着，等工友醒来，自然会看得见。宿舍内生有一炉煤火，睡觉前，文丰用和得稀软的煤泥把火口封上了，只用火锥在煤泥中间扎了一个火眼。经过一夜的蒸烤，煤泥被烤干了，火眼那里生长出一支火苗。他在宿舍的暗影中发现，火苗是红色的，好像一枝红花。这枝在夜里开放的“红花”，应该是献给白雪的吧！

文丰没有开灯，若是开了灯，就显不出窗口的白了，他不想让电光夺了雪光的光彩。他没有起床，又在被窝里躺下了。他在心里祈愿着，雪千万不要停，夜里下，早上下，中午下，下午下，再下一天一夜才好呢，下得天翻地覆才够意思呢！文丰是一个善感的青年，他的感觉与别人的感觉也许不大一样。他感觉，悄然而至的大雪，仿佛是从遥远的地方给他寄来的一封信，每一朵雪花都像是一页信纸，每页“信纸”上都写满了字。那些“字”有着雪花一样的符号，每个符号都能唤起他对雪的记忆。记得还在农村老家时，有一天夜里下大雪，雪下了一夜，把堂屋的门都堵住了，堵到了门半腰。母亲一打开双扇木门，半堵雪墙一下子倒塌在屋子里，扑得屋当门都是雪块子。母亲蹚着雪去灶屋做饭，需要先用铁锨把堆砌在屋门前的雪铲去一些，才能把灶屋的单扇木门打开。在他的记忆里，在每年的春节前，他们那里都会下雪，直到放炮过年了，雪都化不完，需要把残雪堆在墙角，或堆在树的根部，才能给春节的欢乐打开一些场子。而红色的炮纸落在残雪上，融化的雪液总能把炮纸洇湿，洇出一块块殷红，像开在白雪上的一朵朵莲花，或木槿花。更让文丰难以忘怀的是，他们村里有一位会拉弦子的盲人，每当天下雪时，盲人的弦子总会响起来。他的眼睛看不见下雪，不知他对下雪是怎样感知到的，反正只要一下雪，他的弦子必定会响起来。人们似乎不记得他在晴天晴地时是否拉弦子，但人们都记得，只要天一落雪，他的弦子声一定会及时响起来。这样一来，他的弦子声就成了一个信号，弦子一响，村里人就知道又下雪了。他拉出的曲调儿一点都不欢快，而是有些悠远、凄婉，甚至充满无尽的忧伤。听到弦子声后，文丰不止一次踏着雪去盲人家里近距离地听。边看边听是允许的，但不能说话，只能悄悄地睁着眼睛看和张着耳朵听。这是盲人定下的规矩。让文丰感到吃惊和难忘的是，他不止一次看见，盲人正旁若无人似的拉着弦子，却有两行清泪从盲人的眼角流下来，慢慢流到盲人鼻梁两侧的鼻凹子里。盲人的鼻梁高高的，显得有些苍白，像是用石膏雕塑而成。在雪光的映衬下，盲人流出的眼泪明晰晰的，似有雪花的翅膀在泪光中翻飞。文丰不能明白，盲人在雪天拉弦子时为何会流泪，他的眼泪是为漫天的大雪而流，是为自己拉出的曲调而流，还是为自己而流呢？也许都有吧！

在记忆中再现盲人的眼泪，文丰的眼角也快要湿了。这真是，天不下雪让人愁，天下大雪更让人愁啊！当发现下雪时，他脑子里一明，第一个想到的是他的女友。他和女友的恋爱已谈了一年多，逐渐接近成熟的程度。在初春，田野里的残雪尚未化尽，他们去山沟的崖畔采过金灿灿的迎春花；夏天，他们来到一处烟波浩渺的水库边，用抻开的手绢在生有水草的清水边捕鱼捉虾；秋来时，当山野五彩斑斓之际，他攀上柿子树，为站在树下的女友摘熟的、红红的柿子吃。去外面游玩之后回到厂里，文丰兴犹未尽、意犹未尽似的，就用笔、用文字，把游玩的过程记录下来。他是以短句的形式记的，类似人们所说的新体诗。既然是用文字记录，就有一个命名的过程，也是一个修辞的过程。名不是那么好命的，他抓住一个感觉，或一个意思，调动脑力想啊想啊，才比较贴切地把名命下来。辞也不是那么好修的，往往是，他在自己大脑有限的辞库里扒来扒去，挑来挑去，才能找到一个既能表情也能表意的辞。生活是一个过程，生命是一个过程，游玩当然也是一个过程。不管什么过程，如果没有文字的参与，过程过过就过去了，如过眼云烟一样，不会留下什么痕迹。而一旦有文字参与进来，一切的一切都变了样子，仿佛胎也脱了，骨也换了，雪中能长出炭来，石头上能开出花来。拿他和女友外出游玩来说，如果不用文字记录下来，会显得平平淡淡，不足为奇。一变成文字的东西呢，就陌生化了，就有了近乎明媚和奇异的色彩。他们在游玩的时候，并没有意识到环境有多么美好，并没有和审美联系起来。现实一搬到字面上呢，就有了画面感、升华感，给人的是美不胜收的感觉。不管他们玩山玩水、玩虫玩鱼、玩花玩果，从不敢轻易想到诗。在他们心目中，诗是那么高雅的东西，那么神圣的东西，他们所玩的那些静物或动物，怎么能说得上是诗呢，它们有什么诗意呢？而他们所玩的内容由文丰写成了分行的句子呢，面貌焕然一新，顿时就有了诗意。却原来，那一山一水、一虫一鱼、一花一果，都是诗歌的素材，都是诗意的载体啊！再有，文丰在白纸上写下的黑字，如铁板上钉钉，留住了他们共同活动的美好和诗意，同时留住了他们青春的年华、蓬勃的朝气和贴心贴肺、贴肝贴肠的爱情。

他们每外出游玩一次，文丰就写上一篇。写完了，就拿给女友看。

女友有着浪漫的情怀，很喜欢看文丰所写的东西，每看一篇，都表示赞赏，并很珍惜似的保存起来。之后，她向文丰建议，再出去玩玩吧！文丰明白，女友的需求不再是单一的，至少是双重的，在物质世界里畅游过，还要到精神世界里畅游一番，是希望文丰再写东西。这样一来，女友的需求就形成了文丰写作的持续推动力，并形成了一种从物质到精神的良性循环。在一个偏僻的矿区，有一对青年工人，在他们二十来岁的青春岁月，就这么不声不响却激情满怀地享受着他们的人生，创造着他们的生活，拓展着他们的世界。望天天高，望路路长，他们觉得这一切可真好啊，好得让人温柔无边。他们对眼前的一切深感满足，这就可以了，还要求什么呢，这样就完全可以了。他们想让时间停滞下来，他们也不再继续长大，就这样把恋爱谈下去，谈下去，谈它个海枯石烂。他们幸福得有些晕眩，有时怀疑他们的生活是不是真的，他们是不是在做梦。他们只得互相拉一下手，用双手的热度和力量，感知一下恋爱的存在。

任何怀疑都不是无缘无故，从深层次的原因来讲，他们的怀疑来自他们的隐忧。他们担忧恋爱能不能继续下去，能维持多久。他们觉察到了，别人认为他们的恋爱不够革命化，有些不合时宜。果然，人家把文丰所写的东西都从女友那里收缴走了。

文丰目前的处境就是这样，和女友处在一个被强行分开的状态。可他越是不能和女友见面，对女友思念得就越厉害，仿佛他整颗心都在女友身上。早上这个时候，女友或许仍在女工宿舍里睡觉，外面下雪的事，不知女友发现没有。他听女友说过，她也很喜欢下雪。要是在这之前，他会勇敢地敲开女友宿舍的房门，把下雪的好消息报告给她。如果女友提出到雪地里走一走，他当然会欣然答应奉陪。雪是白色的，白得比白纸还白。但雪却是一种难得的标记，一块儿在雪地里走一走，不知会留下多少难忘的记忆呢！然而，有讨厌的人在，文丰哪里还敢去找他的女友呢！

天亮之后，雪还在下着，而且越下越大。穿衣起床后，文丰站在门口往外面看了好一会儿。雪片子不是在飘，而是垂直下落，每一片雪似乎都很有分量。这样的下法，如果搁在夏天，应是在下大雨。到了冬天，就变成了下大雪。据说雪片子在高空时还是液体的形状，接近地面遇到冷空气时，才变成了固体的雪片子。雪片子似乎对液体状的雨水有一定的延展扩大作用，使雪片子在空中的密度显得比雨点子要大，遮蔽性也更强。一时间，大面积的雪片子似乎把天地之间的空间都充满了，分不清哪里是天，哪里是地。他看着看着，有些迷惘，也有些走神，好像有些忘我，亦不知身在何方。见有工友在门外的雪地里行走，并大嚷好雪，他伸手接了一下雪，才回过神来。

花儿不可辜负，月儿不可辜负，雪同样不可辜负。他穿上自己的棉大衣，蹬上翻毛皮鞋，戴上那顶旧军帽，决定到雪地里走一走。他不能到女友那里去，只能是乱走。好比女友既是他的方向，也是他的目的地，如今他没有了方向，也失去了目的地，只能跟着大雪，雪行我行，走到哪里算哪里。

他刚走出宿舍的门口，密密匝匝的大雪片子就迅即把他包围起来。在宿舍里烤过煤火，他的脸还是热的。雪打在脸上，他觉得自己的脸颊一凉的，雪很快就化了。雪花落在他的鼻梁上时，化得没有那么快。别看他的鼻梁是他脸上的第一高度，他的眼睛却看不见他的鼻梁，而鼻梁上一落了雪呢，好像把鼻梁的高度又提高不少，他看到雪片的同时，似乎连带着把鼻梁也看到了。雪落在他嘴唇上时，他用嘴唇一抿，把雪片子抿到嘴里去了，觉得有些甜丝丝的。雪和他的眉毛大概有某些相近之处，雪似乎喜欢他的眉毛，眉毛仿佛也喜欢雪，雪在眉毛上停留得更长一些，有了层层叠加的效果，黑眉毛很快变成了长长的白眉毛。同时，雪落在他的帽子顶上了，落在他竖起的棉大衣的栽绒领子上去了，也落在了他的肩头。他原来以为，雪很轻很轻，轻得一点分量都没有。今天随着落在他身上的雪不断加厚，觉得轻来轻去的堆成山，雪多了还是有一定分量的。他原来以为落雪无声，而他今天好像听到了落雪的声音，那声音叽叽喳喳，像是一群女孩子在说悄悄话。不管雪落在他身上任何部位，他都不会马上把积雪清除。一年到头，身上好不容易才落了一些雪，雪那么洁白，一点都不嫌弃他，他怎么舍得把雪清除掉呢！

地上的雪大约超过了半尺深，他的脚一踏，就陷了进去，脚一抬，就现出一个脚窝。新雪是松散的，还没有落实和冻结，呈现的是虚蓬的状态。新雪不仅包裹在他的鞋面子上，连裤脚上也都沾了雪。他把脚抬高，猛地在雪面上震了一下，他的震收到的是爆炸般的效果，积雪四溜子开花，在雪面上“炸”出一个比脚窝大得多的雪坑。雪面上留下的脚窝还不多，他回过头看了一眼，看到了自己留下的一串脚窝，他欣喜地发现，脚窝是那么深入、明显、新鲜、好看！在地上没有雪的时候，人们不管在什么地方走过，一般很难看到自己的足迹，走过跟没走过差不多。而地上一旦有了雪，人们就可以留下足迹，并清晰地看到自己的足迹。这大概也是人人都喜欢下雪的原因之一吧。

如果雪事由老天爷掌管，老天爷大笔一挥，把世界上的万事万物都改变了。人类使用的笔，蘸的多是黑色的墨水，写的多是黑色的字。老天爷使用的笔，蘸的是白色的粉末，写出的所有的字都是白色。以老天爷的高瞻远瞩和宏大气魄，它或许不是在写字，它所做的是涂改的工作。它大概对世界上存在的一切不够满意，就统统涂掉，涂成一律的白色，然后重新布局，建设成一个更新更美的世界。院子里的两棵树上，扯有一根裹着一层黑色胶皮的铁丝，铁丝是工人们平日里晾晒衣物用的。文丰看见，雪没有在铁丝上行走，而是玩平衡似的在铁丝上停住了，使铁丝变粗，变得毛茸茸的，如加长的白猫的尾巴一样。扯铁丝的树是两棵杨树，树上的树叶早就落得光秃秃的，只剩下一些灰色的枝枝丫丫。是落雪缀满了树上的每一根枝丫，忽如一夜春风来，满树开满了雪白的梨花。连部对面的路边有一块黑板，黑板倾斜着放置在一个木头架子上，那是连里不定期出黑板报用的。今天黑板上附着了厚厚一层雪，黑板就变成了白板。文丰在“白板”前面停了一下，想用手指在“白板”上写两个字——“白板”。手指已经伸出来了，他想了一下，没有写。他惹祸就惹在写字上，对写字的事一定要慎之又慎。手指头痒了，他宁可把手指头放到牙齿上咬咬。

他们的厂区建在一处缓缓的山坡上，东边高，西边低。文丰一步一个脚印，却又漫无目的地从低处往高处走去。低处是生活区，高处是生产区。一条水泥路连接着生活区和生产区，他每天都要在这条马路上走很多趟。今天冒着大雪再在这条路上走，他的感觉与以往截然不同，像是走进了一个崭新的世界。放眼向上望去，大雪把生产区的一切都覆盖住了，采石场、破碎石头的机房、球磨机车间、烧水泥的地炉、加工钢筋的工棚，等等，都变成了一片白。矿井下煤在继续挖，巷道在不断延伸，支架要源源不断地送往井下，支架厂不会因下雪而停产，工人们该干什么还干什么。可是，文丰只看见大雪纷纷，连一个工友都看不见。前不见人，后不见人，文丰感到了一种前所未有的孤独。

有一个念头，他刚从宿舍里出来时，念头还有些模糊，一如大雪中的远景。此刻，他的念头变得清晰起来，却原来，他思念的还是他的女友啊，他心里最放不下的还是他的女友啊！有道是，每逢佳节倍思亲。眼下不是什么佳节，只是一个下雪天，他是在下雪天时倍加思念女友啊，下雪天真比佳节还要佳节啊！他念头的内容是，他在雪地里行走，他的女友也许也会在雪地里行走。因为他上的是中班，下午四点才上班。女友上的也是中班，上午也在宿舍里休息。如果女友也出来走，他在雪地里碰见女友的概率还是有的。尽管概率可能很小，但世界上的所有概率都是给有心的人准备的，都是给有准备的人准备的。如果他待在宿舍里不出来，在厚雪地里遇见女友的机会一点儿都不会有。倘若没有人家对他们的恋爱进行干扰，他们的恋爱也许平平常常，他见到女友的心情也许不这么迫切。正是因为有了干涉，他们的恋爱像是遇到了挫折，并经受了考验，一下子提高了价值，使他们倍加珍惜起来。看来，世界上美好的东西，有时与距离和限制相伴，只有暂时拉开了距离，受到了限制，才让人感到爱来之不易。

他在雪地里来来回回走了两趟，期望中的概率没有出现。如果继续在雪地里走下去，意图过于明显，被人看破就不好了。徘徊犹豫之际，他记起来，有一个叫张杰的老乡前几天对他说过，张杰的老婆从老家来厂里看张杰来了。探亲用的家属房里已住满了人，张杰和老婆没地方住，只能临时住在生产区一个盛放钢筋的工棚里。张杰还对他说过，他老婆家里是地主成分，他娶的是一个地主家的闺女。文丰没问张杰什么，是张杰主动对他说起其老婆的。张杰是一位复员军人，在部队时入了党，当过班长。张杰这样说，可能是训练有素，出于一种政治上的坦白，也可能是出于一种无奈。张杰不说他老婆是地主家的闺女，文丰或许不想看他老婆。张杰一说他老婆是地主家的闺女呢，文丰倒想看一看，张杰的老婆长得怎么样。在他们老家，秧红薯苗子的红薯被说成红薯母子，红薯母子都是挑了又挑，挑出来的，只有红薯母子好了，秧出的苗子才会好。人也是同样的道理，只有“母子”好了，生出的孩子才不差。地主婆一般来说都比较漂亮，张杰的老婆是地主婆生出的闺女，也应该有几分姿色吧！

盛放钢筋的工棚在生产区的南墙边，文丰下了路基，向工棚走去。路基下面凹凸不平，因积雪的覆盖，他分不清哪里是凸，哪里是凹，走得深一脚、浅一脚，像是在艰难跋涉。有一脚没踩好，他失去了平衡，差点摔倒在雪窝里。身旁刚好有一辆废弃的矿车，他伸手扶了一下落满雪的矿车的上沿，才没有摔倒。在他手扶矿车的时候，不但右手沾了一手雪，雪粉还罩进他的袖筒里去了。他往下甩了两下，有的雪粉还是化了，化得手腕了那里湿湿的、凉凉的。大雪仍在下，他闻到了雪的气息。雪的气息一点儿都不单一，除了沁入肺腑的清凉之意，他似乎还从雪中闻到了丝丝类似春天的暖意。

工棚的西头是封闭的，东头敞着口子。文丰一来到工棚东头，就看到了张杰和张杰的老婆。他没有立即走进工棚，在工棚外面停下来，把自己身上的积雪清理一下。他低下头，先让帽子顶上的雪块子脱落下来，而后右手扫左肩，左手扫右肩，把双肩上的雪都扫了下来。在大雪中行走，落雪几乎把他变成了一个雪人。经过清理，“雪人”褪去，才还原了他的本来面目。

当他在外面清理身上的积雪时，张杰和老婆已站在棚口。张杰一再说不碍事、不碍事，进来吧！

他喊了张杰的老婆一声嫂子，见嫂子怀里还抱着一个小男孩儿，当然是他们的儿子。小男孩儿头上戴着虎头帽，脚上穿着虎头鞋，像一只长了双虎头的小老虎。小男孩儿穿得很厚，棉袄和棉裤都厚得鼓囊囊的，使小男孩儿又像是一只皮球。文丰摸了一下小男孩儿胖胖的小手，说真可爱。

工棚里生有一炉煤火，煤火正熊熊燃烧。张杰指了一下放在炉火边的一只用钢筋焊成的小凳子，让文丰坐下烤火。

文丰坐下来，双手伸在炉火上烤，扭脸望着棚外，说雪下得真大。棚口外面不远处有一个高台，高台下面不知是土堆，还是石块。高台后面是一棵杨树，杨树一侧是厂区的围墙，围墙外面雪蒙蒙的，就什么都看不到了。

张杰也说雪下得不小，到厂里参加工作两年多了，第一次看见下这么大的雪。

文丰说，幸亏没有刮风，要是刮风的话，雪会旋进棚子里来。他把整个工棚环视了一下，见工棚里码放着不少成盘的钢筋。在钢筋的缝隙之间支有一张床，床上放的是张杰从部队带回来的黄色的被子。炉火边只有两只凳子，嫂子把孩子放到床上去了。孩子还不会走，把他放到哪里，他就坐在哪里。文丰看了看嫂子，觉得嫂子的相貌与他预想得差不多，长得是不错。嫂子的皮肤说不上很细，但嫂子端庄、娴静、内敛，一看就是那种内心世界丰富的人。

对于文丰目前的处境，张杰是知道的，他说："你们连里净是瞎胡来，连个恋爱都不让人谈，天底下哪有这样的道理！"

文丰摇头，说人在檐下，没办法。他们两个现在连面都不敢见了。

张杰说："你要是同意的话，我去把你的女朋友喊来怎么样？我是当过兵的人，我什么都不怕！"张杰说着，朝棚外看了一眼。大雪纷飞，敞开的棚口那里像挂着一道雪帘子。"雪帘子"挡不住张杰，他仿佛一伸手就可以把"雪帘子"撩开。张杰又说："中午我让你嫂子炒两个菜，咱们一块儿喝两盅。”

文丰笑了一下，说不用，她上的也是四点班，这会儿可能还在休息。

这时，让文丰意想不到的一幕出现了！让文丰惊喜的一幕出现了！！让文丰终生难忘的一幕出现了！！！隐约之中，他觉得棚外的层层雪幕中似立着一个身影。身影有些熟悉，但他不敢相信自己的眼睛，担心自己看到的是一个雪幕中的幻影。他定睛再看，才把那雪遮幕障中的身影认出来，那不是别人，正是他昼思夜想的女朋友啊！

女友既然来了，她肯定也看见了在工棚内烤火的文丰，那就赶快进来吧，还站在雪地里干什么！文丰起身来到棚口，喊了女友的名字，让她赶快进来。

然而，不知女友今天抻着了哪根筋，亦不知她犯了什么牛脾气，她站在棚口前面的那个高台上，一动不动，也不说话，像是要把自己站成一尊雪雕。她身穿的是一件棉猴，两手插在棉猴两侧胸前的口袋里。因她站在雪地的高台上，身材显得比平日高挑。她闭着嘴巴，双眼微眯，一副心思渺远的样子，又像是有着深沉的心事。她的鼻子高高的，脸蛋鼓鼓的，冻得脸上白中有一些发红。飞舞的雪花似乎见不得她如此沉静，以动带静似的在她面前飞来飞去。她不为缭乱的雪花所动，仍站在那里一动不动。她所穿的棉猴已经旧了，褪去了原有的蓝色，变得微微有些发白。文丰听女友说过，这件棉猴还是女友在读中学的时候妈妈给她做的。在文丰看来，女友穿上这件棉猴，还像是当年女中学生的样子。女孩子不怕穿旧衣服，旧衣服不但遮不住女孩子青春的丰采，对比之下，正好可以对女孩子蓬勃的青春之美起到反衬作用。棉猴的猴帽遮住了女友光光的前额，从帽檐下面冒出的是女友的一些头发。女友的头发从没有烫过，是天生的自来卷。这样的卷发使得女友像是一个外国的女孩子。文丰像是突然发现，在大雪洁白背影的衬托下，他的女友原来这么美，美得无可挑剔，无与伦比。要是有一部照相机就好了，他可以把女友在雪中的形象照下来，留作永久性的纪念；要是有一幅类似西洋画那样的油画就好了，他可以把这个女孩子在雪中的神情描绘下来，油画的名字就叫《浴雪图》。

文丰只好从工棚里走出来，走到女友身边，小声跟女友说了两句什么，并把女友拥了一下，女友才随他到工棚里去了。他问女友："你是怎么知道我在这里的？"

女友这才开口说话："不管你走到哪里，我都能找到你。"

（原载《中国作家》2020年第4期）

【作者简介】邓刚，男，原名马全理，1945年出生。曾任辽宁作协副主席、大连作协主席。中国作协全委会名誉委员，著有《迷人的海》等长、中、短篇小说多部。多次获全国及省、市文学奖。

Deng Gang (male) was born in 1945, formerly known as Ma Quanli. He is the former vice chairman of Liaoning Writers Association, chairman of Dalian Writers Association, the honorary member of the National Committee of the Chinese Writers Association, author of several novels such as *Charming Sea*. He has won several national, provincial and municipal literary prizes.

老疯头

邓　刚

这是我的真实经历，真实得今天讲出来都不敢相信是真实的。

在那轰响着革命风雷的年月里，我是一个腾波踏浪的“海碰子”。什么叫海碰子？这是我们辽东半岛的“特产”——剃着短短的刺锅子头（北京称寸头），戴着亮晶晶的水镜，手持锋利的渔枪，脚穿橡皮鸭蹼。然后凭着一口气量，赤身裸体地潜进冰冷的海底，在犬牙交错的暗礁丛里捕捉海参、海胆、鲍鱼、海螺等各种海珍品。海浪在你周围狂轰滥炸，激流拼命地把你拖向死亡的深渊，冰冷的水犹如钢针刺骨，尖锐的礁石和贝壳就是刀枪箭镞……这种凶险的拼命，如同把你的生命抛进大海里碰大运，所以被人们称为海碰子。

因为那时一切都乱了套，海边的水产部门忙于革命，也放弃了对海洋资源的管理，一穷二白年月里的年轻人就奔向大海获取食物，海碰子这个行当于是应运而生。我们恶狼冲进羊群一样，扫荡着一个又一个海湾。

那些当时只能是少数人吃的海珍品——海参呀，鲍鱼呀，海螺呀，全都手到擒来。于是我们在海边唱着海碰子编的歌曲：

我们都是穷光蛋，
口袋里没有一分钱。
我们都是阔大爷，
海参鲍鱼就干饭！

问题是有些水产公司还在坚持生产，他们将海湾看管得严严实实，不准任何人捕捉海珍品。正因为这样，水产公司看管的海湾就最富有，两三个人深的水下暗礁里，海参和鲍鱼大摇大摆地爬行，我们一口气就能抓住五六个海参，一个潮流扎数十个猛子，就能收获数百头海参，按今天的市场价格，比小说的稿费多一百倍。然而，事情并非那么容易，因为水产公司在海边拉上了带刺的铁网，安装上了坚固的栅栏，但我们都敢在狂风恶浪里拼命，这些玩意儿哪能挡住我们？不过麻烦的是水产公司的女工却是相当厉害，由于她们整天在养殖船上操作，个个练得膀大腰圆脂肪厚，在海水里劳作不怕冷，而且性格相当泼辣。城里人来海边弄海菜或其他海物，只要走近水产公司管辖的地方，都会被这些粗壮的水产女工一阵吆喝赶出去。但对我们海碰子，这些粗壮的女工却失去了威风。我们并不靠武力，也不靠蛮横，而是靠“恬不知耻的智慧”。

只要我们接近水产公司管辖的海湾，不一会儿，就有粗壮的女工冲过来，她们手里甚至还攥着捞海带的刨钩，所以有点儿杀气腾腾。但我们不慌不忙，等到她们快接近的时候，有两个海碰子突然就将裤头也脱下来，光着屁股无耻而勇敢地迎着女工们走去。女工们吓傻了，无论怎么泼辣，毕竟是女人，立即满脸通红地开始退却。当然也有杨排风式的女工，站在那里大骂我们是流氓、是坏蛋、是死不要脸……然而，我们就是不要脸，并继续不要脸地朝她们走去。最终，女工们全都落荒而逃。我们拍着巴掌，得意忘形地庆贺胜利。

我那时就意识到，最高超的勇敢其实是恬不知耻；只要你不要脸，就能所向无敌。当然，海碰子们也有廉耻，并非那么肆无忌惮。所以每次“战斗”，就轮流上阵，上次是张三光屁股，下次就是李四脱裤子。坦率地说，我不太有这个勇气，所以，只要遭遇这些粗壮的女工，就尴尬万分。我不能想象自己光着屁股，毫无一丝遮拦地走向女人。大家都轮流光着屁股上阵，你总不能例外吧？但不知为什么，海碰子们就像统一商量好似的，没一次喊我去。我大感奇怪却更不好意思了。有几次我咬紧牙关，也想厚着脸皮表现一次，但他们就是不喊我。

因为平日里我愿意看书，总是带一本小说到海边，在等待退潮的空闲时间，我就给这些野蛮的家伙讲小说。那时所有的小说都是“反动”的，所以大家就听得更入迷。也许因为如此，海碰子喊我是秀才。看起来他们不好意思让我这个秀才光屁股上阵。

我确实没有光屁股冲向女工的胆量，但我的自尊心相当强，下定决心要显示一下自己的勇气和力量。在辽东半岛最尖端的渤海与黄海交界处，那里的水产公司有一个非常厉害的家伙，却不是健壮泼辣的女工，而是一个身体瘦弱的老头，但海碰子们全都败在他的手下。这个老家伙守护的那个海湾，壁垒森严。由于看守严密，而且离城市遥远，所以“货厚”，也就是说海参大得像黄瓜，安安静静地躺在海底，没人敢动。海碰子们经常打赌，说谁能去那个海湾捕捉海参，才是真正的英雄好汉。据说真就有海碰子雄赳赳地挺身而去，结果全都灰溜溜地败回来。

其实在激烈革命的年月，除了离城市较近的水产养殖海湾还有管理，其余绝大多数偏远海湾都没人管了。在当时落后的交通条件下，渤海与黄海交界处的海湾，离城市遥远得就像外国了，竟然还会有人如此忠于职守地看管，可见这个老家伙顽固到什么程度了。有个海碰子说，那个老家伙还振振有词，说大海是公家的财产，私人来捕捉海参就是偷盗。在这革命风暴滚滚涌动之时，水产公司的顶头上司全都被打倒了，什么公家不公家的，除了向革命群众低头认罪以外，啥也不管了。但那个老家伙却坚持管下去，为此，人们叫他“老疯头”。

老疯头确实疯了，视死如归，敢和所有的海碰子拼命。一些海碰子对他恨之入骨，半夜偷偷到他家门口，用巨大的石块砸碎他家的门窗，对他发出警告。但第二天他依然来到海边上班，目光炯炯地扫视着海面，“誓死保卫”国家财产。

老疯头的眼珠子浑浊得似翻起泥沙的海水，一点儿光都没有，却什么都看得见；而且嗓门洪亮得赛过钢铁喇叭，吼得满海嗡嗡响。最可怕的是他那两只脚板子，绝对赛过野猪蹄子，能在粗粝的礁石上飞跑。

退潮以后，海滩上竖起一片牡蛎壳子，尖刀一样向上耸立。海碰子即使穿着鞋在上面走，也跌跌撞撞，可老疯头却能在上面飞跑。当你看到那两只肉脚板子踩得牡蛎壳咔嚓作响，竟不出一点儿血丝丝，真叫人惊心动魄。所以老疯头百战百胜，经常在海滩上连吼带叫地飞跑，海碰子都被他追得狼狈逃窜，屁滚尿流。最使人吃惊和佩服的，是老疯头不怕这个派那个派。无论你佩戴多么红光闪耀的袖标，他都视而不见。他只认一样东西——介绍信。这老东西要的介绍信，却又只是“文革”前的样式，是一个什么领导批的那种介绍信。那个领导现在绝对开不了什么介绍信了。老疯头却什么都不知道，只是瞪着浑浊的老眼，要看介绍信。有介绍信，他就让你捕捉海参。

曾经有一次，“革命派”的人马到海边弄海参。老东西“不识马王爷几只眼”，竟然不知天高地厚地伸着手，要那个领导批的介绍信。“革命派”的人马大怒，什么时候了，还这样忠于被打倒的反动派！便用拳脚“帮助”一下认不清革命形势的老疯头，只“帮助”了五分钟，老疯头却跛了半个月。可恨的是，他在跛的半个月里，还继续上班，守着岗位不放松。

谁也猜不透老疯头为什么这样忠于职守，据说他才挣三四十块工资。其实革命革到这么激烈的程度，你就是回家躺在炕头上享福也照拿工资。然而，老疯头却依然傻干。有的海碰子知道他爱喝两口，便买了酒和肉去买动他，要他给个方便。但老疯头死活不收，却又被酒馋得直咂舌头。

那时买瓶好酒相当艰难，有人便故意在老疯头眼前打开酒瓶喝一口，响亮地吧唧着嘴巴。老疯头馋得要命，却决不“收贿”，急得掏钱央求人家卖给他，令你又气又恨，哭笑不得。

没办法，大家只好大喊特喊老疯头、老疯头、老疯头！连他老伴也这么喊，甚至扬言要与老疯头离婚。

关键是老疯头看守的海湾“货太厚了”，更关键的是我要在海碰子伙伴中表现出强悍，所以就像当时革命样板戏唱的那样：“越是艰险越向前！”我决定单枪匹马攻下这个难关。我充满信心，绝不会屁滚尿流！

我提前一天赶到那个海湾，在渔村里找到一个渔民，送给他二斤硬得像石头似的饼干。那时饼干都硬得像石头，而且扔进水里也很难泡开。人们都幽默地说这是救援水灾的高级食品，可以直接从飞机上往洪水里扔。那个农民看到饼干，乐得眼睛眯成一条缝。但听说我要到老疯头那儿，就有些为难，说去也白去。我说我不麻烦你，只是在你这儿借个宿，明天凌晨我自己下水。

天还没亮，我就从旁边的海湾偷偷游了过去。下水之前，我把脱下的衣物埋进沙滩下面，以防不测。等游到老疯头那儿，天已经大亮，潮水正好退到了尽头。海面静得像块玻璃，还泛着一层淡淡的雾气，使人想起民间传说中的仙境。不过，我不敢想什么仙境，因为此时我像小偷一样蹑手蹑脚，身子和脑袋尽量埋进水里，以防岸边的老疯头发现。

第一个猛子我就捧上来一堆海参，那海参养得肥胖，周身的花刺儿硬挺挺地向上竖着，真喜煞人。说起来这还要感谢老疯头，要不是他看守得紧，海参哪能长得这么肥大。我甚至顾不得喘足气儿，就扎第二个猛子。

正在这时，一声怒吼贴着海面飞过来，在这宁静的早晨格外刺耳，震得我在水里都不由得打了个冷战。抬眼一看，老疯头站在岸边张牙舞爪地蹦得高，并一声接一声地狂叫。我听也不听，继续战斗，一直战斗到我的网兜装得满满的，这才认真地朝岸边看老疯头。其实这期间他一直在又蹦又跳、又喊又叫。

我当然不上岸，而是沿着海岸线游回我下水的那个海湾。然而，我的花招立即就被老疯头识破了，他死死地跟定我，我在水里游，他在岸上走。

你小子跑不了！他狠狠地吆喝。

我不吱声，只是一个劲儿地顺着海湾游。我心里想，看你这个老东西能跟我跑多远。我的游泳技术特棒，这使我充满战胜老疯头的信心。海流子恰好顺着我游的方向流动，就像又给我添了两条腿。我轻松而有节奏地拍打鸭蹼，双手使劲地推着网兜，身子似快艇般飞驰。无穷无尽的波浪滚滚而来，被我的胸膛碾碎，顺着我的肚皮滑向后面——我甚至有些快活起来。

我已经游回我下水的海湾了，但老疯头却死死地盯住我。这样我只好继续沿着海湾游下去，决不上岸。不知游了多长时间，我渐渐有点儿坚持不住了。老疯头在贴着岸边飞跑，我游到哪儿，他就跟到哪儿。老东西在坑坑洼洼的岸礁上跑得并不顺利，有时像动物那样四腿爬动，但他却怎么也不停脚。

我咬紧牙关，拼命加快速度，尽力把老疯头甩掉。一般海湾都是半圆形的，这样我可以从水面直接切过去，而老疯头却要沿着海湾绕大半个圈子。就像老天有意保佑我似的，我的前方是一个接一个的半圆形海湾，给我省了不少路。更令我高兴的是，海湾边上尽是凌乱的礁石，使老疯头跑起来跌跌撞撞。有几次似乎是栽倒了，岸边看不见他的身影。但还没等你高兴起来，这个老东西的身影又出现了——跑得反而更有劲。

我们俩就这样一个水里一个岸上地赛起来，不知拼了多少时候。海浪的形状和颜色突然发生了变化，海水也变得黏稠厚重。我知道海开始涨潮了，也知道我确实累了。

海流子流动的方向依海潮而变化，涨东落西——退潮时游的是顺流，涨潮时就是逆流。这个道理我明明白白，为此我心里开始发慌。果然，身子下面的水流有些不那么听话了，刚刚它还推着我向前跑，现在却变了脸，渐渐往后拖我了。当潮水铺天盖地涨上来时，我几乎是寸步难行，连装满海参的网兜也像长了腿，拽着我往回跑。

我灵机一动，何不掉转方向顺流往回游？反正我和老疯头互相咬上了，谁把对方累垮了谁就是胜利者。我猛地转过身子，急速地拍打鸭蹼又往回游。

“你跑到天边……也白……白搭！你这个小……小……兔崽子，想从我手里跑掉，没门！”老疯头上气不接下气地喊着，“你永远也……也……跑不掉……”

老疯头还挥着拳头，虚张声势地威胁我，并立即掉转身子，跟着我的方向也往回跑。

老疯头的威胁却使我力量大增。我这个人脾气倔强，你越威胁我，我越有战斗力。但游着游着，就尴尬起来，觉得自己像贼一样被人逼在海里上不了岸，真是窝囊透了！想到这里，我有些愤怒，就停下来，朝着岸边的老疯头哈哈大笑。我当然是故意大笑，穷途末路式地大笑，为此笑得绝对像精神病患者。然而我就要这么笑下去，我要让老疯头看看，你今天算是遇到对头了！

我们又水里岸上地赛起来。我游得快，他就跑得快；我游得慢，他就跑得慢；我停下来休息，他也停下来喘气。就好似我们俩人中间拴着一根绳，尽管一个在海里，一个在陆地，却谁也摆脱不掉谁。

我一面游一面想，其实我就是大摇大摆地游上岸，也没什么了不得的，老家伙只要敢动我一根毫毛，我就给他一拳。他那把老骨头，只一拳就能打得他满地找牙！问题是我不忍心打老人，我总觉得老人和女人一样，动手打老人和女人，那还算什么人！

最后，我干脆泡在水里不动，看你老疯头能等到什么时候。你要是等一辈子，那我一辈子也不上岸。想从我手里夺走海参，除非太阳从西边出来！

老疯头看我泡在水里，他也寻块礁石坐定。看样子这个可恨的老东西是铁了心，不把我逼出水来，他决不离开一步。我有点儿疑惑了，在这个世界上，难道真有比山狼海贼还顽强的人？我用喷着怒火的眼睛瞪着老疯头，我想用愤怒激起他的愤怒，他就会对我也发出威胁，大骂我一顿，这样就会激活我反抗的力量。

老疯头对我的愤怒眼神无动于衷，也许是他老眼昏花，看不到我的表情。但我却能看清他的老脸，嘴唇紧紧地咬着，充满阴森。

一切都静了下来，似乎什么也没发生。因为有装海参的网兜支撑，我能稳稳地立在水里，直盯着岸边的老疯头。然而老家伙看来还是老了，他有些坚持不住，开始又捶腿又捶背，还不时地抓胸口窝。看样子再拖一会儿，准能使他发个昏。

我决定拼出最后的力气，拖垮这个老东西。瞅老疯头抓胸捶背的当儿，我一下子游动起来，顺着海流继续哗哗地前进。

老疯头看我游动，什么也不顾了，跌跌撞撞地又跟着我跑起来。

还是那个劲头——我快他快我慢他慢我停他停，老疯头死活要堵住我上岸的路。

就这么僵持了好长时间，老疯头跑得越来越摇晃，他开始换一种柔和的口气，竟然对我做思想工作了。他用手做喇叭状，围在嘴巴前，对我喊：你把海……海参……倒……倒进海里……就没……没……事了……

老疯头确实累坏了，一句话分七次说，似乎要断气，可就是不断气。

其实，这也是我正在想的，要是我真的坚持不住了，就把海参倒进海里，决不能把我的胜利果实白白送给老疯头。但我现在还能坚持，还有拼命的力气，决不能把海参倒进海里！我开始吼叫着骂他——你这个老东西，真他妈的不知道天高地厚！但我发现我的嗓子已经没有力气了，无论怎样努力，骂声只是在我的耳边响，老疯头听不见。于是我就沉默下来，只是在心里继续怒骂。说起来我还有点儿教养，因为我一面骂着，一面又觉得骂老人等于骂父母，比打老人还不是人，所以也就安静下来。

不过你不得不佩服老疯头，他没收海参的方法是让人把海参倒进海里，这是真正地保护海洋资源。而其他看海的老东西，全都把没收的海参据为己有了。

但此时，我是无法佩服老疯头的，反而更加愤怒，这个老家伙太顽固了，他绝对想逼死我！

我决定再次游动，虽然已经精疲力竭，但还是能顺着海浪涌动的方向前行。游着游着，我实在是不行了，尽管比老疯头年轻力壮，但水里的消耗比岸上大好几倍。赤裸的身子在冰凉的海水里冲刷和浸泡，不但消耗我的体力，还消耗我的热量。正是深秋，海面开始扫拂着清冽的西北风，一旦我停止游泳的动作，浑身就打起哆嗦来。

我不断地回想埋在岸边沙滩里温暖的衣服，还有我特意带来的月饼。那时的月饼一角三分钱一个，但因为贫穷，一般人还是舍不得吃。不过对我这个海碰子来说，是有资格也有能力吃的，关键是月饼虽然也挺硬，但硬不过饼干。想起月饼，我更激烈地打哆嗦，而且胃部也跟着打起哆嗦来。

猛然间，我发现前面有个小礁石的尖尖探出海面，原来是退潮时露出水面的一块巨大礁石。但现在涨潮了，海水已经将它淹没得只剩下个小脑袋了。但这个小脑袋就足以救我的性命，老天爷，你总在危难之时保佑我。我赶紧游到礁石的尖尖上，长吐了一口气，坐到上面，感觉比坐在沙发上还舒适一百倍。

哈哈，我真正地狂笑起来，甚至对着岸边的老疯头做鬼脸。我看到老疯头站住了，绝对一副绝望的表情，他似乎在思索什么，然后看也不看我一眼，径自转身走了。

我一直盯着老疯头的身影消失，胜利的信心油然而生。但我实在是累得不行，更不行的是我感觉要冻死了。深秋的气候，海水还是保持着夏天的余温，但一浮出水面，就感到比水里冷多了。我坐在礁尖上，不知哆嗦了多长时间，等我不哆嗦的时候，才意识到自己半个身子已经浸到水里，也就是说潮水涨上来，将礁石彻底盖住了。我的气力也有些恢复了，于是我再次下水，突然就发现海水暗淡无光，这才吃了一惊，原来太阳滑到西边天上了。这么说我已在水里和礁石上拼了大半天了，怪不得老疯头打熬不住，这老东西一大早就扯着嗓门跑出来与我拼命，肯定一整天没吃一口饭。

当我弄明白自己在水里泡了这么长时间时，精神就有点儿垮了，头昏眼花肚子空，简直要死在海里。岸边一点儿动静也没有，看来老疯头回去吃饭了。当看到几只海鸟欢叫着在岸边飞来蹦去，我的心才真正放稳——有人的岸边，海鸟是决不靠前的。我迫不及待地往岸边游，游到水浅处，装海参的网兜显出沉重来，弄得我几乎站立不起来。不过，我很兴奋，终于战胜这个可恨的老疯头，把海参保住了！等明天到海碰子队伍中，我能光彩万分地吹牛了！

出了水，失去浮力的身子干脆就散了架。我吭哧吭哧地拖着一网兜海参，在海滩上蹒跚。这海参实在是太多太重，海碰子从来没有这么多的收获。猛地，我前面的一块礁石活动起来，并唰地立起——天哪，老疯头！我做梦也想不到这老东西还有如此狡猾的鬼点子，只见他面目狰狞地朝我扑来，那两只浑浊的老眼竟然闪出光亮，像见到猎物的饿鹰。

此时，我不知哪来的力气，一手提着鸭蹼，一手拽着网兜，掉头就往海里跑。我完全不顾一切，发了疯似的奔命。谁知老疯头比我还发疯，他那野猪蹄子般的脚掌呱唧呱唧地跺着水花，你都能清楚地听到牡蛎壳被他踩折的咔嚓声。有一阵子，老疯头几乎碰到了我的脊背。

情况非常危急，离深水还差一段距离时，我实在跑不动了。但愤怒使我暴涨出一股蛮力，我陡地把一网兜海参举过头顶，大喝一声抛出去，那沉甸甸的海参在空中划了一道弧线，“扑通”一声跌进浪涛里。我觉得我连脚后跟的劲儿也用上了——要是在奥运会上扔铅球，我绝对能得世界冠军。

当我再次浸泡到水里时，老疯头不叫骂了，他只是惊愕地望着我，这老东西大概认定我能死在水里。我连看也不看他，坚定地抱着装满海参的网兜，心下咬定，就是死在水里也不再上当。

再一次泡进冰冷的海水里，不是原来的滋味儿了，我老觉得自己迷迷糊糊地要睡觉，也许我睡过去一会儿——因为我睁开眼睛时，四周漆黑一片，原来天黑了。我想活动一下四肢，却突然不会动弹，怎么使劲也动不了。一阵恐惧涌进我的脑海，我大概要死了，可能我已经死了。四周实在是太黑太黑，我从来没见过这么黑的海、这么黑的夜，也许这就是阴曹地府，据说阴曹地府就这么黑。我上次煤气中毒也没看到这么黑的场景，看来我这次是死定了。

我的姿势肯定很滑稽，四肢死死地缠抱着网兜，像一只章鱼。但我无论怎样也改变不了姿势，手脚就像用胶水粘在网兜上面，与肉乎乎的海参融合在一起。

我的喉咙突地一阵痉挛。原来我的嘴碰到了网兜里面的海参，肉乎乎的海参透过网孔摩挲着我的嘴唇，让我产生了强烈的食欲，连喉头也迫不及待地动弹。看样子我现在还活着，因为我强烈地想要吃什么。

我就势咬了一口海参，差点儿把网兜线咬断。不知道你吃没吃过生海参，全世界最难吃的东西就是生海参。那滋味就像嚼又苦又咸又腥的硬胶皮，而且怎么嚼也嚼不烂。此时我却没这种痛苦感觉，似乎还没来得及嚼，那海参便咕咚一下冲进喉咙，掉进空旷的胃里面。我整个肚子里的器官全为这个海参忙碌起来，胃肠似乎也像章鱼腿那样舞动。可见我饿到了什么程度。

几口海参下肚，我有了些活气，手脚四肢有些松动。与此同时我想起了老疯头，不知这个可恨的老东西还在不在岸边。我扫视着黑乎乎的岸，静听着浪花撞击礁石的响声，判断自己离岸边的距离。可是我的耳朵不那么灵了，四面八方都轰响着模模糊糊的涛声。我越听越茫然，竟弄不清岸在哪边。

就在这时，岸边的礁石丛里亮起一束火光，金红色的火舌在暗夜里格外耀眼。我浑身僵滞的血液被火光猛地点燃了，开始热乎乎地流动。

不用说，这是老疯头点燃的柴火，不是他还能是谁呢？但此时不但我的骨架松垮下来，连我的精神也散了架。因为我强烈地感到那火堆在向我招手，就像沙漠中即将渴死的人看见清泉，即使清泉中有一条毒蛇，也会不顾一切地扑上去。最终，我绝对像狗那样四腿爬动，不知为什么仍没扔掉装满海参的网兜，但上岸时没爬两步就瘫倒在泥水里。老疯头走过来，把我扶到火堆旁，然后他又回去拖那包海参。

一挨近火堆，我就浑身颤抖不止，冰冷的凉气从全身的汗毛孔里往外钻，我恨不得钻进火里去烧自己的肉。那火堆烧得正旺，火苗欢快地舞动跳跃，庆贺我的最后胜利。我的血脉烤得真正串通了，随着热血涌动，我开始疯狂地颤抖，犹如海碰子下完第三次水后，又下第四次水。

我恢复了元气，像个俘虏那样，等着老疯头发配。因为此时我不但没有反抗的力气，连反抗的想法也没有了。

万万想不到，这老东西看也不看我，更没看我那装满海参的网兜，只是给火堆加了一把柴枝，竟然像朗诵诗歌那样感叹道——我活了快一辈子，没见过你这么犟的人！

老疯头把最后的“人”字咬得格外狠。然后，便转身走了——绝对地走了。

我就这么一直坐在火堆旁，一直坐到最后一束火星熄灭。

今天坐在书房里写这一段，觉得自己都不相信这是真事，却又感到无论怎样艺术夸张，也写不出那天垂死挣扎的感受和震撼心灵的感动！将近半个世纪过去了，这个早已离开世界的老疯头，成为我巨大的精神财富。每当我遭遇艰难困苦时，只要想起老疯头，就感到所有的一切，都没什么了不得的！

（原载《人民文学》2020年第4期）

【作者简介】储福金，男，1952年生于上海，现居南京。著有长篇小说《黑白》《心之门》等十四部，中篇小说《裸野》《人之度》等五十多篇，短篇小说《彩·苔·怆》《缝补》等百余篇。作品被译为英、法等多国文字。曾获庄重文文学奖、江苏省政府文学艺术奖、紫金山文学奖等多种奖项。

Chu Fujin (male) was born in Shanghai in 1952 and currently lives in Nanjing. He has authored 14 novels including *Black and White* and *Door of Heart*, more than 50 novellas including *Luo Ye* and *Ren Zhi Du*, and more than 100 short stories such as *Color–Moss–Sorrow* and *Sewing*. The works have been translated into English and French and other languages. He has won various awards such as Zhuang Zhongwen Literature Prize, Jiangsu Provincial Government Literature and Art Award, Zijinshan Literature Prize, etc..

洗　尘

储福金

刘沁在微信上给梁阅正发信息，说过些日子要回省城来。

梁阅正很快回了一个欢迎的表情，并回信息，说知道她一定有正事要忙的，但请一定空个时间，让他来请一次客，为她接风。

刘沁出国三十年了，已经在欧洲定居，也曾回过国，但那是工作需要，都在北上广深匆匆来去。梁阅正生活的城市不在交通要道上，不是国内最繁华之地，俩人也就有三十年没见了。

当年，送刘沁出国是在一个下雪天。机场一别，去处遥远。刘沁头也没回地提着包走了。年轻的刘沁，头朝前伸，下巴抬高，向上走台阶，胸脯挺着，迎着一点带着雪花的风，几缕头发在风中扬起。她就那么走了。后来梁阅正也弄不清了，送别应该在机场大厅里，为什么印象中会有台阶的。

三十年了，岁月漫长，他们从青春年华到奔花甲而去。人生最好的年华已度过。

刘沁那种不管不顾、不计较、不在乎的性格，与梁阅正是完全不同的。她认为梁阅正什么都好，就是太细、太柔，用现在的话来说，不像男人。

去时还是八十年代，现在已隔着世纪了。

女汉子，这是后来才有的称呼。但梁阅正知道，刘沁并不合这个称呼。她就是刘沁。在他感觉中，是一个地地道道的女人。

他们最早是以棋结缘的，算是一对棋友。那时梁阅正迷棋，经历在棋上计较着一目一目的人生。刘沁也喜欢在棋盘上纵横捭阖。当时因中日围棋对抗赛，国内形成了一股热潮，梁阅正在热潮中接触了不少棋友，刘沁是他见着的最有围棋气质的棋手。围棋气质是什么，喜欢抠字眼的梁阅正也说不清。梁阅正工作得比较早，在一家出版社做校对。刘沁说他将来会是个有老学究气的人。刘沁有时会用一种尖锐的口气来形容人。

还有一位业余棋界的朋友常会给人定性，他叫大龙，是出版社的编辑。梁阅正带大龙见刘沁，给他们作介绍的时候，发现他们早已认识。大龙与刘沁在一起，感觉很合拍的，一个高个儿一个苗条，都会口出评议，让人记忆深刻。有时候俩人说话的口气是相近的，似乎一唱一和，有着默契。当初他们三个都还年轻，没有结婚。梁阅正曾想到，刘沁会与大龙配对，大龙长得帅气，很有女人缘。但刘沁却和自己走在了一起，梁阅正有所疑惑，偶尔向刘沁提起，刘沁觉得奇怪，她根本不会喜欢大龙，不知道为什么他会有这样的想法。梁阅正讪讪一笑，心想也许是他们俩的气质太相像了，反而相斥吧。

那时他们棋下得多，大龙与刘沁在棋上的风格也近，都喜欢行大场做大空。大龙的棋天马行空，难免有疏漏。而刘沁有着女性的细腻，前后照应，但一旦缠斗起来，也杀得痛快。在梁阅正的感觉中，刘沁坐在棋局对面，直着细高的身子，拈子轻落，面容端庄、优雅迷人，入心的形象无可比拟。

梁阅正与刘沁性格有差别，这反差在棋上，很是明显，俗称棋如人生。梁阅正在棋上重视实地，但却不喜欢搏杀，一旦交战，便会费神长考，有大龙在旁边观棋，会吐一句：长考出臭棋！还有一层不同的是，刘沁下完棋也就丢开了。而梁阅正每下完一盘棋，总会在脑中复盘，想上半天。

梁阅正记忆深刻的是，他与刘沁有一次到海边参加棋类活动。活动结束，他们就到海边的一个小城待了一晚。那天黄昏，他们在海边看落日后，沿着海边散步。海风吹起她的丝巾。一层层海浪不住地翻滚着卷过来，她扬起手来，大声地呼喊：吹很大很大的风！而他跟着她，弯腰去捡一个个贝壳，嘴里说：做很小很小的事。像是她唱他随，对应一联。这情景，便在他日后的记忆中定格。其实海边总有风，那天风也不是很大，梁阅正捡到的贝壳并不多，随捡随丢，只有几块摊在手上。回来以后，也记不得搁到哪儿去了。

吹很大很大的风！仿佛是她一种呼喊，也像是应着一种召唤。

此后不久她就出国了。多年之中，很少联系。梁阅正偶尔听到消息，她在欧洲做着大事业，一会儿是这个国家，一会儿到了那个国家。直到有微信联系的时候，他才知道她的一个名头：华人联谊会的一个副会长。而梁阅正在出版社做校对，几十年都没有变，每日的工作便是一行一行去检错校漏，在一本本书的校样中，找出一个个很小的错字、漏字来。

若说刘沁出国后便把梁阅正断得干净，也不尽然。她去国外几年后，曾给梁阅正寄来一包材料，那是介绍欧洲各种语言特点的，欧洲的语种丰富，有英语、法语、德语、西班牙语、塞尔维亚语等，刘沁知道梁阅正醉心文字语言，那意思是他可以出国做这一方面的研究工作。材料的首页是一张单子，标明出国必须要做的功课。有几处介绍、推荐与证明项，都打了红钩，自然不需要他考虑的了。刘沁没有一句希望他出国的话，梁阅正心里明白。他虽然对西方由字母组合成的拼音文字有所了解，但无兴趣。而汉语那基于象形发展而来的表意文字，才能让他生出无限的想象。所以那包材料他小心地锁在了一只樟木箱里。十多年后，他年逾不惑时，收拾家中，打开过箱子，他的家中因天天清扫，几乎是一尘不染的，但那包材料上面，却有从樟木箱盖细细的隙缝掉下的薄灰，那一刻，两滴清泪洒落于岁月之尘。

联上微信时，刘沁和梁阅正都已经是五十出头的中年人了。她似乎很忙，很少谈她的工作。她似乎判定他还在做校对，也不问他的工作，只谈家常。一般给他发些链接，主要关于卫生和健康的。先是关于空气质量，PM2.5之类，后来是饮食中的添加剂，苏丹红与瘦肉精之类。梁阅正没有感觉她变得琐碎，而是感受到在国外人对国内人的关心，人到一定的年龄，健康便是人生最重要的事。

生死事大。

刘沁发信息说要回来已有一段时间了，外面树叶的色彩都变了，由浅绿变成翠绿，变成深绿。从出版社宿舍楼的窗子看出去，院里的树长得高，三层楼房的窗外都是树叶遮阴，有着鸟鸣，而不见鸟影。梁阅正没有急迫见她的感觉，已经隔了三十年了，并不急在一时。只是在他的心中始终粘着一片，他从来都是不急不躁的。

梁阅正面前铺着一沓纸，是他看惯的排字印刷体，他校正完了最后一个字。这是这本书的第一校，他相信其中的错句和错字都已订正。他闭上眼睛，静下心来，先前的文稿与他改动后的文稿，似乎都到了他的脑海中。一个一个的字像铺了砖的路，延伸出去，长长的，明亮亮的。仿佛卷起过一阵大风，他的感觉便随风而行，风过处凸出的、凹陷的都平整了。这是一个老校对才有的感觉，由岁月与经验构成。但又属于他一个人的独特感觉，早年每下完一盘棋，他独处复盘，棋局便在脑海中显现出来，一步步，黑白交错纠缠，都似乎如图如屏。

接下来，画面变成了立体，那是由文字组成作品的情景色彩。眼前的画面是飞扬的、随性的，甚至有些浑浊的，作为作品呈现出来的特点，难说好坏。眼下的这种感觉，梁阅正确定是新作者带来的。老作者的文字叙述，往往是平和的，由文字组成的画面，大多缺乏想象的情景。然而新作者的作品一旦想象空幻，落不到生活的地面来，便如飘在空中的漂亮气泡，看着好看，并不实在。眼下这一类空幻的作品多起来，相比之下，那些贴着地面的作品，却缺少了想象的力量与才气。梁阅正不喜欢故事性太强的画面感，因为如今太多的影视剧形成了程式化的故事画面。其实文学欣赏没有喜欢与不喜欢，他只是不愿见到重复，过度的生活画面与过度的故事画面都让他有重复感，也就不能引动他感觉中的立体画面。既有处处实地的文字，空中又飞动着隐隐的形而上的翅膀，才使他生出丰富的意象来。

这部作品从情景上有混乱处，但没有什么重复感，这样的作品他难得看到了，让他有兴趣在感觉中触及作品画面感的深处。从仿佛飞扬着尘土的画面中，看到很有潜力的才情，让他有打一个电话的念头。不是打给作者，而是打给交他校稿的总编。他的总编往往会把有价值的作品交给他校对。他在校对后生出立体的画面感的作品，往往结果是好的，出版社也就能收获文学界乃至社会的好反响。

早年，他校对作品，总是把看作品的感受告诉编辑，由编辑与作者交流。当初大龙便是编辑，现在成了总编。大龙一直把好作者的作品交给他校对，希望得到他对作品的看法。另外单是校对，经他的手不会有一个字的错误，现在有电脑勘误，但汉字的表达有多重性，凡电脑与他的校对有不同处，便只会是电脑的错误。

曾经有过一次，他觉得作品中的形象让他激动，作为编辑的大龙外访不在，忍不住他就和作者联系了。接电话的对方是一个中年作家，一声不响地听完他多少有点词不达意的看法，只是应了一句：按照你的想象改，出来的是另一篇作品了，你为什么不自己去写呢？

梁阅正明白，有些作家囿于自己的经验与思想，作品的风格是固定的，所以他后来不再与作者谈自己的想象。而这一次的书稿，直接由大龙指派，请他看一下，并让他与这位笔名鹤鸣的女作者谈一谈看法。这到底不是他的本职工作，加了微信，就在微信上留了一段文字，谈他对作品的想象。

收到鹤鸣的留言：你见一下我吧，我很想当面听你说一说。很难想到你是一个……校对。

梁阅正回了一个抱拳的表情，作为婉拒。女作者的作品引动了他的兴趣，但他已经没有了对作者的好奇心。

梁阅正对窗静心时，门开了，进来的是大龙。一般来人，梁阅正都会起身来迎，偏偏这位总编来时，他只是朝他一笑。

大龙根本不在意，说："你又坐禅修行啦，起来起来，都到下班时间啦，我请你吃饭。"是不由分说的领导式口气。

梁阅正便起身跟他走。出版社自有食堂，食堂里有领导用的小餐室，大龙吩咐服务员去拿几个菜来，服务员立刻应了去了，看来习惯了他的需要。大龙从边柜里拿出一个开过盖的酒瓶来，看来是他没喝完存在这儿的。他嘴里说着："现在不准公款吃喝，这是我私人的酒，习惯要喝两杯的。你陪我喝。花自己的钱，也就不信会犯了事。但还是要避人耳目，咱们慢慢喝，喝到食堂里其他人都走完了，再出去……"

梁阅正在对面坐下。大龙当了总编后，他们有好多次在这里一起吃饭聊天。

等菜的时候，大龙点上一支烟，吞云吐雾般地抽起来。他知道梁阅正不抽烟，也不管他，只顾自己抽着。烟酒自是大龙的癖好，上了瘾的。说起来，大龙有人生三大好，还有一件，便是女人。

"听说刘沁要回来了？"

"她也告诉你了？"

"我是从朋友圈中看到的。她当然会对你说，要不告诉你的话，这女人也太没味道了。"

他们因下棋而熟悉。大龙当了总编，也就很少下棋了。按说，他的年龄到这个位置，不再有上升空间了，他也不做努力，只是他在社会上路子广，熟悉的人多，活动能量也大，亲朋好友托他的事多，人情关系，能帮到的他都会出手，也就很难清闲。梁阅正却是一次也没有找过他。梁阅正在单位是个老校对，又没有家庭琐事，不用求人。大龙曾经说过：你空有我这个领导朋友了，不是用不了，是用不到。正因为这样，他们的关系很单纯。

回顾人生，梁阅正进印刷厂后与编辑大龙搭档，大龙每看中一部作品，都会来问梁阅正的看法。当年，出一部作品不容易，编辑提出意见，会让作者改上好多遍，作者也舍得费力一遍一遍改。梁阅正也就有了看作品展现想象的习惯。多少年过去了，当初的不少作者成了大名家，有了大影响，大龙也做到了出版社的总编。

三十年中，大龙结婚成家有孩子，接着离婚重结婚，结婚又再离婚，用大龙的话说，蹉跎了许多的岁月与人生。他是一个能在官场上行走的，也许没有家里的事，他还会再高升一步的。一直到如今，大龙看到什么有潜力的作品，还会让梁阅正校一校。有时找梁阅正聚一聚，谈一下人生。在饭桌上，也都是大龙说得多，梁阅正听得多。两个人是难得的知交，慢慢地，话题便是感叹岁月流逝，感叹生活的烦恼与无奈。

不过在旁人看起来，大龙是个顾惜朋友的人，毕竟两个人的地位不一样了，一般升高了的人，只会找同阶层的朋友，并不是看不起下一层的朋友，而是阶层不同，谈的话题多有不同，有相同的经历与经验，才谈得投机。

大龙最近有点烦。他结了四次婚，又离了四次婚。眼下正是他的空窗期。他还在壮年，五十多岁事业有成，有社会地位，经济上也宽裕。但这年龄又处紧迫期，他清楚，只要过了花甲之年，他残剩的优势便丧失了。人一旦到了六十岁，感觉中是老人了，另外他会退休，不再工作，也不再有权力了。他对梁阅正说过，已是秋后的蚂蚱，趁着这最后的几年蹦跶一下。

大龙也不是经常找梁阅正喝酒聊天，以往总是在他将要离婚之时，那时他确实烦恼。大龙并不是那种有了新欢与旧欢决裂的人，都是与妻子过不下去了，下决心之时，向梁阅正吐露一下烦恼，也是向好友知会一声。他结一次婚，便留一个孩子，离婚自然要与女人做一下切割与安排。说是再不找了，但一旦离了婚，他的心思便投入获取新猎物中，用他男人的魅力去吸引下一个。他其实还是个老式男人，并不新潮，把自己弄得很烦很累，依然有劲。离婚也有惯性，自第一个以后，有了旧的参照，以后熟门熟路，离婚的方式也就简单了。最后几年，离婚的频率相对快了。

这一次大龙找梁阅正，谈的不是离婚事，而是面临的女人事。对付女人，他有本事。梁阅正见过他正交往的姑娘，看上去很小，最多二十多岁吧。她穿着时尚，大龙喜欢把自己的女人打扮得漂漂亮亮。那穿着打扮，让她显得比他以前的妻子都年轻。梁阅正本以为，大龙的年龄越来越大，快近老年了，女方的年龄也会大，偏偏他找的女人越发年轻了。先前曾有人传大龙与一个女作者有关系，那女作者四十岁左右吧。听闻此言，大龙愤愤地对梁阅正说："那么老的女人我怎么可能要！"已有白发的男人嫌四十来岁的女人老了，口气太狂，却是现实。

大龙这次找梁阅正谈的便是这个年轻女人。大龙说她嫌弃他了，不是嫌他的年龄，却是嫌他的"嫩"：本以为你都结婚了好几次，应该对女人的经验丰富了，没想到还是老一套，不过尔尔。

她的意思是大龙这么个高颜值的、有社会地位的人，自然阅人无数了，会是个与众不同的男人，却不知他只有结婚的这几个女人，而她睡的男人比他多得不知哪儿去了，还须她来教他几手方式、手法，实在令人失望。

大龙感叹道，女人还真需要有一个观念束缚，真想念三十年前的女人情态，而女人一旦没有了贞洁观，开放起来，比男人还甚。因为女人只要愿意，得到男人更容易。

"原以为得到便是得到，却不知人家丢了你，一点心理负担也没有。"大龙最后叹了一句，"人生到底什么是得到，什么是丢失？我现在和你一样，都只是两手空空。但你还是内心色纯，而我已是满面风尘了。"

梁阅正虽没经历过婚姻事，但他有着对大龙的男女感受的理解，似乎也身经情劫。他有感悟能力，不必需要亲历。

"旧时说，终日打雁却叫雁啄了眼。"

梁阅正觉得大龙用语不精确，但习惯了他的用语，只是摇了摇头。

大龙酒喝得多了，话语中便有了做总结的口气："追求快乐，往往得到的是不快乐。越追求快乐，也就越不快乐。你别以为，做个缩头的懦夫，尘世的业便离你远了。你躲不开的，没有亲历，你不会有真切感，最后你会被一个简单的女人诱惑，避无可避，弄得痛不欲生……"

"反倒是我，久经沙场，烦恼即菩提，反而容易解脱，哪一天放下欲望的屠刀，便立地成佛了……”

梁阅正有时觉得，眼前的大龙与远远的刘沁身影重叠着。

刘沁还没来，梁阅正去见了女作者鹤鸣。是大龙给他下的任务，下任务的理由是：作为出版社的员工，应该为出一本好书而尽力。到梁阅正答应下来时，大龙又笑着说：美女作家看上你啦，打了几个电话给我，就想和你谈一谈。人家可是姑娘，你怎么好狠心拒绝的？

梁阅正与鹤鸣约在出版社楼下城市广场的咖啡厅见面，梁阅正提前一刻在靠窗的位置坐了，要了一杯绿茶慢慢喝着，从落地窗看出去，街对面是一家洗车行，一辆一辆小车排着队钻进洗车机中，出来的时候干净光亮。

车在洗车机中移行时，那喷下的水似暴雨围裹，如泻，如瀑，如无天无地。在梁阅正的生活中，没有可比的感觉，但在梁阅正的想象中，曾经有过一次，记不得在什么时间了，那一刻，他身体出了一点状况，心境特别孤独，静默中，他内心世界无数之物，雪花似的飘落，如无穷无尽。那是积尘，即隐即藏，即生即出。那一刻他明白，他的心并不是清静的，并不是不染尘埃的。

鹤鸣挎着一个长带的包站到他面前的时候，他还心生疑惑，不知这本来可以拒绝的见面，他怎么会接受的。是因为刘沁的来而不来吗？她朝他点点头，坐到他的对面去，他叫来服务生，为她点了一杯咖啡。他感觉像是相亲，他还从来没有接受过相亲，一直认为相亲是落后的联姻方式。对着鹤鸣，他开口便谈作品，谈作品让他生发出的许多想象，谈作品对生活的表现。她写的是现实城市生活，这几年城市变化很大，如何用想象来表现这变化的生活？表现生活是容易的，表现想象也是容易的，要让想象与现实结合起来，是最难的。

梁阅正平时与别人在一起，总是听得多，说得少，要别人问到他时，才会答话。这一次有点反常地说个不停。说着的时候，心中牵连许多相连与不相连的念头，这是岁月带来的附加物，对事物的理解多了，便会生出联想的浮念。

“你有这样的文学想象力和生活的理解力，为什么不自己写？”

这句有点熟悉的话，让梁阅正停了口，去看她。这之前，她在他面前，他并没有注意她。印象中，她很瘦，看上去显小。他从她的简历中知道她大概三十出头。与她秀气的容貌不同的是她的声音，有点沙哑的女中音。要说特别处，是她苍白的脸上的一双黑眼眸，如乌漆所点。

他去直视她的眼睛，她像是躲避着，不能说“躲避”，躲避是不正确用词，她只是害羞似的微微低下了眼帘。“害羞”这个词也不正确。在这个场合，这个语境，这个情景中，他想不到她有害羞的理由。

“你如果不习惯创作的话，我们可以合作。”

梁阅正默然。对他来说，生活的惯性是人生最大的无可奈何。

说女人是桃色，梁阅正多少年远离这种色彩，但桃色往往重叠，与女作者见了一面，第二天便接到刘沁的电话，说她已回国内，明天将到省城。

看见刘沁的时候，梁阅正是知道她来才认出她的。毕竟相隔几十年了，她脸上的细纹与妆色，还有身上的装束与香气，都加深了陌生感。这只是一开始的感觉，慢慢接触后，看多了，旧时的形象又回来了。和她这个年龄的女人相比，她的变化应该是小的。

看她上台阶的时候，那半仰着头下巴向前微挺的样子，还引动着他以前的感觉。

上车的时候，他们对视一眼，她的眼眸乌黑，眼光深深，一下子融入了他的整个身心，里面无边无际，牵连着长长的岁月。仿佛倾诉了许多，又仿佛什么都没有说。

“晚上还有一个活动，可以迟一点去。”

一上了车，她就这么说。他能想到，她毕竟是一个活动家，由自己而非别人来接她，是曾经的情侣的一种亲近。

火车站在一个湖边，车驶出停车场，很快上了高架。将到下班时间，路已经开始有点堵，他开车在车流中往西北方向去。高架在一片高楼中穿插，新楼的玻璃墙映着西天的光闪着亮。微信上聊天时，她曾问过他，知道他还住在早年出版社的宿舍里。早年，出版社的条件好，为照顾准备结婚的梁阅正，给他分了一套两室一厅的公寓房，后来房改，梁阅正只用万把元就把房子买下来了，算有了自己的产权房。刘沁还记得他的那套住房，在路边的一个小坡往上爬几级砖阶，再上楼房的二楼。楼的旁边有一条隔巷，墙壁似乎薄了一点，上了楼道，能听到巷子里流动的风声。

梁阅正开着车来接她，刘沁有点没想到，却也不觉得奇怪。眼下中国城市里的绝大多数家庭都有车，这是刘沁知道的。

“不是往你出版社的家里去吗？”

“不是。”

“你想把我劫持到哪儿去？”她的声音里带着一点笑意。

旧时的她完全回到感觉中来了。他转头看了她一眼，也带着了一点笑意。她抿抿嘴唇，头又向上仰了仰。

车下了高架，进入辅路，已到了城边，依然有一幢一幢建筑，街面不是那么热闹了。

她的整个少儿时期，都生活在这座城市，现在却已认不出此地为何处。每一次回国，去的都是大城市，对那种扩展的变化，已不再惊奇。但是她生活过的城市变得完全陌生，多少还是有点不适应。

还是和以前一样，他们在一起时，她的话多，他的话少。有时她说着国外的生活，他会应着一声“嗯哼”，这是他出国旅游时学来的国外礼仪。

刘沁有点惊讶：他的车开得娴熟，能在车群中钻来钻去，却又开得很稳，这是她想不到的，感觉他的行车与他过去的性格不同。也许他今天想向她显示一下车技吧。梁阅正告诉她，如在上班的时间，路上会更堵。

“习惯赶时间啊。”

她说，国外就是路堵，行车的秩序也是很好。

车开进了一个小区的铁栅栏门，就见一座座形状相同的两层楼房，每座楼房都围着一个小院，小院里有种着菜的，有圈着小池塘的。

他停了车，引她进入了一个小院，院里栽了几棵树，有桃树，还有枇杷树。眼下枇杷树正结着有点青绿的小果子。

他在这里还有一个家，这也是她想不到的。

“现在国内的人真是有钱。”他开院门的时候，她感叹了一句。她肯定知道国内的房地产市场，住房比国外的还要贵。

“这里算是你的度假之家？”

“算是吧。我不是每个星期日都来，太远了。”

“不远，国外有钱人都在城外买别墅。住在城市里公寓房的才是穷人。”

“我并不是有钱人啊。这里原是郊野，荒得很，刚开发砌房时，房价并不贵，我花了几十万元就买下了，你知道我喜欢清静。我一个人过，积了一些钱，就用来买房了，没想到这几年城市就发展过来了，更没想到房价后来会涨得那么高。”

在城郊的小山边上，这一套看来近乎别墅的两层小楼，梁阅正只要假期有时间，便来住住，侍弄一番，住久了，栽的树结果了，养的花盛开了。

从北门进入，她参观小楼，楼里简单朴实，干净整洁。看得出他并无刻意之处，却又不乏收拾。房子里没有那种人不常住生出的腐木味道。他给她倒了一杯茶，一边在开放式的厨房做着菜，一边与她说话。她打开了南面大门，春末的村野草木香气夹着泥土的气息传进来，她觉得似乎这一刻才真正回到了国内。

门外屋前用瓷砖铺了一块高地，作为阳台。阳台上面搭了一个雨棚，下面摆了一张长案桌，长案桌的一边放着一个榧木围棋盘，还有那有点旧了的紫红漆的一对木棋盒，那还是她过去接触过的东西，引动着她旧时的记忆。

梁阅正屋里屋外出进着，变戏法似的端来冷菜盘与热菜碗，一盘盘、一碗碗放在案桌上，中间还摆了一个电磁炉，炉上是一锅鸡汤，汤里放着当归、黄芪、红枣等。炉边放着几个不锈钢盆，盛着洗净的蔬菜，可以自选往汤锅里放。这顿饭菜，对刘沁来说并不稀奇，当年她身体不好，他就为她做过药膳，她看多了他做菜的样子，还一直馋着他做的菜。

他端菜的时候，她打开棋盒盖，食指与中指拈着一颗子，放到棋盘上，动作依然是熟稔优美的。她显然不是准备下棋的，按围棋的规矩，是黑棋先行，但那颗子是白棋，孤冷地搁在了盘上。梁阅正在对面坐下了，刘沁说，已经多久没有摸子下棋了，她都记不清了，似乎离开了他就没有再下过。欧洲很少有人下围棋的，根本没有对手。偶有棋友去国外，见了面也只是谈国外生活，没有了下棋的时间，也没有了下棋的兴致。她有一副棋，似乎只有掸灰的时候才看到它。到网上开始有弈站时，她图新鲜上网下过几次，但很快发现网上的对弈根本没有与人下棋的快感。虽然知道网上的对手也是真实的人，但围棋称手谈，对面坐着的人有呼吸，有音容笑貌，有情感的交流。到最近，人工智能阿尔法狗一出来，杀败了世界上所有顶尖的高手，她突然发现，原来谈到围棋的高雅，以及围棋的文化，那种形容下棋意味高深的说法并不存在，那些曾经在棋盘上谋一局争一先的感觉，似乎是可笑而没有意义的。下棋只是一种计算的技巧，一种高级费时的智力游戏。

“都是家常菜。”

“你总是做得精细。”

为这桌菜，他确实费了功夫。他也不怕费功夫，一边做菜，一边想着将要来的她。做鱼的时候，想她是一条自由自在的鱼，在有红珊瑚、绿海草的蓝色大海中游动，而他则是一条河湾中的鱼，望着自己嘴里吐出的一个个气泡。

他给她倒了一杯白酒，是当地品牌的原浆酒。她原来是会喝一点的，略喝多了，便会脸红红的，不住地笑，憨态可掬。那时他怕她酒喝多了伤身，但又想看她喝多了的情态。现在他准备了酒，只是不知讲健康之道的她，会不会喝。她并没有阻拦他，由他倒了酒，也没要他劝，俩人举了举杯，她就喝了。

一旦喝了酒，气氛很快热起来，他也说了不少话，从阿尔法狗谈到人工智能的发展，有些工种都是夕阳产业，校对这一行肯定是要被取代的，好在就算发展再快，他也已近退休年龄了。

她却是说得少了，似乎只顾着吃。桌上多是她早年喜欢吃的菜，特别是那盘油爆虾，做的时候，梁阅正还有过犹豫，他从她在微信上发的链接，看到过油炸食品是会影响健康的说法。然而，她根本没在意这些，盯着喜欢的东西吃，那盘油爆虾，她几乎是一个人吃的，面前堆了一堆的虾头与虾壳。她过去的习惯便是只吃她认为好吃的东西，出去了几十年没有变化。一边吃还一边点着头，馋相毕露。或许正是外出了几十年，再也没吃过，眼下要补吃回来。或许她是在他的面前放松了，只管顺着口欲，便是口福难得，健康事小了。

她依然经不住酒力，喝了一点脸就红了，使她涂了脂粉的脸色显得自然了。一开始让他嗅到的那种国外香水味，被酒与菜的气息盖了。人有适应度，往往不喜欢的习惯了也就不觉得了。

她吃得津津有味。她告诉他，已经多少年没有这样吃过了。西餐对她来说，味同嚼蜡。虽然欧洲也有许多中餐馆，那些只是给中国游客吃的餐，并已程式化。回国来，饭店里招待的，似乎是山珍海鲜，却没有家常的味道。她说话直接，对他而言，都是实实在在的，这多少年，在他的感觉中，无可替代。

她往汤锅里放豆腐，说豆腐在欧洲被称为“中国奶酪”。她说到了她的工作，除了联谊，还有给国内单位开邀请信，联系访问事宜，并做接待；也给欧洲人来中国游玩提供帮助，都是与旅游有关。这些年国内的人真是有钱，出国旅游一批接着一批，有的国外热点城市，街上见得多的就是中国面孔。她问他的熟人可有旅游计划，她可以帮着安排，派留学生导游，介绍风土人情与文化古迹。

他想到和朋友曾谈过组团北欧旅游，不过这点小事不用烦她。但她却有兴趣，说让旅行者吃好住好玩好可不是小事。晚上有旅游公司的人来接她，就是和她谈开辟新的旅游线路。当然，这些联系与安排会收一定的费用。

“当时出国，就是想有变化。而今，高速交通，手机支付，国内的变化太大了。前几年我就看到国外城市的大屏幕上，闪动着巨大的字：去中国，那里有着数不清的机会！早知这样，我又何必出国？错失了变化最大的岁月。”

喝多了酒，她不光脸红红的，还浮着憨笑，当年他曾几次见过她喝了酒后，一个劲地傻笑。这多少年中，她大概喝多了洋酒，多了耐酒力与自制力。在他收桌子的时候，她点起了一支烟，细细的烟卷夹在了食指和中指间，他没有想到她会抽烟了，他记得大龙曾说过的一句话：抽烟的女人与不抽烟的男人一样讨厌。她抽烟的样子一点不让人讨厌。他去欧洲旅游时见过女人抽烟，听说她们认为抽烟有减肥的效果，不知是也不是。她的姿势也让他感觉到一点新奇，有着一种沧桑感，又有着一种亲近感，流落到海外的她在眼前抽烟，有一种真实感，又有着一种虚幻感。

梁阅正端来山茶，这是小山人家自种自制的新春茶。梁阅正住在这里，除了收拾，就是爬山运动，看到山茶，便买了一些来喝。茶初喝时有点微苦，回味却是甜的。刘沁深吸一口，那清茶滋味仿佛都化入体内。桌上没有了锅碗盘盏，她双臂伏在桌上，身子靠他近了。女性暧昧的气息带着岁月的尘埃，透过来。他们的脸靠得近，她毕竟是朝花甲之年去的人了，虽然妆化得好，但他能看到她脸上的皮肤有点松弛。前尘往事般的过去，那个直着身子对着棋盘凝思的形象，恍如隔世。

是不是年岁大了，重聚应该是欣喜与热络的感觉，都显得淡了。她独特的女人味依然在，年轻时代的肉体感遥远了。

她似乎轻轻地叹息一声。

“我老了。”

“你还不老。”

“我老了。你还不老。”

手机响起来，她接了电话说道：车已在小区门口等她了。多少年在欧洲国家，节奏是慢的，没想到国内这么赶时间，车还早到了一会儿。

她似乎还延续着欧洲的习惯，不像要马上动身，反而靠他近了，伸出手来抚着他的脸。她的手薄薄的，滑滑的，暖暖的，浮起着许多过去的记忆。

“你还是以前的模样。基本没有什么变化，仿佛在静止中。我在国外过着以前想象中的生活，一直在奔波，飞来飞去，与各种人物打交道。我从没有这样自在、轻松。有一刻我真想回来，在你这里就这么生活下去……”

她的话触动了他。俩人的眼对眼，他再一次感觉着她眼光中的一片天地，过去、现在、未来，融汇了整个人世红尘。

他在这里所做的接风安排，潜在的意识中，有着多少年希冀，连着当初在这里买房时的愿望，似乎点点在深层潜藏着，却一直影响着他的生活，此时浮了上来，又似乎隐隐感觉空幻。就像当年酝酿了半夜的一句情话，到她面前的时候，才发现什么都说不出来，合适的理由不知在哪儿丢失了。这些年他生活在现实中，却依然有着想象。

“眼前的现实我像看棋局一样，看得清楚。来的时候，我发现你这里的生活设施不够，短期还好，时间长了，肯定不便。城市还在发展，不少地方扬起着建筑的灰尘。这里也不是安静的桃花源，现在就能听到那边院里传来的中国式大声喧闹。”

他一声不响，静静地看着她。

“这么多年，你一直……这样生活。而我已是曾经沧海了……忘了我吧，趁着还不算老，成一个家吧。”

他清楚她的意思，这“曾经沧海”，不是诗词中的沧海，而是生活中的沧海。当初她在国内时，便有多少围着她的男人。那时的国内还是旧的男女风气，她和他最亲近。出国后的几十年，她经历的男人，与大龙经历的女人一样，是曾经沧海，已满面风尘；而这“忘了”，也不是字面上的意思，而是彻底割断。只有她这样的女人才会说得如此决绝，却又有规劝他的一重关心。

她走了，他提着给她的野山茶与两本装帧精致的袋装书去送她。刘沁收了野山茶，说袋装书虽不重，但毕竟要行几万里呢，再说现在看电脑与手机多，也没有时间再看书。

回头来再坐到院中的桌前，此时，这城郊的小区，树影婆娑，灯色朦胧，特别地安静。梁阅正让自己静下心来，于是心中的世界慢慢展开。

海天上一轮明月，风把所有的云都吹干净了，海天一色的深蓝明净。他隐隐地听到有海浪的拍打声。

（原载《钟山》2020年第2期）

【作者简介】宁肯，男，1959生于北京。主要作品有长篇小说《天·藏》《蒙面之城》《三个三重奏》《环形山》，散文集《说吧，西藏》《我的二十世纪》《思想的烟斗》，非虚构《中关村笔记》等，另有长篇小说《沉默之门》，小说集《词与物》《维格拉姆》。《北京：城与年》获鲁迅文学奖。

Ning Ken (male) was born in Beijing in 1959. His main works are novels *Heaven-Tibet, Masked City, Three Trios and Craters,* prose collections *Tibet Speak*, My *Twentieth Century*, *The Pipe of Thought*, and non-fiction novel *Zhongguancun Notes*, etc.. He also has another novel *The Gate of Silence* and the novel collection *Words and Things* and *Wigram.* The work *Beijing: City and Year* has won the Lu Xun Literature Prize.

探照灯

宁 肯

东西生产多了就有残次品，怎么当心也没用，不当心更不用说。孩子多了也一样，豁子、斜眼儿、缩脖儿坛子、罗锅儿、走路画圈儿，都很自然。即便像我这样的小人国（侏儒）祖辈没有任何遗传不也照样生出了？我就不说了，我要说的是四儿。

四儿本来叫小四儿，被我们简化了。平时喊“四儿”，他听不见我们才大声叫：“小四儿！”“你爸回来了！”四儿最怕他当翻砂工的爸，提他爸他就一激灵。四儿耳背，有人认为天生的，其实不是，虽然生在三年自然灾害，但一落生大眼、白净，属于合格产品，要是营养跟上是优质产品，只是学龄前一次脑震荡落下耳背的毛病。

不是聋子，远谈不上，就是听不清，老问。小孩子打岔很烦人，又不是七老八十了。听不清就凑得人家很近，有时凑到了人家鼻尖子底下，显出动物的表情，这时眼大也成了毛病，有了一个“大眼儿灯”外号。有一次我们院几个孩子在大个子屋门口议论探照灯，不知道探照灯为什么有一根最亮最粗，大鼻净张嘴就说：“最大呗！还用说。”大眼儿灯四儿凑到大鼻净鼻子底下：“谁他爸？”类似的例子多了。这还罢了，有时他问的问题十分古怪，跟他的大眼儿灯一样不知琢磨什么，譬如会问探照灯可以打飞机吗？哪儿和哪儿，边儿去。

每年一进九月就有探照灯。四儿数过有三十六根，我们谁也没核实，数不过来，数它干吗？探照灯明明暗暗，有的很淡，一会儿合起来，一会儿散开，一会儿分组交叉，一会儿整合成一个几何图形，又简单，又不解，还数它真是撑的。一般在9月15号左右出现，但我们早早就开始仰望星空。真是仰望，个个都很肃穆。我们不知道康德，不知道李白，不知道牛郎织女。就是干看，有时你捅我一下我捅你一下，捅急了打起来，打完再看。

我们站在当院的小板凳上，小桌上，台阶上，窗台上，高高低低，有着几乎自然界的层次。有人还上了房站在了高高的两头翘起的屋脊上。对于星星我们一无所知，月亮稍好一点，知道嫦娥、猪八戒调戏嫦娥，仅此而已，不甚了了。我们有着极大的耐心面对浩渺的星辰，说赤子之心真的不为过，真是赤子。我们等，直到屋脊上的人突然大喊：“探照灯出来了！”“我看到了！”“就在那边！”

哪边？我们什么也看不到，有人急了也去上房，蹬翻了东西，丁零咣啷，就跟两只猫似的。

探照灯很怪，不一起出现在天幕上，而是一根两根地出，要出好几天，快到十月一日才出齐。但不管怎么说越来越多，院子、街上任何有天空的地方都可以看到，屋里一抬头也能看到晃。开始几天我们最奇怪的是探照灯为什么不一起出？为什么要晃来晃去？很多图案是什么意思？为什么有的特淡特小，有的又特粗特亮？探照灯一出现各学校就开始练队，踢正步，组字，天上也是这样吗？

我们当然问不了这么多问题，一部分是四儿问的。排除打岔（已够烦人）有些问题根本无法回答，都不能理解他什么意思，简直拱火。没人搭理他，即使偶尔有回答也只一两个字。“是！”“不是！”三个字的话就有肢体动作了。

“不知道！”

但四儿很快就忘记了被踹，继续问。我们也理解四儿因为听得一知半解、残缺不全而焦躁不安，难以控制——我们整天在一起还不知道，但是真烦，真腻歪，我们觉得他还不如聋了好，别人清静他自己也清静了。

经过认真研究，我们一致认为最亮的探照灯是因为离得最近。这当然不用研究，因为小芹早就说过这话。但我们都听五一子的，什么时候五一子明白了我们才明白，五一子一明白就有行动，这点是让我们最佩服五一子的，当天晚上他带着我们浩浩荡荡就去了四十三中。我们像鱼一样游入明晃晃的胡同，探照灯在胡同上空清晰地变幻出塔、栅栏、伞、柴，下面的胡同如同河流、北极巷、前青厂、琉璃厂西街、九道弯儿，我们如在透明的水底。我们穿过了平时不敢穿的九道弯儿，一出九道弯儿就到达四十三中的围墙下，往东走一点就是北门。那时巨大的探照灯就在我们头顶，扫来扫去真是壮观，像定海神针、金箍棒，我们激动得大声喊叫，说话，完全忘了四儿也需要。结果一看四儿，他也忘了我们，好像没和我们在一起，自说自话，对着天空，哇啦哇啦，哇啦哇啦，急了四儿就是这样，我们第一次看到，以前没见过。

四十三中和四中八中没法比，但在我们那片儿还是鹤立鸡群。除此也没地方能放置这么巨大的探照灯。这样一来在平房的世界里，三座品形矗立的旧式教学楼远远高出胡同、青砖坡顶、阁楼拱窗、棕色楼廊，与胡同四合院完全不同，甚至与北京也不同。何况楼间还有篮球场，虽然斑斑驳驳、残残破破，但透着不一样的文明。再有足球场，简直湖泊一样，不同的是湖有树，足球场一览无余，加三座岛形的教学楼在胡同里就像高出地面的航母。围墙因此特别长，涉及了无数小胡同，电线杆不计其数。学校有两个大门，北门是正门，南门快到了虎坊桥，是南城最大一所中学。

没想到门口戒严，不让进，门口堆了一堆人。怎么也没想到探照灯和解放军有什么关系，探照灯不也是组字团体操迎国庆吗？不过一有解放军立刻接受，陡增了神秘。天天见提高警惕，保卫祖国，要准备打仗的口号，墙上到处都是，但总觉不着边儿，这下近在咫尺。尽管我们不知道探照灯从来就属军队，不知道苏军曾用一百四十架探照灯一字排开，对付德军，炮火之后探照灯骤然打开，德军全傻了，尽管我们完全不知，但此时感到了某种神秘。刺刀无声，寒光闪闪，尤其还戴着钢盔，是野战军，似乎战争就在今晚。更加渴望墙内，大门内，没办法，只好翻墙。

翻墙从来是中学生的事，不是我们小学生的事，一些四十三中学生不喜欢走门，喜欢顺着电线杆子爬墙，我们琉璃厂小学与四十三中斜对门，经常看到四十三中墙头上摇摇摆摆的人。电线杆子多数离围墙还有一点距离，但也有的好像成心，差不多贴在墙上。尽管如此我们——文庆、小永、大鼻净、四儿、大烟儿——也只能望墙兴叹，五一子大鼻净真真假假狗急跳墙了几次都没成功，不到两米就掉下来。谁也没想到就在我们要离开时四儿挂在了电线杆上。

我们停下来，笑，看着大眼儿灯似的四儿一次次地土鳖似的掉下来，哄堂大笑。我们再次准备离开时，不容否认，四儿爬高了一些，这让我们犹豫了一下没走。四儿一边紧紧抱着电线杆一边蹬着墙继续，已不再像土鳖，像甲虫、蜘蛛，甚至越来越稳，快，超过了墙头，一跳站在了高高的足有两丈的墙上。

我们急切地在墙底下跟着四儿往前走，高声问四儿看到了什么，看到探照灯没有。四儿当然听不清，大概只能看到我们的口型。事实上根本没看我们，一直看着另一边，一定看到了什么。

他血淋淋的，衣服刮破了，脸、胸前、手臂都是划痕，有的在渗血。双腿更是。头两次掉下来时我们就已看得清清楚楚，看到了老电线杆的刺刺在他身上。他意识不到，好像不知道疼。也许如果他照照镜子会停下来，他的样子非常吓人。他摇摇摆摆，直走到一棵树边上，停下来，这是必然的，无师自通抱的，抱着树消失。

四儿很晚了才一个人回家，一回家就把家人吓坏了。一家人睡在一个大炕上，全都从被窝里瞪着大眼睛看着四儿，特别是上初中的姐姐和刚上学的弟弟，但是包括父母都半天没吭一声。四儿像刚从战场回来，像《邱少云》《上甘岭》《英雄儿女》里的人。四儿无比兴奋大声说着自己翻墙看到探照灯的经历。大眼睛的父亲披衣出了被窝，拿着镜子上上下下给四儿照，四儿看见了自己紧张起来，母亲给四儿慢慢上紫药水、红药水，像化妆一样。翻砂工父亲照完镜子，一掌掸过来，四儿应声倒下，一声都没有，好像睡着了。母亲继续上药，什么也没发生一样，更像化妆。

探照灯坐落在操场中心，四儿刚下来就看到那儿围了好些人，四儿不知道那些人都怎么进去的，不像是都翻墙进去的。“因为还有女的。”四儿的意思是还有地方能进四十三中。我们想知道探照灯到底是怎么回事，但第二天在大个子门口，四儿没讲几句我们就一哄而散，觉得也没什么就走了，只有我留下来（我留下再正常不过，我是谁？）。

探照灯是个军绿色的大铁罩，罩子放在半圆的铁架上，铁架下面有四个胶皮轮子，五六个解放军坐在不同地方各就各位，各司其职旋转探照灯，就像操作高射炮一样，一模一样。探照灯由三部分组成，灯面、发电的解放牌汽车、连接探照灯和汽车的五米多长的电缆，都是国防绿，汽车顶上还带着野战的网子。

无人倾听。我不算数。四儿找大个子讲探照灯的故事。大个子是个鳏夫，快要死了，奄奄一息。之前，大个子一直是四儿的唯一的听众，现在依然是。不仅如此，现在甚至会依然欠起身子回答四儿的问题，有时会被自身的声音击倒，大声喘息。大个子已经脱形，脸只剩下一条儿，眼睛呈粥样，如果不是因为大声喘息，跟死不瞑目一样。平时基本就是死不瞑目的样子，终日瞪着昏黄漏雨有古代山水的屋顶。

我们都觉得大个子很老了，总有一百岁了，但他实际不过四十岁，头发还黑，而且长，很多的头发都竖着，看上去好像刮着五六级风。我们都是孩子，所能知晓明了的事很少，尽管我们以前总泡在大个子屋却并不怎么了解大个子。不知道大个为什么叫大个子。他一点也不大，实际是个瘦小枯干的人。我们模糊地知道他是个“吃劳保”的人，在远郊区的一个保密单位工作。有人说是兵工厂，还有人说是618厂生产坦克的，反正不管是什么厂都挺棒的，但他是个废人，是所有人都知道的。

大个子住我们院里院一进口，类似我们院传达室，旁边是水管子，人来人往，洗菜倒水洗衣服都在这，是个热闹地方。家家都住房紧，唯大个子一人占一间屋子，每每发粮票的、收水电费的、核对户口的一进我们院就进了大个子屋，招呼都不打，早已习惯成自然。街道积极分子读报、开会、学习、发红黄绿蓝传单也一样，一声招呼院里人就都聚在了大个子的屋里屋外。大个子并不好客，但也从不拒绝，谁爱来谁来，鳏夫家如公共场所。人越多他好像越不存在，占一角，好像在别人家一样。平时还好，星期天或技术员小栾儿一来，他这儿聚的、打牌的、下棋的、哼黄歌聊大天的、吐烟圈儿烟棍儿的都停下来，听小栾儿讲点什么。

小栾儿红脸膛，不喝酒也像酒后似的，真喝了简直如火如荼，满脸放光，这与他短鼻梁上的金丝眼镜很不协调。没人知道他和大个子是什么关系，有人说他在七机部工作，但七机部大了，有许多单位。也有人说他跟大个子一个厂子。这是比较一致的看法，只是小栾儿只称自己是大个子的亲戚，什么亲戚谁也不知道。这些倒都无关紧要，重要的是他常来我们院，我们院大人孩子没有不喜欢他的。他没架子，消息灵通，特别是还会自己攒半导体。好像是尼克松访华之后开始流行一些以前没有的，像广播英语、半导体、热带鱼，但要不是小栾儿，我们院一样也不沾边儿。小栾儿最开始攒的是二极管，接着就改成了三极管，从一个管两个管三个管一直到七个管，可以收听世界。听到的就有莫斯科、美国之音，吓死我们了！不过小栾儿很是机警，一划而过。然后是各种奇奇怪怪的音乐，一听就是靡靡之音，像猫叫。也有的非常震撼，像整齐的瀑雨一样，又突然宁静。有的更怪，哪儿是音乐，纯粹号叫、嘶叫、摇晃，非常难听，甚至吓人。不，对我们来说根本不是音乐，就是声音，也不是自然界的声音，就是各种各样古怪的不可思议的声音。新奇过后，因为不理解所以很快忘记了，也不再感兴趣。真正神奇的是小栾儿讲《基度山恩仇记》《第三帝国的兴亡》《梅花党》《绿色尸体》《李宗仁归来》《长江大桥》……紧张得我们大气都不敢喘，只有四儿总是问这问那，而且非常固执，不管不顾，我们一次次齐声大喝："住口！"几乎要把四儿扔出去。

四儿也知道讨厌，但控制不住自己。如果四儿破坏气氛还是单一，我们的齐喝完全破坏了故事，相当于掀了桌子。有一次我们终于忍无可忍，几个人一起揪着四儿的耳朵把四儿揪出去，但是没用，四儿又像耗子那样钻进来，继续发问。小栾儿制止了我们，每次由他喝止四儿。"住口"——手指一点四儿，声音很轻，继续讲，效果很好。以致每每四儿尚未张口，刚要问，便被小栾儿点住：住口。

"……"

"住口。"

非常轻，幻觉一样，我们想笑但没时间笑，因为每每只像一道轻微的闪电，即使最紧张时也不影响故事氛围。如果说四儿是个例外，大个子也是。大个子从来不听任何故事，只是坐那儿抽烟，只要看一眼大个子你就已到了故事之外，就像小栾儿与四儿短暂的互动一样。区别在于：一个是瞬间，如缝隙开合，一个是如《金刚经》上的"如如不动"。当然大个子并不信佛，也不知《金刚经》，可以说我们院没人知道《金刚经》，除了标语哪儿有什么《金刚经》。但大个子事实上做到了《金刚经》。无分别之心。无所得心。无胜负心。无希望心。无生灭心。不，他完全不知道，但如同石头有矿物质比如黄金，石头自己不知道。哪怕讲到专列就要被炸，但专列走走停停，不断叫人上来谈话，躲过了一次次的可能，太紧张了，即使如此，大个子也是如如不动，仿佛正在石化，或更深地石化。

房间像大多数人家一样简单，靠窗是一个大炕，对面一个小炕，中间是活动空间，对着两炕是一张深色长案，案两端略有点翘起，下面是两扇杨花门，门上的铜把手磨得很亮，一头已坏。一把太师椅，原本黑色磨出了斑驳的褐色木纹。大个子从不坐太师椅上，永远只坐在小炕的靠长案的一端的夹角里。案上乱糟糟的，竹坯暖壶、烟笸箩、扫炕笤帚、红太阳石膏像，破了边的茶盘子、茶碗、茶壶，茶壶嘴儿破损，渍着发黑的茶垢。每家都差不多，新鲜还是来自小栾儿，案上竟然有三个款式新颖的小半导体。有时两个半导体播着同一个台，“狱警传，似狼嚎，我迈步出——监——”

人越多大个子越不像主人，谁刚进来都不用跟大个子打招呼，事情都是双方面的，你越不像主人，房间就越没主人，越是公共场所。

四儿平时就泡在大个子屋，大声说着什么，并不非要回答，常常问完继续大声讲。别看四儿耳背，听不清什么，他一知半解知道得还真不少，乱七八糟甚至比我们还多。比如我们知道西哈努克、莫尼克公主、宾努亲王，四儿还知道朗诺集团。我们也听过朗诺这个名字，但不知道施里马达，真不知道四儿从哪儿知道的施里马达，可能是卡车的名字，但四儿说不是卡车是首相。朗诺是司令，莫尼克公主是法国人，“你说她怎么是法国人？”四儿问大个子，大个子说西哈努克也是法国人，干笑。不对，西哈努克是柬埔寨亲王，四儿说。大个子有时也有幽默感，极少，答不上来就瞎说。不能说大个子喜欢四儿，干笑或瞎说不意味着什么。当然，比起对别人已算难得。

四儿也一样，说不上喜欢或不喜欢大个子，反正事实上喜欢我们，喜欢五一子、大烟儿、小栾儿，包括父亲、兄弟姐妹，所有人，甚至于陌生人。非正常人都喜欢正常人，自身很难真正互相喜欢，但是没有选择。四儿除了上学睡觉吃饭都端着碗到这儿吃，有时大个子也正吃。四儿进来的第一件事不是和大个子说什么，问什么，而是打开半导体，声音放得很大，有时还打开另一个，选好台往大个子那边推推。新闻和报纸摘要节目，《沙家浜》，合起来那叫一个吵人。常有人路过进来斥责四儿，把半导体拧小或关上。谁都知道是四儿开的，好像屋里只有四儿。极偶然的情况，大个子会在来人走后一一开开，声音放到最大。

俩人的饭都简单，一个鳏夫对食物确切地说对购物没任何欲望，因此更简单。糙米饭、馒头、窝头，这些都差不多。不同的是四儿有菜，白菜帮子或萝卜条，偶尔里面有几根粉条。大个子就是腌萝卜老咸菜，哪怕吃最难吃的糙米饭也如此。四儿有时拨一点白菜帮子、粉条给大个子，大个子有时也会干笑，有时不。火炉子上永远烧着水，吱吱响。茶、烟，大个子主要就是活在这两样里，牙是黑的。

烟不离手，不是抽烟就是在卷烟之中。卷得很慢。报纸或随便什么纸撕成一条，折一下，在折纸上放上旱烟叶，一头粗一头细，在粗的一头拧上一个捻儿然后捻，捻瓷实之后用嘴一抿黏上，这样一是不易散开，二是细的一头嘬起来不致嘬出烟叶，点之前把捻一掐，齐活。第一口也是蛮舒坦的。最后总是让人沉思，这也是卷得慢的原因。周而复始，周和始都是最慢的。

如果不是小栾儿讲故事，或插队回来的人讲故事，总之，如果不是谁讲点什么新鲜事，四儿通常在乱哄哄的屋里主要就是给大个子卷大炮。别人在大炕上下棋玩牌，站地上聊天争吵讲点什么。四儿是离大个子最近的人却仍不能和大个子说点什么，因为屋里太乱了。四儿一支一支地卷，已经卷得很不错，有模有样，很多卷大炮的都不如四儿卷得好，但大个子从来不抽四儿卷的烟。四儿卷好一支等着大个子，一抽完四儿就举上去，但是没用。大个子慢慢撕纸，折，不可动摇的周而复始。四儿便放下，码好，码得非常整齐，像一排炮弹，也像大个子一样接着卷。如果屋里人少，只有两三个人、三四个人下棋玩牌，四儿才会跟大个子大声说点什么，俩人好像不在屋里，在另一世界。

院里谁一时没烟了都会到大个子这里卷一炮，来不及就拿上四儿卷的匆匆离去。四儿不说什么，大个子也从不说什么。大个子的烟，劲儿非常大，新疆的蛤蟆烟儿，烟叶呈明黄色，一般都是深棕色。明黄上有斑纹，类似雪豹或某种豹。小栾儿每次送劳保也都带点蛤蟆烟儿，人们实在迫不得已才会跑这里卷上一炮。最初五一子、大烟儿偷着学抽烟就是在大个子这儿，每次靠墙，噎得翻白眼，大个子笑。他不仅牙黑，而且整个脸都在变黑，像“北京人”头盖骨。

就是说，此前的一切晦涩征兆，要是同春天开始的肚子隆起、眼睛粥样相比都不算什么，可忽略不计，尽管事实上，早在他是一个废人时死亡的征兆就开始了，非常漫长。那征兆和常人也差不多，看上去和死亡没什么关系。现在不一样了，紧张的肚子，粥样眼睛，既在膨胀又在融化，所有人都看出了什么，唯有四儿并未察觉。

虽然春天就有了苗头，但盛夏三伏天一切才一览无遗。通常一把蒲扇、一条大裤衩过一个夏天，胡同的老少爷们儿大抵如此。四儿一样，大个子也一样。问题是大个子已非常不同，他应该穿点什么，盖上点什么。不。不能说大个子是成心，但和成心也差不多，终日躺在正对门靠墙的炕上，门永远开着。常有人顺手把门关上，四儿会开开，四儿不在的话大个子会艰难地下炕，移到门前把门重新开开，有时还在门口站一会儿。不是展品，是他也不在乎。当然，他没展品概念。

没什么人再到大个子屋，除了大鼻净、文庆、大烟儿一阵风进来，一阵风出去，发出夸张的尖叫。“爆炸喽，爆炸喽，爆炸喽——”跑远。发粮票的、收水费的、核户口的都到了别人家，读报学习也一样选了别家。小栾儿照例来，也不复往日荣光。流传着一种荒谬的说法，大个子的大肚子、粥样眼睛与小栾儿有关。完全是胡说迷信。

肚子的确太大了，一眼看到的不是大个子，而是肚子。肚子几乎占据了整个人，四肢和脑袋完全是两回事，与肚子好像毫无关系。上面蓝色河流，一块块岛屿，更小的密如蛛网的细流几乎透明，像蓝色的星球。四儿给大个子卷烟，大个子已接受。四儿的火柴划着之际，大个子有时会干笑，然后像火柴一样寂灭。

每次有两个医生给大个子导尿，每次都是两个女的，一个很年轻，一个白帽子下的头发花白。年轻护士居然没一点怯场，如同死人见多了一样，脱掉大个子的裤衩，摆弄生殖器，准备着器皿，毫不犹豫。生殖器像一截黑咸菜，简直不能说还是生殖器，花白头发的女大夫将管子插到黑萝卜似的尿道里，大个子竟然很敏感，异常痛苦，眼眶满是泪水。泪水比肚子还让人不解。但很快就幸福了，能看到大个子粥样眼睛迷幻的笑，一种花开般的温柔表情，透明的导尿袋黄色的液体汩汩流下。医生不会等着，不交代点什么便走了，第二天将器皿取走，包括尿袋。肚子没了的大个子一下显得那么小，孩子一样，粥样的眼睛一眨不眨，烟不抽了，那样子就好像一个人走了剩下一堆衣服。四儿不喜欢大个子一堆衣服的样子，还是喜欢山一样的大个子，布满河流和岛屿的大个子，星球一样的大个子，因为这时无论多么吃力、艰难，大个子至少肚子是有力的，人有时也显得精神矍铄。何况还能抽烟，说话虽吃力，但一旦说出就特别有力，甚至没说出来吞回去都很有力。

“探照灯好大好大，有五六个解放军一起把着，转来转去，就跟把着高射炮一样！跟电影里解放军高炮阵地一样！”四儿对着“北京人”头盖骨大声说，“头盖骨”一次次挺着星球般危险的一碰就可能爆炸的肚子起身，又一次次被星球击倒，将话咽回，粥目直瞪。

“下面有四个大胶皮轮子，旁边有一辆绿色的大卡车，你知道大卡车干吗的？大卡车是密封的，为探照灯发电的，轰轰隆隆一直响！”四儿连比带画，伤痕累累的手臂，划痕，紫约水的脸颊，伤兵一样，轻伤不下火线一样。探照灯离发电的大卡车有几米远——四儿的观察力超过了常人，至少超过一个孩子。“有那么粗的一大根电缆连接，四十三中的电不行，必须专门发电，那么大的灯射到天上太亮了，这么大的灯柱里都是蚊子，密密麻麻，密密麻麻，还有扑棱蛾子、大甲虫、牛牛，什么都能照见肯定也能照见敌机！可是，可是我还是不明白为什么到了北京才发现飞机？要是在天安门才照见不就晚了吗？天安门广场有好多礼炮，礼炮能打飞机吗？探照灯能把飞机扫下来吗？”四儿有太多的问题，太活跃的想象，“你们保密工厂是生产坦克的吗？你告诉我是不是？到底是不是？坦克能打飞机吗？不是我们的卫星上天了，卫星上要是装了机枪能打飞吗？”

“不知道！！！”大个子使尽最后的力气坐起来，定住，粥样的眼睛凸出，几乎悬空，一动不动。

四儿不知道什么是死人，继续大声问，神气活现，连比带画。脸和身上的紫药水闪着紫金，使他不像个孩子，但也不像巫、萨满，不知道像什么。大个子坐着死了，要是躺着死了兴许四儿还知道。

“探照灯照不到月亮，我看到好多次探照灯晃过月亮直冲着月亮，月亮也没亮一下……”

（原载《收获》2020年第2期）

主持人：王干

王干，文学批评家，鲁迅文学奖得主，“新写实小说”倡导者。

Wang Gan is a literary critic, winner of Lu Xun Literature Prize, and an advocate of "new realistic novel".

微小说

推荐语

微小说是随着近年来网络兴起而出现的名称，与之前的小小说、微型小说等概念是异名同体。微小说这个概念能够很快被大家接受，与微博、微信等自媒体的出现是不谋而合的。微小说的写作上承笔记体的传统，下联网络文体的新潮。本期选择的微小说作家在微小说界属于国家队员的阵容，他们的风格各异，取材不同，但都开始有了自己的辨识度。当然在这么一个空间里经营自己的个性是艰难的，螺蛳壳里做道场，他们各自的道场做得不错。

这一期里选的刘建超、秦俑、申平、安石榴、陈小莲、陈力娇、侯发山等人作品都值得一读，我重点推荐陈毓的《阿朱与阿碧》，这篇小说是写夫妻之间的感情纠葛的，如果放开来写，可以构成一个中篇的框架，但作者通过留白的方式，将婚姻、家庭诸多的矛盾和人性的弱点委婉地道出来。婚姻是围城吗？有了结婚证的阿朱、阿碧的婚姻薄如纸片，而离了婚的阿朱、阿碧却鱼水和谐，那张证有存在的必要吗？现代婚姻的脆弱因何而起？家庭的危机如何化解？都是小说里暗示出来的问题。这位作者深谙现代小说的三昧，这些问题并没有在结尾处点出来，而是通过一些细节来表现，比如喝茶、洗碗，而两个人情感的深度交锋也没有正面展现，而通过留白来让读者联想。

海明威的冰山理论，就是要让故事的八分之一露出水面，八分之七留在海平面之下，也就是作家的叙述之外。说实在的，冰山理论固然很高妙，也很受拥戴，但真正实行起来很难，长篇小说肯定不行，短篇小说也不能完全实施，倒是微小说这样狭窄的空间让作家把很多故事隐藏起来，隐藏得让那些读者能够意会、能够想象、能够猜测到，书写那些最能唤起读者想象的“八分之一”，书写那些最能代表人物个性、影响人物命运的“八分之一”，留白处就是书写最要紧处。微小说作者的功力常常在留白的地方显露出来。

【作者简介】刘建超，中国作家协会会员，洛阳市作家协会副主席。出版有小说集《永远的朋友》《遭遇男子汉》《老街汉子》《怀念一只被嘲笑的鸟》《没有年代的故事》《英雄传说》《只要朋友快乐着》等十一部。获第八届《小说选刊》年度大奖、《小小说选刊》优秀作品奖、冰心儿童图书奖等。

Liu Jianchao is a member of the Chinese Writers Association and vice chairman of Luoyang Writers Association. He has published 11 novel collections including *Eternal Friends, Encounter with manhood, Old Street Men, Missing a Mocking Bird, Stories Without Ages, Legends of Heroes* and *As long as friends are happy.* He is the winner of the 8th *Journal of Novels* Annual Award, *Journal of Short Stories* Excellent Work Award, and Bingxin Children's Book Award, etc..

灯　塔

刘建超

父亲名字叫海，名字叫海的父亲当兵前从来也没有见到过海。

给父亲起名叫海的爷爷也没有见过海。

父亲曾问过爷爷，海是什么?

爷爷指着村子里有个半亩地大池塘子，说，江河湖海都是水，这池塘就是海。去，下海耍吧。

父亲光着屁股蛋子在池塘里扑腾，那时他以为，天下有水的地方就是村里的这一块池塘子。

父亲参军，跟着部队南下。

首长问，你们谁能爬山?

父亲把手举得高高的，我从小就上山放羊砍柴，每天翻山越岭如走平地，没啥说!

首长又问，你们谁会游泳？

父亲把手举得高高的，我会。村里的海，我能一口气扑腾几个来回，没啥说！

父亲的两个没啥说，就随着部队的改编成了海军。他以为海军就是要上舰艇，开着军舰像开着坦克车。

父亲被派去学习航标灯和柴油发电机的维护和保养，他学得很快，成绩也好。学习结束，他被分配到远离大陆的小岛上，岛上只有他一个人，守着航标灯。

排长对父亲说，这个小岛上你就是岛长了，所有活着的东西都归你管。岛上活着的东西就是空中的海鸟，滩上的海龟、螃蟹。

排长说，守护好航标灯就是守护好祖国的领土。能看到航标灯的地方都归你守护，小海，你要自豪呢。

父亲很自豪。父亲每天的日子就是在小岛上巡逻，给航标灯添加柴油。父亲没有一点的失落。

日子单调枯燥，父亲却喜爱上了这个小岛。父亲说，在守岛的日子里，他真的学会了游泳，学会了钓鱼，学会了和海鸟的交流。

寂寞的时候，父亲就给母亲写信，每周来岛上送给养的船就成了他们传书的鸿雁。

父亲的书信封封都是海岛的说明书，岛的静，岛的动，岛的趣，岛的乐，没有半句岛的苦，岛的累。

他告诉母亲，坐在礁石上可以看到水中的游鱼，扎个猛子可以捞出红薯大小的海参，晚上睡觉，都会有螃蟹来敲你的柴门。

母亲被父亲的描绘迷乱了，带着红薯干炒花生到了海岛。母亲等到上岛的日子遇到了风浪，被颠簸的母亲把胆汁都吐出来了，船还是靠不了岛，就这样依稀地看到个人影在挥手。母亲没有上岛，她决定死心塌地要嫁给父亲。母亲说，那么艰苦的日子父亲都乐观地面对着，跟着这样的男人，靠得住。

排长带着送给养的几个战士，为父母亲举办了个简单又热烈的婚礼。

母亲留下和父亲相伴在孤岛上守候航标灯，两个人的世界把寂寞过成了快乐。闲暇，父亲教母亲游泳，在滩头捉螃蟹抓海参。他们把钓的鱼晾干，让给养船带回连队的炊事班。

父母最快乐的就是给未来的孩子起名字。两个人对孩子叫什么名字争执不下，父亲说，周一、三、五叫我起的名，二、四、六叫你起的名，星期天咱俩一起带出来玩。

于是经常听到父亲喊着，海星、海带和我一起出操，正步走——母亲会说，岛儿、灯儿开始做饭喽！

母亲怀上我的时候，遇到一场特大风暴。

浓雾翻滚，暴雨雷鸣，海天像倒翻过来，几十米高的巨浪一排排咆哮着疯了般拍到岛上，航标灯都被震得摇晃。父母从来没有经历过这么大的阵势，有些不知所措，偏偏柴油机发生故障。

母亲说，这么大的风浪，不会有啥船只过往的，等风浪小了再上塔修理吧。

父亲背上工具包，不能这么说。上级交给我的任务就是维护好航标灯，首长说过，岛上的灯塔是国家主权的象征，一分钟也不能灭。

父亲登塔，风浪扑得他站立不住。母亲担心，找来绳子系在父亲的腰间，另一端长缠在自己身上，两个人就这样守护在机器旁，在咆哮的海浪中坚持到天明。

父亲看着累瘫在身边的母亲，抚着她的秀发说，今天该哪个孩子陪咱出操了？

母亲抱着父亲哭了，父亲说母亲上岛就哭过那一次。

部队裁军，灯塔移交给地方管理，父亲也脱下了军装，可依然留在岛上。父亲在孤岛上守护灯塔四十年，直到退休。

父亲病重期间，我正带着舰队在波斯湾护航。

母亲说，父亲念念不忘他那个小岛。老海啊，你放心，等我俩都走了以后，让孩子给咱办个海葬，把咱俩的骨灰撒进大海，撒在你当年的海岛上，我陪着一起守护大海。父亲欣慰地笑了，伸出枯瘦的手，抹去母亲的泪痕，自己的眼角却躺下海水一样滋味的泪水。

我是舰长，每次出海执行任务，路过那座小岛，我都会行注目礼。在那座小岛上，伫立着一座无形的灯塔。

父亲给我起的名字叫洋。

我告诉父亲，我给儿子起的名字叫深蓝。

（原载《芒种》2020年1期）

【作者简介】陈毓，现居西安。供职于某媒体。著有小说、散文集《白马》《飞行器》《欢乐颂》《伊人寂寞》《嘿，我要敲你门了》《星光下，蒲团上》等十余部。

Chen Yu, currently lives in Xi'an and works for a media. He has authored novels, essays such as *White Horse, Aircraft, Ode to Joy, Lonely, Hey, I'm about to knock on your door, Under the Starlight, On the Futon* and more.

阿朱与阿碧

陈　毓

阿朱和阿碧是三年前结的婚。一年前他们离婚了。今天他们仍住在一起。

离了婚又住在一起，是什么缘故呢？没人知道。就像没人知道他们算不算唯一一对离婚后仍住在一起的人一样。

这事儿说简单也简单，说复杂吧，又不太清楚复杂在哪里。

至于离婚的起因，看起来听起来都很平淡。阿碧有天晚上回家很晚，至少是凌晨一点钟过后了吧。这其实也没啥惊讶的，阿碧又不是头回晚归。晚归几乎是阿碧婚后不久就出现的状态。最初两个人为此吵架，吵又吵不出结果，阿碧说，我又不是去外遇，阿碧的语气很委屈，表情很无辜。待得两个人平静下来，她总是能给阿朱说清晚归的那段时间里自己都在做什么、和谁在一起，阿朱一算，可不得那么长的时间，她能在这个点赶回来，已经是相当迅速了，若是他，料想是完不成的。日久，阿碧晚归几乎就成了常态。就算偶尔早回家，两个人坐在那里，却要彼此干涉，你说他的电视声音很大，那个说，你咋洗个没完，连个窗帘都要摘下来洗了又洗，又不是天天披在身上，有洗那么勤的必要吗？如此鸡毛蒜皮，却又蒜皮一地鸡毛横飞，常常就成吵架升级的导火线，把彼此指责的音量抬高、面积扩大，最后言多必失，语言锋利如参加辩论比赛的对手。很是没个意思。这样一想一比较，就觉得另一方晚归倒有点是不好中的好了。

但是这晚，阿碧进门，看见阿朱坐在沙发上，见她一进门，阿朱就关了灯，在沙发上直接睡了。阿碧站在黑暗处呆了一呆。在黑暗中脱了鞋。摸黑去了卫生间，关门。洗了。开门。进了卧室。随后卧室的门也关了。

第二天，见阿碧走出来，阿朱说，我们离婚吧。阿碧听见，仰着脸，想了一想，说，那就离吧。

这之后，阿朱三天没回家。他再回来。阿碧把一张纸放到阿朱面前的桌子上，说，你看看，要是没什么要修改的，就签个字。

阿朱看了，说，没异议。阿碧说，那去办个手续吧。

两个人查找最近的民政局。在去民政局的路上，阿碧开车，阿朱导航。

既然两个离婚当事人商量好了，文件又齐备，民政局也就是走个手续。阿朱、阿碧和民政厅的办事员，三个人的脸上几乎一样的平淡无奇。

所以，阿朱、阿碧离婚这事儿，似乎一点儿都没啥说的。

那天从民政局返回家中，阿朱说，他离开那三天已经在外面租好了房子。阿朱这会儿用一个箱子就把自己利索地从阿碧的生活中抽离出去。或者是彼此的抽离。

在下来的一个月，如果上帝去阿碧那边做客，他老人家会看见阿碧把房子收拾得那么整齐。无论白天还是夜晚，只会有一双鞋摆在门厅那里。她把房子里能够清洗的都拿去清洗，觉得自己不会用到的，都统统扔掉。两个人的屋子现在住着一个人，就连空气都清了、轻了、薄了、凉了。那感觉规整为一个字，就是静。

现在电视机挂在墙上，二十四小时都那么挂着，不会发一声响。厨房再无剩饭菜，冰箱只放了酸奶、水果、生菜。阿碧现在真就叫阿碧，她觉得自己也清了。没多少欢喜，但绝不悲苦。岁月忽忽，又过了一月。

那天早上，阿碧收到短信，是阿朱。阿朱说，要不要出来吃一顿？

这一天是阿碧的生日，尽管她没问为什么吃饭，但她知道，阿朱约她吃饭，一定是这个原因。她看了看窗外，霾万丈，让早上像黄昏。一瞬间，心里空荡荡的，嘴上已经说出，在家里吃吧。阿朱说，好，那我来，你等我。

阿朱来敲门，门开处站着阿碧。阿朱进门，看见他留在门廊处的那把钥匙还是他离开时候放下的样子，阿碧竟然没动一下。

阿碧把门开大。

阿朱的手上有蛋糕，有一束桔梗花，有一块羊肉，还有劈成块的黑鱼，藤椒的味道影影绰绰，显然是要做麻麻鱼，阿碧的嘴里立即泛起了藤椒的麻香味。

提着这些东西，阿朱直接走进厨房，才算减轻手上的负担。放下，洗手，很麻利地清理鱼。取出锅，炖了羊肉。米饭也蒸上。之后炖鱼。阿朱忙这些，阿碧跟着转来转去，无从插手，退回来，脊背碰着冰箱，打开冰箱，看见生菜，松了口气，洗菜，说，可以做个罗马生菜。

饭菜肉都好了，那一顿饭，他们吃得很愉快。还喝了酒。

一个月的素食之后，阿碧竟然觉得鱼和羊肉比以前更对自己口味，这是肉类中她唯一能接受的。她忽然想，要是阿朱不回来做这一顿饭，她是永难在家里做麻麻鱼的，因为她不会去菜市场等着人家当她面杀鱼、劈鱼。心里一时生出点惭愧意。

吃完了饭。阿碧要抢着去洗碗，阿朱说，你以前都不洗，还是我来。于是阿朱洗了碗。

那我给你泡杯茶啊，阿碧殷勤地去泡茶。阿朱说，这个你擅长，你泡。说完，两个人想起，阿朱是不爱喝茶的，他对无论啥茶，都全然无感，但今天他洗完了碗，很愉快地坐下来，喝了阿碧泡的茶。

这一夜，阿朱没走。一周过去，也没走。

现在一年过去了，阿朱和阿碧仍住在一起。

他们谁都不提离婚的事。也不说复婚。碰见婚姻两个字，会自动避开。遇见不得不说的同类事件，要先行绕道。

所以他们离婚，即是左邻右舍，都没看出来，也都不知道。没人知道他们是离过婚，又住在一起的两个人。

他们之间若不提、不偶尔想起，也似乎没这回事。反正，谁会整天去想婚姻这回事。去想离婚啊结婚啊这等事情。

（原载《香港文学》2020年3期）

【作者简介】安石榴，本名邵玫英，女，黑龙江省作家协会会员。在《北京文学》《黄河文学》《山东文学》《北方文学》等刊物发表短中篇小说若干，出版小说集五部，曾获黑龙江省文艺奖。

An Shiliu (female), whose real name is Shao Meiying, is a member of Heilongjiang Writers Association. She published several middle-length and short stories in *Beijing Literature, Yellow River Literature, Shandong Literature, Northern Literature* and other publications. She published five novel collections and won the Heilongjiang Provincial Literature and Art Award.

一封家书

安石榴

山东人老邱独自一人过活，老跑腿子嘛，住在夹皮沟有多久了？他自己都不知道。怎么知道哇？以前大清朝，后来中华民国，再后来满洲国，这么一闹腾，也就把人闹糊涂了。

老邱年轻时候闯关东，从山东一路向北，起先并未到黑龙江。他其实没有目标，走哪儿算哪儿，有什么活就干什么活。热河、内蒙古、辽宁、吉林都待过。活计呢，干得就多了去了，放猪，盖房，打围，割麦，插秧，扛大个儿……年轻，有力气，一个人吃饱了全家不饿，没有操心事。想女人了，攒几个钱去逛一次窑子。自己觉得活得也算行，挺乐呵的。

也干过后悔的事儿。比如一次受雇跟着几个贼人，蒙着面，深更半夜去打劫一大户。领头的叫门墩儿，说好的不杀人，只要钱，结果出了岔子。那户主认出了门墩儿，说：“门墩儿啊，你要是缺钱就吱一声，这是何苦？”

就这一句话，坏了，门墩儿开枪了。几个人自然知道厉害，也就跟随着开枪，把一家人全灭了。这也就罢了，家里一个还不会说话的小婴儿，惊醒了，大哭，老邱就向他开了一枪。当时没觉得咋样，后来想起来就后悔，想起来就后悔呀！那一枪不应该呀，小婴儿啥都不知道，杀他干吗呢？造孽！

老邱年轻的时候不想事儿，过一天是一天，从来没寻思学一门长久手艺，长了些岁数知道后悔了，可是啥都不赶趟了，老了嘛。等他落脚夹皮沟，已经五十来岁了，还一身病痛，干不了什么像样的活计了。好歹别人帮着，盖了一座小泥房，开了一块菜园子，种点菜，种点香瓜、苞米，勉强活着。

一个三伏天，老邱一手拄着棍子，一手提着一只柳条筐，装了几只香瓜，挪蹭着去路边的胡记杂货铺，打算换点儿咸盐。杂货铺也兼做饭铺生意，伺候来往路过的人歇脚打尖。这一天杂货铺里面坐着几个陌生人，其中有一个五十来岁的山东人，听老邱和老胡说话，那人站起身，凑过来问：

"莱阳的？"

老邱说是。两个人一聊，居然是一个村的，必然多说了几句前因后果，那人有些激动，说："俺的娘呀，你是拴柱吧？"

老邱说："你是？"

那人说："我是桩子啊。"

两个人好几十年不见了。那人就告诉他："你老娘还在呢，总是念叨你，以为你没了，天天哭呀！你咋这么多年不回家呢？"

老邱赶紧问："我娘还好吧？"

桩子说："我五年前出来的，说句不好听的话，你娘还能不能在都不知道了。"

老邱就哭了，哭得两只手捂在脸上拿不下来。这时候门外的车老板子叫着上路，桩子也无奈，必须走。桩子就说："哥，我这就回山东老家，我回去告诉你兄弟，告诉你老娘，你还活着呢。"

老邱说不出来话，就是哭，跟着桩子出来，看着他爬上大车，一会儿就跑没影了。不过，老邱听得见桩子的最后一句话，"你咋着就不回家呢？还是回去吧！”

老邱在路边呆呆地站着，站了好久，然后又开始哭，拄着棍子磕磕绊绊回自己的小泥房去了。

大概一年多吧，胡记杂货铺收到一封来自山东的信，信封上写着“烦请转交邱拴柱”。老胡就给老邱送去了。老邱并不认识字，又请老胡帮忙。老胡就给他念了一遍。这封信以老娘的口吻，开头就把老邱责骂了一顿，说，桩子回来说了你的事儿，你不孝啊，这么多年不回家，既不给家捎钱，也不捎信，真是白白生养你一回，老娘我都哭瞎了眼，哭白了头。大概是这意思，但信在结尾处，话锋一转，老娘又说，以上都是我一时的气话，你活着就好，赶紧回家来吧，老娘想你。

老胡念完信就回去了，他走的时候，老邱捧着信哭得哇哇的。

此时已经农历八月，秋风萧瑟。夹皮沟家家户户都忙着秋收，本来人家就少，白天更是不见人了，都在地里，直到傍晚的时候才见牛车吱吱呀呀回转而来，车上的人都累得瘫软在高高的豆秸垛上，或者苞米棒子上。整个秋天他们都会这样忙得抬不起头来。还有土豆白菜萝卜要收。一切都弄得妥妥的，他们才能心安理得地猫冬。

过了二十来天，老胡突然觉得有点儿事儿，啥事儿呢？又想不起来，他在杂货店里转圈圈，转了几圈，“嗷”的一声，出门直奔老邱的小泥房子。他往老邱的菜园子里一瞧，就有一种不祥的预感，只见园子里的茄子秧、辣椒秧、倭瓜秧和其他菜秧子，被秋霜打得蔫在地里，没人管，看起来一片狼藉。院子里也落叶满地，没人打扫。老胡开门一看，老邱吊在大梁上，已经僵硬了。

老胡找人把老邱解下来，弄了一副薄棺，葬了。这些都办妥了，老胡想起那封信来，寻思着，应该给老邱的老家写封信，告诉一声，不然老邱的老娘又是日日夜夜盼望着，多么心焦呢。老胡就再次去老邱的小泥房，打算找到信皮，抄下地址。可是里里外外找遍了，怎么也没有找到。

（原载《芒种》2020 年第 4 期）

【作者简介】秦俑，1978年出生于湖南涟源，《小小说选刊》主编，出版有小小说集《纪念日》《被风吹走的夏天》等，主编有《中国当代小小说大系》《新中国60年文学大系·小小说精选》《中国小小说金麻雀获奖作家文丛》等。

Qin Yong was born in Lianyuan, Hunan in 1978, and he is the editor-in-chief of *Journal of Short Stories*. He published a collection of short stories *Memorial Day* and *Summer Blowed away by the Wind*, etc..He is also the editor-in-chief of *Chinese Contemporary Short Stories, China 60 Years of Literary Department · Collection of Short Stories, Chinese Short Stories Golden Sparrow Award-Winning Writers Collection*, etc..

如果猫会数数

秦　俑

寒假回家，刚放下碗筷，冬生就到大伯家去看望祖母。

几月不见，老人家自然欢喜得不得了。冬生嘘寒问暖一番，讲起他在奥运会做志愿者的事，眼见祖母身形消瘦，说话都没了力气，便退了出来。

出到外头，大伯叹了口气，说:“不中用了，时好时坏的，净讲些胡话。”

冬生鼻子一酸，正想说点儿什么，只听到豆子在一边喊:“爷爷，小叔，猫咪快生宝宝了。”豆子是堂兄春生家的孩子，刚满六岁。

冬日的阳光懒懒地爬到了北墙根。冬生走过去，看到一只黑猫卧在草堆里，身体有些臃肿，一副似睡非睡的模样。

豆子伸手过去，“喵”的一声，猫警觉地缩起身子。

“外头冷，进屋去。”大伯过来拉起豆子，转头对冬生说：“回吧，得空多来瞧你奶。”

过了几日，冬生娘炖了鸡汤，叫冬生盛一碗端过去。

祖母精神头儿还是不好，喝了几口汤，顾自讲起胡话来：“地震了，要地震了……”

冬生说：“地震都过去大半年了，咱这地方，不会有地震。”

“地都裂开了，该有多少人遭罪啊……”

“是老鼠精，老鼠精又出来害人了……”

“告诉你爹……多囤点儿粮食……”

这样子，多半是难得大好了。冬生轻轻地摩挲着祖母的手背，嘴里念叨着“没事没事”。脑海里回想起小时候夜半惊梦，祖母也是这般安抚他的。

祖母慢慢平静下来，屋子外头传来几声清晰的猫叫声。

“怕是要下雪了，”祖母说，“你去将猫窝挪到屋里头。”

“猫穿着大毛袄子，不怕冷。”

“想来是怀上崽了，猫崽子怕冷呢。”

“那我去了。”冬生给祖母掖了掖被角，起身出去找豆子挪猫窝。猫似乎并不领情，叫唤着走开了。

又过了几日，祖母被送到医院，隔两日又接了回来。一家人都揪着心，掰着指头数日子，生怕她熬不过这个年。

小年那天，大伯传话过来，说老人家怕是不中了。

二伯、冬生爹和冬生先赶过去，在堂屋摊了厚厚的稻草，上面置一床竹席，铺上新毯子和毛巾被。媳妇们给老人家擦净身子，换上之前偷偷备好的素服，再将人抬到竹席上。

一时半刻，春生和春生媳妇赶了回来，大姑一家也相继到了。堂屋里挤满了人，儿孙们依次过来告别，老人家知道自己大限将至，竟比平时清醒许多。

“娘，这是你老憨子（小儿子）。”大伯指着冬生爹说。

老人家点了点头。

“这是你幺孙冬生，你没少疼他，如今也出息了。”

老人家又点了点头……

“娘，可想吃点儿啥？还有啥放心不下的？”大姑向前问道。

老人家动动嘴，似乎有话要说。

大姑将耳朵凑过去，听到老人家吐出来三个字——“你爹呢”，顿时红了眼圈，跪到地上，带着哭腔说：“娘呃，你是不是糊涂了？俺爹早没了，都走了四十多年哩！”

老人家脸色暗淡下来，一口气始终提着，一时好一时坏的，一时又说想喝水。

冬生忙去倒了一杯半温的水来。

喝了水，老人家像是精神好转，四下看了看，问：“怎么没见老四和老五？”

“老幺我就在跟前哩，咱就四姊妹，哪来的老五？”冬生爹哽咽着说。

见娘亲这么问，大伯、二伯和大姑也都抹起泪来。

大伯是家里掌事的，将兄妹几个叫到里屋，一商量，老娘苦了大半辈子，临走还惦记着早逝的男人孩子，可不能叫她走得不舒坦，便叫春生冬生装两个叔伯。

春生和冬生依言过去，大伯说：“娘，老四和老五回来看你了。”

春生和冬生叫一声“娘”，老人家激动起来：“一家子总算齐了。”顿了顿，又打起精神问，“俺娘家没派人来？”

大姑忙戳自己儿子后背：“娘，这是俺舅家孩子，快叫姑姑。”

大姑家的表兄本就机灵，赶紧上前叫了一声“姑姑”。

老人家沉默好一阵，说：“你们哄俺，俺娘家人讲的是阜阳话……”

大姑再也忍不住了，眼泪嗒吧嗒吧往下掉，嘴里像是念着词儿：“俺苦命的娘呃……那年闹饥荒，你阜阳的家人都没熬过来，还带走了爹爹和俩弟弟……他们可都在下边等着咱呢……”

老人家没再说话，眼睛睁着，一行泪顺着眼角直往下淌。大伯后来说：“咱娘快三十年没哭过了，这一行眼泪流完，她这辈子的苦才算是受完了。”

一家人正伤感，豆子忽然在外头放声大哭。媳妇们忙过去看，原来是家里的猫在北墙根生了崽，生六只死了俩。豆子看到，又是害怕，又是伤心。

大伯母抱起豆子，唬道：“快别哭了，再哭，狼把子来背人了。”

“我不要小猫咪死……猫妈妈会难过的……”豆子还是哭着，说不出个囫囵话来。

“傻孩子，猫又不会数数，怎么知道难过？”春生媳妇也过去帮忙哄。

过了好大一会儿，外头安静下来，屋里传出大姑一声长长的哀号：“俺的个苦命的娘呃——”

哭声很快便淹没了这个黄昏。

窗外，那场憋了一冬天的雪，也不知道什么时候纷纷扬扬地下了起来。

后记：很多年后的一个早春，冬生家豢养的狸花猫生了三只猫崽，有两只刚出生便夭亡了，女儿特别伤心，妈妈在一边安慰孩子：“别难过了，猫又不会数数，它不知道自己有几个孩子呢。”

那时冬生正窝在沙发里刷微博，刚好看到一则新闻：武汉封城导致大量猫狗滞留家中，志愿者伸出援手……他听到母女俩的对话，觉得似乎在哪里听到过的，又恍惚了好大一会儿，才想起多年前的那个冬天，那只黑色的猫，还有它刚出生的四个儿女，不知道它们后来怎么样了。

（原载《山西文学》2020 年第 6 期）

【作者简介】陈力娇，曾就读于鲁迅文学院和复旦大学中文系。黑龙江省作家协会签约作家，黑龙江省作家协会主席团委员。在《清明》《北京文学》等全国文学期刊发表作品三百余万字。已出版长篇小说《红灯笼》、中短篇小说集十余部，荣获第七、八、九届黑龙江省文艺奖，全国第五届小小说金麻雀奖，《飞天》第二届十年文学奖。

Chen Lijiao once studied at the Lu Xun College of Literature and the Chinese Department of Fudan University. She is a contracted writer of Heilongjiang Writers Association and Presidium of Heilongjiang Writers Association. She has published more than 3 million Chinese characters in national literary journals such as *Qingming* and *Beijing Literature*. she has published a novel *Red Lanterns* and more than ten anthologies of medium-length novels and short stories, and won the Seventh, Eighth, and Ninth Heilongjiang Provincial Arts Awards, The Fifth Golden Sparrow Award for Short Stories, and *Fei Tian* Second Decade Literary Award.

品　性

陈力娇

都被送这儿来了，这里叫难民营。孩子的目光在每个人的脸上巡觑，最后像蔫了的打碗碗花耷拉下去。

自父母随关东军回日本，孩子就一个人流落街头。那天他去大罗密山里挖人参，父母等不及，就跳上关东军的卡车，狠心地离去。中国的东仔告诉他，他的妈妈是想把他带走的，硬是让他爸爸给拽上了车。

孩子在街头流浪，无食无水，到了第三天，终于饿晕了，躺倒在路边。一位中国的老爷爷，花白着胡子，把他送进了难民营。

难民营是一幢空房子，五六间，没有隔墙，没有床铺，地上铺着一层稻草。所有人，不管男女，都睡在稻草上。好在男的没多少，男的都征兵去了南方战场，或是中苏边境，来这里的多是妇女儿童。年纪大的男性老人也有，但都走不动路了，去葫芦岛集结是没希望了，回日本更是没希望了。

宫本在难民营是年龄最大的男孩子，十八岁，征兵时他父亲是开拓团团长，瞒了岁数，混过去了，这会儿他自动当起了难民营的头儿。这是有所图的，因为他和其他难民一样，缺吃的。难民营里的饭菜他一点都吃不下，在开拓团时他们家每顿都有肉。现在宫本馋得胃里像活了千百条虫子。

宫本在选人，选能给他弄吃喝的人。

在开拓团里孩子是认识宫本的，一到秋收的时候，孩子的妈妈就给宫本家送粮食，他们家的谷仓比柴垛还高。

孩子躲避着宫本的目光，把脸埋在双膝间，却被宫本像拎小鸡一样拎到地中间。踢上一脚后，宫本说，今天你出去，三小时内给我弄回一根香肠和一个面包。如果弄不回来，我就把和你坐一排的难民逐个杀掉；如果你中途逃跑了，我就把整个屋子里的人全部炸死。宫本拍着腰间挂着的手雷。

孩子瑟瑟地从地上爬起，爬到了墙根处，从墙洞钻了出去。

大街上到处都是中国人，往日关东军扛枪巡街的影子一点不见了。孩子左顾右盼，不知到哪儿能弄到香肠和面包。面包店倒不少，每条街上都有，可孩子没有钱，没法搞到这两样吃的。

孩子在街上游荡，挨个面包店搜寻，一小时后，才见一个和他一般大的小女孩走进了面包店。不一会儿她就一手拿着面包，一手拿着香肠，从面包店里走了出来。小女孩十二三岁，是个中国孩子，而且是个有家的中国孩子。因为她手里的珍贵的东西，她根本没有吃，她在急匆匆往家赶路。

孩子不想放弃这次机会，孩子尾随着她跟了上去。

女孩的家就在附近，他只跟了五分钟她就到家了。孩子见她马上就要消失在眼前的破房子里，就紧跑几步截住了她。孩子用中国话说，我想要你的面包。孩子说完脸就红了，眼泪涌了出来。

小女孩把面包和香肠背到身后，在一点点往院子里挪，她决不允许这来之不易的两样宝贝落在别人手里。上午她的妈妈和面包房老板谈好了，把小女孩典给他，典金是一个面包和一根香肠。因为她的爷爷快死了，死前特别想要吃一口香肠和面包。

小鬼子在东北统治十四年，爷爷有十四年没有吃到香肠和面包了。

老板是俄罗斯人，老板不缺这两样东西，他只缺人手，小女孩刚好到了能干活的年龄。

眼看着要到手的面包和香肠要飞走，孩子想抢，就在这时，女孩的妈妈透过窗子向他们招手。女孩的妈妈在给爷爷吸痰，撒不开手，就招手让他们进来。

女孩说，我妈妈在叫我，也在叫你。

孩子想了想和女孩一起走进了院子。

到了屋里，女孩爷爷的痰已经吸了出来，又能匀称地喘气了。女孩的妈妈一边洗手一边问孩子，你是日本人？为什么不回国？

孩子说，回不去了，没有车可坐，只能待在难民营。

女孩的妈妈又问孩子，你饿了？想吃面包？

孩子回答，不是我想吃，是宫本想吃，我在三小时内不给他弄回面包和香肠，他就会杀死整个难民营的人。

女孩的妈妈又问，难民营不都是你们日本人吗，为什么要杀自己人？

孩子回答，宫本不管是不是自己人，他就管他自己的肚子饿不饿。

女孩的妈妈接过女孩手里的面包，想喂给女孩的爷爷，刚要掰，忽然停下来，她对孩子说，我想给老爷爷吃一口，余下的你拿回去，宫本会不会因为少了一块而疑心是你吃了？

孩子回答，会的，他会打我，会把我打死，小百合就是被他打死的。

女孩的妈妈听到这，用纸把面包和香肠包好，递给孩子，说，你给宫本拿回去吧，好好活着，争取回日本。告诉你的爸爸妈妈，不论什么时候都要待在自己的国家，别人的国家再好，也是别人的。

孩子点头，接过面包和香肠，给女孩的妈妈三鞠躬，泪眼婆娑地走了。

他走后，小女孩问妈妈，爷爷怎么办？不给爷爷吃了吗？

女孩子的妈妈什么也没说，她去给公爹洗脸穿衣，以防他哪一时离世。她伏在奄奄一息的女孩的爷爷耳边说，爷，放心走吧，你救了好几百条人命，值了。

（原载《小说月刊》2020年1期）

【作者简介】陈小莲，女，海南人，先后有作品发表在《故事会》《小小说选刊》《百花园》《小说月刊》等。

Chen Xiaolian (female) is from Hainan, and she has published works in *Story China, Journal of Short Stories, Bai Hua Yuan, Novel Monthly*, etc..

转　机

陈小莲

他到了一个边远的地方，又乏又渴，犹豫了下，抬脚进了小巷尽头的茶馆。

先生，您喝哪种茶？穿着民国服饰的女子递上茶单，我们这产紫砂壶有几千年历史了，泡出来的茶跟别处不一样的，保持了茶的原汁原味。

他迟疑了一下，接过茶单，选了一款价格最便宜的，就这个吧。

不一会儿，茶送上来了。在茶的茵熏香气中，他不禁眼圈泛红，强抑着即将滑落的泪珠，把头扭向窗外，迅速抬手在脸上抹了抹。

先生，茶的味道如何？女子不知何时站在了他身边。

还……还好吧。他没有抬头。

女子给续了茶，把茶壶往他眼前一放，就退到了边上。刚回头对女子说了声谢谢，目光却被桌上的茶壶绊住了，慢慢地伸出一只手，用拇指来回揉搓着壶身上的荷花，一个人影在脑海里越走越近。

先生，这是把青荷紫砂壶，做工精美，价格还不贵，您如果喜欢，不妨带一把回去。女子说。

他摸摸身上，我……没有带太多的钱。

真的不贵的，我可以跟老板申请再给您点折扣。女子说完就要走，被他叫住了。他掏出几张大钞交给女子，双手捧着茶壶离开了，像得了一个宝贝一样。

晚上，他抚摸着壶上的荷花，想起了青荷和他们那段美好的岁月。他们是大学同学，毕业后双双回到老家，他在外企有一份光鲜的工作，一份不错的收入，青荷是一名教师，秀外慧中，周围的人都说他们是天作之合。如果不是他犯浑，他们的生活应该像身边多数人一样，顺顺当当的。如果不是阿丽的出现，他也不会沦落至此。那帮人真是无所不能，现在同事、家人、朋友应该都收到催债公司的短信了吧，都知道他犯下的事了吧？青荷是不是心脏病又犯了，年迈的父母有没有被气晕倒？儿子是不是被同学嘲笑？姐姐会不会被他骗了一笔钱恼羞成怒？

在胡思乱想中，他昏沉沉地搂着茶壶睡着了。半夜，他被一阵急促的铃声惊醒，一激灵起身去摸手机，“啪”的一声脆响，他才想起是做梦，从出逃至今，他就没有开过机。他赶紧打开灯，发现紫砂壶的壶盖不见了。他跳下床，光着脚就在屋里四处寻找，竟是遍寻不见，见鬼了。看着没有壶盖的紫砂壶，想着被自己打翻的人生，恼怒之下，他抓起壶扔出了窗外。壶盖都没了，留着紫砂壶有何用？自己已经把一手好牌打烂了，还能从头再来吗？

他重新把自己放倒在床上，却怎么都睡不着，脑子像过电影一样，把自己不长的一生过了一遍，越想越觉得愧对家人。在阿丽的花言巧语下，他用自己的名字帮她借了十几万高利贷，现在像滚雪球一样越滚越大，已经是他和家人一辈子都还不起的天文数字了。单位是不能回了，家也不能待了，只能用命去偿还了，只要他死了，他背负的债务也就跟着他去了。他死了倒没有什么，只是便宜了阿丽，可是，这都是他自作自受。他最对不起最放心不下的是青荷、父母和年仅六岁的儿子。可是，如果他不去死，他们就会跟着他受累，可能一辈子都不得安宁。他咬着被子放声大哭，很久才沉沉睡去。

早上他被院子里阵阵的鸟鸣和说话声吵醒，才发现天已经大亮了。

他翻身起床穿鞋，脚底却被什么咯了一下，低头一看，竟是昨晚丢失的壶盖。真是见鬼了，一股无名火上来，他恨恨地把壶盖摔得粉碎，壶身已经扔掉了，留着它还有啥用。

他把自己梳洗一新，心想该上路了。走到院里，看到房东太太和一群住客站在一棵树下指指点点的。他朝树上看了看，并没有发现什么，但是几个人还围在树下没有散去，抬头一个劲往上看。他路过时不禁放慢了脚步，顺着房东太太的手指往上看，赫然发现一把茶壶挂在树枝上，一朵荷花被穿过树缝的阳光照射出青幽幽的光。那是他昨晚扔出窗外的茶壶，它完好无损。

他呆呆地望着，陷入了沉思。

或许事情没有想象的那么糟糕。

他决定今天就回家去。

（原载《椰城》2020 年第 4 期）

【作者简介】申平，中国作家协会会员，国家一级作家，广东省和惠州市小小说学会会长，发表各类作品四百多万字，出版中短篇小说集和小小说作品集十九部，小小说作品曾获金麻雀奖、《小说选刊》最受读者欢迎作品奖等文学奖项，小小说作品集《母亲的守望》曾获冰心儿童图书奖。

Shen Ping, a member of the Chinese Writers Association, national first-class writer, president of Novelette Society of Guangdong and Huizhou. He has published over 4 million Chinese characters in various works, and 19 anthologies of medium-length novels and short stories collections. His novelettes have won the Golden Sparrow Award, *Journal of Short Stories* Most Popular Award and other awards, and his novelette collection *Mother's Watch* won the Bingxin Children's Book Award.

怀念狼

申　平

郎教授开着车，终于在草原上找到了传说中的野狼谷。

他先是看见了山嘴的那几间空房子，随后又看见了一些零星的木桩和片段铁丝网，再走近，他感觉这座山谷和丛林，透着一股杀气。郎教授一直把车开到空房子跟前，下了车，又朝山谷里看了半天，然后他说：野狼兄弟们，我来看你们了。

听说这里过去是一个旅游景点，热闹非凡。“野狼谷”就是那时候取的名字。山谷里面养着多只野狼供人观赏。可是有一天野狼造反，冲出铁丝网逃入山林，从此这里就成了真正意义上的野狼谷。大白天的，一般人也不敢轻易到这里来。

但是郎教授不怕。郎教授现在找的就是野狼。要知道，他可是研究野狼的专家，是“狼文化”的倡导者，说白了就是个“吃狼饭”的人。

只要你在百度上输入郎教授的大名，你就可以看到他的著作以及他到处去宣讲狼文化的身影。

现在，郎教授开始从车上往下拿东西。他选了一个单间，把吃的喝的、铺的盖的都拿了进去。还不错，这个单间居然还有门窗，里面还有一张床架子。他又去找来几块木板搭上去，竟然可以睡人了。然后他又把损坏的门窗修理加固了一下，满意地笑了。他要在这个地方待上几天，他此行的目的就是要与野狼亲密接触。

郎教授姓郎，从小喜欢狼，长大后研究狼，但是直到现在，他还没有亲自见过野狼。他生活在大都市里，只是在动物园里见过关在笼子里的狼。有一年，听说城郊打死了一只野狼，他赶去察看，却发现那不过是一只哈士奇——那种长得像狼的狗狗。他以前也曾到草原寻狼，但是草原上已经很难见到狼的踪影。后来他终于听说了野狼谷，但是当他赶来，还是晚了。不过还好，野狼毕竟没有走远……

第一天晚上，郎教授亲自听到了野狼的嚎叫声，而且好像就在附近。郎教授不但不怕，反而很兴奋，爬起来到外面去用手电四下照射。早上起来，他简单吃了点东西，就挎起相机，手拿一根拐杖，进山去找狼。

山谷间，长满了以桦树为主的各种树木，深秋时节，金黄的树叶与白白的树干相映成趣。有风吹过，树叶飘零，簌簌有声，这使得整个山谷显得更加沉寂和荒凉。郎教授走进树林，他感觉那股杀气更重了。果然，他很快就发现了狼的足迹，发现了带有动物毛的野狼粪便。郎教授打开相机，咔咔一顿猛拍。

越往山里走，他感觉杀气越重。第六感官告诉他，他已经被跟踪了。看看四周，却什么都没有，只是头皮一阵阵发麻。不过郎教授却喜欢这种感觉。他知道，他离野狼越来越近了。他开始高声喊叫，又学狼嚎，爬上山顶四下观看，就像个疯子一样。

当天下午，他在临时宿舍里睡了一觉起来，听见外面有动静。他打开门往外一看，不由惊呆了：但见夕阳之下，房前屋后，还有他的车顶上，竟然蹲伏着十几只野狼。

啊！狼，他日夜怀念的野狼，就这么猝不及防地出现在他的眼前！

不知道为什么，他的第一反应竟然是关门顶门，然后心儿就开始狂跳，喘气就开始粗重。过了一会儿，听听外面没有动静，他小心翼翼趴门缝往外看，发现狼群依然在那里没动。只有一只黑狼，人一样立着，趴在窗上往屋里看，黑狼看来是只头狼。

现在，他必须考虑怎样与野狼兄弟们见面了。日思夜想的时刻到了，你这个姓郎又吃狼饭的著名教授，总不能上演叶公好龙的把戏吧。郎教授手抚胸口镇定了一会儿，他忽然想起自己带的香肠火腿，就去拿出一些，轻轻打开门，丢了出去。

群狼轰地乱了一下，开始嗅着地上的香肠火腿，但是它们不敢吃，直到黑狼上前鉴定了一番，叼起一根最大的火腿走到一边，群狼才开始疯狂抢食，不断发出像狗一样的咆哮声。乘着这个工夫，郎教授端起相机，咔咔咔又是一阵猛拍。

群狼很快吃完了，一起抬头看着郎教授，眼神瞬间就充满了杀气。郎教授大着胆子向它们挥了挥手，刚想说句大家好，没想到他的这个动作却引得群狼作势攻击。那只黑狼更是厉声咆哮，一下子猛扑过来。要不是郎教授急速一躲，他险些就被扑倒。吓得郎教授急忙退回屋子，把门关死。原来它们竟然这么不识好歹呀！郎教授感到很震惊，很伤心、很委屈。他开始在屋里转圈子，一时不知该怎么办好。后来他忽然意识到，完了，我这不是被野狼包围了吗？看来是有危险了！等下天黑就更麻烦了。他急忙掏出手机，准备打110求救。可是老天爷，他的手机竟然没电了，而充电器却在外面车上。

屋外，野狼开始挠门扒窗了，咆哮的声音不存在半点友好。郎教授的冷汗唰地就下来了。他无论如何都预料不到，他与野狼的亲密接触竟会是这样的结局：

结局一：郎教授为了自救，不断把火腿香肠和面包扔出去。很快丢完了，可是野狼仍然不走。夜里，群狼攻破门窗，残忍地把郎教授吃掉了，这成为轰动一时的新闻。

结局二：在最后时刻，郎教授手拿一本他的著作《狼文化探秘》，突然开门，大义凛然地走出去。面对野狼，他挥舞着手里的书大声说道，你们都给我听好了，我可是为你们著书立说的人，是在人类世界为你们说好话的人。这书就是证据！我是你们的好朋友啊，请你们不要伤害我！群狼不知道是被他的气势吓住了，还是听懂了他的话，抑或是也吃得差不多了，反正就眼睁睁地看着他上车走了。

结局三：有人路过这里，他们发现了被狼围困的郎教授，把他给救了。

还会有什么样的结局呢？

（原载《芒种》2020年第6期）

【作者简介】徐东，男，山东郓城人，现居深圳。一级作家。出版有小说集《欧珠的远方》《藏·世界》《想象的西藏》《大地上通过的火车》《新生活》《有个叫颜色的人是上帝》，长篇小说《变虎记》《我们》《旧爱与回忆》《欢乐颂》等。

Xu Dong (male) is from Yuncheng, Shandong, currently living in Shenzhen. As a First-class writer, he has published several novel collections including *Ou Zhu de Yuan Fang, Tibet-The World, Imagined Tibet, Train Passing on the Earth, New Life, There is a Man Who Calls Color is God*, and the novels *Bian Hu Ji, We, Old Love and Memories, Ode to Joy*, etc..

请让我再想一想

徐　东

从西安到北京，从北京到南京，从南京又到深圳，二十年来我去过很多个城市，做过很多种工作。在这个过程中，我也曾和不少女人恋爱过，每一次也都称得上真心实意，倾情投入，可是最终都没有修成正果。分手的原因我也说不大清楚，大约是因为穷。

并不见得每个女人都那么嫌贫爱富，有的女孩家境相当不错，自己赚得也不少，根本不用考虑我的收入问题，可最终还是与我分手了。后来我想到，分手可能是因为我把大量的时间和精力交给了写作，不能够更好地陪伴别人。我想到卡夫卡三次订婚三次退婚，想到萨特和波伏娃互为情人一生未婚，认为一位真正把写作当成事业、当成生命的人或许是不应该去结婚的，因为婚姻就意味着责任和义务。我从结婚生了孩子的朋友那儿知道，自己不适合结婚，更不适合要孩子，可就在我决心单身过一辈子的时候，最初的恋人小丽和我联系上了。

小丽在电话里说，她要养着我写作。想到稿费总是让我入不敷出，而工作又让我不胜其烦，父母年纪越来越大，在城市里还没有自己的车子和房子，我有些动心了。

我问小丽，你现在是个什么情况啊？

小丽说，我半年前离了婚，分得了一笔财产，唯一的孩子也上了大学，基本上不用我操心了，可以说，我现在完全自由了。

我试探性地问，都这么多年了，你的心里真的还有我吗？

小丽在电话那头伤心地哭了起来，哭了一会儿说，如果心里没有你，我会给你打这个电话吗？

小丽是我的大学同学，也是我的初恋，我的心里一直忘不了她，但一想到当年她为了一个家里非常有钱的男人放弃了我，我心里还是隐隐地有些难过。

我对小丽说，你有什么打算？

小丽说，我想换个生活环境，不想在西安待了。我去深圳找你吧，到时你陪我看看房子，我想在靠近大海的地方买一套大大的房子。

我说，你知道深圳的房子有多贵吗？尤其是海边的房子，听说每一平方米差不多得有十多万了！

小丽说，现在钱对于我来说还真不是个事，我可以来找你吗？

我沉默了一会儿说，请让我再想一想！

小丽说，你还想什么呢？我知道自己结过婚，还有了一个长大了的孩子，配不上你了。可是我也清楚，你是一个清贫的作家，把写作当成生命，而且不想再和谁结婚了——我像二十年前那样和你在一起，做你的情人还不行吗？

我说，你那么有钱，又何必委屈自己，离了婚你还是可以找啊！

小丽说，是啊，我是可以，但我总觉得欠了你什么，我想弥补，不行吗？

我说，谢谢你这么说，真的不用了。

小丽说，就让我们再见个面吧。这么多年来我一直关注你写的文章，比你能想象的还要理解你，你的精神世界。我知道你身上有金钱买不了的东西，而且知道你的心里还有我。你需要我，一位像我一样的女人。

我说，请让我再想一想！

小丽说，别想了，有很多事情经不起细想，你越想离幸福和快乐就越远。我知道这二十年来你和不少女人恋爱过，我真的不在乎，我甚至认为她们都在代替我来爱你、陪伴你。

我心里不由一动，感叹地说，小丽，真没有想到你会这样想……

小丽说，我是真心爱你的，心里一直在爱你。我后悔离开了你，但也没有资格后悔，因为当时我的家庭、我的父母兄妹需要我嫁一个有钱人。

我说，我理解，真的理解你当时的选择。再说当时我也没有娶你的钱，给不了你好日子，我们结婚在一起的话，说不定现在也早离了。

小丽说，是啊，也许会那样。可现在不一样了，我有了这一辈子用不完的钱，我可以养着你写作，再也不用让你为钱的事发愁了。你还记得吗？当初我们一起去一个地方，身上只余下够一个人坐车的钱了，你让我坐了车，自己却一步步走了回来。

我说，我记得，我永远都记得，你当时上车后头也没有回！

小丽说，你是生我的气了吗？我告诉你吧，我上车之后就哭了，坐在车上埋头哭了，怕人看见。你知道我心里有多难过吗？我本来想陪着和你一起走回去，可我穿着你为我买的那双便宜的高跟鞋，磨破了脚，每走一步都像针扎一样痛。

我说，哦，原来是这样啊，你为什么不告诉我呢？

小丽说，告诉了你又能怎么样呢，你有钱再给我买一双新鞋吗？

我说，对不起，真的，我当时就不配和你谈恋爱。

小丽说，我已经买了飞往深圳的机票，你可以和我见上一面吗？

我犹豫着说，请让我再想一想！

小丽说，既然我们心里还有对方，而且有了我你再也不用为钱的事发愁，可以潜力创作了，你还想什么呢？

我仍然坚持着说，请让我再想一想。

（原载《草原》2020年第1期）

【作者简介】侯发山，在《北京文学》《小说界》《山花》等一百多家刊物发表小说、散文上千篇，有二百余篇被《小说选刊》《读者》《特别关注》《意林》等刊物转载。著有小说集十七部，部分作品被译介到海外，有六部作品搬上荧屏。

Hou Fashan has published thousands of novels and essays in more than one hundred publications such as *Beijing Literature, Fiction World* and *Shan Hua*, and more than 200 articles were selected and reprinted by *Journal of Novel, Reader's Digest, Special Concern*, and *Yi Lin*, etc.. He has 17 novel collections, some of which have been translated and introduced overseas, and six of which have appeared on the screen.

正月十五雪打灯

侯发山

真应了那句“八月十五云遮月，正月十五雪打灯”。这不，鼠年的元宵节就来了一场大雪，从早起鸡叫三遍开始，下了整整一天，到傍晚还没有停歇的意思。窗外，雪花纷纷扬扬，铺天盖地，天地间早已是白茫茫一片。煮熟的元宵都凉透了，老叶还没回来。打他电话一直是忙音。这么大的雪他会去哪里呢？慧芳在客厅里扭来转去，电视哇哇地响着，也没心思看。

春节到现在，老叶的脚就没沾过家，整天忙。她从电视上知道现在疫情严重，从城市到乡村，从国家领导到普通老百姓，都在为这个事操心。按照老叶的说法，她慧芳宅在家里，啥事不干，就是对疫情做贡献了，就是国家的功臣。可是，每天猪一样的日子，吃吃，睡睡，看看电视，玩玩手机，大门不出，二门不迈，儿子媳妇在县城没回来，老叶不在家，连个说话的人都没有，真受不了。她也知道，老叶是村支书，大事小情都得管，消杀灭毒，广播宣传，排查登记……除了放屁不管，老百姓屙屎撒尿都得管，去年的改厕不就是证明吗。但是，但是，老叶五十刚出头，小白脸，明星似的，有一次两个人结伴出门，别人以为是她弟弟呢，他还是“一村之主”，即便他没有想法，难保有些小媳妇不动心……村里的秘书建军，有一次曾嬉皮笑脸地对她说：“嫂子，叶支书可真能干，大家都说他肥了别人家的田，荒了自己家的地。”当时，慧芳没有多想，以为老叶只顾忙村里和老百姓的事，自己家里油瓶倒了都不扶。这时候想想，可能另有深意，慧芳坐不住了。

眼下是节日期间，外地打工的都回窝了，那些留守女人不再孤单，老叶没有机会关怀。村里的会计小青，三十多岁，长得漂亮，能说会道，两个人在一起工作，难道没有个三长两短？就这个疑问，慧芳曾经明察暗访了多次，结果一点蛛丝马迹也没有。但是，这个问号一直存在慧芳的心里，现在，又像个葫芦似的漂浮上来。慧芳拿出手机，刚拨了小青的号码，又觉不妥，便把电话先打给保民，保民是副支书，看看他在哪里。保民在电话里气喘吁吁地说：“慧芳弟妹啊，我在给柱爷送菜呢，还有福奶、全叔家，他们两家送完就没事了。”

柱爷、福奶、全叔，他们几家的孩子和媳妇都在武汉打工，过年没回来，参加了火神山医院的建设。即便平时，村里也要安排人给他们送菜。放下电话，慧芳想了想，电话打给建军。建军说：“嫂子，啥事？”慧芳说：“你们没在村里开会吧？”建军说：“嫂子，忙得放个屁都顾不上，开啥会呢！”慧芳说：“你在家？”建军说：“嫂子，只有你有这福气。我来县城采购口罩、消毒液了，没有车，走到半路了。咋？心疼兄弟了，来接接？”“接你个头。”慧芳挂了电话。

慧芳又想起建军那句话，不再犹豫，给小青微信视频。小青立马接了，是在村委会，现场没有第二个人。慧芳心里松了一口气。小青摘掉口罩，说：“嫂子，我在整理防疫顺口溜呢，你听听，看合适不：防疫到了关键期，老少爷们要上心。守护小家为大家，冠状病毒不可怕。少出门，拒聚会，人多地方不能去。勤洗手，用香皂，反复冲洗二十秒。出门时，戴口罩，您可千万要记牢。增加营养多锻炼，病毒都得远离咱……”

“好，好，好！”慧芳一连说了几个好。是真的好，她并没违心说。

老叶会去哪里呢？慧芳给他微信视频，他拒接了，再打，还是拒接。她发到第五次请求的时候，老叶终于接了。

慧芳看到：荒郊野外，漫天飞舞的雪花，一盏昏黄的白炽灯下，一张桌子，老叶的头上、身上披着一层厚厚的雪花，眼前的桌子上放着一个泡面桶。

慧芳看出来了，这是村口设立的检查点。她又疼又恨地说：“你个死人，连自己都不知道心疼，咋不冻死你呢？看你今晚回来我咋收拾你……”话没说完，眼里的泪已经夺眶而出。

老叶狡黠一笑：“我今晚不回去了。”

“别啃方便面了，我等下给你送‘草料’。”慧芳挂断微信，特意煮了饺子，然后卷上大衣和被子，决定晚上陪老叶值班，也浪漫一回。

（原载《金山》2020 年第 3 期）

主持人：古耜

古耜，文学批评家、散文家。

Gu Si, literary critic and essayist.

散文

推荐语

自然和童年是张炜文学世界的两种重要元素，二者的变幻性交集与创新性融合，是他文学创作的稳定向度之一。其新著《我的原野盛宴》将这两种元素再次嫁接与搅拌，构成一个单纯而丰富、澄澈且悠远的文学世界。本选本从书中选取两个片段，一写大海平静中的力量；二写童心“羞涩”里的真诚，均让人浮想联翩，味之无穷。

蒋蓝是新世纪以来创作勤奋而又成就卓著的散文随笔作家。其新作《摩托叙事》从作家钟爱的摩托车落笔，乍看似乎只是讲述“我”的带有传奇色彩的城市故事。细读即可发现，这故事的情节和细节里，竟然蛰伏了社会的变化和时代的跫音。再往深处体味，我们最终同作家的精神思考和生命哲学相遇，于是，摩托车的喧闹里，就有了心灵史的意味。

叶廷芳是著名的研究德国文学的学者、翻译家。其散文作品的特点是知识丰富、思绪旷远、文笔清丽、意味绵长。其新作《我的狮峰龙井恋》

亦复如此。在这篇只有三千字的作品里，作家无意阐发什么“微言大义”，然其起伏有致、层层递进的叙事所承载的，依旧不单单是有关龙井茶的知识，以及围绕龙井茶所出现的一些社会心理的变化，更有一种热情健朗的生活情趣，一种对事物喜欢一穷底里，捕捉真境的生命意志，而后者无疑是现代人所应珍视的。

世间有真相也有假象，事物有正面也有背面，这一生活常识却时常被匆匆忙忙的现代人所忽略，所遗忘。陈蔚文的《真相》以女性作家特有的敏感和细腻，以及潜在的女性眼光，聚焦这一话题，其近距离的现场感，植根于个体生命体验的深入思考，以及相当感性的说理方式，都可以给读者以启示。

2020年是脱贫攻坚决战决胜之年，中国将全面建成小康社会，实现第一个百年奋斗目标。在这一重要时刻，善写纪实文学作品的作家李迪，前往习近平总书记首次提出“精准扶贫”理念的湖南省湘西州花垣县十八洞村采访，郑重推出纪实散文《腾飞的十八洞村》，专门讲述十八洞村脱贫奔小康的故事。全文材料翔实，人物鲜活，文笔生动，现场感极强，很值得人们潜心一读。

【作者简介】张炜，1956年出生于山东省龙口市，著有长篇小说《古船》《九月寓言》《刺猬歌》《外省书》《你在高原》等十九部，曾获茅盾文学奖、全国优秀长篇小说奖、中国好书奖、全国畅销书奖、中华优秀出版物奖等多个奖项，作品被译为英、日、法、韩、德、塞尔维亚、西班牙、瑞典等多种文字。

Zhang Wei was born in Longkou City, Shandong Province in 1956. He has authored 19 novels such as *Gu Chuan, Fable on September, Hedgehog Song, Book of Foreign Province* and *You Are on the High land*. He is the winner of Mao Dun Prize for Literature, National Outstanding Novel Award, China Good Book Award, National Best-selling Book Award, Chinese Excellent Publication Award and many other awards. His works have been translated into English, Japanese, French, Korean, German, Serbian, Spanish, Swedish and other languages.

我的原野盛宴（节选）

张　炜

"发海"之夜

记忆中，有一件事情一直让我惧怕。

这事总是发生在午夜，是一天里最安静的时刻。到了这个时候，它会将我从梦中一下惊醒：一种细碎的、均匀的水的声音响起来，越来越大，越来越大，好像大水已经涨到很高，从北面一路向南淹过来。

因为是很大的、无边无际的水，所以这种淹没几乎没有尖厉刺耳的声音，似乎是在谁都没有察觉的时刻发生的。也正是这样，它才可怕到极点：危难突然逼到了近前。从远处传来的奇怪响声让我一下跳起来，我预料会有无法阻挡的大水漫过来，所有的林子、土地，一切全都被大水压在下边。

我胆战心惊，再也不敢睡去。整个世界都是涨水的声音，是隐藏和伪装过的那种沸腾声，这样大却又这样隐蔽。一切都来不及了，因为到处都是它在响，任何鸟鸣和野物尖叫都压不过它。我听着，听着，眼看就要吓得逃出屋子。我心跳得厉害，因为知道这会儿无论跑多快，都无法逃脱，就连跑得最快的兔子也不行。我没有破门而逃，只紧紧搂住了外祖母。

“孩子，做噩梦了？”她安慰，“不要紧，我在这儿，没事。”我身上颤抖：“你听，你听！”她侧耳听着：“没有什么啊，怎么了？”我只好逼真地模仿那种声音：“呜呜，呜呜，呜呜啊啊……”我要模仿那种最平稳最巨大、隐隐的悄悄的声音，但学不像。

外祖母静静地听了一会儿，终于明白了，说：“噢，是‘发海’！孩子，这是‘发海’的声音。”她弄明白了是怎么一回事，也就不再惊奇了，拍打我，想让我重新躺下睡觉。可我的惊惧才刚刚开始，问：“什么是‘发海’？”她抿抿嘴，看看黑乎乎的窗子说：“就是‘发海’，海在响，它有时候就这样响，至少要响两三天。”

“是大风吹的吗？可外面的风一点都不大！”

“不是。‘发海’的日子是没风没浪的。这响声大概是从海底、从更远的什么地方传过来的。也不是涨潮，涨潮没有这么响。”外祖母语气十分肯定，看来她很早以前就知道了这事儿，已经习以为常了。

我不相信此时此刻的大海会是平静的。我想到的是海上一定在刮大风暴，成排的大浪轰轰地拍打海岸。我说：“我真害怕它今夜要淹过来，它好像正在往我们这儿赶，你听……”

“不会的孩子，我说过了，这是‘发海’。”

“‘发海’是怎么回事？”

外祖母十分为难地看看漆黑的夜色，又看看我：“我也问过打鱼的人、上年纪的人。他们说有时在离海很远的地方听到‘发海’声，还以为海上一定是起了大风大浪，谁知赶到跟前一看，它安安静静的。”

“那一定是大风停了……”

“不，没有大风。再说只要海里起了大浪，大风停下很长时间那浪也照样拍打。这说明没有大风，那声音也不是大浪发出来的。最奇怪的是人越是靠近大海，听到的声音就越小，到了跟前，它连一点声音都没了。”

我一声不吭地看着外祖母。她当然不会骗我。这事真是怪极了。我又问：“只有夜里才会‘发海’吗？”她摇摇头：“不，白天也会。不过白天太嘈杂了，人静不下来，也就没人在意这个。”

外祖母对这件怪事只说了这么多，更多的谜还藏在那儿。所以我后来再次听到那种声音，虽然不再有立刻逃开的念头，也还是惊恐害怕。我仍然要坐起来倾听，听得清清楚楚：大水正在涨起来、涨起来，随时都可能淹没一切……

我终于注意到，如果夜里响起了“发海”声，那么就一定会延续整整一个白天，或再加一个晚上。在这样的日子里，我为了捕捉那种无所不在却又十分隐蔽的声音，总是格外留意。可惜那些日子里我无法直接跑到大海跟前，无法证实外祖母的话。在内心里，我多么盼望这一天能够早早到来啊。

我和壮壮在一起的夜晚，曾经又一次遇到了“发海”。在我的提醒下，他也听到了这种奇怪的声音。到了白天，我们一起到林子里，那种声音就一点点弱下来，不过只要安静一会儿，又能一丝不差地捕捉到。这时如果不是老林子在阻挡，我们一定会一口气跑到大海跟前。

终于到了上学的日子，总算被应允去看大海了。

因为第一次见到大海高兴得忘了一切，也忘了“发海”的事情。我们那个夏天在鱼铺里住了一个星期，最后是被鱼把头押走的：让一个回村的打鱼人把我们带走。我们一开始赖着不动，后来他发出威胁，说如果不听话，那就再也别来海上了。

整个夏天最让人迷恋的是游泳，其次是喝鱼汤和听故事。那些看鱼铺的老人讲的好故事一辈子都忘不掉，随便拿出一个，都会让灯影的老师和同学听得发蒙。我们最担心的是大辫子老师知道我们下海的事，她一定会报告校长，那还不知要惹出多大的麻烦。

那个假期太棒了，那样的日子如果一直过下去多好。

我们试着到水渠里游过泳，一跳到里面就觉得比大海差多了。不过到渠边的草须中逮鱼，也有点意思。有一次我踩在了一只大鳖身上，吓了一跳。一条鳝鱼被壮壮当成了蛇，当时他的脸都白了。小北经过了半个夏天，两条腿已经能够站稳。我们给壮壮老爷爷讲了一些海上的事情，老人说："打鱼的可不是什么好东西。"小北立刻不高兴了。老人瞥瞥他，又说："鱼把头还算好人。"

我们特别对老人提到了那个惊险的时刻：看鱼铺的老人长了一只多毛的獾手，他把我们当中的一个差点给害死。"胳肢，胳肢，让人笑、笑，最后笑绝了气！"壮壮说。"那人会下五子棋！"老人说。我惊呆了："你什么都知道啊？"老人点头："我打年轻时就认识他。这人离不开酒，酒量不大，外号'老狗獾'！"

我问："他说自己年轻时能从海边游到岛上，这是真的吗？"

"这事不假。打鱼人水性好的多了，能游到岛上的也有。那是个无人岛，船遇到大风上去避难。听说岛上有不少野猫。"老人摸摸走近的花斑狗，"没有一条狗，那些猫就缺少管教。"

这个夜晚我们宿在了大炕上。这是一个月亮天，没有风，有些热。直到半夜我们还没睡，因为有一个什么野物从林子蹿到了园子里，花斑狗又叫又咬，终于把大家吵起来。老人提着桅灯出门，大声骂着。我们跑出去，这才看到花斑狗的脸上有两道血痕。老人说："肯定是一只獾！那家伙的爪子有劲儿！"

下半夜刚睡着，又被一个噩梦惊醒：一只老熊在拍打窗子。我猛地坐起，身上的汗哗哗流下来。我坐着出神，突然听到了一种声音：呜呜，呜呜啊啊……"啊，'发海'了！"我猛地跳起来，喊道。

他们三个都被我弄醒了。坐起来听。老爷爷也起来了，搓搓眼看着我们："又怎么了？"壮壮指指北边："听！"老人歪着头听听："哪有什么？""再听！"壮壮说。老人闭上了眼，这样过了几分钟，叹一声："发海！"

老人说过那两个字就想躺下睡觉，我们就一块儿缠他。"这太吓人了，海水说不定什么时候就能漫过来！"我说。老人身子倚在墙上："这倒不会。"壮壮问："好生生的大海，怎么就响起来了？""那还用问，海里起了大浪呗！"老人说着去枕边摸烟锅。

我看看壮壮和小北，他们一脸迷惑。我真想告诉老人：如果不是你错了，就是外祖母错了，还有那些打鱼的人，他们全错了！我忍不住说："不，'发海'时海里一点风浪都没有！真是这样……"

老人有些烦，翘着胡子："没有大浪，这声音是怎么来的？"

我说："怪就怪在这里！看看外面，一点风都没有……"

大家不由得去看窗外：静静的，树梢都不动一下，月光像水。老人转着脖子，像发痒，咕哝："岸上没有风，海里也会有，这是两码事。这时候去海上看看，那里一准像开了锅……"我不作声。我们谁都没有在这样的夜晚跑到海边看过，所以无法反驳。我急坏了，我觉得再也不能等待。我说反正再也睡不着，咱们现在就去看看大海好了，沿着"赶牛道"……"我愿意打赌。"我看着老人说。

"你赌什么？"老人一下来了兴致。

"我赌海里这会儿没有风浪！"

老人哼哼着："我是问你输了怎么办？"说着又要躺下，看来根本不想在半夜出门。壮壮和小北摇动他。壮壮嚷着："咱们去啊，去啊！"我突然想到了外祖母装满了蒲根酒的坛子，大声说："我如果输了，就把家里的酒坛抱过来！"

老人绷着嘴看看大家："这可是全都听见了的！那坛酒看来是跑不掉了！"他真的下炕摘下那支长筒枪，又提起桅灯，嘴里哼着："我们疯了，半夜走'赶牛道'，打赌，嘿嘿，疯了！"

小泥屋的门锁上后，老人开始叮嘱花斑狗好好护家。还好，没有任何人要留在这儿。大家摩拳擦掌，恨不得一步跨到海边。临出小院前壮壮提到了一个顶要紧的事儿："爷爷，你要输了怎么办？"老人猛地一拍脑瓜："白天吃大馍、芋头，晚上吃腊肉，葡萄和金丝蜜瓜尽吃！"

大家高兴得拍手跺脚。

夜晚的"赶牛道"原来一点都不吓人，水里的莎草和蒲苇在月光下散发出一种香味儿，有什么在中间"哜哜咕咕"地叫着。老人背着枪走在前头，顾不得理睬。天上星星稀疏，天空是紫色的。一只上年纪的鸟儿在西北方叫了两声，接着是近处的两声咳嗽。老人说咳嗽的是刺猬："这家伙咳起来就像个老头儿，像我。"

我们一路话很少。为了快些，我和壮壮有几次背起了小北。穿过又高又密的林带，再走一会儿就能望见大海了。多么奇怪，大约刚走了半程，那种无处不在的"发海"声竟然越来越小，最后差不多完全消失了。也就是这个原因吧，前边的老人大概察觉了自己有输掉的危险，步子一下加快了。

大海就在前边，它就像突然逼近了似的。

一片银亮的沙岸在前边闪烁，上方就是泛着光斑的大水，更上边是悬起的星星。我们站了一瞬，嘴巴都合不拢。天哪，这儿多静啊，眼前看不到一朵浪花……鱼铺黑乎乎的，它的东南边是打鱼人住的一排小屋。

可能担心吵醒打鱼人吧，我们跟在老人身边，轻手轻脚地往前。大海在安睡，它在月光下像害羞一样。"可是那'发海'的声音从哪儿来？"我心里泛起一个大大的问号，相信所有人此刻都像我一样。大家一动不动地站在海边。

我们不吭一声，默默站着。我特别注意地看看一旁的老人：他身子笔直，肩上的枪竖着，很像一个老兵。

正在这时，我听到了身后响起了"嚓嚓"声，刚要回头，一个黑影飞快上前，两手猛地拃住了背枪的老人。原来是看鱼铺的那个老头，他屏着气，嘴里发出恶狠狠的低声："好啊！是你这个反叛！"两个老人交手，很快松开，笑了。

“到底怎么回事？嗯？鱼把头老七知道了会给你几巴掌的！”看鱼铺的老头再次变得恶声恶气。

老爷爷把枪耸了耸，为难地瞥瞥我们说：“今夜又‘发海’了，从远处听着吓人……怎么来到跟前就没有大浪呢？我们是来打赌的……”

看鱼铺的老头目光转向大海，像自言自语：“我也不知道。谁都不知道。也许是大水最里边有动静……不知道，它从老辈起就这样嘛。”

两个老人一脸迷惑地看着夜晚的大海。

壮壮和小北的鼻子里发出“嘭嘭”声。这时我也嗅到了从鱼铺旁飘来的气味：鱼汤。

害 羞

夏天一过，我们再次回到了灯影，就像飞鸟重新入笼。长长的假期让人习惯了另一种日子，每一颗心都变野了，所以突然看到同学和大辫子老师，胸口那儿紧绷绷的。我有点张不开口说话，脸皮也发紧。我见了大辫子老师不忘外祖母的叮嘱，问了一句“老师好”，声音比蚊子还小。她笑笑说：“啊，还是害羞！”

真倒霉，得了一个害羞的毛病。我想即便自己得了结巴，也比患上害羞要好！瞧瞧自己，只要见了很多人，就再也说不出一句像样的话，脸红发热，喉咙干涩。我曾经恳求外祖母领着去河西找大医家“由由夺”，让他赶紧把自己的这个毛病治好。外祖母说：“孩子，这不是病，这不过是因为你从小长在林子里，没有见过多少人，突然到了外面就变成了这样子。你要大着胆子，要想我和别人一样，没什么可怕的！你要成个勇敢的男子汉！”

最后一句让我听到了心里。我恨自己胆小，不，恨这种看上去的“胆小”！其实我在心里告诉自己：你一点儿都不害怕，更不害羞！你比他们胆子都大！可尽管这样，大家还是要说我害羞。这事很怪，很难办，更有点气人。

又要上课了。课本上的东西不算什么。造句了：“就像……一样。”我看着这个句子，不知怎么有些生气，其实是生自己的气。我的笔重重地画在纸上：“鱼铺老人的胡须，就像海豹的胡须一样。”看了看，觉得还有许多话没有说完，就加了一句：“第一次下海的人，就像狗掉进水里一样。”另一个造句：“如果……就会。”我简直想也不想就写出：“如果鱼汤喝得太多，就会吃很少的玉米饼。”其实我心里有许多句子，于是同样多写了一条：“如果见了老妖婆害怕，就会惹她生气。”

所有的造句都收上去了，大辫子老师来不及看，只宣布以后的几堂课要学着做短文，写写自己看到的一个人或一件事：“不长，一二百字就行，大家回去想一想。”她摆了摆手，下课了。

在宿舍里，壮壮总也忘不掉作文的事，问我写什么人、什么事才好？我一点都没想，想的还是刚刚过去的假期，想海上和林子里的事。我说：“咱们这个星期天再去海上吧，刚刚学会的游泳可不能忘掉。”壮壮还在想自己的事：“我就写爷爷好了。”这提醒了我，我说：“我要写你。”壮壮慌了：“你要写我什么？”“写你往猎人叔叔枪筒里撒尿的事。”壮壮一遍遍求饶，我说：“那就算了。”

第二天注定是不平凡的一天，可我一点预感都没有。大辫子老师手捧一摞作文本，一会儿微笑一会儿板脸，那双好看的、离得稍近的眼睛往整个屋子扫一扫，掠过我的脸时好像格外用力，让我的脖子那儿一阵发涨。她干咳一声，说：“先总结一下昨天的造句吧。”接着从中抽出几个本子，读了几条。“很好，就是这样。”她拍打一下，放在一边。

这几条没有我的。可我觉得读过的所有造句，既没有什么好，也没有什么不好。是的，就像什么也没有发生。

她接着又抽出了一个本子，说：“大家听听这几个句子。”她的声音突然提高了一倍，啊，这一次读了四个造句，全是我的！课堂里一点声音都没有，接着爆发了大笑。她忍不住也笑起来，可能担心大家看见她的牙齿吧，故意把脸转向了黑板。她等笑声平息了才转过脸，看着我，右手往上抬了抬，示意我站起。

我站着，下巴那儿发烫。我后悔写出了那样的句子，可又一时不知错在哪儿。“说说吧，你的造句，是什么意思？”她好像尽量在克制着不笑。

“我……是亲眼看见的。”我大声说，但吐出的声音还是很小。

“你是这么害羞的人！可写出来的话又这么大胆！刚才听到大家笑了吗？想想问题出在哪儿？”她问我，又转向大家。

谁也回答不出。这是正常的，因为除了壮壮谁也没有见过造句里的事，而壮壮是绝不会冲我来的。她等了一会儿，重复问了一遍：“问题出在哪儿？”

我只好如实回答：“出在海上。”

大家又笑起来。大辫子老师也跟着笑，笑得脸都红了。她口吃一样说：“这样写，并不，不算错，只是，只是，啊啊，太奇怪了不是……”她接着仰起脸说：“这样写是不能成为‘范句’的！”

下面的时间要用来写一篇短文：一个人或一件事。她强调要点，说这次一定要写得有头有尾，要学着把话说清楚，让人一看就懂，不能像有的同学那样，猛地来一句，把人都看蒙了……我知道她在暗中指责我。

我一直垂着头不看四周。有些害羞，非常害羞。我又想起了外祖母的话：因为自己从小就在林子里，没有见过多少人，所以一下见到这么多人就会心慌。但这真的不是病，而且，我应该是一个真正的男子汉！我觉得胸口那儿有些憋闷，这是因为有许多话塞在心里造成的！我有些生气：只要拿起笔，面对着一张白纸，我就不再害羞了！我只是觉得一二百字太少了！我开始写，不再去想刚才的不愉快。

我有太多的人和事要写，如果只挑一个，那么剩下的就留给以后再用吧，也许早晚都会写到。我就先写那个平平常常的人和事吧：有一个年轻的猎人，总是跟林子里的野物过不去，他有一次去闯老林子，结果被一只大脸鸟狠狠打了一耳光。他的嘴巴被打歪了，不得不去河西找大医家“由由夺”看，虽然治好了不少，但直到现在嘴巴还是有点歪，看上去就像啄木鸟。

我很快就写完了，字数远远不止一二百字。我故意耽搁了一会儿，没有交上作文。满班的同学还在低头写，有的写写停停，一支笔贴在腮帮上用力地想。我的作文被大辫子老师第一个收走，她伏在讲台上看，很长时间头也不抬。这样过了一会儿，她大概看完了，抬头看我。我不敢看她，低下头，就算是害羞吧。我捏弄着手中的笔，好像为它这么快地干完自己的活儿不太甘心。真的不过瘾，写得太短了。

我正这样想着，老师走过来。她背着手站在桌前，打量着，小声说："还有时间，你想写就再写一篇。"我立刻高兴起来。没有想得更多，只是点头，接过递来的本子。我这次写的是怎样捉住一只放单的大雁，它的名字叫"老呆宝"。它在我家度过了整个冬天，我们成了好朋友，一起在热乎乎的大炕上玩、讲故事，直到那个让人难过的春天到来。它离开了，天上有了北去的雁群，"一会儿排成一字""一会儿排成人字"，它随它们飞走了，我就哭了。

它离开了我们家，这件事就算说完了。可是我觉得事情前后远远不止这些，忘了什么？忘了我做的一个梦：它在半夜偷偷返回，在窗外嚓嚓啄着，我一下醒来，打开窗子。它一动不动地贴在我的身上，蹭我的脸。天亮前我伏在它的背上飞起来，飞啊飞啊，太阳出来了，地上的林子、水渠，全都看得清清楚楚。我们往北，一直飞到了大海上面。无边的大海让我有点害怕。它安慰说，这没什么，这是我们经常做的事，你闭上眼睛好了。风飕飕从耳旁吹过，海鸥喊着："快看大雁背上的人！"我们全不理睬。

我在大雁身上睁开眼，这件事就该结束了。可是我记得梦境中的一切还不只如此：我睁开眼睛时发现降落在一个开满桃花的岛上，一块向阳的大石头下边有一个铺了厚厚干草的、香喷喷的大窝。一个声音，当然是老呆宝了，在悄悄问："你对这个新家还算满意吧？"

我写得实在太长了，已经是前一篇短文的两倍。不过即便这样，大多数同学仍未完成。我发现大辫子老师再次伏在讲台上看着，当然是看老呆宝的故事。她抬起头，看完了，眼睛一转向我，马上又看别处。我的心扑扑跳，不知道事情的结局会怎样。

第二天，顶多第三天，等待我的好事或坏事就会来临。我和壮壮有过两次讨论，他告诉我，本来想写爷爷去一个老朋友家喝酒，喝醉了被我们俩搀扶回来的事，“那一次用爷爷的话说，‘又一次放挺了！’”他笑着。我拍手：“就是，题目就叫‘爷爷放挺了’！”他抿抿嘴：“我听说别人都要写帮村里老大爷干活、扶他们走路的事，就写：‘我遇到一个年过半百的老大爷，他挑了东西，压得腰都弯了，我就帮他挑。’最后他夸我‘真是好孩子’！我说‘不用谢，这是我应该做的！’结尾了。”我吃惊了：

“你真帮老大爷挑东西了？在哪儿遇到的？”

壮壮挠挠头：“没遇到。不过真的遇到了，我就准备这么干的。”

我想笑，因为生气笑不出来。我说：“这种骗人的事咱们还是别做了，这是对老师和大家说谎。”壮壮拧着眉毛：“不是说谎，是作文。”“作文就该说谎？”我们争执不下。

第三天发生了一些事情，与壮壮有关，与我好像无关。大辫子老师在课堂上读了三篇作文，它们全都写了一件助人为乐的好事，都是帮老大娘老大爷挑水或扫院子，结尾都是“不用谢，这是我应该做的”。其中有一篇就是壮壮的。老师读时，他正从三排座位之外偷看我，脸上有些得意。我想他的得意有点早。

老师开始点评，先问：“大家觉得写得好不好？”回答一片：“好！”“好在哪儿？”她追问一句，全哑了。她的目光转向我，我慌了，心里说：“千万、千万不要让我回答啊！”可是一切都发生得太快，她真的问我：“你觉得好在哪儿？”

我站起，咬着牙关。我用这种方法抵抗害羞和气愤。气愤在增大，所以害羞就没了。我说：“好在他们一块儿去干好事，没有干坏事。”大家笑了。老师鼓励：“你说得对。那么不足是什么？”我马上回答：“不足是骗人。”全班一声不响了。

大辫子老师嘴巴闭紧了，示意我坐下。肯定是问题严重了，她在想怎么处罚我或是别人。如果不是我错了，那就是他们三个错了。我等着，我想事情再清楚不过，就看你公正不公正了。

她是公正的。因为她后来说了一句：“写出作文是重要的，但更重要的是‘诚实’。”

我把她的这句话记在了本子上。可惜她并没有揭露这三个同学哪儿不诚实，只是那样说了，然后就谈别的。她不经意间又说出一个让我大吃一惊的事：这次作文，竟然有二十多篇写了帮老大爷老大娘干好事的。她说：“不要总干这样的好事，再干些别的，只要是好事就可以。如果有不太好的事，也可以批评，告诉自己不要做。”

我很佩服她。我觉得以前并不了解她，瞧她多么公正啊！老师就是老师！不过自己最大的不满足是她没有提到、没有读我的作文。我完全没有骗人，也没有别的毛病。我想这里面肯定有其他问题，也许是更大的、一时解决不了的大问题。我又开始不安了。

这天晚饭后，一个同宿舍的同学对我说：“老师找你呢，她让你去办公室一下。”我的头有些蒙，突然觉得要发生什么大事了。我答应着，一时不知办公室该怎么走，不得不镇定一下。我望着那个灰蒙蒙的窗户，有些紧张。

屋里只有老师一个人。她让我坐下，还让我喝水。她问外祖母身体好吧，爸爸妈妈等等。我只想快些谈点别的，她总会绕到作文上的。果然，她说：“这次你写得同样很大胆，我相信都是亲身经历或听说的，是吧？”我点头，用心捕捉她的意思。我想听到的不是更多的赞扬，而是她到底要做什么。“联系你上次的造句，知道你的假期生活很丰富。是吧？去海上了吧？”

我心上一动，终于明白了她的真实意图。我在心里飞快地自问自答：她是猜测？问过了别人？熟悉村里打鱼的人？不，她不过从我写下的一句话或一件事中猜到了什么……我脱口而出：“去海上了，但没有干坏事。”

“下海没有？”

“没有……违背假期纪律，家长也不允许。看鱼铺的老头胳肢我们，因为衣服给拴到木杆上了，放下来，就是让小船返回的信号……”我说得颠三倒四。

“停停，你在说什么？什么‘信号’？抓特务吗？”她皱起眉头打断我。

我只好将鱼把头为了阻止我们跑远，故意脱掉我们的衣服，后来又被鱼铺老人把衣服捆成一个球，挂到了高高的木杆上，将这些事从头说了一遍。我说：“老人一胳肢，我们就笑着打滚，滚啊滚啊，滚到了水里……他的水性好极了，盯紧了大家，不会有一点儿危险！所以就……没有违背纪律……”

“不诚实，比下水的错更大！”她的脸色更严肃了。

我无比羞愧。我在说谎。为了弥补假话，我增添了更真实的细节：“我们和那个老头下五子棋，输了，所以只好被他胳肢……错误就这样犯下了。我们还犯下了更大的错误，为那个老人去偷酒……”

老师静静地听着，脸上再也没有吃惊的表情，大概因为偷盗的发生，她已经不再为下水的事而震惊了。她静静地等待我的自责和交代，一切都在掌握之中。我心里明白，是她的一个“诚实”打败了我，因为这曾经是让我钦佩的一个词儿。我要诚实，所以就要从头说起。

离开时天色有些晚。走出办公室时不小心碰在了一旁的灌木上，被刺了一下。她低头看看，突然拉住我说：“考考你，这是什么小树？听说你认识不少植物。”

这是一棵叶子上长了许多尖角的常绿灌木，开了黄花，有的枝丫上已经快要结果。我认不出。我说回家问外祖母吧，只有她知道，然后就匆匆离开。

离星期六还有两天。我一直在羞愧当中。我已经无心找壮壮询问，同时也明白，老师如果问过他，他一定会主动跟我说的。显而易见，我们已经严重违背了假期纪律，而且我还犯下了更大的错误：不诚实。

好不容易挨到了星期天。我见了外祖母没有说得更多，只记住了问那是什么树？她仔细听我描述了好几遍，才说：“常绿的，噢，大概是刺黄檗吧，它还有个名字，叫‘十大功劳’。”

回到灯影，见到老师，我将立刻告诉她：

“十大功劳！”

（原载《当代》2020年第2期）

【作者简介】蒋蓝，诗人，作家。朱自清散文奖、人民文学奖、四川文学奖、万松浦文学奖、布老虎散文奖得主，中国作协散文委员会委员，四川作协散文委员会主任，成都作协常务副主席。已出版《黄虎张献忠》《成都笔记》《蜀地笔记》《踪迹史》《豹典》等文学、历史专著多部。现供职于成都日报社。

Jiang Lan, poet, writer, winner of Zhu Ziqing Prose Award, People's Literature Prize, Sichuan Literature Award, Wansongpu Literature Award, Cloth Tiger Prose Award. He is a member of the Prose Committee of the Chinese Writers Association, director of the Prose Committee of the Sichuan Writers Association, and executive vice chairman of the Chengdu Writers Association. He has published *Huanghu Zhang Xianzhong, Chengdu Notes, Shu Notes, Tracing History, Leopard Code and* many other literary and historical monographs. Currently he is working in Chengdu Daily.

摩托叙事

蒋　蓝

切!

美国人马修·克劳福德，政治哲学博士，酷爱摩托车，终于摆脱烦恼成了摩托车修理工，但这并不意味他不喜爱哲学。他的跨界之作《摩托车修理店的未来工作哲学》，汉译本由浙江人民出版社 2014 年 5 月推出之后，颇有叫好声。叫什么好呢？“他对现代的工作场所进行控诉，细数它让我们麻木不仁、死气沉沉的种种罪行……”，其实，中国只是进入了劳动力密集的时代，我们还没有那种机器装配取代手工的大面积沮丧感，没有感觉到由此失去那种一试身手、维修机器的心灵快感，我们仅仅是在欢呼人力的解放。所以在我看来，为之叫好的文人五谷不分，而且声音细弱，早就被摩托车的引擎嘶吼肢解了。

如果说冷兵器时代的官宦主要骑马，那么古代文人的坐骑一般都是毛驴，因为马匹的购买价格与饲养成本要大大高于皮实的毛驴。摩托车就是一头犟驴，它不走寻常路，不受体制中人或绅士的青睐，它服务于青春、酒精、探险、性欲与狂放不羁，在人流、车流夹缝里寻找出路，在无路可走的空间杀出血路，在逆风狂奔与顶风作案之中，一骑绝红尘。

我骑过三辆摩托车，有时候补胎、更换刹车片、缩短链条，还拆卸过发动机，这得益于我年轻时当过几年机修工。一次一个齿轮打断了，我摆弄了两天制作不了，跑去找父亲。父亲是钻井工程师，他迅速用油标卡测量了全部尺寸，绘制了剖面图，拿到车间找人帮忙加工。一个小时后，齿轮制作出来了，代价是给师傅送了两包烟。维修过程与谈恋爱完全一致，口水、汗水、薪水流干后，又可以上路了。

这里可以透露一下一直流传在我家乡的有关我的一段故事：我在一个名叫尖山的风景区喝完烧酒，决定打道回府。但切·格瓦拉没有保佑我，他决定狠狠教训我一次。我发动机车，载上一个没有与我一起喝酒的美女，在深夜的山道上左右盘旋，夜雾浓稠，看不见地面，车灯射出去达到没有发光的程度，最后直接冲下了六七米高的土坎。美女比我更为沉着，见我的脚崴了，她直接站在公路上挥手拦车，请路人把摩托车抬起来。我用石头敲正了轮毂，扳正龙头，尽管摩托车电路全断了，病人骑瞎马，还是把她送回了家。当然，这一段往事是高度危险的，雾大是一个原因，但我从此以后绝不敢酒后驾车。

马修·克劳福德的目的是：远离“伪工作”，回到真正的工作过程，要“成为一名独立的工匠”。我后来把这一手工技能移来维修诗歌与散文，大卸八块，重新组合。这不可能出现高级别的弗兰肯斯坦，只要能够发动、上路、轰鸣……夫复何言。

手工的意义是亲手而为，在一种绝对实证的过程里，去感受、去觉悟那些高蹈的东西，那些不付出智慧与体能就绝对触及不到的东西。哲学点说，要发现常人不可见之物。更重要的事实是，进而还可以看见不可见之物的不可见性。

但我以为我可以维修自己的人生，但人生不是仅仅依凭维修就能一帆风顺的。

我可以维修诗歌、散文，但这并不证明我可以创造韵律。

我有很长一段时间，总穿着印有切·格瓦拉头像的T恤和牛仔裤，牛逼哄哄的，发动我的摩托。“切”是一个惊叹词，在阿根廷是朋友或亲人间用来打招呼的用语，后来古巴人用这个绰号称呼参加他们事业的格瓦拉。卡斯特罗曾经说：“这个名字后来出了名，成了一个象征。”切·格瓦拉是摩托车的深度爱好者，1951年他和朋友阿尔贝托·格拉纳多，两度依靠摩托车或者在公路上拦便车，实现了在南美洲五国的长距离漫游。两位年轻人在旅程中体味到拉丁美洲的社会与政治问题，尘土飞扬的旅途中所感受到的各种事物不断地改变着他们的看法，犹如飞起的沙子冲进了眼睛，切·格瓦拉渴望一振山河。

据说，他在智利矿区一对矿工夫妇家过夜时，发现他们盖的被子根本无法御寒，就把自己随身带的被子给他们盖上。后来切回忆道：“那夜我虽然被冻得发抖，但我感到了自己是全世界被压迫者的兄弟。”实事求是地说，格瓦拉的确目睹了人间的哀鸿遍野，他悟出了生命的方向。就在这场摩托之旅后，他毅然加入了革命。

但置身丛林的革命不是偶然的选择。沿途之中，他在手工记录的骑行记《摩托日记——拉丁美洲游记》（亦名《南美丛林日记》）里承认：“一枚硬币抛到空中，经过多次旋转之后，落地时既可能是正面，也可能是反面。贵为万物之灵的人类在这里通过我的嘴巴，用我的语言，将我的所见所闻娓娓道来。掷硬币的时候，很可能抛了十次正面后才看到一次反面，也可能抛了十次反面后才看到一次正面。实际上，这种情况一点也不稀奇，而且没有必要找任何托词，因为嘴巴只能道出眼睛实实在在看到的东西。”

其实，现实应该是可以解释的。看看诗人马拉美在名诗《骰子一掷不会破坏偶然》里是怎么说的——“骰子一掷绝不会 / 当正好被置于永恒的 / 境地……警惕、怀疑、翻滚、闪亮与沉思 / 全都发生在停留于 / 最后献身的落点之前 / 骰子一掷散落一切思想。”

骰子一掷就不是偶然。这一点，不是依靠手工维修机车能够触及的。

我注意到一条后来的新闻报道。

英国《电讯卫报》2014 年 12 月报道称：切・格瓦拉与第二个夫人所生的小儿子恩内斯托・格瓦拉（时年四十九岁），于本月初开办了一家旅游网站，旅行社的名字为 La Poderosa Tours。Poderosa 一词是他父亲切・格瓦拉于 1952 年在布宜诺斯艾利斯大学医学院毕业前夕，在九个月期间里进行南美旅行所乘坐的 500CC 摩托车的名字。恩内斯托一共推出了两条旅游路线，分别是乘坐摩托车进行环岛六日游和环岛九日游，也称为 Fuser 1 和 Fuser 2。

Fuser是切·格瓦拉儿时的别名。摩托旅游，同样是一种亲身经历的“手工”实践。旅游观光者不会想到那一个神奇的丛林革命者，他们只是贪恋原始风光而已。所以我想说，《摩托车修理店的未来工作哲学》一书，与骑行者随身携带的扳手、解刀、打气筒、胶水一样，不过是抵达目标之前的准备。对于没有目标的人而言，就不好再说什么了。

我说：切！

五十步与百步的区别

与乡村不同，在城市里骑摩托的人，人们不会对之有好感。不是噪声，也不是危险，而在骑自行车、电动车的往往是劳动人民。一旦跨上摩托，这个人就是逸出人民阵营者。

到 2000 年，我已骑了六年摩托车——这就是我的“世纪末回想”。但是某一天，摩托车突然从古老的盐都一条曲曲折折的巷道里，拐弯、颠簸、加速，把我从堵塞的体制内载到了江湖地界，所以我对摩托车有特殊的感情。

20世纪80年代某天，我到同学家玩，见到一台没有上锁的70CC嘉陵——我们俗称为“小毛驴”，停在过道上。我一时兴起，一脚踩燃，骑了十公里回来后，警察来了。原来车主去报了盗窃案。其实，这种没有挡位、依靠油门控制速度的“小毛驴”，是不配这一名字的，在于它很不皮实。有一次我借了朋友的“小毛驴”外出兜风，半路没油了，那个年代郊外根本没有加油站，最后我加了两斤菜油，在巨大的黑烟伴随下，竟安全返回了，但化油器几乎堵死。我后来讲给玩车的朋友听，他们根本不相信这等奇事。

经常借朋友的“小毛驴”穿梭，我的邻居就认为我在跑生意。那个年代的确很神奇，满世界的人都在谈论钢材、麻袋、纯碱、彩电、冰箱、车皮，他们抽着两毛钱一包的卷烟，在一人三元的卡拉OK茶座与五毛钱门票的舞厅打进打出，在贴面舞的间歇，热烈讨论着皮包里或臆想中的生意。人人似乎都掌握有内部调拨物资的高层批条，五官挪位，都是一副对利润兴趣盎然的表情。在奥拓、夏利轿车尚未成为第一代民用车之前，“小毛驴”就是建筑包工头以及皮包公司经理们的坐骑，它们被招摇地停放在广场中间，鹤立鸡群。在我看来，处于中国改革发展史上，应该有“小毛驴”时速三十公里的娇小身影。

后来我购买了一辆嘉陵125CC摩托车。在很多劳动人民还希望在自行车上绑一个汽油机就直接驶入现代化的年月，这已经显得比较奢侈了。我的父亲骑自行车三十年上下班，他就一直渴望在自行车上加装一台小功率的汽油发动机，后来发现邻居加装的汽油机很容易出毛病，再加上交警一再制止、处罚，让他终于放弃了这一奢望。看到我买了摩托车，父亲没有说什么，他蹲在机车前深情微笑，就像在观察童年的我。他某天终于提出要试骑一下，可是一起步就倒地，从此他再也没摸过摩托了。贫困的确限制了父亲的想象，他仅仅是以自行车来想象摩托车。他更缺乏想象力的是，即使他可以驾驭摩托车了，他也只能用于上下班。除此之外，他实在没有地方可去消遣。

我经常在东兴寺一带玩车，有时借来一辆泰山750型老款重型摩托，单是机车发出的雷鸣之声，就让人要飞起来。这一带属于盐业职工的密集住宿区，属于城郊接合部，是城市的东大门，通往云南的川云公路从我家门前穿过。我的童年几乎是在与川云公路交叉的盐分巷里奔跑而过的。1949年之前，这里是盐商、官员的驻地，川康盐务局稽查处要员也住宿于此，我的爷爷当时是盐务稽查处主任。易旗之后的岁月里，这里是自贡市盐务管理局、贡井盐厂、大安盐厂、张家坝制盐化工厂、盐业地质钻井大队等一些职工的住宅，一里来长的巷道曲曲折折，主道有六块“六牛石”的宽度，并不断伸延出岔道，曲径通幽，花木扶疏，旁生出不少小院落与花墙掩映的官宅。由于巷道两侧住的几乎全是普通职工，建筑不断侵占道路，巷道窄得无法通行小车，但摩托可以畅行无阻。两侧房子多是砖木结构的老房子，是用以前的大盐仓分隔而成，墙壁均为“窜夹壁”，过了几十年，地基每到夏天就返盐出水，可能唯一的好处就是不生虫。“盐分”之意，就是对盐进行分隔、包装、转运的意思。我父亲曾经说，黎明时分，几百辆胶皮大车运盐而至，过秤、装仓，天明以后再出仓、装船，有条不紊。盐分巷热闹非凡，成为沿沱江而入长江一线，食盐二级批发商的常来之地。由于管理严密，赌博、烟花业被排除在外。它远远比不上盐都的王家塘街，但它们无疑都成了往昔两条重要的盐业血脉。到2017年之前，盐分巷尽管被新建筑切断为好几截，但老房子、石板路基本保持了原样，仔细的话，还可以发现胶轮车的“尾舵”在石板上磨出的沟槽。这并不是政府有什么远见卓识予以保护，只是他们没有经济力量进行彻底拆除罢了。

我的摩托在盐分巷穿梭，轰鸣声经常使密集的自行车流出现混乱，紧急避让，那些行车循规蹈矩的中年人往往在摩托车的逼近状态下一阵乱颤，做出些违反交通规则的奇怪举动。自然了，我会招来一阵怨毒的目光。我认识一个叫玉莲的美女，快下岗了，她不渴望诗歌，但渴望远方。她经常坐在我后座上，赞成我在邻居面前一道驶过，她是在暗示，她才是我的女人。她的长发在车速的变换中夸张地飞扬起来，尤其是在摩托车突然加速的时候，巨大的推力让我背部后倒，刚好触及她的前胸，她会嘤咛几声……风把她的激情全部倾泻在头发上，像一面傲慢、挑衅的旗帜……

后来呢，“摩的”大量涌现了，就像接踵而来的炒股大军。“摩的”成为盐都大量下岗职工的主营方向，男人跑“摩的”，乘客主要是他们同样下岗的妻子们，她们往往“体健貌端”，或充当坐台小姐，或去“猫馆子”里当服务员，硬气一点的去按摩房、洗脚房、茶坊工作——这叫吃“技术饭”。20世纪90年代初的盐都黄昏，“摩的”像蝗虫一样在城市里飞舞，显示出这座城市最后的几丝活力，轻易就把我的摩托淹没了。更不幸的是，“摩的”都是嘉陵或性能更好的五羊125。这些司机是精通中国老百姓的心态的，红色跟中国民众有天然的血缘联系，因此他们的摩托车竟然是一律的血红色。而我的车是深灰色的，这一点也不另类，而是显出了某种蓬头垢面的寒酸状。

那时，诗人杨春光应我邀请来自贡市玩几天，他一走出长途汽车站，立即被几十辆“摩的”“轰轰轰”地包围了。他的眼镜险些被撞掉，他赶紧捂紧了手提包。

“师傅，上车！”

本地浓重的卷舌音与开音节发音，乍一听就像体制中人发出的训诫。

诗人“师傅”惊吓过度，以为遭到了跟踪，他理解为“跟我们走一趟”。

其实杨春光不明白的是，这座昔日的盐业城市里，码头林立、工业为王，男人基本上都叫“师傅”，女人则称“婆娘”，不像如今，四五十岁的都喊美女。

有一天，我正在公路上急驰，突然手机响个不停。在我停车接电话时，感觉车身一沉，一个女人猫一般跳上了摩托车后座。

“快点！快点！追上前面那辆红颜色‘摩的’！”

她冲我大叫，呼出的热气直灌耳朵，我闻到了一股浓烈的花露水味道。哦，她把我当成了“摩的”。

这也没什么不可以的。在这个年月，总裁转眼就可能是个诈骗犯。

在我加大油门时，我问她："前面那辆摩托出了什么事？"

"狗日的！要了半天不拿钱就想跑……"

明白了，这是一位令人尊敬的小姐。不知她在骂那个男人，还是在自说自况。

对方是单车，听发动机声音是五羊 125，我几乎使尽了一切办法也追不上，眼看越来越远，幸好堵车了，我终于靠了上去。车还没停稳，小姐已经弹射出去，一把将那个流亡者拽住，接着是一阵昏天黑地的争吵，言辞比诗人们要精彩得多。最后，那个男人摸出了一把皱巴巴的钞票。我正要走，小姐把我叫住了，要我把她送回去。

我问她收了多少钱。她说，差五块才三十元。说完，她双手很自然地搂住了我。我估计这时别人看到我和她的造型，就是一对处于高烧状态的情人了。

到达小姐的终点站，她麻利地把手伸进了乳罩，吓了我一跳。我忙说，你还没有到办公室呢！她大度地笑了，手抓着那把烂钞票抽了出来，哦，原来乳罩还有钱包的功能。

她给了我一张最破的五元票，我更大度地拒绝了。告诉她，就当我为那个男人补了她五元，凑个整数嘛。

小姐直夸今天遇到好人了，叫我去玩……

有了这样的经历，我决定把这台破车处理掉。真是老天有眼，没过几天车就被偷了。偷车贼竟然将单位的螺纹钢大门生生撬断，才把这辆不值几个钱的摩托车抬出去，看得出偷车贼是穷疯了。

我买了一辆 250 型的进口机车，由于大功率的摩托车不准上户，退车后只好选择一台进口雅马哈 150 型摩托，此种型号的机车其实是警务摩托，至今仍在使用。不料，招来女朋友的责备，主要理由是我已经不年轻了，已经超过了"奔驰"的年龄。想想也对，好像我应该开小车才合适。

因缘际会，我单位有台奥拓老掉牙了，没人开，我就时常过过车瘾。那时，我女朋友的父母见我开汽车而不是骑摩托登门，笑容都不一样了。

每当他们送我上车时，透着恭敬，我从反光镜里看到他们一直伫立在汽车排气筒掀起的巨大灰尘里，还在挥手致意，就像在欢送一个官僚。与其说他们是在送我，不如说他们是在向汽车传递尊敬。其实，这台破车三千元也没人要哇。

苏联文学大师邦达列夫写有一则短文《最好闻的气味》，我以为是最佳“机车政治”的表达：

“您在说什么，亲爱的？哪有什么丁香花的香味？请告诉我，您在哪儿能感受到像您所说的那种幽雅的清新和芳香？从这种香水的香味里我一点儿也不觉得有什么好闻。多情善感，只是多情善感罢了……”

“为什么？”

“首长的汽车开走时，从轮子底下扬起的灰尘味这就是最好闻的气味。吸进这种气味是多大的享受？不然这种感觉您是不知道的！……”

可惜我无法伪装成领导或阔佬。我想，两位老人估计不会闻到世界上“最好闻的气味”。

宝马公司顶级的汽车，是跟那个永远身穿布里奥尼西装、永远喝摇匀而非搅拌的伏特加马提尼酒、永远没有尝过失败滋味的传奇人物詹姆斯·邦德联系在一起的。Z8 型的豪华汽车和世界顶级的间谍，很难说是谁提升了谁的地位。汽车就是为男人发明的，它使男人不羁的本性得以体现，在没有骏马驰骋的文明时代，豪车自然也就成为男人表现勇敢和财富的最好载体。詹姆斯·邦德和 Z8 传递了一种暗示：这样的生活是一个男人应该追求的。华贵的跑车，每小时二百公里以上的时速，引擎疯狂的咆哮声，强劲的气流刮过耳边，还有什么比这更能激起男人的雄心，更能让男人体验成功的感觉？还有什么比得不到它更能折磨男人的心？

中国人对四个轱辘的机器从来就是敬畏的，好像拖拉机也比一辆 500 毫升的哈雷强出很多。他们是以车辆的体积和重量来换算价值，大概是从买卖废钢铁的经验中获得的积累。这就犹如他们不信任笔记本电脑而崇拜台式机一样。同样的道理，电视生产厂家就拼命生产超大荧屏的彩电，单是它巨大的包装纸箱，还可以卖一笔钱，就够善良的老百姓欢喜好些日子了。

雨季来临了，我只好开汽车上下班，看见出租车司机们面露喜色，被“摩的”抢走的生意终于实至名归了。一天路过一个公交车站，我突然看见上次坐我摩托的小姐正在候车，就把车开了过去。

她立即认出了我，一言不发，拉开车门就坐了进来。

“到哪里？”我问她。

“随便！”她很随便地回答了一声。

那就随便吧。

“你头发剪短了，还穿西装，又有汽车，很像我们那里的客人。”

“客人们不开奥拓吧，应该要好些。”

“你不懂啊，有好车的人才不开车来呢！万一被抓住，是要被当作作案工具没收的，成本就高了。”

我们有一句没一句地闲扯着，逐渐出了市区。我决定请她喝酒。

她喝的是急酒，咕咕咕地喝，半斤下肚，脸色逐渐好看起来，桃花变成了杏花。我发现她应该算是个美女，眼神里有些执傲的光，像冷金属一样，但她正在努力软化它们。她像个纺织厂里周末下班的女工，哼起了流行歌曲。她拿出一包烟，发了我一支，迅速把火打着了，她举着的火苗冲上了我的眉毛。

“你的摩托车呢？我还想坐！”她笑了，牙齿非常好。一些离去久远的美丽正在返回到她身上，被酒力蒸发起来，妖冶的细节表情逐一展开。

我们立即返回市区。等我把雅马哈开到她面前时，她像一层皮革紧贴在我背后。在酒意中，摩托的时速达到一百二十公里，泪水就被吹出来了，扬起的水雾如同夜色分离出的成分和质地。我们都没戴头盔，凛冽的风制造出的幻象，在四周不计后果地向后倒伏。我意识到，一种迥异的感觉如同飞驰而来的沙尘，开始出现了……

再后来，我就一直使用摩托。觉得以车型横向比较的话，奥拓、夏利就相当于在自行车上绑个汽油机，至多是50型的助力车，驾驶着这样的“小毛驴”，就进入了布尔乔亚的领域。当我在成都看到越来越多的男女挤在小车内调情时，总觉得有些好笑。他们不过是利用小车狭小的空间来缩短彼此的距离，但高高挺立的排挡杆却像一个卫道士的身躯一样，阻挡着正副驾驶员的身体熨帖的燃烧。

在我看来，手扶拖拉机无遮蔽的驾驶室，更适合他们促膝谈心。

这样一来，空间与亲密的距离关系就水落石出了——空间的狭小与亲密的程度成反比。小车、拖拉机驾驶室、摩托车后坐到小姐们的办公室，这一放大的物理流程不是昭然若揭吗？反过来想，我不过是试图调整五十步笑百步的距离，车辆作为身份和情欲的载体，正在被日益庞大的有车族滥用。在这个时候，连想一想詹姆斯·邦德和Z8型的豪华轿车的勇气都没有了……

应该交代一句，那位小姐成了我的小妹儿，她经常坐我的免费“摩的”。直到我买汽车以后，摩托车和这些后座上的故事以及花露水，就被我搁置在世纪初的一个上午。车流滚滚，人海茫茫，我再也看不到她了。

记得一次山道行车，一根下垂的山藤宛如剪径强人，一股脑儿将我死死兜住，拔河一般把我扯到了空中……山藤就像世道标举的深情故事，牢牢缠定我的脖子。山藤与一些人一样，必须依靠，不能无依无靠。因为依靠才能妖冶，才能妖娆，才能妖精一生。

完全依靠自己的力气站立大地的植物，为了站立就耗去了太多的元气与美丽，所以它们看上去尽管“体健貌端”，但多少有些呆头呆脑，情商、财商均不足。这就进一步显示出软体之物的可爱之处。可一味瘫软下去，就容易成为流质之物，就有点恶心了。

停车于妖精于流质之间，我发动机车一拉，把这根山藤彻底扯断了。

驾车邀明月，对影成三人

1999年我在成都买了一套房子，把1万多册书籍和摩托车带到了成都。白天摩托车无法进入二环路以内，我只能在这一区域之外行驶。那时，成都的“摩的”已经很普遍，但还是不及我的家乡来得密集。显然，“摩的”的繁荣与一座城市的经济水平成反比。它们也是在黄昏之后才冲杀出来，此时渴望在成都街头找到一辆无人出租车，难度不亚于在九眼桥碰上一个靓女非礼你。我骑车在巷道里东摇西晃地乱窜，我终于从江湖上再次转进了体制内，成了一家报社的编辑。

在某个星期一早晨的迷雾中，我在一个花园里停车、抽烟，看见花园里的青藤爬山虎，逐渐吞云吐雾，如何回聚为一只平阳之虎。有一只猫蹲在我的摩托车油箱上，估计那里有热气，它向上眺望，更高处的一只黑鸟。我辈无法洞悉真理，我至多可能发现一些道理，就是飘摇不定的世界相对停滞下来，让我可以清楚看上一眼的那个瞬间。

2000年元旦之前的一天，我心血来潮，决定骑车从成都返回自贡市，川云中路单程二百六十公里。在三四度的气温里，我用五个半小时跑完全程。冬季的蜀地集中了全部冷气向我开火。我已经被打穿，所以每一缕寒气穿过了骨头，并彻底置换了我的骨髓。到达目的地，我喝了一斤白酒才缓过气。那年我三十五岁，体能强悍，真不是吹的。

两天后，同样是一个大雾弥漫的早晨，我动身返回成都。不知道什么原因，那天我很焦急。摩托车的斜支腿没有收好就出发了，在一个弯道上斜支腿触地，我的车被惯性顶飞出去……狼狈倒地，膝盖全破了，并且击穿了三层裤子。有好心人把我扶起来，受伤的我却再无力气把摩托车扳正。路人告诉我，这个弯道摔死了好几个骑摩托的了。

摩托车轮毂弯了，前减震漏油，车几乎无法推动。我尽力推了几百米，终于找到一家修理店，元旦节假，老板不想干活，说尽好话，终于动手。维修了三个小时，我顺便买了一点消炎药包扎处理膝盖与手臂，继续赶路。几十公里后到达资中县境内，前减震再次漏油，再次维修，求人，出高价。晚上从简阳翻越龙泉山时，摩托车的灯光全灭了。我把车速降下来，慢慢走。到达家里，小区停水停电，我睡了几个小时后身体才有了些微感觉，知道这两天起不来了。受外伤后吹冷风，一定要大病一场……这次受伤，轻于我几年前的一次翻车事故，缝了十八针，那次伤及动脉，足足缝了三十针。

一天我在城郊接合部的路边买东西，刚刚起步，一轰油门。我注意到一个骑自行车的中年人，突然横撞过来。我第一反应是，遇到碰瓷的了。强力急刹，摩托车彻底侧翻，从他身边滑过去，撞到了马路路肩才停住。碰瓷者显得有些吃惊。

我说：“你应该再勇敢一点，你就成功了。”

他目露精光，智商明显高于大众水平。没有说话，掉头而去。

我的意思是，如果撞上了，我立即会动手，把他暴打一顿。我不信这个邪。

在成都已经没有女人乘坐我的摩托了。成都的女人都是乘轿车的，她们习惯在静谧的私人空间里享受生活与车震。家乡一位资深美女来成都学习期间，我倒是送过她几次。

资深美女坐在车后喋喋不休地谈论钱财与幸福婚姻的亲密关系。我烦，很想把她扔出去。来了几次急刹，但终于忍住了。转念一想，她已经到了资深的临界点，再不抓紧机会把自己嫁出去，就没有多少时间了。于是我心怀歉然，继续骑车。看上去，我们很像夫妻回家。

如果说职场内的婚姻顽强地使用着两个标准，而迅疾变化的生活又为人们提供了过于广阔的驰骋空间，那么就是一个悖论的命名。当强者以世界警察的姿态规范世界格局的时候，弱势的国家不也反复强调标准的不同嘛。抬头看见一只飞翔的鹰，在空中刀锋般盘旋，切割云朵，它简直就是天空的大师！

但资深美女吹气如兰，在我耳边说，鹰肉肯定没有鸽子肉好吃。

一头纵横于原野的豹子，它以剽悍的凛冽之气逼近万物、展示酣畅的动感时，资深美女又说了，豹子的身材没有树子高嘛！

说的人并没有错，这是她奇特的价值比较法。但鹰注定属于天空，而豹子的宿命就在于奔驰！鹰与豹子矗立于与蝇营狗苟的议论毫不相关的域界。

今夜，我突然怀念起以那个资深美女为代表的职场女人，想起了她对我的坦然、喜欢和严肃，想起她对我的希望，就像撒在我身上的种子，没有发芽，却发生着合理地蜕变——比如，你朝着一根木头奋力施肥、浇水，木头冷硬，拒绝发出新芽，但竟然长出了肥硕的菌子！一段时期，我与她都希望努力地靠近对方，到头来才发现，我们从来就没有靠近过，哪怕就是一步！如同我在旅途上买了一些食物，我不可能因为觉得食物可口就把小贩连同车站一起带走哇。我可以和这类人谈钱的交易，但拒绝给这类人谈论明天，可她们往往把两者视为一回事！仔细想想，绝大多数人也是这样合二为一的。这的确是我面临的课题，其实我一直没有能力解决，估计以后也毫无指望作如是观。钱钟书的《围城》在我读起来，就还多了一层“招安”的意味。

记得那一个晚上，成都平原星空璀璨，彗星飞逝，蜀地的杜鹃在密林间发出苦闷的叫喊。我的手从资深美女的长发里最后一次穿过，擦掉她眼角的液体。那时，我几乎就快成为效忠村姑杜尔西内娅的堂吉诃德了！而当我骑上摩托车在郊区公路飞驰的时候，猛烈的冷风抽打我的脸颊，耳光响亮而清澈！从摇曳的树林间，我看见明澈的星空和灰蒙蒙的原野，在身后不计后果地摊开……

是的，我想念那头奔驰的豹子！

而一头正在溶解的豹子，比黄金还要黄金。

这是我平生第一次怀念豹子。时在2000年，十五年后，我写出了二十万字的《豹典——豹子的精神史》。一饮一啄，岂非前定。

值得一说的，是我这台老机车，还载过一次惊慌失措的周晓枫。她是平生第一次、估计也是最后一次乘坐摩托车。后座上的她，严肃得一言不发。哦，那可是我的摩托车唯一载过的名人。

对于很多玩车族而言，摩托往往是最后的情人，一个人到了不再需要这些风花雪月的程度，就要断然放弃。2005年我购买了一辆普通轿车，至今更换到第三辆了。我对轿车的呵护远不及摩托。那辆性能优异的摩托车后来送人了。来人骑走摩托的那个傍晚，我站在路口，长亭送别，我觉得自己就是杨白劳啊。只是，我没有出卖，而是白送。

鉴于成都市区停车过于艰难，我这几年又买了一大一小两台电动车，小的可以折叠放入轿车的后备厢。在市区不但可以用来迎送女读者，而且我是四川作家里，唯一敢骑车去参加会议和宴会的。偌大一个酒店里，就我一个人敢于骑电动车而来，而且很多高档酒店并没有停放非机动车的位置。作家们衣冠楚楚排闼而入，谈笑风生，我在某个角落停好电动车。我知道，我与他们还是不同路。既不同于来路，也不同于去向。在他们眼里，一个获过国家级文学奖的人，才是著名作家，才配当文学领导。至于写作本身，我以为他们并不关心，他们关心自己进入会场的显赫座位、签到顺序、研讨会和雷鸣般的掌声。

电动车不过是对摩托车的一种拟真，进而成了我的超级真实，尽管骑电动车的我，在他人眼里是“虚拟的摩托骑士”。有时我骑着折叠电动车而去，他们会把我当作游弋在停车场的“代驾”司机，就像曾经那位坐台女把我当作“摩的”司机一样。当作家们开车飞驰而去之际，在反光镜里我看到他们向我挥手道别，我则在非机动车道上踽踽独行，与我落在地面的车影一路前行。遇到几个飙车的小青年，把铝罐绑在摩托车排气筒上，发出的声音搅动骨髓……驾车邀明月，对影成三人。我想，沿着非机动车道而行，估计不容易抵达江湖地界了。但也许我会遭遇到曾经猛轰油门的那个自己，把我载到另外的地界。也就是说，我是一个没有面子的人，但会为别人留面子。

2017 年 4 月 24 日，美国作家、哲学家罗伯特·梅纳德·波西格在缅因州家中去世，享年八十八岁。波西格最著名的作品，是他创作于 20 世纪 70 年代的《禅与摩托车维修艺术》。书的结尾处，波西格与儿子克里斯有几句对话：

“我要是岁数足够大了，能不能有一辆摩托车？”

“只要你能照管好它。”

“你得做点什么呢？”

“很多很多事，你一直看我在做的那些事。”

“你能把所有要做的都演示给我吗？”

“当然了。”

“很难吗？”

“只要你态度正确就不难。难的是态度正确。”

在我看来，这仿佛是我与曾经的自己在窃窃私语。

（原载《广州文艺》2020年第2期）

【作者简介】叶廷芳，中国社会科学院外国文学研究所研究员、博士生导师，德语文学研究会会长，国际歌德学会“荣誉会员”。著有专著《现代艺术的探险者》《卡夫卡及其他》《美学操练》等十余部，译著有《迪伦马特戏剧选》《卡夫卡文学书简》等多部。另有散文集《跳动的音符》等若干散文作品。

Ye Tingfang is a researcher and Ph.D. tutor of the Institute of Foreign Literature, Chinese Academy of Social Sciences, president of the German Literature Research Association, honorary ember of the International Goethe society. He has authored more than ten books such as *Explorers of Modern Art, Kafka and Others and Aesthetics Practice*, and has translated several books including *Friedrich Dürrenmatt* and *Kafka Literature Short,* etc.. He also has several prose works such as prose collection *Beating Notes*.

我的狮峰龙井恋

叶廷芳

有感于“人生苦短”，而年事已高，这几年我每年清明前后都来钱塘江流域度春，先在杭州小住几日，然后去家乡衢州。我觉得这一带最具温带特征：四季分明。因此具有典型的春天味道。

在杭州我每年都住华侨饭店，不仅较便宜，而且就在西湖边，我每年都住面湖的房间，可谓阅尽西湖春色，包括阴晴雨雾的千变万化，包括熙熙攘攘的芸芸众生。

西湖之外，我还有一恋：狮峰龙井茶。此恋始于20世纪70年代前期。当时社科院原文学所所长何其芳先生刚从“五七干校”回来，觉得无事可干，便决心翻译他喜爱的海涅的诗。可他不懂德文。而他认为不从原文翻译，那诗必然会走样。于是叫我帮他学德语。第一次去他家，刚坐下，他便亲自张罗，端过来一杯刚冲泡的龙井茶：只见一缕雾气冉冉上升，一股特殊的茶香也随之扑鼻而来。以前就听说何先生喜欢夜间写作，陪伴他的是一壶茶和一包糖果。那次我心里跟自己打趣说：难怪何其芳写的《论红楼梦》笔力那么充沛！我也喜欢开夜车，于是龙井茶也常出现在我的案头，不过那时买得起的，最好的不过是三级龙井而已。

可是到80年代中期，别说三级龙井，就连最差的龙井也很难买到了。到处是假龙井。人们感慨不已。有一次在杭州开会，会后我约几位年轻朋友去九溪十八涧一游，那里离龙井村很近，顺便深入该村，当能买到真龙井。然而唐弢高足汪晖对我的想法大不以为然，一路上讪笑我："叶老师真天真，以为到了龙井村，就能买到真龙井！哈哈哈哈……"但我始终不为所动。进了村子，大家一起先瞻仰龙井村的始祖——聚集了那么多传说和故事的那口"龙井"。然后走进主街道的一户房子较大、风格也较传统的农家，请主妇拿出各种茶，泡好，让我品尝、选择。她泡了四种。最后我认可了最贵的那种：它的每朵茶都是壮实的一大一小的"小雀舌"。我买了二两，每两六十二元（这在当时可是个不菲的价格），权当真龙井带回。是真是假天知道！只觉得凭口感当不至于受骗。

两年后《文艺报》在杭州双狮峰山麓举办笔会，会后宣布每人可以买一斤"狮峰龙井"。我买了。龙井是可以肯定的。但是否是真"狮峰"？怀疑者不在少数。

20世纪90年代，一位想托我办点事的女士由一位我不相识的男士陪着来访，她递上一盒装饰豪华的"见面礼"，说："我知道你喜欢喝龙井，特地给你带来一盒上品！"那男士接过来一看，大声说："这哪里是龙井——假货！什么是真龙井？我去拿来给你们看看！"接着他一股风似的就出了门，约半小时后他回来了，捧着一个用黄皮纸随意裹着的纸包，大声说："你们看，这才是真龙井呢！"我闻了闻，看了看。凭色泽和香味，与当年在双狮峰山麓买的颇相似。于是我说："是龙井，机器炒的。"他向我竖起一个拇指："嗨，是行家！"我说："哪里！

只是偶尔喝一杯两杯而已。”

上天有时也会发慈悲，成全渺小生命的一点渺小的心愿。在那不久，我的一位杭州老朋友的能干儿子，居然娶了龙井村一位美丽的姑娘！于是我对新郎说：“以后喝狮峰龙井就得靠你了！”那位“龙井女婿”小杜还真听进了我的话，近十来年，他每年清明前后都要寄两包纸包的“狮峰龙井”给我品尝。但这是不是真的就是狮峰所产？心里不免还是有些疑问。2013 年秋去杭州，一个晚上十一点，为了欣赏夜间西湖的宁静，我独自沿着湖边转了半圈。回来路过华侨饭店斜对过湖边那幢新盖的古式大楼，见里面还在营业，便想进去喝杯茶，慰藉一下不无疲倦的身心。问：“有没有狮峰龙井？”答：“有！”“是真狮峰？”我问。“我们这整个楼都是五星级经营，哪有假的！”我选了个临湖的窗边座位，回答说：“请来一杯！”“一百九十八元一杯！”对方强调说。“够奢侈的！”我心里想，“但为了证实和对比两种狮峰的真实性，也算是寻求真理吧！”于是我坐着不动，表示认可了这价格宣言。我一边听着湖水微微拍岸的细浪声，一边品尝着茶的韫味，觉得此茶的口感与小杜送的确实差不多。心里踏实多了！

2014 年，一位浙江朋友调北京工作，彼此相约见了一面，临别时送我一个纸袋。我回家打开一看，是两个熟悉的纸包，其中一包的正面还贴着一张约四寸长、两寸宽的证件，上面印着“狮峰龙井茶”五个字；中间是一个约一寸见方的绿色方印“贡”字；下面是一行“杭州西湖龙井村礼品茶叶定点户”。我把小杜送的与之比较：粗细、色泽、炒功、气味完全一样！紧接着各沏一杯分别品尝之：当九十摄氏度的开水一冲下去，两道轻雾争相上冒，两股相同的我熟悉的“狮峰香”（姑且命名之）向我的鼻孔直扑而来！我高兴得几乎跳了起来：三十余年来一直追求的狮峰真龙井梦几年前就已经实现了！

去年春天，小杜邀请我去龙井村。到达的当晚，他请我就餐，同席有一位生人。小杜说：“叶叔！你大概以为我每年能给你寄龙井茶，靠的是我老婆吧？不是的，靠的是几位老朋友，包括这一位，他当过龙井村的支书，我们是当年西湖中学的同班同学。”我高兴地开玩笑：“怪不得近年来流行一句话：不认识阳澄湖的哥们儿，就吃不到真正的大闸蟹；不认识龙井村的哥们儿，也喝不到真正的龙井茶！”临走时这位朋友递过来一盒茶：“刚炒好的，您先尝尝。”

第二天早上，我的这位贤侄开车来送我和他父母一起去龙井村，想不到比赶集还拥挤！只得下车步行。只见一队队花花绿绿的采茶姑娘们背着竹篮子擦肩而过。我们在人群中绕来绕去，总算看到了乾隆皇帝钦定的那十八棵御茶树和某些古迹。大家忙着用相机拍了许多照，似心满意足了。

这时小杜说：“叶叔，现在我们观赏到的才是狮峰的一小角。要领略狮峰的气势和壮观的茶园，我们还得费点力气，上一个山庄，山庄主人是我的中学同学。那里既是茶馆，又是饭铺，更是观景的好地方！此外还可以观赏高级炒茶师怎样炒茶。”小杜又稍稍泼了点冷水：“就看叶叔腿脚行不行：要爬一百一十个台阶呢！毕竟您已经八十好几的人了！”我心里估摸了一下：一百一十个台阶不过等于爬一趟六层楼嘛，马上回答说：“不成问题！”小杜说：“我来扶您！”我说：“不用，与你父母联袂而上，可以回叙我们一个甲子的友谊！”到达后，豁然开朗，果然是一派如诗如画的景色：巍峨的高山、悦目的茶园、茂密的树林以及散落的农舍。饱览之后，山庄主人又笑嘻嘻地把我们引到炒茶室。只见一口偌大的铁锅斜支在木炭燃着的幽火上，锅底一捧碧绿的嫩茶被两只叉开的手掌不停地、慢慢地播弄着。那是一位六十开外的老师傅在掌握着火候。我们问他一天能炒多少？他说一天能炒一斤算是不错！后来主人透露：每天工钱少不了四百元！我们吐了吐舌头，七嘴八舌说：怪不得真正的狮峰龙井明前高山茶每斤至少两千元（到市场上当然更高）！小杜对我说：“许多爱喝茶的人，包括您，都以为‘明前茶’最好喝。其实这是个误区。最好喝的是‘明后茶’，也就是4月10日至4月20日这十天采的茶！因20日恰好是‘谷雨’，所以叫‘谷雨茶’。因此我今后要到4月下旬才给您寄茶啦！”

主人招待我们吃了丰盛的午餐，递给我们每人一个美观的小铝盒，说：

“现炒的狮峰龙井，品尝品尝。”回到住处，我将先后获得的两种狮峰龙井茶品评比较，显然还是高山产的略胜一筹。于是我明白，就是同一种狮峰茶，也会因产地、出产日期、炒功和炒法（机炒还是手炒）而不同。

至此我的狮峰龙井恋才算画上了句号！

（原载《光明日报》2020 年 4 月 17 日）

【作者简介】陈蔚文，女，“70后”，发表小说及散文随笔数百万字。作品见于《人民文学》《十月》《钟山》《天涯》等刊。曾获人民文学散文新人奖、林语堂散文奖、谷雨小说奖等奖项。出版小说集《雨水正白》，散文集《见字如晤》《未有期》《叠印》等十余本。现居南昌。

Chen Weiwen (female) was in the 1970s and has published millions of Chinese characters in novels and essays. Her works have been published on *Path Light, Shi Yue, Zhong Shan* and *Tian Ya*. She has won the *People's Literature* Prose New Talent Award, Lin Yutang Prose Award, Gu Yu Novel Award and other awards. She has published more than ten novel collections and prose collections such as *Rainwater is White, Seeing Words as Meeting, Unexpected Period* and *Overprint*. Now she is living in Nanchang.

真　相

陈蔚文

一

路过一幢建筑设计公司的楼宇，墙脚围了圈木栅栏，里面植了翠绿挺拔的竹子，同伴说，这竹子长得真好！

当然，因为是假的。

啊？不会吧？她凑前细看，隔着栅栏她仍不能确定竹子是假的——它们做得相当逼真，叶子的质感、形状乃至姿态在风里都足以乱真。

她用手捏拭，这次确认：竹子确是假的。

你怎么看出它们是假的？

因为没有一片黄叶。

这一大丛竹子，青翠欲滴，生机勃勃——然而就是它过分整齐的生机泄露了秘密：既是生命，怎可能没有丁点的参差与萎败？

你见过没有一片黄叶的竹林吗？哪怕它们整体抖擞昂扬，但一定会有少许凋败的枝叶。对生长，总会有些阳光和养分无法送达之处。

生机与凋败一起，才构成生的真相。

从建筑公司的楼宇再往东一些，是人流熙攘的上海火车站。往南一些，是幢二十几层的商务写字楼。在第十五楼，我做一本女性刊物几年，采访了不少人。包括明星、商界成功人士、生活家和时装设计师等，总之都是各行业翘楚——在化妆师、摄影师等的通力合作下，他们被后期PS过的形象在杂志的铜版纸彩页上绽放光芒。

我写过若干这种访谈，提纲上的问题都是春风和羽毛，没有尖锐与撕扯。读者更愿见到幸福，明星们也更愿在公众面前以这样的形象出现。像笼上灯罩，既亮又柔。

当垂下眼睛熄了灯，有什么藏在黑暗的角落？

二

供职于沪上一家时尚杂志时，我曾采访一位女导演兼知名节目主持人。上海莘庄的一幢别墅，院里合欢树在雨后绽放如雾似梦的粉红。在富有格调的客厅中，她让阿姨端上精致午餐，包括一盅用青花瓷盛着的火腿干贝冬瓜汤。她说她喜欢布置家，出差都带着有家人照片的相框，睡前摆在宾馆床头，她喜欢买昂贵内衣甚于外套，因为内衣是女人对自己的爱情——我连忙记下，这正是杂志所需的内容……

我们一直聊到下午，逐渐熟悉，生出些女性间的体己。她沉吟了下，说到她的婚姻——和先生名存实亡的婚姻，他们只是顾及各自事业，维系着婚姻名分。曾经，有其他媒体采访时，她谈到他总是避重就轻，只谈他们相识初婚的那段，之后的争执与碎裂缄口不言。这次，她有所保留地吐露了些真相，末了，不忘交代一句：这些千万别写进去！我笑笑，她不叮嘱，我也不会写，杂志虚席以待的是光鲜和幸福，怎会牵扯难堪？

另一位艺术圈内的知名女性，若干年前我在咖啡馆采访她时，她兴致勃勃地说到她的艺术创作，被众人赞美的灵感，饶有收获的东南亚采风，N次成功的展览，与商业的合作……她没提及孩子，我以为她是丁克家庭。

再访她时，冬日下午，在她家，徐汇区一处老公寓的二楼。阳光从窗棂照进，打在她泡的一壶苹果立顿红茶上。聊着聊着，她神色忽地黯然，说到患忧郁症的女儿。她说，一直没说出是因为觉得不便。这个午后，她和我，我的倾听加上她的真性情，她说出这伤痛。她与丈夫的不睦，之前在女儿身上倾注的希望与心血，以及现在巨大的忧心与失落，女儿不久前因失恋自杀过一次，现在，只要女儿靠近窗口，她就吓得想箭步冲过去！她说自己的老母亲在家陪护女儿，几乎寸步不离。

我还采访过台湾一位明星，准确说是明星太太，她先生是知名音乐创作人，为许多大牌歌手写过歌，包括张惠妹等。她此次来沪是为自己美容健体方面的新书做宣传。从孕期的近二百斤的超级肥妈到现在的辣妈身材，她塑身成效惊人。我那时来沪入职不久，拟了些套路化的问题给她，不少有关她和先生的相处。读者当然想看写过那么多脍炙人口的爱情名曲的音乐人自己有怎样的情爱。她挺配合，说了些“幸福片断”，包括她煮牛肉面时，先生会在一旁替她烫菜心——正是杂志与读者都期待的温情场景。

不过再说下去，她有些语结，我未察，仍莽撞地继续发问，希望她多贡献些幸福内容。与她同来的经济人有些尴尬地岔开话题，我才意识到不妥。

回来网上搜资料，发现“辣妈”与曾离异一次的先生的婚姻颇有些纠结。多年后，这位明星创作人的前妻因某节目复红，他再度成为话题。然而，网上有关他的婚姻情况居然只字没有“辣妈”的信息！只有他的歌星前妻与现任年轻太太的资料，包括音乐人自己的微博，在说到婚史时，也压根儿没“辣妈”的只字片言。她像水珠一样消失在他的情爱史中，连“曾经”都取消了。她为孕育他的孩子暴肥到吓人，又刻苦砥砺地减到魔鬼身材，这一切为谁辛苦为谁忙？那个为她的做牛肉面烫菜心的男人呢，究竟有无存在过？

有关她的信息，只有一则几年前她去整形诊所抽脂感染差点送命的报道，其中提到，她感谢前夫，她办出院时才知他替付了医院的高额医药费。

做好事不留名的音乐人，不是因为想学雷锋，而是不想提及这段婚史吧？

地铁上，两个年轻女孩翻阅时尚刊物，一脸羡慕地低声议论。封面上是一位女星，很美很优雅——其更深处的内容，女孩哪里能看到呢？

墙外的青翠竹子，青翠得太划一反而失了真。太光滑的人生也是不足信的。世间事，比起“发生”与“未发生”，更多是“看见”与“未看见”。

光过强的地方，景状是会虚化的。

三

一些动物非常会利用伪装术避开捕食者的爪牙，比如叶虫，无论怎么看，它们都像是一片叶子。更令人不可思议的是，有些叶虫居然在身体边缘伪造被咬过的痕迹，看上去完全像片真正的叶子。还有叶螽和撒旦叶尾壁虎，它们的外形和体色也酷似一片枯叶。

掌握伪装本领的还有海洋中的比目鱼，它的样子与海床融为一体，不仔细看根本发现不了。再有斑点沙鲆鱼，它的外形与布满小圆石的海床融为一体。

不仅是动物，有的植物为避免被人类和自然所消灭，能长出不同形状的叶子，使自己的面目不断变化，令敌人捉摸不定，从而躲过侵害。有的植物和各种植物群生在一起，减弱自身的表征，干扰昆虫的定向能力，使昆虫无法找到它。还有些植物利用拟态来保护自己，如生于非洲南部原野的番杏科的圆石草和角石草，混生于沙砾之间，植株矮小，外形酷似卵石，动物不易发觉。

这些动植物界的“伪装大师”着实令人叹服。为了不被自然淘汰，它们用尽手段，尽其所能地应对生存竞争，以使自己存活。

而人的伪装呢？是为了应对生存压力还是出于品性中的积习？

四

某次江南的山中之夜，一位并不算熟的女人来找我聊天，话间有些吞吐——她真正欲叙说的对象是一位我认识的男士。她与那位男士往来数年，有不寻常的关系。在她眼中，他无疑有着种种值得她往来数年的原因或说魅力，她由此顶着人言的压力——他们各自有家庭。

而我能说什么呢？她看到的“他”与我所知的他，有着不小的差异。我与这位男士有过一些交道，也从对他相识的人那听闻过一些。这“一些”包括他锱铢必较的品行，以及从多年前起就没止过的数起绯闻。

无疑，我所知道的这个人，并不值得这个女人为他做名誉的牺牲。

可这话的确难以说出。我不忍破坏她炽热的情爱。她曾在朋友圈里转发过一首余秀华的诗：

……

我无法把我的命给你

因为我一死去，你也会消逝

我要了你身后的位置

当我看你时，你看不见我

我要了你夜晚的影子

当我叫你时，你就听不见

我要下了你的暮年

从现在开始酿酒

我们都知道，她转发这首诗的含意。另次，她的QQ签名改成一句动情的诗，“我一直是个怀揣泥土的人，遇见你，它就有了瓷的模样”。

她其貌不扬，看去简单而热烈，说话时恳切地盯着对方，像要走进你的内心，同时也邀你走进她的内心。那个男人在她心中，毫无疑问充满魅力，具备让她动心的若干优点，包括智商、趣味、品行……不然不会让她“从现在开始酿酒”。然而，这是他的全部真相吗？不，在另一些人那里，看到的是另一些：自私、暧昧、计较。当然，他同时还是位好父亲，对上中学的孩子关爱有加。

哪一个是真实的他呢？像同一个站台，站牌不同的两面。

她让人想起那句歌词，“大大方方，爱上爱的表象 / 迂迂回回，迷上梦的孟浪”。

几年后，听说这位女人与那男人渐行渐远，与她熟识的朋友说是因为一件小事，让她突然意识到在他平日用各种语言构筑的“爱的伟光正”形象之下的破绽或说纰漏。

那件小事是什么，不得而知。但小中见大，使她“顿悟”是真的。

——不，这只是我的想象，他们其实还在往来着，各自的炽热或许依旧不减。因为距离，那件小事也许永没有机会出现。她始终立在站牌的正面，她从没有看过站牌的背面是什么内容。

也许她本不需要看，她与他的往来并不朝着婚姻而去，没有必要了解一个整全的他。她只要按照令她心动愉悦的角度去“看见”他就行了。

一直记得那个江南夜晚，在家临湖的酒店，她吞吐着欲与我诉说的样子。我当时刚洗完头，着急想吹干头发。我知道自己湿着头发和头发吹干后蓬松顺滑的样子差别挺大。前者显得很没精神，只有当头发干了后，我看起来才像自己，或者说像我愿意接受的自己。加上有些东西并不好向她和盘托出或讨论。她吞吐游移，我语焉不详。最后，我们扯了些江南风物之类的家常结束了这次谈话。

有关人的两面性或说多面性，遍布于生活。

“印象中温文尔雅的她，有次无意听到她打电话，口气像脱缰的野马凶猛且不受控……”

“偶然发现一个看去大大咧咧的男人，记着一笔细账，包括同事借的几元午餐钱。”

“一位喜欢义正词严地评判社会和他人的男人，在权力面前却卑躬屈膝，如惊弓之鸟。”

“看似超然淡泊，与世无争的一位女同事，相处后才发现她对人的挑剔与强烈的妒忌心……”

这是网上关于“人的多面性”的一个帖子中网友的留言。

“如果某种条件过于逼仄，仅仅允许他释放人性中较为低矮的一面，而不是属于灵魂的较高一面”——那么，只有当逼仄变为宽松，他才能释放更体面一些的人性。

另种与“逼仄”无关的两面性，大概是与动物性有关。

一位女友说起，有人邀她去参加一次行业讲座，主讲人是位得体稳重的男士。女友对这位男士印象很好。在另一个场合，一次夜晚的聚会上，她偶遇这位男士。不过她未提及曾见过他，男士也没留意她。酒过三巡，来了位漂亮丰腴的女人，是席间某人的朋友。一番介绍后，男士的目光便一直未离那女人。后来，男士借敬酒之机竟然紧紧抱住了那女人，众声哗然……女友提前走了。她说，真是失望极了，没想到他是如此轻浮孟浪的人。

“没想到”，这三个字总是反复地出现于生活。

Z也与我说过类似内容。在她年轻时，带一位女友去拜访一位已婚师长。师长对哲学颇有研究，她想让女友也感受下师长的思想与才华。然而，这次见面，师长没有表现出“思想与才华”，倒是对Z的女友表现出过分的殷勤。Z借故先走了，她从师长的眼神中明白无误地看到他对她先走的欢欣。那欢欣甚至毫无遮掩。在傍晚的街头，Z哭了一场，她岂止失望，简直是幻灭。一位思想导师的形象在那天坍塌了。他不仅代表他个人，还代表更多，譬如代表深沉、智慧本身，而这些在一个女人的姿色面前瓦解得如此轻易。

“这不是人之常情吗？或者说男人之常情，雄性之常情”，另位年长几岁的女友Y笑着对此评价，“也许只是因为你喜欢那位师长，所以在另一个女人面前，你不能忍受他公然表现出的兴趣。”

Z否定了这种说法：“如果是这样，我也许只是失望，而不会幻灭。那时年轻，精神上有洁癖，把高尚、品格这些东西看得很重，师长那天的表现与他之前的深刻正好相悖——我能理解男女间初次见面的好感，但他赤裸的殷勤使我想起动物的发情，太不体面。”

Z再没和那位师长联系，如今她已去国外多年。

五

很少看朋友圈。老实说，朋友圈凌乱纷繁，其中的“生活”部分并不值得多么信任。尤其在知道N的事情后。这是一个巧手的女子，常在朋友圈晒她制作的美食，底下众多点赞都表示对她幸福生活的羡慕。她还擅园艺，花养得好，那些朋友圈晒出的花朵仿佛是她生活的写照。突然有一天，听说她离婚了，丈夫冷暴力多年，因为女儿的抚养权问题，一直未能离婚。这次离婚，是她终于同意九岁的女儿归丈夫。这个离婚的代价对她的伤害有多大——看看朋友圈里她曾晒过的女儿照片即知，她和女儿那么亲密，一起阅读，一起做饭，一起给花修枝。

这个隐在美食和花朵下的真相几乎让我回不过神。一个那么灵慧的女人，丈夫怎么会冷暴力多年？他们之间到底发生了什么，而关于孩子的争夺，想必本身对孩子已构成伤害。

还有多少真相隐在那些晒出来的镜头深处？它们并不会被曝光、呈现，而是携带着难以言说的切肤的隐痛，沉默地伴随着人在世上行进。

不要定义，不要判断，不要妒忌。

“别说我说谎，人生已经如此的艰难，有些事情就不要拆穿”，林宥嘉的歌里唱道。

六

每天要经过的一条路，路两边植满树木，再热的天也绿荫如盖，四季的斑驳光影使这条路变得丰富。我走在这条路上，影子时而在明亮中显现，时而在阴暗中隐没。这些光影的交替，正如人的体内既有白昼，也藏着黑夜。哪一种成分更多，看其置身的环境以及后天的修行。

白昼挤掉黑夜，或黑夜占领白昼，又或白昼与黑夜永恒共处，这是属于人的真相。

阳光把事物遮蔽，灯盏又使其现身。

“人性既不是纯善的，也非纯恶；既不是完全自私，也不可能完全利他；人既追求利益，也追求道义。”

类似的话，心理学家荣格也说过：“理解自身的阴暗，是对付他人阴暗一面的最好方法。”

当破译了人性的复杂性，对世界，对人也就加深了理解。

仅仅是加深理解，真相并不那么容易抵达——人们接近着真相又回避着真相，呼唤着真相又篡改着真相。

个体的真相、家庭的真相、历史的真相、族群的真相……各种真相伴随着伪装与谎言，像隐在迷雾后的山峰。

去登上那一座座山峰。这个过程是追寻答案的过程，也是让自我的人性向善靠拢，向光趋近的过程。

“人是一个简短的谜”，评论家耿占春先生说。他还说，“在风景和爱里，一个人才与自身相统一，自身与世界相统一。”我理解这句话的意思是——只有爱，才能让一个人真正得见风景，更好地融入世界。

但无疑，这世上不止有风景，还有阴霾。不只有爱，还有恨。每个人身上或许都有一些不便见光的“真相”。人生的意义就是跟这些局限较量，或臣服，或突围。

“当人真正意识到（而不是头脑层面的知道）——自己身上正在发生的真相时，那一刻，是震惊，是悲哀，是困惑，是不敢相信，是无法面对，是泪流满面又觉得眼泪能表达的也实在有限，是玻璃大厦倾倒的破碎一地……过去的一切以为和信念也像多米诺骨牌一样顺着崩塌，又需要再次重建成另一个样子……”

“就是在这样一次又一次的崩塌和重建中，人才慢慢找到那一小点所谓真实的自我和真相。这一切就是这么困难、这么痛苦，是类似哪吒被粉身碎骨、扒皮抽骨又重新孵化地生长。”

正是在真相与“伪真相”的自我博弈间，促进着人的成长，不断升化、递进，尽量去实现善与光明。这个过程等同灵魂重塑的过程。无论最后重塑的结果是什么，过程本身深具意义，那不断超越自我的路途，是“相对价值向着绝对之善的投奔，是孤苦的个人对广博之爱的渴盼和祈祷”。

（原载《福建文学》2020 年第 2 期）

【作者简介】李迪，北京人，1970 年开始发表作品，历任云南某师创作员，人民文学出版社现代部编辑，《商品与质量》周刊总编辑。作品《傍晚敲门的女人》获首届金盾文学奖，《悲怆的最后一个乐章》获蓝盾文学特别奖。作品曾译成俄、法、韩文在国外出版。

Li Di, a native of Beijing, has published works since 1970. He has served as a literary writer for a division headquarters in Yunnan, editor of the Modern Department of People's Literature Publishing House, and editor-in-chief of *Shang pin yu Zhiliang*. His work *Women Knocking in the Evening* won the first Golden Shield Literature Award, and *The Last Melody of Sadness* won the Blue Shield Literature Special Award. The works have been translated into Russian, French and Korean and published abroad.

腾飞的十八洞村

李　迪

这里是湖南湘西十八洞村。一个古老而年轻的苗族村寨。

青山环抱，绿水流翠。木楼相依，万瓦如鳞。

2013 年 11 月 3 日，习近平总书记来到了这里。在村民的晒谷场上，在一棵高耸入云、有着三百多年树龄的梨树下，面对围坐在身边的父老乡亲，习近平总书记第一次提出了“精准扶贫”，指导全国扶贫攻坚战。沉睡在贫困中的十八洞村，自此蝶变，张开多彩而勤奋的翅膀，飞翔在脱贫奔小康的春风里。那样耀眼，那样明亮！

十八洞村由四个自然寨组成，习近平总书记所去的寨子，因为有梨树，就叫梨子寨。

村党支部书记龙书伍说，论季节本是初冬，我们却迎来一场春风！

行走在绿水青山的十八洞村，你会时时被精准扶贫、自强不息的故事所感动。

梨花朵朵惹人爱，采撷几朵存起来……

金兰蜜的故事

扶贫工作队队长龙秀林吓了一跳！

当他就着星光走上前去，这才看清，路边黑乎乎的一堆，不是柴火，而是一个人。

天寒地冻的，这是谁呀？

还能有谁？村民说，龙先兰！

听村民讲起，龙秀林心头一沉。原来，龙先兰年幼丧父，母亲改嫁，唯一的妹妹也跟着走了。他以酒浇愁。哪儿醉了哪儿睡，吃了上顿没下顿。

这不，大年三十，家家都在忙过年，他又醉倒在路边。

龙秀林急忙抱起他，兄弟，你醒醒，醒醒，跟我回家！

他把龙先兰领回自己位于邻乡的家，妻子正忙年夜饭。腊肉，酸鱼，蒿草粑粑。

哎哟，这是谁呀？

这是我弟弟。

啊？以前没听你说啊！

哈哈，现在说也不晚呀，他来跟我们一起过年！

要得，我添双碗筷！

龙先兰愣住了。龙秀林说，先兰，咱们一笔写不出两个龙。从今往后，你就有家了。你是我弟弟，我爹妈就是你爹妈！说着，他把爹妈请出来：爹，妈，您看，我弟弟俊不俊？两位老人一看儿子“捡”了个弟弟回来，笑得合不拢嘴，遂按苗家认亲礼，给他包了一个大红包。龙先兰再也忍不住了，泪如雨下。爹，妈，他大声哭喊着，老天不公，我一再失去亲人，我没有希望，我只有喝酒，我兜里永远没有钱！现在，我又有家了，又有爹妈了！往后，我要听你们的话，听秀林大哥的话，活出人样儿来！

打这以后，龙先兰扔掉了酒瓶。龙秀林逢人就说，先兰是我弟。当然，帮助龙先兰脱贫，成了他进村后百忙之外的又一忙。小伙子正当年，光打零工不行，要引导他干一番事业。龙秀林先帮他摆了个鱼摊，养鱼卖鱼，还叫妻子动员姐妹们都去买。可龙先兰天生不是买卖人，嘴笨，不久就收摊大吉。再干啥好呢？龙秀林拍着脑袋苦想。忽然，一只蜜蜂冲他一脸的汗飞来。他一躲闪，来了主意。哎，让龙先兰学养蜂行不？苗家自古就会养蜂，但都是散养，星星点点，成不了气候。如果龙先兰能办个蜂场，养成规模，采自大山的天然土蜂蜜还愁没有销路吗？到时候不怕他嘴笨，只怕供不应求！

龙秀林把想法一说，龙先兰拍手叫好，可接着又摊手为难，我跟谁学呀？再说也没本钱啊。龙秀林说，师傅早给你请好了。本钱你还愁吗？哥有一块饼，就有你一半！就这样，龙秀林自掏腰包，把龙先兰介绍给邻乡的养蜂专业户，并为他购置了蜂箱等物件。龙先兰嘴笨手不笨。出徒后，第一年养的四箱蜂就挣了五千多元！他高兴得手舞足蹈，首先想到的是把本钱还给龙秀林。龙秀林说，还啥？看你那破房子，风来透风，雨来漏雨，还不赶紧翻修了找媳妇，想打一辈子光棍吗？

到底是哥。话说龙先兰三十了，媳妇还不知在哪儿呢。十八洞村像他这样的光棍还有不少，成了扶贫工作队的心病。脱贫先要“脱单”，无家心不安。为此，工作队在村里举办了四届相亲大会。第一届举办时，龙秀林就把龙先兰拽去，跑前忙后给他当“媒婆”。

关键时候，龙先兰的嘴也不笨了，说我不会唱歌，也不会跳舞，但有一身好力气，哪个姑娘跟上我，我让她幸福一辈子！说完，就地十八个俯卧撑。脸不红，气不喘，一下子就被板栗村的姑娘吴满金看上了。

姑娘看上不行，爹妈不同意。

小吴主意正。不管爹妈同意不同意，自己跑到十八洞村。两个人一起打扫龙先兰的房子，光是垃圾就装了五口袋。

龙秀林听说后，选了个好日子，带上妻子，叫上村干部，一起来到板栗村为龙先兰提亲。他对两位老人说，先兰有家啊！我是他哥，这是他嫂子，这是村主任，这是村支书。我们都是先兰的亲人，也是你们的亲人。我们真心担保，先兰是个好后生，他现在不是酒鬼了，是个养蜂能手，姑娘跟他错不了，你们二老就放心吧！

小吴爹说，离了窝的小鸡要自己找食，受了欺负别后悔。

小吴妈说，孩子认准了，我们也不是不讲理的人。

龙秀林赶紧接上话，二老同意啦？

两位老人不说话。隔了一会儿，又点点头。

龙秀林小跑着回来向两个人报喜，说恭喜恭喜，好事成双啊！老人同意了，这是一喜，我刚得到消息，精准扶贫贷款下来了，每个贫困户五万元，这是又一喜。这下你们的蜂场可以开张了！

蜂场很快开张了！两个相爱的人从此开启了辛勤而甜蜜的生活。在两个披星戴月的身影背后，一百八十个蜂箱如繁星飞落在百花丛中。

当小吴准备把收获的蜜带回家给爹妈品尝时，不留神被蜂在脸上蜇了一下。

爹一看到她的脸肿了，就吼起来，我就说他是酒鬼！妈心疼地掉了泪，闺女，这婚咱不结了！

哈哈哈，小吴笑弯了腰。你们快尝尝，这蜜甜不甜？

两位老人蒙住了。

很快，在唢呐和鞭炮齐鸣中，龙先兰和吴满金喜结良缘。他们的蜂场产出的蜂蜜也正式命名了。啥名？夫妻俩名字里各出一字——

金兰蜜！

“爱在拉萨”

没的事。这是龙拔二大妈挂在嘴上的话。

可是，那时候，她正“有的事”。

而且，不是一件，是三件。件件愁死人！

先是老伴病了。椎间盘突出。不能下地，不能坐，只能躺床上。地里的活儿干不了。还要看病、打针，一年要花好几千块钱。家里还有个老奶奶，日子也指望她。

再一个，家里上百只羊突然得了病，一下子全死光了。不能吃，只能埋了。龙拔二哭干了泪。埋完了，不想回家，坐在地里到天黑。

第三件，喜忧参半。或说忧大于喜。唯一的儿子杨英华，考上了华东师范大学。这是寨子里第一个大学生。乡亲们都来祝贺，龙拔二却眉头紧锁。这是要花钱的事。可是，钱呢？孩子很懂事。高中时住校，到了晚上，有钱的同学去逛街，他坐在寝室不出去。可现在不是逛街，是要真金白银，学费、生活费。

说实话，一般人都难以承受这样的压力。何况，龙拔二已经是六十多岁的老人。她咋供得起呢？

她挺直腰杆，没的事。

偷偷地，把家里最后一头耕牛卖了。

家里本来养了三头牛。儿子上高中的时候，就卖了两头。儿子知道了说，妈你把牛卖了，咱家的地咋耕啊？她说没的事，还留着一头呢！地也不多，有一头就够了。

现在，为了给老伴和儿子凑钱，她把留下的那头牛也卖了。儿子急得哭。她说你小声点儿，别让你爸听见，他病着呢！家里的地我想办法请人帮忙。放心吧，没的事。

请谁帮忙呢？又哪儿有钱请呢？龙拔二只能自己当牛。她背着家人，买了一台便宜的旋耕机。当地人叫铁牛，类似手扶拖拉机，在机头前方安装了可以旋转的犁刀。耕地时人双手攥紧了把，掌握方向。犁刀旋转，泥花纷飞。半天下来能把人震酥。这都不说，铁牛重一百五六十斤，龙拔二家的地在高坡上，咋抬上去呢？

龙拔二喘了口气，没的事。她把铁牛的零件，一个一个地拆开，装进背篓里，分几次背上山。背到山上后，再一个零件一个零件地组装起来，然后就开始了一天的劳作。

到底是六十多岁的人了，干了不一会儿就累了，一屁股坐在田坎上，看着要耕的地还没有尽头，坐着坐着，眼泪就下来了。

一天的劳作结束，龙拔二又把铁牛拆开，用背篓一次次背下山，明天接着干。就这样日出而作，日落而息，地终于耕完了。把种子和希望一起种下去，用脚蹬平。暮色四合，地里一串串歪歪扭扭的脚印。

这样的苦日子到底结束了！龙拔二做梦也没想到，有一天，习近平总书记来到村里，从此村子走上了脱贫致富之路。这里山高地少，种粮食困难，但山清水秀、风景宜人，可以发展乡村旅游，靠旅游脱贫。于是，进村的路拓宽了，家家门前铺上了青石板，村民的房屋装修好、卫浴改造好了，整个村子焕然一新。节假日的时候，全村游客多时一天能有七八千人。为了接待游客，一家又一家开起了农家乐。龙拔二家当然不例外。老伴烧柴、煮饭打下手，龙拔二亲自掌勺。苗家美食棒棒哒！最多时家里坐满十桌客人。一拨客人走了，又一拨客人来了。龙拔二再也不用上山了，坐在家里就能挣钱。

话分两头，再说说她的儿子杨英华。时光荏苒，英华以优异的成绩在华东师范大学毕业了。这样的好苗子，当地市县机关早就盯上了。眼看就要跟儿子团聚，龙拔二高兴得睡不着觉。

可是，有一天，突然，她接到了儿子的电话，妈，我要到西藏去支教，那里需要我！

龙拔二愣住了。她万万没想到，儿子不回来了，要直接去拉萨。

而且，合同一签就是十年！

就这么一个儿子，日思夜想的。龙拔二很揪心。孩子，你能不去吗？她心里翻江倒海，终于说出了这句话。

妈，咱家现在脱贫了，生活好过了。可还有没脱贫的地方啊，我们不能忘记。多的话也没有，妈，请您原谅我！

彻夜未眠，辗转反侧。

第二天一早，龙拔二拨通了儿子的电话——

没的事。十八洞人的心，要像十八洞那样大！

接到妈妈的电话时，杨英华已经踏上了前往西藏的旅程。四十八小时的硬座，吃不好，睡不着。当火车翻过唐古拉山时，上吐下泻，头晕眼花。他瞬间体会到父母的担心。但是，他无怨无悔。

送走了又一拨客人，龙拔二在围裙上擦擦手。她抬起头来，遥望绿水青山。她知道，在山的那头，就是拉萨。

十八洞村的农家乐，各家的名字各家起：阿雅民宿、幸福人家、精准坪广场饭庄……

龙拔二家的最特别——

“爱在拉萨”。

回乡种黄桃

隆吉龙是村里最早去广东打工的，一去二十年。

二十个春秋，事业有成。买了房子，买了车，结了婚，有了孩子。

现在，要舍弃这些幸福满满，重返十八洞村——那深山老林，那陡坡烂路，那养肥的猪要几个小伙子换着肩抬出大山才能卖的日子，重回记忆中这样的村庄，得要多大的勇气啊！

但是，他毅然转身。

习近平总书记在十八洞村首次提出“精准扶贫”，隆吉龙闻讯彻夜难眠。最终他说服爱人，离开繁华地，踏上回乡路，去跟村民一起建设家乡。一人美了不算美，全村都美才叫美！

下高铁后坐上长途汽车，在服务区休息时，隆吉龙在水果摊上看见了他没见过的桃，金灿灿的。

这是啥桃？

黄桃。

多少钱一斤？

十五块。

啊？你卖金子哪！

你不买没关系，尝尝！咬一口，甜掉牙！

隆吉龙一咬，牙还在，心甜透！

你从哪儿进的？

哈哈，还用进吗？自家种的！

哦？你种了多少？

二十亩。

一亩能种多少棵？一棵能结多少果？

一亩照着小三十棵种，一棵能结上百斤。咋的？哥，你有意种吗？

有意。咱们保持联系！

隆吉龙买了一袋黄桃，就像买了一袋金子。

十八洞村山多地少，村民人均合不上一亩。种粮食只够糊口，谈不上收益。也有种西瓜或烟叶的，比种粮食好。但又能好到哪儿去呢？一亩地种西瓜，刨去成本，纯收入也就几百块钱。种烟叶也就这个价。而这两样东西都很“娇情”，种两三年必须换地方，再种下去就会生病，侍候不了。特别是种了烟叶的地，土是散的，风一吹跟沙子一样，回过头再想种玉米都不成。不少地就这样撂荒了，实在可惜。要是用来种黄桃多好啊！一棵树别说结上百斤，就结个七十来斤，每斤也别说卖十五块，就卖十块吧，那一棵树结的桃就能卖七百多块钱。一亩地也别说种小三十棵，就种二十五棵吧，这样一算，收入都有小两万！隆吉龙越算越高兴，对，回村就发动大家种起来，让黄桃成为脱贫桃！

然而，当他兴奋地把桃分给村民品尝时，各个都叫甜，可一说起种桃来，跟着要种的只有四家人。隆吉龙愣住了。他又把账响亮地算了一遍，听的人还是笑而不语。终于，有人说话了，桃三杏四梨五年，挂果不是短日子，中间树要有个病灾啥的，地就废了。又有人说，我家的烟叶正绿着，挣多挣少的，当年就见钱。还有人说，咱这地方以前从没种过这个，谁知这金贵东西水土服不服？隆吉龙明白了，黄桃究竟咋样，谁心里也没底。我说出花来，不如种出果来。他说，这样吧，我家有几亩地，我先种起来给大家当样子！我也提个主意，谁家愿意把地流转给我种黄桃，你地里原来种的东西每亩纯收入是多少，我现在就给你！或者干脆，旱地每亩给四百，水田每亩给六百，签下合同按年给，所有风险我承担。无论如何，一定要把黄桃种起来！春天有花看，秋天有果吃，吸引更多游客来十八洞村，为咱点赞，也给咱送钱！

话音落下，一片叫好。

连家里的带流转的,隆吉龙拿出打工攒下的辛苦钱,种了一百亩黄桃！

农谚不虚。第三年，挂果了！

隆吉龙听了卖桃人的话，树壮果肥。他把刚挂的果全打了，再养一年树。

第四年，黄桃大丰收，金铃满坡摇。

村民们眼见为实，大呼小叫，我要种黄桃，我也要种黄桃！隆吉龙跑前跑后，买苗送苗，指导栽种。

黄桃处处开花，村民张张笑脸。

村委会换届，村民一致选举隆吉龙当主任。

当上村主任，隆吉龙和村干部们为发展十八洞村要做的事，比树上的黄桃还要多——

要把飞虫寨到当戎寨的路修通，这条路村民盼了二十年；要把青石板铺到田间地头，方便村民雨天下地，更为发展休闲观光式农业打下基础，让游客畅游绿水青山，分享春种秋收的快乐；哦，最重要的旅游项目是开发村里的大溶洞——那个溶洞，大洞套着十八小洞，号称夜郎十八洞，也是本村美名的来由……

忙了一天的隆吉龙走在回家的路上，边走边盘算，如同当初走在回乡的路上……

（原载《人民日报》2020 年 5 月 6 日）

主持人：李少君

李少君，诗人、文学批评家，《诗刊》主编。

Li Shaojun, poet, literary critic, editor-in-chief of *Poetry Journal*.

诗歌

推荐语

当了三十多年的编辑，曾经养成一个习惯，看到好的诗歌就先存下来，然后用于编刊或编诗集，先在《天涯》，后在《诗刊》，初步统计了一下，居然主编过三四本诗集，有些吓人。但后来事物忙乱，一些编辑工作就交给年轻人了，我最后看一下，但因已到最后交稿时间，来不及修订，难免就有很多遗憾了。好在这次让我编季选，数量不多，我就还是采取以前的笨办法，看到一首好诗先存档。

我选的都是我喜欢的诗歌，西渡的《江南忆》像古典小令，还有民歌的痕迹，山水被他写得如此明媚动人，堪称现代山水诗的一种典范。我一直想写出这样的诗歌，他先下手了，让人羡慕嫉妒恨。庞培和阿信都是抒情高手，深悉古典诗学之道和西方现代诗艺，大量的留白，现代冰山理论，隐忍的力量藏在暗处和底下，所以他们的诗歌越读越觉得深不可测。人邻和叶丽隽把抒情和叙事结合得很好，世事沧桑，人间烟火，背后隐藏多少奥秘啊，你读下去，会觉得这里面有漫长岁月的艰辛苦楚。盘妙彬的诗飘逸，但他其实是一个憨厚的人，也许希望超脱吧！叶辉、黄斌、刘春、林珊、马泽平，他们的诗歌里都有深沉的人世哀伤，这来自同情的力量，这也是让人感动安慰的力量，我们因从别的灵魂里感受同样的情感，知道有同类关注、理解、体谅我们，感同身受，会觉得格外的宽慰。杜甫就是那样伟大的灵魂，因为他的存在，我们会觉得生活还值得过下去。疫情期间，杜甫的纪录片风靡全球，是因为我们知道我们在苦困之中，还有那么伟大的灵魂陪伴我们，在我们身边，他一千年前就经历过那么多灾难，但仍心系他人、心怀天下，让我们觉得我们的灾难也是可以忍受的。我们至今仍能感受他那颗仁爱悲悯之心。王馨梓、梁甜甜是诗歌新人，但她们已经甚知如何观察、如何感受、如何描述，她们的诗歌里保留一种直觉和本能的感受，她们懂得现场的重要性，让我们重回具体情境，和她们一起去体会、感悟。

【作者简介】西渡，诗人、诗歌批评家。1967 年 8 月生于浙江省浦江县。1985—1989 年就读于北京大学。毕业后长期从事编辑工作。2018 年调入清华大学。著有诗集《雪景中的柏拉图》《草之家》《连心锁》《鸟语林》，诗论集《守望与倾听》《灵魂的未来》《壮烈风景》等。

Xi Du, poet and poet critic. He was born in Pujiang County, Zhejiang Province in August 1967. He studied at Peking University from 1985 to 1989. After graduation, he has been engaged in editing for a long time. He was transferred to Tsinghua University in 2018. His poetry collections include *Plato in the Snow, House of Grass, Heart Lock* and *Bird speaking Forest*, poetry collections *Watching and Listening, Future of Soul* and *Magnificent Scenery*..

江南忆

西　渡

顺水船停下八只桨，远行人经过
梅花、杏花、李花、乡村和集镇
在南方，山水亲切
如灯下笑靥对镜看
水在山怀，山在水怀

山总揽万物，水擦去万物
又恢复。山水的百宝箱打开
一层层欢喜。在南方，山水恍惚
稻田倒映白鹤的闲心
八桨高举，逆水船载回旧时人

（原载《扬子江诗刊》2020 年第 1 期）

【作者简介】庞培，1985年发表小说处女作，有著作二十余部，其中诗集三部。做过电焊、车工、起重工、泥瓦工、杂志社编辑、记者，开过书店、咖啡馆、文艺沙龙。参加过《诗刊》社第十四届“青春诗会”，曾获1995年首届刘丽安诗歌奖、第六届柔刚诗歌奖、第四届张枣诗歌奖。

Pang Pei, who published his first novel in 1985, has more than twenty books, including three poetry collections. He has worked as an electric welder, lathe worker, crane worker, bricklayer, magazine editor, and reporter, and has opened bookstores, cafes, and art salons. He participated in the 14th Youth Poetry Society held by *Poetry Journal*, and won the first Liu Li'an Poetry Award in 1995, the sixth Rougang Poetry Award, and the fourth Zhang Zao Poetry Award.

报春鸟

庞　培

黄昏时有一种鸟
仿佛溪流浸溅的金子
连我书房的窗户也闭上眼睛
因为只有闭眼的瞬间
才能捕捉那鸟的光亮

——逝去了——夹在众多卵石、泥沙中的
光阴碎金！
没有多少白天能够证明你的存在
没有多少黑夜享有你的温馨
当夕阳西下，如同蒙古大军的帐篷！

那是早春的天气
黄金从天空飞过。美丽的绿树林
群山、荒野在一派蛮荒的人世间
屏息凝神。人不在这凝神的行列
虽然灵魂偶尔也呼吸，也振翅飞翔

潺湲的油菜花田、柳树和简陋的
村舍，它们的耳语披上了春装
我知道寂静的飞鸟最终成形于大地的
幽暗岩层需要流浪者最隐秘的去向
我也知道溪流之上，去年的积雪

（原载“一座城市的三封信”微信公众号 2020 年 4 月 14 日）

【作者简介】阿信，1964年生，甘肃临洮人，长期在甘南藏区工作、生活。著有《阿信的诗》《草地诗篇》《那些年，在桑多河边》《惊喜记》等多部诗集。曾获徐志摩诗歌奖、西部文学奖、昌耀诗歌奖、陈子昂年度诗人奖等奖项。

A Xin was born in 1964 in Lintao, Gansu. He has been working and living in Tibetan areas of Gannan for a long time. He has authored several poem collections such as *Axin's Poems, Grass Psalm, Years by the Sando River and Surprise*. He is the winner of Xu Zhimo Poetry Award, Western Literature Award, Changyao Poetry Award, Chen Zi'ang Poet's Award of the Year, etc..

雪

阿 信

静听世界的雪，它来自我们
无法测度的苍穹。天色转暗，一行诗
写到一半；牧羊人和他的羊群
正从山坡走下，穿过棘丛、湿地，暴露在
一片乱石滩上。雪是宇宙的修辞，我们
在其间寻找路径回家，山野蒙受恩宠。
在开阔的河滩上，石头和羊
都在缓缓移动，或者说只有上帝视角
才能看清楚这一切。
牧羊人，一个黑色、突兀的词，
镶嵌在苍茫风雪之中。

（原载《诗刊》2020年4月上半月刊）

【作者简介】人邻，男，祖籍河南洛阳老城，随父母在西北就学、工作。出版有诗集、散文集、评传若干。曾获《星星》年度诗人奖、江苏紫金雨花文学奖等奖项。现居兰州。

Ren Lin (male), whose ancestral home is Luoyan, Henan Province, has been studying and working in the northwest with his parents. He has published several poetry collections, prose collections, and commentaries. He is the winner of *Star* annual poet award, Jiangsu Zijin Yuhua Literature Award and other awards. Now he's living in Lanzhou.

初　春

人　邻

初春，摆摊卖菜的女人
厚厚的棉衣裹着孩子
没人买菜的时候，女人将孩子的脸
转向怀里，亲了一下

那小女孩也回亲着她的母亲
亲一下，小鸡啄米一样地亲一下
母女俩就那么亲着
相互啄米一样，黏在一起

风依旧有些冷，风带来冷意的时候
那母女俩就抱得更紧
也亲得更紧，像做游戏一样
大孩子、小孩子过家家一样

（原载《诗刊》2020 年 3 月上半月刊）

【作者简介】叶丽隽，女，1972年生于浙江丽水。出版个人诗集《眺望》《在黑夜里经过万家灯火》《花间错》，在美国出版中英双语版诗集《我的山国》。曾获《芳草》“第四届汉语诗歌双年十佳”奖、首届“紫金·江苏文学期刊优秀作品奖”、《扬子江》诗刊奖、第二届“中国天水·李杜诗歌奖”新锐奖等奖项。

Ye Lijun (female) was born in Lishui, Zhejiang in 1972. She has published her personal poems *Looking Over, Walking through the Lights of the Thousands of Homes in the Dark Night* and *Hua Jian Cuo*, and published a bilingual Chinese and English poem collection *My Mountain Country* in the United States. She has won the *Fang Cao* Forth Chinese Poetry Biennial Top Ten award, the first "Zijin · Jiangsu Literary Journal Excellent Works Award", *Yangtze River* Poetry Journal Award, the second "China Tianshui · Li Du Poetry Award" Emerging awards and other awards.

崖　上

叶丽隽

母亲年轻时，在陈寮山上砍柴
不慎滚落
幸好被山腰的一棵树挡住
捡回了性命。以至于，每次回想起
她都非常笃定：这棵树
应该是上天的安排
我曾问她是否害怕，她说只记得山谷间
回荡着“啊——”的声响
我也常常遇险。在梦中

更是多次突然地临渊，并从悬崖坠下
随着猛烈的蹬腿
我在黑暗中惊惧地弹起身——
啊！又是一个失重的
喑哑的夜晚，没有破胸而出的呼喊
没有回音……我的树
那属于我的树——
它还未出现，还不肯出现

（原载《扬子江诗刊》2020 年第 1 期）

【作者简介】盘妙彬，男，生于1964 年冬至，1986 年7 月广西大学中文系毕业 。中国作协会员，广西作协副主席。

Pan Miaobin (male) was born on the winter solstice in 1964. He graduated from the department of Chinese language and literature of Guangxi University in July 1986. Now he is a member of the Chinese Painting Association, vice chairman of the Guangxi Writers Association.

几多风

盘妙彬

河流从古代出来
两岸竹子一路相随，蜿蜒数十里
突然公路上坡，坡上又有弯，有风
摇曳的竹林低头之时
山腰间露出一座桥梁，甚是妩媚

桥上过去，是另一个县
沿桥头两侧向下，房屋顺山而筑，临水而建
倾斜的街道又有弯，又有竹子的腰，又有风
我忆起一个少年俯冲奔跑的力量，一只小豺的腰
一闪
一去不复还

这里的河水几多湾，竹林的梢头几多风
其间几多田亩，几多村舍，几多池塘，几多橘子的果园

雪白的阳光下淡蓝的远山在跑马

倏地，美有了高度
美有了一个好看的腰，山之腰，水之腰，竹之腰，风之腰

问路一个初中女生
她十五岁的眼里几多秋水，几多未知
她走开时留下竹子的婀娜，竹子的风
这里几多美不足为外人道，过路人几多惆怅

（原载《诗刊》2020年3月上半月刊）

【作者简介】叶辉，1964年生于江苏省南京高淳区，著有诗集《在糖果店》《对应》《遗址》。80年代开始写诗，曾获刘丽安诗歌奖、柔刚诗歌奖、扬子江诗学奖等多种奖项，作品被译成英、法等文字，现居南京，专门从事写作兼建筑设计。

Ye Hui, born in Gaochun District, Nanjing, Jiangsu Province in 1964, has written poems *In the Candy Shop, Correspondence and Remains*. He began to write poems in the 1980s and won various awards such as Liu Li'an Poetry Award, Rougang Poetry Award and Yangtze River Poetry Award, etc.. His works have been translated into English, French and other languages. He currently lives in Nanjing and specializes in writing and architectural design.

候车室

叶　辉

凌晨时分，候车室
深邃的大厅像一种睡意
在我身边，很多人
突然起身离开，仿佛一群隐匿的
听到密令的圣徒
有人打电话，有人系鞋带
有人说再见(也许不再)
那些不允许带走的
物件和狗
被小四轮车无声推走
生活就是一个幻觉
一位年长的诗人告诉我

（他刚刚在瞌睡中醒来）
就如同你在雨水冰冷的站台上
手里拎着越来越重的
总感觉是别人的一个包裹

（原载“黄灿然小站”微信公众号 2020 年 4 月 19 日）

【作者简介】黄斌，1968 年 4 月出生于湖北省赤壁市新店镇，现居武汉。1986 年至 1990 年在武汉大学新闻系就学，1993 年获《诗神》全国诗歌大奖赛一等奖。2010 年出版诗集《黄斌诗选》，获湖北省第八届屈原文艺奖。2016 年出版随笔集《老拍的言说》，2019 年出版《黄斌诗选》。

Huang Bin was born in Xindian Town, Chibi City, Hubei Province in April 1968 and currently lives in Wuhan. He studied in the Journalism Department of Wuhan University from 1986 to 1990, and won the first prize in the *Poetry God* National Poetry Grand Prix in 1993. In 2010, he published a poetry collection named *Huang Bin's Poems*, which won the 8th Qu yuan Prize for Literature and Art in Hubei Province. In 2016, he published an essay collection *Lao Pai's Sayings*, and in 2019, *Huang Bin's Poems* was published.

汉阳树

黄　斌

崔颢在黄鹤楼上看到的汉阳树
我们坐公共汽车从钟家村经过的也是

每一株长在汉阳府的树
都是更具体的地名的守望者和接引者

作为经过的旅人　我们并不懂得它
因为它仅属于一个独有的家的安稳和宁静

它是仅此一家的甜蜜的妻子
它的孩子们在树下嬉戏　但都不会离开它的树荫

（原载《诗刊》2020 年 4 月上半月刊）

【作者简介】刘春，1974年出生于中国广西荔浦。著有诗集《幸福像花儿开放》《广西当代作家丛书·刘春卷》，随笔集《文坛边》《让时间说话》，诗学专著《朦胧诗以后》《一个人的诗歌史》等近二十部。中国作家协会会员。现居桂林。

Liu Chun was born in Lipu, Guangxi in 1974. He has written poems such as *Happiness is Like a Flower, Guangxi Contemporary Writers Series–Liu Chun part*, essays *Literary World* and *Let Time Speak*, 20 poetry monographs including *After Hazy Poems* and *History of One's Poetry,* etc.. He is a member of Chinese Writers Association, now living in Guilin.

最后的夜晚

刘　春

十月的最后一个夜晚
我和妻子开车沿桂柳公路往南
赶去四百公里之外的乡下
见她父亲最后一面
天下着小雨，前路昏暗无边
对面车道上
偶尔有货车驶过
我在和妻子有一句没一句地说话
在雨中张皇前行
不知从什么时候开始
对面车辆越来越多
灯光闪得我眼角酸涩
妻子开始沉默
我的眼泪流了下来

（原载《诗刊》2020年4月上半月刊）

【作者简介】林珊，“80后”，江西籍，中国作家协会会员。曾就读于鲁迅文学院第三十六届中青年作家高研班，参加第四届《人民文学》新浪潮诗会、第三十五届青春诗会；出版诗集《小悲欢》《好久不见》；获第二届中国诗歌发现奖、第十七届华文青年诗人奖、2016江西年度诗人奖等奖项。

Lin Shan was born in 1980s in Jiangxi, a member of the Chinese Writers Association. She has attended the 36th Young and Middle-aged Writers' Advanced Research Class at the Lu Xun College of Literature, participated in the 4th *Path Light* New Wave Poetry Society and the 35th Youth Poetry Society, published the poem collection *Xiao Bei Huan* and *Long Time No See*; she has won the 2nd Chinese Poetry Discovery Award, the 17th Chinese Young Poet Award, the 2016 Jiangxi Poet Award and other awards.

华西路

林　珊

后来的日子，她独自
居住在华西路那栋老房子里
她一个人按时吃饭，睡觉
一个人提着菜篮子，小心翼翼
过马路，逛集市
新年过后的家庭聚会
是他离世后的
第一次家庭聚会
她穿了一件对襟花棉袄
坐在偌大的餐桌前

笑容可掬
整个夜晚，那些新年祝福
那么古老，那么美好
整个夜晚，关于那个缺席者
和那场葬礼，再也无人提及
呵，这样多好。春风化雨
山茶树上即将长满新枝
她的暮年
没有一丝缝隙

（原载“中国诗歌网”微信公众号 2020 年 4 月 5 日）

【作者简介】马泽平，回族，“80后”。中国作家协会会员，鲁迅文学院第三十一期少数民族作家高研班学员。有作品散见于《诗刊》《星星》《民族文学》《扬子江》《诗潮》《汉诗》等刊物报纸以及年度选本。参加《诗刊》社第三十五届青春诗会，著有诗集《欢歌》。现居呼和浩特。

Ma Zeping, Hui nationality, was born in 1980s. He is a member of the Chinese Writers Association and a student of the 31st National Institute of Ethnic Writers of Lu Xun College of Literature. Some works are scattered in newspapers such as *Poetry Journal, Stars, Ethnic Literature, Yangtze River, Poetry Tide, Han Poetry* and annual selection. Participated in the 35th Youth Poetry Club of the *Poetry Journal*, author of the poem collection *Huan Ge*. He lives in Hohhot currently.

独白或者其他

马泽平

你之后我不想再遇见什么人了
遇见谁也没有用
我只愿意把感动过的故事再讲一遍
给你听。
栀子花落了，白桦林下雪了，火车就要开往南京了
可能这就是最美好的爱情
两个受够清苦的人
早晨醒来，发现再也没有什么，值得我们去恨。

（原载《诗刊》2020年4月下半月刊）

【作者简介】王馨梓，本名王友爱，土家族，张家界人现居长沙。热爱文学，业余写作。作品见《诗刊》《星星》《芙蓉》等。

Wang Xinzi, whose real name is Wang Youai, Tujia nationality from Zhangjiajie and now living in Changsha. He has a passion for literary creation and his works have been published on *Poetry Journal*, *Stars* and *Furong*.

一截废弃的铁轨

王馨梓

脱离人群有大孤独和大自由
文昌巷是一条被常春藤和旧砖墙
占领的寂静小巷

把手机调成自拍延迟模式，放在砖墙下
远远走过去，寂静的背影咔嚓定型

巷子尽头有一截废弃的铁轨
右边是修鞋摊，左边是泛黄的道口
铁轨被野草鲜花占据
依葫芦画瓢，又一张背影咔嚓定型

一截废弃的铁轨如何在繁华中隐身
它又通向哪里

这并不重要，重要的是，它保持了

通向远方的姿势

（原载《诗刊》2020年4月下半月刊）

【作者简介】梁甜甜，鲁迅文学院与北京师范大学联办作家研究生班学员，黑龙江省作家协会全委会委员，哈尔滨市作家协会常务理事。作品散见于《诗刊》《诗林》《诗潮》《哈尔滨日报》等报刊，出版诗集《花信芳菲》等。曾获得哈尔滨天鹅文艺奖。

Liang Tiantian, a student of the Lu Xun College of Literature and Beijing Normal University co-sponsored the postgraduate class of writers, a member of the Heilongjiang Writers Association Committee, and a standing director of the Harbin Writers Association. Her works are scattered in *Poetry Journal, Shi Lin, Poem Tide, Harbin Daily*, etc., and her published poem collection is *Hua Xin Fang Fei*. She has won the Harbin Swan Literature and Art Award.

六张床铺

梁甜甜

铁架杂乱地摆放在门口
空调管线裸露，沾着陈年尘垢
房间像火柴盒：三张上铺
三张下铺，接纳六个女孩的
兴奋与忧愁

女孩们习惯各异，亲密又陌生
每一个天明，都唤醒她们沉重的身体
和轻盈的梦想。而常常是
夜里，下铺酣睡，上铺失眠
幽深的黑暗中，一双睁开的眼睛微微发光

当窗外的梧桐叶绿到最深处
当街角的枝条提出石榴的红灯盏
女孩们先后离去
那六张床铺仍然没有空下来
像往年一样，又开始接纳六个女孩的
兴奋与忧愁

（原载《诗刊》2020 年 4 月下半月刊）

主持人：付秀莹

付秀莹，小说家，《长篇小说选刊》主编。

Fu Xiuying is a novelist, and currently she serves as editor-in-chief of *Selected Novels magazine*.

长篇

推荐语

本季度长篇小说创作现场显示出丰沛活力和丰富样貌。老作家王蒙再出新作，长篇小说《笑的风》以密集的句式、强烈的语势，激情澎湃，书写个体和时代、历史与现实之间的丰富复杂的关系，富有典型的个性特征和强烈的艺术感染力，显示出优秀老作家对于长篇小说出色的驾驭能力。海飞《醒来》是“谍战深海”系列之一，作品中的每个人物在表面身份之下都隐藏着另一重身份，在剥茧抽丝的设计中揭开层层迷雾，其间既有意料之中的会心，更有意料之外的惊异。小说胜在作家强大充沛的叙事激情和叙事技术，依靠故事设置的重重悬念，获得强烈的阅读吸引力，是谍战小说中的上乘之作。在《青云街四号》里，海男以女性特有的浪漫与诗性，细腻与柔情，重返时间的河流，耐心拆解时间之谜，在个体化的瞬间眺望历史的永恒，在时代巨变中寻求坚固不变的支撑，从而获得某种超越的力量。而房伟的《血色莫扎特》，则在对现实主义文学传统的赓续和传承中，汲取和融汇现代主义的精神资源，表现广阔社会生活，记录时代风起云涌，为现实主义在当代的“广阔道路”做出富有新意的探索和开创。路内的《雾行者》重新返回20世纪90年代的中国城市场景，从北方到南方，故事跨越半个中国，以小说的方式，重塑梦境般的巨变十年：1998年到2008年。小说结构复杂而精致，五个章节，五种迥异风格——梦境、寓言、当代现实与虚构以及文学批评，构成强悍、丰富、独特的叙事质地，充满内在的回响。

无论从题材的多样性方面，还是在艺术探索的追求上，本季度长篇小说创作都呈现出丰富多彩的艺术风貌，展现出可圈可点的创作实绩，值得期待。

2020年2季度优秀长篇小说选目

作者	作品名称	首发刊物	内容简介
王蒙	笑的风	作家出版社 2020年4月	小说跨越广阔时空，浓缩不同历史时期的时代特点和社会氛围，通过主人公的两次婚姻经历，揭示时代变迁带给一代人思想、情感和命运的激烈震荡。
房伟	血色莫扎特	《十月》 2020年第1期	小说通过省报记者葛春风的一次还乡，串起了十几年前的命案以及背后的“案中案”，随之一系列扣人心弦的故事也次第拉开序幕。小说以第一人称叙述，书写时代，见证历史。
路内	雾行者	上海三联书店 2020年1月	小说讲述了1998年夏季到2008年奥运会前夕之间，打工青年和文学青年的故事。十年间社会现实的投影，时代激流的轰鸣，出之以复杂精致、富有探索精神的叙事艺术，显示出强烈的个性特征。
海男	青云街四号	《作品》 2020年第3期	小说以一个牙医诊所作为叙事切入点，出入于现实或者虚构之间，编织成一个细腻而温柔的时间之网。透过繁密的网格，向我们揭示时间的谜底，呈现时间的力量。
海飞	醒来	《人民文学》 2020年第3期	作品讲述了主人公陈开来作为一个“无意”之中被卷入共产党、军统、汪伪、日本等几方势力之间错综复杂的关系之中的人物，展现了他复杂曲折的成长历程，其间充满了惊心动魄的重重悬念，精彩好看。